Guzmán de Alfarache

I

Letras Hispánicas

Mateo Alemán

Guzmán de Alfarache

I

Edición de José María Micó

CATEDRA

LETRAS HISPANICAS

Ilustración de cubierta: Arturo Martín

© Ediciones Cátedra, S. A., 1987
Don Ramón de la Cruz, 67. 28001 Madrid
Depósito legal: M. 25959-1987
ISBN: 84-376-0685-3
Printed in Spain
Impreso en Selecciones Gráficas
Carretera de Irún, km. 11,500 - Madrid

Índice

Introducción

Una vida prosaica 15
Una «poética historia» 25
  «El discurso de mi vida» 27
  El rostro del atalaya 29
  «Contigo hablo», «a ti solo busco y por ti hago este viaje» . 34
  «Acordarte de ti y olvidarte de mí» 37
  La literatura moral de la antigüedad 38
  «Un amigo de Luciano» 41
  Otras influencias 42
  El *Guzmán* apócrifo 44
  «Un nuevo corazón, un hombre nuevo» 47
  Interpretaciones de la obra 50
Cuestión de estilos 57
Los textos del *Guzmán* 64
Magias parciales del *Guzmán* 73

Nuestra edición 76

Bibliografía 79

Ediciones del *Guzmán* 79
Otras obras de Mateo Alemán 81
Estudios sobre Alemán y su obra 81
Obras de referencia citadas abreviadamente 92
Ediciones de textos antiguos citadas en las notas 93

PRIMERA PARTE DE GUZMÁN DE ALFARACHE

[Preliminares burocráticos] 103
A don Francisco de Rojas 106
Al vulgo 108
Del mismo al discreto lector 110
Declaración para el entendimiento deste libro 113

8

Elogio de Alonso de Barros 115
Ad Guzmanum de Alfarache 119
Guzmán de Alfarache a su vida 120
De Hernando de Soto 121

Libro primero*

I. En que Guzmán de Alfarache cuenta quién fue su padre, de qué nación, y tratos en que se ocupaba 125
II. En que Guzmán de Alfarache prosigue contando quiénes fueron sus padres, y principio de conocimiento y
   amores de su madre 143
III. Cómo Guzmán salió de su casa un viernes por la tarde,
   y lo que le sucedió en una venta 163
IV. En que Guzmán de Alfarache refiere lo que un arriero
   le contó que le había pasado a la ventera de donde
   había salido aquel día, y una plática que le hicieron . 175
V. De lo que a Guzmán de Alfarache le aconteció en Cantillana con un mesonero 188
VI. En que Guzmán de Alfarache acaba de contar lo que le
   sucedió con el mesonero 196
VII. Cómo creyendo ser ladrón Guzmán de Alfarache, fue
   preso y, habiéndolo conocido, lo soltaron. Promé-
   tenle contar una historia para entretenimiento del
   camino 202
VIII. En que Guzmán de Alfarache refiere la historia de los
   dos enamorados Ozmín y Daraja, según se la con-
   taron 214

Libro segundo

*[Trátase cómo vino a ser pícaro y lo que siéndolo
le sucedió]*

I. Cómo Guzmán de Alfarache, saliendo de Cazalla la
   vuelta de Madrid, en el camino sirvió a un ventero . 263

---

* En el presente índice se copia la «Tabla» de las ediciones antiguas autorizadas, que, como se verá, no coincide exactamente con los epígrafes incluidos en
la obra; sólo se añade aquí, entre corchetes, el subtítulo de los libros segundo y
tercero, que aparece en los lugares correspondientes de la novela pero falta en
dicha «Tabla» preliminar.

II. Cómo Guzmán de Alfarache, dejando al ventero, se fue a Madrid y llegó hecho pícaro 274

III. En que Guzmán de Alfarache prosigue contra las vanas honras. Declara una consideración que hizo, de cuál debe ser el hombre con la dignidad que tiene 280

IV. En que Guzmán de Alfarache refiere un soliloquio que hizo y prosigue contra las vanidades de la honra . . . 289

V. Cómo Guzmán de Alfarache sirvió a un cocinero 299

VI. En que Guzmán de Alfarache prosigue lo que le pasó con su amo el cocinero, hasta salir despedido dél . . . 317

VII. Cómo despedido Guzmán de Alfaráche de su amo volvió a ser pícaro, y de un hurto que hizo a un especiero 329

VIII. Cómo Guzmán de Alfarache, vistiéndose muy galán en Toledo, trató amores con unas damas. Cuenta lo que pasó con ellas y las burlas que le hicieron, y después en Malagón 341

IX. Cómo Guzmán de Alfarache, llegando a Almagro, asentó por soldado de una compañía. Refiérese de dónde tuvo la mala voz: «En Malagón, en cada casa un ladrón, y en la del alcalde hijo y padre» 354

X. De lo que [a] Guzmán de Alfarache le sucedió sirviendo al capitán, hasta llegar a Italia 363

Libro tercero

[*Trata en él de su mendiguez y lo que con ella le sucedió en Italia*]

I. Cómo no hallando Guzmán de Alfarache los parientes que buscaba en Génova, se fue a Roma, y la burla que antes de partirse le hicieron 375

II. Cómo saliendo de Génova Guzmán de Alfarache comenzó a mendigar, y juntándose con otros pobres aprendió sus estatutos y leyes 384

III. Cómo Guzmán de Alfarache fue reprehendido de un pobre jurisperito, y lo que más le pasó mendigando . 394

IV. En que Guzmán de Alfarache cuenta lo que le sucedió con un caballero y las libertades de los pobres 402

V. En que Guzmán de Alfarache cuenta lo que aconteció en su tiempo con un mendigo que falleció en Florencia 410

VI. Cómo vuelto a Roma Guzmán de Alfarache, un Cardenal, compadecido dél, mandó que fuese curado en su casa y cama 419

VII. Cómo Guzmán de Alfarache sirvió de paje a Monseñor Ilustrísimo Cardenal, y lo que le sucedió 429

VIII. Cómo Guzmán de Alfarache vengó una burla que el secretario hizo al camarero a quien servía, y el ardid que tuvo para hurtar un barril de conserva 443

IX. De otro hurto de conservas que hizo Guzmán de Alfarache a Monseñor, y cómo por el juego él mismo se fue de su casa 452

X. Cómo despedido Guzmán de Alfarache de la casa del Cardenal, asentó con el embajador de Francia, donde hizo algunas burlas. Refiere una historia que oyó a un gentilhombre napolitano, con que da fin a la primera parte de su vida 462

APÉNDICE DE VARIANTES 485

Para Marta,
a quien se debe
lo peor de esta edición

Introducción

Portada de la edición de Amberes, 1681.

Una vida prosaica[1]

Mil quinientos cuarenta y siete fue un buen año para la literatura. El 28 de septiembre, apenas una docena de días antes de que Cervantes fuese bautizado en Alcalá, le echaban el agua a Mateo Alemán en Sevilla, en la Iglesia colegial de San Salvador. Nació de las segundas nupcias de su padre con Juana del Nero, hija del comerciante Juan López del Nero, de ascendencia florentina. «Se supone por conjeturas verosímiles, aunque no probatorias»[2], que la rama paterna del escritor entroncaba con un Alemán, mayordomo de Sevilla a fines del siglo xv, cuyo fin en la hoguera inquisitorial nos desvela su condición de converso y la escarnecedora certidumbre de quienes le llamaban *Poca sangre*. Y creo que es muy poca ya, efectivamente, la que llega a salpicar de amargura conversa las páginas de su posible descendiente.

El padre de Mateo, don Hernando, obtuvo en 1557 el empleo de médico y cirujano de la Cárcel Real de Sevilla, que seguramente no daba —cuando lo hacía— para mucho[3]. Por suerte o por desgracia, Mateo no necesitó del oficio de su padre para conocer a fondo la vida carcelaria, pues de mayor es-

---

[1] Salvo unos pocos trabajos ilocalizables, he consultado toda la bibliografía recogida en las págs. 81-92 de este tomo. Su conocimiento está, claro, latiendo en el fondo de las observaciones generales de mi introducción; pero he reducido al mínimo, deliberadamente, las referencias de las notas (y en éstas, además, se citan de forma abreviada todas las obras cuyos datos completos figuran en cualquiera de las secciones de la bibliografía).

[2] A. Blecua, «Mateo Alemán», pág. 27.

[3] Don Hernando y doña Juana tuvieron que hacer repetidas diligencias para cobrar los salarios adeudados por la administración: cfr. F. Rodríguez Marín, *Documentos*, VIII, XIII-XV y XVII.

taría varias veces a la sombra y en contacto directo con maleantes de variada condición.

Aunque hemos dado en conjeturar que pudo ser alumno en la academia sevillana de Juan de Mal Lara o en el colegio de los jesuitas (lugares ambos idóneos para el estudio de las humanidades), no sabemos a ciencia cierta en qué pupitres se sentó, pero sí que sus primeras relaciones con la péñola le llegaron, como a todo el mundo, por el camino penoso y entrañable de la caligrafía:

> Yo me acuerdo que la primera letra que supe fue la que hoy se usa en los libros de la iglesia, que llaman de redondo; después me pusieron en tirado; de tirado pasé a cortesano, a medio punto y a punto entero; luego escrebí de caja, que aún se pratica hoy en los libros della, y la llaman redondilla, y últimamente me pusieron a escolástico y bastardillo, que agora usamos comúnmente: y creo se me quedan otras tres o cuatro estaciones que anduve con las dichas, que fueron chancilleresca, francesa, encadenada y grifo...[4].

El caso es que en junio de 1564, con dieciséis años, se graduó de bachiller en Artes y Teología por la llamada Universidad de Maese Rodrigo (el Colegio de Santa María de Jesús). En septiembre de ese mismo año emprende los estudios de Medicina; oye un curso en su ciudad natal, otro seguramente en Salamanca, y en octubre de 1566 se matricula en la facultad de Medicina de Alcalá. Mediado el curso, tras certificar su asistencia durante el cuatrimestre (hasta febrero de 1567), le obliga a volver a casa la grave enfermedad de su padre, que moriría en marzo dejando poco caudal.

Mateo vuelve a Alcalá, termina el tercer curso y se matricula del cuarto. Pero en abril de 1568 abandona definitivamente los estudios, cuando estaba a un paso del título de *licenciado* (aunque sí lo ostentaría, como era uso, en bastantes documentos). La nada boyante situación de la familia tras la muerte de

---

[4] M. Alemán, *Ortografía,* pág. 24 (recordada también por F. Rico y otros estudiosos). E. Cros, *Mateo Alemán,* págs. 15-17, hace un buen resumen de los primeros pasos de un niño por los 'estudios de humanidad'.

don Hernando y una vocación médica no demasiado asentada en Mateo fueron, sin duda, las causas del abandono[5].

«Regresa Mateo a Sevilla, a buscar la vida»[6]. Y enseguida lo vemos cargado de deudas: el 16 de octubre de 1568 debe cien ducados («treinta y siete mill y quinientos maravedís») a Esteban Grillo, un mercader genovés afincado en Sevilla (*Documentos*, XXIII). Once días después recibe del capitán Alonso Hernández un préstamo de doscientos diez ducados («un primer capital» para «invertir en asuntos mercantiles»)[7], comprometiéndose a devolverlos en el plazo de un año; el trato estaba condicionado por el casamiento, ya «tratado e concertado» (*Documentos*, XXIV), de Mateo con Catalina de Espinosa. En junio de 1571, después de casi tres años, el capitán Hernández, tutor de la novia, se vio obligado a denunciar el doble incumplimiento del futuro escritor, que ni se había casado ni había devuelto una perra. Así las cosas, Alemán acabó por someterse al yugo del matrimonio, que no fue muy feliz.

En los años siguientes sólo conocemos unas briznas de su actividad mercantil, burocrática y social: vende una esclava morisca (1573), recauda impuestos variados (1571, 1576), redacta las reglas de la Hermandad de los Nazarenos de Sevilla (1578), o negocia la compra de una capilla para esa cofradía (1579)[8].

En enero de 1580 se matricula en leyes en la Universidad de Maese Rodrigo (*Documentos*, XXVIII): otra carrera que no terminaría, pues en octubre está en la cárcel «por ciertas contías de maravedís que le piden y demandan diversas personas» (*Documentos*, XXXI). En vista del éxito, y una vez libre, decide probar fortuna en el Nuevo Mundo. Tras la información testifical de rigor, a comienzos de 1582 se le da licencia «para pasar

---

[5] Para los títulos, asientos de matrícula y certificados de asistencia en la Universidad, cfr. los *Documentos*, X-XII, XVIII-XIX y XXI-XXII. La estancia en Salamanca durante el curso 1565-1566 se deduce de unas palabras del propio Alemán: «Yo me acuerdo haber asistido en las escuelas de Salamanca y Alcalá de Henares algunos años» (*Ortografía*, pág. 85).

[6] F. Rico, ed., *Guzmán*, pág. 918.

[7] E. Cros, *Mateo Alemán*, pág. 19, y cfr. «La vie...», págs. 331-332.

[8] Cfr. F. Rodríguez Marín, *Documentos*, XXVI-XXVII, y *Discursos*, pág. 18; G. Álvarez, *Mateo Alemán*, pág. 53; E. Cros, «Nueva aportación...», pág. 54.

al Perú con su mujer, dos mujeres de servicio y un criado»[9].
Pero Alemán, al final, se quedó en tierra, retenido verosímil-
mente por la posibilidad (o seguridad) de obtener empleo,
como funcionario interino, en la Administración de Felipe II.

Y en efecto, nombrado Juez de Comisión al servicio de la
Contaduría Mayor (aunque sin el sueldo ni el prestigio de un
verdadero Contador de Resultas), recibe a comienzos de 1583
el encargo de «liquidar y averiguar lo que resta debiendo a su
Majestad Miguel Gutiérrez, tesorero que fue de las alcabalas de
la villa de Usagre y otros partidos»[10]. Como las cuentas no estaban muy claras, Alemán, ni corto ni perezoso, procede contra los herederos de Pedro Rodríguez de la Cilla, administra-
dor de la herencia del tesorero; sorprendidos por la insólita vehemencia legalista del nuevo juez, los parientes de De la Cilla
apelan al rey: la Contaduría pide explicaciones a Alemán y éste
no las escatima, con tal de probar la «malicia» de los apelantes.
También hubo problemas cuando el escritor afrontaba otra de
las misiones encomendadas: en un arrebato quijotesco, excar-
cela a unos vecinos de Usagre (detenidos por orden del gobernador) y deja en su lugar al alcaide y al alguacil. Tanto abrir y
cerrar prisiones desembocó en la detención —en Mérida— y
encarcelamiento —en la Cárcel Real de Madrid— del expediti-
vo y voluntarioso funcionario. Era octubre de 1583; el proceso duró casi nueve meses (hasta junio del año siguiente), pero
Alemán salió bajo fianza antes de ese tiempo. Y siguió desem-
peñando su labor, ya como «Contador de Resultas de Su Majestad» («es decir, oficial del interventor de cuentas de la Real
Hacienda»)[11], por diversos lugares de España, aunque residía
habitualmente en la Corte: entre 1586 y 1589, por ejemplo, se
le van buenos dineros en la compra de un solar en el que va
levantando, no sin demoras presupuestarias, una vivienda
(cfr. *Documentos,* XXXVI-XXXIX).

Una nueva misión, en 1591, le depara otras sorpresas: en
Cartagena, mientras visita un navío flamenco en compañía de

---

[9] Cfr. E. Cros, «La vie...», págs. 332-333 y 335, y *Mateo Alemán,* págs. 20-21.
[10] *Apud* C. Guillén, «Los pleitos extremeños» (el mejor estudio de este episodio), pág. 391.
[11] F. Rico, ed., *Guzmán,* págs. 922-923.

las fuerzas vivas de la ciudad, un taco de la salva de despedida le da en la cabeza. Para fortuna suya y nuestra, el futuro escritor resulta ileso y atribuye su impunidad a la acción milagrosa de San Antonio de Padua; quizás hizo entonces el voto de escribir su biografía —según nos cuenta él mismo al cumplirlo, doce años después. Por esas fechas, con nítida distinción entre los negocios humanos y los divinos, pone orden, tras la muerte de su madre, en los papeles de la familia[12].

En febrero de 1593 —tras el paso por Almagro, donde ya procede contra uno de los implicados— llega a Almadén como «juez visitador» para inspeccionar el funcionamiento de las minas, arrendadas por la Corona a los Fúcares. Su principal misión era dar cuenta del número y situación de los forzados (pues desde 1566 el Rey venía autorizando un número creciente de galeotes que se libraban de los remos y cumplían su condena desentrañando el azogue)[13]. La pluma de Juan de Cea, escribano del juez visitador, conservó con fluido escrúpulo el relato de los forzados durante el interrogatorio; con la misma puntualidad debió de retener Mateo el variado catálogo de las hazañas de los delincuentes (un fraile homicida, algunos cuatreros de poca monta, un par de bandoleros valencianos, un desertor, un rufián, ladrones de distinto plumaje...) y, sobre todo, las penosas condiciones en que cumplían su castigo: a buen seguro le saltaron al magín cuando, poco después, emprendió la narración de las aventuras de Guzmán de Alfarache. La inspección desveló bastantes irregularidades en la administración de la mina, pero los Fúcares hicieron valer su influencia y el Consejo acabó por pararle los pies, una vez más, al funcionario: en marzo recibe la orden de dejar «sin detenimiento alguno ... el negocio en que está tocante a Almadén, en el punto y estado en que estuviere»[14].

Tras bastantes años en el «honoroso entretenimiento de los

---

[12] En abril de 1592 revocó, en Sevilla, «ciertos poderes conferidos desde la Corte a su hermano Juan Agustín, para heredar, entre otras cosas» (F. Rodríguez Marín, *Discursos*, pág. 21, y cfr. *Documentos*, XL). Doña Juana del Nero debió de morir no mucho antes, quizá durante las gestiones de Alemán en tierras murcianas; cfr. sobre ellas E. Cros, «Nueva aportación», págs. 54-56.

[13] *Vid.* G. Bleiberg, El «informe secreto», págs. 13-18.

[14] *Apud* G. Bleiberg, *ibid.*, pág. 29.

papeles de Su Majestad, en los cuales ... parece que se hallaba violentado»[15], Alemán volvió los ojos a otros papeles más trascendentes, y su reacción tiene todo el aspecto de un escarmentado abandono:

> dejó de su voluntad la Casa Real, donde sirvió casi veinte años, los mejores de su edad, oficio de Contador de resultas de su Majestad el rey Felipe II, que está en gloria, y en otros muchos muy graves negocios y visitas que se le cometieron, de que siempre dio toda buena satisfacción, procediendo con tanta rectitud, que llegó a quedar de manera pobre, que no pudiendo continuar sus servicios con tanta necesidad, se retrujo a menos ostentación y obligaciones[16].

Ese retraimiento dio los primeros frutos literarios, que el escritor alternaría con la composición, en Madrid, de la *Primera parte* del *Guzmán:* traduce un par de odas de Horacio (II, x y xiv: «el pulido elogio de la moderación» y «el llanto emocionado por la brevedad de los días»)[17]; escribe dos epístolas en prosa, de tono confesional y carácter que hoy llamaríamos ensayístico, a su amigo Pérez de Herrera, comunicándole sus cuitas y pensamientos (corría octubre de 1597)[18], y prologa los *Proverbios morales* de otro amigo, Alonso de Barros (Madrid, 1598).

La primera entrega del *Guzmán* estaba terminada a fines de 1597 (la aprobación es de enero del año siguiente), pero no se puso a la venta hasta 1599. Tardó más en imprimirse que en hacerse famosa: desde el mismo año de su aparición se multiplican las ediciones publicadas fuera del alcance del privilegio extendido para la *editio princeps*. En 1600, el autor decide preparar una nueva edición de su obra, que sale con numerosas correcciones; por las mismas fechas, las aventuras de Guzmanillo podían leerse ya en media Europa y en el Nuevo Mundo[19]. Alemán, sin embargo, no salió de pobre.

---

[15] Alonso de Barros, «Elogio» a la *Primera parte*.

[16] Luis de Valdés, «Elogio» a la *Segunda parte*.

[17] F. Rico, ed., *Guzmán,* pág. 925.

[18] *Vid.* E. Cros, *Protée et le gueux,* págs. 433-444, y *Mateo Alemán,* páginas 28-30.

[19] Cfr. la bibliografía, pág. 79; *Documentos,* XLVII, e I. A. Leonard, *«Guzmán de Alfarache* in the Lima Book Trade, 1613», págs. 210-212.

Después le seguimos viendo —triste y engañoso sino de los autores antiguos— en varios documentos mercantiles no siempre fáciles de explicar (compras, ventas, préstamos, deudas, mohatras): en febrero de 1601 compra mercaderías de oro y seda a un tal Diego López; pocos meses después, acuciado por una faltriquera no muy cumplida, vende mil quinientos ejemplares de una problemática edición en octavo de la *Primera parte* del *Guzmán*, promovida seguramente por él mismo[20].

A fines de 1601 regresa a Sevilla. En el año siguiente vive azares de todo tipo: conoce la publicación de la apócrifa *Segunda parte de la vida del pícaro...*, que le disgustó sobremanera; estrecha relaciones con Lope de Vega, que andaba por Sevilla prendado de la cómica Micaela Luján; se le acumulan las deudas, y vuelve a la cárcel por obra y gracia de uno de sus acreedores. Aún en 1602, dos nombres empiezan a sonar con fuerza en el ánimo y la vida de Alemán: Francisca Calderón y Juan Bautista del Rosso. Con la primera traba relaciones íntimas —en diciembre empieza a administrar sus bienes; poco después vive con ella y con su hermana María—; al segundo, primo suyo, le «da poder ... para que a su costa e por su cuenta pueda imprimir e imprima en esta ciudad, e no fuera della, hasta cantidad de mill y siete cientos e cincuenta cuerpos del dicho libro» (el «intitulado *Guzmán de Alfarache*, que por otro nombre se llama *El pícaro cortesano»: Documentos*, XLIX). Gracias a las gestiones de Juan Bautista, Mateo convalecerá de sus achaques mercantiles: por la cesión de quinientos ejemplares de esa edición (la tercera autorizada y con retrato) y el compromiso de pagar las costas del juicio (pues aún coleaba el asunto de las mercaderías de Diego López: cfr. *Documentos*, LIII-LV), sale de la cárcel en marzo de 1603. Mientras tanto, su esposa doña Catalina, que estaba viviendo bajo otro techo, vio revocados sus poderes para cobrar las rentas de una casa que el escritor tenía en la Calería Vieja *(Documentos*, LII).

Una vez libre, Alemán se aplicó a la escritura de la *Segunda parte* del *Guzmán* (procurando desmentir los gazapos y rapiñas del pícaro fraudulento) y de la vida de San Antonio de Padua. Juan Bautista del Rosso, dispuesto a que las dotes literarias de

---

[20] Cfr. abajo, págs. 71-72.

su primo sirviesen para el medro de ambos, firmó con Clemente Hidalgo, en el mismo mes de marzo, un contrato de edición de la hagiografía; el impresor se comprometía a dedicarse exclusivamente a la publicación, en unas prensas instaladas a tal efecto en casa de Alemán, de 1750 ejemplares de la obra *(Documentos,* LVI). Hidalgo comenzó su labor el día 20 de marzo, pero el escritor se demoraba en la suya: a menudo, «por tener ocupación forzosa» durante el día, «de anteanoche componía lo que se había de tirar en la jornada siguiente» (Luis de Valdés, «Elogio» a la *Segunda parte).* Esa precipitación se advierte sin dificultad en los últimos capítulos del *San Antonio de Padua,* que apareció por fin (tras las aprobaciones y la cesión de derechos a Juan Bautista del Rosso) en los primeros meses de 1604, saludado —entre otros— por Lope de Vega[21]. La obra se muestra fiel a la estructura tradicional de las hagiografías (vida, milagros en vida y milagros póstumos), pero comparte con el *Guzmán* —además de otras coincidencias de detalle— el balanceo entre narración y digresión y un sólido fundamento retórico.

Después de arreglar algunos papeles (otorgamiento de poderes a su amante y a su primo)[22], viaja a Lisboa y allí publica la *Segunda parte de la vida de Guzmán de Alfarache, atalaya de la vida humana,* que sale —con menos lentitud que la *Primera*— en los últimos meses de 1604 (cfr. II, n. 1). Durante su ausencia, Juan Bautista del Rosso mandó a las Indias cientos de ejemplares de sus obras (cfr. *Documentos,* LXIX-LXX). Alemán seguiría en la capital portuguesa hasta bien avanzado 1605, pero desde octubre el papelorio nos lo muestra de nuevo en Sevilla, atareado con las operaciones comerciales de siempre (cfr. *Documentos,* LXXIV-LXXV).

En 1607 vuelve a pensar en las Indias y decide partir hacia México. Dice en su solicitud que, tras haber

> gastado la mayor parte de su vida en estudio y lectura de letras
> humanas y escrito algunos libros, se halla al presente desaco-

---

[21] El *San Antonio* está pidiendo a gritos una edición moderna; lo más asequible son unas páginas (II, i y III, xiv) en la *Antología de la literatura espiritual española* de Pedro Sáinz Rodríguez, IV: *Siglo XVII,* Madrid, 1985, págs. 71-94. Véanse los excelentes estudios de H. Guerreiro citados en la bibliografía.

[22] Cfr. *Documentos,* LXIII-LXVII.

modado y con deseo de proseguir su servicio [el de "Su Majestad"] en las Indias, donde los virreyes y personas que gobier-
nan tienen necesidad de personas de suficiencia.

Dice también «tener primo hermano muy rico en las minas de
San Luis de Nueva España, que le ha enviado llamar»[23]. Las
gestiones de Alemán para pasar a Indias son algo confusas. El
hacendado primo, para empezar, era seguramente don Alonso
Alemán, cuya muerte en 1605 ignoraba o preteria Mateo, que
quizás pensaba en la herencia. En abril y mayo de 1607, el novelista se mostró muy generoso con Pedro de Ledesma, a la
sazón secretario del Consejo de Indias, nada menos: le hace
«donación irrevocable ... de unas casas con todo lo que les pertenece que yo tengo en la ... villa de Madrid, en la calle que dicen del Relox», y le cede los derechos de la *Segunda parte* del
Guzmán y del *San Antonio (Documentos,* LXXVII-LXXVIII).
Alemán obtuvo el permiso, claro está; sin embargo, no parece
necesario pensar que temía se le negase por razón de su sangre
(ya hemos visto que no tuvo problemas un cuarto de siglo antes); además, el algebrista Alonso de Cuenca declaró conocer
la limpieza e hidalguía de sus antepasados. El escritor quería
seguramente que los funcionarios hiciesen la vista gorda ante
las peculiaridades de su comitiva: «lleva consigo los hijos siguientes y sobrina: doña Francisca de Alemán, doña Margarita
de A., Antonio de A., doña Catalina de A., su sobrina» y dos
criados[24]. Antonio y Margarita eran hijos naturales del autor
del *Guzmán* (aunque «es cosa pública y notoria», dijo el algebrista), con ocho y tres años por aquel entonces[25]; Catalina,
posiblemente, una hija, también ilegítima, de su hermano Juan
Agustín, y «doña Francisca, de veinticuatro años, trigueña,
con un lunar debajo de la oreja izquierda» no era otra que

---

[23] *Apud* I. A. Leonard, «Mateo Alemán in México», pág. 37 (aunque el documento fue publicado por primera vez por D. Schons en las *Notes from Spanish
Archives,* I, pág. 17).

[24] Cfr. *Documentos,* LXXX; pero todo el expediente, interesantísimo (con descripciones de los acompañantes, por ejemplo), puede verse en José Gestoso y
Pérez, *Nuevos datos...*

[25] Hacia 1590 le nació el primero de sus hijos naturales, Ana Urbana, que no
le acompañó al Nuevo Mundo.

Francisca Calderón, su amante, presentada oficialmente como hija[26].

La partida se retrasó un año, porque España necesitaba navíos para prevenirse contra los holandeses. Alemán y los suyos esperaron en Trigueros, hasta que por fin, en junio de 1608, zarparon las más de setenta naves, que llevaban, al menos,—con mayor nombradía— el arzobispo García Guerra, futuro virrey de México. Como casi siempre, en el equipaje del novelista iba un nuevo proyecto, la *Ortografía castellana,* que terminó y publicó en la capital mexicana (Jerónimo Balli, 1609)[27]. También en 1609 escribió un prólogo para la *Vida de San Ignacio* de Luis Belmonte Bermúdez.

En documentos de 1610 figura como contador de la Universidad o alquilando una casa por tres años[28], y precisamente durante ese tiempo le perdemos el rastro: en 1613, firmando aún como «el contador Mateo Alemán», publicó su última obra, los *Sucesos de fray García Guerra, arzobispo de México* (México: viuda de Pedro Balli), encendido relato de los últimos años de su protector (compañero de viaje, virrey desde 1611 y muerto por pavorosa enfermedad en febrero de 1612). En él Alemán se aplicó «a cincelar la más consciente y trabajada de sus prosas»[29], que resulta insuperable en la *Oración fúnebre* que cierra el conjunto.

Lo último que sabemos del «español divino» (cfr. II, «Elogio») es que en 1615 residía en Chalco[30]. Quizá tan sólo el azar nos diga si 1616 fue un año aún más triste de lo que ya sabemos.

---

[26] Basta pensar que un día antes, el ocho de junio, Alemán dio poderes varios a María Calderón, hermana de Francisca *(Documentos,* LXXIX).

[27] Además de un oportuno tratado en la línea de los paladines del fonetismo, hizo Alemán una *Ortografía* repleta de recuerdos y observaciones personales, sin sustraerse a los encantos de la narración. Los aspectos más llamativos de la propuesta ortográfica de Alemán eran el uso de la *c* invertida para la *ch, g* en lugar de *gu,* ante *e* o *i, r* con valor de *rr* vibrante múltiple y *r* gótica para la vibrante simple; los *Sucesos de frai García Gera* se publicaron con tales grafías.

[28] Cfr. D. McGrady, *Mateo Alemán,* pág. 38, e I. A. Leonard, «Mateo Alemán in México», págs. 327-330.

[29] F. Rico, ed., *Guzmán,* pág. 939.

[30] Cfr. J. Toribio Medina, *La imprenta en México (1539-1821),* II, Santiago de Chile, 1912, pág. 43.

Una «poética historia»

Alemán dejó escrita en varios lugares su obsesión por las complejas relaciones entre la mentira y la verdad. En uno de ellos, el «Elogio» a la *Vida de San Ignacio* de Luis Belmonte Bermúdez, encontró tres maneras de combinarlas lícitamente: una le servía, de paso, para elogiar la obra de su amigo («verdad acreditada con verdades»); otra era la repetición exculpada de las mentiras ajenas; la última —primera en la argumentación de Alemán— se dejaría definir como «verdad acreditada con mentiras», pues se da

> cuando con parábolas, ficiones, fábulas o figuras, mintiendo se dice verdad, no siéndola: aconse[ja]mos con ellas, enseñamos cosas importantes y graves, no sólo a la política, ética y euconómica[1], mas para conseguir la eternidad a que todos aspiramos.

Y sigue su apología:

> Desta usaron y usan Santos Dotores, filósofos antiguos y modernos, y tanto se pratica, que desde la niñez la mamamos con la leche, doctrinándonos con las fábulas de Isopo, de Remicio Aviano y otros, por su moralidad, sentencias y dichos graves y necesarios; con que no sólo procuramos apartar los daños, mas aun recoger el útil fruto que resulta de su importante dotrina[2].

---

[1] Cfr. el elogio del alférez Valdés a la *Segunda parte* del *Guzmán* y el otro pasaje alemaniano que se cita ahí en nota.

[2] En F. A. de Icaza, *Sucesos reales que parecen imaginados,* págs. 382-383 (aunque regularizo la ortografía del texto y enmiendo en un par de lugares su transcripción).

«Fábulas» llenas de «moralidad» y «dotrina», mentira y verdad... Alemán estaba diseñando el paisaje teórico de su obra más famosa, que quedó definida, desde la primera frase de la «Declaración» para su entendimiento, como una «poética historia». El atinadísimo marchamo, sin embargo (y aunque seguramente no tuvo más entidad doctrinal que otros muchos intentos por definir el escurridizo género de la que hoy llamamos novela), no fue exclusivo del *Guzmán de Alfarache*[3].

Agustín de Almazán, sabio traductor del *Momus* de Leon Battista Alberti (una fuente importante, no lo olvidemos, del *Guzmán*), tras apelar al tópico —no por ello falto de sinceridad— de «dorar y encubrir el amargo acíbar de la provechosa doctrina» (cfr. *Guzmán*, II, i, 1, n. 41, y iii, 3, n. 3), opina que el humanista italiano colmó a satisfacción el molde del *delectare et prodesse* con «esta fabulosa y poética historia»[4]. Si la frase hermanaba dos reinos cuyos límites ya había señalado Aristóteles (lo particular de la historia frente a lo universal de la poesía), ahora, en manos de dos hombres del Siglo de Oro, servía para ceñir en un par de palabras la estructura de una obra, sus móviles, su propósito y la radical comunidad de sus elementos.

Alemán apostaba voluntariosamente por la fusión integradora de narración y digresión, autobiografía y ejemplaridad, consejas y consejos: «Haz como leas lo que leyeres y no te rías de la conseja y se te pase el consejo» (I, «Al discreto lector»).

---

[3] Ni tampoco era exclusivamente ética la preocupación por la pareja verdad-mentira, a juzgar por un pasaje del Pinciano que quizá recordó Alemán: «Hay tres maneras de fábulas: unas, que todas son ficción pura, de manera que fundamento y fábrica todo es imaginación, tales son las Milesias y libros de caballerías; otras hay que sobre una mentira y ficción fundan una verdad, como las de Esopo, dichas apologéticas, las cuales, debajo de una hablilla, muestran un consejo muy fino y verdadero; otras hay que sobre una verdad fabrican mil ficiones, tales son las trágicas y épicas, las cuales, siempre o casi siempre se fundan en alguna historia, mas de forma que la historia es poca en respecto y comparación de la fábula; y así de la mayor parte toma la denominación la obra que de la una u otra se haze» *(Filosofía antigua poética*, ed. A. Carballo Picazo, Madrid, 1973 [reimpresión], II, págs. 12-13.

[4] *La moral e muy graciosa historia del Momo,* Madrid, 1553, fol. con sign. aiij*r* («Agustín del Almazán al benigno lector»). Adviértase —como ya hizo F. Rico en su edición, pág. 495, n. 13— que Várez de Castro, el impresor de la *princeps* del *Guzmán*, reeditaría el *Momo* en 1598.

El sevillano compaginó «el celo de aprovechar» *(ibidem)* con la voluntad de deleitar, y en su obra se cumple a la perfección (mejor, pienso yo, que en ninguna otra del Siglo de Oro) ese doble ideal de la literatura antigua.

Pero la vida del pícaro, en su constante «salto del banco a la popa» (I, i, 2), atesora una impresionante riqueza, inadvertida casi siempre —pues a él se reduce— bajo el vaivén elemental de relato y sermoneo. Alemán consiguió tal riqueza valiéndose «esencialmente de los recursos proporcionados por la Retórica»[5], y si a veces —siguiendo más los prejuicios de hoy que los gustos de entonces— le hemos reprochado que no atinó con las dosis, está claro, por contra, que no equivocó ninguno de los ingredientes. El gárrulo narrador gustaba de confesar con claridad su propósito y su método: «Como el fin que llevo es fabricar un hombre perfeto, siempre que hallo piedras para el edificio las voy amontonando» (II, i, 7).

«EL DISCURSO DE MI VIDA»

El *Guzmán* es la autobiografía de un pícaro, y su piedra fundamental, el ejemplo del *Lazarillo de Tormes*. Pronto se advierte en ambas obras un núcleo común: la narración en primera persona, al hilo del esquema del mozo de muchos amos, y el relato contemplado «retrospectivamente ... como justificación o explicación» del estado final del protagonista[6]. Pero aún más pronto —desde sus portadas, por no hablar de los lomos— saltan a los ojos algunas diferencias significativas: por ejemplo, a Alemán le interesan poco ciertas verosimilitudes esenciales al *Lazarillo* y rompe el hechizo del anonimato. No es insignificante la brecha que se abre de ese modo entre ambas *vidas*, pues a la del destrón, 'contada y escrita por él mismo' en la verdad de la literatura, la sucede la del galeote, 'contada por él

---

[5] E. Cros, *Mateo Alemán,* pág 71.

[6] *Vid.* F. Lázaro Carreter, «Para una revisión del concepto "novela picaresca"», en *«Lazarillo de Tormes» en la picaresca,* págs. 193-229 (especialmente 206-207 y 210).

mismo pero escrita por Mateo Alemán'. El de Alfarache, además, pedía constantemente que su periplo —mucho más historiado que el de Lázaro— valiese para la enseñanza y el escarmiento: el pícaro se decía *atalaya de la vida humana* (cfr. II, al «Letor»; i, 6, y la portada), oficio bastante ajeno a la limitada ambición del pregonero de vinos[7].

Todo eso no debe hacernos pensar, sin embargo, que el uso de la primera persona es menos imprescindible en el *Guzmán* que en el *Lazarillo;* al contrario,

> desde cualquier ángulo (didáctico, artístico, psicológico) que se examine la cuestión, se hace evidente la "necesidad" de la forma autobiográfica, cuyos dos planos temporales (el de los *consejos* y el de las *consejas)* van aproximándose gradualmente, hasta su fusión final[8].

Visto con ojos torpes, el *Guzmán* parece un cajón de sastre; pero varios elementos de cohesión (narrativos, expresivos, temáticos, ideológicos) ponen orden en el bullicio. En el ámbito de la técnica narrativa, ese elemento cohesivo es la autobiografía, cuyo uso particular en la obra de Alemán responde seguramente a distintos estímulos[9]. Aparte los acicates de la experiencia personal (la cárcel y Almadén, por citar sólo dos), Alemán recogió esencialmente tres impulsos literarios: el *Lazarillo,* las confesiones religiosas y el lucianismo.

«Confesión general» llama el pícaro a su relato (II, i, 1) que tiene evidentes lazos estructurales y doctrinales con el género representado de modo conspicuo por la instrospección de San Agustín. El molde parecía hecho para recibir las angustias de Guzmán de Alfarache, pues aupaba las dualidades esenciales al personaje y su narración: un viaje vital y moral, las perspectivas del pecador y del contrito, desenfreno y reflexión, un pasado desechable visto a nueva luz... Aunque existan obvias diferencias de detalle, los repasos de conciencia de Guzmán deben

---

[7] Ello no impide, claro, que haya en el *Lazarillo* «embriones de digresión» (G. Sobejano, «De la intención y valor», pág. 22).

[8] F. Rico, ed., *Guzmán,* pág. 21.

[9] Cfr. F. Rico, *La novela picaresca y el punto de vista*, pág. 82.

mucho, sin duda, a los rasgos básicos del modelo confesional agustiniano[10].

El *yo* del narrador enlaza con verosimilitud las aventuras picarescas y las consideraciones morales, de suerte que la doctrina se funde con la ficción[11]. Pero el imperio del punto de vista único no hace de Guzmán un ser sin visajes; la escisión del protagonista, que ya podemos dejar cifrada, por comodidad, en 'Guzmanillo' y 'Guzmán', impregna, condiciona y enriquece el entramado de la obra en cualquiera de sus aspectos: el ir y venir de *consejas* y *consejos*, el carácter dialogístico de los monólogos, la fusión del deleite y la utilidad, el valor universal de los actos cotidianos de un hombre concreto o la variedad estilística.

EL ROSTRO DEL ATALAYA

No nos engañemos. Todo personaje literario es un títere —aun en las genialidades de Unamuno o Pirandello—; el arte de un autor está en la mayor longitud de la suelta o en la pericia con que disimula los hilos. El plan y las herramientas de Mateo Alemán implicaban serias dificultades para la cabal conformación psicológica de Guzmán de Alfarache: el mismo galeote contaba su vida y mostraba a las claras un debate íntimo que podía quedarse en romo antagonismo entre el pícaro y el atalaya, el pecador y el asceta, el vicioso y el virtuoso, limitando el valor del conflicto al obvio de emblema de la condición humana. Resultaba evidente el peligro de acabar alegorizando, más que novelando, una existencia impersonal, pero Alemán lo esquiva con soltura, y la condición de oteador de su personaje no le impide mostrárnoslo como ser individualizado; y es

---

[10] *Vid.* el buen estudio del género que hace J. A. Whitenack en *The Impenitent Confession of Guzmán de Alfarache*, aunque tiende a desmesurar el alcance de las diferencias, que no se deben —pienso yo— al anticatolicismo o la heterodoxia de Mateo Alemán, sino al carácter no exclusivamente religioso de la confesión de su personaje. Sobre las implicaciones agustinianas de la autobiografía, cfr. en particular M. Cavillac, *Gueux et marchands*, págs. 339-351. Del lucianismo hablaré más adelante, págs. 41-42.

[11] Lo dijo F. Rico, *La novela picaresca y el punto de vista*, pág. 83.

un mérito grande, pues en tales condiciones resultaba difícil eludir una caracterización monótona, un alma monolítica y sin brillo.

Para ver que Guzmán no es, por ejemplo, Andrenio —aunque éste y Critilo le deban mucho—, importa empezar diciendo que su singladura se atiene a la verosimilitud de una cronología coherente y una geografía real. Empieza cuando, «huérfano de unos cuantos padres»[12], con apenas una docena de años, deja «madre y tierra», encomendándose «a Dios y buenas gentes» (I, i, 2). Muy pronto, el «muchacho vicioso y regalado» (I, i, 3) acarrea engaños y desengaños (la tortilla de huevos empollados, los filetes de muleto, la pérdida de la capa, «acusado de ladrón en profecía»...): «Todo es fingido y vano» (I, i, 7). Esos tropiezos le bastan para hacer lo que Lázaro («avivar el ojo y avisar»), guiado por «una nueva luz» (I, ii, 1). De camino a la corte sirve a un ventero —buen maestro de artimañas— y, sin que le haya asomado el bozo, llega a Madrid «hecho pícaro» (I, ii, 2). Mientras apunta maneras de tahúr, frecuenta los más bajos escalones de la servidumbre, y a ellos se encarama para empezar a hurtar, abriéndose camino hacia su «total perdición» (I, ii, 5), condimentada tempranamente con desdichas amorosas en Malagón y Toledo. En Almagro sirve a un capitán —con cojera semejante a la del escudero del *Lazarillo*—; llega a Génova con él, con unos catorce años y «con deseo de conocer y ser conocido» (I, ii, 10). En Italia, maltratado por sus parientes, se da al «arte bribiática»; sirve en Roma a un cardenal durante un par de años llenos de pecados que lo convierten en «verdugo de mí mismo» (I, iii, 9); después ejerce de gracioso y alcahuete del embajador de Francia: cuatro años que no le reportan sino nuevas desdichas y tribulaciones. Decide irse de Roma y, escarmentado tras el robo de sus baúles, toma la «determinación de ser un hombre de bien», pero es el momento menos oportuno: «terrible animal son veinte años» (II, ii, 2). Por esas fechas —estaríamos en torno a 1567, siguiendo los indicios del texto— recorre Florencia, Bolonia y Milán, acompañado por Sayavedra —trasunto del falso *Pícaro* aparecido en 1602—, y justifica con creces su condición de

---

[12] F. Rico, *ibid.*, pág. 63.

«ladrón famosísimo» (cfr. I, «Declaración»). Vuelve a Génova para desplumar vengativamente «a su tío y deudos» (II, ii, 8) y después embarca hacia España. Durante el viaje, Sayavedra enloquece («¡Yo soy la sombra de Guzmán de Alfarache!») y se arroja al embravecido mar. La morosidad con que ha contado su consagración en la picardía contrasta con el frenesí de los años siguientes. Ya en España, mientras se le van de las manos sus poco limpias riquezas, mozas y juegos lo traen a mal traer, pero acaba en la corte, «hecho mercader» y casado; durante unos siete años sigue robando, aunque «con mucha honra y mejor nombre» (II, iii, 2). Enviuda y vuelve a su conflicto de siempre: «Determinábame a ser bueno; cansábame a dos pasos» (II, iii, 4). Entre esas aspiraciones y los estudios en Alcalá pasan otros siete años (estamos ya cerca de 1582) y el desdichado tropieza nuevamente en la piedra del matrimonio, guiado por «estotra ramera, nuestra ciega voluntad» (II, iii, 5). En Madrid alterna nuevos estudios con las sacaliñas a los amantes de su mujer, que acaba yéndosele con un capitán. Con la ayuda de su madre («ya muy vieja») o sin ella, Guzmán comete en Sevilla unos cuantos hurtillos, pretendiendo en vano viajar a las Indias. Casi cuarentón, se arrepiente de sus pecados a los remos de una galera y 'remata la cuenta' con su mala vida.

Ese esbozo de la azarosa cronología del pícaro muestra que el autor comparte con su criatura más rasgos de los que deja imaginar Alonso de Barros en el «Elogio» de la *Primera parte,* pues en ella —dijo— se hallaría «el opuesto de su historia». Para empezar, ambos son sevillanos y nacidos por las mismas fechas; ambos afrontan una desgraciada experiencia matrimonial, condimentada con piruetas mercantiles; ambos, ya superada la treintena, frecuentan las aulas y la cárcel; ambos, en fin, tienen la intención de embarcar hacia las Indias. Pero por más que se multipliquen las correspondencias, resulta ingenuo pensar que son otra cosa que ocasionales afinidades biográficas o apoyos para alcanzar mejor la verosimilitud[13].

[13] Sobre estos aspectos *vid.* especialmente A. Blecua, «Mateo Alemán», páginas 40-41; E. Cros, *Mateo Alemán,* págs. 145-151; M. González Marcos, «Dos notas sobre el *Guzmán»,* págs. 87-100; D. McGrady, *Mateo Alemán,* págs. 79-82, y J. Rodríguez-Luis, «Caracterización y edad del joven Guzmán».

Es obvio, por otra parte, que Guzmán se ha mirado alguna vez en el espejo de Lázaro de Tormes, pero emprende una callada competencia con él (a menudo con gran sutileza: «Porque, al fin, era mozo de ventero, que es peor que de ciego», dice en I, ii, 2). El parentesco resalta en el origen infame, el servicio a varios amos (con recuerdos concretos), el afán de medro o la infamia matrimonial[14]. Pero el «virtuoso efeto» que pretende Alemán hace que las «guzmanadas»[15] tengan causas bien distintas. Limitaré las discrepancias a unas pocas que me parecen esenciales y cuya formulación generalizadora resulta inevitable. Uno de los propósitos del *Guzmán* es explicar el mundo *(la vida humana)* por medio del pícaro; me temo que el interés del genial autor anónimo fue muy otro: explicar al hombre (Lázaro de Tormes) por medio del mundo. A Lazarillo lo mueve el hambre; Guzmán, aunque también anduvo alguna vez con las tripas quejosas, obra frecuentemente con el empujón de la gula. En los trances más apretados, Lázaro aguza el ingenio para ratonar un mendrugo; Guzmán, sin reclamo del estómago ni más motivo que la ostentación, practica la malicia para hurtar unas confituras. Lázaro es un «pobreto» que malvive entre Salamanca y Toledo; con el *Guzmán de Alfarache*, la picaresca se hace internacional y delictiva. A un hijo de la desdicha le sucede «un hijo del ocio» (I, «Elogio de Alonso de Barros»; a un desarraigado, un desgarrado. Las diferencias son mayores de lo que pudiera parecer en ese repertorio de disparidades alimenticias e itinerarias, porque el cambio en el móvil del personaje (la necesidad en uno, el vicio en otro) está en relación directa con el propósito de sus relatos respectivos, que es claramente didáctico-moral en el que hoy estudiamos.

Pero Guzmán carga con más herencias. En su época, el primer acto trascendental de un escritor era seguramente el bau-

---

[14] Cfr. G. Sobejano, «De la intención y valor», págs. 9-34; ahí se señala también, con gran inteligencia, las diferencias entre Lázaro y Guzmán: «No puede haber remeros más distintos: Lazarillo boga hasta el buen puerto del oficio real; Guzmán, bajo el corbacho del cómitre, por el mar del desengaño»; «En *Lazarillo*, candidez y miseria. En Guzmán, malicia y apuros» (págs. 12 y 17).

[15] G. Sobejano, *ibid.*, pág. 19.

tizo de sus criaturas de ficción, y la estirpe picaresca fue consecuente con la necesidad de hallar nombres significadores: *no-
men est omen*. Si el de Tormes evocaba enseguida múltiples lace-
rias, el de Alfarache llevaba por delante, al menos, la presunción de nobleza («Es de los Guzmanes», se decía) y un atilda-
miento que pocas veces era compañero del valor o de los
triunfos amorosos; en definitiva, una no muy buena creden-
cial: «Y sois Guzmán de Alfarache, que basta» (II, iii, 9)[16].

Sin embargo, no sabemos a ciencia cierta otros nombres
que los de guerra (el de siempre y, cuando le importa «hacerse
de los godos», 'don Juan de Guzmán'), y esa ceñida polionoma-
sia —nada cervantina— le sigue alejando de Lázaro González
Pérez: porque Guzmán es más 'el hijo del pecado' que 'un hijo
de dos pecadores'. Su pintoresca y engañosa concepción inau-
gura el simbolismo, crucial en la novela, del pecado original y
la posibilidad de su redención; tras ese episodio, el itinerario
del mozo de muchos amos no es sólo social: es, básicamente,
un viaje moral. El protagonista —mozo de venta, mendigo, pícaro, esportillero, ladrón, paje, alcahuete, lindo, mohatrero,
'caballero', pupilo, estudiante, estafador, marido cartujo, galeote— recoge un nutrido linaje cuyos estadios más aparentes
quedaron bien trabados en el refranero: «El padre mercader, el
hijo caballero, el nieto pidientero»[17].

Usura, presunción, mendicidad...: eran tachas de siempre
con concreciones sociales muy preocupantes para un hombre
como Mateo Alemán. El enojo ante el mal uso del trato mercantil, las consideraciones «contra las vanidades de la honra»
(I, ii, 2-4) o los «discursos del amparo de los legítimos pobres y
reducción de los fingidos» —por echar mano de un título de
Pérez de Herrera— son momentos en que se ve muy bien la
perspectiva escindida del personaje —partícipe y debelador de
infamias al tiempo— y su labor, cuando viste la piel del *atalaya*, como vocero del novelista. Porque Alemán apura en su
obra, entre otros, el sutil arte de la ventriloquia.

[16] Cfr. A. San Miguel, *Sentido y estructura*, págs. 43-59 —aunque recurre a su-
tilezas innecesarias— y M. Cavillac, *Gueux et marchands*, págs. 331-332.
[17] Cfr. Gonzalo Correas, *Vocabulario de refranes y frases proverbiales*, ed.
L. Combet, pág. 107b.

«CONTIGO HABLO», «A TI SOLO BUSCO Y POR TI HAGO
    ESTE VIAJE»

Para ser una autobiografía, suenan bastantes voces en el
Guzmán de Alfarache. En ellas vemos agrandarse las diferencias
entre la carta de Lázaro de Tormes y la «confesión general» del
pícaro sevillano: el pregonero de vinos escribe a un receptor
concreto, *Vuestra Merced;* Guzmán habla con interlocutores de
muy variada condición. De hecho, la obra de Alemán puede
definirse como un diálogo, tácito o no, entre un *yo* y un *tú* po-
livalentes. Aparte los destinatarios circunstanciales del autor
en los preliminares (don Francisco de Rojas, don Juan de
Mendoza, el «vulgo» y el «lector», «discreto» o a secas), la segunda persona se cuela como ingrediente fundamental en la
entraña misma de la narración, condicionando su estructura y,
al tiempo, acomodándose a ella o contribuyendo al arraigo del
didactismo.

Conocemos los posibles modelos del *Guzmán* en el uso de la
segunda persona, pues «tiene una venerable tradición en la
prosa de espiritualidad»[18] y, en general, en la literatura de índole moral avivada por los humanistas del siglo XVI (en el
apartado sobre el estilo pondremos unos ejemplos); pero ahora
nos importa más ver que, a diferencia de esos precedentes —o
quizás aunándolos—, en el *tú* que Guzmán suelta a cada instante caben muchas encarnaciones.

El primer y más constante interlocutor de Guzmán es el
«curioso lector» (I, i, 1) a quien promete, al final de la obra,
una «tercera y última parte» (II, iii, 9). Es un lector básicamente pasivo, impersonal pero próximo, y a él se dirige continuamente el narrador, entre otras cosas para asegurar la comuni-
cación: «Vesme aquí...» (I, ii, 1; II, iii, 1); «como lo verás
en la segunda parte» (I, iii, 1); «mañana en amaneciendo te
diré mi suceso, si de lo pasado llevas deseo de saberlo» (II, i,
8); «Yo estaba en el punto que has oído» (II, iii, 4). Con ese

---

[18] F. Rico, *La novela picaresca y el punto de vista*, pág. 75.

lector general, pero en su faceta activa, dialoga sobre el modo en que ha decidido narrar su vida, reclama su conformidad y le justifica las largas explanaciones morales: «Ya te prevengo, para que me dejes o te armes de paciencia» (I, i, 2); «No sé qué disculpa darte» (I, i, 3); «Larga digresión he hecho y enojosa. Ya lo veo; mas no te maravilles...» (I, ii, 4). Muchas veces involucra a ese lector hipotético en su argumentación, discutiendo con él e imaginando incluso sus palabras: «No te puedo negar que...» (I, i, 3); «Preguntarásme: "¿Dónde va Guzmán tan cargado de ciencia?"» (I, ii, 7); «Ya dirás que te predico y que cuál es el necio que se cura con médico enfermo» (II, i, 1); «Y si dijeres que hago ascos de mi propio trato...» *(ibidem)*; «¿Ves cómo es menor mal...? ... Dirás... ¿Piensas que hay más que decir...? ... ¿Parécete...? ... ¿Qué te hicieron? ... ¿Ves ya cómo haces mal y que te digo verdad?» (II, ii, 3); «Di también —pues no lo dijiste— que...» (II, ii, 7); «¿Diré aquí algo? Ya oigo deciros que no, que me deje de reformaciones tan sin qué ni para qué» (II, iii, 4, con lo que sigue). *Tú* vale a ratos 'uno', a uso de significativo comodín generalizador (clavándolo, para mayor efectividad, en la carne del oyente): «Pues, olvídesete algo, ponlo a mal cobro, que iluego lo hallarás!» (I, ii, 1); «Daránte codazos y rempujones... Mal o peor has de callar la boca, que no estás en tu casa, sino en la suya, y debajo del poder, etcétera» (II, ii, 3).

El lector puede ser también el destinatario de la admonición o la reprensión: «Harto más digno de culpa serías tú, si pecases, por la mejor escuela que has tenido» (I, i, 1); «¿Pues no consideras, pobre de ti...?» (I, ii, 3); «Digo verdades y hácensete amargas» (II, i, 1). Asimismo es capaz de aparecer como confidente en la crítica, deseado contertulio contra un mismo objetivo, y compañero, colaborador, discípulo o cómplice del apicarado narrador, que le insta a reflexionar o hablar: «No te digo más, haz tu discurso» (I, i, 3); «¿No consideras la perversa inclinación de los hombres, que no sienten sus trabajos cuando son mayores los de sus enemigos?» (I, i, 7); «Hágote saber —si no lo sabes— que es la vergüenza como redes de telarejo» (I, ii, 1); «Yo pienso de mí lo que tú de ti» (II, i, 1); «Atreveos, pues, a un mozo mocito... Representadle que no sabe quién lo quiere mal... Diráte lo que a todos» (II, i, 7).

A menudo el interlocutor es social o moralmente concreto: «Y tú, cuadrillero de bien, que me dices que hablo mal» (I, i, 7; la relación puede darse también de modo más impersonal: «Alguno del arte mercante me dirá...», I, i, 1); «¡Oh, epicúreo, desbaratado, pródigo...!» (I, ii, 1); «Rico amigo, ¿no estás harto...? ... No seas especulador ni hagas eleciones» (I, iii, 6).

Ese diálogo variadísimo con el lector u oyente (puede ser hostil o amoroso, brutal o considerado) dista mucho de ser convencional, y adquiere en ocasiones una admirable vivacidad, pues también en el ir y venir de los pronombres se ve el salto del suceso a la experiencia: 'ponte en mi lugar', «troquemos plazas» (II, iii, 4). De nuevo un elemento esencial a la obra lo impregna todo: la segunda persona tiene valor narrativo (en la relación con ese lector que hoy llaman algunos 'narratario'), crítico (cuando se concreta socialmente, por ejemplo), didáctico (se le incordia, entre otras cosas, para que escarmiente en cabeza ajena) y moral (cuando el *tú* nos abarca a todos).

La sabia oralidad del *Guzmán de Alfarache* se plasma aún en el diálogo que el protagonista, aplicándose el cuento, entabla consigo mismo: «¡Válgame Dios! —me puse a pensar—, que aun a mí me toca y yo soy alguien: ¡cuenta se hace de mí! ¿Pues qué luz puedo dar o cómo la puede haber en hombre y en oficio tan escuro y bajo? Sí, amigo —me respondía—, a ti te toca y contigo habla, que también eres miembro deste cuerpo místico, igual con todos en sustancia, aunque no en calidad» (I, ii, 3); «Guzmán, ¿qué se hicieron tantas velas, tantos cuidados, tantas madrugadas, tanta continuación a las escuelas, tantos actos, tantos grados, tantas pretensiones?» (II, iii, 4). Ahí advertimos, desde luego, la materialización del conflicto entre 'Guzmanillo' y 'Guzmán', el «pícaro» y el «atalaya», el pecador y el moralizador. No extraña, por tanto, que el hecho se repita en el trance de la conversión, cuando es mayor la brecha entre los avatares vitandos del galeote y la actitud virtuosa propugnada en los apartes morales: «¿Ves aquí, Guzmán, la cumbre del monte de las miserias, adonde te ha subido tu torpe sensualidad? Ya estás arriba y para dar un salto en lo profundo de los infiernos o para con facilidad, alzando el brazo, alcanzar el cielo» (II, iii, 8). Tampoco extraña, vista esa escisión, que Guzmán, cuando se abandona a algún «largo soliloquio» (II, ii, 4), use significativamente la segunda persona, el «monodiálogo»[19]. Quizás diciendo 'monólogo exterior' definimos bastante bien, y a un tiempo, la oralidad del *Guzmán*, el ajetreo del *yo* y el *tú*, las relaciones del personaje con su interlocutor o consigo mismo, y las implicaciones estructurales y estilísticas de sus palabras[20].

«ACORDARTE DE TI Y OLVIDARTE DE MÍ»

Ya sabíamos por Hernando de Soto que la vida del pícaro «enseña por su contrario / la forma de bien vivir» (I, página 121)[21]. Pero vale mucho más la confirmación por boca del propio Guzmán: «Pues yo te prometo que importará para tu salvación acordarte de ti y olvidarte de mí» (I, iii, 5); «Digo —si quieres oírlo— que aquesta confesión general que hago, este alarde público que de mis cosas te represento, no es para que me imites a mí; antes para que, sabidas, corrijas las tuyas en ti. Si me ves caído por mal reglado, haz de manera que aborrezcas lo que me derribó, no pongas el pie donde me viste resbalar y sírvate de aviso el trompezón que di» (II, i, 1).

La enseñanza *ex contrario* venía de antiguo, pero lo arcaico del procedimiento no mengua su vigor en el *Guzmán*: a diferencia del género fabulístico, que se limita a ensartar perlas

[19] C. S. de Cortazar, «Notas para el estudio de la estructura del *Guzmán de Alfarache*», pág. 87.

[20] *Vid.* E. Cros, *Mateo Alemán*, pág. 160; H. H. Reed, *The Reader in the Picaresque Novel*, págs. 63-86; A. San Miguel, *Sentido y estructura*, págs. 232-238; G. Sobejano, «De Alemán a Cervantes: monólogo y diálogo»; D. Villanueva, «Narratario y lectores implícitos», págs. 352-353; J. Whitenack, *The Impenitent Confession*, págs. 57-70, y F. Ynduráin, «La novela desde la segunda persona».

[21] Los versos laudatorios de la *Segunda parte* remachan certeramente esa idea: «La vida de Guzmán, mozo perdido, / por Mateo Alemán historiada, /es una voz del cielo al mundo dada / que dice: "Huid de ser lo que éste ha sido."»

desiguales en el collar del escarmiento, los actos vitandos y concretos del pícaro adquieren toda su significación en una actitud moral que los abarca y que se nos aparece reprobable en su integridad. En otras palabras, la primera persona también da cohesión a la técnica —didáctica y retórica a la vez— del «argumento de contrarios»[22]. A través de ella se consuman, en el tálamo de la voluntad moralizante, las relaciones entre el *yo* del protagonista y el *tú* del lector; es decir, la interacción de la primera y la segunda persona. Al fin y al cabo, en «el espejo en que se puede ver uno, se pueden ver muchos» (Juan de Zabaleta, *El día de fiesta por la mañana,* XX).

LA LITERATURA MORAL DE LA ANTIGÜEDAD

En sus obras, Alemán quiso salir retratado con unos cuantos símbolos, entre ellos —era lógico— un libro. En el retrato, el escritor apoya su mano izquierda sobre un volumen cuyo corte opuesto al lomo luce una abreviatura nada misteriosa: *Cor. Ta.*[23] No es extraño que «el censurador Tácito» (Gracián, *Agudeza,* LXI) sirviese para apuntalar, con una evidencia más, el propósito moralizador y la voluntad reformista del sevillano. No sé yo si la mención del historiador antiguo desvela «la clé idéologique» del *Guzmán* en concreto[24], pero sí que vale para definir la actitud vital y literaria de su autor, pues en el trance de fundir la utilidad con el deleite, «tan bien se reciben las fábulas de Isopo como los estratagemas de Cornelio Tácito» *(Marcos de Obregón,* I, xii).

Enseñanzas estilísticas aparte —porque también las hubo—, el autor de los *Anales* mostraba que el rigor de la historia no empecía la presencia de avisos morales y políticos encamina-

---

[22] Son palabras de Alonso de Barros en el «Elogio» a la *Primera parte.* Cfr. E. Cros, *Protée et le gueux,* págs. 97-98, o *Mateo Alemán,* pág. 72, y M. Cavillac, *Gueux et marchands,* pág. 343.

[23] *Vid.* R. Foulché-Delbosc, «Bibliographie», págs. 555-556.

[24] Cfr. M. Cavillac, *Gueux et marchands,* págs. 62 y 444.

dos a la reforma de las costumbres, aun a costa de cargar la mano en una crítica ácida y desengañada: la censoria amargura del *Guzmán* (sólo un tinte, y quizá no el más llamativo, de la obra) tiene que ver más con el tono tradicional de las filípicas y con la «hiel de Tácito» (*Criticón,* II, iv) que con el determinismo sanguíneo y la desesperación de una casta. Alemán, en definitiva, es heredero de una riquísima tradición de literatura moral, didáctica y crítica: no la burla, la asume; no la subvierte, la renueva; no la mata, la noveliza.

Como estamos obligados a desbrozar entre los numerosos ejemplos posibles, escojamos un botón de muestra. Los *Morales* de Plutarco valen en el *Guzmán* (y en toda la Europa de aquellos años) como una fuente de noticias misceláneas y de apotegmas[25]; con esa información acompaña Alemán, alguna vez, sus propios datos y opiniones (por ejemplo, la crítica de la vergüenza, la comparación entre la ciencia y la fortuna o el consuelo de los desterrados). Pero la validez de los *Morales* no acaba ahí, mientras sí lo hace en manos de otros autores; creo que la gran herencia plutarquesca en Alemán está en su moralismo integral, en la hermandad de admonición y ejemplo, en la incipiente novelización de la doctrina y en un estilo solidario del didactismo.

Las páginas de la famosa traducción de Diego Gracián nos muestran desde viejas sentencias que parecen consejos para Guzmanillo ('los que son inclinados a los vicios huyan las causas dellos') hasta tratados enteros sobre los temas predilectos del novelista sevillano. Así, hallamos en Plutarco la crítica de la murmuración (motivo, por cierto, de primer orden en todas las autobiografías de los lenguaraces pícaros), las diferencias entre la amistad y la lisonja *(De saber cómo podrá alguno determinar y diferenciar el amigo del lisonjero,* fols. 143v-159v), la importancia de la relación entre el delito y su castigo *(De los que son castigados y, aunque tarde, pagan la pena de su merecido,* 279r-287r), la inocencia de los hijos del malhechor *(ibidem,* 283v-284v), la abominación de la usura *(Que no conviene tomar a logro o a censo,*

---

[25] Alemán leyó los *Morales* en la traducción de Diego Gracián (cfr., por ejemplo, I, ii, 7, n. 3), que yo cito según la edición salmantina de 1571.

187v-190r), u observaciones sobre *Cómo podrá alguno sacar provecho de los enemigos* (159r-163r).

Merece la pena ver en un pasaje del Plutarco de Diego Gracián su comunidad con el *Guzmán de Alfarache* en la preocupación moral, en el utillaje técnico del escritor y en el sabio aprovechamiento de la segunda persona:

> Así también puedes tú decir a la pobreza, que tiene en sí tantos males; no le añadas las desventuras que nascen del tomar a logro y adeudarse; ni quites a la pobreza aquella seguridad y aquel estar sin cuidado en que solamente parece que difiere de las riquezas. Sobre esto hay un proverbio de reír que dice: «No puedo llevar una cabra; échame un buey a cuestas.» No puedes sufrir la pobreza y échaste a cuestas el logrero, carga tan pesada que aun los ricos no la pueden llevar. «Pues ¿cómo (dizes) me manterné?» ¿Pregúntasmelo? Manos tienes, pies tienes, hombre eres a quien es propio amar y ser amado, agradar y ser agradado; enseña letras, sé ayo, sé portero, navega y renavega. Que ninguna cosa déstas es tan vergonzosa ni tan pesada como oír dezir: «Paga» (fols. 188v-189r).

Son, bien se ve, temas eternos de la literatura moral, pero Alemán los incorpora a los avatares picarescos de Guzmanillo, y lo hace precisamente para que la cháchara y los consejos del atalaya no sean letra muerta ni estéril moralina, para que los frutos doctrinales de sus experiencias no sean, como en el juicio famoso y desencaminado de Lesage, «moralités superflues»[26]. Dos son las vías esenciales de esa actualización: la crítica social (con un voluntarioso reformismo de fondo) y la narración (incluye esos grandes temas en una estructura novelesca, en la vida de un personaje, en un desarrollo más propicio a la literatura). Por un lado, la corrupción de la justicia, la usura, la falsedad, el latrocinio, adquieren en el *Guzmán* las formas sociales de los jueces, escribanos, cuadrilleros, mohatreros, testigos falsos, mendigos fingidos, hipócritas, venteros...; por otro, las normas retóricas y el ejemplo de la literatura antigua y contemporánea seguían alumbrando el camino de Alemán.

---

[26] La traducción francesa de Lesage (París, 1732) se presentaba *purgée des moralités superflues*.

«UN AMIGO DE LUCIANO»

Hizo honor a su nombre «El Acertador» de *El Criticón* (III, iii; cfr. aquí, I, iii, 7, n. 11) cuando aplicó al autor del *Guzmán* la definición que encabeza este apartado. El samosatense tenía una bien ganada fama como 'fiscal de vidas ajenas' entre los escritores españoles del Siglo de Oro; la difusión de su obra se debió muy especialmente a la labor de Erasmo, cuya influencia humanística y literaria no fue menor que la ideológica o específicamente religiosa. Muy a menudo, erasmismo y lucianismo anduvieron de la mano en la literatura crítica de la España de mediados del siglo XVI, y estoy convencido de que ésta mostró a Mateo Alemán no pocas maneras de actualizar el espíritu y la letra de las obras morales de la antigüedad.

Por ejemplo, de tradición lucianesca son, en última instancia, los apólogos morales que, a varios propósitos, cuenta el pícaro: el Contento y el Descontento (I, i, 7), la Verdad y la Mentira (I, iii, 7) y Júpiter y los animales (II, i, 3). En ellos, Alemán consigue elaborar —son palabras atinadísimas de Eugenio Asensio— variaciones estéticas «de un complejo de motivos» que en algún caso (el primero, sin ir más lejos) «rodaban hacia más de un siglo por los dominios de la sátira fantástica»[27]. Pero la influencia de Luciano tiene mayor alcance y, casi siempre, muy ilustres intermediarios.

Basta leer *El crótalon* para advertir una relación que sobrepasa lo anecdótico: un personaje proteico e itinerante relata sus andanzas (el diálogo cede, por tanto, ante la autobiografía) y éstas dan pie a numerosos excursos de índole erudita, retórica, moral, crítica, satírica o alegórica. El acierto de Alemán, inspirado por el *Lazarillo*, es bajar a la tierra y la carne de un mozalbete dado a los vicios las pitagóricas y fantasiosas andanzas de los héroes lucianescos; en definitiva, trazar una autobiografía verosímil. Pero el lucianismo español y europeo del siglo XVI tiene mucho que ver con todo lo esencial del *Guzmán:* ayuda a

---

[27] E. Asensio, *La España imaginada de Américo Castro,* pág. 167. *Vid.* especialmente E. Cros, *Protée et le gueux,* págs. 232-243.

definir los rasgos sobresalientes del protagonista (un lenguaraz
Proteo, siempre dispuesto a ser testigo crítico de las tachas sociales y morales); apuntala la técnica autobiográfica tomada del
Lazarillo; tantea las proporciones entre narración y digresión
(es decir, comparte lo medular de la estructura), y anticipa, en
fin, el tono, tema, estilo, móvil, contenido y preocupación reformista de los excursos. En este último aspecto —el más ajeno, téngase en cuenta, al librito anónimo de 1554— el parentesco resulta especialmente interesante, porque frente a los
«embriones de digresión»[28] de la primera novela picaresca, los
parlamentos del Gallo, Pedro de Urdemalas o Momo acogían
«discursos» con igual sustento retórico y similar intención satírica que los de Guzmán de Alfarache.

Otras influencias

Hasta ahora hemos visto los influjos literarios más importantes, los que determinan en buena medida la génesis y estructura del *Guzmán,* pero hay otros, naturalmente, que valieron para llenarlo con materiales de muy distinta procedencia.
En las notas de la presente edición se intenta dar cumplida
cuenta de todos ellos, pero conviene enumerar con presteza, al
menos, los ámbitos a que pertenecen.

Uno de los más notables es el de la literatura religiosa. Aunque la definición de la picaresca que dio Miguel Herrero García («un sermón con alteración de proporciones de los elementos que entran en su combinación»)[29] es —precisamente—
desproporcionada, la oratoria sagrada tiene gran ascendencia
sobre las digresiones del pícaro, que en su autobiografía reme-
mora explícitamente varios sermones y pergeña otros[30]. También dejaron su impronta las confesiones (dicho está), las ha-

---

[28] G. Sobejano, «De la intención y valor», pág. 22 (cfr. *supra,* n. 7). Donde
mejor se verá lo que aquí digo es, naturalmente, en las notas al texto.

[29] M. Herrero García, «Nueva interpretación de la novela picaresca», *Revista
de Filología Española,* XXIV (1937), pág. 349.

[30] Cfr. I, i, 1; I, i, 4, y I, ii, 3. *Vid.* muy especialmente H. D. Smith, «The *pícaro* turn Preacher», y *Preaching in the Spanish Golden Age. A Study of some Preach-
ers of the Reign of Philip II,* Oxford, 1978.

giografías (Alemán escribió una) y los tratados ascéticos (fray Luis de Granada, importantísimo también como retórico, o Juan de Ávila, por citar los más conspicuos).

La voluntad de aplicar sin monotonía los esquemas de la Retórica (principalmente la combinación variable de *narración, sentencia* y *ejemplo)*[31], abrió de par en par las puertas del *Guzmán* a la literatura miscelánea (colecciones de apotegmas, repertorios de lugares comunes, silvas, polianteas)[32], a los chascarrillos y cuentecillos tradicionales (Alemán muestra conocer un buen pellizco de ellos)[33], a los refranes (Correas llegó a nutrirse de la ingeniosa sentenciosidad del pícaro), a los emblemas, a las *novelle...*[34]. Basta recordar unas pocas fuentes concretas y seguras de la obra («No es todo de mi aljaba», confesaba el autor en la «Declaración» inicial) para advertir su riqueza: Esopo, Aviano, Guicciardini Mexía, Torquemada, Plutarco, Jaime Falcó, Boecio, Giraldo Cintio, L. B. Alberti, Boaystuau, Hernando del Pulgar, Doni, Straparola, Bandello, el *Liber vagatorum*, Juan de Aranda, Masuccio, Castiglione, Melchor de Santa Cruz, Tamariz...[35]. En resumidas cuentas, son, a la vez, las fuentes de un perfecto humanista, de un perfecto cristiano y de un perfecto conocedor de la tradición novelesca española y europea del siglo XVI.

[31] Cfr. E. Cros, *Protée et le gueux*, págs. 181-209, y *Mateo Alemán*, págs. 75-93, o la explicación más compendiosa de A. Blecua, «Mateo Alemán», págs. 54-55.

[32] Esto es, como dice A. Blecua, el «tipo misceláneo de literatura necesario para la expresión oral y escrita del hombre del Renacimiento» («Mateo Alemán», pág. 58).

[33] *Vid.* M. Chevalier, *«Guzmán de Alfarache* en 1605».

[34] Cuatro son las novelas intercaladas en el *Guzmán: Ozmín y Daraja* (I, i, 8), *Dorido y Clorinia* (I, iii, 10), *Don Luis de Castro* (II, i, 4) y *Bonifacio y Dorotea* (II, ii, 9). De ellas se habla en las notas a la edición, y tienen la función primordial, aunque no exclusiva, de causar deleite y entretenimiento (una «finalidad ... placentera», dice F. Rico, ed., pág. 51), importantísima en la concepción estética de Mateo Alemán.

[35] El mejor estudio de este aspecto —aparte la modélica anotación de F. Rico, quizás completada ocasionalmente en la mía—, es el de E. Cros, *Contribution à l'étude des sources de «Guzmán de Alfarache»;* cfr. también *Mateo Alemán*, págs. 163-171.

El «Guzmán» apócrifo

«Por haber sido pródigo comunicando mis papeles y pensamientos, me los cogieron a el vuelo» *(Guzmán,* II, «Letor»). Oído atento y mano veloz tuvo, al parecer, el valenciano Juan Martí, quien, bajo el nombre contrahecho de «Mateo Luján de Sayavedra, natural vecino de Sevilla», siguió contando al mundo las andanzas de Guzmanillo[36]. El monto de lo usurpado fue seguramente muy considerable, y, además de los grandes trazos del proyecto original, alcanzaría algunos detalles menores.

El falso *Guzmán,* desde luego, no resiste la comparación con el auténtico, pero si el discípulo fue bastante desconsiderado con el maestro, de su limitado esfuerzo por no desvirtuar la andadura del modelo le nacen algunos méritos. Asume a la perfección el carácter de Guzmán: «siempre me aconsejaba yo con el gusto y no con el provecho» (i, 1, pág. 364b), «mis cosas eran corrida de caballo francés» (iii, 7, pág. 416a), «tal era la fuerza de mi mala naturaleza, habituada en todos los años de mi mocedad» *(ibíd.);* le somete a continuas reflexiones sobre su estado: «desnudo nací, desnudo me hallo» (i, 2, pág. 365b), «Volvíme a sentar en el suelo considerando mi desdicha, y pasando con los ojos del alma por mi vida pasada» (i, 2, página 366a), «Aquí me trujeron mis pasos inconsiderados» (iii, 11, pág. 430b); hace que su pícaro se interrogue, como el original, sobre la paradoja del pecador que amonesta: «Quien oye esto luego me dirá: "¿Cómo, Guzmán, siendo vos tan predicador, no tomábades esos consejos?"» (i, 5, pág. 374a), «¿Quién le hizo a Guzmán de Alfarache andar en estas consideraciones y hacerse consejero de Estado?» (iii, 2, pág. 407); advierte el vaivén consustancial a la obra: «Ya te amonesté que saldría mu-

---

[36] La *Segunda parte de la vida del pícaro Guzmán de Alfarache, compuesta por Matheo Luxán de Sayavedra, natural vecino de Sevilla* (Valencia: Pedro Patricio Mey, 1602) tuvo también una notable fortuna editorial hasta 1604, año de la aparición de la *Segunda parte* auténtica. Yo cito a 'Luján' por la edición incluida en el tomo III de la *Biblioteca de Autores Españoles.* Cfr. R. Foulché-Delbosc, «Bibliographie», págs. 504-512.

chas veces de la historia de mi vida a los pensamientos que me ofrecían mis sucesos» *(ibíd.);* apura los efectos de la relación de Guzmán con su lector u oyente: «Haz, hermano, lo que digo, y no lo que hago» (i, 5, pág. 374a, con la enseñanza *ex contrario),* «Dime (yo te ruego), tú que escuchas mi vida...» *(íd.,* página 375b); reitera, para asegurar el vínculo, situaciones y episodios de la *Primera parte* (Guzmán alcahuete de su amo, en trance de predicador, desdichado amante...); enuncia ideas cruciales: «ninguno tuvo vicio ni culpa en su nacimiento, sino que si viene a ser malo es por su pecado voluntario» (iii, 4, pág. 409b); impone, en fin, digresiones sobre temas predilectos de Alemán: la caridad, la inclinación natural, la honra, la envidia, la servidumbre, las malas compañías, los vestidos, los pobres y los ricos, la astrología, la cárcel, los pobres legítimos, la venta de oficios, los pleitos, el sueño, el amor a los enemigos, la educación de los niños, la corrupción de la justicia...

Cuesta adivinar cuánto de ello fue arrebatado a la letra del sevillano, pero es fácil detectar, por otro lado, evidentes traiciones al propósito primitivo, porque en manos de «Mateo Luján», la incontinencia verbal del pícaro no siempre andaba encaminada a «fabricar un hombre perfeto», y los «documentos» del bueno se truecan a menudo en pura pedantería[37]. Es decir, sí son las del falso Guzmán digresiones «superflues», pues no atinan a ser «moralités». El principal defecto del plagio, por tanto, es desestabilizar la relación entre *consejos* y *consejas,* ser a ratos, más que una 'novela', una 'silva de varia lección', acumular en los meandros de la obra erudición de acarreo sin relación con la experiencia del personaje y sin enseñanza digna de ser retenida.

A Alemán le molestaría y le preocuparía que su criatura no anduviese en buenas manos, y, como Cervantes, novelizó en su *Segunda parte* la existencia de la continuación falsificada. Su reacción comienza en el título (... *por Mateo Alemán, su verdadero autor)* y toma forma irónica en el prólogo al «Letor»: reconoce en su imitador «mucha erudición, florido ingenio, profunda ciencia, grande donaire...», pero enseguida censura la mala

---

[37] *Vid.* G. Sobejano, «De la intención y valor», págs. 34-55.

configuración del personaje, echa en falta el propósito fundamental de la obra («descubrir —como atalaya— toda suerte de
vicios») y, con ribetes de teorizador (es «muy ajeno de historias
fabulosas introducir personas públicas y conocidas, nombrán-
dolas por sus propios nombres»), lamenta la incongruencia,
respecto al plan y las promesas de la *Primera parte,* de las aventuras de Guzmán el malo (por ejemplo, «no se pudo llamar "ladrón famosísimo" por tres capas que hurtó»)[38].

La gran venganza de Mateo Alemán, sin embargo, está en
el cuerpo de la novela: el desquite le llega por la vía más efecti-
va de la literatura[39]. Los primeros capítulos de la *Segunda parte*
auténtica parecen resentirse de la rapiña de Martí: Guzmán, al
servicio del embajador, anda corto de aventuras, pero da rienda suelta a su oratoria en numerosos cuentecillos folklóricos,
apotegmas, apólogos, digresiones morales y alusiones eruditas.
Poco a poco asistimos a sus nuevas andanzas: la burla a los in-
vitados del embajador (casi una escena, y repleta de rasgos tradicionales) y la tercería que termina en enlodadura. El protagonista vuelve después a la reflexión (II, i, 7: «cuánto ciega la
pasión a un enamorado»; «Todo miente y todos nos menti-
mos»; propósito y método de su autobiografía; «Todo ya era
mentira») y padece el descrédito y las burlas de los otros criados. Pero al pobre pícaro le va a suceder lo que a su creador:
«hácesele amigo un ladrón para robarlo» (en el epígrafe de II, i,
7). Un «mocito de mi talle», «español» y «velloso» ('astuto'), le
gana la voluntad y le aconseja dar «una vuelta por toda Italia»
(II, i, 7). Pero el atento compatriota (aunque «valenciano» y no
«andaluz») le salió rana: «Todo fue mentira»; su «retórico hablar en castellano» escondía las trazas de un «ladroncillo cica-
tero y bajamanero» quien, compinchado con otros cacos de
más talla, le roba los baúles a Guzmanillo. En ese punto, Alemán ha urdido ya la trama de su venganza, que ocupará todo
el segundo libro[40].

---

[38] Cfr. 'Mateo Luján', *Segunda parte,* iii, 9 y 11.
[39] Cfr. D. McGrady, *Mateo Alemán,* pág. 115.
[40] Sobre la interpretación y claves del episodio *vid.* especialmente D. McGrady, *Mateo Alemán,* págs. 113-129 (con la posibilidad de otras identificaciones:
Pompeyo como anagrama del impresor del apócrifo, por ejemplo), E. Cros, *Mateo*

«UN NUEVO CORAZÓN, UN HOMBRE NUEVO»

La piedra angular de todas las interpretaciones del *Guzmán de Alfarache* es la conversión del protagonista (II, iii, 8): el baqueteado corullero, encumbrado por su «torpe sensualidad» en el «monte de las miserias», «ya con las desventuras iba comenzando a ver la luz de que gozan los que siguen a la virtud». Su consideración se entretiene en la importancia del trance («Ya estás arriba, y para dar un salto en lo profundo de los infiernos o para con facilidad, alzando el brazo, alcanzar el cielo»), ponderando los trabajos que Dios nos da para que podamos «comprar la bienaventuranza». Total, «En este discurso y otros que nacieron dél pasé gran rato de la noche, no con pocas lágrimas, con que me quedé dormido y, cuando recordé, halléme otro, no yo ni con aquel corazón viejo que antes. Di gracias al Señor y supliquéle que me tuviese de su mano. Luego traté de confesarme a menudo, reformando mi vida, limpiando mi conciencia, con que corrí algunos días. Mas era de carne. A cada paso trompicaba y muchas veces caía; mas, en cuanto al proceder en mis malas costumbres, mucho quedé renovado de allí adelante».

Al pobre galeote le aguardan aún «nuevas calamidades y trabajos» en el último capítulo de su relato (II, iii, 9), lleno de ingredientes conocidos: un apotegma de tema pictórico (como al principio de la novela y a modo de metáfora de las obras de Dios), una digresión sobre el matrimonio (ilustrada por tres cuentecillos) y —de nuevo en el cauce de los hechos— la narración de las últimas tribulaciones del personaje (víctima de una falsa acusación y delator de un plan de fuga, en espera de la carta de libertad). El episodio avanza un paso en lo prometido en la «Declaración» («él mismo escribe su vida desde las galeras, donde queda forzado al remo»), y en él convergen los dos elementos fundamentales de la obra, la narración y la doctrina: es el resultado factual de una reflexión, es la primera *conseja* consecuente con un *consejo*.

Alemán, págs. 40-45, S. H. Fabreguettes, «Une vengeance littéraire», o B. Brancaforte, *¿Conversión o proceso de degradación?*, págs. 93-114.

Tal desenlace no es nada sorprendente. Resulta imprescindible, por ejemplo, desde el punto de vista doctrinal —y enseguida lo veremos con más detalle—; recoge algunos aspectos ideológicos y simbólicos esenciales a la obra y los enuncia —como Quevedo en su perfecto endecasílabo— con palabras de la más pura tradición cristiana, sin voluntad programática particular ni militancia heterodoxa alguna. Tras varias intentonas fallidas, el galeote alcanza un sincero acto de contrición. Sin él, además, se descompone el *Guzmán* entero, porque la perspectiva crítica del *atalaya* ante los actos del *pícaro* —dos facetas, recordémoslo, de una única personalidad— resulta inverosímil —o imposible— sin la mediación de una mudanza moral. En cada página, en la reflexión que sigue a cada mal paso, hay una conversión en potencia, siempre malograda por nuevas recaídas; pero cuando se produce de veras, cuando un ejemplo vitando se convierte de pronto en ejemplo imitable, la obra, natural y significativamente, se termina. No tiene sentido anular el valor del acontecimiento; pues, en el fondo, por mucho que se discutan los detalles, sea conversión, arrepentimiento o propósito de enmienda, su presencia resulta imprescindible para entender la obra.

A menudo, deslumbrados por el valor ideológico de la conversión, hemos descuidado su papel en la estructura novelesca, porque el episodio es también inexcusable acomodo a los límites de la segunda y última entrega del *Guzmán*. No se lleva peor con las andanzas del pícaro que con sus reflexiones; no se ahíla mejor con la introspección que con la narración. Puede entenderse ello bien si convenimos en que, narrativamente, el suceso que nos ocupa tiene una función semejante al *caso* del *Lazarillo;* en ambas novelas picarescas —y la coincidencia se considera constante del género (cfr. arriba, pág. 27)—, el relato es explicación de la situación final del protagonista, y ello permite, con el apoyo de la técnica autobiográfica, «que la vida narrada, naturalmente *a posteriori,* esté concebida *a priori* como ejemplo de desengaño»[41]. Estructuralmente, un *Guzmán* sin

---

[41] C. Blanco Aguinaga, «Cervantes y la picaresca», pág. 326. Sobre el *caso* del *Lazarillo,* cfr. F. Rico, *La novela picaresca y el punto de vista,* págs. 21-25.

conversión sería tan absurdo como un *Lazarillo* sin *caso*. Importa, sin embargo, señalar los límites y no desmesurar las equivalencias: la conversión justifica las perspectivas, el conflicto, el mensaje moral, pero no tiene potestad en todos los terrenos; en otras palabras, justifica el destino del viaje de Guzmán (tácito desde su inicio), pero no necesariamente su recorrido ni su longitud. Está claro, además, que la ascensión de Lázaro de Tormes a «la cumbre de toda buena fortuna» —y no es ahora del caso la genial ironía del autor anónimo— se recuerda y se impugna con la reacción de Guzmán «en la cumbre del monte de las miserias».

Si los argumentos anteriores no fuesen suficientes, bastaría leer una chanza de *La Pícara Justina*, escrita, ni más ni menos, para burlar la evidente solemnidad de la experiencia de Guzmán de Alfarache: «No predico ni tal uso, como sabes, sólo repaso mi vida y digo que tengo esperanza de ser buena algún día y aun alguna noche, ca, pues me acerco a la sombra del árbol de la virtud, algún día comeré fruta, y si Dios me da salud, verás lo que pasa en el último tomo, en que diré mi conversión» (II, 2.ª, iv, 3.º).

Esa cita, por cierto, nos encamina hacia otra cuestión relacionada con la crisis de conciencia de Guzmán: el emplazamiento para «la tercera y última parte [de mi vida], si el cielo me la diere antes de la eterna que todos esperamos» (II, iii, 9). No hace falta recordar que, en boca de los héroes de la novela picaresca, tales promesas fueron tan frecuentes y tradicionales como su incumplimiento, pero sí resulta necesario reflexionar en unas pocas líneas sobre las condiciones del ofrecimiento del pícaro recién convertido. El proyecto inicial de Alemán se limitaba a dos partes; en la «Declaración» de la *Primera* anticipó los grandes trazos de la *Segunda* y la condena a galeras. Las menciones de la hipotética «tercera parte» son contradictorias; el autor dice tenerla «hecha» (II, «Letor»), entre otras razones para curarse en salud, mientras al personaje le falta aún contarla. Lo único seguro es que Guzmán sabe que su vida desordenada y la *Segunda parte* terminan al tiempo: «Y pues hasta aquí llegaste de tu gusto, oye agora por el mío lo poco que resta de mis desdichas, a que daré fin en el siguiente capítulo» (II, iii, 8); «Aquí di punto y fin a estas desgracias. Rematé la cuenta con mi mala vida» (II, iii, 9). Cruz y raya a los pecados, por tanto.

Nada impide explícitamente una continuación, pues queda «un portillo» abierto a nuevos despeños, pero, por contra, nada la exige. Es preciso limitar las lucubraciones al respecto; de llenar el hueco cronológico que media entre la acción y la redacción de la obra[42], la «tercera parte» sólo podría seguir dos caminos: deshacer la perseverancia de Guzmán en la virtud, volviendo a los actos reprobables y a las consideraciones trascendentes —que exigirían, claro, una conversión definitiva—, o dar cumplida cuenta de una existencia renovada y virtuosa. La verdad es que sólo le faltaría al género picaresco, tan dado a sobresaltos, tener entre sus filas la vida de un santo[43].

Ginés de Pasamonte se quejaba con razón: «¿Cómo puede estar acabado [mi libro] ... si aún no está acabada mi vida?» *(Don Quijote,* I, xxii). Alemán, ciertamente, no mata a Guzmán de Alfarache, no lo hace morir como Cervantes a don Quijote, pero mata al *pícaro,* y esa aniquilación cierra, estructural y doctrinalmente, el círculo de su obra, dándole todo su sentido[44].

INTERPRETACIONES DE LA OBRA

Las palabras y las obras de Guzmán de Alfarache (dos conceptos fundamentales en su autobiografía), han dado lugar a «interpretaciones muy diversas, incluso contradictorias»[45]. Ese ir y venir con las páginas de Alemán nos ha hecho olvidar a menudo la «necesidad de examinar el *Guzmán* como *literatura»*[46]. Conviene, sin embargo —antes de enunciar mi modesta opinión—, repasar los trazos esenciales de las explicaciones

---

[42] Cfr. E. Cros, «La Troisième Partie», pág. 164.

[43] Sobre los planes de Alemán y la *Tercera parte* del portugués Félix Machado de Silva, *vid.* A. San Miguel, *«Tercera parte de Guzmán de Alfarache».*

[44] Antes y mejor que yo lo dijo G. Sobejano, «De la intención y valor», páginas 51 y 53.

[45] C. G. Peale, *«Guzmán de Alfarache* como discurso oral», pág. 26.

[46] Es muy justa observación de B. Brancaforte, ed., *Guzmán,* pág. 51, aunque creo que no se le ha dado debido cumplimiento, pues olvidamos a menudo cómo entendía el Siglo de Oro la 'literatura'.

más significadas, que creo pueden cifrarse en tres: ortodoxia contrarreformista; amarguras, heterodoxias y juderías; reformismo y agustinismo.

No hay duda de que la historia del pícaro daba de lleno en el ápice de la doctrina católica posterior a Trento: el problema del libre albedrío y de la gracia. Hay que empezar diciendo que la cuestión es consustancial a la época que nos ocupa, y que dictó preocupadas disquisiciones a muchos personajes literarios que ni pecan ni se convierten. Pero como Guzmán hace ambas cosas, la narración de sus experiencias tiene un fundamento religioso e ideológico evidente. El «confuso nacimiento» del pícaro (I, i, 1) evoca a las claras el simbolismo del pecado original[47], rémora vergonzante de la que cualquier hombre podría redimirse —con el auxilio de Dios— encaminando su libre albedrío hacia la virtud. Enrique Moreno Báez estudió con rigor las implicaciones doctrinales de tal idea, formulando en una frase célebre la «tesis central» del *Atalaya*: «la posibilidad de la salvación del más miserable de los hombres»[48]. No obstante, el itinerario de Guzmán no se atiene con escrupuloso rigor a los complejos detalles del dogma, porque no es una explicación programática del mismo, sino una autobiografía ficticia en el marco de la fe católica[49]. Sería inadecuado negar el fondo religioso del *Guzmán* (visible primordialmente en esa igualdad radical de los hombres en el pecado y en la posibilidad de redimirlo), pero se impone limitar su valor para que la obra no se nos quede en «tratado ascético» o «breviario de lecturas pietistas»[50].

Esa visión de la obra como «documento literario postridentino» fue contestada tempranamente por otra, antípoda, que

---

[47] *Vid.* C. Blanco Aguinaga, «Cervantes y la picaresca», pág. 318.

[48] E. Moreno Báez, *Lección y sentido*, pág. 85. No pretendo eludir las complicaciones y matices del problema, sino decir en cuatro palabras las cosas «esenciales a este discurso».

[49] Exposiciones acertadas del contenido y los límites de la tesis tridentina son las de F. Rico, ed., *Guzmán*, págs. 41-46 (en especial la n. 49: «en su parte específicamente religiosa, creo indudable que la *Atalaya* es obra de afirmación católica, no de combate *contra*rreformista» [la cursiva es suya]); E. Cros, *Mateo Alemán*, págs. 136-144, y A. Blecua, «Mateo Alemán», págs. 52-54.

[50] Con razón se quejan de tal peligro, respectivamente, G. Sobejano («De la intención y valor», pág. 55) y B. Brancaforte (ed., *Guzmán,* pág. 51).

definía el *Guzmán* como «un manifiesto del desengaño del cristiano nuevo»[51], ponderando la amargura de Alemán y explicándola por la influencia determinante de su origen judío y su pertenencia a la «casta de desesperados» conversos[52]. En el trance de resumir con unas pocas fórmulas esa línea interpretativa, yo escogería las siguientes: pesimismo radical, resentimiento e impotencia del converso, un Dios engañador, falsedad de la conversión, imposibilidad de mejorar un mundo asentado en el engaño, desmantelamiento de los dogmas católicos, parodia de la literatura ascética, ausencia de mensaje moral[53]. Se me ocurren muchas razones para decir que esta tendencia exegética no es completamente satisfactoria. En primer lugar, creo que una polémica frase de A. A. Parker sigue siendo cierta: «No hay nada en el *Guzmán de Alfarache* que necesite ser explicado por el origen judío de su autor»[54]. Además, nunca he entendido por qué el desengaño tiene que ser monopolio de los conversos. Creo también —y es una preocupación más grave que no cabe aquí— que hay que replantearse algunas cuestiones esenciales de nuestra historia espiritual, ideológica y literaria, porque ciertas panaceas críticas nos llevan sistemáticamente al absurdo de que, en el Siglo de Oro, todo cristiano sincero con un acendrado espíritu crítico acaba siendo un heterodoxo, y andamos de zocos en colodros con unas interpretaciones que se alejan cada vez más del contexto literario. Pienso que el gran error de esta tendencia crítica es descreer del propósito didáctico del *Guzmán de Alfarache*, como si no fuese más que una servidumbre deplorable e insincera de la re-

---

[51] Tomo las formulaciones de C. G. Peale, art. cit., pág. 25.

[52] Obviamente, surgieron de algunas opiniones desencaminadas (entre muchas magistrales) de don Américo Castro: cfr., por ejemplo, *España en su historia*, Barcelona, 1983, págs. 38, 545 (de donde tomo la frase) y 547. *Vid.* en particular J. A. Van Praag, «Sobre el sentido del *Guzmán de Alfarache*».

[53] Aunque defienden tesis específicas, los recientes libros de Arias, Brancaforte, Johnson, Rodríguez Matos y Whitenack comparten un fondo común. El título de la obra de Brancaforte puede servir como clave de todos ellos, pero consagra una disyunción más aparente que real: *Guzmán de Alfarache, ¿conversión o proceso de degradación?;* porque la primera es consecuencia del segundo: el *Guzmán* es el relato de un proceso de degradación que culmina en una conversión.

[54] A. A. Parker, *Los pícaros en la literatura*, pág. 49. *Vid.* E. Asensio, *La España imaginada de Américo Castro*, págs. 163-167.

tórica antigua. Porque la herencia asumida a la perfección por Alemán no es la de la sangre, sino la de la tradición literaria. Al fin y al cabo, la tinta también es más espesa que el agua.

Edmond Cros señaló en un par de libros fundamentales la afinidad de ideas entre Alemán y los reformadores españoles preocupados por el problema de la mendicidad. Con «la dialéctica de justicia y misericordia» en el fondo, el *Guzmán* acogía la difícil cuestión de «la reducción y amparo de los mendigos del reino»[55], al tiempo que su autor sintonizaba esencialmente con los presupuestos religiosos del agustinismo bañeciano[56]. Más recientemente, Michel Cavillac ha propuesto en varios lugares, con espléndido fundamento histórico y literario —el Siglo de Oro siempre ha tenido mucha suerte con los investigadores franceses—, «una relectura del *Guzmán de Alfarache*». Aquí, por desgracia, sólo hay sitio para algunas de sus ideas más importantes, que traduzco, cito o parafraseo en lo que sigue: el *Guzmán*, lejos de ser una obra transitada exclusivamente por el famoso 'pesimismo radical', se inscribe en la línea de un 'perfectismo' progresista sustentado por el humanismo y el racionalismo cristianos; la conversión de Guzmán, de autenticidad indudable, debe entenderse «dans la mouvance d'un augustinisme bañezien, alors à son apogée», y el pícaro ve en ella la luz que reintegra al *homo novus* «dans le Corps Mystique de l'État» para la consecución del bien común; la obra de Alemán se publicó en unos años llenos de «ideología reformadora» y con la aspiración latente de reivindicar la figura del *homo oeconomicus* y restaurar el crédito y confianza en el trato mercantil; el *Guzmán*, en fin, sería la «fábula de "un hijo del ocio" providencialmente convertido a los valores del trabajo y "la verdadera razón de

---

55 Son palabras de la curiosa carta de Alemán a su amigo Pérez de Herrera, autor del *Amparo de pobres (apud* E. Cros, *Protée et le gueux*, pág. 438).

56 *Vid.* en especial *Protée et le gueux*, págs. 391-419, y *Mateo Alemán*, páginas 129-144.

57 Cfr., por ejemplo, «Mateo Alemán et la modernité», págs. 381, 383, 393; «La conversion de Guzmán de Alfarache», págs. 22, 41; «Para una relectura», págs. 397, 402, 406, y, naturalmente, su documentadísima obra *Gueux et marchands*, en la que cobran sentido muchos conceptos e ideas del *Guzmán* (el «atalaya», el «cuerpo místico», la «masa de Adam», por escoger al vuelo tres nociones) y las influencias literarias y doctrinales más reveladoras.

Estado"»[57]. De todo ello cabe extraer una conclusión que a mi entender resulta totalmente acertada: reformismo y agustinismo son los elementos básicos del pensamiento político y religioso de Mateo Alemán. Pero lo que importa realmente es explicar por qué compuso el *Guzmán de Alfarache* (es decir, una 'novela', una ficción literaria) y no escribió como otros autores —sin salirnos del círculo de sus amistades— unos *Proverbios morales*, unas *Emblemas moralizadas* o unos *Discursos del amparo de los legítimos pobres y reducción de los fingidos*.

El gran problema de las interpretaciones anteriores (todas con aciertos de mayor o menor entidad) es que tienden a prestigiar, como *tesis* de la obra, alguno de sus motivos, temas o aspectos más característicos. El *Guzmán* no es una obra de tesis. No creo que haya ni siquiera una obsesión específica (sea la posibilidad de salvación del más miserable de los hombres, la necesidad de reformar la beneficencia, la licitud del trato mercantil o, en el otro extremo, la desengañada negación de los valores elementales del cristianismo)[58]. A esas posibles tesis cabría añadir incluso otras; por ejemplo, la importancia de la educación de los niños: nos da «a entender ... el conocido peligro en que están los hijos que en la primera edad se crían sin la obediencia y dotrina de sus padres»; o la condena de quien, «sin tener ciencia ni oficio señalado, ... usurpa oficios ajenos a su inclinación» (Alonso de Barros, «Elogio» a la *Primera parte*)[59].

Hay en las páginas del *Guzmán*, obviamente, ecos de algunas preocupaciones de detalle (religiosas, sociales, legales, docen-

---

[58] Lo mismo dijo F. Rico, ed., *Guzmán*, pág. 46: «No una tesis es —o fue— lo constitutivo del *Guzmán de Alfarache*, sino muchas, engarzadas por el hilo de un vasto propósito docente.»

[59] G. Sobejano vio muy bien, aunque hablando asimismo de «tesis», que la del *Guzmán* «no es filosófica ni religiosa, sino educativa: desterrar la injusticia y la ociosidad» («De la intención y valor», pág. 53). Es fácil advertir cuánto me han enseñado las páginas magistrales de Gonzalo Sobejano, que cuentan entre las más acertadas sobre el *sentido* del *Atalaya;* por ejemplo: *«Cautelas y sátiras* componiendo un rico tapiz recreativo-educativo a propósito de la vida de un hombre libre y ocioso: tal es, creo, la mejor definición del *Guzmán de Alfarache» (ibíd.,* pág. 55). Cfr. también lo que opina M. Molho: «El *Guzmán* encierra en su trama novelesca un tratado de filosofía cristiana» *(Introducción al·pensamiento picaresco,* pág. 69).

tes, administrativas...), pero no cabe entenderlas como claves ideológicas y sí como muestras de situaciones históricas y actitudes concretas —en sintonía sobre todo con las que ha estudiado M. Cavillac— supeditadas, en todo caso, a un plan que las trasciende. Ese plan, móvil o propósito es de índole creativa; pero la idea que Alemán tiene de la literatura —lo hemos dicho hace ya unas cuantas páginas— supone automáticamente, sin que los teóricos pongan gesto, un ingrediente moral. En esta época de descreimientos, los críticos tienden a desconfiar particularmente de los prologuistas antiguos y sus cacareos sobre el 'deleitar aprovechando'. No obstante, y habida cuenta de que exagerar no es lo mismo que mentir, bajo el bombo de Alonso de Barros o Luis de Valdés están las apreciaciones mejor ceñidas a la voluntad y al mérito de Alemán: el *Guzmán* salía lleno de «avisos ... necesarios para la vida política y para la moral filosofía», y su autor mezclaba «en él con suavísima consonancia lo deleitoso y lo útil, que desea Horacio, convidándonos con lo grave y sentencioso, tomando por blanco el bien público y por premio el común aprovechamiento» (Barros); el *Atalaya* «puede servir a los malos de freno, a los buenos de espuelas, a los doctos de estudio, a los que no lo son de entretenimiento y, en general, es una escuela de fina política, ética y euconómica, gustosa y clara...» (Valdés). «Documentos y ... avisos» (Barros) junto a «elegancias y frasis», el «libro profano de mayor provecho» (Valdés)... No le demos más vueltas: es una misma vía, con dos raíles. *Nulla aesthetica sine ethica.* Ese ambicioso plan no era una excusa, sino un ideal sincero, y es posible que la literatura española nunca haya estado tan cerca de él como en la autobiografía de Guzmán de Alfarache.

Es preciso entender el *Guzmán* sin salirse de la literatura antigua, de un ideal ético y estético a la vez. Además, si, como dijo magistralmente Américo Castro, «el autobiografismo del *Lazarillo* es solidario de su anonimato»[60], en el *Guzmán* todo (la primera persona, la segunda, la interacción de ambas, los rasgos del personaje, la estructura, los ingredientes, las fuentes, el estilo...), absolutamente todo, es solidario del didactismo. Pero no se trata de un didactismo pacato: es combativo y críti-

---

[60] *Hacia Cervantes*, Madrid, 1967³, pág. 145.

co, está asentado sobre un cristianismo auténtico y radical, con una sincera y severa voluntad reformista —bien asimilada por la voz del narrador y áspero reprehensor— que muestra muchas preocupaciones concretas y un plan amplio de índole moral.

Creo que Alemán hubiese hecho suyo con gusto —y con pocas modificaciones— el célebre ofrecimiento de Gracián «A quien leyere» *(Criticón,* I): «Esta filosofía cortesana, el curso de tu vida en un discurso, te presento hoy»[61]; es decir, 'el curso de tu vida en el discurso de la de Guzmán de Alfarache'; incluso el título más ajustado a su voluntad daba fe de ese remonte de *La vida* de un personaje concreto, mediando su atalayamiento, a la universalidad de *la vida humana*.

El *Guzmán* fue concebido, emprendido y culminado como una suerte de poliantea literaria y moral con un plan completísimo: información (las aventuras, los apuntes eruditos), formación (los «documentos», la doctrina) y reformación (la crítica social, la censura de los vicios). Según el pícaro, cualquier piedra servía para levantar el edificio (cfr. arriba, pág. 27), y el escritor no dudó en incluir en su proyecto la práctica totalidad de las tendencias de la prosa del siglo XVI (el ámbito del *Lazarillo,* la literatura moral de la antigüedad y su eco humanístico, la literatura religiosa, el acervo folklórico, las variedades de la narrativa italiana y española...): puntales esencialmente literarios e indiscutible propósito moral para la mejor encarnación de la traída y llevada mezcla de lo útil y lo dulce.

---

[61] Con lo que sigue: «He procurado juntar lo seco de la filosofía con lo entretenido de la invención.» Los panegiristas del *Criticón* parecían saber que Gracián fue el mejor lector y admirador del *Guzmán de Alfarache,* y en sus elogios destacan, sobre todo, un fondo teórico, una idea de la literatura común, sin violencias de ningún tipo, a ambas obras: «Tras esto, para desviarle de la senda de los vicios en el bivio pitagórico [cfr. *Guzmán* I, i, 1, n. 82] de su edad, los zahiere y muerde con tanta sal y con tan salados, aunque fabulosos, discursos, que la mayor sal y gracia, así de su decir como de su discurrir, demuestra en su más donosa y provechosa mordacidad...» (Antonio Liperi, «Censura» al *Criticón,* I); «el más desabrido y resabio gusto se ha de abrir el apetito con este Kempis cortesano, con este ramillete de apotegmas morales y con esta poliantea manual, sin el peligro de encontrar en este plantel de agudezas...» (Josef Longo, «Censura crítica» a la *Segunda parte* de la obra maestra de Gracián).

Cuestión de estilos

Si lo mejor que puede decirse de una obra es que su mérito es, en gran medida, una cuestión de estilo, el *Guzmán de Alfarache* cumple a las mil maravillas, también, ese requisito esencial de la gran literatura. Pero resulta tan difícil reducir a una sola las múltiples ideas presentes en la obra como encajar en una única definición los rasgos esenciales de su palabra literaria: a la variedad de ingredientes, temas, voces y episodios le corresponde una no menor riqueza de tonos y registros estilísticos. Una cosa los hermana, sin embargo: la exquisita responsabilidad de un escritor que cuidó y limó el más pequeño detalle de su prosa[1].

Alemán, «estilista múltiple»[2], hace en el *Atalaya* «alarde público» de su virtuosismo literario, y esa es una de las excelencias que más tempranamente le reconocieron sus lectores. En la *Agudeza y arte de ingenio*, Gracián elogia con el mismo entusiasmo el «estilo natural como el pan» de *Ozmín y Daraja* y el «artificio» o la «mucha erudición y sazonado estilo» del conjunto o de alguno de sus episodios[3]. La prosa alemaniana (tanto en el *Pícaro* como en el *San Antonio de Padua,* obra justamente apreciada en lo antiguo) fue después, en manos de los mejores retóricos, un riquísimo repertorio de estilos, con pasajes bue-

---

[1] Basta ver las variantes recogidas en el apéndice de este primer tomo (además de sus págs. 65-70). Cfr. también F. Rico, ed., *Guzmán,* págs. 69-78, con el comentario de los cambios introducidos en *Ozmín y Daraja.*

[2] C. S. de Cortazar, «Notas para el estudio de la estructura del *Guzmán de Alfarache*», pág. 82.

[3] Cfr. Gracián, *Agudeza y arte de ingenio*, XXVII, XXVIII, XLIII, LV, LVI, LXII (págs. 364, 373, 435, 477, 479, 482 y 508).

nos para mostrar desde el «género de decir natural» hasta el «género de decir artificial», con modelos de toda clase de períodos y paradigmas memorables de todas las galas de la *elocutio*[4].

Nada más ajustado, por cierto, a la autobiografía ficticia de aquel «Proteus alter» (cfr. II, poemas, n. 4) que un estilo moldeable y variado, en el que encajan sin chirridos la fluidez de las narraciones intercaladas y el galante discurrir de sus personajes, el desenfado del habla popular de los chascarrillos, el retorcimiento del sermón, la sabia oralidad (no sólo en los diálogos), la inmediatez de las represiones, la lógica de los apartes librescos o la densidad de la admonición: fluida o renqueante, desnuda o con afeites, la dicción se acomoda a la circunstancia. Apurando la correspondencia entre la criatura y la obra (y a la luz de la manida definición de Buffon, «le style c'est l'homme même»), se diría que a la vida de un hombre que es, en parte, todos los hombres, sólo le cumple un estilo proteico.

Creo que podrá verse mejor esa variedad estilística y funcional de la prosa alemaniana si echamos mano de un ejemplo. El «jugar del vocablo» era treta literaria antigua ya en tiempos de Mateo Alemán, pero sus malabarismos no están entre los que «se rozan antes por lo fácil que por lo sutil» (Gracián, *Agudeza,* XXXII). La riqueza inmensa, de toda índole, del *Guzmán* se refleja en el detalle de los juegos de palabras (esenciales en la prosa del Siglo de Oro): valen para la malicia y para la doctrina; pueden transmitir risa chocarrera o preocupación moral; pueden quedarse en hallazgo fonético o explorar los delicados terrenos de la fe; pueden ser calambures con lustrosa tradición o frutos ocasionales del magín del autor... Consecuente con el propósito didáctico de su obra, Alemán se esfuerza para que la moralidad y la enseñanza se hagan sentencia: «De donde no sin razón digo que la mujer, cuanto más mirare la cara, tanto más destruye la casa» (I, i, 1); «Tiene necesidad de complacer el que quiere que todos le hagan placer» (I, ii, 5); «La locura y

---

[4] *Vid.,* por ejemplo, la *Retórica* de Mayans (1757), en *Obras completas,* ed. A. Mestre Sanchis, III, Valencia, 1984, particularmente las págs. 127, 148, 156, 272ss, 279ss, 282ss, 378, 389, 422, 427, 448, 451, 458, 462, 474, 507, 509, 512, 530, 560, 600 y 626.

desvanecimiento de los hombres, como te decía, los trae perdidos en vanidades; y los que más me lastiman son señores y caballeros, que, gastando sin necesidad, vienen a la necesidad» (I, ii, 5); «Bien podrá uno vestirse un buen hábito, pero no por él mudar el malo que tiene» (I, ii, 8); «Que el que no sabe con sudor ganar, fácilmente se viene a perder»; «Así va todo y así se pone de lodo» (I, ii, 9); «¡Gran lástima es que críe la mar peces lenguados y produzca la tierra hombres deslenguados!» (II, ii, 7); Dichoso aquel que las puede escusar y servirme de menos, porque no hay cuando peor uno se sirva, que cuando tiene más que lo sirvan» (II, iii, 4)[5].

Otros casos son circunstanciales, determinados por el contexto o compañeros de la argumentación: «Como el trabajador que levanta los brazos al cielo y da con el golpe del azadón en el suelo» (I, iii, 9); «Vanse uno por aquí y el otro por allí. Él se hace romero y ella ramera» (II, iii, 2); «Publicando a gritos lo que ni tú con verdad sabes ni en él cabe» (II, iii, 3); «Quien te hizo esas coplas, te hizo la copla» (II, iii, 3).

Pero podemos tropezar con un calambur en cualquier página de la obra, en una novela intercalada («Le nació a don Alonso un pensamiento: ser imposible llamarse Ambrosio ni ser trabajador, sino trabajado», I, i, 8), como retrato instantáneo de algún tipo o figura («Escusábame de amas, que son peores que llamas, pues lo abrasan todo», II, iii, 4), como apoyo de la crítica social («¡Hermosamente parecieran, si todos perecieran!», II, i, 1), o, incluso, como mojones en la narración de las aventuras del protagonista: «¡Mirad qué derechos tan tuertos...!» (I, ii, 5); «Todos jugaban y juraban» (I, ii, 5); «Pagué lo que no pequé» (II, iii, 2); «Padecí con mi esposa, como con esposas, casi seis años» (II, iii, 3); «Dile por ello gracias, que fueron principio de todas mis desgracias» (II, iii, 5); «Porque aquel peso que solía tener encima de mi corazón, ya no lo sentía y pesábame mucho que no me pesase» (II, iii, 8). Sirven, también, como emblema de la estructura y propósi-

---

[5] Alguno de esos juegos de palabras no es nuevo; otros serían recordados por autores posteriores (cfr. II, ii, 7, n. 8) o llegarían a engrosar las páginas del *Vocabulario de refranes* de Correas, que da con frecuencia valor proverbial y de autoridad a las ingeniosidades de Guzmán.

to de la novela ⁆(los célebres *conseja* y *consejo,* entre otros) o
como puntal en la relación del narrador con su lector u oyente: «Digo verdades y hácensete amargas. Pícaste dellas, porque
te pican» (II, i, 1).

Y no acaba ahí el valor de los guiños conceptistas, porque el
lector está asimismo obligado a tener «la eutropélica parte bien
dispuesta» (que diría Bartolomé Leonardo) si no quiere que se
le escape la malicia que en el *Guzmán* esconden, bajo el palio
de la anfibología, sanas provocaciones a la carcajada. Alemán,
que consiguió forjar un increíble número de retruécanos con
propósito moral o didáctico, soltó más de una vez alguna de-
leitable procacidad, bien arropada en los numerosos y disimulados «cortes» y «luces» de un equívoco (cfr. Gracián, *Agudeza* XXXIII). Son alardes de apariencia muy simple, reducidos al
eco de una sola voz[6]; pero la maestría de Alemán sabe multi-
plicar vertiginosamente los cruces semánticos de varias palabras en acción conjunta, aprovechando a un tiempo la dimensión proverbial de una frase y los nuevos significados que surgen de su relación contextual con otras: ahí está uno de los
mejores valores estilísticos del *Guzmán.* «El español divino»
(cfr. II, «Elogio») derrochó su sabiduría de escritor, y no hay
mejor demostración de ello que la lectura de cada una de sus
páginas[7]. Francisco Rico recogió con admirable tino buenos
ejemplos de los recursos formales más llamativos: paralelismos
y contrastes, acumulaciones, definiciones y sentenciosidad, pa-
ronomasias («las necesidades impertinentes del cuerpo» frente
a «las importantes del alma», I, i, 1), figura etimológica («que
no hay peso que así pese, como lo que pesa una semejante pe-
sadilla», II, i, 3), zeugma dilógico («los pudiera desnudar en
cueros, tales lo estaban ellos», I, ii, 5), similicadencias («no hay
firma de general que iguale al sello real», I, i, 8)... «Natural

---

[6] Por ejemplo: en I, i, 5 (cfr. n. 5), el sentido trivial de *tocas,* afianzado con un
par de falsas pistas (la asociación con «trajes» y la frase «aunque las cabezas estén
tiñosas»), disimula otro, y éste sirve para explicar el nacimiento del muleto del
que darían cuenta la sorda hambre de Guzmanillo y la tosquedad del arriero.
[7] Cfr., sólo a guisa de ejemplo, I, i, 3, n. 26; I, i, 7, n. 6; I, ii, 1, n. 45; II, i, 2,
ns. 42 y 53; II, ii, 7, n. 70.

pero sazonada, llana pero levantada, en efecto, la prosa de Alemán»[8].

Usamos acomodar esa exuberancia en la espuerta más capaz, en el concepto literario más dado a las holguras: el término 'barroco'[9]. Pero creo que las cosas son más complejas. O más sencillas. En el ámbito estilístico, como en todos, el *Guzmán* es tanto el anticipo de los futuros modos de escritura como la culminación de los usos formales leídos en sus fuentes. Unas veces, el párrafo más enrevesado de un sermón recuerda, sobre todo, el retoricismo de fray Luis de Granada; otras, una línea valdría, con pocas modificaciones, para dar lustre a una página de Juan de Zabaleta o de alguno de aquellos «libros meramente bien escritos de que tan pródigo fue nuestro siglo XVII» y en los que la moral, injertada en rebuscadísimas construcciones, acabó por corroer lo novelesco[10]. Pero esas impresiones, aun siendo atinadas, surgen precisamente al aislar un episodio, un elemento, un tono, una línea, sacrificando la explicación de su convivencia en un mismo proyecto creativo. Si prescindimos por un momento de la historiografía y nos llegamos a la historia, basta decir —dando de este modo con la clave de la opulencia verbal del *Guzmán*— que el estilo de la obra es primorosamente consecuente con la Retórica antigua: es un estilo retórico (en el mejor sentido de la palabra, y aun a costa de rozar la perogrullada). En las descripciones, en los diálogos, en los chistes —recuérdense las disputas teóricas del Renacimiento en torno a su inclusión en una obra 'poética'—, en las sentencias, en los retratos y tipos, en los refranes, en el experto manejo del sistema de los *affectus*,

---

[8] F. Rico, ed., *Guzmán,* págs. 64-69.

[9] *Vid.* H. Hatzfeld, «El estilo barroco de *Guzmán de Alfarache*», con mención de los rasgos más característicos: eco y otras formas repetitivas, «incongruencia de combinaciones semánticas y sintácticas», quiasmo, *modus irrealis* («constante referencia de la realidad a las imaginaciones que se dan en forma condicional»), «instantáneas» o «bodegones dinámicos», y el «no sé qué»; «todos estos elementos son moderados, pero barrocos, particularmente en su constelación» (página 19). *Vid.* también B. Davis, «The Style of Mateo Alemán's *Guzmán de Alfarache*», que estudia tres «main modes of discourse» (pág. 199): narración, descripción y exposición. Cfr. últimamente D. Devoto, «Prosa con faldas».

[10] Cfr. J. F. Montesinos, «Gracián o la picaresca pura», pág. 147.

en cualquier circunstancia, la palabra de Guzmán —«muy buen estudiante ... retórico» (I, «Declaración»...)— se muestra maravillosamente dúctil[11].

¿Y de qué modo se compadecen las frases del *Guzmán* con su estructura e intención? Es sencillo: «Como el propósito didáctico es inherente [a la obra] y no justificación pegadiza, se revela en el estilo»[12]. Estas palabras, escritas admirablemente para el *Libro de buen amor,* sirven —permítaseme creerlo— para el *Guzmán.* El tránsito de lo particular a lo general, del caso a la enseñanza —o viceversa—, requiere un acomodo que sólo puede hacerse con palabras, y el *Atalaya* las tiene muy características y reveladoras:

> La vida del hombre milicia es en la tierra: no hay cosa segura ni estado que permanezca, perfecto gusto ni contento verdadero, todo es fingido y vano. ¿Quiéreslo ver? Pues oye.

> Ajeno vives de la verdad si creyeres otra cosa o la imaginas. ¿Quiéreslo ver? Advierte: ... ¿Ves ya cómo en la tierra no hay contento y que está el verdadero en el cielo?

> ¿Quiéreslo ver? Diréte las estaciones que se te ofrecen por andar[13].

El procedimiento es típico de la argumentación retórica en la literatura religiosa, crítica y moral, que exige un interlocutor para un diálogo —explícito o implícito— teñido de oralidad[14].

---

[11] La gran virtud de los estudios de Edmond Cros es, precisamente, señalar la relevancia de la «aportación de la retórica a la elaboración del *Guzmán»,* aunque entiendo que cabría profundizar en lo relativo a la elocución. Sobre el sistema de los afectos, que determina la abundancia de interrogaciones y exclamaciones en la autobiografía del pícaro, cfr. *Protée et le gueux,* págs. 391-403 (o *Mateo Alemán,* págs. 111-117).

[12] M.ª R. Lida de Malkiel, *Dos obras maestras españolas: el «Libro de buen amor» y «La Celestina»,* Buenos Aires, 1977⁴, pág. 38.

[13] *Guzmán, ca.* ns. 9 y 15-17, y II, ii, 3, *ca.* n. 14. Cfr. F Rico, ed., páginas 16-17.

[14] Aunque no se limita al aspecto estilístico, creo muy acertada la interpretación de C. G. Peale, *«Guzmán de Alfarache* como discurso oral».

¿Y quién hay que pueda escusar los falsos juicios del vulgo? Antes se deve tener por muy bueno lo que el vulgo condena por malo, y por el contrario. ¿Queréislo ver? A la malicia llaman industria; a la avaricia y ambición, grandeza de ánimo...[15].

Si la zarza ardía y no se quemaba, porque Dios estaba en ella, ¿qué mucho es que ésta sea carga y ser liviana, pues el mismo Dios está en ella, ayudándola a llevar? ¿Quieres ver lo uno y lo otro juntamente en una misma persona? Oye lo que dice San Pablo...

¿Quieres ver esto muy claro? Mira la oración de aquel fariseo del Evangelio...[16].

Y es interesantísimo ver en qué tipo de obras hunde sus raíces y cobra toda su significación ese artificio de detalle.

¿Quieres que más palpablemente y como con el dedo te muestre la differencia que hay entre estas tres partes? Provémoslo aora ansí...

Pongamos caso que da un juez sentencia de muerte contra un malhechor. Parécele a él que en esto haze officio de juez derecho y incorrupto. ¿Quieres provar si es assí? Mira...

¿Quieres ver el peligro de los que assí se exercitan sin otro fundamento de espíritu? Es éste: ...[17].

Estamos, *mutatis mutandis*, en un mismo ámbito, el de una literatura que solicita del lector una respuesta, una reacción moral: el ámbito de una literatura de moción. El círculo se cierra: en el *Guzmán*, también el estilo sabe ser solidario del didactismo.

---

[15] Alfonso de Valdés, *Diálogo de las cosas ocurridas en Roma*, ed. J. F. Montesinos, Madrid, 1928 (reimpr. 1969), pág. 47. Sobre el *topos* que sigue a la pregunta, cfr. aquí, I, iii, 1, n. 6.

[16] Fray Luis de Granada, *Guía de pecadores*, ed. M. Martínez Burgos, Madrid, 1929, págs. 119, 265 (y cfr. también, por ejemplo, 116-117).

[17] Erasmo, *El Enquiridion o Manual del caballero cristiano*, trad. del Arcediano del Alcor, ed. D. Alonso, Madrid, 1932 (reimpr. 1971), págs. 188-190, o, sin salir de ellas, otros casos con idéntica andadura: «Mas demos ['concedamos', 'pongamos'] aora...», «Pregúntote...», «Oye otro exemplo para lo que arriba dezíamos».

Los textos del *Guzmán*

Tan sólo unos meses después de aparecida la *Primera parte de Guzmán de Alfarache* comienza la vertiginosa andadura editorial de una de las obras más frecuentadas por las imprentas europeas de la época. A mediados de 1599 sale ya la primera de las ediciones publicadas fuera del alcance del privilegio extendido para la *princeps*, la barcelonesa del laborioso Sebastián de Cormellas, modelo a su vez de muchas reediciones a las que legó, además, una sintomática infidelidad en el título: *Primera parte de la vida del pícaro Guzmán de Alfarache*[1]. Es sabido que las

---

[1] Cfr. *infra*, pág. 79. Por lo demás, Alemán le dio seguramente muchas vueltas al título de su novela. Como junto al nombre del protagonista quería dejar sentadas sus habilidades, no es extraño que en la *Segunda parte* —cabal en su portada— se quejase de lo que «le sucedió a este mi pobre libro, que habiéndolo intitulado *Atalaya de la vida humana*, dieron en llamarlo *Pícaro* y no se conoce ya por otro nombre» (II, i, 6). Basta leer los preliminares de la *princeps* para advertir esos vaivenes (y cfr. A. Bushee, «Atalaya...»). El privilegio da fe de la voluntad que Alemán tenía de destacar desde el primer momento el valor moral de su obra (y su remonte de una *vida* particular a la de todos los hombres): «Por cuanto por parte de vos, Mateo Alemán, nuestro criado, nos fue fecha relación que vos habíades compuesto un libro intitulado *Primera parte de la vida de G. de A., atalaya de la vida humana...»;* la aprobación, en cambio, habla de «un libro intitulado *Primera parte del Pícaro G. de A.»,* y en la tasa, ya impreso el volumen y tomada la decisión, se repite la escueta fórmula de la portada, *Primera parte de G. de A.* Pero es posible, en todo caso, que a Alemán le rondase (o le metiesen) en la cabeza lo de *Pícaro,* para desecharlo después: en una de las dos curiosas cartas de 1597 habla de «la primera parte del pícaro que compuse...» (cfr. E. Cros, *Protée,* pág. 438). Aunque no estaría mal reivindicar el título completo de *Vida de Guzmán de Alfarache, atalaya de la vida humana,* lo más sensato —y así lo muestran las cubiertas de la edición presente— es seguir la tradición y quedarse sólo con las palabras que forman el nombre del protagonista, únicos elementos comunes de las dos partes con título auténtico.

ediciones piratas no reportaron ningún beneficio a la nada boyante economía de Mateo Alemán; pero, aunque sólo sea a modo de paradójico consuelo, ellas tampoco pudieron beneficiarse de algo mucho más importante en el trance de encontrar el mejor texto de una obra literaria: la participación del autor.

Importa, en todo caso, desbrozar críticamente entre esa maleza y dar con los textos más seguros del *Guzmán*. Por fortuna, contamos con un par de guías o indicios suficientemente seguros: por un lado, como dejó sentado Foulché-Delbosc, las ediciones de obras de Alemán que llevan su retrato son «les seules dont le texte doive être pris en considération»[2]; por otro, las variantes de las ediciones de la *Primera parte* del *Guzmán* con tal adorno muestran una evolución en el texto que sólo se explica con la intervención consciente y sabia del autor[3].

Únicamente tres de las múltiples ediciones de la *Primera parte* (Madrid: Várez de Castro, 1599 [aquí, *A*]; Madrid: herederos de Juan Íñiguez de Lequerica, 1600 [*B*], y Sevilla: Juan de León, 1602 [*C*]) imprimen el retrato de Mateo Alemán, del grabado en cobre la *princeps* y de su copia en madera las otras dos[4]. Ese retrato, tan cargado de símbolos (el escudo de armas, el amargo emblema, el libro de Cornelio Tácito), tiene ahora la propiedad de simbolizar la vigilancia y el empeño con que el escritor cuidó las frases de su novela.

Cuando, tras una espera no precisamente corta, apareció la príncipe, Alemán tendría ya una buena cantidad de variantes en su original. De hecho, la edición madrileña de 1600 no salía sólo «punteada por doquiera de ligeras correcciones de estilo»[5], sino con numerosos reflejos de una muy profunda revisión del texto: el autor no desaprovechó la oportunidad y enmendó las erratas y malas lecturas cometidas por *A*; alteró nu-

---

[2] «Bibliographie», pág. 551.

[3] Resumo en los párrafos que siguen las observaciones y resultados de mi estudio sobre «El texto de la *Primera parte de Guzmán de Alfarache*», *Hispanic Review*, en prensa.

[4] Por cierto, en la *Segunda parte* se reprodujo el grabado en madera, pero, como el ejemplar de la Biblioteca Nacional está un poco maltrecho en los preliminares, lo tomamos de la *Primera parte* de 1602.

[5] Francisco Rico, ed., *Guzmán*, pág. 946.

PRIMERA PARTE
DE GVZMAN DE AL-
farache, por Mateo Aleman, criado del
Rey don Felipe. III. nuestro señor,
y natural vezino de Seuilla.

Dirigida à D. Francisco de Rojas, Marques de Poza, Señor de la casa de Monçon,
Presidente del Consejo de la hazienda de su Magestad, y tribunales della.

Con licencia y priuilegio.

En casa del Licenciado Varez de Castro,

En Madrid, Año de 1599.

LEGENDO SIMVL Q̃ PERAGRANDO

Portada de la edición príncipe, Madrid, 1599 (A).

PRIMERA PARTE

DE GVZMAN

DE ALFARACHE, POR
Matheo Aleman, criado del Rey
nuestro señor, y natural vezino de Seuilla.

*Dirigida à D. Francisco de Rojas, Mar-
ques de Poza, Señor de la casa de Moncon,
Presidente del Consejo de la hazienda
de su Magestad, y tribu-
nales della.*

Con licencia y priuilegio.

*En Madrid, por los herederos de Iuan
Yñiguez de Lequerica, Año de 1600.*

◊ Fortissima basis timor Domini. ◊

Portada de la edición de Madrid, 1600 (B)

merosísimas veces el orden sintáctico en favor de la andadura melódica; deshizo varias confusiones de la redacción primitiva, e incluso hizo bastantes adiciones de consideración. Veamos unos pocos ejemplos de cada caso.

180.27   el más anciano dellos dijo *A*
              el más anciano dellos, viéndome con tanta cólera, dijo *B*

230.22   Por este recelo discurría por el pensamiento *A*
              Con este recelo discurría por el pensamiento *B*

230.24   No los creía, pero temíalos, que era perfecto amador *A*
              Mucho los temía y algo los creía, como perfecto amador *B*

237.10   dejándolo allí muerto, como si fuera de piedra, sin que más se menease *A*
              y cual si fuera de piedra, sin más menearse, lo dejó allí muerto *B*

245.26   creció tanto mi luna llena *A*
              creció tanto mi luna *B*

248.11   sin dejarse ver el rostro de otro alguno *A*
              sin dejarse conocer de otro alguno *B*

271.5   aunque mal medida, pero a fe *A*
              aunque mal medida (y aun para ella tenía por coadjutores las gallinas y lechones de casa, si acaso faltaba el borrico, y otras veces entraban todos a la parte, porque no se repara entre buenos en poquedades), pero a fe *B*

295.12   lince, para lo que se habían de cerrar, y que el útil no se pase. Armando *A*
              lince, para que el útil no se pase, siendo cosas que les importa más estar de todo punto ciegos, pues andan armando *B*

314.15   servido. Hay señor *A*
              servido, que el galardón y premio de las cosas hace al

señor ser tenido y respetado como tal, y pone ánimo al pobre criado para mejor servir. Hay señor *B*

391.6   ni cosa semejante *A*
        ni cosa semejante, salvo si no llevare dos muletas y la
        pierna mechada *B*[6]

La conclusión no puede ser más evidente: poco tiempo después de aparecida la *princeps*, el texto más cercano a la voluntad
de Mateo Alemán era ya otro, el impreso en 1600 y en Madrid
por los herederos de Juan Íñiguez de Lequerica. *B* representa,
además, el estadio más importante —no reconocido ni estudiado convenientemente hasta hoy— en la evolución textual del
Guzmán, pues contiene la inmensa mayoría de los cambios de
redacción más sustanciales, incorporados luego a la edición sevillana de 1602.

En el verano de ese año, en su ciudad natal, el escritor tiene
una nueva oportunidad de revisar el texto. *C* se imprimió co-
piando un ejemplar de *B* e incorporando algunos cambios nuevos que siguen, a escala reducida, la sistemática de las variantes del modelo (alteraciones del orden sintáctico, mejoras del
estilo, corrección de descuidos...). Esta segunda revisión, sin
embargo, carece de la espectacularidad de la primera, pero basta para eludir la consideración de *C* como texto *descriptus*[7].

En definitiva, *A, B* y *C* representan tres etapas en la historia
textual de la *Primera parte de Guzmán de Alfarache*. Aparte las diferencias de las tres ediciones como unidades tipográficas in-
dependientes, unos pocos pasajes muy concretos nos dejan ver
de un golpe la existencia de esas tres etapas:

---

[6] Los números remiten, claro está, a las páginas y líneas del presente tomo.
B introduce unos trescientos cincuenta cambios de consideración con respecto
a la príncipe (y no es poco, en un texto de 256 folios). La reedición se hizo siguiendo un ejemplar de *A* y respetando su caja de impresión; por ello los com-
ponedores extremaron su pericia para compensar y acomodar las adiciones, su-
presiones y alteraciones, volviendo después a los renglones y planas del modelo.

[7] Unos ejemplos: 128.7 cantidad de arboledas *AB*: muchas arboledas *C*;
140.8 si mi padre no estaba sano *AB*: si estaba mi padre sano *C*; 219.27 la gente que del ejército huía, desamparando la milicia *AB*: la gente que, huyendo del
ejército, desamparaban la milicia *C*; 224.3 por un caracol *AB*: por una escalera
de caracol *C*.

127.6   y a todos tan notorio ... Antes entiendo que les hago
             ... manifiesta cortesía *A*
         y a todos tan manifiesto ... Antes entiendo que les
             hago ... manifiesta cortesía *B*
         y a todos tan manifiesto ... Antes entiendo que les
             hago ... notoria cortesía *C*

194.21   que trae debajo de la camisa, abrochado con cien boto-
             nes *A*
         que trae debajo de la camisa, con cien botones abro-
             chado *B*
         que trae vestido debajo de la camisa, con cien botones
             abrochado *C*

279.16   revientan de gordos y los pobres se te caen muertos *A*
         revientan de gordos y se te caen los pobres muertos *B*
         de gordos revientan y se te caen los pobres muertos *C*

Si «la crítica textual es el arte que tiene como fin presentar
un texto depurado en lo posible de todos aquellos elementos
extraños al autor»[8], si pretende, además, hallar el texto más
próximo a la voluntad de quien lo escribió, la única opción fi-
lológicamente solvente que puede adoptar un editor del *Guzmán* es tomar, para su primera parte, la edición sevillana
de 1602 *(C)* como base y acudir a las ediciones autorizadas anteriores *(A* y *B)* cuando el pasaje resulte suspecto[9].

Y es el caso (triste) que la voluntad última de Alemán ha
sido tradicionalmente poco respetada. Las ediciones de Barcelona, 1599, Lisboa, 1600, y París, 1600, toman su texto, claro,
de la *princeps* y son, por tanto, ediciones *descriptae,* como lo son
respecto de ellas las otras reediciones barcelonesas, zaragoza-
nas, tarraconenses, portuguesas, italianas... Sólo alguna edición tardía (así la del *Guzmán* completo de Burgos, 1619), al
seguir *B,* está más cerca del texto auténtico que otras más antiguas. Entre las modernas, sólo la histórica de Francisco Rico
toma como base el texto de *C* (aunque sin considerar la importancia de *B* y con ocasionales indecisiones mínimas en la

---

[8] Alberto Blecua, *Manual de crítica textual,* Madrid, 1983, págs. 18-19.
[9] En cuanto a la *Segunda parte,* sólo se conserva una edición con retrato,
y no plantea más problemas que los reseñados aquí, en I, pág. 76, y en el apéndice al segundo tomo.

transcripción). Las otras parten de la príncipe, criterio irreprochable si no existiesen dos ediciones posteriores revisadas por el autor; y cuando, como en el caso de Benito Brancaforte, deciden recoger en las notas —con esfuerzo loable— variantes de otras ediciones antiguas, dan lamentablemente la misma importancia a una divergencia gráfica de una edición sin autoridad (por ejemplo, Coimbra, 1600) que a las alteraciones y adiciones de autor contenidas en la revisión definitiva de 1602, sin advertir la existencia e importancia de estas últimas y contraviniendo, por tanto, la expresa voluntad estilística de Alemán[10].

Hay aún otro escollo en la bibliografía de la *Primera parte de Guzmán de Alfarache:* la edición en octavo de Madrid, 1601. Aunque Foulché-Delbosc la creyó fraudulenta por los cuatro costados, la fecha y el lugar de impresión son ciertos[11]; no así los nombres del librero «Juan Martínez» y el impresor «Francisco Sánchez», que escondían a los avezados «mercaderes de libros» Miguel Martínez y Francisco López, con quienes Alemán firmó, en mayo del primer año del siglo XVII, un contrato de venta de 1500 ejemplares de la edición en cuestión[12]. *M* se hizo siguiendo un ejemplar de *B,* pero desfigurándolo notablemente en numerosos pasajes que se compusieron con feo descuido e introduciendo en ellos los cambios típicos de una edición pirata: erratas mecánicas (sobre todo saltos de igual a igual y haplografías); trivializaciones de la sintaxis, del léxico, de la ortografía; malentendimiento de algunas frases; llamativos gazapos de los cajistas...[13].

---

[10] Cfr. Rico, ed., *Guzmán,* pág. 952. La transcripción de don Samuel Gili Gaya ha servido a su vez de base a otras ediciones, transmitiéndoles de ese modo varias falsas lecturas y la preferencia ocasional por las trivializaciones de alguna edición antigua sin autoridad.

[11] Cfr. R. Foulché-Delbosc, «Bibliographie», núm. 19, pág. 504 (y 551-552: «l'in-8 de Madrid 1601 semble bien être une édition frauduleuse; les dates 1600 et 1601 sont douteuses, le lieu d'impression est ... suspect»). *Vid.* las excelentes observaciones de D. McGrady, «A Pirated Edition», y *Mateo Alemán,* páginas 27-31.

[12] Cfr. L. Astrana, *Vida ejemplar y heroica de Miguel de Cervantes Saavedra,* V, Madrid, 1951, págs. 344-345.

[13] Por ejemplo: 129.24 no pensando cumplen *ABC:* no pensando que cumplen *M;* 212.1 uno de aquellos benditos me miró *ABC:* benditos *om. M;* 237.21

Donald McGrady se extrañaba, con razón, de que se hubiese publicado una edición pirata en 1601 y en Madrid, «under Alemán's very nose»[14]. Yo opino —resumiendo lo que explico más por extenso en otro lugar— que hay, efectivamente, una relación directa entre un préstamo recibido por el escritor en febrero (102.204 maravedís, de obligada devolución en un plazo de cinco meses), la edición y el contrato de mayo, y que la explicación está en que *M* no se hizo a espaldas de Alemán, sino que fue él mismo quien promovió su impresión para salir de uno más de sus apuros económicos. Aparte otros indicios, hay un par de evidencias que lo demuestran: en una veintena de ocasiones, *M* —que sigue, no lo olvidemos, un ejemplar de *B*— comparte el texto con *C* frente a *AB* (es decir, anticipa alguno de los cambios definitivos de 1602, aunque todos ellos de poca entidad)[15]; por otro lado, para imprimir el emblema de su portada se utilizó, sin duda de ninguna clase, el mismo grabado en madera que en la posterior edición sevillana (un canasto con flores: cfr. la pág. 101 de este tomo). No quiere ello decir que deba atribuirse a *M* la importancia que le damos a *A*, *B* o *C*, ni muchísimo menos: falta la inmensa mayoría de los cambios definitivos de 1602, su texto está deturpadísimo y los cajistas fueron poco fieles a la letra del modelo (especialmente en el último libro); pero, desbrozando la maraña de errores y trivializaciones, no hay que perderla totalmente de vista, por la más que probable relación de Alemán con ella[16].

éste habla de mano, aquél se admira, el otro se santigua *ABC*: éste habla de mano, aquél se santigua *M*; 278.1 oficio y beneficio *ABC*: y beneficio *om. M*, y así centenares de disensiones con el texto de *ABC*. Benito Brancaforte vio el parentesco de *M* con *C* frente a *A* y recogió con escrúpulo sus variantes, aunque sin advertir su significación.

[14] D. McGrady, «A Pirated Edition», pág. 327, y *Mateo Alemán*, pág. 28.

[15] Por ejemplo: 173.16 los mozos se despeñan *AB*: se despeñan los mozos *MC*; 203.4 no sube el aire *AB*: el aire no sube *MC*; 203.6 que el abatido desespere *AB*: que ni el abatido desespere *MC*; 204.6 sin dejar *AB*: sin dejarme *MC*; 472.28 Dorido, que aun estaba *AB*: Dorido, aunque estaba *MC*. Seguramente, el ejemplar de *B* utilizado en *M* contendría unas pocas correcciones marginales de urgencia.

[16] Por ese motivo, recogeré en el apéndice una muestra de sus variantes de mayor interés: un par de adiciones mínimas, las lecturas comunes con *C* frente a las demás, las alteraciones del orden sintáctico y —para contrastar todas sus características— algunas de las trivializaciones y omisiones más llamativas.

Magias parciales del *Guzmán*

*Es verosímil que estas observaciones hayan sido enun-
ciadas alguna vez y quizá muchas veces; la discusión de su
novedad me interesa menos que la de su posible verdad.*

JORGE LUIS BORGES

Picaresca, lucianismo, oratoria sagrada, reformismo, alego-
rías, confesiones, apotegmas, *novelle*, misceláneas... Sueños y
discursos. Muchas cosas son, desde luego, para encerrarlas
bajo un solo marbete. Con tantos elementos, es normal que la
posteridad aprovechase la herencia guzmanesca de un modo
parcial, reteniendo los rasgos más hacederos para unos propósitos que nunca volverían a ser exactamente los mismos. Esa
dispersión se advierte con especial nitidez a la luz de la llamada
'novela picaresca': «Prácticamente, el *Guzmán de Alfarache* ha
incorporado todos los rasgos distintivos del género, que la
posteridad convierte en opción»[1].

Para los escritores del siglo XVII, la *Vida* del pícaro consti-
tuía el punto de referencia más importante y significativo, y la
prosa literaria del barroco se entiende mejor desde su vínculo
—asumido o evitado parcialmente— con la obra de Alemán.
La Pícara Justina, por ejemplo, es una peculiar mezcla de asunción y repulsa del modelo; sus mofas de la andadura narrativa
del *Atalaya,* muy bien remedada, son tan despiadadas como di-
vertidas: «Hermano lector, ruégote que si no te duele la muela
del seso, escuches un poco de sermón cananeo» (II, 2.ª, iv,
3.º); «Bien está, tornemos a poner los bolos y vaya de juego,
que no quiero predicar porque no me digan que me vuelvo pí-

---

[1] F. Lázaro Carreter, *«Lazarillo de Tormes» en la picaresca*, pág. 223.

cara a lo divino y que me paso de la taberna a la iglesia» (II, 3.ª, iv, 1.º). Otros retuvieron con especial fruición las consejas, las anécdotas, la infamia de un personaje que cuenta sus correrías, los tipos y figurones, la posibilidad artística (Quevedo); otros, el moralismo y las digresiones de todo tipo (Espinel, el más voluntarioso seguidor de Alemán).

Lo realmente curioso es la historia de un género que creció más por reacciones que por asimilaciones: reacciones hipertróficas (el *Guzmán* respecto al *Lazarillo)* o reductoras (las demás obras respecto al *Guzmán).* De hecho, la novela del sevillano, que consagró la fórmula básica de aquellas autobiografías, llevaba implícita su destrucción: la causa está en que la *Vida de Guzmán de Alfarache, atalaya de la vida humana* es mucho más que una novela picaresca, y hay que verla sobre todo en el espíritu de la literatura antigua y no solamente en los estrechos límites de una demarcación genérica.

La ambición creativa de Alemán hizo posible, bajo la eficacia vinculante de la primera persona y el propósito didáctico, la hermandad de muchos ingredientes heterogéneos que se dirían condenados al aislamiento o —caso de aproximarlos— a la vocinglería más desairada. Tal fusión —casi mágica, por lo infrecuente— nos autoriza a pensar, con felices palabras ajenas, que el *Guzmán* fue «la obra maestra de la literatura a la vez seria y de pasatiempo» que el Siglo de Oro debe a sus escritores[2].

Si el consejo del protagonista era 'no hagáis como yo', el del autor, en lo literario, no podía ser otro que 'haced como yo', 'urdid asimismo una *poética historia'.* El emplasto fue, al pronto y en buenas manos, salutífero y aglutinante; pero, a la larga y con errada posología, resultó corrosivo. Porque a Alemán, que fue buen alumno y mejor maestro, los discípulos le salieron poco aplicados. Unas veces fue por desgracia: desproporcionaron el moralismo, cayeron en la monotonía expresiva, el talento les fue hostil, malograron el equilibrio entre *consejos* y *consejas,* frecuentaron las escenas y caricaturas anquilosadas, desno-

---

[2] Marcel Bataillon lo dijo del *Viaje de Turquía,* añadiendo lo que aquí no puede decirse: «... que España debe a sus humanistas erasmianos» *(Erasmo y España,* Madrid, 1966², pág. 669).

velizaron la novela[3]. Otras veces, las menos, fue por fortuna. Cervantes «advirtió con perspicuidad genial las ... amenazas que el *Guzmán* implicaba contra el arte de narrar»[4]. A cada coincidencia biográfica con Alemán (el año de nacimiento, los disgustos de la burocracia, los trances carcelarios...), el autor del *Quijote* parecía oponer con vehemencia las fórmulas de una estética radicalmente distinta.

---

[3] *Vid.* en particular el magistral ensayo de José F. Montesinos, «Gracián o la picaresca pura».

[4] F. Lázaro Carreter, *op. cit.*, pág. 227, con enumeración de tales amenazas: «el relato inorgánico, la monotonía del héroe, la moralización, y la imposición al lector de una sentencia definitiva sobre el mundo».

Nuestra edición

A la vista de las observaciones de un capitulillo anterior, quedan claros los criterios textuales de la edición presente: para la *Primera parte* se sigue la última impresión revisada por Mateo Alemán (Sevilla, 1602: *C,* ejemplar de la Bibliothèque Nationale de París), aunque, naturalmente, vadeando sus erratas con el auxilio de *A* y *B* y siguiendo la príncipe en los pocos casos en que la coincidencia entre *B* y *C* no esconde una variante de redacción sino un error común. Para la *Segunda parte* sigo, como casi todo el mundo, la *princeps* de Lisboa, 1604 (única con retrato), según el ejemplar de la Biblioteca Nacional de Madrid. Como el pobre está un poco maltrecho, ha sido necesario cotejar algunas ediciones posteriores para perfilar el texto de los trece folios que le faltan (el de la portada entre ellos) y de otros bastante deteriorados. Merced a esa labor me he visto en la grata obligación de restituir las lecciones originales en unos pocos lugares tradicionalmente maculados en todas las ediciones modernas.

También he ponderado hace un momento la importancia de las variantes de la *Primera parte:* las tres ediciones publicadas con el retrato y la intervención personal de Mateo Alemán presentan entre sí unos seiscientos cambios de distinta índole (en orden decreciente de importancia, pertenecen a los tipos *A/BC, AB/C, A/B/C).* Por tanto, ruego al lector —«cándido o moreno»— tenga a bien repasar con paciente frecuencia los apéndices de variantes que siguen a cada parte de la obra, muy especialmente el de la primera; y le ruego también no tenga a mal la satisfacción con que el editor cree haber avanzado un paso —aunque minúsculo y vacilante— en el camino hacia la consecución de una edición verdaderamente crítica del *Guzmán de Alfarache*.

Conviene advertir brevísimamente algunos detalles de la transcripción. He unificado la ortografía con arreglo a la norma moderna, pero he mantenido algunas peculiaridades del vocalismo y el consonantismo antiguos, aun sin ser de uso constante *(v. gr., efeto, lición, letor, máxcara, Adam, urina, manna* 'maná', *difinición, escuro, proprio, acetar, acidente, a el...).*

La comunidad entre *B* y *C* frente a *A* se advierte también en los hábitos ortográficos, aunque éstos no siempre deben atribuirse a la pluma del autor, sino más bien al vacilante criterio de los cajistas, como era frecuente en los impresos de la Edad de Oro. En el aspecto ortográfico, en fin, no hay grandes diferencias entre mi edición y las demás de este siglo, salvo cuando los sucesivos cotejos me han impuesto ocasionalmente la restitución de alguna solución gráfica más fiel al texto antiguo. También he devuelto a bastantes frases su puntuación original.

En las notas he dedicado poco espacio a las palabras aisladas que no pedían más que una definición escueta, pero tienen un comentario más detenido —y a menudo citas paralelas— las voces más complejas, las locuciones y frases proverbiales, los pasajes oscuros, los cuentos folklóricos y chascarrillos, los apólogos, las *novelle,* los motivos, los temas... A veces he anotado expresiones de sentido muy claro, y no lo he hecho tanto para explicarlas como para destacar su carácter proverbial y su presencia en los repertorios paremiológicos antiguos o en una página de otro autor. He procurado evitar los malabarismos exegéticos, sabedor de que, muchas veces, la mejor autoridad es el contexto.

No me he cansado de citar en abreviatura (cfr. pág. 80) a mis predecesores, cuando a ellos les debo lo esencial de una nota o cuando resumo su información (y no es un azar que la sigla más utilizada sea *FR*). De hecho, con tales precedentes era difícil hacer una mala edición del *Guzmán*. Quisiera pensar, con todo, que las notas de la mía esconden algún material nuevo y valioso: la fuente de un pasaje, la advertencia de un lugar común, la indicación y explicación de un juego de palabras, el desentrañamiento de una frase oscura, el aporte de nuevos materiales sobre un motivo determinado...

En fin, quiero dar las gracias a mis maestros, por serlo; a la editorial que me acoge, por su confianza y paciencia ante una situación poco favorable —curiosamente— a estos menesteres, y a Sylvia Roubaud, porque me facilitó con prontitud una reproducción de la *Primera parte* de Madrid, 1600 (aquí, *B*).

Bibliografía

EDICIONES DEL *GUZMÁN*[1]

ANTIGUAS

Primera parte de Guzmán de Alfarache
A   Madrid: Várez de Castro, 1599*.
B   Madrid: herederos de Juan Íñiguez de Lequerica, 1600*.
M   Madrid: Juan Martínez, 1601.
C   Sevilla: Juan de León, 1602*.

Otras: Barcelona: Sebastián de Cormellas, 1599, 1600, 1605; Barcelona: Gabriel Graells y Giraldo Dotil, 1599 (dos); Zaragoza: Juan Pérez de Valdivielso, 1599, y Angelo Tavanno, 1603; Bruselas: Juan Mommarte, 1600 (dos), 1604; Tarragona: Felipe Roberto, 1603; Milán: Jerónimo Bordón y Pedro Mártir Locarno, 1603 (todas con el título de *Primera parte de la vida del pícaro Guzmán de Alfarache,* a diferencia de las que siguen, que mantuvieron el auténtico); Lisboa: Jorge Rodrigues, 1600 (y otra sin impresor conocido); Coimbra: Antonio de Mariz, 1600; París: Nicolás Bonsons, 1600 (dos); Madrid: Várez de Castro, 1600 (dos ediciones: una en cuarto, pero sin retrato, que siguió descuidadamente la *princeps,* y otra en 12.º que, según Foulché-Delbosc, sería una falsificación italiana).

Segunda parte de la vida de Guzmán de Alfarache, atalaya de la vida humana
Lisboa: Pedro Crasbeeck, 1604*.

Otras (todas de 1605): Lisboa: Pedro Crasbeeck (pero en octavo y sin retrato); Valencia: Pedro Patricio Mey; Barcelona: Honofre Anglada, y Barcelona: Sebastián de Cormellas.

---

[1] Llevan asterisco las que incluyen el retrato del autor (con formato *in quarto* todas ellas) y son los testimonios más importantes para el establecimiento del texto de la obra.

Principales ediciones conjuntas

De la vida del pícaro Guzmán de Alfarache. *Primera parte* y *Segunda parte de la vida de Guzmán de Alfarache, atalaya de la vida humana*, Milán: Juan Bautista Bidelo, 1615.

Primera y segunda parte de Guzmán de Alfarache, Burgos: Juan Bautista Varesio, 1619 (con el título completo y auténtico de la *Segunda* en el tomo correspondiente).

Primera y segunda parte de Guzmán de Alfarache, Madrid: Pablo de Val, 1641. -

De la vida del pícaro Guzmán de Alfarache, Madrid: Pablo de Val, 1661.

Vida y hechos del pícaro Guzmán de Alfarache, atalaya de la vida humana, Amberes: Jerónimo Verdussen, 1681 (edición con grabados; de ella se toman los que ilustran la presente).

MODERNAS

SGG   Ed. Samuel Gili Gaya, Madrid, La Lectura (Clásicos Castellanos, 73, 83, 90, 93 y 114), 1926-1936 (en la reimpresión de Espasa-Calpe, 1968).

JSF   Ed. Joaquín Saura Falomir, Madrid, Castilla (Biblioteca Clásica Castilla, 23 y 24), 1953.

FR   Ed. Francisco Rico, Barcelona, Planeta (Clásicos Universales Planeta, 55), 1983 (última revisión de la publicada por vez primera en *La novela picaresca española*, I, Barcelona, Planeta, 1967).

BB   Ed. Benito Brancaforte, Madrid, Cátedra (Letras Hispánicas, 86 y 87), 1979: 1981².

EM   Ed. Enrique Miralles, Barcelona, Bruguera (Libro clásico, 163 y 164), 1982.

Ocasionalmente he tenido en cuenta también las ediciones de Julio Cejador (Biblioteca Renacimiento, 1912-1913, que sigue para la *Primera parte* la de Coimbra, 1600), Fritz Holle (Estrasburgo, Bibliotheca Romanica, 1913-1914, basada en la de Burgos, 1619) y Alonso Zamora Vicente *(Novela picaresca española*, II, Barcelona, Noguer, 1975, que reproduce el texto de Gili Gaya).

OTRAS OBRAS DE MATEO ALEMÁN

Odas de Horacio, traduzidas por Mateo Alemán, sin lugar ni año, un pliego de 4 folios, en cuarto; editadas modernamente por Manuel Pérez de Guzmán (Cádiz, 1893), Joaquín Hazañas y la Rúa (Sevilla, 1893) y Raymond Foulché-Delbosc, «Bibliographie de Mateo Alemán», *Revue Hispanique,* XLII (1918), págs. 482-485.

Dos cartas de Mateo Alemán a un amigo (ms. 1146, tomo III, de la Biblioteca de Palacio), ed. Edmond Cros, *Protée et le Gueux,* París, 1967, págs. 433-444.

«Prólogo» a los *Proverbios morales* de Alonso de Barros, Madrid: Luis Sánchez, 1598; ed. R. Foulché-Delbosc, «Bibliographie», páginas 486-487.

San Antonio de Padua, Sevilla: Clemente Hidalgo, 1604; otras ediciones: Sevilla: Juan de León, 1605; Valencia: Pedro Patricio Mey, 1607. No hay edición moderna; yo cito por la valenciana.

Ortografía castellana, México: Jerónimo Balli, 1609; ed. José Rojas Garcidueñas, con prólogo de Tomás Navarro Tomás, Méjico, 1950.

«Elogio» a la *Vida del Padre Maestro Ignacio de Loyola,* de Luis Belmonte Bermúdez, México: Jerónimo Balli, 1609; ed. Francisco A. de Icaza, *Sucesos reales que parecen imaginados,* Madrid, Aguilar, 1951[2], págs. 380-388.

Sucesos de D. Frai García Gera, arçobispo de México, México: Viuda de Pedro Balli, 1613; ed. Alice H. Bushee, *Revue Hispanique,* XXV (1911), págs. 359-457.

ESTUDIOS SOBRE ALEMÁN Y SU OBRA

AGÜERA, Victorio G., «La *Atalaya* y el *Espejo:* un paralelismo de estructuras», *La Torre,* núm. 73-74 (1971), págs. 161-183.

— «Salvación del cristiano nuevo en el *Guzmán de Alfarache*», *Hispania,* LVII (1974), págs. 23-30.

ÁLVAREZ, Guzmán, *Mateo Alemán,* Buenos Aires, 1953.

ARIAS, Johan, *Guzmán de Alfarache: The Unrepentant Narrator,* prólogo de Joseph H. Silverman, Londres, 1977.

ASENSIO, Eugenio, *La España imaginada de Américo Castro,* Barcelona, 1976.

AVALLE-ARCE, Juan Bautista, «Mateo Alemán en Italia», *Revista de Filología Hispánica,* VI (1944), págs. 284-285.

AYALA, Francisco, «El *Guzmán de Alfarache:* consolidación del género picaresco», *Experiencia e invención. Ensayos sobre el escritor y su mundo,* Madrid, 1960, págs. 149-157.

BATAILLON, Marcel, *Pícaros y picaresca. «La Pícara Justina»*, versión castellana de Francisco Rodríguez Vadillo, Madrid, 1969 (1982).

BJORNSON, Richard, *«Guzmán de Alfarache:* Apologia for a 'Converso'», *Romanische Forschungen*, LXXXV (1973), págs. 314-329.

— *The Picaresque Hero in European Fiction*, Madison, Wisconsin, 1977.

BLANCO AGUINAGA, Carlos, «Cervantes y la picaresca. Notas sobre dos tipos de realismo», *Nueva Revista de Filología Hispánica*, XI (1957), págs. 313-342.

BLECUA, Alberto, «Libros de caballerías, latín macarrónico y novela picaresca: la adaptación castellana del *Baldus* (Sevilla, 1542)», *Boletín de la Real Academia de Buenas Letras de Barcelona*, XXXIV (1971-1972), págs. 147-239.

— «Mateo Alemán», en *Normas para los colaboradores de la «Historia de la literatura española» de Espasa-Calpe* [Madrid, 1974], págs. 27-65.

BLEIBERG, Germán, «Mateo Alemán y los galeotes», *Revista de Occidente*, XXXIX (1966), págs. 330-363.

— «Nuevos datos biográficos de Mateo Alemán», en *Actas del Segundo Congreso Internacional de Hispanistas*, Nimega, 1967, págs. 25-49.

— «El 'informe secreto' de Mateo Alemán sobre el trabajo forzoso en las minas de Almadén», *Estudios de historia social*, núms. 2-3, páginas 357-443; publicado como libro en Londres, 1985.

BRANCAFORTE, Benito, *«Guzmán de Alfarache»: ¿Conversión o proceso de degradación?*, Madison, Wisconsin, 1980.

BUSHEE, Alice H., «Atalaya de la Vida Humana», *Modern Language Notes*, XXIX (1914), págs. 197-198.

— Reseña de las ediciones de J. Cejador y F. Holle, *The Romanic Review*, IV (1913), págs. 387-391.

CALABRITTO, Giovanni, *I romanzi picareschi di Mateo Alemán e Vicente Espinel*, Valletta, 1929.

CAPDEVILLA, Arturo, «Guzmán de Alfarache o el pícaro moralista», *Boletín del Instituto de Investigaciones Literarias*, III (1949), págs. 9-27.

CASCARDI, Anthony J., «The Rhetoric of Defense in the *Guzmán de Alfarache*», *Neophilologus*, LXIII (1979), págs. 380-388.

CAVILLAC, Michel, «L'enfermement des pauvres, en Espagne, à la fin de XVIème siècle», en *Picaresque Européene*, Montpellier, 1976, págs. 45-82.

— «Mateo Alemán et la modernité», *Bulletin Hispanique*, LXXXII (1980), págs. 380-401.

— *Gueux et Marchands dans le «Guzmán de Alfarache» (1599-1604). Roman picaresque et mentalité bourgeoise dans l'Espagne du Siècle d'Or*, Burdeos, 1983.

— «La conversion de Guzmán de Alfarache: de la justification marchande à la stratégie de la Raison d'Etat», *Bulletin Hispanique,* LXXXV (1983), págs. 21-44.

— «Para una relectura del *Guzmán de Alfarache* y de su entorno socio-político», en *Homenaje a José Antonio Maravall,* Madrid, 1985, I, págs. 397-411.

CAVILLAC, Michel et Cécile, «À propos du *Buscón* et de *Guzmán de Alfarache», Bulletin Hispanique,* LXXV (1973), págs. 114-131.

CORTAZAR, Celina S. de, «El *Galateo español* y su rastro en el *Arancel de necedades», Hispanic Review,* XXX (1962), págs. 317-321.

— «Notas para el estudio de la estructura del *Guzmán de Alfarache», Filología,* VIII (1962), págs. 79-95.

CRIVELLI, Arnaldo, «Sobre el *Guzmán de Alfarache* y la segunda parte apócrifa», *Ínsula* (Buenos Aires), I (1943), págs. 39-55.

CRONAN, Urban, «Mateo Alemán and Miguel de Cervantes Saavedra», *Revue Hispanique,* XXV (1911), págs. 469-475.

CROS, Edmond, «Deux épîtres inédites de Mateo Alemán», *Bulletin Hispanique,* LXVII (1965), págs. 334-336.

— *Protée et le gueux. Recherches sur les origines et la nature du récit picaresque dans «Guzmán de Alfarache»,* París, 1967.

— *Contribution à l'étude des sources de «Guzmán de Alfarache»,* Montpellier, 1967.

— «Publications récentes sur le roman picaresque», *Bulletin Hispanique,* LXXI (1969), págs. 719-724.

— «La vie de Mateo Alemán. Quelques documents inédits. Quelques suggestions», *Bulletin Hispanique,* LXXII (1970), págs. 331-337.

— *Mateo Alemán: introducción a su vida y a su obra,* Salamanca, 1971.

— «Nueva aportación a la biografía de Mateo Alemán», en *Spanische Literatur im Goldener Zeitalter. Fritz Schalk zum 70. Geburtstag,* Frankfurt, 1973, págs. 54-66.

— «La Troisième Partie de *Guzmán de Alfarache* de Mateo Alemán», en *Estudios de literatura española y francesa. Siglos XVI y XVII. Homenaje a Horst Baader,* ed. Frauke Gewecke, Frankfurt, 1984, páginas 161-167.

CHEVALIER, Maxime, *«Guzmán de Alfarache* en 1605: Mateo Alemán frente a su público», *Anuario de Letras,* XI (1973), págs. 125-147.

— *Tipos cómicos y folklore (siglos XVI-XVII),* Madrid, 1982.

DAVIS, Barbara, «The Style of Mateo Alemán's *Guzmán de Alfarache», The Romanic Review,* LXVI (1975), págs. 199-213.

— «Epic 'aunque de sujeto humilde': A Structural Analysis of *Guzmán de Alfarache»,* en *The Analysis of Hispanic Texts: Current Trends in Methodology,* Jamaica-Nueva York, 1975, págs. 329-339.

DEL MONTE, Alberto, *Itinerario de la novela picaresca española,* Barcelona, 1971.

DEL PIERO, R. A., «The Picaresque Philosophy in *Guzmán de Alfarache*», *The Modern Language Forum*, XLII (1958), págs. 152-156.

DEVOTO, Daniel, «Prosa con faldas, prosa encadenada», *Edad de Oro*, III (1984), págs. 33-65.

DURÁN MARTÍN, Enrique, «Los cordobeses en el *Guzmán de Alfarache*», *Boletín de la Real Academia de Bellas Letras y Nuevas Artes de Córdoba*, XVII (1946), págs. 233-254.

EOFF, Sherman, «The Picaresque Psychology of Guzmán de Alfarache», *Hispanic Review*, XXI (1953), págs. 107-119.

FABREGUETTES, Simone H., «Une vengeance littéraire. Nouvelle interprétation du cas de 'Sayavedra' dans la seconde partie de *Guzmán de Alfarache*», *Les Langues Néolatines*, LI (1957), págs. 20-29.

FERNÁNDEZ, Sergio, «El *Guzmán de Alfarache* de Mateo Alemán», *Hispania*, XXXV (1952), págs. 422-424.

FERNÁNDEZ, Ángel Raimundo, *Tradición literaria y coyuntura histórica en el «Guzmán de Alfarache»* [Lección inaugural], Palma de Mallorca, 1970; y en *Mayurqa*, V (1971), págs. 5-24.

FOLKENFLIK, Vivian, «Vision and Truth: Baroque Art Metaphors in *Guzmán de Alfarache*», *Modern Language Notes*, LXXXVIII (1973), págs. 347-355.

FOULCHÉ-DELBOSC, R[aymond], «Bibliographie de Mateo Alemán. 1598-1615», *Revue Hispanique*, XLII (1918), págs. 481-556.

FRANCIS, Alán, *Picaresca, decadencia, historia. Aproximación a una realidad histórico-literaria*, Madrid, 1978.

FRETZEL BEYME DE TESTONI, S., «La función de la figura humana en *Guzmán de Alfarache*», en Dinko Cvitanovic *et al.*, *La idea del cuerpo en las letras españolas (siglos XIII a XVII)*, Bahía Blanca, 1973, págs. 154-180.

GACTO FERNÁNDEZ, Enrique, «La picaresca mercantil en el *Guzmán de Alfarache*», *Revista de Historia del Derecho de la Universidad de Granada*, 1977-1978, págs. 320-370.

GARCÍA BLANCO, Manuel, *Mateo Alemán y la novela picaresca alemana*, Madrid, 1928.

GEERS, G. J., «Mateo Alemán y el barroco español», en *Homenaje a J. A. Van Praag*, Amsterdam, 1956, págs. 54-58.

GESTOSO Y PÉREZ, José, *Nuevos datos para ilustrar las biografías de Juan de Mal Lara y de Mateo Alemán*, Sevilla, 1896.

GILI GAYA, Samuel, «El *Guzmán de Alfarache* y las Premáticas y Aranceles generales», *Boletín de la Biblioteca Menéndez Pelayo*, XXI (1945), págs. 436-442.

— «Versos latinos de Espinel en alabanza de Guzmán de Alfarache», *Revista Hispánica Moderna*, XXXI (1965): *Homenaje a Ángel del Río*, págs. 169-173.

GLASER, Edward, «Two Anti-Semitic Word Plays in the *Guzmán de Alfarache*», *Modern Language Notes*, LXIX (1954), págs. 343-348.

GONZÁLEZ MARCOS, Máximo, «Dos notas sobre *Guzmán de Alfarache*», *La Torre*, XVI (1968), págs. 87-110.

GRAY, Malcolm Jerome, *An Index to «Guzmán de Alfarache»*, New Brunswick, 1948.

GUERREIRO, Henri, «À propos des origines de Guzmán: le déterminisme en question», *Criticón*, 9 (1980), págs. 103-169.

— «Aproximación a la estructura y las fuentes del Libro I del *San Antonio de Padua* de Mateo Alemán», *Criticón*, 12 (1980), páginas 5-54.

— «Honra, jerarquía social y pesimismo en la obra de Mateo Alemán», *Criticón*, 25 (1984), págs. 115-182.

— «Santa Cruz de Coimbra y el *San Antonio de Padua* de Mateo Alemán», *Criticón*, 26 (1984), págs. 41-79.

— «Guzmán y el cocinero o del estilo de servir a príncipes. Breve cala y cata en el parasitismo del mundo aristocrático», *Criticón*, 28 (1984), págs. 137-179.

GUILLÉN, Claudio, «Los pleitos extremeños de Mateo Alemán. I. El Juez, 'Dios de la Tierra'», *Archivo Hispalense*, XXXII (1960), páginas 387-407.

— «Toward a Definition of the Picaresque» (1961), *Literature as System*, Princeton, 1971, págs. 71-106.

— «Un padrón de conversos sevillanos (1510)», *Bulletin Hispanique*, LXV (1963), págs. 48-98.

— «Luis Sánchez, Ginés de Pasamonte y los inventores del género picaresco», *Homenaje al Prof. Rodríguez-Moñino*, Madrid, 1966, I, páginas 221-231; traducido al inglés y revisado con el título de «Genre and Countergenre: The Discovery of the Picaresque», en *Literature as System*, págs. 135-158.

GUILLÉN, Julio F., *Corulla, corullero y acorullar en el «Guzmán de Alfarache»*, Madrid, 1962.

HANRAHAN, Thomas, S. J., *La mujer en la novela picaresca de Mateo Alemán*, Madrid, 1964.

HATZFELD, Helmut, «El estilo barroco de *Guzmán de Alfarache*», *Prohemio*, IV (1975), págs. 7-19.

HAZAÑAS Y LA RÚA, Joaquín, *Discursos leídos ante la Real Academia Sevillana de Buenas Letras*, Sevilla, 1892.

ICAZA, Francisco A. de, *Sucesos reales que parecen imaginados de Gutierre de Cetina, Juan de la Cueva y Mateo Alemán*, Madrid, 1919; también (con el *Cancionero de la vida honda y de la emoción fugitiva*) en Madrid, 1951.

IFE, B. W., *Reading and fiction in Golden-Age Spain. A Platonist critique and some picaresque replies*, Cambridge, 1985.

JOHNSON, Carroll B., «Dios y buenas gentes en *Guzmán de Alfarache*», *Romanische Forschungen*, LXXXIV (1972), págs. 553-563.

— *Inside Guzmán de Alfarache*, Berkeley-Los Angeles-Londres, 1978.

— «Mateo Alemán y sus fuentes literarias», *Nueva Revista de Filología Hispánica*, XXVIII (1979), págs. 360-374.

— «D. Álvaro de Luna and the problem of Impotence in *Guzmán de Alfarache*», *Journal of Hispanic Phylology*, VIII (1983), págs. 33-47.

JOLY, Monique, «Aspectos del refrán en Mateo Alemán y Cervantes», *Nueva Revista de Filología Hispánica*, XX (1971), págs. 95-106.

— «Guzmán y el capitán», en *Hommage des hispanistes a Noël Salomon*, ed. H. Bonneville, Barcelona, 1979, págs. 431-445.

— *La bourle et son interprétation. Recherches sur le passage de la facétie au roman (Espagne, XVIᵉ-XVIIᵉ siècles)*, Toulouse, 1982.

— «Onofagia y antropofagia: significación de un episodio del *Guzmán*», en *Literatura y folklore: problemas de intertextualidad*, ed. J. L. Alonso Hernández, Salamanca, 1983, págs. 273-287.

— «Du remariage des veuves: à propos d'un étrange épisode du *Guzmán*», en *Amours légitimes, amours illégitimes en España (XVᵉ-XVIIᵉ siècles)*, ed. A. Redondo, París, 1985, págs. 327-339.

JONES, J. A., «The Duality and Complexity of *Guzmán de Alfarache*: Some Thoughts on the Structure and Interpretation of Alemán's Novel», en *Knaves and Swindlers. Essays on the Picaresque Novel in Europe*, ed. Christine J. Whitbourn, Oxford, 1974, págs. 25-47.

KÖNIG, Bernhard, «Der Schelm als Meisterdieb. Ein *famoso burto* bei Mateo Alemán *(Guzmán de Alfarache*, II, ii, 5-6) und in der Cingar-Biographie des spanischen Baldus-Romans (1542)», *Romanische Forschungen*, XCII (1980), págs. 88-109.

KRÖMER, Wolfram, «Lenguaje y retórica de los representantes de las clases sociales en la novela picaresca española», en *Estudios de literatura española y francesa. Siglos XVI y XVII. Homenaje a Horst Baader*, ed. Frauke Gewecke, Frankfurt, 1984, págs. 131-139.

LAURENTI, Joseph L., *Bibliografía de la literatura picaresca: desde sus orígenes hasta el presente*, Metuchen, New Jersey, 1973.

— *Bibliografí[i]a de la literatura picaresca (Suplemento)*, Nueva York, 1981.

LÁZARO CARRETER, Fernando, «Para una revisión del concepto "novela picaresca"» (1970), *«Lazarillo de Tormes» en la picaresca*, Barcelona, 1972 (1978).

— «Glosas críticas a *Los pícaros en la literatura* de Alexander A. Parker», *Hispanic Review*, XLI (1973), págs. 469-497; recogido en *Es-*

tilo barroco y personalidad creadora. Góngora, Quevedo, Lope de Vega, nueva edición, aumentada, Madrid, 1974, págs. 99-128.

— «Los niños pícaros de la novela picaresca», *Sociedad de pediatría. Aragón-La Rioja-Soria,* XXV aniversario (1960-1985), 5 de octubre de 1985.

LEONARD, Irving A., *«Guzmán de Alfarache* in the Lima Book Trade, 1613», *Hispanic Review,* XI (1943), págs. 210-220.

— «Mateo Alemán in México: A Document», *Hispanic Review,* XVII (1949), págs. 316-330.

LOZANO ALONSO, María Blanca, «Aproximación a Mateo Alemán», en *La Picaresca. Orígenes, textos y estructuras,* Madrid, 1979, páginas 495-509.

MANCINI, Guido, «Consideraciones sobre *Ozmín y Daraja,* narración interpolada», *Prohemio,* II (1971), págs. 417-437.

MARAVALL, José Antonio, «La aspiración social de 'medro' en la novela picaresca», *Cuadernos Hispanoamericanos,* núm. 312 (junio de 1976), págs. 590-625.

— «Relaciones de dependencia e integración social: criados, graciosos y pícaros», *Ideologies & Literature,* I, núm. 4 (1977), págs. 3-32.

MÁRQUEZ VILLANUEVA, Francisco, «Guzmán y el cardenal», en *Serta Philologica F. Lázaro Carreter natalem diem sexagesimun celebranti dicata,* II: *Estudios de literatura y crítica textual,* Madrid, 1983, páginas 329-338.

MATICORENA ESTRADA, Miguel, «Nuevos datos sobre Mateo Alemán», *Estudios Americanos,* XX (1960), págs. 59-60.

MAURER-ROTHENBERGER, Friedel, *Die Mitteilungen des «Guzmán de Alfarache»,* Berlín, 1967.

McGRADY, Donald, «Was Mateo Alemán in Italy?», *Hispanic Review,* XXXI (1963), págs. 148-152.

— «Consideraciones sobre *Ozmín y Daraja* de Mateo Alemán», *Revista de Filología Española,* XLVIII (1965), págs. 283-292.

— «A Pirated Edition of *Guzmán de Alfarache:* More Light on Mateo Alemán's Life», *Hispanic Review,* XXXIV (1966), págs. 326-328.

— «Heliodorus' influence on Mateo Alemán», *Hispanic Review,* XXXIV (1966), págs. 49-53.

— «Masuccio and Mateo Alemán: Italian Renaissance and Spanish Baroque», *Comparative Literature,* XVIII (1966), págs. 203-210.

— *«Dorido and Clorinia:* an Italianate *novella* by Mateo Alemán», *Romance Notes,* VIII (1966-1967), págs. 91-95.

— *«Buena ropa* in Torres Naharro, Lope de Vega and Mateo Alemán», *Romance Philology,* XXI (1967-1968), págs. 183-185.

— *Mateo Alemán,* Nueva York, 1968.

— «Tesis, réplica y contrarréplica en el *Lazarillo,* el *Guzmán* y el *Buscón», Filología,* XIII (1968-1969), págs. 237-249.

Micó Juan, José María, «El texto de la *Primera parte de Guzmán de Alfarache*», *Hispanic Review*, en prensa.

Molho, Maurice, *Introducción al pensamiento picaresco*, Salamanca, 1972.

— «Le roman familial du *pícaro*», en *Estudios de literatura española y francesa. Siglos XVI y XVII. Homenaje a Horst Baader*, ed. Frauke Gewecke, Frankfurt, 1984, págs. 141-148.

Montesinos, José F., «Gracián o la picaresca pura» (1933), *Ensayos y estudios de literatura española*, Madrid, 1970, págs. 141-158.

Montori de Gutiérrez, Violeta, «Sentido de la dualidad en el *Guzmán de Alfarache*, de Mateo Alemán», en *La Picaresca. Orígenes, textos y estructuras*, Madrid, 1979, págs. 511-519.

Morell, Hortensia, «La deformación picaresca del mundo ideal en *Ozmín y Daraja* del *Guzmán de Alfarache*», *La Torre*, 89-90 (1975), págs. 101-125.

Moreno Báez, Enrique, *Lección y sentido del «Guzmán de Alfarache»*, Madrid, 1948.

Nagy, Edward, «La honra familiar en el *Guzmán* de Mateo Alemán», *Hispanófila*, VIII (1960), págs. 39-45.

— «El anhelo del *Guzmán* de Alemán de 'conocer su sangre': una posibilidad interpretativa», *Kentucky Romance Quarterly*, XVI (1969), págs. 75-95.

Norval, M. N., «Original Sin and the 'Conversion' in the *Guzmán de Alfarache*, *Bulletin of Hispanic Studies*, LI (1974), págs. 346-364.

Oakley, R. J., «The Problematic Unity of *Guzmán de Alfarache*», en *Hispanic Studies in Honour of Joseph Manson*, Oxford, 1972, páginas 185-206.

Oberstar, David, «El arca: dos episodios similares en *Guzmán de Alfarache y Lazarillo de Tormes*», *Romance Notes*, XX (1979-1980), págs. 424-429.

Parducci, A., «Il racconto di Momo nel *Guzmán de Alfarache*», *Rendiconti delle Sessioni della Accademia delle Scienze dell'Istituto di Bologna. Classe di Scienze Morali*, serie IV, vol. VII (1944).

Parker, Alexander A., *Los pícaros en la literatura. La novela picaresca en España y Europa (1599-1753)*, Madrid, 1971: 1975[2].

Peale, C. George, *«Guzmán de Alfarache* como discurso oral», *Journal of Hispanic Philology*, IV (1979), págs. 25-57.

Pedro, Valentín de, «Mateo Alemán acaba sus días en Nueva España», en *América en las letras españolas del Siglo de Oro*, Buenos Aires, 1954, págs. 225-235.

Perelmuter Pérez, Rosa, «The Rogue as Trickster in *Guzmán de Alfarache*», *Hispania*, LIX (1976), págs. 820-826.

Prieto, Antonio, «De un símbolo, un signo y un síntoma (Lázaro,

Guzmán, Pablos)», *Ensayo semiológico de sistemas literarios*, Barcelona, 1975², págs. 17-69.

PRING-MILL, Robert D. F., «Some Techniques of Representation in the *Sueños* and the *Criticón*», *Bulletin of Hispanic Studies*, XLV (1968), págs. 270-284.

QUIÑÓNEZ-GAUGGEL, Sister María Cristina, «Dos pícaros religiosos: Guzmán de Alfarache y Alonso Ramírez», *Romance Notes*, XXI (1980-1981), págs. 92-96.

RAMÍREZ, Geneviève M., *«Guzmán de Alfarache* and the Concept of Honor», *Revista de Estudios Hispánicos*, XIV (1980), págs. 61-77.

REED, Helen H., *The Reader in the Picaresque Novel*, Londres, 1984.

REY, Alfonso, «La novela picaresca y el narrador fidedigno», *Hispanic Review*, XLVII (1979), págs. 55-75.

RICAPITO, Joseph V., «Love and Marriage in *Guzmán de Alfarache:* An Essay on Literary and Artistic Unity», *Kentucky Romance Quarterly*, XV (1968), págs. 123-138.

— *«Comparatistica:* Two Versions of Sin, Moral Transgression, and Divine Will: *Guzmán de Alfarache* and *I Promessi Sposi»*, *Kentucky Romance Quarterly*, XVI (1969), págs. 111-118.

— «From Boccaccio to Mateo Alemán: An Essay on Literary Sources and Adaptations», *The Romanic Review*, LX (1969), págs. 83-95.

— *Bibliografía razonada y anotada de las obras maestras de la picaresca española*, Madrid, 1980, págs. 419-497 y 596-597.

— *«Tiempo contado* y *tiempo vivido:* A Study of Time in *Guzmán de Alfarache»*, en *Estudios de literatura española y francesa. Siglos XVI y XVII. Homenaje a Horst Baader*, ed. Frauke Gewecke, Frankfurt, 1984, págs. 149-160.

— «La estructura del *Guzmán de Alfarache* de Mateo Alemán», *Iberoromania*, núm. 21 (1985), págs. 48-64.

RICARD, Robert, «Mateo Alemán y el dogma de la Trinidad», en *Homenaje a Elías Serra Ràfols*, La Laguna, 1970, págs. 331-337.

RICO, Francisco, «Sobre Boecio en el *Guzmán de Alfarache*», *Fondo Cultural*, V (1965), págs. 3-8.

— «Estructuras y reflejos de estructuras en el *Guzmán de Alfarache*», *Modern Language Notes*, LXXXII (1967), págs. 171-184; reimpreso con el título «Del ensayo a la novela: estructuras...», en M. Alvar, ed., *Ensayo. Reunión de Málaga, 1977*, Madrid, s. a., págs. 127-140.

— *La novela picaresca y el punto de vista*, Barcelona, 1970, 1973² (y reimpresiones), 1982³ (revisada).

RODRÍGUEZ-LUIS, Julio, «Caracterización y edad del joven Guzmán», *Bulletin of Hispanic Studies*, XLVII (1970), págs. 316-326.

— «Guzmán, criado impenitente, criado perfecto: el servicio doméstico en la picaresca», *Revista Internacional de Sociología,* 2.ª época, XLI, núm. 46 (abril-junio de 1983), págs. 273-293.

RODRÍGUEZ MARÍN, Francisco, *Discursos leídos ante la Real Academia Española...,* Madrid, 1907, págs. 3-53.

— «La casa de Mateo Alemán», *Burla burlando. Menudencias de varia, leve y entretenida erudición,* Madrid, 1914, págs. 144-149.

— *Documentos referentes a Mateo Alemán y a sus deudos más cercanos (1546-1607),* Madrid, 1933.

RODRÍGUEZ MATOS, Carlos Antonio, *El narrador pícaro: Guzmán de Alfarache,* Madison, 1985.

RODRÍGUEZ-MOÑINO, Antonio, «Residencia de Mateo Alemán», *El Criticón,* II (1935), pág. 32.

ROTUNDA, D. P., «The *Guzmán de Alfarache* and Italian *Novellistica», The Romanic Review,* XXIV (1933), págs. 129-133.

RUIZ DE GALARRETA, J., «El humorismo en la novela picaresca española de los siglos XVI y XVII: *Guzmán de Alfarache», Humanitas,* X (1962), págs. 183-191.

SAN MIGUEL, Ángel, *Sentido y estructura del «Guzmán de Alfarache» de Mateo Alemán,* Madrid, 1971.

— *«Tercera parte de Guzmán de Alfarache.* La promesa de Alemán y su cumplimiento por el portugués Machado de Silva», *Iberorromania,* nueva época, I (1974), págs. 95-120.

SÁNCHEZ Y ESCRIBANO, F., «La fórmula del Barroco literario presentida en un incidente del *Guzmán de Alfarache», Revista de Ideas Estéticas,* XII (1954), págs. 137-142.

SÁNCHEZ REGUEIRA, Manuela, *«Guzmán de Alfarache* en Alemania. Aegidius Albertinus 'padre del Schelmenroman'», en *La Picaresca. Orígenes, textos y estructuras,* Madrid, 1979, págs. 527-535.

SCHONS, Dorothy, «Letters from Alemán», en *Notes from Spanish Archives,* I, Austin: University of Texas Press, 1946, pág. 17.

SICROFF, A. A., «Américo Castro and His Critics: Eugenio Asensio», *Hispanic Review,* XL (1972), págs. 1-30.

SILVERMAN, Joseph H., «Plinio, Pedro Mejía y Mateo Alemán: La enemistad entre las especies hecha símbolo visual», *Papeles de Son Armadans,* núm. 154 (enero de 1969), págs. 30-38.

— «Preface» al libro de Joan Arias, *Guzmán de Alfarache: the Unrepentant Narrator,* Londres, 1977, págs. ix-xvi.

SIMÓN DÍAZ, José, *Bibliografía de la literatura hispánica,* V, Madrid, 1958, núms. 694-946, págs. 126-158.

SMERDOU ALTOLAGUIRRE, Margarita, «Las narraciones intercaladas en el *Guzmán de Alfarache* y su función en el contexto de la obra», en *La Picaresca. Orígenes, textos y estructuras,* Madrid, 1979, páginas 521-525.

SMITH, Hilary S. D., «The *pícaro* turns Preacher: Guzmán de Alfarache's Missed Vocation», *Forum for Modern Language Studies*, XIV
(1978), págs. 387-397.

SOBEJANO, Gonzalo, «De la intención y valor del *Guzmán de Alfarache*»
(1959), en *Forma literaria y sensibilidad social*, Madrid, 1967, páginas 9-66.

— «Un perfil de la picaresca: el pícaro hablador», en *Studia hispanica in
honorem R. Lapesa*, III, Madrid, 1975, págs. 467-485.

— «De Alemán a Cervantes: monólogo y diálogo», en *Homenaje al
prof. M. Muñoz Cortés*, Murcia, 1977, págs. 713-729.

SOONS, C. A., «El paradigma hermético y el carácter de *Guzmán de Alfarache*», *Hispanófila*, XII (1961), págs. 25-31 (y en *Ficción y comedia
en el Siglo de Oro*, Madrid, 1967, págs. 9-15).

SOONS, Alan, «Deux moments de la nouvelle mauresque: *El Abencerraje* (avant 1565) et *Ozmín y Daraja* (1599)», *Romanische Forschungen*,
LXXVIII (1966), págs. 567-569.

STOLZ, Christiane, *Die Ironie im roman des Siglo de Oro. Untersuchungen zur
Narrativik im «Don Quijote», im «Guzmán de Alfarache» und im «Buscón»*, Frankfurt-Berna, 1980.

TODESCO, Venanzio, «Note sulla cultura dell'Alemán ricavate dal
Libro de San Antonio de Padua», *Archivum Romanicum*, XIX (1935),
págs. 397-414.

— «Il *Libro de San Antonio de Padua*», *Miscellánea Francescana*, XXXV
(1935), págs. 1-16.

— «La forma espressiva di Mateo Alemán e il carattere predominante
dell'opera sua», *Atti e Memorie della Reale Accademia di Scienze, Lette-
re ed Arti in Padova*, LIV (1937-1938), págs. 89-109.

— «Mateo Alemán e l'Italia (Nota italo-spagnola)», *ibid.*, LIX
(1942-1943), págs. 35-46.

TORRE, Guillermo de, «Mateo Alemán y el *Guzmán de Alfarache*», *Del
98 al barroco*, Madrid, 1969, págs. 355-376.

TORRES MORALES, J. A., «Las novelas del Licenciado Tamariz y los relatos interpolados en el *Guzmán de Alfarache*», *Revista de Estudios
Hispánicos*, Puerto Rico, III (1973), págs. 55-78.

VAN PRAAG, J. A., «Sobre el sentido del *Guzmán de Alfarache*», en *Estudios dedicados a Menéndez Pidal*, V, Madrid, 1954, págs. 283-306.

VILLANUEVA, Darío, «Narratario y lectores implícitos en la evolución
formal de la novela picaresca», en Luis T. González-del-Valle y
Darío Villanueva, eds., *Estudios en honor a Ricardo Gullón*, Madrid,
1985, págs. 343-367.

WHITBOURN, Christine J., «Moral Ambiguity in the Spanish Picaresque
Tradition», en *Knaves and Swindlers. Essays on the Picaresque Novel in
Europe*, Oxford, 1974, págs. 1-24.

WHITENACK, Judith A., «The Destruction of Confession in *Guzmán de Alfarache*», *Revista de Estudios Hispánicos*, XVIII (1984), páginas 221-239.

— *The Impenitent Confession of Guzmán de Alfarache*, Madison, 1985.

WOODS, M. J., «The teasing opening of *Guzmán de Alfarache*», *Bulletin of Hispanic Studies*, LVII (1980), págs. 213-218.

YNDURÁIN, Francisco, «La novela desde la segunda persona», en *Prosa novelesca actual*, Madrid, 1968, págs. 177-180.

OBRAS DE REFERENCIA CITADAS ABREVIADAMENTE

Alonso
ALONSO HERNÁNDEZ, José Luis, *Léxico del marginalismo del Siglo de Oro*, Universidad de Salamanca, 1977.

Autoridades
Diccionario de Autoridades (1726-1739), ed. facsímil, Madrid, Gredos, 1963.

Campos-Barella
G. CAMPOS, Juana, y Ana BARELLA, *Diccionario de refranes*, Madrid, Real Academia Española, 1975.

Correas
CORREAS, Gonzalo, *Vocabulario de refranes y frases proverbiales* (1627), ed. Luis Combet, Burdeos, Institut d'Études Ibériques et Ibéro-Américaines de l'Université de Bordeaux, 1967.

Covarrubias
COVARRUBIAS, Sebastián de, *Tesoro de la lengua castellana o española*, ed. Martín de Riquer, Barcelona, Barna, 1943.

DRAE
Real Academia Española, *Diccionario de la lengua española*, vigésima edición, Madrid, Real Academia Española, 1984.

Iribarren
IRIBARREN, José María, *El porqué de los dichos. Sentido, origen y anécdota de los dichos, modismos y frases proverbiales de España, con otras muchas curiosidades*, Madrid, Aguilar, 1974[4].

Martínez Kleiser
MARTÍNEZ KLEISER, Luis, *Refranero general ideológico español*, Madrid, Real Academia Española, 1953.

TLex
Gili Gaya, Samuel, *Tesoro lexicográfico,* I [letras A-E], Madrid, C.S.I.C., 1963.

EDICIONES DE TEXTOS ANTIGUOS CITADAS
EN LAS NOTAS

El Abencerraje (novela y romancero), ed. Francisco López Estrada, Madrid, Cátedra (Letras Hispánicas, 115), 1982².

Alberti, Leon Battista, *Momo,* trad. Agustín de Almazán, Madrid, 1553.

Alcalá Yáñez, Jerónimo, *El donado hablador,* en *La novela picaresca española,* ed. Ángel Valbuena Prat, Madrid, Aguilar, 1946.

Alciato, *Emblemas* [traducción de Bernardino Daza], prólogo de Manuel Montero Vallejo, Madrid, Editora Nacional, 1975.

Aranda, Juan de, *Lugares comunes de conceptos, dichos y sentencias en diversas materias,* Madrid: Juan de la Cuesta, 1613.

Arbolanche, Jerónimo de, *Las Abidas,* ed. Fernando González Ollé, Madrid, CSIC, 1969-1972.

Arguijo, Juan de, *Cuentos,* ed. Beatriz Chenot y Maxime Chevalier, Sevilla, Diputación Provincial de Sevilla, 1979.

- *Obra completa,* ed. Stanko B. Vranich, Valencia, Albatros, 1985.

Asensio, Francisco, *Floresta española,* en *Floresta general,* Madrid, Bibliófilos Madrileños, 19.

Ávila, Juan de, *Epistolario espiritual,* ed. Vicente García de Diego, Madrid, La Lectura (Clásicos Castellanos, 11), 1912.

— *Obras completas,* ed. Luis Sala Balust y Francisco Martín Hernández, Biblioteca de Autores Cristianos, 1970, 6 volúmenes.

Borja, Juan de, *Empresas morales,* ed. Carmen Bravo-Villasante [facsímil de la edición de Bruselas, 1680], Madrid, Fundación Universitaria Española, 1981.

Brizuela, Martín de, *La vida de la galera,* en Bartolomé José Gallardo, *Ensayo de una biblioteca española de libros raros y curiosos* [Madrid, 1863-1889], ed. facsímil de Madrid, Gredos, 1968.

Caro, Rodrigo, *Días geniales o lúdicros,* ed. Jean-Pierre Etienvre, Madrid, Espasa-Calpe (Clásicos Castellanos, 212 y 213), 1978.

Cascales, Francisco, *Cartas filológicas,* ed. Justo García Soriano, Madrid, La Lectura (Clásicos Castellanos, 103, 117 y 118), 1930-1941.

Castiglione, Baltasar de, *El cortesano,* traducción de Juan Boscán, ed. Rogelio Reyes Cano, Madrid, Espasa-Calpe (Austral, 549), 1984.

CASTILLEJO, Cristóbal de, *Obras,* ed. J. Domínguez Bordona, Madrid, La Lectura (Clásicos Castellanos, 72, 79, 88, 91), 1926-1928.

CASTILLO SOLÓRZANO, Alonso de, *Aventuras del Bachiller Trapaza,* ed. Jacques Joset, Madrid, Cátedra (Letras Hispánicas, 257), 1986.

— *Las harpías de Madrid,* ed. Pablo Jauralde, Madrid, Castalia (Clásicos, 139), 1985.

— *La niña de los embustes, Teresa de Manzanares,* en *Picaresca femenina,* ed. Antonio Rey Hazas, Barcelona, Plaza & Janés (Clásicos, 42), 1986.

CERVANTES SAAVEDRA, Miguel de, *El ingenioso hidalgo don Quijote de la Mancha,* ed. Francisco Rodríguez Marín, Madrid, Atlas, 1947-1949.

— *Novelas ejemplares,* ed. Juan Bautista Avalle-Arce, Madrid, Castalia (Clásicos, 120, 121 y 122), 1982.

— *La Galatea,* ed. Juan Bautista Avalle-Arce, Madrid, Espasa-Calpe (Clásicos Castellanos, 154 y 155), 1968².

— *Viaje del Parnaso,* ed. Miguel Herrero García, Madrid, CSIC, 1983.

— *Entremeses,* ed. Eugenio Asensio, Madrid, Castalia (Clásicos, 29), 1978.

— *Los trabajos de Persiles y Sigismunda,* ed. Juan Bautista Avalle-Arce, Madrid, Castalia (Clásicos, 12), 1978.

CÉSPEDES Y MENESES, Gonzalo de, *Varia fortuna del soldado Píndaro,* ed. Arsenio Pacheco, Madrid, Espasa-Calpe (Clásicos Castellanos, 202 y 203), 1975.

CONTRERAS, Alonso de, *Discurso de mi vida,* ed. Henry Ettinghausen, Barcelona, Bruguera (Libro clásico, 155) 1983.

El crótalon de Cristóforo Gnofoso, ed. Asunción Rallo, Madrid, Cátedra (Letras Hispánicas, 155), 1982.

CHAVES, Cristóbal de, *Relación de la cárcel de Sevilla,* en Bartolomé José Gallardo, *Ensayo de una biblioteca española de libros raros y curiosos* [Madrid, 1863-1889], ed. facsímil de Madrid, Gredos, 1968.

CHEVALIER, Maxime, *Cuentecillos tradicionales en la España del Siglo de Oro,* Madrid, Gredos, 1975.

— *Cuentos españoles de los siglos XVI y XVII,* Madrid, Taurus (Temas de España, 119), 1982.

— *Cuentos folklóricos en la España del Siglo de Oro,* Barcelona, Crítica (Lecturas de Filología, G), 1983.

DELICADO, Francisco, *Retrato de la Lozana Andaluza,* ed. Claude Allaigre, Madrid, Cátedra (Letras Hispánicas, 212), 1985.

ESPINEL, Vicente, *Vida de Marcos de Obregón,* ed. Samuel Gili Gaya, Madrid, Espasa-Calpe (Clásicos Castellanos, 43 y 51), 1922: 1969².

La vida y hechos de Estebanillo González, hombre de buen humor, compuesta por él mismo, ed. Juan Millé y Giménez, Madrid, Espasa-Calpe (Clásicos Castellanos, 108 y 109), 1934.

FERNÁNDEZ DE AVELLANEDA, Alonso, *El ingenioso hidalgo don Quijote de la Mancha,* ed. Fernando García Salinero, Madrid, Castalia (Clásicos, 41), 1972.

GARCÍA, Carlos, *La desordenada codicia de los bienes agenos,* ed. Giulio Massano, Madrid, José Porrúa Turanzas (Studia humanitatis), 1977.

GONZÁLEZ, Gregorio, *El guitón Honofre,* ed. Hazel G. Carrasco, Chapel Hill, University of North Carolina, 1974.

GRACIÁN, Baltasar, *El criticón,* ed. Evaristo Correa Calderón, Madrid, Espasa-Calpe (Clásicos Castellanos, 165, 166 y 167), 1971.

— *Obras completas,* ed. Arturo del Hoyo, Madrid, Aguilar, 1967[3].

GRACIÁN DANTISCO, Lucas, *Galateo español,* ed. Margherita Morreale, Madrid, CSIC, 1968.

GRANADA, fray Luis de, *Guía de pecadores,* ed. Matías Martínez Burgos, Madrid, La Lectura (Clásicos Castellanos, 97), 1929.

GUEVARA, fray Antonio de, *Epístolas familiares,* ed. José María de Cossío, Madrid, Real Academia Española (Biblioteca Selecta de Clásicos Españoles, X y XII), 1950-1952.

— *Menosprecio de Corte y Alabanza de Aldea. Arte de Marear,* ed. Asunción Rallo Gruss, Madrid, Cátedra (Letras Hispánicas, 213), 1984.

HEBREO, León, *Diálogos de amor,* trad. de Garcilaso de la Vega el Inca, Madrid, Espasa-Calpe (Austral, 704), 1962.

HERMOSILLA, Diego de, *Diálogo de la vida de los pajes de palacio,* ed. Donal Mackenzie, University of Pennsylvania-Valladolid, 1915.

HIDALGO, Gaspar Lucas, *Diálogos de apacible entretenimiento,* en *Curiosidades bibliográficas,* ed. Adolfo de Castro, Biblioteca de Autores Españoles, XXXVI, Madrid, Atlas, 1950 (reimpresión).

HUARTE DE SAN JUAN, Juan, *Examen de ingenios para las ciencias,* ed. Esteban Torre, Madrid, Editora Nacional, 1977.

LAGUNA, Andrés, *Pedacio Dioscoride Anazarbeo acerca de la materia medicinal y de los venenos mortíferos* (Amberes, 1555), ed. facsímil, Madrid, 1968-1969.

Lazarillo de Tormes, ed. Francisco Rico, Madrid, Cátedra (Letras Hispánicas, 44), 1987.

LEÓN, fray Luis de, *Obras completas castellanas,* ed. Félix García, O.S.A., Madrid, Biblioteca de Autores Cristianos, 1967.

LÓPEZ DE VILLALOBOS, Francisco, *Problemas,* en *Curiosidades bibliográficas,* ed. Adolfo de Castro, Biblioteca de Autores Españoles, XXXVI, Madrid, Atlas, 1951 (reimpresión).

'LUJÁN DE SAYAVEDRA, Mateo', *Segunda parte de la vida del pícaro Guz-*

mán de Alfarache, en *Novelistas anteriores a Cervantes,* Biblioteca de Autores Españoles, III, Madrid, Atlas, 1975 (reimpresión).

Luna, Juan de, *Diálogos familiares,* París, 1619.

— *Segunda parte de la vida de Lazarillo de Tormes,* ed. Pedro M. Piñero Ramírez (con el *Lazarillo),* Madrid, Editora Nacional, 1977.

Luque Faxardo, Francisco de, *Fiel desengaño contra la ociosidad y los juegos,* ed. Martín de Riquer, Madrid, Real Academia Española (Biblioteca Selecta de Clásicos Españoles, XVI y XVII), 1955.

Luxán, Pedro de, *Coloquios matrimoniales,* Madrid, Atlas (Cisneros, 30), 1943.

Mal Lara, Juan de, *Filosofía vulgar,* ed. Antonio Vilanova, Barcelona, Selecciones Bibliófilas, 1958-1959.

Malón de Chaide, fray Pedro, *La conversión de la Magdalena,* ed. P. Félix García, Madrid, Espasa-Calpe (Clásicos Castellanos, 104, 105 y 130), 1930 (y reimpresión).

Medina, Pedro de, *Obras,* ed. Ángel González Palencia, Madrid, CSIC (Clásicos Españoles, I), 1944.

Mercado, Tomás de, *Suma de tratos y contratos,* ed. Nicolás Sánchez-Albornoz, Madrid, Ministerio de Hacienda, 1977.

Mexía, Pero, *Silva de varia lección,* ed. Justo García Soriano, Madrid, Sociedad de Bibliófilos Españoles, 1933-1934.

Mey, Sebastián, *Fabulario* [facsímil de la edición de Valencia, 1613], ed. Carmen Bravo-Villasante, Madrid, Fundación Universitaria Española, 1975.

Mondragón, Jerónimo de, *Censura de la locura humana y excelencias della,* ed. Antonio Vilanova, Barcelona, Selecciones Bibliófilas, 1953.

Montemayor, Jorge de, *Los siete libros de la Diana,* ed. Enrique Moreno Báez, Madrid, Editora Nacional, 1976.

Novela corta del siglo XVI, ed. José Fradejas Lebrero, Barcelona, Plaza & Janés (Clásicos, 33 y 34), 1985.

Novísima Recopilación de las leyes de España, ed. facsímil, Madrid, Boletín oficial del Estado, 1975.

Pérez de Herrera, Cristóbal, *Amparo de pobres,* ed. Michel Cavillac, Madrid, Espasa-Calpe (Clásicos Castellanos, 199), 1975.

— *Enigmas,* Madrid, Atlas (Cisneros, 18), 1943.

Pérez de Hita, Ginés, *Guerras civiles de Granada,* en *Novelistas anteriores a Cervantes,* Biblioteca de Autores Españoles, III, Madrid, Atlas, 1975 (reimpresión).

Pérez de Oliva, Fernán, *Diálogo de la dignidad del hombre,* ed. María Luisa Cerrón Puga, Madrid, Editora Nacional, 1982.

La Pícara Justina, ed. Antonio Rey Hazas, Madrid, Editora Nacional, 1977.

PLUTARCO, *Morales,* traducción de Diego Gracián, Salamanca: Alejandro de Cánova, 1571.

Poesía erótica del Siglo de Oro, ed. Pierre Alzieu, Robert Jammes e Yvan Lissorgues, Barcelona, Crítica, 1983.

PULGAR, Hernando del, *Letras,* ed. J. Domínguez Bordona, Madrid, Espasa-Calpe (Clásicos Castellanos, 99), 1958.

QUEVEDO, Francisco de, *La vida del Buscón llamado don Pablos,* ed. Domingo Ynduráin, Madrid, Cátedra (Letras Hispánicas, 124), 1980.

— *La España defendida,* ed. R. Selden Rose, *Revue Hispanique,* LXVIII y LXIX (1916).

— *La hora de todos,* ed. Luisa López-Grigera, Madrid, Castalia (Clásicos, 67), 1975 (1979).

— *Obra poética,* ed. José Manuel Blecua, Madrid, Castalia, 1969-1981.

— *Obras festivas,* ed. Pablo Jauralde Pou, Madrid, Castalia (Clásicos, 113), 1981.

— *Sueños y discursos,* ed. Felipe C. R. Maldonado, Madrid, Castalia (Clásicos, 50), 1972 (1981).

QUIRÓS, Francisco Bernardo de, *Obras. Aventuras de don Fruela,* ed. Celsa Carmen García Valdés, Madrid, Instituto de Estudios Madrileños, 1984.

ROJAS VILLANDRANDO, Agustín de, *El viaje entretenido,* ed. Jean Pierre Ressot, Madrid, Castalia (Clásicos, 44), 1972.

ROJAS, Fernando de, *La Celestina,* ed. Humberto López Morales, prólogo de Juan Alcina, Barcelona, Planeta (Clásicos Universales, 13), 1980.

RUFO, Juan, *Las seiscientas apotegmas y otras obras en verso,* ed. Alberto Blecua, Madrid, Espasa-Calpe (Clásicos Castellanos, 170), Madrid, 1972.

SAAVEDRA FAJARDO, Diego, *Empresas políticas. Idea de un príncipe político-cristiano,* ed. Quintín Aldea Vaquero, Madrid, Editora Nacional, 1976.

SALAS BARBADILLO, Alonso Jerónimo de, *La hija de Celestina,* en *Picaresca femenina,* ed. Antonio Rey Hazas, Barcelona, Plaza & Janés (Clásicos, 42), 1986.

SANTA CRUZ, Melchor de, *Floresta española,* ed. Rafael Benítez Claros, Madrid, Bibliófilos Españoles, 2.ª época, XXIX, 1953.

Segunda parte de Lazarillo de Tormes [1555], en *Novelistas anteriores a Cervantes,* Biblioteca de Autores Españoles, III, Madrid, Atlas, 1975 (reimpresión).

SOTO, Hernando de, *Emblemas moralizadas* (facsímil de la ed. de Madrid, 1599), ed. Carmen Bravo-Villasante, Madrid, Fundación Universitaria Española, 1983.

SUÁREZ DE FIGUEROA, Cristóbal, *El passagero,* ed. R. Selden Rose, Madrid, Biblioteca Renacimiento, 1913.

TAMARIZ, Cristóbal de, *Novelas en verso,* ed. Donald McGrady, Virginia, Charlottesville, 1974.

TIMONEDA Juan de, *Buen aviso y Portacuentos,* en *Revue Hispanique,* XXIV (1911), págs. 171-254.

— *El Patrañuelo,* ed. Federico Ruiz Morcuende, Madrid, La Lectura (Clásicos Castellanos, 101), 1930.

— *Sobremesa y alivio de caminantes,* en *Novelistas anteriores a Cervantes,* Biblioteca de Autores Españoles, III, Madrid, Atlas, 1975 (reimpresión).

TORQUEMADA, Antonio de, *Coloquios satíricos,* ed. Marcelino Menéndez Pelayo, *Orígenes de la novela,* Madrid, Nueva Biblioteca de Autores Españoles, II, Madrid, 1907, págs. 485-581.

— *Jardín de flores curiosas,* ed. Giovanni Allegra, Madrid, Castalia (Clásicos, 129), 1983.

TORRES NAHARRO, Bartolomé de, *Propalladia and other works,* ed. Joseph E. Gillet, Pennsylvania, Bryn Mawr, 1951.

VALDÉS, Alfonso de, *Diálogo de las cosas ocurridas en Roma,* ed. José F. Montesinos, Madrid, Espasa-Calpe (Clásicos Castellanos, 89), 1928 (1969).

— *Diálogo de Mercurio y Carón,* ed. José F. Montesinos, Madrid, La Lectura (Clásicos Castellanos, 96), 1929.

VALDÉS, Juan de, *Diálogo de la lengua,* ed. Cristina Barbolani, Madrid, Cátedra (Letras Hispánicas, 153), 1982.

VEGA, Lope de, *Arcadia,* en *Obras completas de Lope de Vega,* ed. Joaquín de Entrambasaguas, I, Madrid, C.S.I.C., 1965.

— *La Dorotea,* ed. Edwin S. Morby, Madrid, Castalia, 1968[2].

— *Obras poéticas,* I, ed. José Manuel Blecua, Barcelona, Planeta, 1969.

— *El peregrino en su patria,* ed. Juan Bautista Avalle-Arce, Madrid, Castalia (Clásicos, 55), 1973.

— *El caballero de Olmedo,* ed. Francisco Rico, Madrid, Cátedra (Letras Hispánicas, 147), 1981.

VÉLEZ DE GUEVARA, Luis, *El Diablo Cojuelo,* ed. Francisco Rodríguez Marín, Madrid, La Lectura (Clásicos Castellanos, 38), 1922[2].

Viaje de Turquía (La odisea de Pedro de Urdemalas), ed. Fernando G. Salinero, Madrid, Cátedra (Letras Hispánicas, 116), 1980.

La vida cotidiana en nuestros clásicos (Segunda parte), ed. Luys Santa Marina, Barcelona, CSIC, 1949.

VILLALÓN, Cristóbal de, *El scholástico,* ed. Richard J. A. Kerr, I, Madrid, CSIC, 1967.

ZABALETA, Juan de, *El día de fiesta por la mañana y por la tarde,* ed. Cristóbal Cuevas García, Madrid, Castalia (Clásicos, 130), 1983.

— *Errores celebrados,* ed. David Hershberg, Madrid, Espasa-Calpe (Clásicos Castellanos, 169), 1972.

ZAPATA, Luis, *Miscelánea,* ed. Antonio Rodríguez-Moñino, Madrid, Castilla (Biblioteca Clásica Castilla, 20 y 21), 1952.

La Zucca del Doni (Venetia, 1551, Francesco Marcolini), edición facsímil del original italiano y la traducción española, prólogo de Maxime Chevalier, Barcelona, Puvill, 1981.

ZÚÑIGA, Francesillo de, *Crónica burlesca del Emperador Carlos V,* ed. Diane Pamp de Avalle-Arce, Barcelona, Crítica, 1981.

PRIMERA PARTE

DE GVZMAN

DE ALFARACHE, POR

Matheo Aleman, criado del Rey
nuestro señor, y natural
vezino de Seuilla.

*DIRIGIDA A D. FRANCISCO DE
Rojas, Marques de Poza, Señor de la casa de Monçon,
Presidente del Consejo de la hazienda de su Ma-
gestad, y tribunales della.*

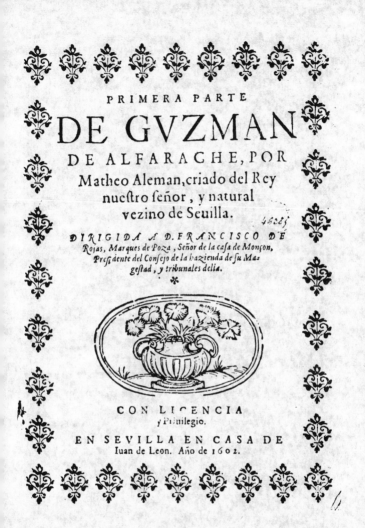

CON LICENCIA
y Priuilegio.

EN SEVILLA EN CASA DE
Iuan de Leon. Año de 1602.

Portada de la última edición revisada por Alemán, la sevillana de 1602 (C).

APROBACIÓN[1]

Por mandado de los señores del Consejo Real, he visto un libro intitulado *Primera parte del Pícaro Guzmán de Alfarache,* y en él no hallo alguna cosa que sea contra la Fe Católica, antes tiene avisos morales para la vida humana; por lo cual se puede dar la licencia que pide. Y por ser así, di ésta firmada de mi nombre en Madrid, y de enero 13, de 1598.

FRAY DIEGO DÁVILA

TASA

Yo, Gonzalo de la Vega, escribano de cámara del Rey, Nuestro Señor, y uno de los que en su Consejo residen, doy fe que habiéndose visto por los señores del Consejo un libro intitulado *Primera parte de Guzmán de Alfarache* y dádole privilegio a Mateo Alemán, criado del rey, Nuestro Señor, para que le pudiese imprimir y vender por tiempo de seis años, le tasaron cada pliego del dicho libro en papel a tres maravedís, que sesenta y cuatro pliegos que tiene el dicho libro, sin los principios, montan ciento y noventa y dos maravedís, y al dicho respeto se han de vender los principios, y al dicho precio y no más mandaron que se vendiese y que esta fe de tasa se ponga en la primera hoja de cada libro, para que se sepa el precio dél. Y porque dello conste, de pedimiento del dicho Mateo Alemán y mandamiento de los dichos se-

---

[1] Sobre los preliminares burocráticos de los libros antiguos y otras cuestiones bibliográficas son fundamentales los trabajos de A. G. de Amezúa, «Cómo se hacía un libro en nuestro Siglo de Oro», *Opúsculos histórico-literarios,* Madrid, 1951, I, págs. 331-373, y Jaime Moll, «Problemas bibliográficos del libro del Siglo de Oro», *Boletín de la Real Academia Española,* LIX (1979), págs. 49-107.

ñores, di la presente. En Madrid, a cuatro de marzo de mil y quinientos y noventa y nueve años.

GONZALO DE LA VEGA[2]

EL REY

Por cuanto por parte de vós, Mateo Alemán, nuestro criado, nos fue fecha relación que vós habíades compuesto un libro intitulado *Primera parte de la vida de Guzmán de Alfarache, atalaya de la vida humana*, del cual ante los del nuestro Consejo hicistes presentación; y atento que en su composición habíades tenido mucho trabajo y ocupación y era libro muy provechoso, nos pedistes y suplicastes os mandásemos dar licencia para le poder imprimir y privilegio para le poder vender por tiempo de veinte años, o por el que fuésemos servido o como la nuestra merced fuese. Lo cual visto por los del nuestro Consejo, y como por su mandado se hicieron en el dicho libro las diligencias que la premática por Nós últimamente fecha sobre la impresión de los libros dispone, fue acordado que debíamos mandar esta carta para vós en la dicha razón, y Nós tuvímoslo por bien. Por la cual, por os hacer bien y merced, vos damos licencia y facultad para que por tiempo de seis años cumplidos primeros siguientes que corran y se cuenten desde el día de la data desta nuestra cédula, podáis imprimir y vender el dicho libro que de suso se hace mención, por el original que en el nuestro Consejo se vio, que va rubricado y firmado al fin dél de Gonzalo de la Vega, nuestro escribano de Cámara, de los que en el nuestro Consejo residen, con que antes y primero que se venda lo traigáis ante ellos, para que se vea si la dicha impresión está conforme a él, o traigáis fe en pública forma cómo por el corretor nombrado por nuestro mandado se vio y corrigió la dicha impresión por el original. Y mandamos al impresor que así imprimiere el dicho libro no imprima el principio y primer pliego dél, ni entregue más de un solo libro con el original al autor o persona a cuya costa le imprimiere ni a otra alguna, para efeto de la dicha correción y tasa, hasta que antes y primero el dicho libro esté corregido y tasado por los del nuestro Consejo, y estando fecho y no de otra manera pueda imprimir el dicho principio y primer pliego, en

---

[2] Después de la «Tasa» viene la lista de «Erratas», firmada por Juan Vázquez de Mármol en las dos ediciones madrileñas con retrato, y sin firma en la sevillana. En cada una de ellas es, obviamente, distinta; en cualquier caso, todos los errores advertidos en esas listas se han corregido sin indicación en el texto presente.

el cual segundamente se ponga esta nuestra cédula y privilegio, y la aprobación, tasa y erratas, so pena de caer e incurrir en las penas contenidas en la dicha premática y leyes de nuestros Reinos. Y mandamos que durante el dicho tiempo persona alguna sin vuestra licencia no le pueda imprimir ni vender, so pena que el que lo imprimiere o vendiere haya perdido y pierda todos y cualesquier libros, moldes y aparejos que dél tuviere, y más incurra en pena de cincuenta mil maravedís por cada vez que lo contrario hiciere; la cual dicha pena sea tercera parte para el denunciador, y la otra tercia parte para la nuestra Cámara, y la otra tercia parte para el juez que lo sentenciare. Y mandamos a los del nuestro Consejo, presidente y oidores de las nuestras audiencias, alcaldes, alguaciles de la nuestra Casa, Corte y chancillerías, y a todos los corregidores, asistente, gobernadores, alcaldes mayores e ordinarios y otros jueces e justicias cualesquier de todas las ciudades, villas y lugares de los nuestros reinos y señoríos, así a los que agora son como a los que serán de aquí adelante que vos guarden y cumplan esta nuestra cédula y merced que vos hacemos, y contra el tenor y forma de lo en ella contenido no vayan ni pasen ni consientan ir ni pasar en manera alguna, so pena de la nuestra merced y de diez mil maravedís para la nuestra Cámara. Fecha en Madrid, a diez y seis de hebrero de mil y quinientos y noventa y ocho años.

YO, EL PRÍNCIPE.

Por mandado del Rey, Nuestro Señor,
Su alteza en su nombre.

DON LUIS DE SALAZAR.

A DON FRANCISCO DE ROJAS

MARQUÉS DE POZA, SEÑOR DE LA CASA DE MONZÓN, PRESIDENTE
DEL CONSEJO DE LA HACIENDA DEL REY NUESTRO SEÑOR Y TRI-
BUNALES DELLA

De las cosas que suelen causar más temor a los hombres, no sé cuál sea mayor o pueda compararse con una mala intención; y con mayores veras cuanto más estuviere arraigada en los de oscura sangre, nacimiento humilde y bajos pensamientos, porque suele ser en los tales más eficaz y menos corregida. Son cazadores los unos y los otros que, cubiertos de la enramada, están en acecho de nuestra perdición; y, aun después de la herida hecha, no se nos descubre de dónde salió el daño. Son basiliscos que, si los viésemos primero, perecería su ponzoña[1] y no serían tan perjudiciales; mas como nos ganan por la mano[2], adquiriendo un cierto dominio, nos ponen debajo de la suya. Son escándalo en la república, fiscales de la inocencia y verdugos de la virtud, contra quien[3] la prudencia no es poderosa[4].

---

[1] Era creencia extendida que «el basilisco mata mirando» (I, i, 8) y al abrigo de Plinio *(Historia natural,* XXIX, xix) y Pero Mexía *(Silva de varia lección,* II, xxxix), se recuerda en numerosas obras literarias del Siglo de Oro (ejemplos en FR). Sobre el valor moral del símbolo (recuérdese Salmos, 90, 13), cfr. S. A. Vosters, *Lope de Vega y la tradición occidental,* Madrid, 1977, I, páginas 276-287 (con mención de Alemán y cita de su *San Antonio de Padua).*

[2] *ganar por la mano:* anticiparse, adelantarse (comp. *La Pícara Justina:* «Como basiliscos, queremos ganar por la mano, por matar y no morir» [JSF]); vienen muchos ejemplos de la expresión en *Viaje del Parnaso,* VIII, 350, págs. 892-893.

[3] *quien* con valor de plural era común en la prosa clásica, y no se anotará más.

[4] Lo mismo advierte Mateo Alemán en su retrato: *ab insidiis non est prudentia.* Cfr. I, ii, 4, n. 46.

A éstos, pues, de cuyos lazos engañosos, como de la muerte, ninguno está seguro, siempre les tuve un miedo particular, mayor que a los nocivos y fieros animales, y más en esta ocasión, por habérsela dado y campo franco en que puedan sembrar su veneno, calumniándome, cuando menos, de temerario atrevido, pues a tan poderoso príncipe haya tenido ánimo de ofrecer un don tan pobre, no considerando haber nacido este mi atrevimiento de la necesidad en que su temor me puso.

Porque, de la manera que la ciudad mal pertrechada y flacas fuerzas están más necesitadas de mejores capitanes que las defiendan, resistiendo al ímpetu furioso de los enemigos, así fue necesario valerme de la protección de Vuestra Señoría, en quien con tanto resplandor se manifiestan las tres partes —virtud, sangre y poder— de que se compone la verdadera nobleza[5]. Y pues lo es favorecer y amparar a los que, como a lugar sagrado, procuran retraerse a ella, seguro estoy del generoso ánimo de Vuestra Señoría que, estendiendo las alas de su acostumbrada clemencia, debajo dellas quedará mi libro libre[6] de los que pudieran calumniarle.

Conseguiráse juntamente que, haciendo mucho lo que de suyo es poco, de un desechado pícaro un admitido cortesano, será dar ser a lo que no lo tiene: obra de grandeza y excelencia, donde se descubrirá más la mucha de Vuestra Señoría, cuya vida guarde Nuestro Señor en su servicio dichosos y largos años.

MATEO ALEMÁN.

---

[5] Como era de esperar —sin duda con «la ocasión de la dedicatoria» (FR)—, Alemán olvida por un momento la definición habitual («la verdadera nobleza consiste en la virtud», dice Dorotea en el *Quijote*, I, xxxvi: III, páginas 125-126) y le añade un par de elementos: «sangre y poder» (o, si lo preferimos, linaje y riqueza). En todo caso, la virtud se llevará en lo que sigue la parte del león. Cfr. especialmente M. Cavillac, *Gueux et marchands*, págs. 231-245 (y también págs. 179-180, donde comenta toda la dedicatoria a don Francisco de Rojas).

[6] *libro libre:* el calambur no era extraño; comp. Espinel: «que los libros hacen libre a quien los quiere bien» *(Marcos de Obregón,* I, viii, pág. 134), o el conocido soneto de Góngora (Millé, núm. 312, v. 9). Cfr. C. Pérez de Herrera, *Enigmas,* núm. 109: «Quien dice libro, dice que libra... de algún peligro.»

AL VULGO[1]

No es nuevo para mí, aunque lo sea para ti, oh enemigo vulgo, los muchos malos amigos que tienes, lo poco que vales y sabes, cuán mordaz, envidioso y avariento eres; qué presto en disfamar, qué tardo en honrar, qué cierto a los daños, qué incierto en los bienes, qué fácil de moverte, qué difícil en corregirte. ¿Cuál fortaleza de diamante no rompen tus agudos dientes? ¿Cuál virtud lo es de tu lengua? ¿Cuál piedad amparan tus obras? ¿Cuáles defetos cubre tu capa? ¿Cuál atriaca[2] miran tus ojos, que como basilisco no emponzoñes? ¿Cuál flor tan cordial entró por tus oídos, que en el enjambre de tu corazón dejases de convertir en veneno? ¿Qué santidad no calumnias? ¿Qué inocencia no persigues? ¿Qué sencillez no condenas? ¿Qué justicia no confundes? ¿Qué verdad no profanas? ¿En cuál verde prado entraste, que dejases de manchar con tus lujurias? Y si se hubiesen de pintar al vivo las penalidades y trato de un infierno, paréceme que tú sólo pudieras verdaderamente ser su retrato. ¿Piensas, por ventura, que me ciega pasión, que me mueve ira o que me despeña la ignorancia? No por cierto; y si fueses capaz de desengaño, sólo con volver atrás la vista hallarías tus obras eternizadas y desde Adam reprobadas como tú.

Pues ¿cuál enmienda se podrá esperar de tan envejecida des-

---

[1] El vilipendio del *vulgo,* seguido frecuentemente —como aquí— de las advertencias y elogios «al discreto lector», se asentaba sobre su malicia, cizañería, ignorancia, asechanza y, en especial, sobre la falsedad de sus juicios (lo resume después con un conocido tópico: «la alabanza del malo es vergonzosa»).

[2] *atriaca:* antídoto, medicina.

ventura? ¿Quién será el dichoso que podrá desasirse de tus rampantes uñas? Huí de la confusa corte, seguísteme en la aldea. Retiréme a la soledad y en ella me heciste tiro[3], no dejándome seguro sin someterme a tu juridición.

Bien cierto estoy que no te ha de corregir la protección que traigo ni lo que a su calificada nobleza debes, ni que en su confianza me sujete a tus prisiones; pues despreciada toda buena consideración y respeto, atrevidamente has mordido a tan ilustres varones, graduando a los unos de graciosos, a otros acusando de lacivos y a otros infamando de mentirosos. Eres ratón campestre, comes la dura corteza del melón, amarga y desabrida, y en llegando a lo dulce te empalagas. Imitas a la moxca importuna, pesada y enfadosa que, no reparando en oloroso, huye de jardines y florestas por seguir los muladares[4] y partes asquerosas.

No miras ni reparas en las altas moralidades de tan divinos ingenios y sólo te contentas de lo que dijo el perro y respondió la zorra[5]. Eso se te pega y como lo leíste se te queda. ¡Oh zorra desventurada, que tal eres comparado, y cual ella serás, como inútil, corrido y perseguido! No quiero gozar el privilegio de tus honras ni la franqueza de tus lisonjas, cuando con ello quieras honrarme, que la alabanza del malo es vergonzosa[6]. Quiero más la reprehensión del bueno, por serlo el fin con que la hace, que tu estimación depravada, pues forzoso ha de ser mala.

Libertad tienes, desenfrenado eres, materia se te ofrece: corre, destroza, rompe, despedaza como mejor te parezca, que las flores holladas de tus pies coronan las sienes y dan fragancia a el olfato del virtuoso. Las mortales navajadas de tus colmillos y heridas de tus manos sanarán las del discreto, en cuyo abrigo seré, dichosamente, de tus adversas tempestades amparado.

---

[3] *tiro* vale aquí seguramente —si no «daño grave físico o moral»— «burla con que se le engaña a uno maliciosamente» *(Autoridades)*. Cfr. J. E. Gillet, *Propalladia*, III, pág. 62.

[4] *muladar*: «el lugar fuera de los muros de la villa o ciudad, adonde se echa el estiércol y la basura; y porque es fuera de los muros se dijo *muradal*, y de allí *muladar* trocando las letras» (Covarrubias).

[5] Es decir, 'te ríes de la conseja y se te pasa el consejo', que es, precisamente, lo que debe evitar el «discreto lector».

[6] Cfr. sólo *Eclesiastés*, 7, 6, y el *San Antonio de Padua*, II, ix, fol. 105v.

DEL MISMO AL DISCRETO LECTOR

Suelen algunos que sueñan cosas pesadas y tristes bregar tan fuertemente con la imaginación, que, sin haberse movido, después de recordados[1] así quedan molidos como si con un fuerte toro hubieran luchado a fuerzas. Tal he salido del proemio pasado, imaginando en el barbarismo[2] y número desigual de los ignorantes, a cuya censura me obligué, como el que sale a voluntario destierro y no es en su mano la vuelta. Empeñéme con la promesa deste libro; hame sido forzoso seguir el envite que hice de falso[3].

Bien veo de mi rudo ingenio y cortos estudios fuera muy justo temer la carrera y haber sido esta libertad y licencia demasiada; mas considerando no haber libro tan malo donde no se halle algo bueno[4], será posible que en lo que faltó el ingenio supla el celo de aprovechar que tuve, haciendo algún virtuoso efeto, que sería bastante premio de mayores trabajos y digno del perdón de tal atrevimiento.

No me será necesario con el discreto largos exordios ni prolijas arengas, pues ni le desvanece[5] la elocuencia de palabras ni

---

[1] *recordar:* despertar.

[2] *barbarismo:* barbarie, brutalidad.

[3] *envite... de falso: envidar de falso* es aparentar tener buen juego «para acobardar al contrario y hacerle que ceda» *(Autoridades),* y de ahí 'ofrecerse sin intención de cumplir'.

[4] «A este propósito dice Plinio [el Viejo, según recuerda su sobrino en *Epístolas,* III, v, 10] que 'no hay libro, por malo que sea, que no tenga alguna cosa buena'» *(Lazarillo,* prólogo). La sentencia era común en los exordios (como también, en el párrafo siguiente, la alusión, esta vez irónica, a la *captatio benevolentiae).*

[5] *desvanecer:* envanecer.

lo tuerce la fuerza de la oración a más de lo justo, ni estriba su felicidad en que le capte la benevolencia. A su corrección me allano, su amparo pido y en su defensa me encomiendo.

Y tú, deseoso de aprovechar, a quien verdaderamente consideré cuando esta obra escribía, no entiendas que haberlo hecho fue acaso movido de interés ni para ostentación de ingenio, que nunca lo pretendí ni me hallé con caudal suficiente. Alguno querrá decir que, llevando vueltas las espaldas y la vista contraria, encamino mi barquilla donde tengo el deseo de tomar puerto[6]. Pues doyte mi palabra que se engaña y a solo el bien común puse la proa, si de tal bien fuese digno que a ello sirviese. Muchas cosas hallarás de rasguño y bosquejadas, que dejé de matizar por causas que lo impidieron. Otras están algo más retocadas, que huí de seguir y dar alcance, temeroso y encogido de cometer alguna no pensada ofensa. Y otras que al descubierto me arrojé sin miedo, como dignas que sin rebozo se tratasen.

Mucho te digo que deseo decirte, y mucho dejé de escribir, que te escribo. Haz como leas lo que leyeres y no te rías de la conseja y se te pase el consejo; recibe los que te doy y el ánimo con que te los ofrezco: no los eches como barreduras al muladar del olvido. Mira que podrá ser escobilla[7] de precio. Recoge, junta esa tierra, métela en el crisol de la consideración, dale fuego de espíritu, y te aseguro hallarás algún oro que te enriquezca.

No es todo de mi aljaba; mucho escogí de doctos varones y santos: eso te alabo y vendo. Y pues no hay cosa buena que no proceda de las manos de Dios, ni tan mala de que no le resulte alguna gloria[8], y en todo tiene parte, abraza, recibe en ti la provechosa, dejando lo no tal o malo como mío. Aunque estoy confiado que las cosas que no pueden dañar suelen aprovechar muchas veces.

---

[6] También formaba parte de la tópica del exordio la comparación de la obra con la navegación. Cfr. E. R. Curtius, *Literatura europea y Edad Media latina*, Madrid, 1955, págs. 189-193, y J. E. Gillet, *Propalladia*, III, págs. 7-8, con numerosos ejemplos españoles (FR).

[7] *escobilla:* «las limaduras del metal» (Covarrubias).

[8] Cfr. por ejemplo Santiago, 1, 17.

En el discurso podrás moralizar según se te ofreciere: larga margen te queda. Lo que hallares no grave ni compuesto, eso es el ser de un pícaro el sujeto[9] deste libro. Las tales cosas, aunque serán muy pocas, picardea con ellas: que en las mesas espléndidas manjares ha de haber de todos gustos, vinos blandos y suaves, que alegrando ayuden a la digestión, y músicas que entretengan.

---

[9] *sujeto:* tema.

DECLARACIÓN PARA EL ENTENDIMIENTO
DESTE LIBRO

Teniendo escrita esta poética historia[1] para imprimirla en un solo volumen, en el discurso del cual quedaban absueltas[2] las dudas que agora, dividido, pueden ofrecerse, me pareció sería cosa justa quitar este inconveniente, pues con muy pocas palabras quedará bien claro. Para lo cual se presupone que Guzmán de Alfarache, nuestro pícaro, habiendo sido muy buen estudiante, latino, retórico y griego, como diremos en esta primera parte, después dando la vuelta de Italia en España[3], pasó adelante con sus estudios, con ánimo de profesar el estado de la religión; mas por volverse a los vicios los dejó, habiendo cursado algunos años en ellos. Él mismo escribe su vida desde las galeras, donde queda forzado al remo por delitos que cometió, habiendo sido ladrón famosísimo, como largamente lo verás en la segunda parte. Y no es impropiedad ni fuera de propósito si en esta primera escribiere alguna dotrina; que antes parece muy llegado a razón darla un hombre de claro entendimiento, ayudado de letras y castigado del tiempo, aprovechándose del ocioso de la galera; pues aun vemos a muchos ignorantes justiciados, que habiendo de ocuparlo en sola su salvación, divertirse[4] della por estudiar un sermoncito para en la escalera[5].

---

[1] *poética historia:* cfr. la introducción, págs. 25-27.

[2] *absueltas:* resueltas, aclaradas.

[3] *de Italia en España:* «era corriente en la lengua clásica el empleo de la preposición *en* con verbos de movimiento» (SGG).

[4] *divertirse:* apartarse, distraerse.

[5] Era proverbial la graciosa despreocupación de los condenados en el patíbu-

Va dividido este libro en tres. En el primero se trata la salida que hizo Guzmán de Alfarache de casa de su madre y poca consideración de los mozos en las obras que intentan, y cómo, teniendo claros ojos, no quieren ver, precipitados de sus falsos gustos. En el segundo, la vida de pícaro que tuvo, y resabios malos que cobró con las malas compañías y ocioso tiempo que tuvo. En el tercero, las calamidades y pobreza en que vino, y desatinos que hizo por no quererse reducir ni dejarse gobernar de quien podía y deseaba honrarlo. En lo que adelante escribiere se dará fin a la fábula, Dios mediante.

lo. Comp. Cristóbal de Chaves: «a esta gente atrasada y perdida, cuando van a morir, les parece que van a boda; porque con este modo de hablar tan sin pesadumbre, sacan los abanicos hechos, otros se ponen los bigotes, otros se componen y aderezan mucho de cuerpo, haciendo de la gentileza» (en Gallardo, *Ensayo*, I, col. 1362, cít. por FR, con otros ejemplos a los que pueden añadirse los recogidos por M. Chevalier, *Cuentecillos*, págs. 120-126, el de *La Zucca del Doni*, trad. cast., pág. 35, y el que nos cuenta Guzmán al principio de II, iii, 8). Cfr. E. Cros, *Sources*, págs. 133-134.

ELOGIO DE ALONSO DE BARROS[1]

CRIADO DEL REY NUESTRO SEÑOR, EN ALABANZA DESTE
LIBRO Y DE MATEO ALEMÁN, SU AUTOR

Si nos ponen en deuda los pintores, que como en archivo y depósito guardaron en sus lienzos —aunque debajo de líneas y colores mudos— las imágenes de los que por sus hechos heroicos merecieron sus tablas y de los que por sus indignas costumbres dieron motivo a sus pinceles, pues nos despiertan, con la agradable pintura de las unas y con la aborrecible de las otras, por su fama a la imitación y por su infamia al escarmiento; mayores obligaciones, sin comparación, tenemos a los que en historias tan al vivo nos lo representan, que sólo nos vienen a hacer ventaja en haberlo escrito, pues nos persuaden sus relaciones, como si a la verdad lo hubiéramos visto como ellos[2].

En estas y en otras, si pueden ser más grandes, nos ha puesto el autor, pues en la historia que ha sacado a luz nos ha retratado tan al vivo un hijo del ocio, que ninguno, por más que sea ignorante, le dejará de conocer en las señas, por ser tan parecido a su padre, que como lo es él de todos los vicios[3], así éste vino a ser un centro y abismo de todos, ensayándose en ellos de forma que pudiera servir de ejemplo y dechado a los que se

---

[1] Aposentador real y autor de unos *Proverbios morales* que prologó Mateo Alemán y se publicaron en 1598.

[2] La relación o comparación entre la poesía y la pintura («ut pictura poesis», dijo Horacio, *Arte poética*, 361), tan frecuente en la época, será bien aprovechada en varios ejemplos y digresiones del *Guzmán*.

[3] Sobre el «ocio padre del vicio» (comp., por ejemplo, C. Pérez de Herrera, *Amparo de pobres*, pág. 89), cfr. I, ii, 6, n. 7.

dispusieran a gozar de semejante vida, a no haberlo adornado de tales ropas, que no habrá hombre tan aborrecido de sí que al precio quiera vestirse de su librea, pues pagó con un vergonzoso fin las penas de sus culpas y las desordenadas empresas que sus libres deseos acometieron.

De cuyo debido y ejemplar castigo se infiere, con términos categóricos y fuertes y con argumento de contrarios[4], el premio y bien afortunados sucesos que se le seguirán al que ocupado justamente tuviere en su modo de vivir cierto fin y determinado, y fuere opuesto y antípoda de la figura inconstante deste discurso; en el cual, por su admirable disposición y observancia en lo verosímil de la historia, el autor ha conseguido felicísimamente el nombre y oficio de historiador, y el de pintor en los lejos[5] y sombras con que ha disfrazado sus documentos[6], y los avisos tan necesarios para la vida política y para la moral filosofía a que principalmente ha atendido, mostrando con evidencia lo que Licurgo con el ejemplo de los dos perros nacidos de un parto: de los cuales, el uno por la buena enseñanza y habituación siguió el alcance de la liebre, hasta matarla, y el otro, por no estar tan bien industriado, se detuvo a roer el hueso que encontró en el camino[7]. Dándonos a entender con demostraciones más infalibles el conocido peligro en que están los hijos que en la primera edad se crían sin la obediencia y dotrina de sus padres, pues entran en la carrera de la juventud en el desenfrenado caballo de su irracional y no domado apetito[8], que le lleva y despeña por uno y mil inconvenientes.

Muéstranos asimismo que no está menos sujeto a ellos el que, sin tener ciencia ni oficio señalado, asegura sus esperan-

---

[4] *con argumento de contrarios,* pues «enseña por su contrario / la forma de bien vivir» (poema de Hernando de Soto «Al autor»).

[5] *lejos:* «lo que está pintado en disminución y representa a la vista estar apartado de la figura principal» *(Autoridades).*

[6] *documentos:* enseñanzas.

[7] El apotegma de Licurgo procede de Plutarco (SGG). Cfr. *Morales,* fol. 125r *(i. e., De liberis educandis,* 3AB).

[8] En la necesidad de refrenar los ímpetus de la juventud insiste también Plutarco, *Morales,* fol. 130r. Como Guzmán será un ejemplo perfecto de que «terrible animal son veinte años» (II, ii, 2, *ca.* n. 16), se comprende que menudeen en el *Atalaya* las referencias a la sabida comparación entre los apetitos de la mocedad y un caballo desbocado: cfr. II, i, 5, *ca.* n. 2; II, ii, 2, *ca.* n. 5.

zas en la incultivada dotrina de la escuela de la naturaleza, pues
sin esperimentar su talento e ingenio o sin hacer profesión
—habiéndola experimentado del arte a que le inclina— usurpa
oficios ajenos de su inclinación, no dejando ninguno que no
acometa, perdiéndose en todos y aun echándolos a perder, pretendiendo con su inconstancia e inquietud no parecer ocioso,
siéndolo más el que pone la mano en profesión ajena que el
que duerme y descansa retirado de todas.

Hase guardado también de semejantes objeciones el contador Mateo Alemán en las justas ocupaciones de su vida, que
igualmente nos enseña con ella que con su libro, hallándose en
él el opuesto de su historia, que pretende introducir. Pues habiéndose criado desde sus primeros años en el estudio de las
letras humanas, no le podrán pedir residencia del ocio ni menos de que en esta historia se ha entremetido en ajena profesión; pues por ser tan suya y tan aneja a sus estudios, el deseo
de escribirla le retiró y distrajo del honroso entretenimiento de
los papeles de Su Majestad, en los cuales, aunque bien suficiente para tratarlos, parece que se hallaba violentado, pues, se volvió a su primer ejercicio, de cuya continuación y vigilias nos
ha formado este libro y mezclado en él con suavísima consonancia lo deleitoso y lo útil, que desea Horacio[9], convidándonos con la graciosidad y enseñándonos con lo grave y sentencioso, tomando por blanco el bien público y por premio el común aprovechamiento.

Y pues hallarán en él los hijos las obligaciones que tienen a
los padres, que con justa o legítima educación los han sacado
de las tinieblas de la ignorancia, mostrándoles el norte que les
ha de gobernar en este mar confuso de la vida, tan larga para
los ociosos como corta para los ocupados; no será razón que
los lectores, hijos de la doctrina deste libro, se muestren desa-
gradecidos a su dueño, no estimando su justo celo. Y si esto
no le salvare de la rigurosa censura e inevitable contradición
de la diversidad de pareceres, no será de espantar; antes natural y forzoso, pues es cierto que no puede escribirse para todos
y que querría, quien lo pretendiese, quitar a la naturaleza su

---

[9] *Arte poética*, 343-344.

mayor milagro y no sé si su belleza mayor, que puso en la diversidad[10], de donde vienen a ser tan diversos los pareceres como las formas diversas: porque lo demás era decir que todos eran un hombre y un gusto[11].

---

[10] Sobre la diversidad consustancial a la naturaleza, cfr. II, i, 1, n. 40.
[11] «Los gustos no son todos unos» *(Lazarillo,* prólogo, con su nota).

AD GUZMANUM DE ALFARACHE, VINCENTII SPINELLI EPIGRAMMA[1]

[SPINELLUS]

Quis te tanta loqui docuit, Guzmanule? quis te
    Stecore submersum duxit ad astra modo?
Musca modo et lautas epulas et putrida tangis
    Ulcera, iam trepidas frigore iamque cales.
Iura doces, suprema petis, medicamine curas;
    Dulcibus et nugis seria mixta doces.
Dum carpisque alios, alios virtutibus auges,
    Consulis ipse omnes, consulis ipse tibi.
Iam sacrae Sophiae virides amplecteris umbras,
    Transis ad ob[s]coenos sordidos inde iocos.
Es modo divitiis plenus, modo paupere cultu,
    Tristibus et miseris dulce leuamen ades.

[GUZMÁN]

Sic speciem humanae vitae, sic praefero solus
    Prospera complectens, aspera cuncta ferens.
Hac Aleman varie picta me veste decorat,
    Me lege desertum tuque disertus eris[2].

---

[1] Vicente Espinel, escritor famosísimo y, por lo que sabemos de su *Marcos de Obregón*, excelente lector del *Guzmán de Alfarache*.
[2] «*desertum... disertus:* la paronomasia era trivial» (FR, con ejemplos).

GUZMÁN DE ALFARACHE A SU VIDA [3]

Aunque nací sin padres que en mi cuna
Sembrasen las primicias de su oficio,
Tuvo mi juventud por padre al Vicio
Y mi vida madrastra en la Fortuna.

Formas halló y mudanzas más que luna
Mi peregrinación y mi ejercicio;
Mas ya prostrado en tierra el edificio,
Le sirvo al escarmiento de coluna.

Vuelve a nacer mi vida con la historia,
Que forma en los borrones del olvido
Letras que vencerán al tiempo en años.

Tosco madero en la ventura he sido,
Que, puesto en el altar de la memoria,
Doy al mundo lición de desengaños.

---

[3] La edición de Madrid, 1600 (aquí *B),* revisada por Alemán, añade «por el licenciado Arias», pero tal atribución no pasa a la definitiva edición sevillana, de 1602 *(C).*

DE HERNANDO DE SOTO

CONTADOR DE LA CASA DE CASTILLA DEL REY
NUESTRO SEÑOR[4]

AL AUTOR

Tiene este libro discreto
Dos grandes cosas, que son:
Pícaro con discreción
Y autor de grave sujeto.

En él se ha de discernir
Que con un vivir tan vario
Enseña por su contrario
La forma de bien vivir.

Y pues se ha de conocer
Que ella sola se ha de amar,
Ni más se puede enseñar
Ni más se debe aprender.

Así la voz general
Propriamente les concede
Que el pícaro honrado quede
Y el autor quede inmortal[5].

---

[4] Hernando de Soto, prologuista, con Alemán, de los *Proverbios morales* de Alonso de Barros, escribió unas *Emblemas moralizadas* que publicó —también en 1599— el mismo impresor de la *prínceps* del *Guzmán*.

[5] En las tres ediciones revisadas por Alemán siguen ahora la «Tabla de lo contenido en este libro» (reproducida en el índice de este tomo) y el retrato del autor, grabado en cobre en la príncipe y en madera en las otras.

Retrato (grabado en cobre).

Libro primero
de Guzmán de Alfarache

CAPÍTULO PRIMERO

EN QUE CUENTA QUIÉN FUE SU PADRE[1]

El deseo que tenía, curioso lector, de contarte mi vida me daba tanta priesa para engolfarte en ella sin prevenir algunas cosas que, como primer principio, es bien dejarlas entendidas —porque siendo esenciales a este discurso también te serán de no pequeño gusto—, que me olvidaba de cerrar un portillo por donde me pudiera entrar acusando cualquier terminista de mal latín[2], redarguyéndome de pecado[3], porque no procedí de la

---

[1] En las ediciones que sirven de base a la presente (Sevilla, 1602 para la *Primera parte* y Lisboa, 1604 para la *Segunda*) el epígrafe con el sumario de cada capítulo precede a la numeración. Ajustamos ese uso al moderno, que es también el de la príncipe de la *Primera* (Madrid, 1599). De ésta, además, hay al menos dos «emisiones» (cfr. J. Moll, «Problemas...», pág. 59) diferentes sólo —o de modo notable— en el inicio del primer pliego del texto; una reza «Capítulo primero. En que G. de A. cuenta quién fue su padre», y la otra, corregida, «Comienza el libro primero de G. de A. Capítulo primero. En que cuenta quién fue su padre». Sobre este primer capítulo, el más comentado del *Guzmán, vid.* especialmente B. Brancaforte, *¿Conversión...?,* págs. 148-161; M. Cavillac, *Gueux et marchands,* págs. 38, 324-332 y 407-414; E. Cros, *Protée,* págs. 337-340; H. Guerreiro, «À propos des origines de Guzmán»; C. Johnson, *Inside Guzmán de Alfarache,* págs. 165-214, o M. J. Woods, «The Teasing Opening...». Varios de esos trabajos valen también para el capítulo siguiente y, en general, para toda la narración e implicaciones de los orígenes del pícaro.

[2] *cualquier terminista de mal latín:* entiéndase en última instancia 'cualquier retórico o escolástico de pacotilla'; Alemán aprovecha al máximo, en la redacción definitiva del pasaje (ténganse en cuenta siempre las variantes recogidas en el apéndice), la variedad y ambigüedad semánticas derivadas de la ordenación sintáctica. *Terminista* era propiamente el adepto al método lógico y escolástico, y en concreto al de Guillermo de Ockam, introducido en España con la fundación de la Universidad de Alcalá (FR). La frase *de mal latín* aprovecha también otro

125

difinición a lo difinido[4], y antes de contarla no dejé dicho quiénes y cuáles fueron mis padres y confuso nacimiento; que en su tanto[5], si dellos hubiera de escribirse, fuera sin duda más agradable y bien recibida que esta mía. Tomaré por mayor lo más importante, dejando lo que no me es lícito, para que otro haga la baza[6].

Y aunque a ninguno conviene tener la propiedad de la hiena, que se sustenta desenterrando cuerpos muertos, yo aseguro, según hoy hay en el mundo censores, que no les falten coronistas. Y no es de maravillar que aun esta pequeña sombra querrás della inferir que les corto de tijera[7], y temerariamente me darás mil atributos, que será el menor dellos tonto o necio, porque, no guardando mis faltas, mejor descubriré las ajenas. Alabo tu razón por buena; pero quiérote advertir que, aunque me tendrás por malo, no lo quisiera parecer —que es peor serlo y honrarse dello—, y que, contraviniendo a un tan santo precepto como el cuarto, del honor y reverencia que les debo, quisiera cubrir mis flaquezas con las de mis mayores; pues nace de viles y bajos pensamientos tratar de honrarse con afrentas ajenas, según de ordinario se acostumbra: lo cual condeno por necedad solemne de siete capas como fiesta doble[8]. Y no lo

---

sentido, en relación con la expresión *coger en mal latín* («pillar a alguno en alguna falta, culpa o delito» [*Autoridades, s. v. coger*]). Comp. la anónima *Segunda parte de Lazarillo de Tormes*, pág. 94a: «no me ofrecía darle a Lázaro por no ser tomado en mal latín»; cfr. también Cervantes, *Don Quijote*, V, pág. 69.

[3] *«argüir a uno de pecado:* levantarle algún falso testimonio [*redargüir* "algunas veces vale calumniar"], torciendo en mal sentido lo que ha hecho o dicho» (Covarrubias).

[4] Al modo de la lógica y la retórica tradicionales; comp. Alejo Venegas: «Sentencia común es de lógicos, filósofos y oradores que la difinición o declaración de la cosa es el fundamento de la escritura o del razonamiento» (cit. por F. Rico, «Estructuras», pág. 130, con otros ejemplos —Erasmo, Luis Vives— de la ironía de los humanistas ante tales métodos, presente también aquí en la referencia posterior al «texto» y las «glosas»).

[5] *en su tanto:* 'proporcionalmente', 'en su guardada proporción'.

[6] *dejar... hacer baza:* más que 'dejar libertad a otro para hacer algo' es, en concreto, 'dejarle hablar', 'dejar que hable', pues la expresión *no dejar hacer baza*, tomada del juego de cartas, es 'hablar mucho sin que otro pueda hacerlo'.

[7] *cortar de tijera:* murmurar (cfr. I, iii, 5, n. 21).

[8] *fiesta doble:* la celebrada con especial solemnidad; el número de capas aludía al de «prebendados con cetros de plata y capas de brocado que asisten al oficio» (Covarrubias).

puede ser mayor, pues descubro mi punto[9], no salvando mi
yerro el de mi vecino o deudo, y siempre vemos vituperado el
maldiciente. Mas a mí no me sucede así, porque, adornando la
historia, siéndome necesario, todos dirán: «bien haya el que
a los suyos parece», llevándome estas bendiciones de camino.
Demás que fue su vida tan sabida y todo a todos tan manifiesto, que pretenderlo negar sería locura y a resto abierto[10] dar
nueva materia de murmuración. Antes entiendo que les hago
—si así decirse puede— notoria cortesía en expresar el puro y
verdadero texto con que desmentiré las glosas que sobre él se
han hecho. Pues cada vez que alguno algo dello cuenta, lo
multiplica con los ceros de su antojo, una vez más y nunca menos, como acude la vena y se le pone en capricho; que hay
hombre [que], si se le ofrece propósito para cuadrar su cuento,
deshará las pirámidas de Egipto, haciendo de la pulga gigante,
de la presunción evidencia, de lo oído visto y ciencia de la opinión, sólo por florear su elocuencia y acreditar su discreción.

Así acontece ordinario y se vio en un caballero extranjero
que en Madrid conocí, el cual, como fuese aficionado a caballos españoles, deseando llevar a su tierra el fiel retrato, tanto
para su gusto como para enseñarlo a sus amigos, por ser de
nación muy remota, y no siéndole permitido ni posible llevarlos vivos, teniendo en su casa los dos más hermosos de talle
que se hallaban en la corte, pidió a dos famosos pintores que
cada uno le retratase el suyo, prometiendo, demás de la paga,
cierto premio al que más en su arte se extremase. El uno pintó
un overo[11] con tanta perfección, que sólo faltó darle lo imposible, que fue el alma; porque en lo más, engañado a la vista, por no hacer del natural diferencia, cegara de improviso cualquiera descuidado entendimiento. Con esto solo acabó su cuadro, dando en todo lo dél restante claros y oscuros, en las partes y según que convenía.

---

[9] *punto:* el valor de los naipes, pero también, más específicamente, «el as de
cada palo» de la baraja (Alonso, y cfr. F. de Luque Faxardo, *Fiel desengaño contra
la ociosidad y los juegos*, II, pág. 186 [EM]).

[10] *a resto abierto:* «sin tasa» (Covarrubias), 'sin limitación en las apuestas', expresión tomada también del juego de naipes.

[11] *overo:* «de color de huevo. Aplícase regularmente al caballo» *(Autoridades).*

El otro pintó un rucio rodado[12], color de cielo, y, aunque su obra muy buena, no llegó con gran parte a la que os he referido; pero estremóse en una cosa de que él era muy diestro: y fue que, pintado el caballo, a otras partes en las que halló blancos, por lo alto dibujó admirables lejos[13], nubes, arreboles, edificios arruinados y varios encasamentos[14], por lo bajo del suelo cercano muchas arboledas, yerbas floridas, prados y riscos; y en una parte del cuadro, colgando de un tronco los jaeces, y al pie dél estaba una silla jineta[15]. Tan costosamente obrado y bien acabado, cuanto se puede encarecer.

Cuando vio el caballero sus cuadros, aficionado —y con razón— al primero, fue el primero a que puso precio y, sin reparar en el que por él pidieron, dando en premio una rica sortija al ingenioso pintor, lo dejó pagado y con la ventaja de su pintura. Tanto se desvaneció[16] el otro con la suya y con la liberalidad franca de la paga, que pidió por ella un excesivo precio. El caballero, absorto[17] de haberle pedido tanto y que apenas pudiera pagarle, dijo: «Vos hermano, ¿por qué no consideráis lo que me costó aqueste otro lienzo, a quien el vuestro no se aventaja?» «En lo que es el caballo —respondió el pintor— Vuesa Merced tiene razón; pero árbol y ruinas hay en el mío, que valen tanto como el principal de esotro.»

El caballero replicó: «No me convenía ni era necesario llevar a mi tierra tanta baluma[18] de árboles y carga de edificios, que allá tenemos muchos y muy buenos. Demás que no les tengo la afición que a los caballos, y lo que de otro modo que por pintura no puedo gozar, eso huelgo de llevar.»

Volvió el pintor a decir: «En lienzo tan grande pareciera muy mal un solo caballo; y es importante y aun forzoso para la

---

[12] *rodado:* «color del caballo blanco con algunas manchas negras, como listas redondas o en rueda» *(Autoridades).*

[13] *lejos:* cfr. «Elogio de Alonso de Barros», n. 5.

[14] *encasamento:* «nicho cavado en la fábrica ['cualquier edificio suntuoso'] para poner alguna estatua» *(Autoridades).*

[15] *silla jineta:* silla de montar con los arzones «más altos y menos distantes; con mayores estribos, pero menos largos» *(Autoridades,* que cita este pasaje del *Guzmán).*

[16] *desvaneció:* envaneció (cfr. «Al discreto lector», n. 5).

[17] *absorto:* asombrado, estupefacto.

[18] *baluma:* balumba, montón.

vista y ornato componer la pintura de otras cosas diferentes que la califiquen y den lustre, de tal manera que, pareciendo así mejor, es muy justo llevar con el caballo sus guarniciones y silla, especialmente estando con tal perfección obrado, que, si de oro me diesen otras tales, no las tomaré por las pintadas.»

El caballero, que ya tenía lo importante a su deseo, pareciéndole lo demás impertinente, aunque en su tanto muy bueno, y no hallándose tan sobrado que lo pudiera pagar, con discreción le dijo: «Yo os pedí un caballo solo, y tal como por bueno os lo pagaré, si me lo queréis vender; los jaeces, quedaos con ellos o dadlos a otros, que no los he menester.» El pintor quedó corrido y sin paga por su obra añadida y haberse alargado a la elección de su albedrío, creyendo que por más composición le fuera más bien premiado[19].

Común y general costumbre ha sido y es de los hombres, cuando les pedís reciten o refieran lo que oyeron o vieron, o que os digan la verdad y sustancia de una cosa, enmascararla y afeitarla[20], que se desconoce, como el rostro de la fea. Cada uno le da sus matices y sentidos, ya para exagerar, incitar, aniquilar o divertir, según su pasión le dita. Así la estira con los dientes para que alcance; la lima y pule para que entalle, levantando de punto lo que se les antoja, graduando, como conde palatino[21], al necio de sabio, al feo de hermoso y al cobarde de valiente[22]. Quilatan[23] con su estimación las cosas, no pensando cumplen con pintar el caballo si lo dejan en cerro[24] y desenjaezado, ni dicen la cosa si no la comentan como más viene a cuento a cada uno.

Tal sucedió a mi padre que, respeto de la verdad, ya no se

---

[19] Los ejemplos y comparaciones tomados de la pintura abren y cierran el Guzmán (cfr. II, iii, 9, n. 1, y lo dicho en «Elogio...», n. 2, y I, i, 8, n. 39). Tal hábito debe mucho, sin duda, a los apotegmas de Valerio Máximo, V, vii-x, pero ignoro si Alemán siguió en este pasaje una fuente concreta. Cfr. E. Cros, *Sources*, pág. 126, y también F. Sánchez y Escribano, «La fórmula del Barroco literario...», o V. Folkenflink, «Vision and Truth...», págs. 351-354.

[20] *afeitarla:* adornarla.

[21] Los *condes palatinos*, entre otras facultades concedidas por privilegio papal, tenían la de «dar títulos de licenciados y doctores» (Covarrubias).

[22] Sobre estos juegos de opuestos, cfr. I, iii, 1, n. 6.

[23] *quilatar:* aquilatar.

[24] *en cerro:* en pelo, sin silla.

dice cosa que lo sea. De tres han hecho trece y los trece, trecientos; porque a todos les parece añadir algo más y destos algos han hecho un mucho que no tiene fondo ni se le halla suelo, reforzándose unas a otras añadiduras, y lo que en singular cada una no prestaba, juntas muchas hacen daño. Son lenguas engañosas y falsas que, como saetas agudas y brasas encendidas, les han querido herir las honras y abrasar las famas, de que a ellos y a mí resultan cada día notables afrentas.

Podrásme bien creer que, si valiera elegir de adonde nos pareciera, que[25] de la masa de Adam procurara escoger la mejor parte, aunque anduviéramos al puñete[26] por ello. Mas no vale a eso, sino a tomar cada uno lo que le cupiere, pues el que lo repartió pudo y supo bien lo que hizo. Él sea loado, que, aunque tuve jarretes y manchas[27], cayeron en sangre noble de todas partes. La sangre se hereda y el vicio se apega[28]; quien fuere cual debe, será como tal premiado y no purgará las culpas de sus padres[29].

Cuanto a lo primero, el mío y sus deudos fueron levantiscos[30]. Vinieron a residir a Génova, donde fueron agregados a

---

[25] «Es práctica común en el siglo XVI repetir el *que* anunciativo cuando se halla algún elemento de la oración entre tal *que* y el verbo de la cláusula» (H. Keniston, *The Syntax*, 42.461, traducido por FR). Sobre la inminente *masa de Adam*, cfr. M. Cavillac, *Gueux et marchands*, págs. 75-84.

[26] *andar al puñete* ('puñetazo'): reñir.

[27] *jarrete:* parece evidente el sentido de 'defecto, tacha'; quizá 'dificultad'. Comp. *San Antonio*, fol. 244: «viendo los contrapesos y jarretes con que se nos da [la vida], ninguno la querría» (cit. por FR, y desmintiendo por tanto la interpretación de JSF).

[28] *La sangre se hereda y el vicio se apega* era una sentencia de alcance proverbial, a cuyo propósito cita Rico oportunamente un célebre pasaje del *Quijote*, II, xlii: «La sangre se hereda, y la virtud se aquista, y la virtud vale por sí sola lo que la sangre no vale.»

[29] Cfr. Ezequiel, 18, 20: «filius non portabit iniquitatem patris» (FR). La significación e implicaciones de la frase en tiempos de Alemán hacen comprensibles las muchas glosas que, implícita o explícitamente, le dedicó la prosa del Siglo de Oro; comp., por ejemplo, Juan de Zabaleta, *El día de fiesta por la mañana*, cap. XIX («El linajudo»), págs. 263-279 (con bibliografía en la excelente nota de C. Cuevas en la pág. 276). Pero no se olvide que también habla de ello Plutarco, *Morales*, fols. 283v-284r. Cfr. M. Cavillac, *Gueux et marchands*, pág. 83.

[30] *levantisco:* 'levantino', 'del Oriente', con todas sus implicaciones (y ninguna buena). En estos primeros párrafos el padre de Guzmanillo es un ejemplo perfecto (y nefando) del mercader *levantisco* («de los que quitan y no ponen», expli-

la nobleza; y aunque de allí no naturales, aquí los habré de
nombrar como tales[31]. Era su trato el ordinario de aquella tierra, y lo es ya por nuestros pecados en la nuestra: cambios y
recambios por todo el mundo[32]. Hasta en esto lo persiguieron,
infamándolo de logrero. Muchas veces lo oyó a sus oídos y,
con su buena condición, pasaba por ello. No tenían razón, que
los cambios han sido y son permitidos. No quiero yo loar, ni
Dios lo quiera, que defienda ser lícito lo que algunos dicen,
prestar dinero por dinero, sobre prendas de oro o plata, por
tiempo limitado o que se queden rematadas, ni otros tratillos
paliados, ni los que llaman cambio seco, ni que corra el dinero
de feria en feria, donde jamás tuvieron hombre ni trato, que
llevan la voz de Jacob y las manos de Esaú[33], y a tiro de escopeta descubren el engaño. Que las tales, aunque se las achacaron, yo no las vi ni dellas daré señas.

Mas, lo que absolutamente se entiende cambio es obra indi-
ferente, de que se puede usar bien y mal; y, como tal, aunque
injustamente, no me maravillo que, no debiéndola tener por
mala, se repruebe; mas la evidentemente buena, sin sombra de

---

cará el pícaro en I, ii, 5, *ca.* n. 60), ducho en operaciones fraudulentas como las
que detalla después. Los rasgos esenciales de su personalidad —usura, religiosi-
dad, afeminamiento— coinciden con los adjudicados ocasionalmente a los conversos (por ejemplo en el *Diálogo entre Laín Calvo y Nuño Rasura,* que, según
C. B. Johnson, «Mateo Alemán y sus fuentes literarias», págs. 367-372, tiene gran
ascendencia sobre el *Guzmán:* cfr. los interesantes pasajes que aduce), pero se
aplicaban también al tipo del genovés (cfr. M. Herrero, *Ideas...,* págs. 352-372).

[31] Eran tradicionales muchas burlas dirigidas a los genoveses (en I, iii, 5,
pág. *ca.* n. 4, dice el pícaro que «vinieron a llamarlos moros blancos»), y casi todas
contenían en el fondo la crítica de sus actividades comerciales en España (FR,
con bibliografía). Cfr. Quevedo, *Buscón,* pág. 174 y n. 201, y E. Cros, *Protée,*
págs. 337-340.

[32] *cambio:* «entre los hombres de negocios es conmutación de dinero por dinero de unas partes a otras distantes entre sí» *(Autoridades).* Para burlar la prohibición del préstamo con interés, los negociantes acudían a varios *tratillos paliados* ('disimulados, encubiertos'), entre ellos los que enseguida condena Guzmán; *cambio seco* era aquél en que se tomaba dinero sin tener fondos y esperando
cubrir el préstamo con los beneficios que reportaba su especulación, por ejemplo, «de una en otra feria de las que se hacen en estos nuestros Reinos» *(Novísima Recopilación,* IX, iii, 3-4). Recuérdese el codicioso que se hizo «cambiador de
ferias» en *El crótalon,* pág. 371. Cfr. C. B. Johnson, art. cit., pág. 371, y, sobre
todo, M. Cavillac, *Gueux et marchands,* págs. 191-207 y 407-414.

[33] Cfr. *Génesis,* 27, 22.

cosa que no lo sea, que se murmure y vitupere, eso es lo que me asombra. Decir, si viese a un religioso entrar a la media noche por una ventana en parte sospechosa, la espada en la mano y el broquel[34] en el cinto, que va a dar los sacramentos, es locura, que ni quiere Dios ni su Iglesia permite que yo sea tonto y de lo tal, evidentemente malo, sienta bien. Que un hombre rece, frecuente virtuosos ejercicios, oiga misa, confiese y comulgue a menudo y por ello le llamen hipócrita[35], no lo puedo sufrir ni hay maldad semejante a ésta.

Tenía mi padre un largo rosario entero de quince dieces, en que se enseñó a rezar[36] —en lengua castellana hablo—, las cuentas gruesas más que avellanas. Éste se lo dio mi madre, que lo heredó de la suya. Nunca se le caía de las manos. Cada mañana oía su misa, sentadas ambas rodillas en el suelo, juntas las manos, levantadas del pecho arriba, el sombrero encima dellas. Arguyéronle maldicientes que estaba de aquella manera rezando para no oír, y el sombrero alto para no ver. Juzguen deste juicio los que se hallan desapasionados y digan si haya sido perverso y temerario, de gente desalmada, sin conciencia.

También es verdad que esta murmuración tuvo causa: y fue su principio que, habiéndose alzado[37] en Sevilla un su compañero y llevándole gran suma de dineros, venía en su seguimiento, tanto a remediar lo que pudiera del daño, como a componer otras cosas. La nave fue saqueada y él, con los más que en ella venían, cautivo y llevado en Argel, donde, medroso y desesperado —el temor de no saber cómo o con qué volver en libertad, desesperado de cobrar la deuda por bien de paz—, como quien no dice nada, renegó. Allá se casó con una mora hermosa y principal, con buena hacienda. Que en materia de interés —por lo general, de quien siempre voy tratando, sin perjuicio de mucho número de nobles caballeros y gente

---

[34] *broquel:* «escudo pequeño» (Covarrubias).

[35] La devoción exagerada se tenía por cosa «de ladrones y rufianes» (cfr. I, ii, 3, n. 13), y es rasgo frecuente de los personajes de las novelas picarescas. *Vid.* en especial la excelente nota de D. Ynduráin a su *Buscón*, pág. 132, n. 116, con muy buenos ejemplos.

[36] *dieces:* las cuentas más gruesas de los rosarios; *se enseñó:* se habituó, se acostumbró.

[37] *alzarse:* irse con la ganancia. Cfr. Tomás de Mercado, *Sorna de tratos y contratos,* II, x.

grave y principales, que en todas partes hay de todo[38]—, diré
de paso lo que en algunos deudos de mi padre conocí el tiempo que los traté. Eran amigos de solicitar casas ajenas, olvidán-
dose de las proprias; que se les tratase verdad y de no decirla;
que se les pagase lo que se les debía y no pagar lo que debían;
ganar y gastar largo, diese donde diese, que ya estaba rematada
la prenda y —como dicen— a Roma por todo[39]. Sucedió pues,
que, asegurado el compañero de no haber quien le pidiese,
acordó tomar medios con los acreedores presentes, poniendo
condiciones y plazos, con que pudo quedar de allí en adelante
rico y satisfechas las deudas.

Cuando esto supo mi padre, nacióle nuevo deseo de venirse
con secreto y diligencia; y para engañar a la mora, le dijo se
quería ocupar en ciertos tratos de mercancías. Vendió la hacienda y, puesta en cequíes —moneda de oro fino berberis-
ca—, con las más joyas que pudo, dejándola sola y pobre, se
vino huyendo. Y sin que algún[40] amigo ni enemigo lo supiera,
reduciéndose a la fe de Jesucristo, arrepentido y lloroso, delató
de sí mismo, pidiendo misericordiosa penitencia; la cual siéndole dada, después de cumplida pasó adelante a cobrar su deuda. Ésta fue la causa por que jamás le creyeron obra que hiciese buena. Si otra les piden, dirán lo que muchas veces con im-
pertinencia y sin propósito me dijeron: que quien una vez ha
sido malo, siempre se presume serlo en aquel género de maldad. La proposición es verdadera; pero no hay alguna sin excepción. ¿Qué sabe nadie de la manera que toca Dios a cada
uno y si, conforme dice una *Auténtica*, tenía ya reintegradas las
costumbres?[41]

Veis aquí, sin más acá ni más allá, los linderos[42] de mi padre. Porque decir que se alzó dos o tres veces con haciendas
ajenas, también se le alzaron a él, no es maravilla. Los hom-

---

[38] *en todas partes hay de todo:* «entiende de buenos y malos» (Correas).

[39] *a Roma por todo:* se decía a propósito de una acción llevada hasta sus últimas consecuencias.

[40] *algún:* aquí con valor de 'ninguno'.

[41] *Auténtica:* ley, disposición o certificación de alcance civil o eclesiástico.
V. G. Agüera, «Salvación del cristiano nuevo», pág. 28, ve aquí la alusión a un
texto tridentino.

[42] *linderos:* los rasgos peculiares de una persona o cosa.

bres no son de acero ni están obligados a tener[43] como los clavos, que aun a ellos les falta la fuerza y suelen soltar y aflojar.
Estratagemas son de mercaderes, que donde quiera se prati-
can, en España especialmente, donde lo han hecho granjería
ordinaria. No hay de qué nos asombremos; allá se entienden,
allá se lo hayan; a sus confesores dan larga cuenta dello. Solo
es Dios el juez de aquestas cosas, mire quien los absuelve lo
que hace. Muchos veo que lo traen por uso y a ninguno ahorcado por ello. Si fuera delito, mala cosa o hurto, claro está que
se castigara, pues por menos de seis reales vemos azotar y
echar cien pobretos a las galeras.

Por no ser contra mi padre, quisiera callar lo que siento;
aunque si he de seguir al Filósofo, mi amigo es Platón y mucho más la verdad[44], conformándome con ella. Perdone todo
viviente, que canonizo este caso por muy gran bellaquería, digna de muy ejemplar castigo.

Alguno del arte mercante me dirá: «Mirad por qué consistorio de pontífice y cardenales va determinado. ¿Quién mete al
idiota, galeote, pícaro, en establecer leyes ni calificar los tratos
que no entiende?» Ya veo que yerro en decir lo que no ha de
aprovechar, que de buena gana sufriera tus oprobios, en tal
que[45] se castigara y tuviera remedio esta honrosa manera de
robar, aunque mi padre estrenara la horca. Corra como corre,
que la reformación de semejantes cosas importantes y otras
que lo son más, va de capa caída y a mí no me toca: es dar voces al lobo, tener el sol y predicar en desierto[46].

Vuelvo a lo que más le achacaron: que estuvo preso por lo
que tú dices o a ti te dijeron; que por ser hombre rico y
—como dicen— el padre alcalde[47] y compadre el escribano, se

    [43] *tener:* sujetar.

    [44] Es el conocido adagio *Amicus Plato, sed magis amica veritas,* cuya historia re-
monta a Platón (quien lo dijo de Sócrates) y a Aristóteles *(Ética a Nicómaco,*
1096*a*). Alemán lo recordó también en el prólogo a la *Vida de San Ignacio* de
Luis Belmonte Bermúdez (FR). Cfr. ahora Leonardo Tarán, *«Amicus Plato sed
magis amica veritas.* From Plato and Aristotle to Cervantes», en *Antike und
Abendland,* XXX (1984), págs. 93-124.

    [45] *en tal que:* con tal que.

    [46] Son típicos ejemplos de *impossibilia,* como después «querer atar el humo»
(II, i, 2).

    [47] *«Tener el padre alcalde. Tiene el padre alcalde:* de los que tienen favor» (Co-

libró; que hartos indicios hubo para ser castigado. Hermano
mío, los indicios no son capaces de castigo por sí solos. Así te
pienso concluir que todas han sido consejas de horneras[48],
mentiras y falsos testimonios levantados; porque confesándote
una parte, no negarás de la mía ser justo defenderte la otra.
Digo que tener compadres escribanos es conforme al dinero
con que cada uno pleitea; que en robar a ojos vistas[49] tienen
algunos el alma del gitano y harán de la justicia el juego de
pasa pasa[50], poniéndola en el lugar que se les antojare, sin que
las partes lo puedan impedir ni los letrados lo sepan defender
ni el juez juzgar.

Y antes que me huya de la memoria, oye lo que en la iglesia
de San Gil de Madrid[51] predicó a los señores del Consejo Supremo un docto predicador, un viernes de la cuaresma. Fue
discurriendo por todos los ministros de justicia hasta llegar al
escribano, al cual dejó de industria para la postre, y dijo: «Aquí
ha parado el carro, metido y sonrodado[52] está en el lodo; no sé
cómo salga, si el ángel de Dios no revuelve la piscina[53]. Confieso, señores, que de treinta y más años a esta parte tengo vistas y oídas confesiones de muchos pecadores que caídos en un
pecado reincidieron muchas veces en él, y a todos, por la misericordia de Dios, que han reformado sus vidas y conciencias.
Al amancebado le consumieron el tiempo y la mala mujer; al
jugador desengañó el tablajero[54] que, como sanguisuela de
unos y otros, poco a poco les va chupando la sangre: hoy ga-

---

[48] *consejas de horneras* o *de horno* (cfr. I, iii, 1, n. 2): entiéndase 'palabras vanas,
cosas sin sustancia, futilidades'. No encuentro la frase en los repertorios paremiológicos, pero se entiende su origen con el *Arcipreste de Talavera*, II, xii: «E
sy quieres saber de mugeres nuevas, vete al forno...; que allý nunca verás synón
fablar la una a la oreja de la otra.»

[49] *a ojos vistas:* 'a la vista, al descubierto' (comp. *a bola vista,* en I, i, 7, n. 32).

[50] *juego de pasa pasa:* en él «los jugadores con tres cubiletes y unas pelotillas
juegan con tanta ligereza de manos, que parece que se juntan todas tres pelotillas en uno, estando cada una repartida en el suyo» (Rodrigo Caro, *Días geniales o
lúdicros,* II, págs. 137-138).

[51] *iglesia de San Gil:* la iglesia parroquial de Palacio hasta 1606 (SGG).

[52] *sonrodado:* «atollado por las ruedas» *(Autoridades).*

[53] Como hacía con la piscina probática de Jerusalén: cfr. San Juan, 5, 4.

[54] *tablajero:* «el que tiene a su cargo un garito o casa de juego» (Alonso). *Vid.*
la larga crítica de los tablajes a cargo de F. de Luque Faxardo, *Fiel desengaño contra la ociosidad y los juegos,* I, ix-xiv.

nas, mañana pierdes, rueda el dinero, váse le quedando, y los que juegan, sin él; al famoso ladrón reformaron el miedo y la vergüenza; al temerario murmurador, la perlesía[55], de que pocos escapan; al soberbio su misma miseria lo desengaña, conociéndose que es lodo; al mentiroso puso freno la mala voz y afrentas que de ordinario recibe en sus mismas barbas; al desatinado blasfemo corrigieron continuas reprehensiones de sus amigos y deudos. Todos tarde o temprano sacan fruto y dejan, como la culebra[56], el hábito viejo, aunque para ello se estrechen. A todos he hallado señales de su salvación; en sólo el escribano pierdo la cuenta: ni le hallo enmienda más hoy que ayer, este año que los treinta pasados, que siempre es el mismo. Ni sé cómo se confiesa ni quién lo absuelve —digo al que no usa fielmente de su oficio—, porque informan y escriben lo que se les antoja, y por dos ducados o por complacer a el amigo y aun a la amiga —que negocian mucho los mantos— quitan las vidas, las honras y las haciendas, dando puerta a infinito número de pecados. Pecan de codicia insaciable, tienen hambre canina, con un calor de fuego infernal en el alma, que les hace tragar sin mascar, a diestro y a siniestro, la hacienda ajena. Y como reciben por momentos[57] lo que no se les debe, y aquel dinero, puesto en las palmas de las manos, en el punto se convierte en sangre y carne, no lo pueden volver a echar de sí, y al mundo y al diablo sí. Y así me parece que cuando alguno se salva —que no todos deben de ser como los que yo he llegado a tratar—, al entrar en la gloria, dirán los ángeles unos a otros llenos de alegría: *"Laetamini in Domino*[58]. ¿Escribano en el cielo? Fruta nueva, fruta nueva".» Con esto acabó su sermón[59].

---

[55] *perlesía:* parálisis.
[56] La noticia venía en Plinio, *Historia natural,* VII, xxxv (FR) y era lugar común (cfr., por ejemplo, Juan de Aranda, fol. 205r).
[57] *por momentos:* continuamente.
[58] Cfr. *Salmos,* 31, 11, entre otros pasajes bíblicos.
[59] La crítica de los escribanos, tan característica de la prosa quevedesca (cfr., entre muchos pasajes, *Sueños,* págs. 73, 81-82; *La hora de todos,* páginas 72-73), ya venía de lejos en tiempos de Alemán, y aliada casi siempre a la burla o crítica global de la justicia y sus ministros. Comp. *El crótalon,* págs. 231, 408, 443, o, en el otro extremo cronológico, Espinel, *Marcos de Obregón,* I, ix: I, páginas 149-150. O, sin salirse del *Guzmán:* I, i, 6; I, ii, 4; II, i, 8; II, ii, 2, 3 y 7; II, iii, 2

Que hayan vuelto al escribano, pase. También sabrá responder por sí, dando a su culpa disculpa, que el hierro también se puede dorar. Y dirán que son los aranceles del tiempo viejo, que los mantenimientos[60] cada día valen más, que los pechos y derechos crecen, que no les dieron de balde los oficios, que de su dinero han de sacar la renta y pagarse de la ocupación de su persona.

Y así debió de ser en todo tiempo, pues Aristóteles[61] dice que el mayor daño que puede venir a la república es de la venta de los oficios. Y Alcámeno, espartano, siendo preguntado cómo será un reino bienaventurado, respondió que menospreciando el rey su propia ganancia[62]. Mas el juez que se lo dieron gracioso, en confianza para hacer oficio de Dios, y así se llaman dioses de la tierra, decir deste tal que vende la justicia dejando de castigar lo malo y premiar lo bueno y que, si le hallara rastro de pecado, lo salvara, niégolo y con evidencia lo pruebo.

¿Quién ha de creer haya en el mundo juez tan malo, descompuesto ni desvergonzado —que tal sería el que tal hiciese—, que rompa la ley y le doble la vara un monte de oro? Bien que por ahí dicen algunos que esto de pretender oficios y judicaturas va por ciertas indirectas y destiladeras, o, por mejor decir, falsas relaciones con que se alcanzan; y después de constituidos en ellos, para volver algunos a poner su caudal en pie, se vuelven como pulpos. No hay poro ni coyuntura en todo su cuerpo que no sean bocas y garras. Por allí les entra y agarran el trigo, la cebada, el vino, el aceite, el tocino, el paño, el lienzo, sedas, joyas y dineros. Desde las tapicerías hasta las especerías, desde su cama hasta la de su mula, desde lo más granado hasta lo más menudo; de que sólo el arpón de la muerte los puede desasir, porque en comenzándose a corromper, quedan para siempre dañados con el mal uso y así reciben como si fue-

---

y 7. Otras citas traen los demás editores, en especial JSF. *Vid.* sobre el tema A. G. de Amezúa, «Apuntes sobre la vida escribanil en los siglos XVI al XVIII», en *Opúsculos histórico-literarios,* III, págs. 279-307.

[60] *mantenimientos:* alimentos.

[61] Cfr. *Política,* 1273a. «La cita no es a la letra» (FR).

[62] Cfr. Plutarco: «Alcámenes, hijo de Telecro, preguntándole cómo podría alguno conservar el reino respondió: "si tuviere en poco la ganancia"» (*Morales,* fol. 32ra [*i.e.,* 216E]).

sen gajes[63], de manera que no guardan justicia; disimulan con los ladrones, porque les contribuyen con las primicias de lo que roban; tienen ganado el favor y perdido el temor, tanto el mercader como el regatón[64], y con aquello cada uno tiene su ángel de guarda[65] comprado por su dinero, o con lo más difícil de enajenar, para las impertinentes necesidades del cuerpo, demás del que Dios les dio para las importantes del alma.

Bien puede ser que algo desto suceda y no por eso se ha de presumir; mas el que diere con la codicia en semejante bajeza, será de mil uno, mal nacido y de viles pensamientos, y no le quieras mayor mal ni desventura: consigo lleva el castigo, pues anda señalado con el dedo. Es murmurado de los hombres, aborrecido de los ángeles, en público y secreto vituperado de todos. Y así no por éste han de perder los demás; y si alguno se queja de agraviado, debes creer que, como sean los pleitos contiendas de diversos fines, no es posible que ambas partes queden contentas de un juicio. Quejosos ha de haber con razón o sin ella, pero advierte que estas cosas quieren solicitud y maña. Y si te falta, será la culpa tuya, y no será mucho que pierdas tu derecho, no sabiendo hacer tu hecho, y que el juez te niegue la justicia, porque muchas veces la deja de dar al que le consta tenerla, porque no la prueba y lo hizo el contrario bien, mal o como pudo; y otras por negligencia de la parte o porque les falta fuerza y dineros con que seguirla y tener opositor poderoso. Y así no es bien culpar jueces, y menos en superiores tribunales, donde son muchos y escogidos entre los mejores; y cuando uno por alguna pasión quisiese precipitarse, los otros no la tienen y le irían a la mano[66].

Acuérdome que un labrador en Granada solicitaba por su interese un pleito, en voz[67] de concejo, contra el señor de su

---

[63] *gaje:* «lo que se adquiere por algún empleo, además del salario o sueldo señalado» *(Autoridades),* y, en germanía, «tributo que los rufianes de poca categoría, o los ladrones, pagan a los principales» (Alonso).

[64] *regatón:* el que compra al por mayor y vende al por menor. Cfr. I, i, 3, n. 45, y *Don Quijote,* VII, págs. 161-162.

[65] *ángel de guarda:* valedor (FR).

[66] *le irían a la mano:* se lo impedirían. «*Irle a la mano:* resistir a uno, reprimirle y vedarle algunas cosas» (Correas).

[67] *en voz:* en representación.

pueblo, pareciéndole que lo había con Pero Crespo[68], el alcalde
dél, y que pudiera traer los oidores[69] de la oreja. Y estando un
día en la plaza Nueva mirando la portada de la Chancillería,
que es uno de los más famosos edificios, en su tanto, de todos
los de España, y a quien de los de su manera no se le conoce
igual en estos tiempos, vio que las armas reales tenían en el remate a los dos lados la Justicia y Fortaleza. Preguntándole otro
labrador de su tierra qué hacía, por qué no entraba a solicitar
su negocio, le respondió: «Estoy considerando que estas cosas
no son para mí, y de buena gana me fuera para mi casa; porque en ésta tienen tan alta la justicia, que no se deja sobajar[70],
ni sé si la podré alcanzar.»

No es maravilla, como dije, y lo sería, aunque uno la tenga,
no sabiendo ni pudiéndola defender, si se la diesen. A mi padre se la dieron porque la tuvo, la supo y pudo pleitear; demás
que en el tormento purgó los indicios y tachó los testigos de
pública enemistad, que deponían de vanas presunciones y de
vano fundamento[71].

Ya oigo al murmurador diciendo la mala voz que tuvo: ri-
zarse, afeitarse y otras cosas que callo, dineros que bullían, presentes que cruzaban, mujeres que solicitaban, me dejan la espina en el dedo[72]. Hombre de la maldición, mucho me aprietas y
cansado me tienes: pienso desta vez dejarte satisfecho y no responder más a tus replicatos, que sería proceder en infinito[73]
aguardar a tus sofisterías. Y así, no digo que dices disparates ni
cosas de que no puedas obtener la parte que quisieres, en cuanto la verdad se determina. Y cuando los pleitos andan de ese
modo, escandalizan, mas todo es menester. Líbrete Dios de

---

[68] *Pero Crespo* es nombre tradicional de alcalde rústico, como es sabido por el
de Zalamea.

[69] *oidores:* jueces de los tribunales civiles.

[70] *sobajar:* «tratar una cosa mal, ajándola» (Covarrubias).

[71] *«tachar testigos:* ponerles falta» (Covarrubias); esto es, los acusó de ser enemigos suyos, invalidando así su testimonio, porque «en los procesos de la Inquisición se admitía como testigos de cargo a excomulgados, cómplices…, pero no
a los enemigos públicos del procesado» (FR).

[72] *«Dejar la espina en el dedo:* no sacar la raíz del daño» (Correas).

[73] *proceder en infinito:* seguir indefinidamente.

juez con leyes del encaje y escribano enemigo y de cualquier dellos cohechado[74].

Mas cuando te quieras dejar llevar de la opinión y voz del vulgo —que siempre es la más flaca y menos verdadera, por serlo el sujeto de donde sale—, dime como cuerdo: ¿todo cuanto has dicho es parte para que indubitablemente mi padre fuese culpado? Y más que, si es cierta la opinión de algunos médicos, que lo tienen por enfermedad, ¿quién puede juzgar si estaba mi padre sano? Y a lo que es tratar de rizados y más porquerías, no lo alabo, ni a los que en España lo consienten, cuanto más a los que lo hacen.

Lo que le vi el tiempo que lo conocí, te puedo decir. Era blanco, rubio, colorado, rizo[75], y creo de naturaleza, tenía los ojos grandes, turquesados. Traía copete y sienes ensortijadas[76]. Si esto era propio, no fuera justo, dándoselo Dios, que se tiznara la cara ni arrojara en la calle semejantes prendas. Pero si es verdad, como dices, que se valía de untos y artificios de sebillos[77], que los dientes y manos, que tanto le loaban, era a poder de polvillos, hieles, jabonetes y otras porquerías, confesaréte cuanto dél dijeres y seré su capital enemigo y de todos los que de cosa semejante tratan; pues demás que son actos de afeminados maricas, dan ocasión para que dellos murmuren y se sospeche toda vileza, viéndolos embarrados y compuestos con las cosas tan solamente a mujeres permitidas, que, por no tener bastante hermosura, se ayudan de pinturas y barnices, a costa de su salud y dinero. Y es lástima de ver que no sólo las feas son las que aquesto hacen, sino aun las muy hermosas, que

---

[74] *leyes del encaje:* decisiones arbitrarias «que el juez toma por lo que a él se le ha encajado en la cabeza» (Covarrubias). Cfr. *Don Quijote,* VI, pág. 234. Por otra parte, Correas registra la expresión como proverbio: «Líbrete Dios de juez con leyes de encaje, y de enemigo escribano, y de cualquier dellos cohechado».

[75] *rizo:* de pelo rizado.

[76] *copete:* «pelo que se levanta encima de la frente más alto que lo demás, de figura redonda o prolongada, que unas veces es natural y otras postizo» *(Autoridades).* Curiosamente, no luce Alemán en su retrato.

[77] *sebillos:* grasas para suavizar y blanquear las manos. Algo se parecía el padre de Guzmán a «aquel preciado de lindo, o aquel lindo de los más preciados» que dormía —aparte otros mejunjes— con «torcidas de papel en las guedejas y el copete, sebillo en las manos...» *(El Diablo Cojuelo,* págs. 43-44, y cfr. la nota de Rodríguez Marín).

pensando parecerlo más, comienzan en la cama por la mañana y acaban a mediodía, la mesa puesta. De donde no sin razón digo que la mujer, cuanto más mirare la cara, tanto más destruye la casa[78]. Si esto es aun en mujeres vituperio, ¿cuánto lo será más en los hombres?[79].

¡Oh fealdad sobre toda fealdad, afrenta de todas las afrentas! No me podrás decir que amor paterno me ciega ni el natural de la patria me cohecha, ni me hallarás fuera de razón y verdad. Pero si en lo malo hay descargo, cuando en alguna parte hubiera sido mi padre culpado, quiero decirte una curiosidad, por ser este su lugar, y todo sucedió casi en un tiempo. A ti servirá de aviso y a mí de consuelo, como mal de muchos[80].

El año de mil y quinientos y doce, en Ravena, poco antes que fuese saqueada, hubo en Italia crueles guerras[81], y en esta ciudad nació un monstruo muy estraño, que puso grandísima admiración. Tenía de la cintura para arriba todo su cuerpo, cabeza y rostro de criatura humana, pero un cuerno en la frente. Faltábanle los brazos, y diole naturaleza por ellos en su lugar dos alas de murciélago. Tenía en el pecho figurado la *Y* pitagórica[82], y en el estómago, hacia el vientre, una cruz bien formada. Era hermafrodito y muy formados los dos naturales

---

[78] «La mujer, cuanto más se mira a la cara, tanto más destruye la casa» (Correas).

[79] Comp. II, iii, 3, *ca.* n. 66: «Sea la mujer, mujer, y el hombre, hombre. Quédense los copetes, las blanduras, las colores y buena tez para las damas que lo han menester y se han de valer dello» (con lo que sigue). La crítica de tales cuidados excesivos remonta a la Biblia (cfr. el comentario de algunos pasajes en *La perfecta casada,* cap. xi), pero en el Siglo de Oro se convierte en burla y sarcasmo contra el afeminamiento de algunos hombres demasiado curiosos y contra la cosmética de los «lindos» como reflejo de su ruina moral. Cfr., sólo como ejemplos, *El crótalon,* págs. 115-116; *La pícara Justina,* págs. 106-107; Quevedo, *La hora de todos,* págs. 84-85, o Juan de Zabaleta, *El día de fiesta por la mañana,* págs. 99-113.

[80] Como en el refrán: «Mal de muchos, consuelo de necios.»

[81] Piénsese que se decía *como la de Ravena,* por «batalla muy sangrienta» (Correas); cfr. F. Delicado, *La Lozana andaluza,* XXXI, pág. 324.

[82] *pitagórica:* porque se atribuía su invención a Pitágoras; fue pronto interpretada como «exemplum vitae humanae» (San Isidoro, *Etimologías,* I, iii, 7 [FR, con más referencias]). Es ahora, por tanto, mínimo emblema del futuro itinerario de Guzmán y sus dos caminos posibles: el estrecho y arduo de la virtud o el deleitoso y amplio del pecado. Cgr. Gracián, *El Discreto,* XXV. Á. San Miguel, *Sentido y estructura,* pág. 111, observa la aparición del símbolo, a modo

sexos. No tenía más de un muslo y en él una pierna con su pie de milano y las garras de la misma forma. En el ñudo de la rodilla tenía un ojo solo[83].

De aquestas monstruosidades tenían todos muy gran admiración; y considerando personas muy doctas que siempre semejantes monstruos suelen ser prodigiosos, pusiéronse a especular su significación. Y entre las más que se dieron, fue sola bien recebida la siguiente: que el cuerno significaba orgullo y ambición; las alas, inconstancia y ligereza; falta de brazos, falta de buenas obras; el pie de ave de rapiña, robos, usuras y avaricias; el ojo en la rodilla, afición a vanidades y cosas mundanas; los dos sexos, sodomía y bestial bruteza; en todos los cuales vicios abundaba por entonces toda Italia, por lo cual Dios la castigaba con aquel azote de guerras y disensiones. Pero la cruz y la Y eran señales buenas y dichosas, porque la Y en el pecho significaba virtud; la cruz en el vientre, que si, reprimiendo las torpes carnalidades, abrazasen en su pecho la virtud, les daría Dios paz y ablandaría su ira.

Ves aquí, en caso negado[84], que, cuando todo corra turbio[85], iba mi padre con el hilo de la gente[86] y no fue solo el que pecó. Harto más digno de culpa serías tú, si pecases, por la mejor escuela que has tenido. Ténganos Dios de su mano para no caer en otras semejantes miserias, que todos somos hombres[87].

---

de clave, al pie del retrato de Alemán (pero, en todo caso, sólo en el grabado en madera).

[83] La increíble historia del monstruo de Ravena se difundió muchísimo, y enseguida corrió en español, por ejemplo en la *Historia de los Reyes Católicos* de Andrés Bernáldez (cit. por FR, que recuerda también su mención en la manejadísima *Officina* de J. Ravisio Textor). Seguramente llegó a Alemán por vía de A. Pescioni, traductor de las *Histoires prodigieuses* de Boaystuau: *Historias prodigiosas y maravillosas de diversos sucesos acaecidos en el mundo*, Medina del Campo, 1586. Cfr. muy especialmente E. Cros, *Sources*, págs. 135-147, y Ottavia Nicoli, *Profeti e popolo nell'Italia del Rinascimento*, Bari, 1987, págs. 52-77 (con grabados).

[84] *caso negado*: «término forense para conceder una cosa sin perjuicio, por cuanto la propone para refutalla en caso que pudiese ser» (Covarrubias).

[85] *cuando todo corra turbio*: entiéndase algo como 'en el peor de los casos'. Cfr. I, iii, pág. 000, y *Don Quijote*, V, pág. 196.

[86] *«Ir al hilo de la gente*: irse tras los demás» (Correas), hacer lo que los otros, seguir la corriente.

[87] *todos somos hombres*: la expresión es frecuentísima en Alemán (cfr. I, ii, 3; II, iii, 1...). Sobre su significado e implicaciones, cfr. sólo M. Cavillac, *Gueux et marchands*, pág. 84.

CAPÍTULO II

Volviendo a mi cuento, ya dije, si mal no me acuerdo, que, cumplida la penitencia, vino a Sevilla mi padre por cobrar la deuda, sobre que hubo muchos dares y tomares, demandas y respuestas; y si no se hubiera purgado en salud, bien creo que le saltara en arestín[1], mas como se labró sobre sano, ni le pudieron coger por seca ni descubrieron blanco donde hacerle tiro. Hubieron de tomarse medios, el uno por no pagarlo todo y el otro por no perderlo todo: del agua vertida cogióse lo que se pudo[2].

Con lo que le dieron volvió el naipe en rueda[3]. Tuvo tales y tan buenas entradas y suertes, que ganó en breve tiempo de comer y aun de cenar. Puso una honrada casa, procuró arraigarse, compró una heredad, jardín en San Juan de Alfarache, lugar de mucha recreación, distante de Sevilla poco más de media legua, donde muchos días, en especial por las tardes, el verano, iba por su pasatiempo y se hacían banquetes.

---

[1] *arestín:* «un cierto género de sarna seca» (Covarrubias), y de ahí el juego de palabras de la frase *coger por seca,* «pillar en falta» *(Autoridades).* El sentido está claro: 'de no haber sido precavido hubiese tenido muchos problemas', pero creo que puede referirse tanto a su intención concreta de «cobrar la deuda» como al acto anterior de su voluntario y oportunista regreso «a la fe de Jesucristo» (cfr. pág. 133).

[2] «Agua vertida, no toda cogida» (Correas).

[3] *volver el naipe en rueda:* 'rehacerse', 'volver a las andadas, al negocio', expresión tomada del juego de cartas.

Aconteció que, como los mercaderes hacían lonja para sus contrataciones en las Gradas de la Iglesia Mayor (que era un andén o paseo hecho a la redonda della, por la parte de afuera tan alto como a los pechos, considerado desde lo llano de la calle, a poco más o menos, todo cercado de gruesos mármoles y fuertes cadenas)[4], estando allí mi padre paseándose con otros tratantes, acertó a pasar un cristianismo[5]. A lo que se supo, era hijo secreto de cierto personaje. Entróse tras la gente hasta la pila del baptismo por ver a mi madre que, con cierto caballero viejo de hábito militar, que por serlo comía mucha renta de la iglesia[6], eran padrinos. Ella era gallarda, grave, graciosa, moza, hermosa, discreta y de mucha compostura. Estúvola mirando todo el tiempo que dio lugar el ejercicio de aquel sacramento, como abobado de ver tan peregrina hermosura; porque con la natural suya, sin traer aderezo en el rostro, era tan curioso y bien puesto el de su cuerpo, que, ayudándose unas prendas a otras, toda en todo, ni el pincel pudo llegar ni la imaginación aventajarse. Las partes y faiciones[7] de mi padre ya las dije.

Las mujeres, que les parece los tales hombres pertenecer a la divinidad y que como los otros no tienen pasiones naturales, echó de ver[8] con el cuidado que la miraba y no menos entre sí holgaba dello, aunque lo disimulaba. Que no hay mujer tan alta que no huelgue ser mirada, aunque el hombre sea muy bajo. Los ojos parleros, las bocas callando, se hablaron, manifestando por ellos los corazones, que no consienten las almas velos en estas ocasiones. Por entonces no hubo más de que se supo ser prenda de aquel caballero, dama suya, que con gran recato la tenía consigo. Fuese a su casa la señora y mi padre quedó rematado, sin poderla un punto apartar de sí.

Hizo para volver a verla muy extraordinarias diligencias;

---

[4] Las famosas Gradas de la Catedral de Sevilla eran el lugar más concurrido de la ciudad, y dominio particular de mercaderes y pícaros. Cfr. J. E. Gillet, *Propalladia*, III, págs. 684-685, con numerosas citas.

[5] *cristianismo:* bautizo.

[6] La Catedral dependía de una orden militar, y los caballeros «de hábito militar» percibían por ello una renta vitalicia (FR).

[7] *faiciones:* facciones.

[8] *echó de ver:* el sujeto es «ella», «mi madre».

pero, si no fue algunas fiestas en misa, jamás pudo de otra manera en muchos días. La gotera cava la piedra[9] y la porfía siempre vence, porque la continuación en las cosas las dispone. Tanto cavó con la imaginación, que halló traza por los medios de una buena dueña de tocas largas reverendas[10], que suelen ser las tales ministros de Satanás, con que mina y prostra las fuertes torres de las más castas mujeres; que por ellas mejorarse de monjiles[11] y mantos y tener en sus cajas otras de mermelada[12], no habrá traición que no intenten, fealdad que no soliciten, sangre que no saquen, castidad que no manchen, limpieza que no ensucien, maldad con que no salgan. Ésta, pues, acariciándola con palabras y regalándola con obras, iba y venía con papeles. Y porque la dificultad está toda en los principios y al enhornar suelen hacerse los panes tuertos[13], él se daba buena maña; y por haber oído decir que el dinero allana las mayores dificultades, manifestó siempre su fe con obras, porque no se la condenasen por muerta[14].

Nunca fue perezoso ni escaso. Comenzó ——como dije— con la dueña a sembrar, con mi madre a pródigamente gastar; ellas alegremente a recebir. Y como al bien la gratitud es tan debida y el que recibe queda obligado a reconocimiento, la dueña lo solicitó de modo que a las buenas ganas que mi madre tuvo fue

---

[9] «Es el viejo proverbio: "Gutta cavat lapidem"» (FR, con ejemplos); cfr. J. E. Gillet, *Propalladia*, III, págs. 658-659. Esto es, «La gotera dando hace señal en la piedra» (Correas, que comenta también: «así acaece porfiando»). Sobre la frase inminente «cavó en la imaginación», cfr. I, ii, 7, n. 26.

[10] *dueñas* eran «comúnmente las que sirven con tocas largas y monjiles» (Covarrubias) o *reverendas*. Las pobres no tenían muy buena fama: «yo he oído decir a un boticario toledano —nos informa Sancho Panza— que donde interviniesen dueñas no podía suceder cosa buena» (*Don Quijote*, II, xxvii: VI, pág. 146). Su principal habilidad era la tercería, pero no carecían de otras galas; *vid.* especialmente F. Rodríguez Marín, apéndice XXXII a su *Quijote*, X, págs. 63-70, y R. del Arco, «La dueña en la literatura española», *Revista de Literatura*, III (1953), págs. 293-343.

[11] *monjil*: traje de lana negra, largo y cerrado, propio de viudas, y así llamado por su parecido con el hábito de las religiosas. Cfr. *Don Quijote*, VI, pág. 148.

[12] «Algunas mercaderías hay las cuales se venden en sus cajas, y así decimos *caja de confitura...*» (Covarrubias [FR]).

[13] «Al enhornar se hacen los panes tuertos» y «Al enhornar se tuerce el pan», en Correas. Sobre la «dificultad... en los principios», cfr. I, ii, 2, n. 18.

[14] Pues «fe sin obras es fe muerta» (Santiago, 2, 26). Cfr. M. Bataillon, *Erasmo y España*, pág. 795.

llegando leño a leño y de flacas estopas levantó brevemente un terrible fuego[15]. Que muchas livianas burlas acontecen a hacer pesadas veras. Era —como lo has oído— mujer discreta, quería y recelaba, iba y venía a su corazón, como al oráculo de sus deseos. Poniendo el pro y el contra, ya lo tenía de la haz, ya del envés; ya tomaba resolución, ya lo volvía a conjugar de nuevo. Últimamente ¿qué no la plata, qué no corrompe el oro?

Este caballero era hombre mayor, escupía, tosía, quejábase de piedra, riñón y urina. Muy de ordinario lo había visto en la cama desnudo a su lado: no le parecía como mi padre, de aquel talle ni brío; y siempre el mucho trato, donde no hay Dios, pone enfado. Las novedades aplacen[16], especialmente a mujeres, que son de suyo noveleras, como la primera materia, que nunca cesa de apetecer nuevas formas[17]. Determinábase a dejarlo y mudar de ropa[18], dispuesta a saltar por cualquier inconveniente; mas la mucha sagacidad suya y largas experiencias, heredadas y mamadas al pecho de su madre, le hicieron camino y ofrecieron ingeniosa resolución. Y sin duda el miedo de perder lo servido la tuvo perpleja en aquel breve tiempo, que de otro modo ya estaba bien picada[19]. Que lo que mi padre le significó una vez, el diablo se lo repitió diez, y así no estaba tan dificultosa de ganarse Troya.

La señora mi madre hizo su cuenta: «En esto no pierde mi persona ni vendo alhaja[20] de mi casa, por mucho que a otros dé. Soy como la luz: entera me quedo y nada se me gasta[21]. De quien tanto he recebido, es bien mostrarme agradecida: no le

[15] Como en el refrán «el hombre es fuego y la mujer estopa; viene el diablo y sopla» (Correas), y sobre una imagen predilecta de Alemán. Cfr. I, i, 7, n. 23.

[16] «Todo lo nuevo aplace» (II, ii, 2, *ca.* n. 3). La burla que dedica C. García (*La desordenada codicia...*, pág. 105) a ese «proverbio que el vulgo celebra por máxima», da una idea de su difusión.

[17] Alude a la vieja teoría hilemórfica (cfr. Aristóteles, *Física,* I, 9, entre otros lugares), también recordada en *La Celestina,* pág. 34. Cfr. J. E. Gillet, *Propalladia,* III, pág. 663.

[18] *mudar de ropa* es eufemismo por 'cambiar de amante' (cfr. Correas: «*mudar de camisa,* por mudar amiga», y después, II, i, 6, n. 33, y II, iii, 3, n. 52).

[19] *picada:* enamorada.

[20] *alhajas:* propiamente, los muebles y tapicería de la casa.

[21] *luz:* la llama de la vela, «que sin perder de su lumbre / otras mil velas enciende» (H. de Soto, *Emblemas moralizados,* fol. 34v). Cfr. Saavedra Fajardo, *Empresas políticas,* núm. 58, y aquí, I, ii, 3, n. 19.

he de ser avarienta. Con esto coseré a dos cabos, comeré con dos carrillos. Mejor se asegura la nave sobre dos ferros[22], que con uno: cuando el uno suelte, queda el otro asido. Y si la casa se cayere, quedando el palomar en pie, no le han de faltar palomas»[23]. En esta consideración trató con su dueña el cómo y cuándo sería. Viendo, pues, que en su casa era imposible tener sus gustos efecto, entre otras muchas y muy buenas trazas que se dieron, se hizo, por mejor, elección de la siguiente.

Era entrado el verano, fin de mayo, y el pago de Gelves y San Juan de Alfarache el más deleitoso de aquella comarca, por la fertilidad y disposición de la tierra, que es toda una, y vecindad cercana que le hace el río Guadalquivir famoso, regando y calificando con sus aguas todas aquellas huertas y florestas. Que con razón, si en la tierra se puede dar conocido paraíso, se debe a este sitio el nombre dél: tan adornado está de frondosas arboledas, lleno y esmaltado de varias flores, abundante de sabrosos frutos, acompañado de plateadas corrientes, fuentes espejadas, frescos aires y sombras deleitosas, donde los rayos del sol no tienen en tal tiempo licencia ni permisión de entrada[24].

A una destas estancias de recreación concertó mi madre, con su medio matrimonio y alguna de la gente de su casa, venirse a holgar un día. Y aunque no era a la de mi padre la heredad adonde iban, estaba un poco más adelante, en término de Gelves, que de necesidad se había de pasar por nuestra puerta. Con este cuidado y sobre concierto, cerca de llegar a ella mi madre se comenzó a quejar de un repentino dolor de estómago. Ponía el achaque al fresco de la mañana, de do se había causado; fatigóla de manera, que le fue forzoso dejarse

---

[22] *ferros:* áncoras.

[23] Cfr. Correas: «Cebo haya en el palomar, que las palomas ellas se vendrán.»

[24] Está explícito en boca del propio Guzmán el paralelismo entre el «paraíso» «en la tierra» que contempló su engañosa concepción y el marco del pecado original. Con palabras de C. Blanco Aguinaga («Cervantes y la picaresca», página 318), «el acto libre de amor y el engaño marcan desde el principio la vida del pobre Guzmán, hombre símbolo del pecado que define, como destino, la vida de todos los hombres». *Vid.* también B. Brancaforte, *¿Conversión...?,* páginas 163-200; H. Guerreiro, «À propos des origines de Guzmán», y las precisiones que sobre este último trabajo hace recientemente M. Cavillac, *Gueux et marchands,* págs. 75-84.

caer de la jamuga[25] en que en un pequeño sardesco[26] iba sentada, haciendo tales estremos, gestos y ademanes —apretándose el vientre, torciendo las manos, desmayando la cabeza, desabrochándose los pechos—, que todos la creyeron y a todos amancillaba, teniéndole compasiva lástima.

Comenzábanse a llegar pasajeros; cada uno daba su remedio. Mas como no había de dónde traerlo ni lugar para hacerlo, eran impertinentes. Volver a la ciudad, imposible; pasar de allí, dificultoso; estarse quedos en medio del camino, ya puedes ver el mal comodo[27]. Los acidentes crecían. Todos estaban confusos, no sabiendo qué hacerse. Uno de los que se llegaron, que fue de propósito echado para ello, dijo:

—Quítenla del pasaje, que es crueldad no remediarla, y métanla en la casa desta heredad primera.

Todos lo tuvieron por bueno y determinaron, en tanto que pasase aquel accidente, pedir a los caseros la dejasen entrar. Dieron algunos golpes apriesa y recio. La casera fingió haber entendido que era su señor. Salió diciendo:

—¡Jesús!, ¡ay Dios!, perdone Vuesa Merced, que estaba ocupada y no pude más.

Bien sabía la vejezuela todo el cuento y era de las que dicen: *no chero, no sabo*[28]. Doctrinada estaba en lo que había de hacer y de mi padre prevenida. Demás que no era lerda y para semejantes achaques tenía en su servicio lo que había menester. Y en esto, entre las más ventajas, la hacen los ricos a los pobres, que los pobres, aunque buenos, siempre son ellos los que sirven a sus malos criados; y los ricos, aunque malos, sirviéndose de buenos son solos los bien servidos. Mi buena mujer abrió su puerta y, desconocida la gente, dijo con disimulo:

—¡Mal hora!, que pensé que era nuestro amo y no me han dejado gota de sangre en el cuerpo, de cómo me tardaba.

---

[25] *jamuga:* montura propia de mujeres, que «van en ellas muy seguras y recogidas» (Covarrubias, *s. v. samugas*).

[26] *sardesco:* «se aplica a los asnos pequeños», pero «úsase muchas veces... por cualquier asno» *(Autoridades)*.

[27] *comodo:* comodidad.

[28] *no chero, no sabo:* pronunciación aniñada, propia de personas melindrosas (SGG, JSF, FR, con ejemplos). Cfr. J. E. Gillet, *Propalladia*, III, pág. 336.

Y bien, ¿qué es lo que mandan los señores? ¿Quieren algo sus mercedes?

El caballero respondió:

—Mujer honrada, que nos deis lugar donde esta señora descanse un poco, que le ha dado en el camino un grave dolor de estómago.

La casera, mostrándose con sentimiento, pesarosa, dijo:

—¡Noramaza[29] sea, qué dolor mal empleado en su cara de rosa! Entren en buen hora, que todo está a su servicio.

Mi madre, a todas estas, no hablaba y de sólo su dolor se quejaba. La casera, haciéndole las mayores caricias que pudo, les dio la casa franca, metiéndolos en una sala baja, donde en una cama, que estaba armada, tenía puestos en rima[30] unos colchones. Presto los desdobló y, tendidos, luego sacó de un cofre sábanas limpias y delgadas, colcha y almohadas, con que le aderezó en que reposase.

Bien pudiera estar la cama hecha, el aposento lavado, todo perfumado, ardiendo los pebetes y los pomos[31] vaheando, el almuerzo aderezado y puestas a punto muchas otras cosas de regalo; mas alguna dellas ni la casera llegar a la puerta ni tenella menos que cerrada convino. Antes aguardó a que llamasen para que no pareciera cautela que pudiera engendrar sospecha de donde viniera fácilmente a descubrirse la encamisada[32], que tal fue la deste día. Mi madre con sus dolores desnudóse, metióse en la cama, pidiendo a menudo paños calientes que, siéndole traídos, haciendo como que los ponía en el vientre, los bajaba más abajo de las rodillas y aun algo apartados de sí, porque con el calor le daban pesadumbre y temía no le causasen alguna remoción, de donde resultara aflojarse el estómago.

Con este beneficio se fue aliviando mucho y fingió querer dormir, por descansar un poco. El pobre caballero, que sólo su

---

[29] *Noramaza* es la forma, puramente eufemística, común a las ediciones antiguas. Cfr. sobre ella *Don Quijote*, I, pág. 184.

[30] *en rima:* unos sobre otros.

[31] *pebete:* varilla combustible compuesta de diversos polvos aromáticos; *pomos:* «unos vasos redondos donde se echan aguas de olor» (Covarrubias).

[32] *encamisada:* engaño, estratagema nocturna (originariamente era una especial emboscada militar). Hay un juego de palabras (cfr. *supra*, n. 18); comp. F. Bernardo de Quirós, *Obras*, pág. 108.

regalo deseaba, holgó dello y la dejó en la cama sola. Luego, cerrando con un cerrojo la sala por defuera, se fue a desenfadar por los jardines, encargando el silencio, que nadie abriese ni hiciese ruido, y a la buena de nuestra dueña en guarda, en tanto que ella, recordada[33], llamase.

Mi padre no dormía, que con atención lo estaba oyendo todo y acechando lo que podía por la entrada de la llave de la cerradura del postigo de un retrete, donde estaba metido. Y estando todo muy quieto y avisadas la dueña y casera que con cuidado estuviesen en alerta para darles aviso, con cierta seña secreta, cuando el patrón volviese, abrió su puerta para ver y hablar a la señora. En aquel punto cesaron los dolores fingidos y se manifestaron los verdaderos. En esto se entretuvieron largas dos horas, que en dos años no se podría contar lo que en ellas pasaron.

Ya iba entrando el día con el calor, obligando al caballero a recogerse. Con esto y deseo de saber la mejoría de su enferma y si allí habían de quedar o pasar adelante, le hizo volver a visitarla. En el punto fueron avisados, y mi padre, con gran dolor de su corazón, se volvió a encerrar donde primero estaba.

Entrando su viejo galán, se mostró adormecida y que, al ruido, recordaba. Hizo luego luego[34] un melindre de enojada, diciendo:

—¡Ay, válgame Dios!, ¿por qué abrieron tan presto sin quererme dejar que reposase un poco?

El bueno de nuestro paciente le respondió:

—Por tus ojos, niña, que me pesa de haberlo hecho, pero más de dos horas has dormido.

—No, ni media —replicó mi madre—, que agora me pareció cerraba el ojo, y en mi vida no he tenido tan descansado rato.

No mentía la señora, que con la verdad engañaba[35], y mos-

---

[33] *recordada:* despierta.

[34] *luego luego:* 'inmediatamente, al punto', modismo enfático (y en ningún caso errata). Cfr. Cervantes, *Don Quijote*, I, págs. 106-108.

[35] *con la verdad engañaba:* como después —aunque con menos malicia— Ozmín a don Rodrigo (I, i, 8, *ca.* n. 31). «El engañar con la verdad es cosa / que ha parecido bien» en la comedia del Siglo de Oro (cfr. Lope, *Arte nuevo*, 319-320) y en la novela picaresca, pues de ella el engaño mismo es fundamento

trando el rostro un poco alegre, alabó mucho el remedio que le habían hecho, diciendo que le había dado la vida. El señor se alegró dello, y de acuerdo de ambos concertaron celebrar allí su fiesta y acabar de pasar el día, porque no menos era el jardín ameno que el donde iban. Y por estar no lejos, mandaron volver la comida y las más cosas que allá estaban.

En tanto que desto se trataba, tuvo mi padre lugar cómo salir secretamente por otra puerta y volverse a Sevilla, donde las horas eran de a mil años, los momentos, largo siglo, y el tiempo que de sus nuevos amores careció, penoso infierno.

Ya cuando el sol declinaba, serían como las cinco de la tarde, subiendo en su caballo, como cosa ordinaria suya, se vino a la heredad. En ella halló aquellos señores, mostró alegrarse de verlos, pésole de la desgracia sucedida, de donde resultó el quedarse, porque luego le refirieron lo pasado. Era muy cortés, la habla sonora y no muy clara, hizo muy discretos y disimulados ofrecimientos: de la otra parte no le quedaron deudores. Trabóse la amistad con muchas veras en lo público y con mayores los dos en lo secreto, por las buenas prendas que estaban de por medio.

Hay diferencia entre buena voluntad, amistad y amor[36]. Buena voluntad es la que puedo tener al que nunca vi ni tuve dél otro conocimiento que oír sus virtudes o nobleza, o lo que pudo y bastó moverme a ello. Amistad llamamos a la que comúnmente nos hacemos tratando y comunicando o por prendas que corren de por medio. De manera, que la buena voluntad se dice entre ausentes y amistad entre presentes. Pero amor corre por otro camino. Ha de ser forzosamente recíproco, traslación de dos almas, que cada una dellas asista más donde ama que adonde anima[37]. Éste es más perfecto, cuanto

---

primordial (cfr. II, i, 3, n. 1). Por cierto, que el infligido por la madre del pícaro a su viejo galán es una «traza» con ascendencia folklórica y representación literaria en los *fabliaux* (cfr. E. Cros, *Sources*, págs. 64-67) y, en concreto, en las *Facezie* de Ludovico Domenichi (núm. 331; cfr. A. del Monte, *Itinerario*, página 83).

[36] Cfr. Santo Tomás, *Summa theologica*, II-II, 26, 2.

[37] «Es viejo tópico, del que recuerda Erasmo, *Apophthegmata*, V (ed. París, 1534, pág. 355), que ya Catón "amantis animun dicebat in alieno corpore vivere, quod hodie quoque celebratur: animum illic potius esse ubi amat quam ubi animat"» (FR).

lo es el objeto; y el verdadero, el divino. Así debemos amar a
Dios sobre todas las cosas, con todo nuestro corazón y de todas nuestras fuerzas, pues Él nos ama tanto. Después déste, el
conyugal y del prójimo. Porque el torpe y deshonesto no merece ni es digno deste nombre, como bastardo. Y de cualquier
manera, donde hubiere amor, ahí estarán los hechizos, no hay
otros en el mundo. Por él se truecan condiciones, allanan dificultades y doman fuertes leones. Porque decir que hay bebedi-
zos o bocados para amar, es falso. Y lo tal sólo sirve de trocar
el juicio, quitar la vida, solicitar la memoria, causar enfermedades y graves accidentes[38]. El amor ha de ser libre. Con libertad
ha de entregar las potencias a lo amado; que el alcaide no da el
castillo cuando por fuerza se lo quitan, y el que amase por malos medios no se le puede decir que ama, pues va forzado
adonde no le lleva su libre voluntad.

La conversación anduvo y della se pidió juego. Comenzaron
una primera[39] en tercio. Ganó mi madre, porque mi padre se
hizo perdedizo. Y queriendo anochecer, dejando de jugar salieron por el jardín a gozar del fresco. En tanto pusieron las mesas. Traída la cena, cenaron y, haciendo para después aderezar
de ramos y remos un ligero barco, llegados a la lengua del
agua[40], se entraron en él, oyendo de otros que andaban por el
río gran armonía de concertadas músicas, cosa muy ordinaria
en semejante lugar y tiempo[41].

Así llegaron a la ciudad, yéndose cada uno a su casa y cama;
salvo el juicio del buen contemplativo, si mi madre, cual otra
Melisendra, durmió con su consorte,

---

[38] Se decía al menos desde Ovidio, *Ars amatoria*, II, 105-106, y *Remedia amo-
ris*, 249 ss. (FR, con bibliografía y ejemplos españoles).
[39] *primera*: juego de naipes; «se juega dando cuatro cartas a cada uno. El siete
vale 21 puntos; el seis vale 18; el as, 16; el dos, 12; el tres, 13; el cuatro, 14; el
cinco, 15, y la figura, 10. La mejor suerte, y con que se gana todo, es el flux,
que son cuatro cartas de un palo; después el cincuenta y cinco, que se compone
precisamente de siete, seis y as de un palo; después la quínola o *primera*, que son
cuatro cartas, una de cada palo» (*Autoridades*). Cfr. *Don Quijote*, VII, páginas 260-262.
[40] *lengua del agua*: orilla.
[41] Era costumbre veraniega de los sevillanos recorrer calmosamente el Guadalquivir con barcos enramados (FR, con ejemplos y bibliografía).

El cuerpo preso en Sansueña
y en París cativa el alma[42].

Fue tan estrecha la amistad que se hacían de aquel día en
adelante los unos a los otros, continuada con tanta discreción
y buena maña, por lo mucho que se aventuraba en perderla,
cuanto se puede presumir de la sutileza de un levantisco tinto
en ginovés, que liquida y apura cuánto más merma, por ciento,
el pan partido a manos o el cortado a cuchillo[43]; y de una mujer de las prendas que he dicho, andaluz[44], criada en buena escuela, cursada entre los dos coros y naves de la Antigua[45], que
antes había tenido achaques, de donde sin conservar cosa propia ni de respeto[46], el día que asentó la compañía con el caballero, me juró que metió de puesto[47] más de tres mil ducados[48]
de solas joyas de oro y plata, sin el mueble de casa y ropas de
vestir.

El tiempo corre, y todo tras él[49]. Cada día que amanece,
amanecen cosas nuevas[50] y, por más que hagamos, no podemos escusar que cada momento que pasa no lo tengamos menos de la vida, amaneciendo siempre más viejos y cercanos a la
muerte[51]. Era el buen caballero —como tengo significado—

---

[42] Versos del romance de don Gaiferos.

[43] Creo muy acertada la lectura de Rico: «apura cuánto más...» (frente a
«apura cuanto más...» de las otras ediciones, anteriores y posteriores), pues hace
mucho mejor sentido y el valor de *apurar* 'desentrañar, aclarar', está —efectivamente— «bien documentado» (por ejemplo en la pretensión de Segismun-
do: «apurar... qué delito cometí», *La vida es sueño*, 103-105).

[44] *andaluz:* es corriente en la época la concordancia única en estos casos.

[45] La capilla de Nuestra Señora de la *Antigua*, en la Catedral sevillana; *entre*
sus *dos coros*, además, se reunían las damas y los galanes con fines poco religiosos. Cfr. I, ii, 8, n. 18.

[46] *de respeto:* de repuesto.

[47] *puesto:* 'escote, postura', pero a la vez 'el beneficio logrado por la prostituta'
(cfr. Alonso, *s. v. postura*).

[48] *ducado:* moneda equivalente a once reales de plata.

[49] Lo recoge Correas.

[50] Se ha observado que son dos octosílabos y que el primero parece recuerdo
de un célebre romance del ciclo cidiano («cada día que amanece / veo quien
mató a mi padre»), que pudo hacerse proverbial muy pronto. Pero yo creo que
Guzmán está repitiendo, simplemente, un refrán más: «Cada día que amanece
cosas nuevas amanecen» (Correas).

[51] Glosa la desengañada idea de la brevedad de la vida (ceñida a la perfección en una idea senequiana: «quotidie morimur»).

hombre anciano y cansado; mi madre moza, hermosa y con salsas. La ocasión irritaba el apetito, de manera que su desorden le abrió la sepultura. Comenzó con flaquezas de estómago, demedió en dolores de cabeza, con una calenturilla; después a pocos lances acabó relajadas las ganas del comer. De treta en treta lo consumió el mal vivir y al fin murióse, sin podelle dar vida la que él juraba siempre que lo era suya; y todo mentira, pues lo enterraron quedando ella viva[52].

Estábamos en casa cantidad de sobrinos, pero ninguno para con ellos más de a mí de mi madre. Los más eran como pan de diezmo, cada uno de la suya[53]. Que el buen señor, a quien Dios perdone, había holgado poco en esta vida. Y al tiempo de su fallecimiento, ellos por una parte, mi madre por otra, aún el alma tenía en el cuerpo y no sábanas en la cama. Que el saco de Anvers[54] no fue tan riguroso con el temor del secreto[55]. Como mi madre cuajaba la nata, era la ropera, tenía las llaves y privanza, metió con tiempo las manos donde estaba su cora-

---

[52]   Quevedo fue quien más y mejor se burló de las vidas y muertes de los enamorados, pero «en la literatura española, burlas por el estilo son frecuentes por lo menos desde el siglo xv, cuando Quirós contestaba a una dama que se reía "de los que dicen que se mueren de amores y que están muertos, no creyendo que tenga amor tanto poder de matar a ninguno"» (FR, con otras referencias).

[53]   El pasaje es muy confuso, y en él se mezclan, además —si no hay corruptela textual—, múltiples significaciones que hay que desbrozar. En primer lugar está la ambivalencia de *sobrinos*, aquí seguramente 'hijos espurios', pero en evidente relación —por lo que dice el resto del párrafo— con algún que otro refrán (*v. gr.*: «*A quien Dios no le dio hijos, el Diablo le dio sobrinos*. Refrán que expresa que el que por su estado no tiene naturalmente cuidados, le sobrevienen por otra parte o por otros motivos inexcusables» [*Autoridades*, y cfr. también *hacienda de sobrino, quémala el fuego o llévala el río*, éste con más tenue vínculo]). La cosa se complica después por las construcciones sintácticas: *para con ellos* 'respecto de ellos', aunque también podría ser 'como ellos'; *más de a mí* 'aparte de mí', 'excepto yo', 'más que yo'... En última instancia, entiendo que Guzmán quiere decirnos que él era el único *sobrino* 'hijo' de su madre, pues los demás (y esto ya se comprende mejor) eran *cada uno de la suya*, como *pan de diezmo*, comparación esta última que sí puede documentarse con facilidad, pues era proverbial. Recuérdense los hijos concebidos «a escote» en Quevedo, *Buscón*, I, ii, pág. 90).

[54]   Ocurrido en noviembre de 1576. Comp.: «Mi aposento fue hallado desvalijado y como si se hubiera hecho en él saco de Anveres» (M. Luján, *Segunda parte*, pág. 378a).

[55]   *secresto*: embargo.

zón[56]; aunque lo más importante todo lo tenía ella y dello era señora. Mas viéndose a peligro, parecióle mejor dar con ello salto de mata que después rogar a buenos[57].

Diéronse todos tal maña, que apenas hubo con qué enterrarlo. Pasados algunos días, aunque pocos, hicieron muchas diligencias para que la hacienda pareciese. Clavaron censuras por las iglesias[58] y a puertas de casas; mas allí se quedaron, que pocas veces quien hurta lo vuelve. Pero mi madre tuvo escusa: que el que buen siglo haya le decía, cuando visitaba las monedas y recorría los cofres y escritorios o trayendo algo a su casa: «Esto es tuyo y para ti, señora mía.» Así, le dijeron letrados que con esto tenía satisfecha la conciencia, demás que le era deuda debida: porque, aunque lo ganaba torpemente, no torpemente lo recebía.

En esta muerte vine a verificar lo que antes había oído decir: que los ricos mueren de hambre, los pobres de ahítos[59], y los que no tienen herederos y gozan bienes eclesiásticos, de frío; cual éste podrá servir de ejemplo, pues viviendo no le dejaron camisa y la del cuerpo le hicieron de cortesía. Los ricos, por temor no les haga mal, vienen a hacelles mal, pues comiendo por onzas y bebiendo con dedales, viven por adarmes[60], muriendo de hambre antes que de rigor de enfermedad. Los pobres, como pobres, todos tienen misericordia dellos: unos les envían, otros les traen, todos de todas partes les acuden, especialmente cuando están en aquel estremo. Y como los hallan desflaquecidos y hambrientos, no hacen elección, faltando quien se lo administre; comen tanto que, no pudién-

---

[56] Es decir, en el dinero, con recuerdo evidente de San Mateo, 6, 21: «Ubi enim est thesaurus tuus, ibi est cor tuum».

[57] «Más vale salto de mata que ruego de buenos» (Correas), para significar la huida a tiempo de los peligros o posibles castigos. Cfr. J. E. Gillet, *Propalladia,* III, págs. 732-733.

[58] Los del difunto eran «bienes procedentes de rentas eclesiásticas», y de ahí la difusión de requerimientos públicos (SGG).

[59] *Los pobres mueren de ahítos, y de hambre los ricos:* la causa es porque se cree que el rico enferma de comer, y ansí le dan dieta; y el pobre, que enfermó de miseria y hambre, y ansí todos le acuden con regalos y le hacen comer» (Correas).

[60] *por onzas:* «modo adverbial que vale escasamente; y así se dice del que está muy flaco» *(Autoridades); adarme:* «la decimasexta parte de una onza» *(ibíd.).*

dolo digerir por falta de calor natural, ahogándolo con viandas, mueren ahítos.

También acontece lo mismo aun en los hospitales, donde algunas piadosas mentecaptas, que por devoción los visitan, les llevan las faltriqueras y mangas llenas de colaciones y criadas cargadas con espuertas de regalos y, creyendo hacerles con ello limosna, los entierran de por amor de Dios. Mi parecer sería que no se consintiese, y lo tal antes lo den al enfermero que al enfermo. Porque de allí saldrá con parecer del médico cada cosa para su lugar mejor distribuido, pues lo que así no se hace es dañoso y peligroso. Y en cuanto a caridad mal dispensada, no considerando el útil ni el daño, el tiempo ni la enfermedad, si conviene o no conviene, los engargantan como a capones en cebadero, con que los matan. De aquí quede asentado que lo tal se dé a los que administran, que lo sabrán repartir, o en dineros para socorrer otras mayores necesidades[61].

¡Oh, qué gentil disparate! ¡Qué fundado en Teología! ¿No veis el salto que he dado del banco a la popa?[62]. ¡Qué vida de Juan de Dios[63] la mía para dar esta dotrina! Calentóse el horno y salieron estas llamaradas. Podráseme perdonar por haber sido corto. Como encontré con el cinco, llevémelo de camino[64]. Así lo habré de hacer adelante las veces que se ofrezca. No mires a quien lo dice, sino a lo que se te dice; que el bizarro vestido que te pones, no se considera si lo hizo un corcovado. Ya te prevengo, para que me dejes o te armes de paciencia. Bien sé que es imposible ser de todos bien recebido, pues no hay vasija que mida los gustos ni balanza que los iguale: cada uno tiene el suyo y, pensando que es el mejor, es el más engañado, porque los más los tienen más estragados.

Vuelvo a mi puesto, que me espera mi madre, ya viuda del primero poseedor, querida y tiernamente regalada del segun-

---

[61]   Aquí apunta ya una de las constantes del *Guzmán:* la voluntad de reformar la beneficencia, designio primordial de Cristóbal Pérez de Herrera, amigo de Alemán y autor del *Amparo de pobres.*

[62]   *del banco* de los galeotes *a la popa* donde va el capitán.

[63]   El santo y fundador de hospitales.

[64]   Son expresiones tomadas del juego de bolos; el *cinco* era el más cercano al jugador: se ponía algo separado de los demás y valía esos puntos cuando se derribaba. Cfr. Lope, *Dorotea,* pág. 72 y n. 24, y *La Pícara Justina,* pág. 485.

do. Entre estas y esotras, ya yo tenía cumplidos tres años, cerca de cuatro; y por la cuenta y reglas de la ciencia femenina, tuve dos padres, que supo mi madre ahijarme a ellos y alcanzó a entender y obrar lo imposible de las cosas. Vedlo a los ojos, pues agradó igualmente a dos señores, trayéndolos contentos y bien servidos[65]. Ambos me conocieron por hijo: el uno me lo llamaba y el otro también. Cuando el caballero estaba solo, le decía que era un estornudo suyo y que tanta similitud no se hallaba en dos huevos. Cuando hablaba con mi padre, afirmaba que él era yo, cortada la cabeza, que se maravillaba, pareciéndole tanto —que cualquier ciego lo conociera sólo con pasar las manos por el rostro—, no haberse descubierto, echándose de ver el engaño; mas que con la ceguedad que la amaban y confianza que hacían de los dos, no se había echado de ver ni puesto sospecha en ello.

Y así cada uno lo creyó y ambos me regalaban. La diferencia sola fue serlo, en el tiempo que vivió, el buen viejo en lo público y el estranjero en lo secreto, el verdadero. Porque mi madre lo certificaba después, haciéndome largas relaciones destas cosas. Y así protesto no me pare perjuicio lo que quisieren caluniarme. De su boca lo oí, su verdad refiero; que sería gran temeridad afirmar cuál de los dos me engendrase o si soy de otro tercero. En esto perdone la que me parió, que a ninguno está bien decir mentira, y menos a quien escribe, ni quiero que digan que sustento disparates. Mas la mujer que a dos dice que quiere, a entrambos engaña y della no se puede hacer confianza. Esto se entiende por la soltera, que la regla de las casadas es otra. Quieren decir que dos es uno y uno ninguno y tres bellaquería[66]. Porque no haciendo cuenta del marido, como es así la verdad, él solo es ninguno y él con otro hacen uno; y con él otros dos, que son por todos tres, equivalen a los dos de la soltera. Así que, conforme a su razón, cabal está la cuenta. Sea como fuere, y el levantisco, mi padre; que pues ellos lo dijeron

---

[65] En el fondo está San Mateo, 6, 24.

[66] Era frecuente decirlo a propósito de los desposados: «La primera mujer es matrimonio; la segunda, compañía; la tercera, bellaquería» (Correas). «El *uno ninguno* es una adaptación del dicho latino "Unus homo, nullus homo"» (EM).

y cada uno por sí lo averaba[67], no es bien que yo apele las partes conformes. Por suyo me llamo, por tal me tengo, pues de aquella melonada[68] quedé ligitimado con el santo matrimonio, y estáme muy mejor, antes que diga un cualquiera que soy malnacido y hijo de ninguno.

Mi padre nos amó con tantas veras como lo dirán sus obras, pues tropelló con este amor la idolatría del qué dirán, la común opinión, la voz popular, que no le sabían otro nombre sino la comendadora, y así respondía por él como si tuviera colada[69] la encomienda. Sin reparar en esto ni dársele un cabello por esotro, se desposó y casó con ella. También quiero que entiendas que no lo hizo a humo de pajas[70]. Cada uno sabe su cuento y más el cuerdo en su casa que el necio en la ajena[71].

En este tiempo intermedio, aunque la heredad era de recreación, esa era su perdición: el provecho poco, el daño mucho, la costa mayor, así de labores como de banquetes. Que las tales haciendas pertenecen solamente a los que tienen otras muy asentadas y acreditadas sobre quien cargue todo el peso; que a la más gente no muy descansada son polilla que les come hasta el corazón, carcoma que se le hace ceniza y cicuta en vaso de ámbar. Esto, por una parte; los pleitos, los amores de mi madre y otros gastos que ayudaron, por otra, lo tenían harto delgado, a pique de dar estrallido[72], como lo había de costumbre.

Mi madre era guardosa[73], nada desperdiciada. Con lo que en sus mocedades ganó y en vida del caballero y con su muerte recogió, vino a llegar[74] casi diez mil ducados, con que se dotó. Con este dinero, hallado de refresco, volvió un poco mi padre

---

[67] *averaba:* confirmaba.
[68] Pues «El melón y el casar, todo es acertar», «el melón y el casamiento, acertamiento»... (Correas). Cfr. *Propalladia*, III, pág. 706 (y FR), y *La Pícara Justina*, págs. 682 y 742.
[69] *colar:* conferir canónicamente algún beneficio eclesiástico; «hacer gracia Su Santidad de algún beneficio se dice *colarle*» (Covarrubias).
[70] *a humo de pajas:* «baldíamente, sin cuenta ni razón ni orden» (Correas), 'porque sí'.
[71] Cambia deliberadamente el orden habitual: «Más sabe el necio en su casa que el cuerdo en la ajena» (Correas).
[72] *estrallido:* estallido.
[73] *guardosa:* cfr. I, iii, 1, n. 14.
[74] *llegar:* reunir, juntar.

sobre sí; como torcida que atizan en candil con poco aceite,
comenzó a dar luz; gastó, hizo carroza y silla de manos, no
tanto por la gana que dello tenía mi madre, como por la ostentación que no le reconocieran su flaqueza. Conservóse lo menos mal que pudo. Las ganancias no igualaban a las expensas.
Uno a ganar y muchos a gastar, el tiempo por su parte a apretar, los años caros, las correspondencias[75] pocas y malas. Lo
bien ganado se pierde, y lo malo, ello y su dueño[76]. El pecado
lo dio y él —creo— lo consumió, pues nada lució y mi padre
de una enfermedad aguda en cinco días falleció.

Como quedé niño de poco entendimiento, no sentí su falta;
aunque ya tenía de doce años adelante. Y no embargante[77] que
venimos en pobreza, la casa estaba con alhajas[78], de que tuvimos que vender para comer algunos días. Esto tienen las de
los que han sido ricos, que siempre vale más el remaniente que
el puesto principal de las de los pobres, y en todo tiempo dejan
rastros que descubren lo que fue, como las ruinas de Roma.

Mi madre lo sintió mucho, porque perdió bueno y honrado
marido. Hallóse sin él, sin hacienda y con edad en que no le
era lícito andar a rogar para valerse de sus prendas ni volver a
su crédito. Y aunque su hermosura no estaba distraída[79], teníanla los años algo gastada. Hacíasele de mal, habiendo sido
rogada de tantos tantas veces, no serlo también entonces y de
persona tal que nos pelechara[80]; que no lo siendo, ni ella lo hiciera ni yo lo permitiera.

Aun hasta en esto fui desgraciado, pues aquel juro[81] que tenía se acabó cuando tuve dél mayor necesidad. Mal dije se acabó, que aún estaba de provecho y pudiera tener el día que se

---

[75] *correspondencia:* «entre mercaderes y tratantes es el trato de remitirse unos a
otros el dinero, mercaderías y otros géneros» *(Autoridades).*

[76] Lo registra Correas con las formas siguientes: «Lo bien ganado se pierde,
y lo malo ello y su amo. Lo bien ganado perece, y lo malo ello y su dueño; y lo
mal ello y su dueño.»

[77] *no embargante:* no obstante.

[78] *alhajas:* cfr. *supra,* n. 20.

[79] *distraída:* yo entiendo que la hermosura 'no se había apartado' de ella.

[80] *pelechar:* «metafóricamente vale medrar o mejorar de fortuna» *(Autoridades).*

[81] *juro:* derecho perpetuo de propiedad. Cfr. *Viaje del Parnaso,* págs. 879-880.

puso tocas[82] poco más de cuarenta años. Yo he conocido después acá doncellejas de más edad y no tan buena gracia llamarse niñas y afirmar que ayer salieron de mantillas[83]. Mas, aunque a mi madre no se le conocía tanto, ella, como dije, no diera su brazo a torcer y antes muriera de hambre que bajar escalones ni faltar un quilate de su punto.

Veisme aquí sin uno y otro padre, la hacienda gastada y, lo peor de todo, cargado de honra y la casa sin persona de provecho para poderla sustentar. Por la parte de mi padre no me hizo el Cid ventaja, porque atravesé la mejor partida de la señoría[84]. Por la de mi madre no me faltaban otros tantos y más cachivaches de los abuelos. Tenía más enjertos que los cigarrales de Toledo[85], según después entendí. Como cosa pública lo digo, que tuvo mi madre dechado en la suya y labor de que sacar cualquier obra virtuosa. Y así por los proprios pasos parece la iba siguiendo, salvo en los partos, que a mi abuela le quedó hija para su regalo y a mi madre hijo para su perdición.

Si mi madre enredó a dos, mi abuela dos docenas. Y como a pollos —como dicen— los hacía comer juntos en un tiesto y dormir en un nidal, sin picarse los unos a los otros ni ser necesario echalles capirotes[86]. Con esta hija enredó cien linajes, diciendo y jurando a cada padre que era suya; y a todos les parecía: a cuál en los ojos, a cuál en la boca y en más partes y composturas del cuerpo, hasta fingir lunares para ello, sin faltar a quien pareciera en el escupir. Esto tenía por excelencia bueno, que la parte presente siempre la llamaba de aquel apellido; y si dos o más había, el nombre a secas. El propio era Marcela, su *don* por encima despolvoreado, porque se compadecía[87] menos dama sin *don*, que casa sin aposento, molino sin rueda ni cuer-

---

[82] *el día que se puso tocas:* 'el día que enviudó' (cfr. *supra*, ns. 10 y 11), sin que falte una pícara malicia en esta y otras frases del párrafo.

[83] Sobre las mujeres que se quitan años y aducen que «miente el tiempo», comp. sólo Quevedo, *La hora de todos*, [xiv], págs. 88-90.

[84] Utiliza expresiones del juego de naipes para ponderar irónicamente su linaje: *atravesar* es «hacer traviesas» (Covarrubias), 'apostar los mirones'; esto es —pienso—, hacer partida o baza algún oportunista o advenedizo. Cfr. *La vida cotidiana*, pág. 64 (fray Antonio Álvarez).

[85] *los cigarrales de Toledo:* «famosos por sus muchos frutales» (FR).

[86] *capirote:* caperuza de cuero para las aves de cetrería.

[87] *compadecerse* vale también «convenir una cosa con otra» *(Autoridades)*.

po sin sombra[88]. Los cognombres[89], pues eran como quiera,
yo certifico que procuró apoyarla con lo mejor que pudo, dándole más casas nobles que pudiera un rey de armas, y fuera re-
petirlas una letanía. A los Guzmanes era donde se inclinaba
más[90], y certificó en secreto a mi madre que a su parecer, según le ditaba su conciencia y para descargo della, creía, por algunas indirectas, haber sido hija de un caballero, deudo cercano a los duques de Medina Sidonia.

Mi abuela supo mucho y hasta que murió tuvo qué gastar.
Y no fue maravilla, pues le tomó la noche cuando a mi madre
le amanecía, y la halló consigo a su lado; que el primer tropezón[91] le valió más de cuatro mil ducados, con un rico perulero[92] que contaba el dinero por espuertas. Nunca falleció de su
punto ni lo perdió de su deber; ni se le fue cristiano con sus
derechos ni dio al diablo primicia. Aun si otro tanto nos aconteciera el mal fuera menos, o, si como nací solo, naciera una
hermana, arrimo de mi madre, báculo de su vejez, columna de
nuestras miserias, puerto de nuestros naufragios, diéramos dos
higas[93] a la fortuna. Sevilla era bien acomodada para cualquier
granjería y tanto se lleve a vender como se compra, porque
hay marchantes para todo. Es patria común, dehesa franca,
ñudo ciego[94], campo abierto, globo sin fin, madre de huérfa-
nos y capa de pecadores, donde todo es necesidad y ninguno la
tiene. O si no, la corte, que es la mar que todo lo sorbe y adonde todo va a parar. Que no fuera yo menos hábil que los otros.
No me faltaran entretenimientos[95], oficios, comisiones y otras

---

[88] Comp. II, ii, 6, al final. Sobre las burlas contra el abuso de *don*, cfr. Cervantes, *Don Quijote*, I, pág. 144; *La Pícara Justina*, pág. 202, Quevedo, *Buscón*,
pág. 190, o Bernardo de Quirós, *Obras*, pág. 37 y n. 55.

[89] *cognombres:* apellidos.

[90] *Guzmán* era el apellido garrafiñado con más frecuencia por quienes se 'hacían de los godos', fingiendo antiguo e ilustre linaje. Cfr. I, iii, 1, n. 11, y J. E.
Gillet, *Propalladia*, III, págs. 409-411 (y FR, BB, EM).

[91] *tropezón:* amorío ilegítimo.

[92] *perulero:* «el que ha venido rico de las Indias del Perú» (Covarrubias).

[93] *higa:* «es una manera de menosprecio que hacemos cerrando el puño y
mostrando el dedo pulgar por entre el dedo índice y el medio» (Covarrubias).
Cfr. *Don Quijote*, III, pág. 15, y VI, pág. 12; *Propalladia*, III, págs. 285-286, y *La
Dorotea*, pág. 156, n. 64.

[94] *ñudo ciego:* «difícil de desatar» *(Autoridades)*.

[95] *entretenimiento:* pensión o gratificación.

cosas honrosas, con tal favor a mi lado, que era tenerlo en la bolsa. Y a mal suceder, no nos pudiera faltar comer y beber como reyes; que al hombre que lleva semejante prenda que empeñar o vender, siempre tendrá quien la compre o le dé sobre ella lo necesario.

Yo fui desgraciado, como habéis oído: quedé solo, sin árbol que me hiciese sombra, los trabajos a cuestas, la carga pesada, las fuerzas flacas, la obligación mucha, la facultad poca. Ved si un mozo como yo, que ya galleaba, fuera justo con tan honradas partes estimarse en algo.

El mejor medio que hallé fue probar la mano[96] para salir de miseria, dejando mi madre y tierra. Hícelo así, y, para no ser conocido, no me quise valer del apellido de mi padre; púseme el Guzmán de mi madre y Alfarache de la heredad adonde tuve mi principio. Con esto salí a ver mundo, peregrinando por él, encomendándome a Dios y buenas gentes[97], en quien hice confianza.

---

[96] *probar la mano:* «intentar alguna cosa, para ver si conviene proseguirla» (*Autoridades*).

[97] *a Dios y buenas gentes:* sobre el final de este capítulo como clave de las experiencias de Guzmán, cfr. C. B. Johnson, «Dios y buenas gentes», e *Inside G. de A.*, págs. 121-164. No hay que olvidar, sin embargo, el alcance proverbial de la encomienda (cfr. Cervantes, *Rinconete y Cortadillo, Novelas ejemplares,* I, pág. 235). En cuanto al «Guzmán de mi madre» (o el «don Juan de Guzmán» adoptado en II, ii, 6), adviértase que «Hijo de ruin padre, apellida de su madre» (Correas), costumbre antaño tan frecuente como denostada (comp. ya Hermosilla, *Diálogo de los pajes,* II, iv, págs. 62-63).

CAPÍTULO III

Era yo muchacho vicioso y regalado, criado en Sevilla sin
castigo[1] de padre, la madre viuda —como lo has oído—, cebado a torreznos, molletes[2] y mantequillas y sopas de miel rosada, mirado y adorado, más que hijo de mercader de Toledo[3]
o tanto. Hacíaseme de mal dejar mi casa, deudos y amigos; demás que es dulce amor el de la patria. Siéndome forzoso, no
pude escusarlo. Alentábame mucho el deseo de ver mundo, ir
a reconocer en Italia mi noble parentela.

Salí, que no debiera, pude bien decir, tarde y con mal[4].
Creyendo hallar copioso remedio, perdí el poco que tenía. Su-
cedióme lo que al perro con la sombra de la carne[5]. Apenas
había salido de la puerta, cuando sin poderlo resistir, dos Nilos

---

[1] *castigo:* reprensión.

[2] *torreznos:* piénsese que *torreznero* se llamaba al «mozo que no sale de sobre el
fuego y es holgazán y regalón» (Covarrubias); *mollete:* «el pan regalado y blando»
(Covarrubias), bollo.

[3] Era fama que los mercaderes —y especialmente los de Toledo, por contar-
se entre los más ricos— no reparaban en gastos en cuanto se refería a sus hijos:
cfr. Cervantes, *El casamiento engañoso, Novelas ejemplares,* III, págs. 261-262.

[4] *que no debiera* y *tarde y con mal* eran frases proverbiales, recogidas ambas por
Correas. La primera fue muy utilizada en la poesía (*v. gr.* Góngora, *Polifemo,*
XII, 1, sin que los comentaristas dejasen de señalar su vulgaridad) y en la prosa
del Siglo de Oro (cfr., por ejemplo, la *Segunda parte del Lazarillo* anónima, página 92a, o la misma *novela* de Cervantes citada en la nota anterior, pág. 222).

[5] Que «por cogerla soltó / lo que llevaba en la boca» (Lope, en M. Chevalier,
Cuentos folklóricos, núm. 1, pág. 21, con mención de otras versiones españolas de
esta difundida fábula esópica).

reventaron de mis ojos, que regándome el rostro en abundancia, quedó todo de lágrimas bañado. Esto y querer anochecer no me dejaban ver cielo ni palmo de tierra por donde iba. Cuando llegué a San Lázaro[6], que está de la ciudad poca distancia, sentéme en la escalera o gradas por donde suben a aquella devota ermita.

Hice allí de nuevo alarde[7] de mi vida y discursos della. Quisiera volverme, por haber salido mal apercebido, con poco acuerdo y poco dinero para viaje tan largo, que aun para corto no llevaba. Y sobre tantas desdichas —que, cuando comienzan, vienen siempre muchas y enzarzadas unas de otras como cerezas— era viernes en la noche y algo oscura; no había cenado ni merendado: si fuera día de carne, que a la salida de la ciudad, aunque fuera naturalmente ciego, el olor me llevara en alguna pastelería, comprara un pastel[8] con que me entretuviera y enjugara el llanto, el mal fuera menos.

Entonces eché de ver cuánto se siente más el bien perdido y la diferencia que hace del hambriento el harto. Los trabajos todos comiendo se pasan; donde la comida falta, no hay bien que llegue ni mal que no sobre, gusto que dure ni contento que asista: todos riñen sin saber por qué, ninguno tiene culpa, unos a otros la ponen, todos trazan y son quimeristas, todo es entonces gobierno y filosofía.

Vime con ganas de cenar y sin qué poder llegar a la boca, salvo agua fresca de una fuente que allí estaba. No supe qué hacer ni a qué puerto echar. Lo que por una parte me daba osadía, por otra me acobardaba. Hallábame entre miedos y esperanzas, el despeñadero a los ojos y lobos a las espaldas. Anduve vacilando; quise ponerlo en las manos de Dios: entré en la iglesia, hice mi oración, breve, pero no sé si devota: no me dieron lugar para más por ser hora de cerrarla y recogerse. Cerróse la noche y con ella mis imaginaciones, mas no los ma-

---

[6] *San Lázaro:* el hospital para leprosos (JSF).

[7] *hacer alarde:* 'pasar revista, hacer balance' (ejemplos en JSF); *de nuevo:* 'por primera vez'.

[8] *pastel:* empanadillas de hojaldre con carne picada. Sobre la alusión a «si fuera día de carne» y otros aspectos de este capítulo, cfr. C. B. Johnson, «Dios y buenas gentes», pág. 554, e *Inside Guzmán de Alfarache,* pág. 123.

PRIMERA PARTE, I, 3

nantiales y llanto. Quedéme con él dormido sobre un poyo del portal acá fuera.

No sé qué lo hizo, si es que por ventura las melancolías quiebran en sueño, como lo dio a entender el montañés que, llevando a enterrar a su mujer, iba en piernas[9], descalzo y el sayo del revés, lo de dentro afuera. En aquella tierra están las casas apartadas, y algunas muy lejos de la iglesia; pasando, pues, por la taberna, vio que vendían vino blanco. Fingió quererse quedar a otra cosa y dijo: «Anden, señores, con la malograda, que en un trote los alcanzo...» Así, se entró en la taberna y de un sorbito en otro emborrachóse, quedándose dormido. Cuando los del acompañamiento volvieron del entierro y lo hallaron en el suelo tendido, lo llamaron. Él, recordando, les dijo: «¡Mal hora!, señores, perdonen sus mercedes, que ¡ma Dios! non hay así cosa que tanta sed y sueño poña como sinsaborias»[10].

Así yo, que ya era del sábado el sol salido casi con dos horas, cuando vine a saber de mí. No sé si despertara tan presto si los panderos y bailes de unas mujeres que venían a velar[11] aquel día, con el tañer y cantar no me recordaran. Levantéme, aunque tarde, hambriento y soñoliento, sin saber dónde estaba, que aún me parecía cosa de sueño. Cuando vi que eran veras, dije entre mí: «Echada está la suerte, ¡vaya Dios conmigo!» Y con resolución comencé mi camino; pero no sabía para dónde iba ni en ello había reparado.

Tomé por el uno que me pareció más hermoso, fuera donde fuera. Por lo de entonces me acuerdo de las casas y repúblicas mal gobernadas, que hacen los pies el oficio de la cabeza. Donde la razón y entendimiento no despachan, es fundir el oro, salga lo que saliere, y adorar después un becerro[12]. Los pies

---

[9] *en piernas*: con las piernas desnudas, sin calzas, al uso de los «villanos... de las Asturias de Oviedo» (romance *En Santa Gadea de Burgos*, citado junto a otros textos por FR).

[10] Además de su indumentaria, Alemán refleja el habla dialectal de los asturianos, motivo frecuente en el Siglo de Oro (FR). Cfr. M. Herrero García, *Ideas de los españoles del siglo XVII*, págs. 236-248, y *La Pícara Justina*, págs. 614-622. El cuentecillo, por otro lado, lo copió Diego Galán en sus *Cautiverio y trabajos* (cfr. M. Chevalier, «*Guzmán de Alfarache* en 1605», págs. 145-146).

[11] *velar*: «dar las bendiciones nupciales a los desposados» *(Autoridades)*.

[12] Como en *Éxodo*, 32.

me llevaban; yo los iba siguiendo, saliera bien o mal, a monte o a poblado.

Quísome parecer a lo que aconteció en la Mancha con un médico falso. No sabía letra ni había nunca estudiado. Traía consigo gran cantidad de receptas, a una parte de jarabes y a otra de purgas. Y cuando visitaba algún enfermo, conforme al beneficio que le había de hacer, metía la mano y sacaba una, diciendo primero entre sí: «¡Dios te la depare buena!», y así le daba la con que primero encontraba[13]. En sangrías no había cuenta con vena ni cantidad, mas de a poco más o menos, como le salía de la boca. Tal se arrojaba por medio de los trigos[14].

Pudiera entonces decir a mí mismo: «¡Dios te la depare buena!», pues no sabía la derrota[15] que llevaba ni a la parte que caminaba. Mas, como su divina Majestad envía los trabajos según se sirve y para los fines que sabe, todos enderezados a nuestro mayor bien, si queremos aprovecharnos dellos, por todos le debemos dar gracias, pues son señales que no se olvida de nosotros. A mí me comenzaron a venir y me siguieron, sin dar un momento de espacio desde que comencé a caminar, y así en todas partes nunca me faltaron. Mas no eran éstos de los que Dios envía, sino los que yo me buscaba[16].

La diferencia que hay de unos a otros es que los venidos de la mano de Dios Él sabe sacarme dellos, y son los tales minas

---

[13] El motivo tradicional del médico ignorante, que ya está en el *Liber facetiarum* de Poggio Bracciolini en los mismos términos («Prega Dio te la mandi buona»; cfr. FR y E. Cros, *Sources*, pág. 127) y que Correas explica de modo semejante al de Alemán, anduvo por numerosas obras de la época; cfr., sobre todo, los trabajos de M. Chevalier: *«Guzmán... en 1605»*, pág. 130; *Tipos cómicos*, página 20, y los textos en *Cuentecillos*, págs. 127-130. La frase se aplicaría después también a los alcaldes que impartían justicia con poco tino: cfr. M. Baquero Goyanes, en *Estudios dedicados a Menéndez Pidal*, VI, pág. 328, y M. Chevalier, *Cuentecillos*, págs. 89-90.

[14] La frase *(echar por esos trigos de Cristo*, en Correas) se aplicaba a los que decían o hacían algo con irresponsable determinación, a tontas y a locas.

[15] *derrota*: rumbo.

[16] Sobre los «trabajos que nos da Dios», y ocasionalmente en relación con «los que los hombres toman por sus vicios», comp. fray Antonio de Guevara, *Epístolas familiares*, II, xliii, págs. 449-451 (en latín); Juan de Ávila, *Epistolario espiritual*, págs. 271 y ss., o —en otro ámbito— Espinel, *Marcos de Obregón*, II, págs. 119-120.

de oro finísimo, joyas preciosísimas cubiertas con una ligera
capa de tierra, que con poco trabajo se pueden descubrir y hallar. Mas los que los hombres toman por sus vicios y deleites
son píldoras doradas que, engañando la vista con apariencia
falsa de sabroso gusto, dejan el cuerpo descompuesto y desbaratado[17]. Son verdes prados llenos de ponzoñosas víboras[18];
piedras al parecer de mucha estima, y debajo están llenas de
alacranes, eterna muerte que con breve vida engaña.

Este día, cansado de andar solas dos leguas pequeñas —que
para mí eran las primeras que había caminado—, ya me pareció haber llegado a los antípodas y, como el famoso Colón,
descubierto un mundo nuevo. Llegué a una venta sudado, polvoroso, despeado[19], triste y, sobre todo, el molino picado[20], el
diente agudo y el estómago débil. Sería mediodía. Pedí de comer; dijeron que no había sino sólo huevos. No tan malo si lo
fueran: que a la bellaca de la ventera, con el mucho calor o que
la zorra le matase la gallina, se quedaron empollados, y por no
perderlo todo los iba encajando con otros buenos. No lo hizo
así comigo, que cuales ella me los dio, le pague Dios la buena
obra. Viome muchacho, boquirrubio, cariampollado, chapetón[21]. Parecíle un Juan de buen alma[22] y que para mí bastara
quequiera[23].

Preguntóme:

—¿De dónde sois, hijo?

Díjele que de Sevilla. Llegóseme más y, dándome con su
mano unos golpecitos debajo de la barba, me dijo:

---

[17] «Los boticarios suelen dorarlas [las píldoras] para disimular el amargo del
acíbar que llevan dentro, y así quedó por proverbio *píldora dorada* por los lugares honoríficos que tanto parecen de codicia y después amargan más que mil
hieles» (Covarrubias).

[18] «Es variante del tradicional *latet anguis in herba* ([Virgilio], *Églogas*, III, 93),
que tantas veces sirvió para ilustrar el tema del desengaño» (FR). Cfr. II, ii, 9,
ca. n. 52, y Cervantes, *Viaje del Parnaso*, págs. 778-779.

[19] *despeado*: con los pies molidos de tanto caminar.

[20] *el molino*: en estilo festivo, 'la boca'; *picado*: 'incitado, con ganas de comer'.
Comp. *La Pícara Justina*, pág. 503: «el molino de mis tripas iba bastante picado».

[21] *boquirrubio*: mozo «fatuo, ingenuo, fácil de engañar» (Alonso); *cariampollado*:
de cara redonda, mofletudo; *chapetón*: principiante, inexperto, novicio (aunque
«se aplicaba en especial al español que regresaba de Indias», FR).

[22] *Juan de buen alma* se decía «a uno que es bonazo y flojo» (Correas).

[23] *quequiera*: cualquier cosa.

—¿Y adónde va el bobito?

¡Oh, poderoso Señor, y cómo con aquel su mal resuello me pareció que contraje vejez y con ella todos los males! Y si tuviera entonces ocupado el estómago con algo, lo trocara en aquel punto, pues me hallé con las tripas junto a los labios.

Díjele que iba a la corte, que me diese de comer. Hízome sentar en un banquillo cojo y encima de un poyo me puso un barredero de horno[24], con un salero hecho de un suelo de cántaro, un tiesto de gallinas lleno de agua y una media hogaza más negra que los manteles. Luego me sacó en un plato una tortilla de huevos, que pudiera llamarse mejor emplasto de huevos.

Ellos, el pan, jarro, agua, salero, sal, manteles y la huéspeda, todo era de lo mismo. Halléme bozal[25], el estómago apurado, las tripas de posta, que se daban unas con otras de vacías[26]. Comí, como el puerco la bellota, todo a hecho[27]; aunque verdaderamente sentía crujir entre los dientes los tiernecitos huesos de los sin ventura pollos, que era como hacerme cosquillas en las encías. Bien es verdad que se me hizo novedad, y aun en el gusto, que no era como el de los otros huevos que solía comer en casa de mi madre; mas dejé pasar aquel pensamiento con la hambre y cansancio, pareciéndome que la distancia de la

---

[24] *barredero de horno:* por extensión, cualquier 'trapo sucio' (se decía también, según Covarrubias, *s. v. horno,* del «paño de lienzo negro y sucio con que algunas mujeres desaliñadas suelen tocarse»). Para esta escena, cfr. M. Joly, *La bourle,* pág. 399.

[25] *bozal:* torpe, inexperto.

[26] *de posta:* habitualmente se ha entendido aquí *posta* (que está en singular, nótese) como «los caballos que de público están en los caminos» (Covarrubias, y cfr. I, i, 5, n. 23), viendo en lo que sigue alusiones a «la corta distancia con que se colocaban los caballos de refresco» (JSF), a «los males andares de las postas» (FR), al echarse unas sobre otras por el cansancio (BB) o, quizá, «al comportamiento nervioso de estos animales» (EM). Pero, por una parte, nada obliga a pensar que la frase introducida con la conjunción *que* tenga que ser necesariamente explicación de la precedente; y por otra, si *de posta* no es tan sólo un ejemplo de la frase *estar de posta* 'estar en guardia' (cfr. Cervantes, *Don Quijote,* III, pág. 159), yo vería en el sustantivo 'el lugar donde se colocan las cabalgaduras' y «asimismo la distancia que hay de una... a otra» *(Autoridades):* así, la clave del chiste conceptista estaría en la relación continente / contenido *(tripas /* comida: *posta /* caballos, unas y otra vacías).

[27] *todo a hecho:* «sin hacer diferencia» (Covarrubias).

tierra lo causaba y que no eran todos de un sabor ni calidad. Yo estaba de manera que aquello tuve por buena suerte[28].

Tan propio es al hambriento no reparar en salsas[29], como al necesitado salir a cualquier partido[30]. Era poco, pasélo presto con las buenas ganas. En el pan me detuve algo más. Comílo a pausas, porque siendo muy malo, fue forzoso llevarlo de espacio, dando lugar unos bocados a otros que bajasen al estómago por su orden. Comencélo por las cortezas y acabélo en el migajón, que estaba hecho engrudo; mas tal cual, no le perdoné letra[31] ni les hice a las hormigas migaja de cortesía más que si fuera poco y bueno. Así acontece si se juntan buenos comedores en un plato de fruta, que picando primero en la más madura, se comen después la verde, sin dejar memoria de lo que allí estuvo. Entonces comí, como dicen, a rempujones media hogaza y, si fuera razonable y hubiera de hartar a mis ojos, no hiciera mi agosto con una entera de tres libras.

Era el año estéril de seco y en aquellos tiempos solía Sevilla padecer[32]; que aun en los prósperos pasaba trabajosamente: mirad lo que sería en los adversos. No me está bien ahondar en esto ni decir el porqué. Soy hijo de aquella ciudad: quiero callar, que todo el mundo es uno, todo corre unas parejas, ninguno compra regimiento[33] con otra intención que para granjería, ya sea pública o secreta. Pocos arrojan tantos millares de

---

[28] La burla de los huevos empollados está ya en las *Facezie* de Domenichi y en el *Buen aviso* de Timoneda (cfr. A. del Monte, *Itinerario*, pág. 83). Algunos de sus rasgos se hicieron proverbiales: cfr., por ejemplo, el comentario de Correas a la frase *tarde piache*; también, M. Chevalier, *Cuentos folklóricos*, núm. 248, página 411, y M. Joly, *La bourle*, en especial pág. 512.

[29] Porque «la mejor salsa es el hambre» (Correas). Cfr. *Lazarillo*, III, n. 87.

[30] *partido:* territorio.

[31] La expresión es equivalente a 'no le perdoné ni un punto, ni un ápice, ni una pizca' (comp. después *no remediaba letra*, en I, ii, 2, n. 2).

[32] De ser «recuerdo personal de la infancia del autor» (SGG), habría que pensar en el año 1557, que fue de «gran esterilidad y hambre» (Diego Ortiz de Zúñiga, *Anales de Sevilla*, cit. también por SGG); «pero por los mismos días de redacción y aparición del *Guzmán*, de 1596 a 1602, la Península sufría también el azote del hambre y la epidemia» (FR, con bibliografía), de suerte que lo más sensato me parece no buscar en estas lamentaciones una especial voluntad de precisión cronológica.

[33] *regimiento:* «oficio o empleo de regidor» *(Autoridades),* concejalía.

ducados para hacer bien a los pobres, antes a sí mismos, pues
para dar medio cuarto de limosna la examinan.

Desta manera pasó con un regidor, que viéndole un viejo de
su pueblo exceder de su obligación, le dijo:

—¿Cómo, Fulano N.? ¿Eso es lo que jurastes, cuando en
ayuntamiento os recibieron, que habíades de volver por los
menudos?

Él respondió diciendo:

—¿Ya no veis cómo lo cumplo, pues vengo por ellos cada
sábado a la carnicería? Mi dinero me cuestan —y eran los de
los carneros...[34].

Desta manera pasa todo en todo lugar. Ellos traen entre sí
la maza rodando, hoy por mí, mañana por ti, déjame comprar,
dejaréte vender; ellos hacen los estancos en los mantenimientos[35]; ellos hacen las posturas[36] como en cosa suya y, así, lo
venden al precio que quieren, por ser todo suyo cuanto se
compra y vende. Soy testigo que un regidor de una de las más
principales ciudades del Andalucía y reino de Granada tenía
ganado y, porque hacía frío, no se le gastaba la leche dél; todos
acudían a los buñuelos. Pareciéndole que perdía mucho si la
cuaresma entraba y no lo remediaba, propuso en su ayuntamiento que los moriscos buñoleros[37] robaban la república. Dio
cuenta por menor de lo que les podían costar y que salían a
poco más de a seis maravedís, y así los hizo poner a ocho, dándoles moderada ganancia. Ninguno los quiso hacer, porque se
perdían en ellos; y en aquella temporada él gastaba su esquilmo[38] en mantequillas, natas, queso fresco y otras cosas, hasta
que fue tiempo de cabaña[39]. Y cuando comenzó a quesear, se
los hizo subir a doce maravedís, como estaban antes, pero ya

---

[34] *volver por los menudos:* 'defender a los pobres e indefensos' e 'ir por el vientre, manos y cabeza de carnero, el *menudo* que se repartía los sábados'.

[35] *hacen los estancos en los mantenimientos:* 'embargan, monopolizan los alimentos'.

[36] *posturas:* tasas.

[37] «El de buñolero era oficio proverbialmente ejercido por moriscos» (FR,
con ejemplos).

[38] *esquilmo:* ganancia, provecho, y concretamente el «que se saca de la leche
de las ovejas y cabras» (Covarrubias).

[39] *cabaña:* «cierto número de cabezas o reses que ... goza de los privilegios y
exenciones de los hermanos de la Mesta» (Covarrubias).

era verano y fuera de sazón para hacerlos. Contaba él este ardid, ponderando cómo los hombres habían de ser vividores.

Alejado nos hemos del camino. Volvamos a él, que no es bien cargar sólo la culpa de todo al regimiento, habiendo a quien repartir. Demos algo desto a proveedores y comisarios[40], y no a todos, sino a algunos, y sea de cinco a los cuatro: que destruyen la tierra, robando a los miserables y viudas, engañando a sus mayores y mintiendo a su rey, los unos por acrecentar sus mayorazgos y los otros por hacerlos y dejar de comer a sus herederos.

Esto también es diferente de lo que aquí tengo de tratar y pide un entero libro. De mi vida trato en éste: quiero dejar las ajenas, mas no sé si podré, poniéndome los cabes de paleta[41], dejar de tiralles, que no hay hombre cuerdo a caballo[42]. Cuanto más que no hay que reparar de cosas tan sabidas. Lo uno y lo otro, todo está recebido y todos caminan a «viva quien vence». Mas ¡ay! cómo nos engañamos, que somos los vencidos y el que engaña, el engañado[43].

Digo, pues, que Sevilla, por fas o por nefas[44] —considerada su abundancia de frutos y la carestía dellos—, padece mucha esterilidad. Y aquel año hubo más, por algunas desórdenes ocultas y codicias de los que habían de procurar el remedio, que sólo atendían a su mejor fortuna. El secreto andaba entre tres o cuatro que, sin considerar los fines, tomaron malos principios y endemoniados medios, en daño de su república.

He visto siempre por todo lo que he peregrinado que estos

---

[40] «Los comisarios de abastos —afirmaba también Cervantes, que conocía el paño, como quien lo había sido— "destruyen la república"» (FR). Cfr. *infra*, nota 45.

[41] *poner los cabes de paleta:* «dar ocasión a un buen dicho» (Correas), estar en una situación inmejorable para hacer algo, como cuando en el juego de la argolla sólo cabe entre las dos bolas la pala con que se juega. Comp. *La Pícara Justina*, pág. 506: «siendo el cabe tan de paleta y la respuesta tan a la mano»; cfr. *Estebanillo*, I, pág. 107, Castillo Solórzano, *Teresa de Manzanares*, pág. 241, y Rodrigo Caro, *Días geniales o lúdicros*, I, pág. 167 y n. 13.

[42] «No hay cuerdo a caballo ni colérico con juicio» (Correas). Comp. Gracián, *Oráculo manual*, núms. 155 y 207 (y *Criticón*, II, pág. 39).

[43] Cfr. II, i, 3, *ca.* n. 13.

[44] *por fas o por nefas:* «de la fórmula latina *fas versum atque nefas*» (EM, con ejemplos); 'sea como fuere', «a tuerto y a derecho» (Correas).

ricachos poderosos, muchos dellos son ballenas, que, abriendo
la boca de la codicia, lo quieren tragar todo para que sus casas
estén proveídas y su renta multiplicada sin poner los ojos en el
pupilo huérfano ni el oído a la voz de la triste doncella ni los
hombros al reparo del flaco ni las manos de caridad en el enfermo y necesitado; antes con voz de buen gobierno, gobierna
cada uno como mejor vaya el agua a su molino. Publican buenos deseos y ejercítanse en malas obras; hácense ovejitas de
Dios y esquílmalas el diablo.

Amasábase pan de centeno, y no tan malo. El que tenía trigo sacaba para su mesa la flor de la harina y todo lo restante
traía en trato para el común. Hacíanse panaderos. Abrasaban
la tierra los que debieran dejarse abrasar por ella. No te puedo
negar que tuvo esto su castigo y que había muchos buenos a
quien lo malo parecía mal; pero en las necesidades no se repara en poco. Demás que el tropel de los que lo hacían arrinco-
naban a los que lo estorbaban, porque eran pobres, y, si pobres, basta: no te digo más, haz tu discurso [45].

¿No ves mi poco sufrimiento, cómo no pude abstenerme y
cómo sin pensar corrió hasta aquí la pluma? Arrimáronme el
acicate [46] y torcíme a la parte que me picaba. No sé qué disculpa darte, si no es la que dan los que llevan por delante sus bestias de carga, que dan con el hombre que encuentran contra
una pared o lo derriban por el suelo y después dicen: «Perdone.» En conclusión, todo el pan era malo, aunque entonces no
me supo muy mal. Regaléme comiendo, alegréme bebiendo,
que los vinos de aquella tierra son generosos.

Recobréme con esto, y los pies, cansados de llevar el vientre, aunque vacío y de poco peso, ya siendo lleno y cargado,
llevaban a los pies. Así proseguí mi camino, y no con poco

---

[45] En tiempos de Alemán era un problema grande el de los excesos cometi-
dos por los comisarios de abastos y los regidores con las mercancías de primera
necesidad, que acaparaban y vendían cuando crecía la demanda. Cfr. FR, con
bibliografía y ejemplos. Pero no hay que olvidar la dimensión literaria del tema
de los regimientos: cfr. Jerónimo de Mondragón, *Censura de la locura humana*,
cap, x, págs. 84-96 (y en especial 87), con un cuentecillo tomado de Guicciardini que tiene alguna afinidad con el del regidor de la ciudad andaluza.

[46] *acicate:* espuela.

cuidado de saber qué pudiera ser aquel tañerme castañetas los huevos en la boca. Fui dando y tomando en esta imaginación, que, cuanto más la seguía, más géneros de desventuras me representaba y el estómago se me alteraba; porque nunca sospeché cosa menos que asquerosa, viéndolos tan mal guisados, el aceite negro, que parecía de suelos de candiles, la sartén puerca y la ventera lagañosa.

Entre unas y otras imaginaciones encontré con la verdad y, teniendo andada otra legua, con sólo aquel pensamiento, fue imposible resistirme. Porque, como a mujer preñada, me iban y venían eruptaciones del estómago a la boca, hasta que de todo punto no me quedó cosa en el cuerpo. Y aun el día de hoy me parece que siento los pobrecitos pollos piándome acá dentro. Así estaba sentado en la falda del vallado de unas viñas, considerando mis infortunios, harto arrepentido de mi mal considerada partida, que siempre se despeñan los mozos tras el gusto presente, sin respetar ni mirar el daño venidero.

De la edición de Amberes, 1681.

CAPÍTULO IV

GUZMÁN DE ALFARACHE REFIERE LO QUE UN ARRIERO LE CON-
TÓ QUE LE HABÍA PASADO A LA VENTERA DE DONDE HABÍA SALI-
DO AQUEL DÍA, Y UNA PLÁTICA QUE LE HICIERON

Confuso y pensativo estaba, recostado en el suelo sobre el
brazo, cuando acertó a pasar un arriero que llevaba la recua de
vacío a cargarla de vino en la villa de Cazalla de la Sierra.
Viéndome de aquella manera, muchacho, solo, afligido, mi
persona bien tratada, comenzó —a lo que entonces dél creí—a
condolerse de mi trabajo, y preguntándome qué tenía, le dije lo
que me había pasado en la venta.

Apenas lo acabé de contar, cuando le dio tan estraña gana
de reír, que me dejó casi corrido, y el rostro, que antes tenía de
color difunto, se me encendió con ira en contra dél. Mas como
no estaba en mi muladar y me hallé desarmado en un desierto,
reportéme, por no poder cantar como quisiera[1]; que es discreción saber disimular lo que no se puede remediar[2], haciendo el
regaño risa, y los fines dudosos de conseguir en los principios
se han de reparar, que son las opiniones varias y las honras vidriosas[3]. Y si allí me descomidiera, quizá se me atrevieran, y,
sin aventurar a ganar, iba en riesgo y aun cierto de perder.

---

[1] Recuerda un refrán, mencionando sólo un par de palabras: «Cada gallo *canta* en su *muladar*», porque, como explica Covarrubias, «el que anda fuera de su
tierra y de su casa no tiene los bríos que cuando se halla en ella».

[2] Comp. I, iii, 8, al final: «Y es gran prudencia, cuando el daño puede remediarse, que se remedie, y cuando no, que se disimule.»

[3] *vidriosas:* frágiles, delicadas. Comp. Calderón: «que las materias de honor /
son tan vidriosas materias» *(Las armas de la hermosura,* I, 3 [EM]).

Que las competencias hanse de huir; y si forzoso las ha de haber, sea con iguales; y si con mayores, no a lo menos menores que tú ni tan aventajados a ti que te tropellen. En todo hay vicio y tiene su cuenta. Mas aunque me abstuve, no pude menos que con viva cólera decirle:

—¿Vos, hermano, veisme alguna coroza[4], o de qué os reís?

Él, sin dejar la risa —que pareció tenerla por destajo, según se daba la priesa, que, abierta la boca, dejaba caer a un lado la cabeza, poniéndose las manos en el vientre—, sin poderse ya tener en el asno, parecía querer dar consigo en el suelo. Por tres o cuatro veces probó a responder y no pudo; siempre volvía de nuevo a principiarlo, porque le estaba hirviendo en el cuerpo.

Dios y enhorabuena[5], buen rato después de sosegadas algo aquellas avenidas —que no suelen ser mayores las de Tajo—, a remiendos, como pudo, medio tropezando, dijo:

—Mancebo, no me río de vuestro mal suceso ni vuestras desdichas me alegran; ríome de lo que a esa mujer le aconteció de menos de dos horas a esta parte. ¿Encontrastes por ventura dos mozos juntos, al parecer soldados, el uno vestido de una mezclilla verdosa y el otro de vellorín, un jubón blanco muy acuchillado?[6].

—Los dos de esas señas —le respondí—, si mal no me acuerdo, cuando salí de la venta quedaban en ella, que entonces llegaron y pidieron de comer.

—Ésos, pues —dijo el arriero—, son los que os han vengado, y de la burla que han hecho a la ventera es de lo que me río. Si vais este viaje, subí en un jumento desos, diréos por el camino lo que pasa.

Yo se lo agradecí, según lo había menester a tal tiempo, rindiéndole las palabras que me parecieron bastar por suficiente paga, que a buenas obras pagan buenas palabras, cuando no hay otra moneda y el deudor está necesitado. Con esto, aunque

---

    [4] *coroza:* cucurucho infamante con que se coronaba a los delincuentes.
    [5] *Dios y enhorabuena:* cfr. *infra,* n. 13.
    [6] *mezclilla:* tejido hecho con hilos de varias clases y colores; *vellorín* o *vellorí:* «paño entrefino de color pardo ceniciento y de lana sin labrar» *(Autoridades).* Las prendas *acuchilladas* tenían aberturas en las mangas que dejaban ver una tela de otro color.

mal jinete de albarda, me pareció aquello silla de manos, litera
o carroza de cuatro caballos; porque el socorro en la necesidad,
aunque sea poco, ayuda mucho, y una niñería suple infinito.
Es como pequeña piedra que, arrojada en agua clara, hace cer-
cos muchos y grandes, y entonces es más de estimar, cuando
viene a buena ocasión; aunque siempre llega bien y no tarda si
viene. Vi el cielo abierto. Él me pareció un ángel: tal se me representó su cara como la del deseado médico al enfermo. Digo
deseado, porque, como habrás oído decir, tiene tres caras el
médico: de hombre, cuando lo vemos y no lo habemos menester; de ángel, cuando dél tenemos necesidad; y de diablo, cuando se acaban a un tiempo la enfermedad y la bolsa y él por su
interés persevera en visitar. Como sucedió a un caballero en
Madrid que, habiendo llamado a uno para cierta enfermedad,
le daba un escudo a cada visita. El humor se acabó y él no de
despedirse. Viéndose sano el caballero y que porfiaba en visitarle, se levantó una mañana y fuese a la iglesia. Como el médico lo viniese a visitar y no lo hallase en casa, preguntó adónde había ido. No faltó un criado tonto —que para el daño
siempre sobran y para el provecho todos faltan— que le dijo
dónde estaba en misa. El señor doctor, espoleando apriesa su
mula[7], llegó allá y andando en su busca, hallólo y díjole: «¿Pues
cómo ha hecho Vuesa Merced tan gran exceso, salir de casa
sin mi licencia?» El caballero, que entendió lo que buscaba y
viendo que ya no le había menester, echando mano a la bolsa,
sacó un escudo y dijo: «Tome, señor doctor, que a fe de quien
soy, que para con Vuesa Merced no me ha de valer sagrado»[8].
Ved adónde llega la codicia de un médico necio y la fuerza de
un pecho hidalgo y noble.

Yo recogí mi jumento y, dándome del pie[9], me puse encima. Comenzamos a caminar, y a poco andado, allí luego no

---

[7] «Si quieres ser famoso médico, lo primero, linda mula» (Quevedo, *Libro de
todas las cosas*, en *Obras festivas*, pág. 122). Era tradicional, por otro lado, el motivo del médico enfadoso que alargaba la cura: cfr. sólo M. Chevalier, *Tipos cómicos*, págs. 18-40 (especialmente 31-34).

[8] «Pues a sagrado se retraían, para buscar refugio, los perseguidos por la justicia civil» (FR).

[9] *dar del pie*: «ayudar a uno para que suba en cabalgadura, poniendo las manos trabadas para que el otro ponga el pie» (Correas).

cien pasos, tras el mismo vallado, estaban dos clérigos senta-
dos, esperando quien los llevara caballeros la vuelta de Cazalla[10]. Eran de allá y habían venido a Sevilla con cierto pleito.
Su compostura y rostro daban a conocer su buena vida y pobreza. Eran bien hablados, de edad el uno hasta treinta y seis
años, y el otro de más de cincuenta. Detuvieron al arriero,
concertáronse con él y, haciendo como yo, subieron en sendos
borricos, y seguimos nuestro viaje.

Era todavía tanta la risa del bueno del hombre, que apenas
podía proseguir su cuento, porque soltaba el chorro tras de
cada palabra, como casas de por vida, con cada quinientos un
par de gallinas[11], tres veces más lo reído que lo hablado.

Aquella tardanza era para mí lanzadas. Que quien desea saber una cosa, querría que las palabras unas tropellasen a otras
para salir de la boca juntas y presto. Grande fue la preñez que
se me hizo y el antojo que tuve por saber el suceso. Reventaba
por oírlo. Esperaba de tal máquina que había de resultar una
gran cosa. Sospeché si fuego del cielo consumió la casa y lo
que en ella estaba, o si los mozos la hubieran quemado y a la
ventera viva o, por lo menos y más barato, que colgada de los
pies en una oliva le hubiesen dado mil azotes, dejándola por
muerta —que la risa no prometió menos. Aunque, si yo fuera
considerado, no debiera esperar ni presumir cosa buena de
quien con tanta pujanza se reía. Porque aun la moderada en
cierto modo acusa facilidad; la mucha, imprudencia, poco entendimiento y vanidad; y la descompuesta es de locos de todo
punto rematados, aunque el caso la pida[12].

Quiso Dios y enhorabuena[13] que los montes parieron un ra-

---

[10] *la vuelta de Cazalla:* en dirección a Cazalla.

[11] Covarrubias registra la expresión proverbial *«Con cada millar, de gallinas un
par*. De cada diez, uno»*; esto es —viendo también el pasaje de Alemán—,
'continuamente, cada dos por tres'. Pero el origen de la frase está en la costumbre de pagar en especies los censos que se aplicaban a las propiedades *de por
vida.* (Cfr. SGG, cuya conclusión es que «la frase de Alemán... indica quizá lo
que se acostumbraría a tributar en Sevilla por quinientos maravedís de valor en
los censos de por vida sobre casas».)

[12] «El reír mucho arguye poco juicio y liviandad de corazón» (en Juan de
Aranda, *Lugares comunes,* fol. 52r).

[13] *Quiso Dios y enhorabuena* (cfr. también *supra,* n. 5) era frase proverbial y modismo usadísimo (viene en Correas).

tón[14]. Díjonos en resolución, con mil paradillas y corcovos, que, habiéndose detenido a beber un poco de vino y a esperar un su compañero que atrás dejaba, vio que la ventera tenía en un plato una tortilla de seis huevos, los tres malos y los otros no tanto, que se los puso delante, y, yéndola a partir, les pareció que un tanto se resistía, yéndose unos tras otros pedazos. Miraron qué lo podría causar, porque luego les dio mala señal. No tardaron mucho en descubrir la verdad, porque estaba con unos altos y bajos, que si no fuera sólo a mí, a otro cualquiera desengañara en verla. Mas como niño debí de pasar por ello. Ellos eran más curiosos o curiales[15], espulgáronla[16] de manera que hallaron a su parecer tres bultillos como tres mal cuajadas cabezuelas, que por estar los piquillos algo qué[17] más tiesezuelos, deshicieron la duda, y tomando una entre los dedos, queriéndola deshacer, por su proprio pico habló, aunque muerta, y dijo cúya era llanamente[18]. Así cubrieron el plato con otro y de secreto se hablaron.

Lo que pasó no lo entendió[19], aunque después fue manifiesto. Porque luego el uno dijo: «Huéspeda, ¿qué otra cosa tenéis que darnos?» Habíanle poco antes en presencia dellos vendido un sábalo. Teníalo en el suelo para escamarlo. Respondióles: «Deste, si queréis un par de ruedas, que no hay otra cosa.» Dijéronle: «Madre mía, dos nos asaréis luego, porque nos queremos ir, y, si os pareciere, ved cuánto queréis en todo de ganancia, y lo llevaremos a nuestra casa.» Ella dijo que, hechos piezas, cada rueda le había de valer un real, no menos una blanca[20]. Ellos que no, que bastaba un real de ganancia en todo. Concertáronse en dos reales. Que el mal pagador ni cuenta lo que recibe ni recatea en lo que le fían.

---

[14] Alude a la fábula esópica, origen del proverbial *parto de los montes* (cfr. Horacio, *Arte poética*, 139, o Erasmo, *Adagia*, I, ix, 14).

[15] *curiales:* expertos, experimentados.

[16] *espulgar:* «metafóricamente vale escudriñar» *(Autoridades).*

[17] *algo qué:* un poco.

[18] Cfr. I, i, 3, n. 28.

[19] La lectura de la edición sevillana («no lo entendí», frente a las anteriores) es errónea: Guzmán no asistió a la escena y está parafraseando lo que le cuenta el arriero.

[20] *no menos una blanca:* ni una blanca menos.

A ella se le hacía de mal el darlo; aunque la ganancia, en cuatro reales dos, por sólo un momento que le faltaron de la bolsa la puso llana. Hízolo ruedas, asóles dos, con que comieron; metieron en una servilleta de la mesa lo restante y, después de hartos y malcontentos, en lugar de hacer cuenta con pago[21], hicieron el pago sin la cuenta; que el un mozuelo, tomando la tortilla de los huevos en la mano derecha, se fue donde la vejezuela estaba deshaciendo un vientre de oveja mortecina[22], y con terrible fuerza le dio en la cara con ella, fregándosela por ambos ojos. Dejóselos tan ciegos y dolorosos, que, sin osarlos abrir, daba gritos como loca. Y el otro compañero, haciendo como que le reprehendía la bellaquería, le esparció por el rostro un puño de ceniza caliente. Y así se salieron por la puerta, diciendo: «Vieja bellaca, quien tal hace, que tal pague.» Ella era desdentada, boquisumida, hundidos los ojos, desgreñada y puerca. Quedó toda enharinada, como barbo para frito, con un gestillo tan gracioso de fiero, que no podía sufrir la risa cuando dello y dél se acordaba. Con esto acabó su cuento, diciendo que tenía de qué reírse para todos los días de su vida.

—Yo de qué llorar —le respondí— para toda la mía, pues no fui para otro tanto y esperé venganza de mano ajena; pero yo juro a tal que, si vivo, ella me lo pague de manera que se le acuerde de los huevos y del muchacho.

Los clérigos abominaron el hecho, reprobando mi dicho y haberme pesado del mal que no hice. Volviéronse contra mí, y el más anciano dellos, viéndome con tanta cólera, dijo:

—La sangre nueva os mueve a decir lo que vuestra nobleza muy presto me confesará por malo, y espero en Dios habrá de frutificar en vos de manera que os pese por lo presente de lo dicho y emendéis en lo porvenir el hecho. Refiérenos el sagrado Evangelio por San Mateo, en el capítulo quinto, y San Lucas en el sexto: «Perdonad a vuestros enemigos y haced bien a

---

[21] *cuenta con pago:* «cuando igualan el recibo y el gasto» (Covarrubias); es evidente el juego de palabras con el *pago* que los mozos le dan a la ventera.

[22] *mortecino:* «se aplica al animal muerto sin violencia ni intento, y a la carne suya» *(Autoridades).*

los que os aborrecen»²³. Habéis de considerar lo primero que no dice haced bien a los que os hacen mal, sino a los que os aborrecen; porque, aunque el enemigo os aborrezca, es imposible haceros mal, si vos no quisiéredes. Porque, como sea verdad infalible que tendremos por bienes verdaderos a los que han de durar para siempre, y los que mañana pueden faltar, como faltan, más propriamente pueden llamarse males, por lo mal que usamos dellos, pues en su confianza nos perdemos y los perdemos, llamaremos a los enemigos buenos amigos, y a los amigos proprios enemigos, en razón de los efectos que de los unos y otros vienen a resultar. Pues nace de los enemigos todo el verdadero bien y de los amigos el cierto mal. Bien veremos cómo el mayor provecho que podremos haber del más fiel amigo deste mundo, será que nos favorezca o con su hacienda, dándonos lo que tuviere; o con su vida, ocupándola en las cosas de nuestro gusto; o con su honra, en los casos que se atravesare la nuestra. Y esto ni esotro hay quien lo haga, o son tan pocos, que dudo si en alguno pudiésemos dar el ejemplo en este tiempo. Mas, cuando así sea y todo junto lo hayan hecho, es mucho menos que un punto geométrico, si en lo que no es puede haber más y menos. Porque, cuando me dé cuanto tiene, ya es poca sustancia para librarme del infierno. Demás que no se expenden ya las haciendas con los virtuosos, antes con otros tales que les ayudan a pecar, y a esos tienen por amigos y dan su dinero. Si por mí perdiere su vida, no con ello se aumenta un minuto de tiempo en la mía; si gastare su honra y la estragare, digo que no hay honra que lo sea, más de servir a Dios, y lo que saliere fuera desto es falso y malo. De manera que todo cuanto mi amigo me diere, siendo temporal, es inútil, vano y sin sustancia. Mas mi enemigo todo es grano, todo es provechoso cuanto dél me resulta, queriendo valerme dello. Porque del quererme mal saco yo el quererle bien, y por ello Dios me quiere bien. Si le perdono una liviana injuria, a mí se me perdonan y remiten infinito número de pecados; y si me maldice, lo bendigo. Sus maldiciones no me pueden dañar y por mis bendiciones alcanzo la bendición: «Venid, benditos de

---

²³ San Mateo, 5, 44, y San Lucas, 6, 27: «Diligite inimicos vestros, benefacite his qui oderunt vos.»

mi Padre»[24]. De manera que con los pensamientos, con las palabras, con las obras mi enemigo me las hace buenas y verdaderas. ¿Cuál, si pensáis, es la causa de tan grande maravilla y la fuerza de tan alta virtud? Yo lo diré: de que así lo manda el Señor, es voluntad y mandato expreso suyo. Y si se debe cumplir el de los príncipes del mundo, sin comparación mucho mejor del príncipe celestial, a quien se humillan todas las coronas del cielo y tierra. Y aquel decir: «Yo lo mando», es un almíbar que se pone a lo desabrido de lo que se manda. Como si ordenasen los médicos a un enfermo que comiese flor de azahar, nueces verdes, cáscaras de naranjas, cohollos de cidros, raíces de escorzonera. ¿Qué diría? «Tate, señor, no me deis tal cosa; que aun en salud un cuerpo robusto no podrá con ello.» Pues para que se pueda tragar y le sepa bien, hácenselo confitar, de manera que lo que de suyo era dificultoso de comer el azúcar lo ha hecho sabroso y dulce. Esto mismo hace el almíbar de la palabra de Dios: «Yo mando que améis a vuestros enemigos.» Esta es una golosina hecha en la misma cosa que antes nos era de mal sabor; y así aquello en que hace más fuerza nuestra carne, aquello a que más contradice por ser amargo y ahelear[25] a nuestras concupiscencias, diga el espíritu: ya eso está almibarado, sabroso, regalado y dulce, pues Cristo, nuestro redemptor, lo manda. Y que, si me hirieren la una mejilla, ofrezca la otra[26], que esa es honra, guardar con puntualidad las órdenes de los mayores y no quebrantarlas. Manda un general a su capitán que se ponga en un paso fuerte por donde ha de pasar el enemigo, de donde si quisiese podría vencerlo y matarlo; mas dícele: «Mirad que importa y es mi voluntad que cuando pasare no le ofendáis, no embargante que os ponga en la ocasión y os irrite a ello.» Si, al tiempo que pasase aquél, fuese diciendo

---

[24] San Mateo, 25, 34.

[25] *ahelear:* amargar como la hiel.

[26] Cfr. San Mateo, 5, 39; San Lucas, 6, 29. Comp. Torquemada: «Si hacen a un hombre una injuria y le ruegan e importunan que perdone al que se la hizo, aunque se lo pidan por Dios y le pongan por tercero, luego pone por inconveniente para no hacerlo: "¿Cómo podré yo cumplir con mi honra?" No mirando a que siendo christianos están obligados a seguir la voluntad de Christo, el cual quiere que cuando nos dieren una bofetada pasemos [*sic*, por 'paremos'] el otro carrillo estando aparejado para rescibir otra, sin que por ello nos airemos ni tengamos odio con nuestro prójimo» *(Coloquios satíricos,* vi, pág. 534a).

bravatas y palabras injuriosas, llamando al capitán cobarde,
¿haríale por ventura en ello alguna ofensa? No por cierto; antes debe reírse dél, pues como a vano y a quien pudiera destruir fácilmente, no lo hace por guardar la orden que se le dio.
Y si la quebrantara hiciera mal y contra el deber, siendo merecedor de castigo. ¿Pues qué razón hay para no andar cuidadosos en la observancia de las órdenes de Dios? ¿Por qué se han
de quebrantar? Si el capitán por su sueldo, y, cuando más
aventure a ganar, por una encomienda, estará puntual, ¿por
qué no lo seremos, pues por ello se nos da la encomienda celestial? En especial, que el mismo que hizo la ley la estrenó y
pasó por ella, sufriendo de aquella sacrílega mano del ministro
una gran bofetada en su sacratísimo rostro, sin por ello responderle mal ni con ira[27]. Si esto padece el mismo Dios, la
nada del hombre ¿qué se levanta y gallardea? Y para satisfación de una simple palabra, cargándose de duelos, espulga el
duelo, buscando entre infieles, como si fuese uno dellos, lugar
donde combatirse, que mejor diríamos abatirse a las manos del
demonio, su enemigo, huyendo de las de su Criador; del cual
sabemos que, estando de partida, cerrando el testamento, cla-
vado en la cruz, el cuerpo despedazado, rotas las carnes, doloroso y sangriento desde la planta del pie hasta el pelo de la cabeza, que tenía enfurtido[28] en su preciosa sangre, cuajada y
dura como un fieltro, con las crueles heridas de la corona de
espinas, queriendo despedirse de su Madre y dicípulo, entre las
últimas palabras, como por última demanda la más encargada,
y en el agonía más fuerte de arrancarse el alma de su divino
cuerpo, pide a su eterno Padre perdón para los que allí lo pusieron[29]. Imitólo San Cristóbal que, dándole un gran bofetón,
acordándose del que recibió su maestro, dijo: «Si yo no fuera
cristiano, me vengara.» Luego la venganza miembro es apartado de los hijos de la Iglesia, nuestra madre. Otro dieron a San
Bernardo en presencia de sus frailes y, queriéndolo ellos vengar, los corrigió, diciendo: «Mal parece querer vengar injurias
ajenas el que cada día pide perdón de las propias.» San Este-

---

[27] Cfr. San Juan, 18, 22-23.
[28] *enfurtido:* apelmazado.
[29] Cfr. San Lucas, 23, 34.

ban, estándolo apedreando, no hace sentimiento de los golpes
fieros que le quitan la vida, sino de ver que los crueles ministros perdían las almas, y, dolido dellas, pide a Dios, entre las
bascas de la muerte, perdón para sus enemigos, especialmente
para Saulo, que, engañado y celoso de su ley, creía merecer en
guardar las capas y vestidos a los verdugos, para que desemba-
razados le hiriesen con más fuerza[30]. Y tanta tuvo su oración,
que trajo a la fee al glorioso apóstol San Pablo; el cual, como
sabio doctor esperimentado en esta dotrina, viendo ser importantísimo y forzoso a nuestra salvación, dice: «Olvidad las iras
y nunca os anochezca con ellas. Bendecid a vuestros perseguidores y no los maldigáis; dadles de comer si tuvieren hambre,
y de beber cuando estén con sed; que, si no lo hiciéredes, con
la misma medida seréis medidos y, como perdonáredes, perdo-
nados»[31]. El apóstol Santiago dice: «Sin misericordia y con rigor de justicia serán juzgados los que no tuvieren misericordia»[32]. Bien temeroso estaba y resuelto en guardar este divino
precepto Constantino Magno, que, viniéndole a decir cómo
sus enemigos, por afrentarlo, en vituperio y escarnio suyo, le
habían apedreado su retrato, hiriéndole con piedras en la cabeza y rostro, fue tanta su modestia que, despreciando la injuria,
se tentó con las manos por todas las partes de su cuerpo, diciendo: «¿Qué es de los golpes? ¿Qué es de las heridas? Yo no
siento ni me duele cuanto habéis dicho que me han hecho.»
Dando a entender que no hay deshonra que lo sea, sino al que
la tiene por tal[33]. Demás que no por esto habéis de entender
que quien os injuria se sale con ello, aunque vos no lo venguéis
y aunque se lo perdonéis de vuestra parte: que el agravio que
os hizo a vos, también lo hizo a Dios, cuyo sois y él es. Dueño
tiene esta hacienda; que si en el palacio de un príncipe o en su
corte a uno se hiciere afrenta, se hará juntamente al señor de-

---

[30] «Para San Esteban, cfr. *Acta apost.*, VII; para San Cristóbal, por ejemplo,
Legenda sanctorum, ... Lyon, 1555, *Leg.* XCV, fol. 79. ... En cuanto a la anécdota
de San Bernardo, cfr. las vidas reunidas en *P[atrología] L[atina]*, CLXXXV (por
ejemplo, cols. 446, 514)» (FR).

[31] San Pablo, *Romanos*, 12, 14 y 20.

[32] Santiago, 2, 13.

[33] La anécdota fue muy difundida y venía en varias polianteas y colecciones
de dichos célebres.

lla. Y no bastará el perdón del afrentado para ser perdonado absolutamente, porque con aquella sinrazón o agravio también estarán injuriadas las leyes de ese príncipe, y su casa o su tierra vituperada. Y así dice Dios: «A mi cargo está y a su tiempo lo castigaré; mía es la venganza, yo la haré por mi mano»[34]. Pues, desdichado del amenazado, si las manos de Dios lo han de castigar, más le valiera no ser nacido[35]. Así que nunca deis mal por mal, si no quisiéredes que os venga mal. Demás que mereceréis en ello y os pagaréis de vuestra mano, que imitando al que os lo manda, os vendréis a simbolizar con él. Dad, pues, lugar a las iras de vuestros perseguidores, para poder merecer. Volvedles gracias por los agravios y sacaréis dello glorias y descansos[36].

Mucho quisiera tener en la memoria la buena dotrina que a este propósito me dijo, para poder aquí repetirla, porque toda era del cielo, finísima Escritura Sagrada. Desde entonces propuse aprovecharme della con muchas veras. Y si bien se considera, dijo muy bien. ¿Cuál hay mayor venganza que poder haberse vengado? ¿Qué cosa más torpe hay que la venganza, pues es pasión de injusticia, ni más fea delante de los ojos de Dios y de los hombres, porque sólo es dado a las bestias fieras? Venganza es cobardía y acto femenil, perdón es gloriosa vitoria. El vengativo se hace reo, pudiendo ser actor perdonando[37]. ¿Qué mayor atrevimiento puede haber, que quiera una criatura usurpar el oficio a su Criador, haciendo caudal de ha-

---

[34] *Deuteronomio,* 32, 35, y cfr. San Pablo, *Romanos,* 12, 19 y *Hebreos,* 10, 30.

[35] Cfr. San Pablo, *Hebreos,* 10, 31.

[36] Tanto el sermón del clérigo como su comento y elogio por boca de Guzmán, giran en torno a dos ideas principales: la necesidad de «amar a nuestros enemigos», perdonando sus injurias, y la inutilidad de la venganza. De hecho, era muy difícil separarlas: comp. Hernando del Pulgar, *Letras,* pág. 86, o aquí mismo, II, ii, 8, al principio. Igualmente difícil es aislar cada una de las posibles fuentes del pasaje, porque obraron en Alemán sugestiones muy variadas, tanto de la literatura religiosa como de la profana. En la primera sobresalen «las palabras, por lo menos, del mismo Dios» (Cervantes, *Don Quijote,* pág. 15, con igual pretexto) y —claro— los comentarios que les dedicó la oratoria sagrada; en la segunda —pienso—, Plutarco: cfr. *Morales,* fols. 159r-163r («Cómo podrá alguno sacar provecho de los enemigos y de los que mal le quieren»; *i. e.,* 86B-92F).

[37] Cfr. II, ii, 2, *ca.* n. 37: «No te hagas reo si tienes paño para ser actor» (recordado por EM).

cienda que no es suya, levantándose con ella como propria? Si
tú no eres tuyo ni tienes cosa tuya en ti, ¿qué te quita el que dices que te ofende? Las acciones competen a tu dueño, que es
Dios: déjale la venganza, el Señor la tomará de los malos tarde
o temprano. Y no puede ser tarde lo que tiene fin. Quitársela
de las manos es delito, desacato y desvergüenza. Y cuando te
tocara la satisfacción, dime: ¿qué cosa es más noble que hacer
bien? Pues ¿cuál mayor bien hay que no hacer mal? Uno solo,
el cual es hacer bien al que no te le hace y te persigue, como
nos está mandado y tenemos obligación. Que dar mal por mal
es oficio de Satanás; hacer bien a quien te hace bien es deuda
natural de los hombres. Aun las bestias lo reconocen y no se
enfurecen contra el que no las persigue. Procurar y obrar bien
a quien te hace mal es obra sobrenatural, divina escalera que
alcanza gloriosa eternidad, llave de cruz que abre el cielo, sabroso descanso del alma y paz del cuerpo.

Son las venganzas vida sin sosiego, unas llaman a otras y todas a la muerte. ¿No es loco el que, si el sayo le aprieta, se
mete un puñal por el cuerpo? ¿Qué otra cosa es la venganza,
sino hacernos mal por hacer mal, quebrarnos dos ojos por cegar uno, escupir al cielo y caernos en la cara? Admirablemente
lo sintió Séneca que, como en la plaza le diese una coz un enemigo suyo, todos le incitaban a que dél se querellase a la justicia, y, riéndose, les dijo: «¿No veis que sería locura llamar un
jumento a juicio?»[38]. Como si dijera: con aquella coz vengó
como bestia su saña, y yo la menosprecio como hombre.

¿Hay bestialidad mayor que hacer mal, ni grandeza que
iguale a despreciarlo? Siendo el duque de Orliens injuriado de
otro, después que fue rey de Francia le dijeron que se vengase
—pues podía— de la injuria recibida, y, volviéndose contra el
que se lo aconsejaba, dijo: «No conviene al rey de Francia vengar las injurias del duque de Orliens»[39]. Si vencerse uno a sí

[38] Alemán asigna a Séneca —no sé si en dependencia con otra fuente— una
difundida anécdota de la vida de Sócrates: cfr. Plutarco, *Morales,* fol. 129ra *(i. e.,*
10C), y Diógenes Laercio, *Vidas,* II, 21.

[39] El dicho fue muy celebrado, desde *El cortesano* de Castiglione (II, vi) hasta
Gracián (a quien llegó por los *Detti* de G. Botero). (FR, con otras muchas referencias.) Las versiones más cercanas a Alemán son las de Guicciardini *(Horas de
recreación,* trad. V. Millis Godínez, fol. 177: cfr. E. Cros, *Sources,* págs. 127-129)

mismo lo cuentan por tan gran vitoria[40], ¿por qué, venciendo nuestros apetitos, iras y rencores, no ganamos esta palma, pues demás de lo por ello prometido, aun en lo de acá escusaremos muchos males que quitan la vida, menguan la vana honra y consumen la hacienda?

¡Oh, buen Dios! ¡Cómo, si yo fuera bueno, lo que de aquel buen hombre oí debía bastarme! Pasóse con la mocedad, perdióse aquel tesoro, fue trigo que cayó en el camino[41].

Su buena conversación y dotrina nos entretuvo hasta Cantillana, donde llegamos casi al sol puesto, yo con buenas ganas de cenar y mi compañero de esperar el suyo; mas nunca vino. Los clérigos hicieron rancho aparte, yéndose a casa de un su amigo y nosotros a nuestra posada.

---

y, sobre todo, Juan de Aranda (la «fuente indiscutible» del pasaje según FR): «Un Duque de Orliens fue injuriado de otro Señor; vino a ser Rey de Francia y, siendo aconsejado que se vengase (pues podía entonces), respondió: "No conviene al Rey de Francia vengar las injurias hechas al Duque de Orliens"» *(Lugares comunes,* fol. 97r).

[40] «Alude a la sabida sentencia de Platón, Leyes, 626e: "el vencerse a sí mismo es la primera y mejor de las victorias". Cfr. Séneca, *Epístolas,* CXIII, 30: "imperare sibi maximum imperium est"» (FR).

[41] Recuérdese la parábola del sembrador (San Mateo, 13, 4; San Marcos, 4, 4 y 15; San Lucas, 8, 5 y 12), ampliamente comentada por Alemán en su *San Antonio,* II, ii, fols. 80v-81r.

CAPÍTULO V

LO QUE A GUZMÁN DE ALFARACHE LE ACONTECIÓ EN CANTI-
LLANA CON UN MESONERO

Luego que dejamos a las camaradas[1], pregunté a la mía:
—¿Dónde iremos?
Él me dijo:
—Huésped conocido tengo, buena posada y gran regalador.

Llevóme al mesón del mayor ladrón que se hallaba en la comarca, donde no menos hubo de qué hacerte plato con que
puedas entretener el tiempo, y por saltar de la sartén caí en la
brasa[2], di en Scila huyendo de Caribdis[3].

Tenía nuestro mesonero para su servicio un buen jumento y
una yegüezuela galiciana[4]. Y como aun los hombres en la necesidad no buscan hermosura, edad ni trajes, sino sólo tocas,
aunque las cabezas estén tiñosas, no es maravilla que entre
brutos acontezca lo mismo[5]. Estaban siempre juntos en un es-

---

[1] *camaradas:* compañeros de cámara o posada. Era general el uso del femenino
en los sustantivos terminados en *-a.*

[2] «Saltar de la sartén y dar en las brasas» (Correas).

[3] Los escollos del estrecho de Mesina. Estudia bien las implicaciones estilísticas de este pasaje C. G. Peale, *«Guzmán de Alfarache* como discurso oral»*, páginas 36-38.

[4] *galiciana:* gallega.

[5] Juega aquí Alemán con la ambigüedad de *tocas,* que, además de su sentido
trivial, afianzado deliberadamente por el contexto *(trajes, cabezas),* tiene el de
'trato carnal' (cfr. el *tangere* menos limpio del *Diálogo de la lengua,* pág. 213, o la
Poesía erótica del Siglo de Oro de P. Alzieu, R. Jammes e Y. Lissorgues, pág. 150:
«Soy toquera y vendo tocas / y tengo mi cofre donde las otras»), a su vez reforzado con otros eufemismos como «repasar las leciones».

tablo, en un pesebre y a un pasto, y el dueño no con mucho cuidado de tenerlos atados; antes de industria los dejaba sueltos para que ayudasen a repasar las leciones a las otras cabalgaduras de los huéspedes. De lo cual resultó que la yegua quedase preñada desta compañía.

Es inviolable ley en el Andalucía no permitir junta ni mezcla semejante, y para ello tienen establecidas gravísimas penas[6]. Pues como a su tiempo la yegüezuela pariese un muleto, quisiera el mesonero aprovecharlo y que se criara. Detúvolo escondido algunos días con grande recato, mas como viese no ser posible dejarse de sentir, por no dar venganza de sí a sus enemigos, con temor del daño y codicia del provecho, acordó este viernes en la noche de matarlo. Hizo la carne postas[7], echólas en adobo, aderezó para este sábado el menudo, asadura, lengua y sesos. Nosotros —como dije— llegamos a buena hora, que el huésped con sol ha honor[8], halla qué cene y cama en que se eche. Mi compañero, habiendo desaparejado, dio luego recaudo a su ganado. Yo llegué tal de molido, que, dando con mi cuerpo en el suelo, no me pude rodear por muy gran rato[9].

Llegué los muslos resfriados, las plantas de los pies hinchadas de llevarlos colgando y sin estribos, las asentaderas batanadas[10], las ingles dolorosas, que parecía meterme un puñal por ellas, todo el cuerpo descoyuntado, y, sobre todo, hambriento. Cuando mi compañero acabó de dar cobro a su recua, viniéndose para mí, le dije:

—¿Será bien que cenemos, camarada?

Respondió que le parecía muy justo, que ya era hora, porque otro día quería tomar la mañana[11] y llegar con tiempo a Cazalla y hacer cargas. Preguntamos al huésped si había qué cenar. Respondió que sí, y aun muy regaladamente.

---

[6] La prohibición y las «gravísimas penas» estaban codificadas desde tiempos de Enrique III (SGG).

[7] *postas*: tajadas.

[8] Correas explica el proverbio: «porque tiene aposento y comida mejor».

[9] *rodearse*: 'revolverse, darse la vuelta', mejor aquí que 'valerse' (cfr. «no poderse rodear» en *Autoridades*); comp. la *Información* de Alemán en Almadén, página 35: «atadas las manos y pies a un palo... de una manera que un hombre no se puede rodear».

[10] *batanadas*: «golpeadas como el paño por los mazos del batán» (FR).

[11] *otro día*: al día siguiente; *tomar la mañana*: madrugar.

Era el hombre bullicioso, agudo, alegre, decidor y, sobre todo, grandísimo bellaco. Engañóme, que, como lo vi de tan buena gracia y de antes no le conocía, mostró buena pinta, y en decir que tenía todo buen recaudo alegréme en el alma. Comencé entre mí mismo a dar mil alabanzas a Dios, reverenciando su bendito nombre, que después de los trabajos da descansos, con las enfermedades medicinas[12], tras la tormenta bonanza, pasada la aflición holgura, y buena cena tras la mala comida.

No sé si os diga un error de lengua gracioso que sucedió a un labrador que yo conocí en Olías, aldea de Toledo. Dirélo por no ser escandaloso y haber salido de pecho sencillo y cristiano viejo. Estaba con otros jugando a la primera[13] y, habiéndose el tercero descartado, dijo el segundo: «Tengo primera, bendito sea Dios, que ya he hecho una mano.» Pues, como iba el labrador viendo sus naipes, hallólos todos de un linaje y, con el alegría de ganar la mano, dijo en el mismo punto: «No muy bendito, que tengo flux»[14]. Y si tal disparate se puede traer a cuento, es este su lugar, por lo que me aconteció.

Mi compañero preguntó:

—Pues bien, ¿qué hay aderezado?

Respondió el socarrón:

—De ayer tengo muerta una hermosa ternera, que por estar la madre flaca y no haber pasto con la sequía del año, luego la maté de ocho días nacida. El despojo está guisado, pedid lo que mandáredes[15].

---

[12] Comp. *Lazarillo*, III: «Bendito seáis Vós, Señor..., que dais enfermedad y ponéis el remedio» (y la bibliografía que sobre este lugar común se aduce en su nota 51).

[13] *primera*: juego de naipes (cfr. I, i, 2, n. 39).

[14] Lo realmente proverbial o tradicional de la escena, más que el cuentecillo en sí —probablemente uno más de los «relacionados con el pueblo de Olías» (M. Chevalier, *«Guzmán de Alfarache* en 1605»*, pág. 128)—, es la respuesta del labrador, como atestigua un cuento afín: «—¡Sea Dois bendito, que ya he encontrado miel y cesto! La mesonera, como reconoció ser suyo el cestillo... le dijo (un disparate que suele pasar por gracia): —No muy bendito, galán, que es mío el cesto» *(La Pícara Justina*, pág. 514).

[15] Alemán integra en las aventuras de Guzmán, dándole entidad narrativa, un conocido motivo folklórico (el ventero que da macho o rocín en lugar de ternera) que cuenta con abundantes testimonios: cfr. M. Chevalier, *Cuentecillos*, págs. 246-247, y *Tipos cómicos*, págs. 107-112. *Vid.* también M. Joly, *La bourle*, págs. 505-523, y «Onofagia y antropofagia».

Tras esto, diciendo *aires bola*[16], levantó la pierna y en el aire dio por delante una zapateta, con que me alivié un poco y me holgué mucho de oírle que había menudo de ternera, que sólo en mentarlo me enterneció. Y despidiendo el cansancio, con alegre rostro le dije:

—Huésped, sacad lo que quisiéredes.

Al punto puso la mesa con ropa limpia en ella, el pan ya no tan malo como el pasado, el vino muy bueno, un plato de fresca ensalada, que para tripas tan lavadas como las mías no era de mucho momento[17] y se lo perdonara por el vientre de ternera o una mano della; mas no me pesó, porque las premisas engañaban cualquiera discreto juicio, emborrachando el gusto de cualquier hombre hambriento.

Dice bien el toscano[18], aconsejando que de mujeres, marineros ni hostaleros hagamos confianza en sus promesas más que de los que se alaban a sí mismos; porque de ordinario, por la mayor parte, regulado el todo, todos mienten. Tras la ensalada sacó sendos platillos, en cada uno una poca de asadura guisada. Digo poca: recelaba de dar mucha, porque con la abundancia, satisfecha la necesidad, a vientre harto, fuera fácil conocer el engaño. Así, yendo con tiento, acechaba con el gusto que entrábamos en ello y ponía más hambre deseando comer más.

De mi compañero no hay tratar dél, porque nació entre salvajes, de padres brutos y lo paladearon con un diente de ajo[19]; y la gente rústica, grosera, no tocando a su bondad y limpieza, en materia de gusto pocas veces distingue lo malo de lo bueno. Fáltales a los más la perfección en los sentidos y, aunque veen, no veen lo que han de ver, oyen y no lo que han de oír, y así en los demás, especialmente en la lengua, aunque no para murmurar, y más de hijosdalgo. Son como los perros, que por tragar no mascan[20], o como el avestruz, que se engulle un hie-

---

[16] *aires bola:* exclamación de alegría; *«aires bola, aires tararira, cagajón para quien me mira:* palabras que declaran placer en el que las dice» (Correas).

[17] *de mucho momento:* de mucha importancia.

[18] No he sabido localizarlo, pero Molho anota que, según Chapelain —traductor al francés del XVII—, se refiere a un poema del italiano Secchi.

[19] Como a la madre de *Teresa de Manzanares,* pág. 219: «paladeáronla con ajos y vinos».

[20] Las ediciones antiguas traen la peculiaridad fonética *mazcan.*

rro ardiendo[21] y, si halla delante, se comerá un zapato de dos suelas que haya en Madrid servido tres invernos, porque yo le he visto quitar con el pico una gorra de un paje y tragársela entera

Mas que yo, criado en regalo, de padres políticos y curiosos[22], no sintiese tal engaño, grande fue mi hambre y esta escusa me desculpa. El deseo de comer algo bueno era grande: todo se les hizo a mis ojos pequeño. El traidor del mesonero lo daba destilado: no es maravilla; cuando tuviera defectos mayores, me pareciera banquete formado. ¿No has oído decir que a la hambre no hay mal pan? Digo que se me hizo almíbar y me dejó goloso.

Pregunté si había otra cosa. Respondió si queríamos los sesos fritos en manteca con unos huevos. Dijimos que sí. Más tardamos en decirlo que él en ponerlo por obra y casi en aderezarlos. En el ínterin, porque no nos aguásemos, como postas corridas[23], nos dio un paseo de revoltillos hechos de las tripas, con algo de los callos del vientre. No me supo bien, olióme a paja podrida. Dile de mano[24], dejándolo a mi compañero, el cual entró por ello como en viña vendimiada[25].

No me pesaba mucho, antes me alegré, creyendo que, si de aquello hiciera su pasto, me cupiera más de los sesos. Al revés me salió, que no por eso dejó de picar con tan buena gracia como si en todo aquel día ni noche hubiera comido bocado. Pusiéronse los huevos y sesos en la mesa, y cuando vio la tortilla mi arriero, diose a reír cual solía, con toda la boca. Yo me amohiné, creyendo que gustaba de refrescarme la memoria, estragándome el estómago. Pues como el huésped nos mirase a los dos y estuviese sobre ascuas para oír lo que decíamos, viendo su descompuesta risa tan mal sazonada, se alborotó creyen-

---

[21] «El avestruz traga y gasta el hierro ardiendo, y esto por secreta propiedad» (Juan de Aranda, *Lugares comunes*, fol. 20v).

[22] *político*: «el urbano y cortesano» (Covarrubias); *curiosos*: aseados.

[23] *aguarse*: constiparse como las *postas* (ahora sí «los caballos que de público están en los caminos» [Covarrubias]) que han corrido mucho, y de ahí que Alemán juegue después con el *paseo* que también se da a las cabalgaduras.

[24] *dar de mano*: despreciar, apartar.

[25] Recuerda el refrán: «pasar por ello como perro por viña vendimiada» (Correas).

do que lo había sentido: que a tal tiempo, sin haberse ofrecido de qué, no pudiera reírse de otra cosa. Y como el delincuente siempre trae la barba sobre el hombro[26] y de su sombra se asombra, porque su misma culpa le representa la pena[27], cualquier acto, cualquier movimiento piensa que es contra él y que el aire publica su delito y a todos es notorio. Este pobretón, aunque bellaco, habituado en semejantes maldades y curtido en hurtos, esta vez cortóse con el miedo. Demás que los tales de ordinario son cobardes y fanfarrones.

¿Por qué piensas que uno raja, mata, hiende y hace fieros? Yo te lo diré: por atemorizar con ellos y suplir el defecto de su ánimo, como los perros, que pocos de los que ladran muerden[28]. Son guzquejos[29], todos ladridos y alborotos, y de volver a mirarlos huyen.

Nuestro mesonero se turbó, como digo, que es proprio en quien mal vive temor, sospecha y malicia. Perdió los estribos, no supo adónde ni cómo reparar, diciendo:

—¡Voto a tal, que es de ternera, no tiene de qué reírse, cien testigos le daré si es necesario!

Púsosele con estas palabras el rostro encendido en fuego, que sangre parecía verter por los carrillos y salirle centellas de los ojos, de coraje. El arriero, alzando el rostro, le dijo:

—¿Quién lo ha con vos, hermano, ni os pregunta los años que habéis? ¿Hay arancel en la posada, que ponga tasa de qué y cuánto se ha de reír el huésped que tuviere gana, o ha de pagar algún derecho que esté impuesto sobre ello? Dejad a cada uno que llore o ría y cobrad lo que os debiere. Yo soy hombre que, si hubiera de reírme de cosa vuestra, os lo dijera libremente. Acordéme agora, por estos huevos, de otros que mi compañero comió este día, tres leguas de aquí en la venta.

---

[26] *traer la barba sobre el hombro:* andar siempre recelando; «vivir recatado y con recelo, como hacen los que tienen enemigos, que van volviendo el rostro a un lado y a otro, de donde nació el refrán» (Covarrubias). Cfr. II, ii, 1, n. 20, y II, ii, 8, n. 28.

[27] Desarrolla un conocido lugar común: «Proprium est nocentum trepidare» (Séneca, *Epístolas,* 97, 16), uno más de los recordados por Juan de Aranda, *Lugares comunes,* fol 22v.

[28] «Perro ladrador, nunca buen mordedor» (Correas).

[29] *guzquejo* (en las ediciones antiguas, *gusquejos):* diminutivo de *guzco* o *gozque,* perrillo especialmente importuno.

Tras esto le fue refiriendo todo el cuento, según de mí lo había oído, y lo que después pasó en su presencia con los mancebos, que parecía estarse bañando en agua rosada, según los afectos, risas, visajes y meneos con que lo decía.

El mesonero no cesaba de santiguarse, haciendo exclamaciones, llamando y reiterando el nombre de Jesús mil veces. Y levantando los ojos al cielo, dijo:

—¡Válgame Nuestra Señora, que sea comigo! ¡Mal haga Dios a quien mal hace su oficio!

Y como en hurtar él era tan buen oficial, tenía por cierto no tocarle la maldición, hurtando bien[30]. Comenzóse a pasear, fingiendo asombros y estremos voceaba:

—¿Cómo no se hunde aquella venta? ¿Cómo consiente Dios y disimula el castigo de tan mala mujer? ¿Cómo esta vieja, bruja, hechicera, vive hoy en el mundo y no la traga la tierra? Todos los huéspedes van quejosos della, todos veo que blasfeman su trato; ninguno sale sabroso, todos con pesadumbre. O son todos malos o ella lo es, que no puede la culpa ser de tantos. Por estas cosas y otras tales no quiere nadie parar en su casa: todos la santiguan y pasan de largo. Pues a fe que debiera estar escarmentada del jubón que trae vestido debajo de la camisa, con cien botones abrochado[31], y se lo vistieron por otro tanto. Mandado le tienen que no sea ventera; no sé cómo vuelve al oficio y no vuelven a castigarla. No sé en qué topa: en algo debe de ir, como dijo la hormiga[32]. Misterio debe tener, que con la misma libertad roba hoy que ayer y como el año pasado. Lo peor es que hurta como si se lo mandasen. Y debe de ser así, pues el guarda, el malsín[33], el cuadrillero, el alguacil, todos

---

[30] Sobre los hurtos y engaños de los venteros, *vid.* especialmente el final del capítulo I, ii, 1, con sus notas.

[31] *jubón:* los azotes (habitualmente *cien)* que recibían los condenados, o, más propiamente, las heridas que producían. Timoneda explicó en su *Sobremesa* un posible origen del chiste, repetido casi a la letra por Covarrubias (FR). Pronto se hizo moneda común la expresión *jubón de azotes,* pues es la base de numerosos cuentecillos tradicionales (cfr. M. Chevalier, *Cuentecillos,* págs. 113-115) y Quevedo se burló de ella en la *Premática de 1600* (cfr. *Obras festivas,* pág. 90). Más información trae Alonso, *s. v.*

[32] «'En algo debe de topar', dijo la hormiga. En algo topa, como dijo la hormiga» (Correas).

[33] *malsín:* delator interesado, y particularmente el que colaboraba con la In-

lo ven y hacen la vista gorda, sin que alguno la ofenda: a estos tales trae contentos y les pecha con lo que a los otros pela. Y así es menester, que de otro modo se perdería y le volverían a dar otro paseo[34]. Aunque más pierde la malaventurada en desacreditar su casa, que si diera buen recaudo, con buen trato y término, acudieran a ella, y de muchos pocos hiciera mucho. Que llevando de cada camino un grano, bastece la hormiga su granero para todo el año[35]. Nadie le tuviera el pie sobre el pescuezo. ¡Maldita ella sea, que tan mala es!

Cuando aquí llegó, pensé que lo dejaba; mas volvió diciendo:

—¡Loada sea la limpieza de la Virgen María, que con toda mi pobreza no hay en mi casa mal trato! Cada cosa se vende por lo que es, no gato por conejo, ni oveja por carnero. Limpieza de vida es lo que importa y la cara sin vergüenza descubierta por todo el mundo. Lleve cada uno lo que fuere suyo y no engañar a nadie.

Aquí paró con el resuello, y no hizo poco. Según llevaba el trote, creí teníamos labor cortada para sobre cena; pero acabó con esto, dándonos para postre de la nuestra unas aceitunas gordales[36] como nueces. Rogámosle que por la mañana nos aderezase una poca de ternera. Encargóse dello, y nosotros fuimos a buscar en qué dormir; y en el suelo más llano tendimos unas enjalmas[37], donde pasamos la noche.

quisición (cfr. *Lazarillo*, III, n. 149). Comp. Espinel, *Marcos de Obregón*, II, pág. 36 (o los testimonios aducidos por EM). Para los *cuadrilleros* de la Santa Hermandad, cfr. I, i, 7, n. 31, y I, ii, 1, n. 44.

[34] *paseo:* «el castigo de azotes o de vergüenza que se ejecuta por las calles de la ciudad» (Alonso).

[35] *llevando ... año:* Correas, que se nutre con frecuencia de la riqueza paremiológica del Guzmán, lo registra con exactitud casi total.

[36] *gordales:* grandes, gruesas (las que se comían).

[37] *enjalma:* un mullido elemento del aparejo de las cabalgaduras, lecho frecuente de los arrieros (comp. Cervantes, *Don Quijote*, I, XVI: I, pág. 421).

CAPÍTULO VI

GUZMÁN DE ALFARACHE ACABA DE CONTAR LO QUE LE SUCEDIÓ CON EL MESONERO

No sé, si me pusieran en medio de las plazas de Sevilla o a la puerta de mi madre, cuando amaneció el domingo, si hubiera quien me conociera. Porque fue tanto el número de pulgas que cargó sobre mí, que pareció ser también para ellas año de hambre y les habían dado comigo socorro. Y así como si hubiera tenido sarampión, me levanté por la mañana sin haber parte de todo mi cuerpo, rostro ni manos, donde pudiera darse otra picada en limpio. Mas fueme la fortuna favorable en que, con el cansancio del camino y la noche antes haber cargado la mano sobre el jarro más de mi ordinario, dormí soñando paraísos y sin sentir alguna cosa, hasta que, recordado mi compañero con el cuidado de oír misa temprano y tener tiempo de caminar siete leguas que le faltaban, me despertó. Levantámonos con la luz, antes que el sol saliese. Luego, pidiendo el almuerzo, se nos trajo.

No me supo tan bien como a él, que cada bocado parecía darlo en pechugas de pavo. Nunca le pareció haber comido mejor cosa, según lo alababa. Fueme forzoso tenerlo por tal, en fe del gusto ajeno, atribuyendo la falta heredada del asno de su padre a mi mal paladar; pero hablando verdad, ello era malo y decía bien quién era. Hízoseme duro y desabrido, y de lo poco que cené quedé empachado, sin poderlo digerir en toda la noche. Y aunque con temor de ser del compañero reprehendido, dije al huésped:

—Esta carne, ¿cómo está tan tiesa y de mal sabor, que no hay quien hinque los dientes en ella?

Respondióme:

—¿No vee, señor, que es fresca y no ha tomado el adobo?

Mi camarada dijo:

—No lo hace el adobo, sino que este gentilhombre se ha criado con rosquillas de alfajor[1] y huevos frescos: todo se le hace duro y malo.

Encogí los hombros y callé, pareciéndome que ya era otro mundo y que a otra jornada no había de entender la lengua; pero no me satisface con esto, quedé como resabiado, sin saber de qué. Y entonces me vino a la memoria el juramento tan fuera de tiempo que hizo la noche antes, afirmando que era ternera. Parecióme mal y que por solo haberlo jurado mentía, porque la verdad no hay necesidad que se jure, fuera del juicio y habiendo necesidad. Demás que toda satisfación prevenida sin queja es en todo tiempo sospechosa[2]. No sé qué me tuve o qué me dio que, aunque realmente de cierto no concebí mal, tampoco presumí algún bien. Fue un toque de la imaginación, en que no reparé ni hice caso.

Pedí por la cuenta. Mi compañero dijo que la dejase, que él daría recaudo. Híceme a una parte, dejélo, creyendo ser amistad y que de tan poco escote no me lo quería repartir. Quedéle agradecidísimo entre mí, sin cesar de cantarle alabanzas, que tan franco se mostró desde que me halló en aquel camino, dándome graciosamente caballería y de comer.

Parecióme que todo había de ser así, hallando en toda parte quien me hiciera la costa y llevara caballero. Alentéme, comencé de olvidar la teta, como si acíbar me pusieran en ella y en todas las cosas que dejaba. Y porque no se dijese por mí que de los ingratos estaba lleno el infierno, en tanto que él pagaba quise comedirme[3] llevándole a beber los asnos. Volvílos a sus pesebres, para que, en cuanto los aparejaban, comiesen algunos bocados y acabasen la cebada. Ayudéle a todo, estregándo-

---

[1] *alfajor:* «pasta hecha de almendras, nueces (y alguna vez de piñones), pan rallado y tostado, y especia fina, unido todo con miel muy subida de punto» *(Autoridades).*

[2] «Sin duda recuerda un sabido aforismo jurídico: *Excusatio non petita, accusatio manifesta*» (FR).

[3] *comedirse:* ofrecerse, «anticiparse a hacer algún servicio o cortesía sin que se lo adviertan o pidan» (Covarrubias).

les las frentes y orejas. En tanto que me ocupaba en esto, tenía mi capa puesta sobre un poyo y, como azogue al fuego o humo al viento, se desapareció entre las manos, que nunca más la vi ni supe della. Sospeché si el huésped o mi compañero por burlarme la hubiesen escondido.

Ya pasaba de burlas, porque me juraron que no la tenían en su poder ni sabían quién la tuviese ni dónde podría estar. Miré hacia la puerta. Estaba cerrada, que no la habían abierto. Allí no había más de nosotros y el solo huésped. Parecióme y fue imposible faltar y que la habría puesto en otra parte donde no me acordaba. Dime a buscar todo el mesón y, andando del palacio[4] a la cocina, voy a parar a un trascorral donde estaba una gran mancha de sangre fresca y luego allí junto estendido un pellejo de muleto, cada pie por su parte, que aún estaban por cortar. Tenía tendidas las orejas, con toda la cabezada de la frente. Luego a par della estaban los huesos de la cabeza, que sólo faltaban la lengua y sesos.

Al punto confirmé mi duda. Salgo en un punto a llamar a mi compañero, a quien, cuando le enseñé los despojos de nuestro almuerzo y cena, dije:

—¿Paréceos agora que no es todo alfajor ni huevos frescos lo que los hombres comen en sus casas? ¿Esto era la ternera que con tanta solemnidad me alabastes y el huésped regalador que prometistes? ¿Qué os parece de la cena y almuerzo que nos ha dado? ¡Y qué bien nos ha tratado el que no vende gato por conejo ni oveja por carnero, el de la cara sin vergüenza descubierta por todo el mundo, el que blasfemaba de la ventera y de su mal trato!

Él se quedó tan corrido y admirado de lo que vio, que enmudeció y, bajando la cabeza, se fue para comenzar a caminar. Tal se puso, que en todo aquel día, hasta que nos apartamos, nunca palabra le oí más de para despedirnos, y esa que habló entonces hubiérala de echar por los ijares[5], como sabréis adelante.

---

[4] *palacio:* «una sala común y pública en donde no se pone cosa alguna que embarace el trato» *(Autoridades),* sala de reunión; cfr. J. E. Gillet, *Propalladia,* III, págs. 141-142.

[5] *por los ijares:* las últimas palabras del arriero (al final de I, i, 8), por su mala

Aunque para mí fue la pena que cada uno podrá imaginar si acaso semejante le aconteciera, con todo eso, para estancar aquellos flujos de risa con que por momentos me atravesaba el alma, holgué de mi desventura, que por lo que le tocaba ya no me atormentara tanto. Con esto y creer que fuese sueño pensar que no tuviese mi capa el huésped, tomé alguna osadía. Tanto puede la razón, que aumenta las fuerzas y anima los pusilánimes. Comencé con veras a pedirla y él con risitas a negármela. Hízome descomponer, hasta que lo hube de amenazar con la justicia; pero no le toqué pieza ni hablé palabra de lo que había visto. Como él me vio muchacho, desamparado y un pobreto, ensoberbecióse contra mí, diciendo que me azotaría y otros oprobios dignos de hombres cobardes y semejantes. Mas, como con los agravios los corderos se enfurecen, de unas palabras en otras venimos a las mayores, y con mis flacas fuerzas y pocos años arranqué de un poyo y tiréle un medio ladrillo que, si con el golpe le alcanzara y tras un pilar no se escondiera, creo que me dejara vengado. Mas él se me escapó y entró corriendo en su aposento, de donde salió con una espada desnuda.

Mirad quién son estos feroces, que ya no trata de valerse de sus tan fuertes brazos y robustos contra los débiles y tiernos míos. Olvidósele de azotarme y quiere ofenderme con fuerza de armas, viéndome un simple y desarmado pollo. Vínose contra mí, que ya, temiéndome de lo que fue, me previne de dos guijarros que arranqué del empedrado del suelo. Él, cuando me vio con ellos en las manos, fuese deteniendo. A la grita y vocería, el mesón alborotado, se convocó todo el barrio. Acudieron los vecinos y con ellos gran tropel de gente, justicias y escribanos.

Eran dos alcaldes, llegaron juntos. Quería cada uno advocar

---

intención, deberían salir por las ijadas, y no por la boca; «por ser esta parte en el cuerpo la más flaca y no sólida de carne como las demás, decimos de cualquier cosa que entre lo que es bueno tiene algo que no es tal: *tener su ijada*» (Covarrubias). Cfr. el envidioso que «rebentó por las hijadas» (Jerónimo de Mondragón, *Censura de la locura humana*, pág. 71). No hay, creo, una equivalencia explícita entre *echar por los ijares* y «ser malo y desagradable» (SGG, FR); tampoco pienso que el arriero tuviese que «admitir algo a la fuerza y decirlo de mala gana» (BB), pues no es eso lo que sucede.

a sí la causa y prevenirla[6]. Los escribanos por su interese decían a cada uno que era suya, metiéndolos en mal. Sobre a cuál
pertenecía se comenzó de nuevo entre ellos otra guerrilla, no
menos bien reñida ni de menor alboroto. Porque los unos a
los otros desenterraron los abuelos, diciendo quiénes fueron
sus madres, no perdonando a sus mujeres proprias y las devociones que habían tenido. Quizá que no mentían. Ni ellos querían entenderse ni nosotros nos entendíamos[7].

Llegáronse algunos regidores[8] y gente honrada de la villa,
pusiéronlos medio en paz y asieron de mí, que siempre quiebra
la soga por lo más delgado[9]. El forastero, el pobre, el miserable, el sin abrigo, favor ni reparo... de aquese asen primero.
Quisieron saber qué había sido el alboroto y por qué; pusiéron-
me a una parte, tomáronme la confesión de palabra: dije llanamente lo que pasaba. Pero, porque podían oírme algunos que
estaban cerca, me aparté con los alcaldes y en secreto les dije
lo del machuelo.

Ellos quisieran verificar primero la causa, mas, pareciéndoles haber tiempo para todo, comenzaron las diligencias por la
prisión del mesonero, que bien descuidado estaba de poder ser
por aquel delito y, creyendo sólo era por la capa, lo hacía todo
risa, como cosa de burla, por la falta de información que había
y de quien contestara[10] con el arriero de haberme visto entrar
allí con ella.

Mas, como viese que poco a poco salían a plaza los pedazos
de adobo, pellejo y zarandajas del machuelo, quedó helado;
tanto que, tomándole la confesión, viendo presentes los despojos, confesando de plano, quedó convencido y confeso en
cuanto había pasado, sin que cosa negase ni tuvo ánimo para
ello. Que es muy cierto los hombres viles, de vida infame y

[6] «Tal vez quepa rastrear en este pasaje una de las primeras apariciones del
tema de los "alcaldes (el de hidalgos y el de plebeyos) encontrados", famoso por
una escena de *San Diego de Alcalá*, de Lope, y un entremés de Quiñones de Benavente» (FR).

[7] Sobre estas críticas a la justicia, cfr. II, ii, 3, con sus notas.

[8] *regidores:* miembros del ayuntamiento encargados de las cuestiones econó-
micas.

[9] Así en Correas, quien comenta que también «es muy usado» decirlo omi-
tiendo «la soga».

[10] *contestara:* testificara.

PRIMERA PARTE, I, 6

mal trato, ser pusilánimes, de poco pecho, como antes dije. Pues que no dándole tormento ni amenazándole con él, declaró, sin serle pedido, hurtos y bellaquerías que hizo, así en aquel mesón como siendo ganadero, salteando caminos, de donde vino a tener caudal con que ponerse en trato[11].

Yo a todo esto estaba el oído atento, si de entre la colada salía mi capa[12]; pero, con el odio que me cobró, la dejó entre renglones. Hice mis diligencias para que pareciese, ninguna fue de provecho. Acabadas de tomar nuestras declaraciones, del arriero y mía, por ser forasteros, nos retificaron en ellas. Y si por la pendencia me habían de llevar preso —como dicen, tras paciente, aporreado[13]— hubo diversos pareceres. Holgaran dello los escribanos y lo pretendieron. Mas uno de los alcaldes dijo haber yo tenido razón y ninguna culpa. Que ¿qué me pedían, pues iba en cuerpo y me habían quitado la capa? Con esto me mandaron soltar, llevando a la cárcel al mesonero.

Nosotros acabamos de aliñar y seguimos nuestro camino. Pasamos por donde los clérigos estaban esperando. Cada uno tomó su caballería. Contéles el suceso, quedaron admirados dello, condoliéndose de mi necesidad; mas como no la podían remediar, encomendáronlo a Dios.

Yo y mi compañero, con los alborotos y breve partida, que casi salimos huyendo, nos quedamos sin oír misa. Yo la solía oír todos los días por mi devoción. Desde aquél se me puso en la cabeza que tan malos principios era imposible tener buenos fines ni podía ya sucederme cosa buena ni hacérseme bien. Y así fue, como adelante lo verás; que cuando las cosas se principian dejando a Dios, no se puede menos esperar[14].

---

[11] *ponerse en trato:* 'negociar, mantener un negocio'. No veo la alusión al castigo o tortura del *«trato de cuerda»* que anota EM, pero es muy probable que Alemán atienda a la polisemia del sustantivo ('negocio', 'burla', 'castigo'...).

[12] Recuerda la frase *todo saldrá en la colada* (cfr. II, iii, 7, n. 48).

[13] Más frecuente era llamar *cornudo y apaleado* a «aquel que sobre haber sido el agraviado, le condenan como reo» (Covarrubias, *s. v. apalear*).

[14] Son malos principios para Guzmán: «sin oír misa», «dejando a Dios»... Insisten en ello particularmente C. B. Johnson, por ejemplo, «Dios y buenas gentes», pág. 557, y B. Brancaforte, *¿Conversión...?*, pág. 18.

CAPÍTULO VII

CREYENDO SER LADRÓN GUZMÁN DE ALFARACHE, FUE PRESO Y, HABIÉNDOLO CONOCIDO, LO SOLTARON. PROMETE UNO DE LOS CLÉRIGOS CONTAR UNA HISTORIA PARA ENTRETENIMIENTO DEL CAMINO

Antiguamente los egipcios, como tan agoreros, entre otros muchos errores que tuvieron, adoraban a la Fortuna, creyendo que la hubiera. Celebrábanle una fiesta el primero día del año, poniendo sumptuosas mesas, haciéndole grandes banquetes y opulentos convites en agradecimiento de lo pasado y suplicándole por lo venidero. Tenían por muy cierto ser esta diosa la que disponía en todas las cosas, dando y quitando a su elección porque, como suprema, lo gobernaba todo[1]. Hacían esto por faltarles el conocimiento de un solo Dios verdadero, en quien adoramos, por cuya poderosa mano y divina voluntad se rigen cielo y tierra, con todo lo en ello criado, invisible y visible. Parecíales cosa viva ver, cuando las desgracias comienzan a venir, cómo llegaban las unas cuando las otras dejaban, sin dar hora de sosiego, hasta desmallar[2] y descomponer un hombre; y

---

[1] Los egipcios «eran naturalmente nigrománticos, matemáticos y supersticiosos» (A. de Guevara, *Epístolas familiares*, I, lix, pág. 402), defectos que se consideraban compartidos, en realidad, por todos los «antiguos filósofos» (cfr. Pero Mexía, *Silva de varia lección*, II, xxxviii; materiales pertinentes trae también BB). También era frecuente recordar su culto desmesurado a la fortuna; comp. Juan de Aranda: «Los filósofos antiguos tuvieron a la fortuna por una divinidad y diosa a quien atribuyeron todos los sucesos y acaecimientos humanos...; teníanla por gobernadora de todos los bienes y males, de las prosperidades y adversidades humanas» *(Lugares comunes, fol. 139v)*.
[2] *desmallar:* dejar sin defensa.

otras veces que, como cobardes[3], acometían de tropel, muchas a un tiempo, para dar con la casa en el suelo. Y, por el contrario, el aire no sube a la cumbre de los altos montes tan ligero como ella los levanta por medios y modos no vistos ni pensados, no dejándolos firmes en uno ni otro estado, de modo que ni el abatido desespere ni el encumbrado confíe. Si la lumbre de Fe me faltara como a ellos, por ventura creyendo su error, pudiera decir, cuando semejantes desgracias me vinieron: «Bien vengas, mal, si solo vienes»[4].

Quejéme ayer de mañana de un poco de cansancio y dos semipollos que comí disfrazados en hábito de romeros para ser desconocidos[5]. Vine después a cenar el hediondo vientre de un machuelo y, lo peor, comer de la carne y sesos, que casi era comer de mis proprias carnes, por la parte que a todos toca la de su padre[6]; y, para final de desdichas, hurtarme la capa. Poco

---

[3] Comp. Gracián: «como no vienen solas las desdichas, de cobardes» *(Criticón,* I, xiii, citado, con otros ejemplos, por FR).

[4] Un título de Calderón puede servir para explicar la actitud que Mateo Alemán comparte con sus contemporáneos: *No hay más fortuna que Dios.* A la Fortuna de los paganos se opone la Providencia divina, anulándola. Sólo ocasionalmente se aceptaba la presencia de aquélla —casualidad, azar...— como un medio más para probar el imperio de la razón, la sabiduría o la fe. Es excelente la exposición de O. H. Green, *España y la tradición occidental,* Madrid, 1969, II, caps. vi y vii. Comp. el resumen de Cristóbal Pérez de Herrera, *Enigmas,* número 305: «en nuestra santa fe católica no atribuimos las cosas a la fortuna, sino a la voluntad o permisión divina». De nuevo se hermanan en el *Guzmán* el dogma católico, la literatura moral y la erudición profana. *Vid.* especialmente Plutarco, *Morales,* fols. 49-53, 215v, etc., o Pero Mexía, *loc. cit.,* y aquí mismo, I, ii, 7, ns. 2-4.

[5] Porque los maleantes solían disfrazarse de peregrinos para burlar a la justicia o, simplemente, como un medio más de obtener beneficios, obligando en 1590 a Felipe II a promulgar una pragmática contra los falsos romeros (SGG y FR, con textos literarios). El problema fue ya preocupación primordial del autor del *Viaje de Turquía,* págs. 102 y 118-127 (EM), pero más en sintonía con Alemán está la preocupación de Cristóbal Pérez de Herrera, *Amparo de pobres,* págs. 39-41. Cfr. también *San Antonio de Padua,* III, xi, fol. 267v.

[6] Quizá la mejor explicación sea relacionar el carácter híbrido y el origen oscuro del muleto con los del padre de Guzmán o con el propio pícaro. Pero el sentido de la frase, complicado por las variantes y su valor proverbial (cfr. II, ii, 7, n. 70), no es uno solo; por ejemplo, el *padre* podría ser el de cada uno de nosotros, el de Guzmanillo y el del *muleto.* Es posible que deba entenderse, simplemente, que todos tenemos algo de asno (pues lo era el padre del machuelo), y esta interpretación se relaciona, a su vez, con el recuerdo del testamento de los

daño espanta y mucho amansa[7]. ¿Qué conjuración se hizo contra mí? ¿Cuál estrella infelice me sacó de mi casa? Sí, después que puse fuera della el pie, todo se me hizo mal, siendo las unas desgracias presagio de las venideras y agüero triste de lo que después me vino, que, como tercianas dobles[8], iban alcanzándose, sin dejarme un breve intervalo de tiempo con algún reposo. La vida del hombre milicia es en la tierra[9]: no hay cosa segura ni estado que permanezca, perfecto gusto ni contento verdadero, todo es fingido y vano. ¿Quiéreslo ver? Pues oye.

Habiendo el dios Júpiter criado todas las cosas de la tierra y a los hombres para gozarlas, mandó que el dios Contento residiese en el mundo, no creyendo ni previniendo a la ingratitud que después tuvieron, alzándose con el real y el trueco[10]; porque teniendo a este dios consigo, no se acordaban de otro. A él hacían sacrificios, a él ofrecían las víctimas, a él celebraban con regocijos y cantos de alabanza.

Indignado desto Júpiter, convocó todos los dioses, haciéndoles un largo parlamento. Dioles cuenta de la mala correspondencia de los hombres, pues a solo el Contento adoraban, sin considerar los bienes recebidos de su pródiga mano, siendo hechura suya y habiéndolo[s] criado de nonada: que diesen su parecer para remedio de semejante locura.

Algunos, los más benignos, movidos de clemencia, dijeron: «Son flacos, de flaca materia y es bien sobrellevarlos; que, si fuera posible trocar nuestra suerte a la suya y fuéramos sus iguales, sospecho que hiciéramos lo mismo. No se debe hacer caso dello, y, cuando mucho, dándoles una honesta corrección

---

animales, motivo folklórico bien conocido (cfr. M. Joly, *La bourle*, páginas 514-516, y «Onofagia y antropofagia»). *Comer sesos de asno* era, además, frase proverbial que se aplicaba a los muy tontos e inadvertidos (cfr. Correas, página 676a y Joly, *ibid*). Comp. también otras alusiones a este pasaje: «la falta heredada del asno de su padre» (hablando del arriero, pág. 196) y «Luego a puñadas me apearon del hermano asno» (pág. 210).

[7] «Poco daño...» y «Poco mal...», en Correas.

[8] *terciana* se llamaba la fiebre intermitente que llegaba cada tres días, pero era *doble* cuando acudía diariamente y sin dar tregua al enfermo.

[9] «Militia est vita hominis super terram» (Job, 7, 1). Alemán comenta el lugar bíblico en su *San Antonio*, II, xxxi, fol. 180v. Cfr. M. Cavillac, *Gueux et marchands*, págs. 88-89.

[10] *alzarse con el real y el trueco*: es decir, 'quedarse con la moneda y con el cambio', engaño que, como origen de la frase, explica Correas profusamente.

tendremos por muy cierto que será bastante remedio por lo presente.»

Momo[11] quiso hablar, comenzando por algunas libertades, y mandáronle callar, que después hablaría. Bien quisiera en aquella ocasión indignar a Júpiter, por haberse ofrecido como la deseaba; mas obedeciendo por entonces, fue recapacitando una larga oración que hacer a su propósito, cuando llegasen a su voto. Pero entretanto no faltaron otros de condición casi su igual, que dijeron: «Ya no es justo dejar sin castigo tan grave delito; que la ofensa es infinita, hecha contra dioses infinitos, y así debe ser infinita la pena[12]. Parécenos conviene destruirlos, acabando con ellos, no criando más de nuevo, pues no es necesidad forzosa que los haya.» Otros dijeron no convenir así, mas que, arrojándoles grande número de poderosos rayos, los abrasase todos y criase otros buenos.

Así fueron dando sus pareceres diferentes, de más o menos rigor conforme su calidad y complexión, hasta que, llegando a dar Apolo el suyo, pedida licencia y captada la benevolencia, con voz grave y rostro sereno, dijo: «Supremo Júpiter piadosísimo, la grave acusación que haces a los hombres es tan justa, que no se te puede negar ni contradecir cualquier venganza que contra ellos intentes. Ni tampoco puedo, por lo que te debo, dejar de advertir desapasionadamente lo que siento. Si destruyes el mundo, en vano son las cosas que en él criaste, y es imperfección en ti deshacer lo que hiciste para quererlo emendar ni pesarte de lo hecho: que te desacreditas a ti mismo, pues tu poder de criador se estrecha a tan extraordinarios medios para contra tu criatura. Perderlos y criar otros de nuevo, tampoco te conviene, porque les has de dar o no libre albedrío: si se lo das, han de ser necesariamente tales cuales fueron los pasados; y si se lo quitas, no serán hombres y habrás criado en balde tanta máquina de cielo, tierra, estrellas, luna, sol, composición de elementos y más cosas que con tanta perfección

---

[11] *Momo:* «hijo del sueño y de la noche, libre satírico y reprehensor de todo» (Lope, «Exposición de los nombres» de la *Arcadia,* pág. 164a). Cfr. *infra,* n. 15.

[12] «Es interesante observar cómo los dioses paganos, en este pasaje, utilizan un argumento típico de la teología católica; cfr. el mismo Alemán, *San Antonio,* II, xxxi: "había sido aquel pecado [original] cometido contra su infinito ser y ... por ello merecedor de infinita pena"» (FR).

heciste. De modo que te importa no se inove más de en una sola cosa, con que se previene de remedio. Tú, señor, les diste al dios Contento, que lo tuviesen consigo por el tiempo de tu voluntad, pues della pende todo. Si se supieran conservar en gratitud y justicia, cosa fuera repugnante a la tuya no ampararlos, ampliándoles siempre los favores; mas, pues lo han desmerecido por inobediencia, restringiendo las penas, debes castigarlos: que no es bien que tiránicamente posean tantos dones para ofenderte con ellos. Antes les debes quitar este su dios y en lugar suyo enviarles al del Descontento, su hermano, pues tanto se parecen: con que de aquí en adelante reconocerán su miseria y tu misericordia, tus bienes y sus males, tu descanso y su trabajo, su pena y tu gloria, tu poder y su flaqueza. Y por tu voluntad repartirás el premio al que lo mereciere, con la benignidad que fuere tu gusto, no haciéndolo general a buenos y malos, gozando igualmente todos una bienaventuranza. Con esto me parece quedarán castigados y reconocidos. Haz agora, ¡oh Júpiter clementísimo!, lo que más a tu voluntad sea conveniente, de modo que te sirvas.»

Con este breve razonamiento acabó su oración. Quisiera Momo, con la emponzoñada suya, criminar[13] el delito, por la enemistad vieja que con los hombres tenía; y, conocida su pasión, reprobaron su parecer. Loando todos el de Apolo, se cometió[14] la ejecución dello a Mercurio, que luego, desplegadas las alas, rompiendo por el aire, bajó a la tierra, donde halló a los hombres con su dios del Contento, haciéndole fiestas y juegos, descuidados que pudieran en algún tiempo ser enajenados de su posesión. Mercurio se llegó donde estaba y, habiéndole dado de secreto la embajada de los otros dioses, aunque de mala gana, fuele forzoso cumplirla.

Los hombres enteráronse del caso y, viendo que les llevaban a su dios, quisieron impedirlo, y procurando todos esforzarse a la defensa, asidos dél, trabajaban fuertemente con todo su poder. Viendo Júpiter el caso, el motín y alboroto, bajó al suelo y, como los hombres estaban asidos a la ropa, usando de ardid sacóles el Contento della, dejándoles al Descontento metido en

---

13 *criminar:* acriminar, exagerar el alcance de un delito.
14 *cometió:* confió, encargó.

su lugar y proprias vestiduras, del modo que el Contento antes estaba, llevándoselo de allí consigo al cielo, con que los hombres quedaron gustosos y engañados, creyendo haber salido con su intento, teniendo su dios consigo. Y no fue lo que pensaron[15].

Aun este yerro viven desde aquellos pasados tiempos, llegando con el mismo engaño hasta el siglo presente. Creyeron los hombres haberles el Contento quedado y que lo tienen consigo en el suelo, y no es así, que sólo es el ropaje y figura que le parece y el Descontento está metido dentro. Ajeno vives de la verdad si creyeres otra cosa o la imaginas. ¿Quiéreslo ver? Advierte. Considera del modo que quisieres las fiestas, los regocijos, banquetes, danzas, músicas, deleites, alegrías y todo aquello a que más te mueve la inclinación en el más levantado punto que te podrá pintar el deseo. Si te preguntare: «¿Adónde vas?», podrásme responder muy orgulloso: «A tal fiesta de contento.» Yo quiero que allá lo recibas y te lo den: porque los jardines estaban muy floridos y el son de las plateadas aguas y manantiales de aljófares y perlas te alegraron. ¿Merendaste sin que el sol te ofendiese ni el aire te enojase? ¿Gozaste tus deseos, tuviste gran pasatiempo, fuiste alegremente recebido y acariciado? Pues ningún contento pudo ser tal que no se aguase con alguna pesadumbre. Y cuando haya faltado disgusto, no es posible que, cuando a tu casa vuelvas o en tu cama te acuestes, no te halles cansado, polvoroso, sudado, ahíto, resfriado, enfadado, melancólico, doloroso y por ventura descalabrado o muerto. Que en los mayores placeres acontecen mayores desgracias y suelen ser vísperas de lágrimas, no vísperas que pase noche de por medio; al pie de la obra[16], en medio de aquesa idolatría las has de verter, que no se te fiarán más largo. ¿Ven-

---

[15] Dos son las fuentes inmediatas de esta alegoría: el *Momo* de L. B. Alberti y los *Mondi celesti...* de Doni: cfr. E. Cros, *Protée*, págs. 233-240 (insistiendo en la influencia del segundo), y *Sources*, pág. 163 (con bibliografía). Por los años del *Guzmán*, el motivo del apólogo o su procedimiento (lucianescos en última instancia) aparece en otros lugares. Cfr J. de Mondragón, *Censura de la locura humana*, xviii, págs. 125-127, y no será inútil recordar que Lope de Vega, tras la mención de Momo en su *Arcadia* (cfr. *supra*, n. 11), inserta otra anécdota tomada también de la obra de Alberti.

[16] *al pie de la obra:* al instante, inmediatamente.

drásme a confesar agora que la ropa te engañó y la máscara te cegó? Donde creíste que el contento estaba, no fue más del vestido y el descontento en él[17]. ¿Ves ya cómo en la tierra no hay contento y que está el verdadero en el cielo? Pues, hasta que allá lo tengas, no lo busques acá.

Cuando determiné mi partida, ¡qué de contento se me representó, que aun me lo daba el pensarla! Vía con la imaginación el abril y la hermosura de los campos, no considerando sus agostos o como si en ellos hubiera de habitar impasible; los anchos y llanos caminos, como si no los hubiera de andar y cansarme en ellos; el comer y beber en ventas y posadas, como el que no sabía lo que son venteros y dieran la comida graciosa o si lo que venden fuera mejor de lo que has oído; la variedad y grandeza de las cosas, aves, animales, montes, bosques, poblados, como si hubieran de traérmelo a la mano. Todo se me figuraba de contento y en cosa no lo hallé, sino en la buena vida. Todo lo fabriqué próspero en mi ayuda: que en cada parte donde llegara estuviera mi madre que me regalara, la moza que me desnudara y trajera la cena a la cama y me atropara[18] la ropa y a la mañana me diera el almuerzo. ¿Quién creyera que el mundo era tan largo? Había visto unas mapas[19]; parecióme que así estaba todo junto y tropellado. ¿Quién imaginara que había de faltarme lo necesario? No pensé que había tantos trabajos y miserias. Mas, ¡oh, cómo es el «no pensé» de casta de tontos y proprio de necios, escusa de bárbaros y acogida de imprudentes![20]. Que el cuerdo y sabio siempre debe pensar,

---

[17] Gracián reprodujo el apólogo y su comentario en la *Agudeza y arte de ingenio*, LV, alabando la elegancia moral y estilística de la alegoría.

[18] *atropara*: 'juntara, amontonara', quizá 'amañara'. Eso se entiende, al menos, a la luz de los significados que trae *Autoridades*: «juntarse en tropas... amontonadamente»; «en algunas partes de Castilla se entiende por amañarse» (y cfr. *DRAE*). El sentido que Oudin le da al verbo («couvrir un qui est couché au lict ... en ramassant et serrant bien la couverture, en *TLex* y FR) parece derivado del pasaje alemaniano, y —de ser cierto— sobraría en el texto la precisión de «da ropa».

[19] *unas mapas*: el género femenino era usual (cfr. I, i, 5, n. 1).

[20] *«Penséque* es voz de necios. Dícese esto a los que se excusan de sus descuidos en negocios de importancia, diciendo "no pensé", "quién pensara", porque el prudente todo ha de mirar» (Correas). Comp. Jerónimo de Mondragón: «El Tiempo mal gastado dizen que casó con la Ignorancia i que tuvieron sólo un hijo, que se llamó Penséque. Por otra parte la Edad moça, que por otro nombre

prevenir y cautelar. Hice como muchacho simple, sin entendimiento ni gobierno. Justo castigo fue el mío, pues, teniendo
descanso, quise saber de bien y mal.

¡Cuántas cosas iba considerando cuando salí del mesón sin
capa y burlado! Quise comer de las ollas de Egipto, que el bien
hasta que se pierde no se conoce[21]. Todos íbamos pensativos.
A mi buen arriero acabósele la cosecha y risa con la burla del
mesonero. Antes tiraba piedras a mi tejado; agora encoge las
manos y las tiene quedas, viendo que es el suyo de vidro.

Menos mal: discreción es considerar, antes que les digan, lo
que pueden oír y, antes que hagan, el daño que les pueden hacer. No es bien arrojarse al peligro: que a una libertad hay otra,
lenguas para lenguas y manos para manos. Todas las cosas tienen su razón y a todos conviene honrar el que de todos quiere
ser honrado. ¿No consideras en ti que aun tu secreto será o
puede ser para el otro público, y te podrá responder con obras
o palabras lo que no querrás oír ni padecer? No estribes[22] en
fuerzas ni en poderío, que si en tu rostro no dijeren tu afrenta,
íranla publicando a todo el mundo. No ganes enemigos de los
que con buen trato puedes hacer amigos, que ningún enemigo
es bueno por flaco que sea: de una centelluela se levanta gran
fuego[23]. ¡Qué cosa tan honrosa, qué digna de hombres cuerdos, hidalgos y valerosos, andar medidos, arriendados[24] y ajustados con la razón, para que no se les atrevan y los pongan en
ocasión! ¿No ves cómo lo anduvo un arriero?

Ya iba callando, no se reía, llevaba bajada la cara, que de
vergüenza no la levantaba. Los buenos de los clérigos iban rezando sus horas. Yo, considerando mis infortunios. Y cuando

---

es dicha Juventud, tomó por marido a Malpecado, los cuales tuvieron por hijos
a Nolosabía i Nomelopensava; de las quales Nolosabía casó con Penséque»
(Censura de la locura humana, pág. 116, siguiendo la Filosofía secreta de Pérez de
Moya y su genealogía de los modorros).

[21]. Recuerda el Éxodo, 16, 3; lo hace también en I, iii, 7, y en el San Antonio,
II, xxviii y xxxi. La última frase del pasaje alemaniano la registra Correas alteran-
do sus elementos.

[22] no estribes: no te apoyes, no confíes.

[23] Con palabras de Dante: «poca favilla gran fiamma seconda» (Paradiso, I,
34, y cfr. XXIV, 145-146). Es lugar común (otros ejemplos trae FR) e imagen
predilecta de Alemán, quizás gracias a Plutarco, Morales, fol. 103vb.

[24] arriendado: 'sujeto por la rienda' y, «por analogía, 'prudente'» (SGG).

todos, cada uno más emboscado en su negocio, llegaron dos
cuadrilleros en seguimiento de un paje que a su señor había
hurtado gran cantidad de joyas y dineros; y por las señas que
les dieron debía de ser otro yo[25].

Así como me vieron, levantaron la voz:

—¡Ah ladrón, ah ladrón, aquí os tenemos, no podéis iros ni
escaparos!

Luego a puñadas me apearon del hermano asno[26] y, teniéndome asido, buscaron la recua creyendo hallar el hurto. Quitaron las enjalmas, tentaron las albardas, no perdonaron espacio
de un garbanzo sin mirarlo. Decían:

—¡Ea, ladrón, decí la verdad, que ahorcaros tenemos aquí si
luego no lo dais!

No querían oírme ni admitir disculpa, que a pesar del mundo, sin más de[27] su antojo, yo era el dañador. Dábanme golpes, empujones, torniscones[28] que me atormentaban, y más
por no dejarme hablar ni pronunciar defensa. Y aunque mucho me dolía, mucho me alegraba entre mí, porque daban al
compañero más al doble y recio, como a encubridor que decían era mío.

¿No consideras la perversa inclinación de los hombres, que
no sienten sus trabajos cuando son mayores los de sus enemigos? Yo iba mal con él, que por su ocasión perdí mi capa y
cené burro; sufría con menos pesadumbre el daño proprio, por
lo que cambiaba en el ajeno. Dábanle sin piedad, pedíanle que
descubriese dónde lo llevaba o quedaba guardado. El pobre
hombre, que, como yo, estaba inocente de tal cosa, no sabía
qué hacer. Al principio creyó ser burlas; mas, cuando de la
raya pasaron, al diablo daba el muerto y a quien lo lloraba. No
se le hacía conversación de gusto ni quisiera conocerme.

Ya tenían espulgada la ropa, mirada y revuelta, y el hurto
no parecía ni el rigor de su castigo cesaba: como si fueran jurí-
dicos jueces, nos maltrataban crudamente con obras y palabras; quizá que lo traían por instrucción.

---

[25] *otro yo:* cfr. II, ii, 1, n. 4, aunque tiene ahí implicaciones distintas.
[26] *hermano asno:* cfr. *supra,* n. 6.
[27] *sin más de:* con sólo.
[28] *torniscones:* golpes en la cara o en la cabeza, particularmente los dados con
el revés de la mano.

Ya cansados de aporrearnos y nosotros de sufrirlo, nos maniataron para volvernos a Sevilla. Líbrete Dios de delito contra las tres Santas, Inquisición, Hermandad y Cruzada[29], y, si culpa no tienes, líbrete de la Santa Hermandad. Porque las otras Santas, teniendo, como todas tienen, jueces rectos, de verdad, ciencia y conciencia, son los ministros muy diferentes; y los santos cuadrilleros, en general, es toda gente nefanda y desalmada, y muchos por muy poco jurarán contra ti lo que no heciste ni ellos vieron, más del dinero que por testificar falso llevaron, si ya no fue jarro de vino el que les dieron. Son, en resolución, de casta de porquerones, corchetes o velleguines[30], y por el consiguiente ladrones pasantes o puntos menos[31], y, como diremos adelante, los que roban a bola vista[32] en la república. Y tú, cuadrillero de bien, que me dices que hablo mal, que tú eres muy honrado y usas bien tu oficio, yo te lo confieso y digo que lo eres, como si te conociera. Pero dime, amigo, para entre nosotros, que no nos oiga nadie, ¿no sabes que digo verdades de tu compañero? Si tú lo sabes y ello es así, con él hablo y no contigo[33].

Ya estábamos despedidos de los clérigos, que se iban a pie su camino y nosotros el nuestro. ¿Quieres oírme lo que sentí? Pues fue sin duda más verme volver a mi tierra de aquella manera, que los golpes recebidos —ni la muerte, si allí me la dieran. Si a otra parte acaso nos llevaran, siendo estraña, lo tuviera en poco, supuesto que iba salvo y la verdad había de parecer y no ser yo el que buscaban. Estábamos atraillados como galgos, afligidos de la manera que puedes considerar si tal te aconteciera.

---

[29] Lo registra Correas con otro orden al final: «... Inquisición, Cruzada y Hermandad».

[30] *porquerones, corchetes, velleguines:* ministros de la justicia que prendían a los delincuentes. El último de los sinónimos era propio del lenguaje de germanía.

[31] *ladrones pasantes:* entiéndase 'que están acabando, perfeccionando sus estudios de latrocinio' (cfr. I, ii, 2, n. 13). Comp. Cervantes, *Don Quijote,* I, xlv: III, págs. 309-310: : «Venid acá, ladrones en cuadrilla, que no cuadrilleros, salteadores de caminos con licencia de la Santa Hermandad.»

[32] *a bola vista:* al descubierto.

[33] Abunda entre los contemporáneos de Alemán la crítica a los desalmados cuadrilleros, casi siempre en el contexto de un penoso sistema judicial. Cfr. también I, ii, 1, n. 47.

No sé cómo uno de aquellos benditos me miró, que dijo al otro:

—¡Hola, hao! ¿Qué te digo? Creo que nos habemos engañado con la priesa.

El otro respondió:

—¿Cómo así?

Volvióle a decir:

—¿No sabes que el que buscamos tiene menos el dedo pulgar de la mano izquierda, y éste está sano?[34]

Leyendo la requisitoria, refirieron las señas y vieron que casi se engañaron en todas. Y sin duda que debían de traer gana de aporrear y dieron en lo primero que hallaron. Luego nos desataron y, pidiendo perdón y licencia, se fueron y nos dejaron bien pagados de nuestro trabajo, quitándole al arriero unos pocos de cuartos para la vista del pleito y remojar la palabra en la primera venta.

No hay mal tan malo de que no resulte algo bueno. Si me hubieran hurtado la capa, yendo cubierto con ella no echaran de ver si estaba sano de mis dedos pulgares, y, cuando lo vinieran a mirar, no fuera en tiempo, y quisiera primero haber padecido mil tormentos. En todo eché buena suerte: gastado, robado, hambriento y deshechas las quijadas a puñetes, desencasado[35] el pescuezo a pescozadas, bañados en sangre los dientes a mojicones. Mi compañero, si no peor, no menos. Y «¡Perdonen, amigos, que no son ellos!» Ved qué gentil perdón y a qué tiempo.

Los clérigos iban cerca, luego los alcanzamos. Admiráronse en vernos. Supieron de mí la causa de nuestra libertad, que mi compañero estaba tal, que no se atrevió a hablar por no escupir las muelas. Cada uno subió en su caballería, comenzamos a picar y no con los talones, que los de albarda no alcanzaban[36].

---

[34] Es costumbre recordar a este propósito la curiosa coincidencia de Alemán con el sosias de Guzmanillo, pues el escritor tenía una cicatriz en el pulgar izquierdo. Cfr. F. Rodríguez Marín, *Discursos*, pág. 40.

[35] *desencasado:* desencajado.

[36] *picar* tiene aquí el sentido de «andar de prisa, apretar el paso el que va a caballo» *(Autoridades);* vienen después varios cruces y relaciones semánticas entre los términos que siguen. Los *talones ... de albarda* recuerdan seguramente la frase

A fe os prometo que tuvimos bien que contar de la vendeja[37] y granjería de la feria.

El más mozo de los clérigos dijo:

—Ahora bien, para olvidar algo de lo pasado y entretener el camino con algún alivio, en acabando las horas con mi compañero, les contaré una historia, mucha parte della que aconteció en Sevilla.

Todos le agradecimos la merced y, porque ya concluían su rezado, estuvimos esperando en silencio y deseo.

---

llevar pies de albarda, 'ir el condenado recibiendo azotes sobre un asno' (cfr. Alonso).

[37] *vendeja:* trato, venta pública, feria. Alude al refrán «Cada uno dice la feria como le va en ella» (Correas).

CAPÍTULO VIII

Luego como acabaron de rezar, que fue muy breve espacio, cerraron sus breviarios y, metidos en las alforjas, siendo de los demás con gran atención oído, comenzó el buen sacerdote la historia prometida, en esta manera:

«Estando los Reyes Católicos don Fernando y doña Isabel sobre el cerco de Baza, fue tan peleado, que en mucho tiempo dél no se conoció ventaja en alguna de las partes[1]. Porque, aunque la de los reyes era favorecida con el grande número de gente, la de los moros, habiendo muchos, estaba fortalecida con la buena disposición del sitio.

»La reina doña Isabel asistía en Jaén previniendo a las cosas necesarias; y el rey don Fernando acudía personalmente a las del ejército. Teníalo dividido en dos partes: en la una plantada la artillería y encomendada a los marqueses de Cádiz y Aguilar, a Luis Fernández Portocarrero, señor de Palma, y a los comendadores de Alcántara y Calatrava, con otros capitanes y soldados; en la otra estaba su alojamiento con los más caballeros y gente de su ejército, teniendo la ciudad en medio cercada.

»Y si por dentro della pudieran atravesar, había como dis-

---

[1] El cerco de Baza se consumó en diciembre de 1489, tras un largo asedio. La ambientación histórica de esta novelita se basa en la *Crónica de los Reyes Católicos* de Hernando del Pulgar (cfr. la edición de Juan de Mata Carriazo: II, *Guerra de Granada*, Madrid, 1943, en especial págs. 363, 384-387 y 405-408). (JSF y, sobre todo, FR, con pasajes de la *Crónica*.)

tancia de media legua del un real a el otro; mas por serle impedido el paso, rodeaban otra media por la sierra y así distaban una legua. Y porque con dificultad podían socorrerse, acordaron hacer ciertas cavas y castillos, que el Rey por su persona muy a menudo visitaba. Y aunque los moros procuraban impedir no se hiciesen, los cristianos lo apoyaban defendiéndolo valerosamente, sobre que cada día no pasó alguno sin que dos o más veces escaramuzasen, habiendo de todas partes muchos heridos y muertos. Pero, porque la obra no cesase, siendo tan importante, siempre con los que en ella trabajaban asistían de guarda noche y día las compañías necesarias.

»Aconteció que, estando de guarda don Rodrigo y don Hurtado de Mendoza, Adelantado de Cazorla, y don Sancho de Castilla, les mandó el Rey no la dejasen hasta que los condes de Cabra y Ureña y el marqués de Astorga entrasen con la suya, para cierto efecto. Los moros, que, como dije, siempre se desvelaban procurando estorbar la obra, subieron como hasta tres mil peones y cuatrocientos caballos por lo alto de la sierra contra don Rodrigo de Mendoza. El Adelantado y don Sancho comenzaron con ellos la pelea y, estando trabada, socorrieron a los moros otros muchos de la ciudad. El rey don Fernando que lo vio, hallándose presente, mandó al conde de Tendilla que por otra parte les acometiese, en que se trabó una muy sangrienta batalla para todos. Viendo el Rey al conde apretado y herido, mandó al maestre de Santiago acometer por una parte, y al marqués de Cádiz y duque de Nájera y a los comendadores de Calatrava y a Francisco de Bovadilla, que con sus gentes acometiesen por donde estaba la artillería.

»Los moros sacaron contra ellos otra tercera escuadra y pelearon valentísimamente así ellos como los cristianos. Y hallándose el Rey en esta refriega, visto por los del real, se armaron a mucha priesa, yendo todos en su ayuda. Tanto fue el número de los que acudieron, que no pudiendo resistirse los moros, dieron a huir y los cristianos en su alcance, haciendo gran estrago hasta meterlos por los arrabales de la ciudad, adonde muchos de los soldados entraron y saquearon grandes riquezas, cautivando algunas cabezas, entre las cuales fue Daraja, doncella mora, única hija del alcaide de aquella fortaleza.

»Era la suya una de las más perfectas y peregrina hermosura

que en otra se había visto. Sería de edad hasta diez y siete años no cumplidos. Y siendo en el grado que tengo referido, la ponía en mucho mayor su discreción, gravedad y gracia. Tan diestramente hablaba castellano, que con dificultad se le conociera no ser cristiana vieja, pues entre las más ladinas[2] pudiera pasar por una dellas. El Rey la estimó en mucho, pareciéndole de gran precio. Luego la envió a la Reina su mujer, que no la tuvo en menos y, recibiéndola alegremente, así por su merecimiento como por ser principal decendiente de reyes, hija de un caballero tan honrado, como por ver si pudiera ser parte que le entregara la ciudad sin más daños ni peleas, procuró hacerle todo buen tratamiento, regalándola de la manera, y con ventajas, que a otras de las más llegadas a su persona. Y así no como a cautiva, antes como a deuda, la iba acariciando, con deseo que mujer semejante y donde tanta hermosura de cuerpo estaba no tuviera el alma fea.

»Estas razones eran para no dejarla punto de su lado, demás del gusto que recibía en hablar con ella; porque le daba cuenta de toda la tierra por menor, como si fuera de más edad y varón muy prudente por quien todo hubiera pasado. Y aunque los reyes vinieron después a juntarse en Baza, rendida la ciudad con ciertas condiciones, nunca la reina quiso deshacerse de Daraja, por la gran afición que la tenía, prometiendo a el alcaide su padre hacerle por ella particulares mercedes. Mucho sintió su ausencia, mas diole alivio entender el amor que los reyes la tenían, de donde les había de resultar honra y bienes, y así no replicó palabra en ello.

»Siempre la reina la tuvo consigo y llevó a la ciudad de Sevilla, donde con el deseo que fuese cristiana, para disponerla poco a poco sin violencia, con apacibles medios[3], le dijo un día:

»—Ya entenderás, Daraja, lo que deseo tus cosas y gusto. En parte de pago dello te quiero pedir una cosa en mi servicio: que trueques esos vestidos a los que te daré de mi persona,

---

[2] *ladino*: 'moro que habla latín o romance' y, por extensión, 'astuto y sagaz'; «al morisco y al extranjero que aprendió nuestra lengua con tanto cuidado que apenas le diferenciamos de nosotros, también le llamamos *ladino*» (Covarrubias).

[3] Entre las «condiciones» de la rendición figuraba la promesa que hicieron los Reyes Católicos de permitir a los moros la conservación de su fe.

para gozar de lo que en el hábito nuestro se aventaja tu hermosura.

»Daraja le respondió:

»—Haré con entera voluntad lo que tu Alteza me manda. Porque habiéndote obedecido, si hay algo en mí de alguna consideración, de hoy más estimaré por bueno, y lo será sin duda, que me lo darán tus atavíos y suplirán mis faltas.

»—Todo lo tienes de cosecha[4] —le replicó la reina— y estimo ese servicio y voluntad con que le ofreces.

»Daraja se vistió a la castellana, residiendo en palacio por algunos días, hasta que de allí partieron a poner cerco sobre Granada, que así por los trabajos de la guerra, como para irla saboreando en las cosas de nuestra fe, le pareció a la reina sería bien dejarla en casa de don Luis de Padilla, caballero principal muy gran privado suyo, donde se entretuviese con doña Elvira de Guzmán, su hija doncella, a quienes encargaron el cuidado de su regalo. Y aunque allí lo recibía, mucho sintió verse lejos de su tierra y otras causas que le daban mayor pena, mas no las descubrió; que con sereno rostro, el semblante alegre, mostró que en ser aquél gusto de su Alteza lo estimaba en merced y recebía por suyo.

»Esta doncella tenían su padres desposada[5] con un caballero moro de Granada, cuyo nombre era Ozmín. Sus calidades muy conformes a las de Daraja: mancebo rico, galán, discreto y, sobre todo, valiente y animoso, y cada una destas partes dispuesta a recebir un *muy,* y le era bien debido. Tan diestro estaba en la lengua española, como si en el riñón de Castilla se criara y hubiera nacido en ella. Cosa digna de alabanza de mozos virtuosos y gloria de padres, que en varias lenguas y nobles ejercicios ocupan sus hijos. Amaba su esposa tiernamente. De modo idolatraba en ella que, si se le permitiera, en altares pusiera sus estatuas. En ella ocupaba su memoria, por ella desvelaba sus sentidos, della era su voluntad. Y su esposa, reconocida, nada le quedaba en deuda.

»Era el amor igual, como las más cosas en ellos y sobre todo un honestísimo trato en que se conservaban. La dulzura de ra-

---

[4] *de cosecha:* por naturaleza.
[5] *desposada:* prometida en matrimonio.

zones que se escribían, los amorosos recaudos[6] que se envia-
ban, no se pueden encarecer. Habíanse visto y visitado, pero
no tratado sus amores a boca[7]; los ojos parleros muchas veces,
que nunca perdieron ocasión de hablarse. Porque los dos, de
muchos años antes —y no muchos, pues ambos tenían pocos—, mas para bien hablar, desde su niñez se amaban y las
visitas eran a deseo[8]. Enlazóse la verdadera amistad en los padres y amor en los hijos con tan estrechos ñudos, que de conformidad todos desearon volverlo en parentesco y con este casamiento tuvo efecto; pero en hora desgraciada y rigor de planeta, que apenas acabó de concluirse cuando Baza fue cercada.

»Con esta revuelta y alborotos lo dilataron, aguardando jun-
tarlos con más comodidad y alegría, para solenizar con juegos
y fiestas lo que aquélla pedía y casamiento de tan calificada
gente.

»Daraja, ya dije quién era su padre. Su madre fue sobrina,
hija de hermana, de Boabdelín, rey de aquella ciudad, que había tratado el casamiento. Y Ozmín, primo hermano de Mahomet, rey que llamaron *Chiquito,* de Granada[9].

»Pues, como sucediese al revés de sus deseos, mostrándose a
todos la fortuna contraria, estando Daraja en poder de los
reyes y habiéndola dejado en Sevilla, luego que su esposo lo
supo, las exclamaciones que hizo, lástimas que dijo, suspiros
que daba, efectos de tristeza que mostró, a todos repartía y
ninguno salía con pequeña parte. Mas como el daño fuese tan
solo suyo y la pérdida tan de su alma, tanto creció el dolor en
ella, que brevemente le cupo parte al cuerpo, adoleciendo de
una enfermedad grave tan dificultosa de curar, cuanto lejos de
ser conocida y los remedios distantes. Crecían los efectos con
indicios mortales, porque la causa crecía, sin ser a propósito
las medicinas; y lo peor, que el mal no se entendía, siendo lo

---

[6] *recaudos:* recados, mensajes.

[7] *a boca:* de palabra.

[8] *a deseo:* con vehemente apetencia de ambos.

[9] *«Boabdelín* —como notó G. Cirot...— no es Boabdil, sino Abu Allah Muhammad, hermano de Abu-l-hasan, y conocido por *el Zagal; Mahomet...* el *Chiquito* es el Boabdil famoso, Abu'Abd Allab Muhammad, hijo de Abu-l-Hasan.
Claro está que el parentesco de Ozmín con estos personajes es cosa novelesca» (FR).

más esencial de su reparo. Así de su salud los afligidos padres ya tenían rendida la esperanza: los médicos la negaban, confirmándose con los acidentes.

»Todos en esta pena y el enfermo casi en la última, se le representó una imaginación de que le pareció sacar algún fruto y, aunque con riesgo, mas puesto en parangón del que tenía, no podía ser otro mayor. Y con las ansias de la ejecución, procurando alcanzar ver a su querida esposa, cobró aliento y algún esfuerzo, resistiendo animosamente las cosas que podían dañarle. Despidió las tristezas y melancolías, pensaba solamente cómo tener salud. Con esto vino a cobrar mejoría, a desesperación[10] de todos los que le vieron llegar a tal punto. Dicen bien que el deseo vence al miedo, tropella inconvenientes y allana dificultades. Y el alegría en el enfermo es el mejor jarabe y cordial epíctima[11], y así es bien procurársela y, cuando alegre lo vieres, cuéntalo por sano.

»Luego comenzó a convalecer. Y apenas podía tenerse sobre sí, cuando previniéndose, para guía, de un moro lengua[12], que a los reyes de Granada sirvió mucho tiempo de espía, joyas y dineros para el viaje, en un buen caballo morcillo[13], un arcabuz en el arzón de la silla, su espada y daga ceñida, en traje andaluz, salieron de la ciudad una noche, atrochando[14] por fuera de camino, como los que sabían bien la tierra.

»Pasaron a vista del real y, habiéndolo dejado bien atrás, por sendas y veredas iban a Loja, cuando cerca de la ciudad su avara suerte los encontró con un capitán de campaña, que andaba recogiendo la gente que huyendo del ejército desamparaban la milicia. Pues como así los viese, los prendió. Fingió el moro tener pasaporte, buscándolo ya en el seno, ya en la faltriquera y otras partes; y como no lo hallase y los viese descaminados, tomando mala sospecha, los prendió para volverlos al real.

»Ozmín, sin alterarse alguna cosa, con libres palabras, apro-

---

[10] *a desesperación:* contra las esperanzas.
[11] *epíctima:* bebida o líquido que se aplicaba para mitigar el dolor.
[12] *lengua:* intérprete, guía.
[13] *morcillo:* completamente negro.
[14] *atrochar:* «andar por trochas o sendas para acortar o abreviar el camino» *(Autoridades).*

vechándose del nombre del caballero en cuyo poder estaba su esposa, fingió ser hijo suyo, llamándose don Rodrigo de Padilla, y haber venido a traer un recaudo a los reyes de parte de su padre y cosas de Daraja; y por haber adolecido, se volvía. Otrosí le afirmó haber perdido el pasaporte y el camino, y que para tornar a él habían tomado aquella senda.

»Nada le aprovechaba, que todavía insistía, queriéndolos volver, y no lo entendían, que ni a él se le diera una tarja[15] que se fueran o volvieran. Sola fue su pretensión que un caballero tal como representaba le quebrara los ojos con algunos doblones, que no hay firma de general que iguale al sello real, y tanto más cuanto en más noble metal estuviere estampado. Para los maltrapillos y soldados de tornillo[16] tienen dientes y en ellos muestran su poder ejecutando las órdenes; que no en quien pueden sacar algún provecho, que eso buscan.

»Ozmín, sospechando en lo que tantos fieros habían de parar, volvió a decirle:

»—No entienda, señor capitán, que me diera pena volver atrás otra vez ni diez, ni reiterar el camino lo estimara en algo, si salud, como vee, no me faltara; mas pues consta la necesidad que llevo, suplícole no reciba vejación semejante por el riesgo de mi vida.

»Y sacando del dedo una rica sortija, la puso en su mano, que fue como si echaran vinagre al fuego, que luego le dijo:

»—Señor, Vuestra Merced vaya en buen hora, que bien se deja entender de hombre tan principal que no se va con la paga del rey ni desamparara su campo menos que con la ocasión que tiene. Iréle acompañando hasta Loja, donde le daré recaudo[17] para que con seguridad pueda pasar adelante.

»Así lo hizo, quedando muy amigos; y habiendo reposado se despidieron, tomando cada uno por su vía.

»Con estas y otras desgracias llegaron a Sevilla, donde por la relación que traía supo la calle y casa donde Daraja estaba. Dio

---

[15] *tarja:* moneda de escaso valor.

[16] *maltrapillos:* desharrapados; *soldados de tornillo:* cobardes, gorrones y desertores. Comp. *Estebanillo,* I, pág. 189: «di alcance a dos soldados destos que viven de tornillo, siendo siempre mansos y guías de todas las levas que se hacen».

[17] *recaudo:* aquí, 'salvoconducto'.

algunas vueltas a diferentes horas y en diversos días, mas nunca la pudo ver; que, como no iba fuera ni a la iglesia, ocupaba todo el tiempo en su labor y recrearse con su amiga doña Elvira.

»Viendo, pues, Ozmín la dificultad que tenía su deseo y la nota que daba, como en común la dan en cualquier lugar los forasteros, que todos ponen los ojos en ellos deseando saber quiénes y de dónde son, qué buscan y de qué viven, especialmente si pasean una calle y miran con cuidado a las ventanas o puertas: de allí nace la invidia, crece la mormuración, sale de balde el odio, aunque no haya interesados.

»Algo desto se comenzaba y fue forzoso, evitando el escándalo, cesar por algunos días. El criado hacía el oficio como persona de poca cuenta. Mas no descubriéndosele camino, sólo se consolaba con que las noches a deshora pasando por su calle abrazaba las paredes, besando las puertas y umbrales de la casa.

»En esta desesperación vivió algún tiempo, hasta que por suerte llegó el que deseaba. Que como su criado tuviese cuidado de dar algunas vueltas entre día, vio que don Luis hacía reparar cierta pared, sacándola de cimientos. Asió de la ocasión por el copete[18], aconsejando a su amo que, comprando un vestidillo vil, hiciese cómo entrar por peón de albañería[19]. Parecióle bien, púsolo en ejecución, dejó su criado por guarda de su caballo y hacienda en la posada, para valerse dello cuando se le ofreciese, y así se fue a la obra. Pidió si había en qué trabajar para un forastero; dijeron que sí. Bien es de creer que no se reparó de su parte en el concierto.

»Comenzó su oficio procurando aventajarse a todos; y aunque con disgustos que tenía no había cobrado entera salud, sacaba —como dicen— fuerzas de flaqueza, que el corazón man-

---

[18] «*La ocasión, asilla por el copete o guedejón:* pintaron los antiguos la ocasión los pies con alas y puesta sobre una rueda y un cuchillo en la mano, el corte adelante, como que va cortando por donde vuela; todo denota su ligereza, y con todo el cabello de la media cabeza adelante echado sobre la frente, y la otra media de atrás rasa, dando a entender que al punto que llega se ha de asir por la melena, porque en pasándose la ocasión no hay por dónde asirla» (Correas). Cfr. sólo Cervantes, *Viaje del Parnaso,* VI, 206-207 y págs. 774-776.

[19] *albañería:* albañilería (alternando con la forma moderna: cfr. pág. 245).

da las carnes. Era el primero que a la obra venía, siendo el postrero que la dejaba. Cuando todos holgaban, buscaba en qué ocuparse. Tanto, que siendo reprehendido por ello de sus compañeros —que hasta en las desventuras tiene lugar la invidia— respondía no poder estar ocioso. Don Luis, que notó su solicitud, parecióle servirse dél en ministerios de casa, en especial del jardín. Preguntóle si dello se le entendía; dijo que un poco, mas que el deseo de acertarle a servir haría que con brevedad supiese mucho. Contentóse de su conversación y talle, porque de cualquiera cosa lo hallaba tan suficiente como solícito.

»El albañir acabó los reparos y Ozmín quedó por jardinero. Que hasta este día nunca le había sido posible ver a Daraja. Quiso su buena fortuna le amaneciese el sol claro, sereno y favorable el cielo; y deshecho el nublado de sus desgracias, descubrió la nueva luz con que vio el alegre puerto de sus naufragios. Y la primera tarde que ejercitó el nuevo oficio, vio que su esposa se venía sola paseando por una espaciosa calle, toda de arrayanes, mosquetas[20], jazmines y otras flores, cogiendo algunas dellas con que adornaba el cabello.

»Ya por el vestido la desconociera, si el original verdadero no concertara con el vivo traslado que en el alma tenía. Y bien vio que tanta hermosura no podía dejar de ser la suya. Turbóse en verla de hablarle y, tanto vergonzoso como empachado[21], al tiempo que pasaba bajó la cabeza, labrando la tierra con un almocafre[22] que en la mano tenía. Volvió a mirar Daraja el nuevo jardinero y, por un lado del rostro, aquello que cómodamente pudo descubrir, se le representó a la imaginación el lugar donde siempre la tenía, por la mucha semejanza de su esposo. De donde le vino una tan súbita tristeza, que dejándose caer en el suelo, arrimada al encañado del jardín, despidió un ansioso suspiro acompañado de infinitas lágrimas; y puesta la mano en la rosada mejilla, estuvo trayendo a la memoria muchas que, si en cualquiera perseverara, pudiera ser verdugo de su vida. Despidiólas de sí como pudo, con otro nuevo deseo

---

[20] *mosqueta:* «especie de zarza cultivada, cuyas flores dan suavísimo olor» (Covarrubias).
[21] *empachado:* embarazado, atajado, tímido.
[22] *almocafre:* azadón.

de entretener el alma con la vista, engañándola con aquella parte que de Ozmín le representaba. Levantóse temblando todo el cuerpo y el corazón alborotado, volviendo a contemplar de nuevo la imagen de su adoración, que, cuanto más atentamente lo miraba, más vivamente las transformaba en sí. Parecíale sueño y, viéndose despierta, temía ser fantasma. Conociendo ser hombre, deseaba fuera el que amaba. Quedó perpleja y dudosa sin entender qué fuese, porque la enfermedad lo tenía flaco y falto de las colores que solía; mas en lo restante de faiciones, compostura de su persona y sobresalto lo averaban. El oficio, vestido y lugar la despedían y desengañaban. Pesábale del desengaño, porfiando en su deseo sin poder abstenerse de cobrarle particular afición por la representación que hacía. Y con la duda y ansias de saber quién fuese, le dijo:

»—Hermano, ¿de dónde sois?

»Ozmín alzó la cabeza, viendo su regalada y dulce prenda, y, añudada la lengua en la garganta sin poder formar palabra ni siendo poderoso a responderle con ella, lo hicieron los ojos, regando la tierra con abundancia de agua que salía dellos, cual si de dos represas alzaran las compuertas: con que los dos queridos amantes quedaron conocidos.

»Daraja correspondió por la misma orden, vertiendo hilos de perlas por su rostro. Ya quisieran abrazarse, a lo menos decirse algunas dulces palabras y regalados amores, cuando entró por el jardín don Rodrigo, hijo mayor de don Luis, que, enamorado de Daraja, siempre seguía sus pasos, procurando gozar las ocasiones de estarla contemplando. Ellos, por no darle a entender alguna cosa, Ozmín volvió a su labor y Daraja pasó adelante.

»Don Rodrigo conoció de su semblante triste y ojos encendidos novedad en su rostro. Presumió si hubiera sido algún enojo y preguntóselo a Ozmín, el cual, aunque no se había bien vuelto a cobrar del pasado sentimiento, mas ezforzándose por la necesidad que tenía dello, le dijo:

»—Señor, del modo que la viste la vi cuando aquí llegó, sin que conmigo hablase palabra, y, así, no me lo dijo ni sé cuál sea su pasión. Especialmente que, siendo hoy el día primero que en este lugar entré, ni a mí fuera lícito preguntarla ni a su discreción comunicármela.

»Con esto se fue de allí, con intención de saberlo de Daraja; mas, en cuanto en estas palabras se entretuvo, ella se subió a largo paso por una escalera de caracol a sus aposentos y cerró tras de sí la puerta.

»Algunas tardes y mañanas pasaban destas los amantes, gozando en algunas ocasiones algunas flores y honestos frutos del árbol de amor, con que daban alivio a sus congojas, entreteniendo los verdaderos gustos, deseando aquel tiempo venturoso que sin sombras ni embarazos pudieran gozarse. No mucho ni con seguridad tuvieron este gusto; porque de la continuación extraordinaria y verlos estar juntos hablándose en algarabía[23] y ella escusarse para ello de la compañía de su amiga doña Elvira, ya daba pesadumbre a todos los de casa, y a don Rodrigo rabioso cuidado, que se abrasaba en celos, no de entender que el jardinero tratase cosa ilícita ni amores, mas ver que fuese digno de entretenerse con tanta franqueza en su dulce conversación, lo cual no hacía con otro alguno tan desenvueltamente.

»La mormuración, como hija natural del odio y de la invidia, siempre anda procurando cómo manchar y escurecer las vidas y virtudes ajenas. Y así en la gente de condición vil y baja, que es donde hace sus audiencias, es la salsa de mayor apetito, sin quien alguna vianda no tiene buen gusto ni está sazonada. Es el ave de más ligero vuelo, que más presto se abalanza y más daño hace. No faltó quien pasó la palabra de mano en mano, unos poniendo y otros componiendo sobre tanta familiaridad, hasta llegar a lo llano la bola y a los oídos de don Luis la chisme, creyendo sacar dello su acrecentamiento con honrosa privanza. Esto es lo que el mundo pratica y trata: granjear a los mayores a costa ajena, con invenciones y mentiras, cuando en las verdades no hay paño de que puedan sacar lo que desean. Oficio digno de aquellos a quien la propria virtud falta y por sus obras ni persona merecen[24].

»Dioles don Luis oído atento a las bien compuestas y afeitadas[25] palabras que le dijeron. Era caballero prudente y sabio:

---

[23] *en algarabía:* en árabe.
[24] Cfr. I, ii, 5, n. 53, y comp. Espinel, *Marcos de Obregón,* por ejemplo, I, páginas 122-123.
[25] *afeitadas:* adornadas.

no se las dejó estar paradas donde se las pusieron. Pasólas a la imaginación, dejando lugar desocupado para que cupiesen las del reo. Abrió el oído, no lo consintió cerrado, aunque algo se escandalizó. Muchas cosas pensaba, todas lejos de la cierta, y la que más lo turbó fue sospechar si su jardinero era moro que con cautela hubiera venido a robar a Daraja. Creyendo que así sería, cegóse luego; y lo que mal se considera, muchas veces y las más no ha salido bien la ejecución por la puerta cuando el arrepentimiento se entra dentro en casa. Con este pensamiento se resolvió a prenderlo.

»Él, sin resistirse, no mostrándose triste ni alterado, se consintió encerrar en una sala. Y dejándolo con este seguro, fuese donde Daraja estaba, que ya con el alboroto de los ministros y sirvientes lo sabía todo y aun de días antes lo había barruntado.

»Mostróse a don Luis muy agraviada, formando quejas, cómo en la bondad y limpieza de su vida se hubiese puesto duda, dando puerta que con borrón semejante cada uno pensase lo que quisiese y mejor se le antojase, pues habían abierto senda para cualquier mala sospecha.

»Estas y otras bien compuestas razones, con afecto de ánimo recitadas, hicieron a don Luis con facilidad arrepentirse de lo hecho. Quisiera, según Daraja lo deshizo, nunca haber tratado de tal cosa, indignándose contra sí mismo y contra los que lo impusieron en ello. Mas por no mostrarse fácil y que sin mucha consideración se hubiese movido a cosa tan grave, disimulando su arrepentimiento le dijo desta manera:

»—Bien creo y de cierto conozco, hija Daraja, la razón que tienes y lo mal que con término semejante contra ti se ha procedido, sin haber primero examinado el ánimo de los testigos que han en tu ofensa depuesto. Conozco tu valor, el de tus padres y mayores de quien deciendes. Conozco que los méritos de tu persona sola tienen alcanzado de los reyes, mis señores, todo el amor que un solo y verdadero hijo puede ganar de sus amorosos y tiernos padres, haciéndote pródigas y conocidas mercedes. Con esto debes conocer que te pusieron en mi casa para que fueses en ella servida con todo cuidado y diligencia en cuanto fuese tu voluntad, y que debo dar de ti la cuenta conforme a la confianza que de mí se hizo. Por lo cual y por lo que mi deseo de tu servicio merece, has de corresponder como quien eres, con el buen trato que a mi lealtad y a lo más referido se le debe. No puedo ni quiero pensar pueda en ti haber cosa que desdiga ni degenere. Mas ha engendrado un cuidado la familiaridad grande que con Ambrosio tienes —que este nombre se puso Ozmín cuando entró a servir de peón—, acompañada de hablar en arábigo, para desear todos entender lo que sea o cuál fue su principio, sin haberle antes tú ni yo visto ni conocido. Y esto satisfecho, a muchos quitarás la duda y a mí un impertinente y prolijo desasosiego. Suplícote por quien eres nos absuelvas esta duda, creyendo de mí que en lo que fuere posible seré siempre contigo en cuanto se te ofrezca.

»Curiosamente estuvo atenta Daraja en lo que don Luis le decía, para poderle responder; aunque su buen entendimiento ya se había prevenido de razones para el descargo, si algo se hubiera descubierto. Mas en aquel breve término, dejando las pensadas, le fue necesario valerse de otras más a propósito a lo que fue preguntada, con que fácilmente, dejándolo satisfecho, descuidase, cautelando lo venidero, para gozarse con su esposo según solía; y dijo así:

»—Señor y padre mío, que así te puedo llamar: señor por estar en tu poder y padre por las obras que de tal me haces; mal correspondiera con lo que soy obligada a las continuas mercedes que recibo de sus Altezas por tus manos y con tus intercesiones en mi favor acrecientas, si no depositara en el archivo de tu discreción mis mayores secretos, amparándolos con tu sombra y gobernándome con tu cordura, y si con la misma verdad no dejara colmado tu deseo. Que, aunque traer a la memoria cosas que me es forzoso recitarte, ha de ser para mí gran pesadumbre, y aun de no pequeño martirio, con él te quiero pagar y dejar deudor de mi sentimiento, y de lo que me mandas, asegurado. Ya, señor, habrás entendido quién soy, que te es notorio, y cómo mis desgracias o buena suerte —que no puedo, hasta encerrar el fruto, viendo el fin de tantos trabajos, condenar lo uno ni loar lo otro— me trajeron a tu casa, después de haberse tratado de casarme con un caballero de los mejores de Granada, deudo muy cercano y descendiente de los reyes della. Este mi esposo, si tal puedo llamarle, se crió, siendo como de seis o siete años, con otro niño cristiano cativo y

de su misma edad, que para su servicio y entretenimiento le
compraron sus padres. Andaban siempre juntos, jugaban juntos, juntos comían y dormían de ordinario, por lo mucho que
se amaban. Ved si eran prendas de amistad las que he referido.
Así lo amaba mi esposo, como si su igual o deudo suyo fuera.
Dél fiaba su persona por ser muy valiente; era depósito de sus
gustos, compañero de sus entretenimientos, erario de sus secretos y, en sustancia, otro él[26]. Ambos en todo tan conformes, que la ley sola los diferenciaba; que, por la mucha discreción de ambos, nunca della se trataron por no deshermanarse.
Merecíalo bien el cativo —dije mal: mejor dijera hermano, y
tal debiera llamarlo— por su trato fiel, compuestas costumbres
y ahidalgado proceder. Que si no conociéramos haber nacido
de humildes padres labradores, que con él fueron cativos en
una pobre alquería, creyéramos por cierto decendir[27] de alguna noble sangre y generosa casa. Éste, habiéndose tratado de
mis bodas, era la estafeta[28] de nuestros entretenimientos, que,
como tan fiel, en otra cosa no se ocupaba. Traíame papeles y
regalos, volviendo los retornos debidos a semejantes portes.
Pues como Baza fuese entregada y él estuviese allí, fue puesto
en libertad con los más cativos que dentro se hallaron. Mal sabré decir si el gozo de cobrarla fue tanto como el dolor de perdernos. Dél podrás fácilmente saberlo, con lo más que quisieres entender, porque es Ambrosio, el que en tu servicio tienes,
que para refrigerio de mis desdichas Dios fue servido que a él
viniese. Sin pensar lo perdí y a caso[29] lo he vuelto a hallar: con
él repaso los cursos de mis desgracias, después que en ellas me
gradué; con él alivio las esperanzas de mi enemiga suerte y entretengo la penosa vida, para engañar el cansancio del prolijo
tiempo. Si este consuelo, por ser en mi favor, te ofende, haz a
tu voluntad, que será la mía en cuanto la dispusieres.

»Don Luis quedó admirado y enternecido, tanto de la estra-
ñeza como del caso lastimoso, según el modo de proceder que

---

[26] Cfr. II, ii, 1 n. 4.

[27] *decendir:* descender.

[28] *estafeta:* «el correo ordinario que iba de un lugar a otro a caballo» *(Autoridades).*

[29] *a caso:* por azar, casualmente.

en contarlo tuvo, sin pausa, turbación o accidente de donde pudiera presumirse que lo iba componiendo. Demás que lo acreditó vertiendo de sus ojos algunas eficaces lágrimas, que pudieran ablandar las duras piedras y labrar finos diamantes.

»Con esto fue suelto de la prisión Ambrosio, sin preguntarle alguna cosa, por no hacer ofensa en ello a la información de Daraja. Sólo poniéndole los brazos en el cuello, con alegre rostro le dijo:

»—Agora conozco, Ambrosio, que debes tener principio de alguna valerosa sangre, y si éste faltara, tú lo dieras por tus virtudes y nobleza. Que, según lo que de ti he sabido, en obligación te estoy por ello, para hacerte de hoy más el tratamiento que mereces.

»Ozmín le dijo:

»—En ello, señor, harás como quien eres; y el bien que recibiere, podré preciarme siempre que de tu largueza y casa me ha procedido.

»Con esto se le permitió que volviese al jardín con la misma familiaridad que primero[30] y más franca licencia. Las veces que querían se hablaban, sin que alguno en ello ya se escandalizase.

»En este intermedio, siempre tuvieron los reyes cuidado de saber de la salud y estado de las cosas de Daraja, de que les era dado particular aviso. Holgaban de saberlo, encomendándola mucho por sus cartas. Pudo tanto este favor, que por el deseo de privanza y méritos de la doncella, así don Rodrigo como los más principales caballeros de aquella ciudad, deseaban fuese cristiana, pretendiéndola por mujer. Mas como don Rodrigo la tuviese —como dicen— de las puertas adentro, era entre los demás opositores el de mejor acción, al común parecer. El caso era llano, y la sospecha verisímil; pues de su condición, costumbres y trato ella tenía hecha experiencia, y las ostentaciones desta calidad no suelen ser de poco momento, ni el escalón más bajo haber uno hecho alarde público de sus virtudes y nobleza, donde por ellas pretende ser conocido y aventajado. Mas como los amantes tuviesen las almas trocadas y ninguno poseyese la suya, tan firmes estaban en amarse, cuanto ajenos

---

[30] *primero:* antes.

de ofenderse. Nunca Daraja dio lugar con descompostura ni otra causa que alguno se le atreviese, aunque todos la adoraban. Cada uno buscaba sus medios y echaba redes con rodeos, mas ninguno tenía fundamento.

»Visto por don Rodrigo cuán poco aprovechaban sus servicios, cuán en balde su trabajo y el poco remedio que tenía, pues en tantos días pasados de continua conversación estaba como el primero, vínole al pensamiento valerse de Ozmín, creyendo por su intercesión alcanzar algunos favores. Y tomándolos por el más acertado medio, estando una mañana en el jardín le dijo:

»—Bien sabrás, Ambrosio hermano, las obligaciones que tienes a tu ley, a tu rey, a tu natural, a el pan que de mis padres comes y al deseo que de tu aprovechamiento tenemos. Entiendo que, como cristiano de la calidad que tus obras publican, has de corresponder a quien eres. Vengo a ti con una necesidad que se me ofrece, de donde pende todo el acrecentamiento de mi honra y el rescate de mi vida, que está en tu mano, si tratando con Daraja, entre las más razones la dispusieres con las buenas tuyas a que, dejada la seta falsa que sigue, se quiera volver cristiana. Lo que dello podrá resultar, bien te es notorio: a ella salvación, servicio a Dios, a los reyes gusto, honra en tu patria y a mí total remedio. Porque pidiéndola por mujer vendré a casar con ella, y no será poco el útil que sacarás deste viaje, que siéndote honroso te será juntamente provechoso, y tanto cuanto puede ponderar tu buen entendimiento; porque siendo de Dios galardonado por el alma que ganas, yo de mi parte gratificaré con muchas veras la vida que me dieres con la buena obra y amistad que por intercesión tuya recibiere. No dejes de favorecerme, pues tanto puedes, y donde tantas obligaciones fuerzan juntas, no es justo serte importuno.

»Ya cuando tuvo acabada de hacer su exhortación, Ozmín le respondió lo siguiente:

»—La misma razón con que has querido ligarme, señor don Rodrigo, te obligará que creas cuánto deseo que Daraja siga mi ley, a que con muchas veras, infinitas y diversas veces la tengo persuadida. No es otro mi deseo sino el tuyo, y así haré la diligencia en causa propria, como en cosa que soy tan interesado. Pero amando tan de corazón a su esposo y mi señor, tratar de volverla cristiana es doblarle la pasión sin otro fruto alguno; que aún en ella viven algunas esperanzas que podría mudarse la fortuna, dándose trazas como conseguir su deseo. Esto es lo que he sabido della y siempre me ha dicho y lo en que[31] la he visto firme. Mas para cumplir con lo que me mandas, no obstante que no ha de ser de fruto, la volveré a hablar y a tratar dello, y te daré su respuesta.

»No mintió el moro palabra en cuanto dijo, si hubiera sido entendido; mas con el descuido de cosa tan remota, creyó don Rodrigo no lo que quiso decir, sino lo que formalmente dijo. Y así, engañado, llevó alguna confianza: que quien de veras ama, se engaña con desengaños.

»Ozmín quedó tan triste de ver al descubierto la instancia que en su daño se hacía, que casi salía de juicio con el celo. De manera lo apretó, que de allí adelante no se le pudo más ver el rostro alegre, pareciéndole lo imposible posible. Luchaba consigo mismo, imaginando que el nuevo competidor, como poderoso en su tierra y casa, pudiera valerse de trazas y mañas con que impedirle su intento, siendo cual era tanta su solicitud. Temíase no se la mudasen: que las muchas baterías aportillan los fuertes muros y con secretas minas los prostran[32] y arruinan. Con este recelo discurría por el pensamiento a trágicos fines y funestos acaecimientos que se le representaban. Mucho los temía y algo los creía, como perfecto amador. Viendo Daraja tantos días tan triste a su querido esposo, deseaba con deseo saber la causa; mas ni él se la dijo ni trató alguna cosa de lo que con don Rodrigo había pasado. Ella no sabía qué hacer ni cómo poderlo alegrar; aunque con dulces palabras, dichas con regalada lengua, risueña boca y firme corazón, exageradas con los hermosos ojos que las enternecían con el agua que dellos a ellas bajaban, así le dijo:

»—Señor de mi libertad, dios que adoro y esposo a quien obedezco, ¿qué cosa puede ser de tanta fuerza que, estando viva y en vuestra presencia, en mi ofensa os atormente? ¿Podrá por ventura mi vida ser el precio de vuestra alegría? ¿O

[31] *lo en que:* «En la lengua del Siglo de Oro es frecuente el tipo de construcciones con preposición intercalada entre las partículas del relativo» (EM).

[32] *aportillar:* abrir brechas; *prostrar:* derribar.

cómo la tendréis, para que con ella salga mi alma del infierno de vuestra tristeza, en que está atormentada? Deshaga el alegre cielo de vuestro rostro las nieblas de mi corazón. Si con vos algo puedo, si el amor que os tengo algo merece, si los trabajos en que estoy a piedad os mueven, si no queréis que en vuestro secreto quede sepultada mi vida, suplícoos me digáis qué os tiene triste.

»Aquí paró, que la ahogaba el llanto, haciendo en los dos un mismo efecto, pues no le pudo responder de otro modo que con ardientes y amorosas lágrimas, procurando cada uno con las proprias enjugar las ajenas, siendo todas unas por estar impedida la lengua.

»Ozmín, con la opresión de los suspiros, temiendo si los diera ser sentido, tanto los resistió volviéndolos al alma, que le dio un recio desmayo, como si quedara muerto. No sabía Daraja qué hacerse, con qué volverlo ni cómo consolarlo, ni pudo entender cuál pudiera ser ocasión de tanta mudanza en quien estaba siempre alegre. Ocupábase limpiándole el rostro, enjugándole los ojos, poniendo en ellos sus hermosas manos, después de haber mojado un precioso lienzo que en ellas tenía, matizado de oro y plata con otras varias colores, entretejidas en ellas aljófares y perlas de mucha estimación. Tanto se tranformaba en esta pena, tan ocupada con sus sentidos todos estaba en remediarla, que, si se descuidara un poco más, los hallara don Rodrigo poco menos que abrazados; porque Daraja le tenía la cabeza reclinada en su rodilla y él recostado en sus faldas en cuanto en sí volvía. Y habiendo ya cobrado mejoría, queriendo despedirse, entró por el jardín.

»Daraja, con la turbación, se apartó como pudo, dejándose en el suelo el curioso lienzo, que brevemente fue por su dueño puesto en cobro. Y viendo que don Rodrigo se acercaba, ella se fue y ellos quedaron solos. Preguntóle qué había negociado. Respondióle lo que siempre:

»—Tan firme la hallo en el amor de su esposo, que no sólo no será, como pretendes, cristiana, pero que si lo fuera, por él dejara de serlo, volviéndose mora: y a tal estremo llega su locura, el amor de su ley y de su esposo. Habléle tu negocio, y a ti porque lo intentas y a mí porque lo trato nos ha cobrado tal odio, que ha propuesto, si dello más le hablo, no verme, y a ti de verte venir se fue huyendo. Así que no te canses ni en ello gastes tiempo, que será muy en vano.

»Entristecióseme mucho don Rodrigo de tan resuelta respuesta, dada con tal aspereza. Sospechó que antes Ozmín era en su daño que de provecho; parecióle que a lo menos, cuando Daraja la diera tan desabrida, él no debiera referirla con acción semejante, haciéndose casi dueño del negocio. Y es imposible amor y consideración: tanto uno se desbarata más, cuanto más ama. Representósele la muy estrecha amistad que se decía tener con su primero amo. Parecióle que aún sería viva y no de creer haberse resfriado las cenizas de aquel fuego. Con este pensamiento reforzado de pasión, se determinó echarlo de casa, diciéndole a su padre cuán dañoso era permitir, donde Daraja estuviese, quien pudiera entretenerla con sus pasados amores ni hablarla dellos; en especial, siendo la intención de sus Altezas volverla cristiana, y en cuanto Ambrosio allí estuviese, lo tenía por dificultoso.

»—Hagamos —dijo—, señor, el ensaye con apartarlos unos días, en que veremos lo que resulta.

»No pareció mal a don Luis el consejo de su hijo, y luego, formando quejas de lo que no las pudo haber —que al poderoso no hay pedirle causa y suele el capitán con sus soldados hacer con dos ochos quince[33]—, lo despidió de su casa, mandándole que aun por la puerta no pasase. Cogiólo de sobresalto, que aun despedirse no pudo. Y obedeciendo a su amo, fingiendo menor dolor del que sentía, sacó de allí el cuerpo, prenda que pudo, porque tenía dueño el alma en cuyo poder la dejó.

»Viendo Daraja tan súbita mudanza, creyó que la tristeza pasada hubiera nacido de la sospecha de aquel nuevo suceso y que ya lo sabía. Con esto, juntándose un mal a otro, pesar a pesar y dolor a dolores, careciendo de ver a su esposo, aunque la pobre señora disimulaba cuanto más podía, era eso lo que más la dañaba. Llore, gima, suspire, grite y hable quien se viere afligido: que, cuando con ello no quite la carga de la pena, a lo menos la hace menor, y mengua el colmo[34]. Tan falta de con-

[33] *hacer con dos ochos quince:* 'hacer lo que a uno se le antoja' (SGG), expresión tomada del juego de naipes llamado *quince* (cfr. I, ii, 2, n. 14).

[34] «Pues la pena más grave y más crecida / llorando suele a veces ablandar-

r se fue huyendo. Así que no te canses ni en ello
, que será muy en vano.

óseme mucho don Rodrigo de tan resuelta res-
con tal aspereza. Sospechó que antes Ozmín era
ne de provecho; parecióle que a lo menos, cuando
a tan desabrida, él no debiera referirla con acción
ciéndose casi dueño del negocio. Y es imposible
leración: tanto uno se desbarata más, cuanto más
ntósele la muy estrecha amistad que se decía te-
imero amo. Parecióle que aún sería viva y no de
resfriado las cenizas de aquel fuego. Con este
reforzado de pasión, se determinó echarlo de
le a su padre cuán dañoso era permitir, donde
ese, quien pudiera entretenerla con sus pasados
olarla dellos; en especial, siendo la intención de
olverla cristiana, y en cuanto Ambrosio allí estu-
por dificultoso.

os —dijo—, señor, el ensaye con apartarlos unos
eremos lo que resulta.

ó mal a don Luis el consejo de su hijo, y luego,
jas de lo que no las pudo haber —que al podero-
irle causa y suele el capitán con sus soldados ha-
chos quince[33]—, lo despidió de su casa, mandán-
por la puerta no pasase. Cogiólo de sobresalto,
dirse no pudo. Y obedeciendo a su amo, fingien-
or del que sentía, sacó de allí el cuerpo, prenda
que tenía dueño el alma en cuyo poder la dejó.

araja tan súbita mudanza, creyó que la tristeza
a nacido de la sospecha de aquel nuevo suceso y
. Con esto, juntándose un mal a otro, pesar a pe-
dolores, careciendo de ver a su esposo, aunque la
lisimulaba cuanto más podía, era eso lo que más
ore, gima, suspire, grite y hable quien se viere
cuando con ello no quite la carga de la pena, a lo
menor, y mengua el colmo[34]. Tan falta de con-

ochos quince: 'hacer lo que a uno se le antoja' (SGG), expresión
le naipes llamado quince (cfr. I, ii, 2, n. 14).
a más grave y más crecida / llorando suele a veces ablandar-

de ofenderse. Nunca Daraja dio lugar con descompostura ni
otra causa que alguno se le atreviese, aunque todos la adoraban. Cada uno buscaba sus medios y echaba redes con rodeos,
mas ninguno tenía fundamento.

»Visto por don Rodrigo cuán poco aprovechaban sus servicios, cuán en balde su trabajo y el poco remedio que tenía,
pues en tantos días pasados de continua conversación estaba
como el primero, vínole al pensamiento valerse de Ozmín,
creyendo por su intercesión alcanzar algunos favores. Y tomándolos por el más acertado medio, estando una mañana en
el jardín le dijo:

»—Bien sabrás, Ambrosio hermano, las obligaciones que
tienes a tu ley, a tu rey, a tu natural, a el pan que de mis padres
comes y al deseo que de tu aprovechamiento tenemos. Entiendo que, como cristiano de la calidad que tus obras publican,
has de corresponder a quien eres. Vengo a ti con una necesidad que se me ofrece, de donde pende todo el acrecentamiento
de mi honra y el rescate de mi vida, que está en tu mano, si
tratando con Daraja, entre las más razones la dispusieres con
las buenas tuyas a que, dejada la seta falsa que sigue, se quiera
volver cristiana. Lo que dello podrá resultar, bien te es notorio: a ella salvación, servicio a Dios, a los reyes gusto, honra
en tu patria y a mí total remedio. Porque pidiéndola por mujer
vendré a casar con ella, y no será poco el útil que sacarás deste
viaje, que siéndote honroso te será juntamente provechoso, y
tanto cuanto puede ponderar tu buen entendimiento; porque
siendo de Dios galardonado por el alma que ganas, yo de mi
parte gratificaré con muchas veras la vida que me dieres con la
buena obra y amistad que por intercesión tuya recibiere. No
dejes de favorecerme, pues tanto puedes, y donde tantas obligaciones fuerzan juntas, no es justo serte importuno.

»Ya cuando tuvo acabada de hacer su exhortación, Ozmín le
respondió lo siguiente:

»—La misma razón con que has querido ligarme, señor don
Rodrigo, te obligará que creas cuánto deseo que Daraja siga mi
ley, a que con muchas veras, infinitas y diversas veces la tengo
persuadida. No es otro mi deseo sino el tuyo, y así haré la diligencia en causa propria, como en cosa que soy tan interesado.
Pero amando tan de corazón a su esposo y mi señor, tratar de

volverla cristiana es doblarle la pasión sin otro fruto alguno; que aún en ella viven algunas esperanzas que podría mudarse la fortuna, dándose trazas como conseguir su deseo. Esto es lo que he sabido della y siempre me ha dicho y lo en que[31] la he visto firme. Mas para cumplir con lo que me mandas, no obstante que no ha de ser de fruto, la volveré a hablar y a tratar dello, y te daré su respuesta.

»No mintió el moro palabra en cuanto dijo, si hubiera sido entendido; mas con el descuido de cosa tan remota, creyó don Rodrigo no lo que quiso decir, sino lo que formalmente dijo. Y así, engañado, llevó alguna confianza: que quien de veras ama, se engaña con desengaños.

»Ozmín quedó tan triste de ver al descubierto la instancia que en su daño se hacía, que casi salía de juicio con el celo. De manera lo apretó, que de allí adelante no se le pudo más ver el rostro alegre, pareciéndole lo imposible posible. Luchaba consigo mismo, imaginando que el nuevo competidor, como poderoso en su tierra y casa, pudiera valerse de trazas y mañas con que impedirle su intento, siendo cual era tanta su solicitud. Temíase no se la mudasen: que las muchas baterías aportillan los fuertes muros y con secretas minas los prostran[32] y arruinan. Con este recelo discurría por el pensamiento a trágicos fines y funestos acaecimientos que se le representaban. Mucho los temía y algo los creía, como perfecto amador. Viendo Daraja tantos días tan triste a su querido esposo, deseaba con deseo saber la causa; mas ni él se la dijo ni trató alguna cosa de lo que con don Rodrigo había pasado. Ella no sabía qué hacer ni cómo poderlo alegrar; aunque con dulces palabras, dichas con regalada lengua, risueña boca y firme corazón, exageradas con los hermosos ojos que las enternecían con el agua que dellos a ellas bajaban, así le dijo:

»—Señor de mi libertad, dios que adoro y esposo a quien obedezco, ¿qué cosa puede ser de tanta fuerza que, estando viva y en vuestra presencia, en mi ofensa os atormente? ¿Podrá por ventura mi vida ser el precio de vuestra alegría? ¿O

cómo la tendréis, para que con
de vuestra tristeza, en que está
cielo de vuestro rostro las nie
algo puedo, si el amor que os te
en que estoy a piedad os mueve
secreto quede sepultada mi vi
tiene triste.

»Aquí paró, que la ahogaba
mismo efecto, pues no le pu
con ardientes y amorosas lágr
las proprias enjugar las ajenas,
pedida la lengua.

»Ozmín, con la opresión
diera ser sentido, tanto los res
dio un recio desmayo, como
raja qué hacerse, con qué volv
entender cuál pudiera ser oca
estaba siempre alegre. Ocupá
gándole los ojos, poniendo e
pués de haber mojado un p
matizado de oro y plata con
en ellas aljófares y perlas de
formaba en esta pena, tan ocu
ba en remediarla, que, si se d
don Rodrigo poco menos qu
nía la cabeza reclinada en su
en cuanto en sí volvía. Y h
riendo despedirse, entró por

»Daraja, con la turbación
en el suelo el curioso lienzo,
puesto en cobro. Y viendo
se fue y ellos quedaron solos
Respondióle lo que siempre:

»—Tan firme la hallo en
no será, como pretendes, cr
dejara de serlo, volviéndose
cura, el amor de su ley y de
ti porque lo intentas y a mí
odio, que ha propuesto, si

de verte v
gastes tiem

»Entris
puesta, da
en su daño
Daraja la d
semejante,
amor y cor
ama. Repr
ner con su
creer habe
pensamient
casa, dicién
Daraja estu
amores ni
sus Altezas
viese, lo te

»—Haga
días, en que

»No pare
formando
so no hay p
cer con dos
dole que au
que aun des
do menor d
que pudo, p

»Viendo
pasada hubi
que ya lo sab
sar y dolor a
pobre señora
la dañaba. I
afligido: que
menos la hac

[31] lo en que: «En la lengua del Siglo de Oro es frecuente el tipo de construcciones con preposición intercalada entre las partículas del relativo» (EM).

[32] aportillar: abrir brechas; prostrar: derribar.

[33] hacer con do
tomada del jueg

[34] «Pues la p

tento andaba, tan sin gusto y desabrida, cual se le conocía muy bien de su rostro y talle.

»No quiso el enamorado moro mudar estado; que, como antes andaba, tal se trató siempre, y en hábito de trabajador seguía su trabajada suerte: en él había tenido la buena pasada y esperaba otra con mejoría. Ocupábase ganando jornal en la parte que lo hallaba, yendo desta manera probando ventura, si entrando en unas y otras partes oyese o supiese algo que le importase, que no por otro interese, pues podía con larga mano gastar por muchos días de los dineros y joyas que sacó de su casa. Mas así por lo dicho como por haberse dado a conocer en aquel vestido, teniendo franca licencia y andar más desconocido, sin que sus disinios le pudieran ser desbaratados, perseveró en él por entonces.

»Los caballeros mancebos que servían a Daraja, conociendo el favor que con ella Ozmín tenía y que ya no servía en casa de don Luis, cada uno lo codició para sí por sus fines, que presto en todos fueron públicos. Adelantóse don Alonso de Zúñiga, mayorazgo en aquella ciudad, caballero mancebo, galán y rico, fiado que la necesidad y su dinero, por medios de Ambrosio, le darían ganado el juego. Mandólo llamar, concertóse con él, hízole ventajas[35] conocidas, diole regaladas palabras, comenzaron una manera de amistad —si entre señor y criado puede haberla, no obstante que en cuanto hombres es compatible, pero su proprio nombre comúnmente se llama privanza—, con que pasados algunos lances le vino a descubrir su deseo, prometiéndole grandes intereses; que todo fue volverle a manifestar las heridas, refrescando llagas, y hacerlas mayores.

»Y si antes recelaba de uno, ya eran dos, y en poco espacio supo de muchos que el amo le descubrió y los caminos por donde cada uno marchaba y de quién se valía. Díjole que otros no quería ni buscaba más de su buena inteligencia, creyendo,

---

se» (Cristóbal de Tamariz, *Novelas en verso,* 739cd, pág. 284). También menciona Alemán otro de los más socorridos remedios, el de referir las penas, pues «consuelo es a los penados contar sus fatigas y cuidados» (Correas); cfr. *El crótalon,* págs. 359 y 435, H. del Pulgar, *Letras,* pág. 79, o Timoneda, *El patrañuelo,* páginas 44-45.

[35] *ventajas:* gratificaciones.

como tenía cierto sería sola su intercesión bastante a efetuarlo.

»No sabré decir ni se podrá encarecer lo que sintió verse hacer segunda vez alcahuete de su esposa y cuánto le convenía pasar por todo con discreta disimulación. Respondióle con buenas palabras, temeroso no le sucediera lo que con don Rodrigo. Y si con todos hubiera de arrojarse, mucho le quedaba por andar, todo lo perdiera y de nada tuviera conocimiento. Paciencia y sufrimiento[36] quieren las cosas, para que pacíficamente se alcance el fin dellas.

»Fuelo entreteniendo, aunque se abrasaba vivo. Batallaba con varios pensamientos y, como por varias partes le daban guerra y le tiraban garrochas, no sabía dónde acudir ni tras quién correr ni para sus penas hallaba consuelo que lo fuese.

»La liebre una, los galgos muchos y buenos corredores, favorecidos de halcones caseros, amigas, conocidas, banquetes, visitas, que suelen poner a las honras fuego; y en muchas casas que se tienen por muy honradas, entran muchas señoras, que al parecer lo son, a dejarlo de ser, debajo de título de visita, por las dificultades que en las proprias tienen, y otras por engaño, que de todo hay, todo se pratica. Y para la gente principal y grave no se descuidó el diablo de otras tales cobijaderas y cobijas[37].

»Todo lo temía y más a don Rodrigo, a quien él y los otros competientes[38] tenían gran odio por su arrogancia falsa. Cautelaba con ella, para que los otros desistiesen, desmayados en creer sería el origen della los favores de Daraja. Hablábanle bien, queríanle mal. Vertíanle almíbar por la boca, dejando en el corazón ponzoña. Metíanlo en sus entrañas, deseando vérselas despedazadas. Hacíanle rostro de risa, y era la que suele hacer el perro a las avispas: que tal es todo lo que hoy corre, y más entre los mejores.

»Volvamos a decir de Daraja los tormentos que padecía, el

---

[36] «La paciencia y sufrimiento es madre de la honra y padre del aumento» (Correas).

[37] *cobijadera:* alcahueta (como *cobertera,* «por ser encubridora de los fornicarios y adúlteros» [Covarrubias]), y *cobija* —aparte, claro, su sentido recto de «mantelilla corta...»—, la protección que ella o el rufián dispensaban a sus pupilas (cfr. Alonso, *s. v. cobijar),* o, simplemente, 'ramería encubierta'.

[38] *competientes:* competidores.

cuidado con que andaba para saber de su esposo, dónde se fue, qué se hizo, si estaba con salud, en qué pasaba, si amaba en otra parte. Y esto le daba más cuidado; porque, aunque las madres también lo tienen de sus hijos ausentes, hay diferencia: que ellas temen la vida del hijo y la mujer el amor del marido, si hay otra que con caricias y fingidos halagos lo entretenga. ¡Qué días tan tristes aquéllos, qué noches tan prolijas, qué tejer y destejer pensamientos, como la tela de Penélope con el casto deseo de su amado Ulises!

»Mucho diré callando en este paso. Que para pintar tristeza semejante, fuera poco el ardid que usó un pintor famoso en la muerte de una doncella, que, después de pintada muerta en su lugar, puso a la redonda sus padres, hermanos, deudos, amigos, conocidos y criados de la casa, en la parte y con el sentimiento que a cada uno en su grado podía tocarle; mas, cuando llegó a los padres, dejóles por acabar las caras, dando licencia que pintase cada uno semejante dolor según lo sintiese[39]. Porque no hay palabras ni pincel que llegue a manifestar amor ni dolor de padres, sino solas algunas obras que de los gentiles habemos leído. Así lo habré de hacer. El pincel de mi ruda lengua será brochón grosero y ha de formar borrones. Cordura será dejar a discreción del oyente y del que la historia supiere, cómo suelen sentirse pasiones cual ésta. Cada uno lo considere juzgando el corazón ajeno por el suyo.

»Andaba tan triste, que las muestras exteriores manifestaban las interiores. Viéndola don Luis en tal extremo de melancolía y don Rodrigo, su hijo, ambos por alegrarla ordenaron unas fiestas de toros y juego de cañas[40]; y por ser la ciudad tan

---

[39] La anécdota fue muy difundida, gracias, sobre todo, a Valerio Máximo, *Facta et dicta memorabilia*, VIII, xi, 6; se contaba, en concreto, del pintor Timantes, y así la recogió Fernando de Herrera, *Anotaciones*, a propósito de Garcilaso, Égloga Tercera, v. 120. Comp. también *La Celestina*, xxi, o Montaigne, *Essais*, I, ii. *Vid.* D. McGrady, «Mateo Alemán y Timantes, o la expresión del indecible dolor de los padres» (en prensa), y cfr. también Tirso, *El bandolero*, III.

[40] «Son las fiestas más frecuentes de que hoy usamos en España» (Rodrigo Caro, *Días geniales o lúdicros*, I, pág. 58). El *juego de cañas* era una especie de lucha entre cuadrillas de cuatro, seis u ocho jinetes; primero luchaban cuatro cuadrillas contra las otras cuatro, y después cada una se juntaba aparte, «y tomando cañas de la longitud de tres a cuatro varas en la mano derecha, unida y cerrada

acomodada para ello, brevemente tuvo efecto. Juntáronse las
cuadrillas, de sedas y colores diferentes cada una, mostrando
los cuadrilleros en ellas sus pasiones, cuál desesperado, cuál
con esperanza, cuál cativo, cuál amartelado, cuál alegre, cuál
triste, cuál celoso, cuál enamorado[41]. Pero la paga de Daraja
igual a todos.

»Luego que Ozmín supo la ordenada fiesta y ser su amo
cuadrillero, parecióle no perder tiempo de ver su esposa, dando muestra de su valor señalándose aquel día. El cual, como
fuese llegado al tiempo que se corrían los toros, entró en su caballo, ambos bien aderezados. Llevaba con un tafetán[42] azul cubierto el rostro, y el caballo tapados los ojos con una banda negra. Fingió ser forastero. Iba su criado delante con una gruesa
lanza. Dio a toda la plaza vuelta, viendo muchas cosas de admiración que en ella estaban.

»Entre todo ello, así resplandecía la hermosura de Daraja
como el día contra la noche, y en su presencia todo era tinieblas. Púsose frontero de su ventana, donde luego[43] que llegó
vio alterada la plaza, huyendo la turba de un famoso toro que a
este punto soltaron. Era de Tarifa, grande, madrigado[44] y
como un león de bravo.

»Así como salió, dando dos o tres ligeros brincos se puso en
medio de la plaza, haciéndose dueño della, con que a todos
puso miedo. Encarábase a una y otra parte, de donde le tiraron
algunas varas y, sacudiéndolas de sí, se daba tal maña, que no
consentía le tirasen otras desde el suelo, porque hizo algunos

---

igualmente toda la cuadrilla, la que empieza el juego corre la distancia de la plaza, tirando las cañas al aire y tomando la vuelta al galope para donde está otra
cuadrilla apostada, la cual la carga a carrera tendida y tira las cañas a los que van
cargados, los cuales se cubren con las adargas que al golpe de las cañas no les
ofenda, y así sucesivamente se van cargando unas cuadrillas contra otras, haciendo una agradable vista» *(Autoridades)*. Muy rica información trae la citada
obra de R. Caro, I, iii: I, págs. 57-81.

[41] «Los colores que denotaban las pasiones fueron variando con el tiempo y
a menudo con el autor» (FR, con ejemplos y bibliografía).

[42] *tafetán:* «tela de seda delgada» (Covarrubias).

[43] Gracián *(Agudeza y arte de ingenio,* LXII) copió y elogió con entusiasmo el
pasaje que empieza aquí y termina con los «grados de gloria» de la página siguiente.

[44] *madrigado:* propiamente «el toro que ha sido padre» *(Autoridades),* y de ahí
'malicioso y astuto' (cfr. Covarrubias).

lances y ninguno perdido. Ya no se le atrevían a poner delante
ni había quien a pie lo esperase, aun de muy lejos. Dejáronlo
solo: que otro más del enamorado Ozmín y su criado no parecían allí cerca.

»El toro volvió al caballero, como un viento, y fuele necesario sin pereza tomar su lanza, porque el toro no la tuvo en entrarle; y, levantando el brazo derecho —que con el lienzo de
Daraja traía por el molledo[45] atado—, con graciosa destreza y
galán aire le atravesó por medio del gatillo[46] todo el cuerpo,
clavándole en el suelo la uña del pie izquierdo; y cual si fuera
de piedra, sin más menearse, lo dejó allí muerto, quedándole
en la mano un trozo de lanza, que arrojó por el suelo, y se salió
de la plaza. Mucho se alegró Daraja en verlo, que cuando entró
lo conoció por el criado, el cual también lo había sido suyo, y
después en el lienzo del brazo.

»Todos quedaron con general mormullo de admiración y
alabanza, encareciendo el venturoso lance y fuerzas del embo-
zado. No se trataba otra cosa que ponderar el caso, hablándose
los unos a los otros. Todos lo vieron y todos lo contaban.
A todos pareció sueño y todos volvían a referirlo: aquél dando
palmadas, el otro dando voces; éste habla de mano[47], aquél se
admira, el otro se santigua; éste alza el brazo y dedo, llena la
boca y ojos de alegría; el otro tuerce el cuerpo y se levanta;
unos arquean las cejas; otros, reventando de contento, hacen
graciosos matachines[48]... Que todo para Daraja eran grados de
gloria.

»Ozmín se recogió fuera de la ciudad, entre unas huertas, de
donde había salido, y, dejando el caballo, trocado el vestido,
con su espada ceñida, volviendo a ser Ambrosio se vino a la
plaza. Púsose a parte donde vía lo que deseaba y era visto de
quien le quería más que a su vida. Holgaban en contemplarse;
aunque Daraja estaba temerosa, viéndole a pie, no le sucediese
desgracia. Hízole señas que se subiese a un tablado. Disimuló

---

[45] *molledo:* «la parte carnosa y redonda de algún miembro, especialmente de la
parte alta de los brazos» *(Autoridades).*

[46] *gatillo:* la parte alta del pescuezo de algunos animales.

[47] *hablar de mano:* manotear.

[48] *hacer matachines:* gesticular aparentemente, hacer aspavientos.

que no las entendía y estúvose quedo en tanto que los toros se corrieron.

»Veis aquí, al caer de la tarde, cuando entran los del juego de cañas en la forma siguiente[49]: lo primero de todo trompetas, menestriles y atabales[50], con libreas de colores, a quien seguían ocho acémilas cargadas con haces de cañas. Eran de ocho cuadrilleros que jugaban; cada una su repostero de terciopelo encima, bordadas en él con oro y seda las armas de su dueño. Llevaban sobrecargas de oro y seda con los garrotes[51] de plata.

»Entraron tras esto docientos y cuarenta caballos de cuarenta y ocho caballeros, de cada uno cinco, sin el que servía de entrada, que eran seis. Pero éstos, que entraron delante, de diestro[52], venían en dos hileras de los dos puestos contrarios. Los primeros dos caballos, que iban pareados, a cada cinco por banda, llevaban en los arzones a la parte de afuera colgando las adargas de sus dueños, pintadas en ellos enigmas y motes, puestas bandas y borlas, cada uno como quiso. Los más caballos llevaban solamente sus pretales[53] de caxcabeles, y todos con jaeces tan ricos y curiosos, con tan soberbios bozales de oro y plata, llenos de riquísima pedrería, cuanto se puede exagerar. Baste por encarecimiento ser en Sevilla, donde no hay poco ni saben dél, y que los caballeros eran amantes, competidores, ricos, mozos, y la dama presente.

»Esto entró por una puerta de la plaza, y, habiendo dado vuelta por toda en torno, salían por otra que estaba junto a la

---

[49] La entrada del juego de cañas era lo más lucido de la fiesta (FR, EM, con sendas descripciones), y se quedó en proverbio: «De amores y cañas, las entradas» (Correas).

[50] Instrumentos que, por metonimia, daban el nombre a sus tañedores. Los *menestriles* eran «de boca, como chirimías, bajones y otros semejantes, que se suelen tocar en algunas procesiones y otras fiestas públicas» *(Autoridades)*, y los *atabales*, tambores de caja, «los instrumentos de regocijo que se tocan a los juegos de cañas y fiestas» (Covarrubias).

[51] *sobrecarga*: «lazo o soga que se echa encima de la carga para asegurarla» (Covarrubias); *garrote*: «ligadura fuerte que se da con una cuerda gruesa, dándole vueltas con un palo o garrote» *(Autoridades)*.

[52] *de diestro*: guiar a las bestias por las riendas, yendo a pie delante o al lado de ellas.

[53] *pretales*: petrales, correas que sujetan la silla ciñendo el pecho del caballo.

por donde entraron: de manera que no se impedían los de la entrada con los de la salida, y así pasaron todos.

»Habiendo salido los caballos entraron los caballeros, corriendo de dos en dos las ocho cuadrillas. Las libreas, como he dicho; sus lanzas en las manos, que vibradas en ellas, parecían juntar los cuentos[54] a los hierros, y cada asta cuatro; animando con alaridos los caballos, que heridos del agudo acicate volaban, pareciendo los dueños y ellos un solo cuerpo, según en las jinetas[55] iban ajustados. No es encarecimiento, pues en toda la mayor parte del Andalucía, como Sevilla, Córdoba, Jerez de la Frontera, sacan los niños —como dicen— de las cunas a los caballos, de la manera que se acostumbra en otras partes dárselos de caña[56]. Y es cosa de admiración ver en tan tiernas edades tan duros aceros y tanta destreza, porque hacerles mal tienen por su ordinario ejercicio.

»Dieron a la plaza la vuelta, corriendo por las cuatro partes della, y, volviendo a salir, hicieron otra entrada como antes; pero mudados los caballos y embrazadas las adargas, y cañas en las manos.

»Partiéronse los puestos y seis a seis, a la costumbre de la tierra, se trabó un bien concertado juego, que, habiendo pasado en él como un cuarto de hora, entraron de por medio algunos otros caballeros a despartirlos, comenzando con otros caballos una ordenada escaramuza, los del uno y otro puesto, tan puntual que parecía danza muy concertada, de que todos en mirarla estaban suspensos y contentos.

»Ésta desbarató un furioso toro que soltaron de postre. Los de a caballo, con garrochones[57] que tomaron, comenzaron a cercarlo a la redonda, mas el toro estábase quedo sin saber a cuál acometer: miraba con los ojos a todos, escarbando la tierra con las manos. Y estando en esto esperando su suerte cada uno, salió de través un maltrapillo haciéndole cocos.

»Pocos fueron menester para que el toro, como rabioso, de-

<hr>

[54] *cuento:* el extremo de la lanza opuesto al *hierro* o punta.

[55] Sobre las sillas *jinetas,* cfr. I, i, 1, n. 15.

[56] «Los niños hacen unos caballitos *de caña,* en los cuales todos dimos nuestras carreritas» (Covarrubias).

[57] *garrochones:* rejones.

jando los de a caballo, viniera para él. Volvióse huyendo, y el toro lo siguió, hasta ponerse debajo de las ventanas de Daraja y adonde Ozmín estaba; que, pareciéndole haberse acogido el mozuelo a lugar privilegiado y haciendo caso de injuria de su dama y suya, si allí recibiera mal tratamiento, tanto por esto como abrasado de los que allí habían querido señalar sus gracias, por medio de la gente salió contra el toro, que, dejando al que seguía, se fue para él. Bien creyeron todos debía de ser loco quien con aquel ánimo arremetía para semejante bestia fiera, y esperaban sacarlo de entre sus cuernos hecho pedazos.

»Todos le gritaban, dando grandes voces, que se guardase. De su esposa ya se puede considerar cuál estaría, no sé qué diga, salvo que, como mujer, sin alma propria, ya el cuerpo no sentía de tanto sentir. El toro bajó la cabeza para darle el golpe; mas fue humillársele al sacrificio, pues no volvió a levantarla, que sacando el moro el cuerpo a un lado y con estraña ligereza la espada de la cinta, todo a un tiempo, le dio tal cuchillada en el pescuezo, que, partiéndole los huesos del celebro, se la dejó colgando del gaznate y papadas, y allí quedó muerto. Luego, como si nada hubiera hecho, envainando su espada, se salió de la plaza.

»Mas el poblacho novelero, tanto algunos de a caballo como gente de a pie, lo comenzaron a cercar por conocerlo. Poníansele delante admirados de verlo; y tantos cargaron, que casi lo ahogaban, sin dejarle menear el paso. En ventanas y tablados comenzaron otro nuevo mormullo de admiración cual el primero, y en todos tan general alegría, y por haber sucedido cuando se acababan las fiestas, que otra cosa no se hablaba más de en los dos maravillosos casos de aquella tarde, dudando cuál fuese mayor y agradeciendo el buen postre que se les había dado, dejándoles el paladar y boca sabrosa para contar hazañas tales por inmortales tiempos.

»Tuvo Daraja este día —como habéis visto— salteados los placeres, aguada la alegría, los bienes falsos y los gustos desabridos. Apenas llegaba el contento de ver lo que deseaba, cuando al momento la ejecutaba el temor del peligro. También la martirizaba el acordarse de no saber con cuál ocasión otra vez lo vería ni cómo apacentaría su corazón, satisfaciendo la hambre de los ojos en los manjares de su deseo. Y como el placer no llega adonde deja el pesar, no se le pudo conocer en el rostro si las fiestas le hubiesen sido de entretenimiento, aunque le trataron dellas. Esto y quedar los galanes algo más picados[58] que antes, encendidos en la mucha hermosura de Daraja, deseosos cómo más agradarla y ocasión con que volver a verla, con aquel orgullo a sangre caliente ordenaron una justa, haciendo mantenedor a don Rodrigo.

»El cartel[59] se publicó una de aquellas noches con gran aparato de músicas y hachas encendidas, que las calles y plazas parecían arderse con el fuego. Fijáronlo en parte que a todos fuera notorio, pudiendo ser leído.

»Había una tela puesta junto a la puerta que llaman de Córdoba, pegada con la muralla —que la vi en mis tiempos y la conocí, aunque maltratada—, donde se iban a ensayar y corrían lanzas los caballeros[60]. Allí don Alonso de Zúñiga, como novel, también se ejercitaba, deseoso de señalarse por la grande afición que a Daraja tenía.

»Temíase perder en la justa y así lo decía en la conversación públicamente, no porque el ánimo ni fuerzas le faltasen; mas como la prática en las cosas hace a los hombres maestros dellas y con la teórica sola se yerran los más confiados, él no quisiera errar, hallábase atajado y cuidadoso.

»Por otra parte, Ozmín deseaba tener de los enemigos los menos y, ya que él no podía justar ni le fuera posible, quisiera entrara en la tela quien a don Rodrigo derribara la soberbia, por ser de quien más se recelaba. Con este ánimo, y no de hacer a su amo servicio, le dijo:

»—Señor, si me das licencia para lo que quiero, diré lo que por ventura te podrá ser de algún provecho en ocasión honrosa.

»Don Alonso, muy remoto y descuidado que le pudiera tratar de tales ejercicios, creyendo antes fuesen cosas de sus amores, le dijo:

---

[58] *picados:* enamorados (cfr. I, i, 2, n. 19).

[59] *cartel:* «el escrito que se pone en el tiempo de fiestas por los que han de ser mantenedores de justas y torneos o juegos de sortija, al pie del cual firman los aventureros» (Covarrubias) que aceptan el desafío.

[60] *tela:* recinto o extensión apta para cabalgatas y torneos. La contigua «a la puerta que llaman de Córdoba» cumplió con frecuencia tal finalidad (SGG).

»—Ya tardas, que crecen el pensamiento y deseo hasta saberlo.

»—He visto —le dijo—, señor, que a la fiesta divulgada desta justa es forzoso que salgas. Y no me maravillo, que donde el premio de glorioso nombre se atraviesa, los hombres anden temerosos con la codicia de ganarlo. Yo, tu criado, te serviré, adiestrándote en lo que saber quisieres de ejercicios de caballería, en breve tiempo y de manera que te sean de fruto mis leciones. No te admire ni escandalice mi poca edad, que, por ser cosas en que me crié, tengo dellas alguna noticia.

»Holgóse don Alonso en oírlo y, agradeciéndoselo, dijo:

»—Si lo que ofreces cumples, a mucho me obligas.

»Ozmín le respondió:

»—Quien promete lo que no piensa cumplir, lejos está dello[61], entretiene y achaques busca; mas el que está, como yo, donde no los puede haber, si no es loco, queda forzado a cumplir con obras más de lo que prometen sus palabras. Manda, señor, apercebir las armas de tu persona y mía, que presto conocerás cuánto más he tardado en ofrecerlo que me podré ocupar en salir desta deuda libre, y no de la obligación de servirte.

»Mandó luego don Alonso aprestar lo necesario y, prevenido, se salieron a lugar apartado, adonde aquel día y los más siguientes hasta el determinado de la justa se ocuparon en ejercicios della. De modo que brevemente don Alonso estuvo en la silla tan firme y cierto en el ristre[62], sacando la lanza con tan buen aire y llevando en ella tanta gracia, que parecía lo hubiera ejercitado muchos años. A todo lo cual era de gran importancia —y así le ayudaban— su gentileza de cuerpo y buenas fuerzas.

»De la destreza en subir a caballo en ambas sillas[63], del proceder en las leciones, del talle, compostura, término[64], costumbres y habla de Ozmín le nació a don Alonso un pensamiento: ser imposible llamarse Ambrosio ni ser trabajador, sino traba-

---

[61] «Quien promete lo que no piensa cumplir, lejos está dello, y no de mentir», o «... más lejos está dello que no de mentir» (Correas).

[62] *ristre:* pieza de hierro en el peto de la armadura para encajar la lanza en ella.

[63] *ambas sillas:* la común y la de jineta.

[64] *término:* comportamiento, proceder.

jado, según mostraba. Descubría por sus obras un resplandor de persona principal y noble que por algún vario suceso anduviese de aquella manera. Y no pudiendo reportarse sin salir deste cuidado, apartándolo a solas, en secreto le dijo:

»—Ambrosio, poco habrá que me sirves y a mucho me tienes obligado. Tan claro muestran quién eres tus virtudes y trato, que no lo puedes encubrir. Con el velo del vil vestido que vistes y debajo de aquesa ropa, oficio y nombre, hay otro encubierto. Claro entiendo por las evidencias que tuyas he tenido, que me tienes o, por mejor decir, has tenido engañado; pues a un pobre trabajador que representas, es dificultoso y no de creer sea tan general[65] en todo y más en los actos de caballería y siendo tan mozo. He visto en ti y entiendo que debajo de aquesos terrones y conchas feas está el oro finísimo y perlas orientales. Ya te es notorio quién soy y a mí oscuro quién tú seas; aunque, como digo, se conocen las causas de los efectos y no te me puedes encubrir. Yo prometo por la fe de Jesucristo que creo y orden que de caballería mantengo, de serte amigo fiel y secreto, guardando el que depositares en mí, ayudándote con cuanto de mi hacienda y persona pudiere. Dame cuenta de tu fortuna, para que pueda en algo chancelar[66] parte de las buenas obras de ti recibidas.

»Y Ozmín le respondió:

»—Tan fuertemente, señor, me has conjurado, así has apretado los husillos[67], que es forzoso sacar de mi alma lo que otra opresión que los tornos de tu hidalgo proceder fuera imposible. Y cumpliendo lo que me mandas, en confianza de quien eres y tienes prometido, sabrás de mí que soy caballero natural de Zaragoza de Aragón[68]. Es mi nombre Jaime Vives, hijo del mismo. Podrá haber pocos años que, siguiendo una ocasión, fue[69] cativo y en poder de moros por una cautelosa alevosía de

---

[65] *general:* instruido; «la persona que tiene comprehensión e inteligencia de muchas ciencias o artes» *(Autoridades).*

[66] *chancelar:* cancelar, «anular satisfaciendo» (FR).

[67] *husillo* es el cilindro con tornillo en espiral por el que baja la tuerca para apretar la prensa.

[68] «Se decía *de Aragón* para no confundirla con la Siracusa siciliana, antiguamente también llamada *Zaragoza*» (FR, con ejemplos y bibliografía).

[69] *fue* por 'fui' aparece con cierta frecuencia en el *Guzmán* (coincidiendo casi

unos fingidos amigos. Y si lo causó su invidia o mi desdicha, es cuento largo. Sabréte decir que estando en su poder me vendieron a un renegado, y para el tratamiento que me hizo, el nombre basta. Metióme la tierra adentro hasta llevarme a Granada, donde me compró un caballero zegrí[70] de los principales della. Tenía un hijo de mi edad que se llamaba Ozmín, retrato mío, así en edad como el talle, rostro, condición y suerte: que por parecerle tanto le puso más codicia de comprarme y hacer buen tratamiento, causando entre nosotros mayor amistad. Enseñéle lo que pude y supe, según lo aprendí de los míos en mi tierra y con la mucha frecuentación que en ella tenemos en semejantes ejercicios[71], de que no saqué poco fruto; porque tratando con el hijo de mi amo dellos, aumenté lo que sabía, que en otra manera pudiera ser los olvidara; y porque los hombres enseñando aprenden[72]. De aquí vino a resultar afinarse más en hijo y padre la afición que me tenían, fiando de mí sus personas y hacienda. Este mozo estaba tratado casarse con Daraja, hija del alcaide de Baza, mi señora, que tú tanto adoras. Llegó a punto de tener efecto, por haberlo tenido las capitulaciones, si el cerco y guerras no lo impidieran. Fueles forzoso dilatarlo. Baza se rindió y quedaron suspensas estas bodas. Como yo era el que privaba, iba y venía con presentes y regalos de una ciudad a otra. Acerté a estar en Baza, por mi buena dicha, cuando vino a entregarse, y así cobré mi libertad con los más cativos della. Quise volverme a mi tierra, faltóme dinero. Tuve noticia que estaba en esta ciudad un deudo mío. Juntáronse dos cosas: el deseo de verla, por ser tan ilustre y generosa, y socorrer mi persona para seguir mi camino. Estuve aquí mucho tiempo sin hallar a quien buscaba, porque las nuevas dello fueron inciertas. Y salió cierta mi perdición, hallando lo que no busqué, como acontece de ordinario. Íbame por la ciudad vagando con poco dinero y mucho cuidado; vi una pere-

---

siempre con un descuido de los correctores, que preferían la forma más habitual).

[70] «Los Zegríes —que decían descender de los antiguos califas de Córdoba— eran los rivales de los célebres Abencerrajes» (FR).

[71] Zaragoza era ciudad de «famosas justas» (cfr. *Don Quijote*, III, pág. 423).

[72] Lo dijo Séneca, *Epístolas*, VII, 8.

grina hermosura para mis ojos, cuando para los otros no lo
sea: porque sólo es hermoso lo que agrada[73]. Entreguéle mis
potencias, quedé sin alma, no supe más de mí ni cosa poseo
que suya no sea. Ésta es doña Elvira, hermana de don Rodrigo, hija de don Luis de Padilla, mi señor. Y como suelen decir
que de la necesidad nace el consejo[74], viéndome tan perdido
en sus amores y sin remedio de cómo podérselos manifestar
con las calidades de mi persona, tomé por acuerdo acertado escribir mi libertad a mi padre, y estaba en mil doblas[75] empeñada, que me socorriera con ellas. Sucedió bien, que habiéndo-
melas enviado y un criado con un caballo en que fuese, me valí
de todo. Los primeros días comencé a pasearle la calle, dando
vueltas a todas horas; pero no la podía ver. De la continuación
en mi paseo nació en alguna gente cierta nota y me traían sobre ojos[76], de manera que para desmentir las espías[77] me convino el recato. Mi criado, a quien di parte de mis amores, considerando algunas cosas me dio por consejo, como más en
días[78], viendo que en casa de mi señor andaba cierta obra, que
comprando este vestido de trabajador y mudando el nombre,
porque no se supiera quién fuese, asentase por peón de albañilería. Púseme a pensar qué pudiera dello sucederme. Mas
como para el amor ni muerte hay casa fuerte[79], todo lo vencí,
todo se me hizo fácil. Determinéme y acerté. Acontecióme un
caso no pensado, y fue que, acabada la obra, me recibieron por
jardinero en la misma casa. Fue tal entonces mi buena dicha,
creció tanto mi luna y el colmo de mi ventura, que el día primero que asenté la plaza y metí el pie dentro del jardín, fue ha-
llarme con Daraja. Si se admiró de verme, no menos yo de
verla. Dímonos finiquito[80] de nuestras vidas, refiriendo nues-

---

[73] «Pulchra enim dicuntur quae visa placent» (Santo Tomás, *Summa theologica*,
I-II, 27, 1).

[74] Cfr. I, ii, 1, n. 8.

[75] *doblas:* «escudos de a dos» (Covarrubias).

[76] *«traer sobre ojo:* andar con sospechas de alguno, mirando lo que hace» (Correas).

[77] *desmentir las espías:* «es con ardid hacer mudar las sospechas que otros tenían, engañando con muestras de lo contrario» (Correas). Cfr. II, i, 3, n. 18.

[78] *más en días:* de más edad y experiencia.

[79] «Para el amor y la muerte, no hay casa ni cosa fuerte» (Correas).

[80] *finiquito:* ajuste o remate de una cuenta.

tras desgracias, contándome las suyas y yo las mías y cómo los
amores de su amiga me tenían de aquel modo. Supliquéle que,
pues tenía tan clara noticia de mis padres y mía y de la sangre
de nuestro linaje, me favoreciese con ella de modo que por su
mano y buena intercesión viniese con el santo matrimonio a
gozar el fructo de mis esperanzas. Así me lo prometió y lo que
pudo cumplió. Mas, como sea tan avara mi fortuna, cuando
más nuestros tiernos amores iban cobrando alguna fuerza,
quebráronse los pimpollos, la flor se secó de un áspero solano,
royó un gusano la raíz, con que todo se acabó. Salí desterrado
de su casa sin decirme la causa, cayendo de la más alta cumbre
de bienes a la más ínfima miseria de males. El que de la lanza-
da mató el toro, el que de una cuchillada rindió el otro, yo soy,
que en su servicio lo hice. Bien me vio y conoció y no poco se
regocijó, que en el rostro se lo conocí, sus ojos me lo dijeron.
Y si en esta ocasión fuera posible, también me procurara señalar por el gusto de mi dama, que eternizara mis obras dando a
conocer quién soy, con lo que valgo. De no poder ejecutar este
deseo reviento de tristeza. Si pudiera comprarlo, diera en su
cambio la sangre de mis venas. Ves aquí, señor, te he dicho
todo el proceso de mi historia y remate de desgracias.

»Don Alonso, acabándolo de oír, le echó los brazos encima,
apretándolo estrechamente. Ozmín porfiaba en tomarle las
manos para besárselas; mas no se lo consintió, diciendo:

»—Estas manos y brazos en tu servicio se han de ocupar
para merecer ganar las tuyas. No es tiempo de cumplimientos
ni que se altere de como hasta aquí, en tanto que tu voluntad
ordene otra cosa. Y no te ponga cuidado la justa, que en ella
entrarás, no lo dudes...

»Otra vez quisiera Ozmín y arremetió a tomarle las manos,
bajando la rodilla en el suelo. Don Alonso hizo lo mismo, haciéndose muchas ofertas, con la fuerza de nueva amistad. Así
pasaron largas conversaciones aquellos días, hasta que llegó el
de la justa, en que habían de señalarse.

»Ya dije de don Rodrigo cómo por su arrogancia era secretamente malquisto. Parecióle a don Alonso haber hallado lo
que deseaba, porque, justando Jaime Vives, estaba muy cierto
el descomponerlo, humillándole la soberbia.

»Ozmín, por su parte, también lo deseaba y, antes de ser

hora de armarse[81], por ver entrar a Daraja en la plaza, se anduvo de espacio por ella paseando, admirándose de verla tan bien aderezada, tantas colgaduras de oro y seda cuantas no se pueden significar, tanta variedad en las colores, tanta curiosidad en el ventanaje, tanta hermosura en las damas, riqueza de sus aderezos y vestidos, concurso de tan ilustre gente, que toda junta parecía un inestimable joyel y cada cosa por sí preciosa piedra engastada en él. Estaba la tela[82] que, dividiendo la plaza en dos iguales partes, atravesaba por medio della; el tablado de los jueces en lugar acomodado, y frontero las ventanas de Daraja y doña Elvira. Las cuales, en dos blancos palafrenes enjaezados, con guarniciones de terciopelo negro y chapería de plata, con mucho acompañamiento entraron, y dando vuelta por toda la plaza, llegaron a su asiento. Luego, dejándola en él, se salió della Ozmín, porque ya querían entrar los mantenedores, los cuales llegaron de allí a poco espacio, muy bien aderezados.

»Comenzaron a sonar los menestriles, trompetas y otros instrumentos, tañendo sin cesar hasta que se pusieron en su puesto. Entraron justadores combatientes, y fue de los primeros don Alonso, que, corridas las tres lanzas y muy bien, pues fueron de las mejores, luego se fue a su casa. Ya tenía ganada licencia para un caballero amigo suyo, que fingió esperaba de Jerez de la Frontera, y estaba Ozmín aguardando. Fuéronse a la tela juntos y apadrinólo don Alonso.

»Llevaba el moro las armas negras de todo punto, el caballo morcillo, sin plumas la celada y en su lugar por ellas, hecha con gran curiosidad, una rosa del lienzo de Daraja: cierta señal, en que luego por él fue conocido della. Púsose en el puesto y quiso la suerte que la primera lanza cupiese a un ayudante del mantenedor. Hicieron señal, partieron de carrera; Ozmín tocó al contrario en la vista, donde rompió la lanza; y volviéndole a dar de reencuentro con lo tieso della, lo sacó de la silla dando con él en el suelo por las ancas del caballo; pero no le hizo más mal que el gran golpe de las armas.

---

[81] *armarse:* aunque la lectura de Sevilla, 1602 *(armarle)* también hace sentido, prefiero la coincidencia de las anteriores, teniendo en cuenta, además, que en la edición que sirvió de base a la sevillana (Madrid, 1600, aquí *B)* se usó justo en esta palabra una *s* alta defectuosa.

[82] *tela:* cfr. *supra*, n. 60.

»Para las dos últimas lanzas entró don Rodrigo, el cual barreó[83] la primera por cima del brazal[84] izquierdo del moro, quedando herido dél en el guardabrazo derecho, donde rompió la lanza por tres partes. En la última desbarró[85] don Rodrigo y Ozmín rompió la suya en la junta de la babera[86], dejándole en ella un gran pedazo de astilla. Creyeron todos quedaba mal herido; mas defendióle el almete[87] no haberle hecho gran daño. Y así el moro, rotas las tres lanzas, salió con vitoria ufano, y mucho más don Alonso por haberlo apadrinado, que no cabía de contento.

»Salieron de la plaza, fuese a desarmar a su casa sin dejarse conocer de otro alguno, y tomando su ordinario vestido, salió por un postigo de la casa ocultamente, volviéndose a contemplar en su Daraja y ver lo que en la justa pasaba. Púsose tan cerca de la dama, que casi se pudieran dar las manos. Mirábanse el uno al otro; empero él siempre los ojos tristes y ella tristísimos, pensando qué lo pudiera causar, que su vista no le hubiera alegrado. Estuvo confusa de haberle visto justar con armas y caballo todo negro, señal entre ellos de mal agüero.

»Todo le causó profundísima melancolía, y tan de veras fue aposesionándose della, cargóle tan pesadamente, que las fiestas no eran bien acabadas, cuando reventándole el corazón en el cuerpo, quitándose de la ventana se fueron a la posada.

»Los que con ella estaban se admiraron cómo de alguna cosa no recebía contento y aun lo murmuraban, sospechando cada uno aquello con que mejor se casaba su malicia. Don Luis, como prudente caballero, en las partes que dello se trataba, satisfacía. Y así lo hizo a sus hijos aquella noche, que les dijo:

»—El alma triste en los gustos llora[88]. ¿Qué cosa puede alegrar al ausente de lo que bien quiere? Los bienes tanto se esti-

---

[83] *barrear:* pasar la lanza resbalando por encima de la armadura.

[84] *brazal:* «la armadura del brazo» (Covarrubias).

[85] *desbarrar:* «dar fuera de la barra, que es el término, señal o estacada que termina o circunscribe el campo» (Covarrubias).

[86] *babera:* «la armadura del rostro de nariz abajo, que cubre boca, barba y quijadas» (Covarrubias).

[87] *almete:* «armadura de la cabeza» (Covarrubias), yelmo.

[88] «El alma triste, en los gustos llora y más se aflige» (Correas).

man en más, cuanto se gozan con los conocidos y proprios. Entre estraños puede haber holguras, pero no se sienten, y tanto más en el alma levantan el dolor, cuanto en las ajenas veen más alegría. No la culpo ni me admiro; antes lo juzgo a su mucha prudencia y lo atribuyo a cordura, que fuera lo contrario liviandad notoria. Hállase sin sus padres, lejos de su esposo y, aunque libre, cativa en tierra estraña, sin saber de su remedio ni tener para ello medio. Examine cada uno su pecho, póngase en el contrario puesto: sentirá lo que aquesto se siente; que no lo haciendo así, es decir el sano al enfermo que coma[89].

»Pasada esta plática secreta entre ellos, trataron en público lo bien que lo hizo el jerezano, y cómo, aunque desearon saber quién hubiese sido, nunca don Alonso dijo más de lo primero, y creyeron ser verdad.

»Las tristezas de Daraja iban muy adelante. Ninguno las acertaba ni daba en el blanco ni aun al terrero[90], de cuantos le asestaban. Todos juzgaban al revés, buscándole cuantos entretenimientos podían darle; ninguno era capaz ni cuadraba en el círculo de sus deseos.

»Tenían en el Ajarafe la casa y hacienda de su mayorazgo, en un lugar aldea de Sevilla. Era el tiempo templado, a vueltas de febrero. La caza y campo parece que alegran en tales días. Acordaron irse a holgar allá una temporada, por no dejar de andar esta vereda y ver si pudieran divertirla[91] de sus tristezas. A esto parece que mostró algo más buen rostro, creyendo, si salía de la ciudad, habría en el campo modos cómo ver y hablar a Ozmín. Aderezaron la recámara[92], y era cosa de alegría ver tanto bullicio: cuál que lleva los galgos de traílla, cuál va con los podencos y hurona, cuáles llevan halcones, cuál el búho, cuál su escopeta al hombro o la ballesta, otros con las acémilas cargadas; todos iban de trulla[93], alborotados con la fiesta.

---

[89] «Correas registra un dicho semejante: "Dice al doliente el sano: 'Dios te dé salud, hermano' "» (FR).

[90] *terrero:* el montón de tierra puesto tras el blanco para detener el proyectil.

[91] *divertirla:* apartarla, distraerla.

[92] *recámara:* equipaje.

[93] *trulla:* bulla, jarana.

»Ya don Alonso lo sabía y había dicho a Ozmín que sus damas eran de campo a cierta huelga[94] y cómo se quedaban allá por entonces, no sabiendo cuándo volverían. No les pareció mal por dos cosas: la una, que allá tendrían por ventura menos competidores para tratar sus amores; la otra, mejor ocasión para no ser conocidos.

»Hacía las noches no claras ni muy oscuras, no frío ni calor, antes un agradable sosiego, con serenidad apacible. Los dos enamorados amigos acordaron probar la mano y su buena ventura caminando a ver sus damas. Vistiéronse de labradores; así salieron, al poner del sol, en dos rocines y, antes de llegar a la aldea un cuarto de legua, se apearon en una casería, para que yendo a pie no hubiese nota. Entonces les hubiera sucedido bien si la fortuna no rodara y les volviera las espaldas; porque llegaron a tiempo que las damas estaban en un balcón, entretenidas en sus conversaciones.

»No se atrevió a llegar don Alonso, por no espantar la caza, y dijo al compañero que fuera solo a negociar por ambos, que, pues doña Elvira lo amaba y Daraja lo conocía, no había de qué recelarse. Así Ozmín poco a poco, con cuidadoso descuido, se fue paseando por delante, cantando en tono bajo, como entre dientes, una canción arábiga, que para quien sabía la lengua eran los acentos claros, y para la que no y estaba descuidada, le parecía el cantar de lala, lala...[95].

»Doña Elvira dijo a Daraja:

»—Aun en esta gente bruta puso Dios dones de precio, si supiesen aprovecharse dellos. ¿No consideras aquel salvaje, qué voz entonada y suave que tiene y va cantando la madre de los cantares? Es como el agua que llueve en la mar sin provecho.

»—Agora sabes —dijo Daraja— que son las cosas todas como el sujeto en que están y así se estiman. Estos labradores, por maravilla, si de tiernos no se trasplantan en vida política y los injieren y mudan de tierras ásperas a cultivadas, desnudán-

---

[94] *huelga:* «placer, regocijo, junta en el campo que tiene en sí recreación y amenidad» (Covarrubias).

[95] «Es decir, el tarareo, el canto sin palabras, el más sencillo, "madre de los cantares" —como dice doña Elvira—» en seguida (FR).

dolos de la rústica corteza en que nacen, tarde o nunca podrán ser bien morigerados; y al revés, los que son ciudadanos, de político natural, son como la viña, que, dejándola de labrar algunos años, da fruto, aunque poco; y si sobre ella vuelven, reconociendo el regalo, rinde colmadamente el beneficio. Este que aquí canta, no será poderoso un carpintero con hacha ni azuela para desalabearlo[96] ni ponerlo de provecho. Pena me da oírle aquel cantar de tórtola[97]. Vámonos de aquí, si te parece, que es hora de acostarnos.

»Bien se habían entendido los amantes, ella el canto y él sus palabras y el fin con que las dijo. Fuéronse las damas, quedándose Daraja un poco atrás y en arábigo le dijo que esperase. Él quedó aguardando y, en tanto que volvía, se paseaba por aquella calle.

»La gente villana siempre tiene a la noble —por propiedad oculta— un odio natural, como el lagarto a la culebra, el cisne al águila, el gallo al francolín, el lagostín al pulpo, el delfín a la ballena, el aceite a la pez, la vid a la berza, y otros deste modo. Que si preguntáis deseando saber qué sea la causa natural, no se sabe otra más de que la piedra imán atrae a sí el acero, el heliotropio sigue al sol, el basilisco mata mirando, la celidonia favorece a la vista. Que así como unas cosas entre sí se aman, se aborrecen otras, por influjo celeste: que los hombres no han alcanzado hasta hoy razón que lo sea para ello. Que las cosas de diversas especies tengan esto no es maravilla, porque constan de composiciones, calidades y naturaleza diversa[98], mas hombres racionales, los unos y los otros de un mismo barro, de una carne, de una sangre, de un principio, para un fin, de una ley, de una dotrina, todos en todo lo que es hombres tan una misma cosa, que todo hombre naturalmente ame a todo hombre y en éstos haya este resabio, que aquesta canalla endureci-

---

[96] *desalabearlo:* enderezarlo.

[97] el *cantar de* la *tórtola* era triste y melancólico, o eso quiso una larguísima tradición (FR, con ejemplos, entre ellos el famoso romance de *Fontefrida*).

[98] Alemán se hace eco de la difundidísima idea «de sympathia et antiphatia rerum», muy bien desarrollada por Pero Mexía (con mención, entre muchos otros, de los casos y propiedades enumerados en *Ozmín*) en su *Silva de varia lección*, II, xxxix-xl y III, iv-v. Cfr. Lope, *La Dorotea*, pág. 233, n. 61.

da, más empedernida que nuez galiciana, persiga con tanta vehemencia la nobleza, es grande admiración.

»Andábanse también paseando aquella noche unos mozuelos. Acertaron a ver a los forasteros y en aquel punto, sin más
causa ni razón, sin darles alguna ocasión, comenzaron a con-
vocarse y, ligados en tropa, vinieron diciendo: "¡Al lobo, al lobo!" Y desembrazando[99] piedra menuda, como si del cielo llo-
viera, los apedrearon de manera que les fue forzoso huir y no
esperarlos; y así se volvieron, que lugar no tuvo Ozmín para
despedirse. Fuéronse donde estaban sus caballos, y en ellos a la
ciudad, con ánimo de volver la noche siguiente algo más tarde
para no ser sentidos. De poco les aprovechó, que si rayos del
cielo cayeran y con ellos pensaran ser deshechos, había villano
en ellos que antes dejara la vida que de guardar el puesto sólo
por hacer mal y daño. Pues apenas la otra noche habían metido los pies en el pueblo, que junta una bandada de aquellos
mozalbillos, habiéndolos reconocido, cuál con honda, cuál a
brazo, unos con azagayas[100], palos, chuzos, otros con asadores,
no dejando segura la pala o barredero del horno[101], como a perro que rabia, salieron a ellos.

»Pero halláronlos más apercebidos que la noche pasada.
Porque aquesta ya traían buenas cotas, cascos acerados y rode-
las fuertes. De la una parte viérades pedradas, palos, alaridos;
de la otra muy recias cuchilladas; y de entrambas tanto alboroto, que con el ruido parecía hundirse el pueblo con la trabada
guerrilla. Descuidóse don Alonso y al atravesar de una calle le
dieron una muy mala pedrada en los pechos, de que cayó en
tierra sin hallarse con fuerzas para volver más a la pelea; y
como pudo se fue retirando, en tanto que Ozmín se iba entrando con ellos la calle arriba, haciéndoles mucho daño, porque algunos y no pocos quedaban heridos y tres muertos.

»Creciendo el alboroto, se convocó el pueblo todo. Tomá-
ronle el paso, que no pudo huir, aunque lo probó a hacer. Por

---

[99] *desembrazando:* arrojando, lanzando.
[100] *azagaya:* «lanza pequeña arrojadiza» (Covarrubias).
[101] *barredero de horno:* aquí sí es «un varal largo con unos trapos en los extre-
mos, que sirve para barrer el horno cuando han de meter el pan» *(Autoridades).*
Cfr. I, i, 3, n. 24.

otra parte llegó un destripaterrones y diole con una tranca de puerta en un hombro, que lo hizo arrodillar. Mas no le valió ser hijo del alcalde, que antes que pudiera volver a darle segundo, yéndose para él, de una cuchillada le partió la cabeza por medio, como si fuera de cabrito, dejándole hecho un atún en la playa, rendida la vida en pago de su desvergüenza. Tantos cargaron por una y otra banda, tanto lo acosaron, que no pudiéndose defender, quedó preso.

»Daraja y doña Elvira vieron el ruido desde su principio y el alboroto de la prisión, cómo le ataron las manos atrás con un cordel, cual si fuera igual suyo. Unos y otros lo maltrataron, dándole puñadas, rempujones y coces, haciéndole mil ignominiosas afrentas con que se vengaban del rendido. ¡Qué cosa fea y torpe, sólo de semejantes villanos usada como propria!

»¿Qué os parece tal desgracia? ¿Cómo la sentiría la que adoraba su sombra? Esto por una parte; heridos y muertos de la otra, y su honra en medio. Que habiendo de saber don Luis el caso, forzoso preguntaría lo que buscaba Ambrosio en el aldea. En esta confusión sacó de la necesidad consejo. Prevínose de una carta y cerrada la metió en un cofrecillo suyo, para cuando viniese don Luis hacer con ella su descargo.

»Ya era el otro día amanecido y la gente no sosegaba. Habían enviado a la ciudad a dar noticia del caso, para que se hiciese la información. Y venido el escribano, comenzaron a examinar testigos. Acudió mucho número dellos, aun sin ser llamados, que los malos para el mal se convidan ellos mismos y se hacen amigos los enemigos. Unos juraron que con Ozmín venían seis o siete; otros que salieron de casa de don Luis y que de la ventana dijeron: «¡Matálos, matálos!»[102]; otros que estando los del pueblo seguros y quietos, les acometieron; otros que los fueron a sacar de sus casas con desafío; sin haber hombre que jurase verdad.

»Líbreos Dios de villanos, que son tiesos como encinas y de su misma calidad. El fruto dan a palos, y antes dejarán arrancarse de cuajo por la raíz, quedando destruidos y sus haciendas asoladas, que dejarse doblar un poco. Y sin dan en perseguir, serán perjuros mil veces en lo que no les importa una paja,

---

[102] *matálos*: 'matadlos', lectura «preferible» (FR) a *mátalos*.

sino sólo hacer mal. Y es lo malo y peor que piensan los desdichados que así se salvan y por maravilla se confiesan de aquella ponzoña.

»Las muertes y heridas quedaron averiguadas y el hombre cargado de hierro a buen recaudo. Don Luis, cuando lo supo, fue a la aldea; informóse de su hija; díjole lo pasado de la manera que había sido. Preguntóselo a Daraja: díjole lo mismo y que ella envió a llamar a Ambrosio para darle una carta que encaminase a Granada y, antes que le pudiera llegar a hablar, lo habían apedreado estas dos noches, de modo que, sin habérsela dado, se le había quedado escrita.

»Don Luis le pidió se la enseñase para ver qué podría enviar a decir y a sus escusas ella hizo como que le pesaba de darla. No fue necesario rogárselo mucho, pues otra cosa no deseaba, y, sacándola de donde la tenía, dijo:

»—Doyla, porque se entienda mi verdad y no se sospeche que escribo cosas dignas de esconderse.

»Don Luis la tomó y, queriéndola leer, vio que estaba en arábigo y no supo. Buscó después quien la leyese, y lo que iba escrito era decir a su padre el cuidado en que vivía por saber de su salud, que ella la tenía; y si el deseo de verle no lo impidiera, estaba la más contenta y acariciada de don Luis que ninguno de sus hijos; y así le suplicaba que, en reconocimiento desta cortesía y buen hospedaje, lo regalasen con un presente.

»Como en semejantes alborotos las dicciones crecen y cada uno canoniza su presunción según se le antoja, murmuraban de don Luis y de la gente de su casa. A él se le subía la mostaza en las narices; mas, como caballero cuerdo, tuvo a mejor disimular con algo y volver a la ciudad su casa y gente.

»Cuando sucedieron estas cosas, ya Granada se había rendido con los partidos que sabemos por las historias y aún oímos a nuestros padres. Entre los nobles que en ella quedaron fueron los dos consuegros, Alboacén, padre de Ozmín, y el alcaide de Baza. Ambos pidieron el baptismo, deseando ser cristianos; y siéndolo, el alcaide suplicó a los reyes le diesen licencia para ver a Daraja, su hija. Siéndole otorgada, dijeron que le mandarían avisar cómo y cuándo sería. Alboacén, creyendo que su hijo sería muerto o cautivo, hizo muchas diligencias para informarse donde pudieran darle alguna nueva; mas nunca descubrió rastro suyo. Estaba tan triste por ello cuanto lo pedía pérdida de tal hijo, solo, de padres principales y ricos. No lo sentía menos el alcaide, pues por tan su verdadero hijo lo tenía como proprio padre, y por lo que Daraja sentiría cuando le diesen tan pesarosas nuevas.

»Los reyes por su parte enviaron a Sevilla su mandado y que luego don Luis partiese adonde estaban y trajese consigo a Daraja, con el respeto que dél confiaban. Vistas las cartas y entendida esta orden, ella quedó fuera de sí, por serle forzoso en esta ocasión hacer ausencia, sin saber el fin que había de tener y el estrecho[103] en que dejaba el preso.

»Hallóse confusa, imaginativa y triste, llamándose mil veces desdichada sobre la misma desdicha y la más lastimada de todas las mujeres. Queriendo atropellarlo todo y perder con su esposo la vida, estuvo perpleja y casi determinada de hacer un atrocísimo yerro, en señal del casto y verdadero amor que a Ozmín tenía; mas era de buen juicio, y corrigiendo sus crueles imaginaciones, volviendo sobre sí determinó fiar sus desdichas en manos de Fortuna, su enemiga, esperando el fin que les daba. Pues el último mal era la muerte, no quiso desesperarse. Mas no pudo la presa del sufrimiento resistir un mar de lágrimas que le reventó de los ojos. Todos creyeron era de alegría de volver a su natural y engañábanse todos. Cada uno la alentaba y alguno no la consolaba.

»Llegó don Rodrigo a despedirse della, y con el rostro bañado de las cristalinas corrientes de aquellos divinos ojos, le dijo tales palabras:

»—Bien pudiera, señor don Rodrigo, persuadiros con abundancia de razones a las obras que de vos en esta ocasión pretendo, y de suyo es cosa tan justa, que ni puedo dejar de pedirla ni vos de concedérmela, por la mucha parte que tenéis en ella. Ya sabéis la obligación de hacer bien a cuanto nos estreche, si como ley natural divina con todos habla y no hay bárbaro que la ignore. Esta tiene tanta fuerza cuantas más razones se le allegan, entre las cuales una principal y no pequeña es a los que dimos nuestro pan, y bastara para que, correspondiendo a quien sois, no fuera mi intercesión necesaria. Mas lo que

---

[103] *estrecho:* aprieto.

quiero con ella pediros es que, como sabéis, Ambrosio fue criado de vuestros padres y de los míos. Tenémosle por ello particular deuda, y yo mayor, habiéndolo puesto por mi culpa en la pena que padece, no teniendo él en ello causa suya más de mi proprio interese. De mi mano está puesto en el peligro de que estoy hecha cargo. Si librarme queréis dél, si deseastes mi gusto, si pretendéis obligarme al vuestro para que siempre quede agradecida, será que, cargando sobre vuestro cuidado mi proprio deseo, acudáis a su libertad, que es la mía, con las veras que os lo suplico. Don Luis, mi señor, antes que de aquí comigo parta, hará su posible diligencia con sus amigos y deudos, para que los unos ayudados de los otros, en su ausencia me saquen libre desta deuda...

»Don Rodrigo se lo prometió, y así se partieron[104]. Como la pobre señora dejaba en tanto riesgo a su querido esposo, sentía su pena, y tanto más cuanto más dél se alejaba, de manera que cuando a Granada llegó, no parecía ser ella. Lleváronla luego a palacio, donde será bien que la dejemos y volvamos al preso, a quien don Rodrigo favorecía con el ánimo que si fuera su hermano.

»Don Alonso, como escapó lastimado en los pechos, acostóse mal dispuesto; pero en sabiendo que habían traído el preso a Sevilla, se levantó y sin sosegar momento solicitaba el pleito cual si fuera suyo mismo. Mas, como las partes acusasen y fuesen mal intencionados los actores, los muertos y heridos muchos, no lo pudieron defender que no fuese condenado a horca pública.

»Don Rodrigo se enojó de que a su padre y a él se perdiera el respeto, ahorcando sin culpa su criado. Por otra parte, don Alonso defendía, diciendo no permitirse ni poder ser ahorcado un caballero de noble sangre, tal como Jaime Vives, amigo suyo, que, cuando el delito fuera mayor, la distancia de las calidades le salvara la vida, y en especial de muerte de horca, y debiera ser degollado.

»La justicia quedó confusa, sin saber qué fuera el caso. Don Rodrigo lo llama criado y don Alonso amigo; don Rodrigo defiende pidiendo por Ambrosio, y alega don Alonso por Jaime

---

[104] *se partieron:* se separaron.

Vives, caballero natural de Zaragoza, que en las fiestas de toros hizo las dos suertes de que toda la ciudad era testigo; y en la justa, siéndole padrino, derribó al un mantenedor, señalando valerosamente su persona. Era la diferencia tanta, los apellidos tan contrarios, las calidades alegadas tan distantes, que para salir desta duda se resolvieron los jueces en tomar su declaración.

»Preguntáronle si era caballero. Respondió ser noble, de sangre real; pero no llamarse Ambrosio ni Jaime Vives. Pídenle que diga su nombre y califique su persona. Respondió que no por descubrirse escusara la pena y que, habiendo de morir indubitablemente, no era necesario decirlo ni de importancia padecer una ni otra muerte. Rogáronle dijese si había sido el que don Alonso decía que tan señalado anduvo en los toros y justa. Respondió ser así, pero no tenía los nombres que decían.

»Y como tan de veras negase su linaje, pareciéndoles hombre de calidad, fuéronse deteniendo algo con él para verificar quién fuese y por qué los dos caballeros lo defendían y en general toda la ciudad deseaba su libertad y le estaban apasionados.

»Con esto despacharon a Zaragoza que se averiguara la verdad y supiera su nacimiento; mas habiéndose gastado algunos días en ello y hecho muchas diligencias, no se descubrió quien dél diese noticia ni supiera quién pudiera ser el caballero de su nombre ni señas. Traído este mal despacho, aunque le importunaron sus amigos y la justicia le requirió diversas veces que se calificara, jamás lo quiso hacer ni fue posible. Así pasados los términos, los jueces, muy contra su voluntad, condolidos de tanta mocedad y valentía, no pudiendo dejar de hacer justicia, siendo con importunación pedida de los contrarios, confirmaron la sentencia.

»Daraja ni sus padres no dormían en cuanto esto pasaba, que ya tenían hecha relación a sus Altezas de todo el caso y estaban informados de la verdad. Dábanseles memoriales por momentos. Daraja personalmente solicitaba la vida de su esposo, pidiéndola de merced y nada se respondía; pero secretamente despacharon luego a don Luis con su real provisión a las justicias, para que, en el estado que aquel pleito estuviese, originalmente con el preso se lo entregasen, que así convenía a su servicio.

»Don Luis partió con mucha diligencia, como le fue mandado, y la pobre Daraja, padre y suegro, se deshacían en lágrimas considerando la priesa que la justicia se daría en despachar al pobre caballero y que a sus peticiones y merced suplicada se respondiese con tanto espacio. No sabían qué decir de dilación semejante, sin darles alguna buena ni mala respuesta ni esperanza. Causábales mucha pena, no alcanzaban lance con que remediarlo ni lo habían dejado por intentar, porque temían sobre todo el peligro en la tardanza.

»En cuanto[105] en esto vacilaban, ya —como dije— don Luis caminaba muy apriesa y con mucho secreto. Él entraba por las puertas de Sevilla; Ozmín salía por las de la cárcel a ser justiciado. Las calles y plazas por donde lo pasaban estaban llenas de gente, todo el lugar con gran alboroto. No había persona que no llorase, viendo un mancebo tan de buen talle y rostro, valiente y bienquisto por los famosos hechos que públicamente hizo; y mayor dolor ponía que moría sin querer confesar. Todos creían lo hacía por escapar o dilatar la vida. Mas palabra no hablaba ni tristeza mostraba en el rostro; antes con semblante casi risueño iba mirando a todos. Paráronse con él un poco para persuadirlo a que confesase y no quisiese así perder el alma con el cuerpo; a nada respondía y a todo callaba.

»Estando así todos en esta confusión y la ciudad esperando el espectáculo triste, llegó don Luis, apartando la gente, para impedir la ejecución. Los alguaciles creyeron era resistencia; pero con el temor que le tenían, por ser arriscado y poderoso caballero, desamparando a Ozmín, con gran alboroto fueron a dar cuenta de lo pasado a sus mayores. Ellos venían a saber qué pudiera causar desacato semejante. Salióles don Luis al encuentro con el preso. Enseñóles la orden y recaudo de los reyes, que con gran gusto fue dellos obedecida, y con mucho acompañamiento de todos los caballeros de aquella ciudad y común alegría della llevaron a Ozmín a casa de don Luis, haciendo aquella noche una galana máscara[106], poniendo muchas hachas y luminarias en calles y ventanas por el general conten-

---

[105] *en cuanto:* en tanto, mientras.

[106] *máscaras:* «festejo de nobles a caballo con invención de vestidos y libreas, que se ejecutaba de noche, con hachas, corriendo parejas» *(Autoridades).*

to. Y en señal de regocijo quisieran hacer fiestas públicas aquellos días, porque se supo entonces quién era; mas don Luis no dio lugar a ello, que, guardando la instrucción, se partió con el preso luego por la mañana, llevándolo muy regalado.

»Habiendo llegado a Granada, lo tuvo consigo secretamente algunos días, hasta que sus Altezas le mandaron lo llevase a palacio. Cuando lo pusieron en su presencia, holgaron de verlo; y teniéndolo ante sí, mandaran salir a Daraja. Viéndose los dos en lugar semejante y tan ajenos dello, podrás por tu pecho ser juez de la no pensada alegría que recibieron y lo que cada uno dellos pudiera sentir. La reina se adelantó, diciéndoles cómo sus padres eran cristianos, aunque ya Daraja lo sabía. Pidióles que, si ellos lo querían ser, les haría mucha merced; mas que el amor ni temor los obligase, sino solamente el de Dios y de salvarse, porque de cualquier manera, desde aquel punto se les daba libertad para que de sus personas y hacienda dispusiesen a su voluntad.

»Ozmín quisiera responder por todas las coyunturas de su cuerpo, haciéndose lenguas con que rendir las gracias de tan alto beneficio, y, diciendo que quería ser baptizado, pidió lo mismo en presencia de los reyes a su esposa. Daraja, que los ojos no había quitado de su esposo, teniéndolos vertiendo suaves lágrimas, volviéndolos entonces con ellas a los reyes, dijo que, pues la divina voluntad había sido darles verdadera luz trayéndolos a su conocimiento por tan ásperos caminos, estaba dispuesta de verdadero corazón a lo mesmo y a la obediencia de los reyes, sus señores, en cuyo amparo y reales manos ponía sus cosas.

»Así fueron baptizados, llamándolos a él Fernando y a ella Isabel, según sus Altezas, que fueron los padrinos de pila y luego a pocos días de sus bodas, haciéndoles cumplidas mercedes en aquella ciudad, adonde habitaron y tuvieron ilustre generación.»

Con gran silencio veníamos escuchando aquesta historia, cuando llegamos a vista de Cazalla, que pareció haberla medido al justo, aunque más dilatada y con alma diferente nos la dijo de lo que yo la he contado. El arriero —que estuvo mudo desde que se comenzó, aunque todos también lo veníamos—ya habló y lo primero fue decir:

—Ea, señores, apéense, que he de ir por esta senda a los lagares[107].

Y a mí me dijo:

—¿Y el señor mancebito? Hagamos cuenta.

Aún este trago me quedaba por pasar —dije entre mí—, porque creí haber sido amistad lo pasado. Cortéme, no supe qué responder otra cosa más de preguntarle qué le debía.

—Por la caballería de nueve leguas, deme lo que mandare, como estos señores. La mesa y posada montó tres reales[108].

Hízoseme caro el vientre del machuelo. Demás que para pagarlo no había dinero. Díjele:

—Hermano, lo del escote veislo aquí; pero la caballería no la debo, que vos me convidastes con ella sin pedírosla.

—Aun eso[109] sería el diablo si quisiese haber venido caballero de balde —volvió a replicar.

Comenzamos a barajar[110] sobre ello, pusiéronse los clérigos de por medio, condenáronme que pagase la cebada de mi jumento de aquella noche; paguéla y hice balance de cuenta con la bolsa, sin dejar en ella más de veinte maravedís, con que me ajusté aquella noche. El mozo se fue a su hacienda; los clérigos y yo entramos en Cazalla, donde nos despedimos, yéndose cada uno por su parte[111].

---

[107] Cazalla era célebre por sus vinos.

[108] Estas y las que siguen son las malas palabras del arriero a que se alude en I, i, 6 (y cfr. n. 5).

[109] *eso:* lo mismo.

[110] *barajar:* discutir.

[111] Sobre la narración de *Ozmín y Daraja,* pieza maestra en la que se funden las influencias de la literatura morisca (el *Abencerraje,* el romancero, Pérez de Hita) y los azarosos vaivenes de la novela bizantina, *vid.* especialmente E. Cros, *Sources,* págs. 13-21; M. Cavillac, *Gueux et marchands,* págs. 335-337; D. McGrady, *Mateo Alemán,* págs. 147-157; A. San Miguel, *Sentido y estructura,* páginas 245-252, y los trabajos de G. Mancini, H. Morell y M. Smerdou recogidos en la bibliografía.

Libro segundo
de Guzmán de Alfarache

TRÁTASE CÓMO VINO A SER PÍCARO
Y LO QUE SIÉNDOLO LE SUCEDIÓ

CAPÍTULO PRIMERO

SALIENDO GUZMÁN DE ALFARACHE DE CAZALLA, LA VUELTA DE
MADRID[1], EN EL CAMINO SIRVIÓ A UN VENTERO

Vesme aquí en Cazalla, doce leguas de Sevilla, lunes de mañana, la bolsa apurada y con ella la paciencia, sin remedio y acusado de ladrón en profecía. El día primero sentí mucho, aunque más el segundo, porque creció el cuidado y llovió sobre mojado. Había de comer y comía, que los duelos con pan son menos. Bueno es tener padre, bueno es tener madre; pero el comer todo lo rapa.

El día tercero fue casi de muerte, cargó todo junto. Halléme como perro flaco ladrado de los otros, que a todos enseña dientes, todos lo cercan, y acometiendo a todos a ninguno muerde. Trabajos me ladraron teniéndome rodeado; todos me picaban, y más que otro no haber qué gastar ni modo con que buscar el ordinario[2]. Conocí entonces lo que es una blanca[3] y cómo el que no la gana no la estima, ni sabe lo que vale en tanto que no le falta.

Fue la primera vez que vi a la necesidad su cara de hereje[4].

---

[1] *la vuelta de Madrid:* en dirección a Madrid.

[2] *el ordinario:* el sustento de cada día.

[3] *blanca:* moneda de escaso valor, equivalente a medio maravedí.

[4] El aforismo jurídico *necessitas caret lege* desembocó, trabucado «con donaire», en la frase *la necesidad tiene cara de hereje* (así lo explica Correas, y cfr. FR, con ejemplos de Quevedo y Góngora). Pero comp. el comento de Pérez de Herrera a uno de sus *Enigmas,* núm. 60: «La necesidad se suele decir que carece de ley, porque no la hay que no traspase el no tener, y que tiene cara de hereje, por lo que espanta y es abominable y feo el haber menester a otros.»

Por cifra[5] entendí, aunque después he considerado sus efectos, cuántos torpes actos acomete, cuántas atroces imaginaciones representa, cuántas infamias solicita, cuántos disparates espolea y cuántos imposibles intenta. Con esto he visto lo poco de que se contenta nuestra madre naturaleza, y por mucho que a todos dé, ninguno está contento; todos viven pobres, publicando necesidad. ¡Oh, epicúreo, desbaratado, pródigo, que locamente dices comer tantos millares de ducados de renta! Di que los tienes y no que los comes. Y si los comes, ¿de qué te quejas, pues no eres más hombre que yo, a quien podridas lantejas, cocosas[6] habas, duro garbanzo y arratonado bizcocho tienen gordo? ¿No me dirás o darás la razón que lo cause? Yo no la sé.

Mas, ya tengas necesidad o te pongas en ella —que es lo que mejor puede creerse—, allá te lo hayas[7], mis duelos lloro. Ella es maestra de todas las cosas, invencionera sutil, por quien hablan los tordos, picazas, grajos y papagayos[8].

Vi claramente cómo la contraria fortuna hace a los hombres prudentes. En aquel punto me pareció haber sentido una nueva luz, que, como en claro espejo me representó lo pasado, presente y venidero. Hasta hoy había sido bozal[9]. Cuadrábame bien el nombre: hijo de la viuda, bien consentido y mal dotrinado[10]. Tenía mucho por desbastar: el primero golpe de azuela fue el deste trabajo. De manera me escoció, que no lo sé enca-

---

[5] *Por cifra:* breve y compendiosamente.

[6] *cocosas:* agusanadas.

[7] *allá se lo haya:* hoy diríamos 'allá él'; «dícese cuando uno ... se quiere descargar de cuidado de otro» (Correas). Cfr. *Don Quijote*, III, pág. 389.

[8] La última frase desarrolla una idea que difundió Persio (pról., v. 8-11) y cuyas apariciones en la literatura española *(La Celestina, La Lozana andaluza...)* comenta M. R. Lida, «Arpadas lenguas» (1951), en *La tradición clásica en España*, Barcelona, 1975, págs. 232-233, n. 7 (FR). Por otro lado, en lo que va de capítulo incide Guzmán en ideas conocidas sobre la *necessitas magistra* (cfr. Erasmo, *Adagia*, VI, viii, 55, y la nota de Rico al *Lazarillo*, II, n. 75): es «enemiga de la virtud», «hace atrevido al hombre», despierta el ingenio (son ideas y palabras, por ejemplo, del *Viaje de Turquía*, págs. 192 y 253).

[9] *bozal:* inexperto (cfr. I, i, 3, n. 25). La «nueva luz» recuerda sin duda el momento en que Lazarillo de Tormes despierta «de la simpleza en que, como niño, dormido estaba» (I): cfr. G. Sobejano, «De la intención y valor», pág. 15.

[10] «Hijo de la viuda, o mal criado o mal acostumbrado» (Correas). Comp. *La Pícara Justina*, pág. 699: «muy regalón y muy hijo de viudas», y cfr. Castillo Solórzano, *Trapaza*, pág. 66.

recer. Vime desbaratado, engolfado, sin saber del puerto, la edad poca, la experiencia menos, debiendo ser lo más. Y lo peor de todo que, conociendo por presagios mi perdición, queriendo tomar consejo no conocía de quién poderlo recebir.

Entré comigo en cuenta. Hallémela muy mala, mucho cargo y poca data[11]. Quisiera no pasar de allí, porque para ir adelante me faltaba recaudo, aunque también para volverme. Hízoseme vergüenza, ya que salí, quedarme, como dicen, al quicio de la puerta, a ojos de mi madre, amigos y deudos. ¡Válgame Dios! ¡Cuántas cosas he visto después acá perdidas por este «Hízoseme vergüenza»! ¡Cuántas doncellas lo han dejado de ser, hallándose obligadas de un papel de confites y unas coplas, o porque un vano le hizo tañer a la puerta y la enamoró con ajena gracia de lo que cantó el otro por él! ¡Cuántos majaderos han hecho fianzas que han pagado la deuda, quedando perdidos y su hijos a los hospitales! ¡Cuánto dinero se prestó por hacer amistad, que se perdió el amigo y la deuda está por cobrar, y quien lo dio no lo come y el que lo recibió lo tiene sobrado y no se atreven a pedirlo por hacérseles vergüenza!

Hágote saber —si no lo sabes— que es la vergüenza como redes de telarejo: si un hilo se quiebra, toda se deshace, por él se va. Para las cosas de que puede resultarte daño y estrecharte notablemente, déjala ir, quiébrale los hilos y te aseguro que no me digas mal por ello. Y el pesar que has de recebir, hecha la cosa que te piden, llévelo el que te la pide, y no la hagas, que es muy de tontos la vergüenza para lo que les cumple. De ti mesmo es bien que tengas vergüenza, para no hacer, aun a solas, cosa torpe ni afrentosa; que para lo más, ¿qué sabes tú de qué color es ni qué hechura tiene? Suéltala en lo que te importa, no la tengas encadenada, como a perro, tras la puerta de tu ignorancia. Dale cuerda; corra, trote. Sólo ten vergüenza de no hacer desvergüenza, como dije, que lo que llamas vergüenza no es sino necedad. Si a mí no se me hiciera vergüenza, no gastara en contarte los pliegos de papel deste volumen y les pudiera añadir cuatro ceros adelante; mas voy por la posta[12], obligán-

---

[11] *mucho cargo y poca data:* entiéndase 'con mucho en el *debe* y poco en el *haber*' (JSF).

[12] *por la posta:* con prisa y velocidad.

dome a decirte cosas mayores de mi vida, si Dios para ello me la concediere[13].

Digo que [no] sentí mucho volver sin capa, habiendo salido con ella, ni quedarme —a manera de hablar— en el barrio[14]. Hícelo punto de honra, que habiendo tomado resolución en partirme fuera pusilanimidad volverme. ¡Ojo, pues, quien otro tal: hícelo punto de honra! A las manos me ha venido la buena dueña: no creo saldrá dellas con tocas en la cabeza. Ella irá desmelenada y sin reverendas[15]. El agua le tengo a la boca. Vengarme pienso, poniéndole los pies en el pescuezo, echándola a fondo.

Pluguiera a Dios —orgulloso mancebico, hombre desatinado, viejo sin seso— yo entonces entendiera o tú agora supieras lo que es honra, para los dislates que haces y simplezas que sigues. No quiero aquí discantar[16] sobre el canto llano de mis palabras. Yo te cumpliré la mía, diciéndote quién es, con que serás desengañado. Quédese apuntado, que presto le daré alcance[17].

Hícelo punto de honra. Entre mí dije: «¡Confianza en Dios, que a nadie falta!» Con esto determiné pasar adelante y por entonces a Madrid; que estaba allí la corte, donde todo florecía, con muchos del tusón[18], muchos grandes, muchos titulados, muchos prelados, muchos caballeros, gente principal y, sobre todo, rey mozo recién casado[19]. Parecióme que por mi persona

---

[13] Las ideas de Alemán sobre la inutilidad de la vergüenza (cfr. también I, ii, 7, n. 13) están en relación con la literatura moral de la antigüedad, y especialmente con Plutarco, *Morales*, fols. 190r-195r: «Del daño que causa la vergüenza o empacho y del remedio contra ella.»

[14] Creo necesaria la enmienda porque con ella mejoran el sentido y la sintaxis («*no* sentí mucho volver sin capa ... *ni* quedarme...»). La pérdida de la capa y el estar todavía cerca de Sevilla (pues así entiendo lo de *quedarme... en el barrio*) no fueron las razones que impidieron la vuelta de Guzmán, sino lo que dice inmediatamente: «Hícelo punto de honra.»

[15] *reverendas:* cfr. I, i, 2, n. 10.

[16] *discantar* vale también «glosar o añadir alguna cosa a otra, o hablar mucho sobre alguna materia» *(Autoridades).*

[17] En los tres capítulos que siguen; cfr. I, ii, 3, n. 1.

[18] *del tusón:* 'de la orden del Toisón'. La expresión no está exenta de alcance proverbial (BB) ni, seguramente, irónico, pues *tusón* valía también 'buscón' (Alonso). Cfr. *La vida cotidiana*, pág. 88 (fray Diego de la Vega).

[19] Felipe II, que se casó en 1560 (a los treinta y tres años) con Isabel de Valois.

y talle todos me favorecieran y allá llegado anduvieran a las puñadas haciendo diligencia sobre quién me llevara consigo.

¡Oh, qué de cosas me ocurren juntas en esta simplicidad! ¡Cuánto distan las obras de los pensamientos! ¡Qué hecho, qué frito, qué guisado, qué fácil es todo al que piensa, qué dificultoso al que obra! Pinto en la imaginación que es el pensar un bonito niño corriendo por lo llano en un caballo de caña[20], con una rehilandera[21] de papel en la mano; y el obrar, un viejo cano, calvo, manco y cojo, que sube con dos muletas a escalar una muralla muy alta y bien defendida[22].

¿He dicho mucho? Pues digo que no es menos. ¡Qué bien se disponen las cosas de noche a escuras con el almohada! ¡Cómo saliendo el sol al punto las deshace como a la flaca niebla en el estío! ¡Quién me pudiera ver, cuando esta cuenta hice, con cuánto cuidado y poca gana de dormir la fabriqué! Fueron castillos en arena, fantásticas quimeras. Apenas me vestí, que todo estaba en tierra. Tenía trazadas muchas cosas: ninguna salió cierta, antes al revés y de todo punto contraria. Todo fue vano, todo mentira, todo ilusión, todo falso y engaño de la imaginación, todo cisco y carbón, como tesoro de duende[23].

Luego proseguí mi camino. Busqué una cañita que llevar en la mano. Parecióme que con ella era llevar capa; pero ni me honraba ni abrigaba tanto. Servíame de sustentar el brazo para dar aliento a los pies.

Acertaron a pasar dos de a mula; creí que teniendo[24] con ellos me harían la costa. Pescar con mazo no es renta cierta ni

---

[20] *caballo de caña:* cfr. I, i, 8, n. 56.

[21] *rehilandera:* molinillo.

[22] Quizá exista una fuente concreta para este párrafo, que parece desarrollo de un tópico e, incluso, comentario de algún emblema sobre él. En todo caso es una muestra perfecta de un hábito estilístico de Alemán: la concreción plástica de un concepto. Comp. *La zucca del Doni,* donde se comenta la misma idea de fondo, aunque ilustrada con un emblema y una imagen muy diferentes: «nuestro pensamiento se puede comparar a un viejo que está sentado en un relox de arena» (trad. cast., pág. 72).

[23] *«tesoro de duende:* suelen decir que los duendes tienen escondidos los tesoros y, cuando alguno los halla, volvérsele en carbones, de do nació el proverbio: *Thesaurus carbones facti sunt»* (Covarrubias).

[24] *tener* vale aquí 'atener' (cfr. fray Luis, Oda XI, «A Juan de Grial», v. 35), 'arrimarse', 'permanecer'.

el pensar es saber[25]. No llevaban mozo ni largo el paso; pero
corto el ánimo, por lo que conmigo hicieron. Di a caminar si-
guiéndolos, y a tres leguas de allí hicieron mediodía. Yo reventaba corriendo y galopeando por no quedarme atrás, que aun
su espacio[26] para mis pocas fuerzas era priesa. Estos fueron
hombres —o mejor dijera bestias— que palabra no hablaron, y
creo que de avarientos; y algunos lo son tanto, que la saliva no
darán si saben que es medicina[27]. Estos miserables callaban,
por no ayudarme siquiera con buen entretenimiento. Aun ya si
fueran diciendo cuentos como el pasado, el cansancio no se
sintiera tanto. Que la buena conversación donde quiera es
manjar del alma: alegra los corazones de los caminantes, espa-
cia los ánimos, olvida los trabajos, allana los caminos, entretiene los males, alarga la vida y, por particular excelencia, lleva
caballeros a los de a pie[28].

Llegamos a la posada juntos, y yo tal, que de mí a un difunto había poca diferencia. Pero por granjear un pedazo de pan
estamos obligados a salir de paso[29] y olvidar puntillos. Hice
más de lo que pude: humilléme, comedíme[30] a servirlos, me-
terles las mulas en la caballeriza y entrar la ropa en el aposento.

Ellos debían de tener salud, yo pestilencia, que al primer
ofrecimiento me dijo el uno:

—A un lado, señor galán; desvíesenos de aquí.

«¡Oh, traidores enemigos de Dios! —dije—. ¡Con qué caridad comienzan! ¿Qué esperanza podré tener me darán la comida? O si en el camino me rindiere, ¿me dejarán subir en ancas
de una mula?»

Sentáronse a comer. Apartéme a un poyo, que estaba en-
frente, con pensar: «¡Quizá me darán algo de la mesa!»; pero

---

[25] «Pescar con mazo no es cosa cierta, ni pescar con ballesta» (Correas).

[26] *espacio:* lentitud.

[27] «Los saludadores pretendían curar con saliva, a la que en general se atribuía valor medicinal» (FR).

[28] «La buena conversación es manjar del alma y lleva caballeros a los de a
pie» (Correas).

[29] *salir de paso:* hacer algo contra la costumbre propia.

[30] *comedirse:* ofrecerse (cfr. I, i, 6, n. 3).

nunca quizó[31]. Llegó allí un fraile francisco, a pie y sudando. Sentóse a descansar y de allí a poco sacó de una talega en que llevaba pan y tocino. Yo estaba tan traspasado de hambre, que casi quería espirar; y no atreviéndome con palabras, de vergüenza o cobardía, con los ojos le pedí me diese un bocado por amor de Dios. El buen fraile, entendiéndome, dijo con un ahínco cual si le fuera la vida en darlo:

—Vive el Señor, aunque me quedara sin ello y cual tú estás ahora, te lo diera. Toma, hijo.

¡Bondad inmensa de Dios, eterna sabiduría, providencia divina, misericordia infinita, que en las entrañas de la dura piedra sustentas un gusano, y cómo con tu larguez celestial todo lo socorres! Los que podían y tenían, con su avaricia no me lo dieron; y hallélo en un mendigo y pobre frailecito.

Quien proprias necesidades no tiene, mal se acuerda de las ajenas. La mía estaba presente, viéronla, y mis pocos años, que iba reventando, cansado de tenerles compañía; no se compadecieron algo de mi necesidad. Mi buen fraile partió comigo de su vianda, con que me dejó satisfecho. Si como aquel bienaventurado iba hacia Sevilla, llevara mi viaje, fuera mi rescate; mas teníamos encontrado el camino.

Al tiempo que se quiso ir, diome otro medio panecillo que le quedaba, y dijo:

—Vete con Dios, que si más llevara más te diera.

Metílo en el forro del faldamento[32] del sayo y fuime poco a poco mi camino. Llegué a tener la noche otras tres leguas adelante, donde cené mi pan sin otra cosa, ni hubo quien me la diese. Era jornada de arrieros; juntáronse algunos. Mandóme el ventero entrar a dormir al pajar. Hícelo así. Pasé mi trabajo como el que más no pudo.

La cena fue ligera. Bien se creerá sin juramento que no me levanté a la mañana empachado el vientre. Y queriendo irme, pidióme el huésped un cuarto[33] de posada; no lo tuve ni se lo

---

[31] *quizó:* es un evidente juego de palabras, desatendido en las ediciones modernas, que leen *quiso.* Hay unanimidad ortográfica, además, en los textos cuidados por Alemán: *quiça y quiçò.* Comp. «Quizá quizará», en Correas.
[32] *faldamento:* falda.
[33] *cuarto:* moneda equivalente a cuatro maravedís de vellón.

pude pagar. Harto deseó el traidor quitarme el sayo, que era de buen paño. Vime apretado y casi se me rasaron los ojos de agua. Movióse a lástima uno de los arrieros que allí estaban —que no son todos blasfemos y desalmados[34]— y dijo:

—Dejadlo, huésped, que yo lo daré.

Sus compañeros me preguntaron:

—Muchacho, ¿de dónde eres? ¿Dónde vas?

Respondióles el que pagó por mí:

—¿Qué le preguntáis, perdidos? ¿No se le conoce? Amargo está de ver que va huyendo de casa de su padre o de su amo.

Díjome el huésped:

—Oyes, mozuelo, ¿quieres asentar a soldada conmigo?

No me pareció para de presente[35] malo; aunque se me hacía duro aprender a servir habiendo sido enseñado a mandar. Díjele que sí.

—Pues entra y quédate, que no quiero me sirvas de otra cosa más que en dar paja y cebada, teniendo buena cuenta con cada uno a quien la dieres.

—Harélo —le respondí.

Y así me quedé por algunos días, comiendo sin tasa y trabajando con ella como por pasatiempo; que hasta las noches, cuando venían los arrieros, todo lo restante con pasajeros no era de consideración.

Allí supe adobar la cebada con agua caliente, que creciese un tercio, y medir falso, raer con la mano, hincar el pulpejo[36], requerir los pesebres y, si alguno me encargaba diese recaudo a su cabalgadura, le esquilmase un tercio. Algunos mancebilletes de ligas y bigotes[37] venían a lo pulido y sin mozo, haciendo de

---

[34] Era casi proverbial la mala condición de los arrieros: «mala gente», «ruin gente», se dice, por ejemplo, en *El crótalon,* pág. 158, con muchos testimonios posteriores.

[35] *para de presente:* para este momento.

[36] Modos de *medir falso,* escatimando la cebada: *raer con la mano* (rasar el pienso sin usar el obligatorio rasero), *hincar el pulpejo* (dejar el dedo metido en la medida), examinar los pesebres (para aprovechar los restos)... Comp. *La Pícara Justina,* con explicación detenida de esos y otros apaños: «si hay tiento, el rasero está en la mano»; «la cebada, si la dais un hervorcito, crece mucho y pierde poco, ... y quien más medra es la bolsa del mesonero» (I, iii, 1, págs. 195-196).

[37] El uso de las *ligas* y el cuidado de los *bigotes* eran rasgos de afeminamiento (FR).

los caballeros. Con los tales era el escudillar[38], porque llegábamos a ellos y, tomándoles las cabalgaduras, las metíamos en su lugar, donde les dábamos libranza sobre las ventas de adelante para la media paga; que la otra media recebían allí luego de socorro, aunque mal medida (y aun para ella tenía por coadjutores las gallinas y lechones de casa, si acaso faltaba el borrico, y otras veces entraban todos a la parte, porque no se repara entre buenos en poquedades); pero a fe que a la cuenta lo pagaban por entero[39]. Nuestras bocas eran medidas[40], no teniendo consideración a posturas ni aranceles[41], que aquellos no se guardan; sólo se ponen allí para que se paguen cada mes al alcalde y escribano los derechos dello y para tener un achaque, si tenían fijada la cedulilla o no, con que llevarles la pena.

Las cabalgaduras, ya se sabe lo que come cada una y en cuánto salen por cabeza, de paja, cebada y de posada. La cuenta de la mesa era para mí gracioso entretenimiento, porque siempre nos arrojábamos al vuelo y estábamos diestros en decir: «Tantos reales y tantos maravedís, y hágales buen provecho», cargando siempre un real más que una blanca menos. Muchos, como cuerdos, lo pagaban luego, y algunos, noveles o de la hoja[42], pedían de qué, y era cortarse las cabezas; porque, subiendo los precios a todo, siempre buscábamos qué añadir, aunque fuese de guisar la olla, y venían a faltar dineros, los cuales pagaban como por mandamiento de apremio[43]. La palabra del ventero es una sentencia difinitiva: no hay a quien su-

---

[38] *escudillar:* «metafóricamente vale mandar, tener mano, disponer y manejar a su gusto y arbitrio las cosas» *(Autoridades).*

[39] Es decir, que no les daban la cebada corespondiente a la *media paga,* dejándolo para «las ventas de adelante» (de ahí la *libranza:* así lo entiende JSF, y con él más o menos los demás), y sí les daban, *de socorro* ('a modo de anticipo'), la otra mitad, de la que, además, comían también los animales de la posada.

[40] *nuestras bocas eran medidas:* en última instancia, 'hacíamos nuestra voluntad' (cfr. Correas: «*Su boca era medida...*: se le dará cumplimiento en todo y gusto», y *Lazarillo,* VI, n. 6), pero jugando aquí con las concretas *medidas* de la cebada y las «posturas» y «aranceles» mencionados inmediatamente.

[41] *arancel:* «el decreto o ley que pone tasa o *postura* en las cosas que se venden» (Covarrubias).

[42] *de la hoja:* valentón, «de los de Dios es Cristo..., por valiente y de la carda» (Correas).

[43] *mandamiento de apremio:* el que debía cumplirse en muy breve plazo.

plicar, sino a la bolsa. Y no aprovechan bravatas, que son los
más cuadrilleros[44], y por su mal antojo siguen a un hombre callando hasta poblado y allí le probarán que quiso poner fuego a
la venta y le dio de palos o le forzó la mujer o hija, sólo por hacer mal y vengarse.

Teníamos también en casa unas añagazas de munición para
provisión de pobretos pasajeros, y eran ellas tales que ninguno
entrara en la venta a pie que dejara de salir a caballo[45].

Pues, olvídesete algo, ponlo a mal cobro, que ¡luego lo hallarás! ¡Qué de robos, qué de tiranías, cuántas desvergüenzas,
qué de maldades pasan en ventas y posadas! Qué poco se teme
a Dios ni a sus ministros y justicias, pues para ellos no las hay
—o es que van a la parte, y no es tal cosa de creer. Pero ya se
ignore o se entienda, sería importantísimo el remedio, que se
dejan muchas cosas de seguir y los acarretos[46] detienen las
mercaderías, por la costa dellos. Cesan los tratos por temor de
venteros y mesoneros, que por mal servicio llevan buena paga,
robando públicamente. Soy testigo haber visto cosas que en
mucho tiempo no podría decir de aquestas insolencias, que si
las oyéramos pasar entre bárbaros, como a tales los culpáramos
y, tratándolas a los ojos, no hacemos caso dellas. Pues
prometo que la reformación de los caminos, puentes y ventas,

---

[44] Los venteros solían ser *cuadrilleros* de la Santa Hermandad: cfr. I, i, 7,
n. 33, y Cervantes, *Don Quijote*, III, pág. 302.

[45] Aunque el pasaje ha parecido oscuro y se ha advertido su posible parentesco con la comida adulterada que el propio Guzmán padeció (cfr. M. Joly, «Onofagia y antropofagia», pág. 274, y las ediciones modernas, cuando dicen algo), no
creo que los tiros vayan por ahí. *Añagazas* es aquí 'señuelos' (mejor o al tiempo
que 'engaños, tretas, burlas'), y en sentido figurado alude —en una palabra— a
las busconas del mesón. Basta comparar dos pasajes muy afines al presente:
«Diome gusto que me vi bien proveído el mesón, y sin duda lo estaba mejor
que el mío, digo de alhajas, mas no de astucias, que a las *mocitas de munición* ['mujeres públicas por cuenta del mesón', como anota atinadamente A. Rey Hazas]
se les veía el juego a legua.» (*La Pícara Justina*, pág. 389); los mesoneros «tienen por granjería tener en sus casas *añagazas de munición* de mujeres deshonestas,
para señuelos de huéspedes... dando ocasión de tropiezos en sus posadas» (M.
Luján, *Segunda parte*, iii, 2, pág. 407a). También Cervantes habla de la «añagaza
y reclamo de «una dama de todo rumbo y manejo» (*El licenciado Vidriera*, Novelas ejemplares*, II, pág. 115). En fin, aun a costa de crecer la malicia, también se
entiende mejor, así, la última frase de Guzmán.

[46] *acarretos:* acarreos.

no es lo que requería menos cuidado que las muy graves, por el comercio y trato. Aunque ya, cuando yo de aquí salga, poco me quedará de andar[47].

---

[47] La crítica de los desórdenes en ventas y caminos trasciende lo folklórico para insistir, aquí y en otros lugares, en la necesidad imperiosa de «remedio» y «reformación» (FR, con ejemplos y bibliografía).

CAPÍTULO II

Siendo aquella para mí una vida descansada, nunca me pareció bien, y menos para mis intentos. Porque, al fin, era mozo
de ventero, que es peor que de ciego. Estaba en camino pasaje-
ro: no quisiera ser allí hallado y en aquel oficio, por mil vidas
que perdiera. Pasaban mozuelos caminantes de mi edad y talle,
más y menos, unos con dinerillos, otros pidiendo limosna.
Dije: «Pues pese a tal, ¿he de ser más cobarde o para menos
que todos? Pues no me pienso perder de pusilánime.» Hice corazón y buen rostro a los trabajos, con que, dejada mi venta,
me fui visitando las de adelante, con alguna moneda de vellón,
ganada en buena guerra y de algunos mandados que hice.

Era poco y consumióse presto. Comencé a pedir por Dios.
Algunos me daban a medio cuarto y los más me decían: «Perdona, hijo.» Con el medio cuarto y otros que se le arrimaban,
comía según alzancaba el *gaudeamus*[1], y con el «Perdona, hijo»
no remediaba letra[2]: perecía.

Dábase muy poca limosna y no era maravilla, que en general fue el año estéril y, si estaba mala la Andalucía, peor cuanto
más adentro del reino de Toledo, y mucha más necesidad había de los puertos adentro. Entonces oí decir: «Líbrete Dios de

---

[1] *gaudeamus:* «banquete y regocijo» (Alonso). Cfr. Cervantes, *Don Quijote*, III,
pág. 117.
[2] *no remediaba letra:* 'no remediaba ni un punto, ni un ápice' (cfr. I, i, 3,n. 31).

274

la enfermedad que baja de Castilla y de hambre que sube del Andalucía»[3].

Como el pedir me valía tan poco y lo compraba tan caro, tanto me acobardé, que propuse no pedirlo por estremo en que me viese. Fuime valiendo del vestidillo que llevaba puesto. Comencélo a desencuadernar, malogrando de una en otra prenda, unas vendidas, otras enajenadas y otras por empeño hasta la vuelta. De manera que cuando llegué a Madrid, entré hecho un gentil galeote, bien a la ligera, en calzas y en camisa: eso muy sucio, roto y viejo, porque para el gasto fue todo menester. Viéndome tan despedazado, aunque procuré buscar a quien servir, acreditándome con buenas palabras, ninguno se aseguraba de mis obras malas ni quería meterme dentro de casa en su servicio, porque estaba muy asqueroso y desmantelado. Creyeron ser algún pícaro ladroncillo que los había de robar y acogerme[4].

Viéndome perdido, comencé a tratar el oficio de la florida picardía. La vergüenza que tuve de volverme perdíla por los caminos, que como vine a pie y pesaba tanto, no pude traerla o quizá me la llevaron en la capilla de la capa[5]. Y así debió de ser, pues desde entonces tuve unos bostezos y calosfríos que pronosticaron mi enfermedad. Maldita sea la vergüenza que me quedó ni ya tenía, porque me comencé a desenfadar y lo que tuve de vergonzoso lo hice desenvoltura, que nunca pudieron ser amigos la hambre y la vergüenza[6]. Vi que lo pasado fue cortedad y tenerla entonces fuera necedad, y erraba como mozo; mas yo la sacudí del dedo cual si fuera víbora que me hubiera picado.

Juntéme con otros torzuelos[7] de mi tamaño, diestros en la presa. Hacía como ellos en lo que podía; mas como no sabía los acometimientos[8], ayudábales a trabajar, seguía sus pasos, andaba sus estaciones, con que allegaba mis blanquillas. Fuime

---

[3] Lo registra Correas con exactitud casi total.

[4] *acogerse:* «escaparse y ponerse en salvo» (Covarrubias).

[5] *capilla:* capucha.

[6] «Nunca pudieron estar juntos vergüenza y hambre» (Quintiliano, en Juan de Aranda, *Lugares comunes*, fol. 137v). Cfr. I, ii, 1, n. 13.

[7] *torzuelo:* «ladrón joven...; principiante» (Alonso).

[8] *acometimientos:* 'métodos para el robo'.

así dando bordos[9] y sondando la tierra. Acomodéme a la sopa[10], que la tenía cierta; pero había de andar muy concertado relojero, que faltando a la hora prescribía[11], quedándome a escuras. Aprendí a ser buen huésped, esperar y no ser esperado.

No dejaba de darme pena tanto cuidado y andar holgazán: porque en este tiempo me enseñé a jugar la taba, el palmo y al hoyuelo[12]. De allí subí a medianos[13]: aprendí el quince y la treinta y una, quínolas y primera[14]. Brevemente salí con mis estudios y pasé a mayores, volviéndolos boca arriba con topa y hago[15]. No trocara esta vida de pícaro por la mejor que tuvieron mis pasados. Tomé tiento a la corte, íbaseme sotilizando el ingenio por horas, di nuevos filos al entendimiento y, viendo a

---

[9] *dar bordos:* dar vueltas, ir de un lado a otro.

[10] *la sopa* que se daba a los mendigos en los conventos.

[11] *prescribía:* 'espiraba el plazo'; pero también *prescribir* «metafóricamente vale perderse la esperanza de alguna cosa» *(Autoridades).*

[12] Tres juegos de niños: en el de la *taba* se lanzaba al aire el huesecillo (aunque podía ser otro objeto) y ganaba quien conseguía que se tuviese por el lado bueno; en el *palmo* se pretendía que la moneda propia, al lanzarla, quedase a esa distancia de otra, y en el *hoyuelo,* que las monedas cayesen en él. Esos y otros juegos parecidos explica Rodrigo Caro, *Días geniales o lúdicros,* I, págs. 170-173 y 179-183.

[13] Era usual comparar el aprendizaje de los truhanes con los estudios: comp. Cervantes, *Rinconete y Cortadillo, Novelas ejemplares,* I, pág. 235: «—¿Es vuestra merced, por ventura, ladrón? —Sí —respondió él—..., aunque no de los muy cursados, que todavía estoy en el noviciado.» De las primeras letras —los juegos de habilidad propios de niños— pasa Guzmanillo a *medianos* —los estudios de «la cuarta clase de Gramática» *(Autoridades)*— y, después, a los estudios *mayores* —los de la clase superior de Gramática, «en que se estudia el arte de hacer versos latinos» *(ibíd.).* No estará de más recordar una frase de *La ilustre fregona:* «él salió tan bien con el asunto de pícaro, que pudiera leer cátedra en la facultad al famoso de Alfarache» *(Novelas ejemplares,* III, pág. 46).

[14] Ahora son juegos de naipes: en el *quince* ganaba el que conseguía ese número de puntos o el que se acercaba más, sin excederlo; lo mismo, *mutatis mutandis,* había que hacer en la *treinta y una; quínolas:* «juego de naipes en que el lance principal consiste en hacer cuatro cartas, cada una de su palo, y si la hacen dos, gana el que incluye más punto[s]» *Autoridades).* Sobre la *primera,* cfr. I, i, 2, nota 39.

[15] *topa y hago:* uno de los complicados juegos llamados *del parar* (así lo estableció Rodríguez Marín en su edición de *Rinconete y Cortadillo* [SGG, FR]), de *topar* ('aceptar el envite') y *hacer* (en última instancia 'apostar sin dinero': el tahúr decía *hago para todo* cuando aseguraba el dinero sin que estuviese sobre la mesa).

otros menores que yo hacer con caudal poco mucha hacienda y comer sin pedir ni esperarlo de mano ajena —que es pan de dolor, pan de sangre, aunque te lo dé tu padre—, con deseo desta gloriosa libertad y no me castigasen como a otros por vagabundo[16], acomodéme a llevar los cargos que podían sufrir mis hombros[17].

Larga es la cofradía de los asnos, pues han querido admitir a los hombres en ella y han estado comedidos en llevar las inmundicias con toda llaneza por aliviarles el trabajo; mas hay hombres tan viles, que se lo quitan del serón y lo cargan sobre sí, por tener un azumbre más de vino para beber. ¡Ved a lo que se estiende su fuerza!

Dejando esto a una parte, te confieso que a los principios anduve algo tibio, de mala gana y sobre todo temeroso; que, como cosa nunca usada de mí, se me asentaba mal y le entraba peor, porque son dificultosos todos los principios[18]. Mas después que me fui saboreando con el almíbar picaresco, de hilo[19] me iba por ello a cierra ojos. ¡Qué linda cosa era y qué regalada!, sin dedal, hilo ni aguja, tenaza, martillo ni barrena ni otro algún instrumento más de una sola capacha, como los hermanos de Antón Martín[20] —aunque no con su buena vida y re-

---

[16] El problema de los vagabundos, que creció con el siglo XVI, dio lugar a diversas pragmáticas, cada vez más severas: la condena de destierro para los reincidentes (tras la pena de azotes de rigor) fue sustituida por las galeras a perpetuidad en 1552 con una ley que se vio necesitada de ratificación en 1566 (cfr. *Novísima Recopilación*, XII, xxxi, 2-4). Por su parte, reformistas como Pérez de Herrera condenaban la ineficacia de esas y otras disposiciones (por ejemplo, las ordenanzas municipales de Madrid, 1585, comentadas por FR, BB y EM): cfr. *Amparo de pobres*, pág. 149, y M. Cavillac, *Gueux et marchands*, págs. 207-231.

[17] Guzmán se mete a esportillero o ganapán, como Rinconete y Cortadillo (*Novelas ejemplares*, I, pág. 227), oficio infame y propio de muchachos que casi siempre era tapadera de hurtos y picardías (FR, EM, y cfr. Pérez de Herrera, *Amparo de pobres*, pág. 99).

[18] «Todos los principios en cualquier cosa son dificultosos» (Cervantes, *La Galatea*, I, pág. 227). Era lugar común: cfr. Juan de Aranda, fols. 58v-59r.

[19] *de hilo:* directamente.

[20] Los frailes de San Juan de Dios, que regían el Hospital de Antón Martín, pedían limosna con una capacha, y de ahí que con frecuencia se les llamase, simplemente, «hermanos de la Capacha» (cfr. Cervantes, *El casamiento engañoso*, *Novelas ejemplares*, III, pág. 235). Por lo demás, he modificado bastante la puntuación que en estas líneas siguen las ediciones modernas.

cogimiento—, tener oficio y beneficio. Era bocado sin hueso, lomo descargado, holgada ocupación y libre de todo género de pesadumbre.

Poníame muchas veces a pensar la vida de mis padres y lo que experimenté en la corta mía, lo que tan sin propósito sustentaron y a tanta costa. «¡Oh —decía—, lo que carga el peso de la honra y cómo no hay metal que se le iguale! ¡A cuánto está obligado el desventurado que della hubiere de usar! ¡Qué mirado y medido ha de andar! ¡Qué cuidadoso y sobresaltado! ¡Por cuán altas y delgadas maromas ha de correr! ¡Por cuántos peligros ha de navegar! ¡En qué trabajo se quiere meter y en qué espinosas zarzas enfrascarse! Que diz que[21] ha de estar sujeta mi honra de la boca del descomedido y de la mano del atrevido, el uno porque dijo y el otro porque hizo lo que fuerzas ni poder humano pudieran resistirlo. ¿Qué frenesí de Satanás casó este mal abuso con el hombre, que tan desatinado lo tiene? Como si no supiésemos que la honra es hija de la virtud, y tanto que uno fuere virtuoso será honrado, y será imposible quitarme la honra si no me quitaren la virtud, que es el centro della[22]. Sola podrá la mujer propria quitármela, conforme a la opinión de España, quitándosela a sí misma, porque, siendo una cosa comigo, mi honra y suya son una y no dos, como es una misma carne; que lo más es burla, invención y sueño[23]. ¡Vida dichosa, que no la conoces ni sabes ni tratas della! Parecíame, si quien la pretendía de veras, abriera los ojos, considerando sin pasión sus efetos, que diera en el suelo con la carga

---

[21] *diz que:* se dice, dicen.

[22] «La verdadera deshonra está en el pecado y la verdadera honra en la virtud» (Cervantes, *La fuerza de la sangre, Novelas ejemplares,* II, pág. 156). Cfr. la primera nota del capítulo siguiente.

[23] Lo mismo opina un personaje del Quijote: «Tiene tanta fuerza y virtud este milagroso sacramento [del matrimonio], que hace que dos diferentes personas sean una misma carne ... Y de aquí viene que, como la carne de la esposa sea una mesma con la del esposo, las manchas que en ella caen, o los defectos que se procura, redundan en la carne del marido... Y como las honras y deshonras del mundo sean todas y nazcan de carne y sangre, y las de la mujer mala sean deste género, es forzoso que al marido le quepa parte dellas y sea tenido por deshonrado» (I, xxxiii, págs. 364-365, cit. por FR, con bibliografía). Cfr. ahora C. Chauchadis, *Honneur morale et société dans l'Espagne de Philippe II,* París, 1984, pág. 88 y notas.

primero que tocarla con la mano. ¡Qué trabajosa es de ganar! ¡Qué dificultosa de conservar! ¡Qué peligrosa de traer! ¡Y cuán fácil de perder por la común estimación! Y si con el vulgo se ha de caminar, ella es uno de los mayores tormentos que a quien con quietud quiere pasar su carrera le puede dar la fortuna ni padecer en esta vida. Y con ver a los ojos que así pasa, como si salvase las almas, las dan por ella. No haces honra de vestir al desnudo ni hartar al necesitado ni ejercer como debes las obras de tu ministerio y otras muchas que sé y las callo y tú las conoces de ti mismo y las disimulas, creyendo que otro no te las entiende, siendo públicas —que las dejo de escribir por no señalarte con el dedo—, y hácesla del humo y aun de menos. Haz honra de que esté proveído el hospital de lo que se pierde en tu botillería o despensa; que tus acémilas tienen sábanas y mantas y allí se muere Cristo de frío. Tus caballos de gordos revientan y se te caen los pobres muertos a la puerta de flacos. Esta es honra que se debe tener y buscar justamente; que lo que llamas honra, más propriamente se llama soberbia o loca estimación[24], que trae los hombres éticos y tísicos, con hambre canina de alcanzarla, para luego perderla —y con el alma, que es lo que se debe sentir y llorar.»

---

[24] Comp. Torquemada: «la más verdadera difinición [de la honra] será presunción y soberbia y vanagloria del mundo... Y la honra... es una vana y soberbia presunción», «ninguna cosa se hallará en ellos sino una ambición de honra haciendo el fundamento en la soberbia» *(Coloquios satíricos*, págs. 533b y 535a). Cfr. E. Cros, *Sources*, págs. 55-56.

CAPÍTULO III

Aunque era muchacho, como padecía necesidad, todo esto pasaba con la imaginación. Antojábaseme que la honra era como la fruta nueva por madurar, que dando por ella excesivos precios, todos igualmente la compran, desde el que puede

---

[1] La idea medular de los capítulos iii a v, que ha apuntado ya al final del anterior, es la defensa del concepto de honra como virtud; pero, partiendo de ahí, trata Alemán otros muchos temas relacionados con ella: una virtud definida esencialmente por la caridad y la misericordia, y —a la vez— amenazada por un latrocinio universal que ha sentado plaza en todos los oficios (cfr. I, ii, 4, n. 39). Es, naturalmente, una de la secciones más comentadas de la obra: *vid.* E. Cros, *Protée*, págs. 383-386; A. Francis, *Picaresca, decadencia, historia*, págs. 49-56; E. Moreno Báez, *Lección y sentido*, págs. 137-142; A. San Miguel, *Sentido y estructura*, págs. 161-176, etc., pero en particular el reciente y extenso análisis de H. Guerreiro, «Honra, jerarquía social y pesimismo en la obra de Mateo Alemán» (con más bibliografía). (Cfr. también, ya sin interés exclusivo por el *Guzmán*, C. Chauchadis, *Honneur morale et societé dans l'Espagne de Philippe II*, París, 1984.) Hay que señalar la coincidencia de Alemán con algunas ideas de Torquemada (cfr. E. Cros, *Sources*, págs. 51-58), cuyo resumen da uno de los interlocutores del coloquio vi: «Al fin lo que entiendo de vuestras razones es que la verdadera honra es la que damos unos a otros, sin procurarla los que la reciben; porque las obras virtuosas que hicieron las obraron por sola virtud y sin ambición ni codicia de la honra, y que cualquiera que procurare tomarla por sí mesmo, aunque la merezca, esto sólo basta para que la pierda» *(Coloquios satíricos,* pág. 537a). En el Siglo de Oro menudearon los textos coincidentes con las ideas de Alemán, y, además, por cauces genéricos bien distintos: cfr. sólo Guevara, *Epístolas familiares,* II, xxxii; J. de Mondragón, *Censura de la locura humana,* cap. xvi; C. Pérez de Herrera, *Enigmas,* núm. 157, y J. de Aranda, *Lugares comunes,* fols. 30v-31v.

hasta el que no es bien que pueda. Y es grande atrevimiento y desvergüenza que compre media libra de cerezas tempranas un trabajador por lo que le costaran dos panes para sustentar sus hijos y mujer. ¡Oh santas leyes! ¡Provincias venturosas, donde en esto ponen freno, como a daño universal de la república! Cómprala al fin y comen della sin límite ni moderación, que nunca se hartan de comprarla ni de comerla. Hacen el cuerpo de mala sustancia, engéndrales mal humor. Vienen después a pagarlo con gentiles calenturas o ciciones[2] y otras congojosas enfermedades. A fe que ha de costar más de una purga tanto tragar de honra. Nunca lo codicié ni le hice cara después que la conocí. También porque vía escuderos, criados y a oficiales de obra usada, sacarlos de sus oficios para otros de todo punto repugnantes[3], como el calor del frío, y tan distantes a su calidad como el cielo de la tierra.

Llamástelos ayer con tu criado, no dándoles más de un *vos* muy seco, que aun apenas les cabía. Ya te envían hoy a llamar con un portero, y para tu negocio se lo suplicas no cansándote de arrojarle *mercedes*, pidiéndole que te las haga[4]. Dime, ¿no es ese, que ahora como fingido pavón hace la rueda y estiende la cola, el que ayer no la tenía? Sí, el mismo es. Y el mal fuste sobre que dieron aquel bosquejo, presto, caída la pluma, quedará lo que antes era. Y si bien lo consideras, hallarás los tales no ser hombres de honra, sino honrados. Que los de honra, ellos la tienen de suyo; nadie los puede pelar, que no les nazca nueva pluma más fresca que la primera. Mas los honrados, de otro la reciben[5]. Ya los ves, ya no los ves: tanto duran las mayas

---

[2] *ción:* fiebre intermitente.

[3] *repugnantes:* incompatibles, contrarios.

[4] El zeugma está basado en un modismo usadísimo *(vuestra merced me la haga)* que mereció las mofas de Quevedo (cfr. *Obras festivas,* pág. 84). Por lo demás, estas líneas de Alemán están muy cerca de la actitud crítica e —incluso— de las palabras de Torquemada: «Solían en los tiempos antiguos llamar a un emperador o un rey escribiéndole, por la mayor cortesía que podían decir, *vuestra merced,* y cuando lo decían era con haberle dicho cien veces un *vos* muy seco y desnudo» *(Coloquios satíricos,* pág. 53b, con lo que sigue). En tiempos de Mateo Alemán, la jerarquía de los tratamientos de cortesía aconsejaba usar el *vos* con «los criados o vasallos» (J. de Luna, *Diálogos familiares* [FR]), y aun así muchos lo tenían por «afrenta muy grande» (Ambrosio de Salazar, cit. por Rodríguez Marín en su *Quijote,* IX, pág. 262). Cfr. *Lazarillo,* III, n. 131, y el *Galateo español,* pág. 134.

[5] «Si ellos son buenos y virtuosos, traen la honra consigo, y no la trae aquel

como Mayo[6], tanto los favores como el favoreciente. Pásase y queda cada uno quien es.

Así los vía salir ocupados a negocios graves y de calidad, a quien un hidalgo de muy buen juicio y partes pudiera acometer y aun deseara alcanzar. Decíales yo desde mi lecho: «¿Dónde vais, hermanos, con esos oficios?» Y, si me oyeran, pudieran responder: «No sé, por Dios. Allá nos envían para que aprovechemos ganando cuatro reales.»

¿Pues no consideras, pobre de ti, que lo que llevas a cargo no lo entiendes ni es de tu profesión y, perdiendo tu alma, pierdes el negocio ajeno y te obligas a los daños, en buena conciencia? ¿No sabes que para salir dello tienes necesidad forzosa de saber más que coser o tundir o dar el brazo a la señora doña Fulana, que por dar ella la mano al personaje de quien te lo alcanzó, lo llevas? ¿Preguntáronte por ventura o tú contigo mismo heciste algún escrutinio si te hallabas capaz, con suficiencia, si lo podrías o sabrías hacer bien, sin encargar la conciencia yéndote al infierno y llevando contigo a quien te lo dio? Algún bachiller aquí vecino, y creo debe ser el oficial del barbero —que suelen ser climáticos hablatistas[7]—, me responde: «Podemos, ¡mirá qué cuerpo de tal, qué negocio de tantas tretas y dificultades! Todos somos hombres[8] y sabremos darnos maña. Que una vez comenzados, ellos mismos caminan y se hacen.»

¡Oh, qué gran lástima, que aprendas el oficio cuando vienes a usar dél! Teme el piloto el gobierno de la nave, no sólo en la tormenta, sino en todo tiempo, aun en bonanza, por varios

---

de quien aguardan que les venga» (Jerónimo de Mondragón, *Censura de la locura humana*, pág. 119).

   [6] *maya:* una niña o moza «que en los días del mes de mayo, por juego y divertimiento, visten bizarramente como novia y la ponen en un asiento de la calle, y otras muchachas están pidiendo a los que pasan den dinero para ella, lo que les sirve para merendar todas» *(Autoridades)*. Era «herencia de una antiquísima costumbre pagana —luego cristianizada— de las fiestas primaverales» (FR; cfr. también JSF).

   [7] *hablatistas:* 'habladores', 'chismosos'; *climático* vale seguramente «mudable, vario y revoltoso» *(Autoridades,* apoyándose en este pasaje del *Pícaro).* Tradicionalmente, el callar era para los barberos «cosa muy cuesta arriba» *(Viaje de Turquía,* pág. 261).

   [8] *todos somos hombres:* cfr. I, i, 1, n. 87.

acaecimientos que suceden, con ser en su arte diestro; y tú, que nunca viste la mar ni conoces del arte del marear, quieres gobernarla y engolfarte donde no sabes. Quién le pudiera decir a este mocito de guitarra[9]: «¿Y tú no ves que cuando lo vienes a entender o a pensar que lo entiendes, que es lo más cierto, ya lo tienes perdido y al dueño dél con los días que has ocupado y disparates que has hecho? Usa tu oficio, deja el ajeno. Mas no es la culpa tuya, sino del que te lo encargó. Cambio es que corre sobre su conciencia.» Vamos adelante.

Así, pues, hoy los conocía gente miserable y pobre, mañana se levantaban desconocidos, como el que se tiñe la barba, de viejo mozo; entronizados que esperaban ser saludados primero de otros a quien pudieran servir de criados y en oficios muy bajos. Yo me sabía bien por dónde corría, quién guiaba el corro y por qué se violentaba, sacándolo de su curso, quitándolo a sus dueños para darlo a los estraños. También sentía que tenían razón los que dello murmuraban; que, debiendo dar a cada uno lo que le viene de su derecho, lo habían corrompido la invidia y la malicia, buscando los oficios para los hombres y no los hombres para los oficios[10], quedando infamados todos. Porque, cuanto las dignidades hacen ser más conocidos a los que no las merecen, tanto más los hacen ser menospreciados. Y ellas no se quedan sin su paga, que, como afrentan a los que las tienen sin merecerlas tener, también quedan deshonradas, por haberse dado a tales personas, dejando juntamente al que las dio con infamia, detracción y obligación.

Aquí se acaba de apear un pensamiento que llegó de camino de los de aquellos buenos tiempos. Véndolo por mío, si no es ésa la falta que le hallas. Dirélo, por haberme parecido digno de mejor padre; tú lo dispón y compón según te pareciere, emendando las faltas. Y aunque de pícaro, cree que todos so-

---

[9] *mocito de guitarra:* los barberos y sus oficiales eran aficionados a tañerla. Cfr. II, iii, 6, n. 8, y comp. Cervantes, *Don Quijote,* II, lxvii: VIII, pág. 162: los barberos, «todos o los más son guitarristas y copleros».

[10] «Recuerda el esquema de San Marcos, 2, 27: "Sabbatum propter hominem factum est et non homo propter sabbatum"» (FR). Comp. Hermosilla: «proveen a las personas de oficios y no a los oficios de personas, de que se recrecen grandes daños en la gobernación y pueblos» *(Diálogo de la vida de los pajes,* pág. 160).

mos hombres y tenemos entendimiento. Que el hábito no hace al monje; demás que en todo voy con tu corrección.

Ya sabes mis flaquezas: quiero que sepas que con todas ellas nunca perdí algún día de rezar el rosario entero, con otras devociones; y aunque te oigo murmurar que es muy de ladrones y rufianes no soltarlo de la mano, fingiéndose devotos de Nuestra Señora, piensa y di lo que quisieres como se te antojare, que no quiero contigo acreditarme[11].

Lo primero cada mañana era oír una misa; luego me ocupaba en ir a mariscar[12] para poder pasar. Como una vez me levantase tarde y no bien dispuesto, parecióme no trabajar. Era fiesta, fuime a la iglesia, oí misa mayor y un buen sermón de un docto agustino, sobre el capítulo quinto de San Mateo[13], donde dice: «Así den luz vuestras buenas obras a vista de los hombres, que miradas por ellos den gracias y alabanzas a vuestro Padre eterno, que está en los cielos», etc. Dio una rociada por los eclesiásticos, prelados y beneficiados: que no les habían dado tanto de renta, sino de cargo; no para comer, vestir y gastar en lo que no es menester, sino en dar de comer y vestir a los que lo han menester, de quien eran mayordomos o propiamente administradores, como de un hospital; y que haberles encargado la tal mayordomía o administración fue como a personas de más confianza, menos interesadas, piadosas, retiradas del siglo y de sus confusiones, que con más cuidado y menos ocupación podían acudir a este ministerio. Que abriesen los ojos a quién lo daban, cómo y en qué lo distribuían; que era dinero ajeno de que se les había de tomar estrecha cuenta. «Nadie se duerma, todo el mundo vele: no quiera pensar hallar la ley de la trampa ni la invención de la zancadilla para defraudar un maravedí, que sería la sisa de Judas»[14]. Dijo en general que sus tratos y costumbres fuesen como el farol en

[11] Recuérdese que al padre de Guzmán «nunca se le caía de las manos» el rosario (cfr. I, i, 1, n. 35).

[12] *mariscar:* hurtar, rapiñar.

[13] San Mateo, 5, 16. Sobre el *sermo ad status* del agustino, cfr. especialmente H. S. Smith, «The *pícaro* turns Preacher», págs. 390-391, y E. Cros, *Protée*, páginas 220-221 y 413-414.

[14] *la sisa de Judas:* alude a San Juan, 12, 4-6, donde se cuenta que el Iscariote, fingiendo preocuparse por los pobres, sólo pensaba en robar.

la capitana, tras quien todos caminasen y en quien llevasen la mira, sin empacharse en otros tratos ni granjerías de las que se encargaron con el voto que hicieron y obligación que firmaron en los libros de Dios, donde no puede haber mentiras ni borrones.

. Harto me acordé de un amigo de mi padre, lo mal que distribuyó lo que cobró y del mal ejemplo que dejó; y en tal paró él y ello. Muchas y buenas razones dijo, que por la indecencia de mi profesión callo y no es lícito a mi hábito referirlas.

A la noche mi enfermedad crecía, la cama no era muy buena ni más mollida que un pedazo de estera vieja en un suelo lleno de hoyos. Venía el ganado paciendo por la dehesa humana del mísero cuerpo. Recordé al ruido, húbeme de rascar y comencéme a desvelar; fui recapacitando todo mi sermón pieza por pieza. Entendí que, aunque habló con religiosos, tocaba en común a todos, desde la tiara hasta la corona, desde el más poderoso príncipe hasta la vileza de mi abatimiento. «¡Válgame Dios! —me puse a pensar—, que aun a mí me toca y yo soy alguien: ¡cuenta se hace de mí! ¿Pues qué luz puedo dar o cómo la puede haber en hombre y en oficio tan escuro y bajo? Sí, amigo —me respondía—, a ti te toca y contigo habla, que también eres miembro deste cuerpo místico, igual con todos en sustancia, aunque no en calidad[15]. Lleva tus cargos bien y fielmente; no los vendimies ni cercenes ni saltees en el camino, pasando de la espuerta a los calzones, a tus escondrijos y falsopetos[16], lo que no es tuyo. Ni quieras llevar a peso de plata los pasos que mueves y tanto por carga de dos panes como de dos vigas; modérate con todos; al pobre sirve de balde, dándolo a Dios de primicia. No seas deshonesto, glotón, vicioso ni borracho. Ten en cuenta con tu conciencia, que haciéndolo así, como la viejecita del Evangelio[17], no faltará quien levante su corazón y los ojos al cielo, diciendo: "Bendito sea el Señor, que aun en pícaros hay virtud". Y esto en ti será luz.»

---

[15] Recuerda a San Pablo, *I Corintios*, 12, 12ss, palabras que sirvieron a muchos para defender la igualdad de los hombres ante Dios (cfr. la excelente nota de Rico, disipando el tinte de «terminología hermética» que había visto aquí C. A. Soons). *Vid.* M. cavillac, *Gueux et marchands*, pág. 86.

[16] *falsopeto:* bolsillo interior, en el entreforro.

[17] Cfr. San Lucas, 11, 27.

Pero a mi juicio de ahora y entonces, volviendo a la consideración prometida, con quien habló, más que a religiosos y comunidad, fue con los príncipes y sus ministros de justicia, de quien iba hablando cuando esta digresión hice. Que verdaderamente son luz y en aquel sagrado capítulo o en la mayor parte dél todo es luz y más luz, para que no aleguen que no la tuvieron[18]. Consideré que la luz ha de estar, como agente, en algún paciente sujeto, en quien haga como en la cera, ya sea una hacha o lo que más quisieres. Digo habérseme representado la tal persona, o tú, como es verdad, ser la luz; tus buenas obras, tus costumbres, tu celo, tu santidad es lo que ha de resplandecer y darla. ¿Pues qué piensas que es darte un oficio o dignidad? Poner cera en esa luz para que ardiendo resplandezca. ¿Qué es el oficio de la luz? Ir con su calor llamando y chupando la cera hacia sí, para alumbrar mejor y sustentarse más[19].

Eso, pues, has de hacer de tu oficio: embeberlo, encorporarlo en esa luz de tus virtudes y honesta vida, para que todos las vean y todos las imiten, viviendo tan rectamente, que ruegos no te ablanden ni lágrimas te enternezcan ni dones te corrompan ni amenazas te espanten ni la ira te venza ni el odio te turbe ni la afición te engañe. Oye más: ¿cuál vemos primero, la luz o la cera? No negarás que la luz. Pues haz de manera que tu oficio, que es la cera, se vea después de ti, conociendo al oficio por ti y no a ti por el oficio.

Muchas veces acontece la cera ser mucha y la luz poca y ahogarse en ella, como si en un cirio grueso el pabilo fuese sutil. Otras, volver la luz abajo y, derritiéndose la cera encima, luego apagarse. Así vemos que lo bueno en ti es tan poco y el oficio que te dan sobra[20] tanto a la medida de tus méritos, que lo poco se te apaga y quedas a escuras. Otras veces vuelves al

---

[18] Cfr. San Mateo, 5, 14-15.

[19] Antes ya ha apuntado la imagen (cfr. I, i, 2, n. 21), pero ahora la desarrolla profusamente. Comp. Cristóbal de Tamariz: «El honbre afable, fácil y benino, / que al otro que va errado lo detiene, / y con piedad le muestra el buen camino, / es como el que la vela ardiendo tiene, / que no se muestra grave ni mesquino / al triste que a buscar la lumbre viene, / ni tiene por ofensa o pesadunbre / que el otro encienda lunbre de su lunbre» (*Novelas en verso*, 235, páginas 149-150, con la excelente nota de D. McGrady).

[20] *sobra*: supera.

suelo tus virtudes, inclínaste mal, porque derrites el oficio encima, robando, baratando[21], forzando, menospreciando al pobre su causa, tratándola con dilación y la del rico con instancia. Señálaste con rigor en el pobre, dispensando con el rico mansedumbre. Al pobre tropellaste con soberbia, y al rico hablaste con veneración y crianza. Con esto se te acaba de morir y se te gasta, quedando perdido.

Hay otros que hacen del oficio luz, como dije antes, y habiéndolo ellos de ser, por el contrario son la cera. Estos tales, ¿qué negocian, si sabes? Yo te lo diré. ¿Cuál es la propriedad de la cera? Irse poco a poco gastando y consumiendo, llevando la luz violentada tras de sí, hasta que se desparecen el uno y el otro y quedan acabados. Esto mismo les acontece: viven de manera, teniendo escondidas las buenas obras, las virtudes, lo bueno, que ni se precian dello ni lo estiman. Estiman el oficio que hicieron luz; vanlo violentando por encorporarlo en sí, por esquilmarlo, por desnatarlo y aun desangrarlo, y vanse poco a poco consumiendo con él. Viven mal y mueren mal: cual vivieron, así murieron.

¿Qué piensa el que se hace cera, cuando a uno le quita su justicia o lo que justamente merece y los trasmonta en el idiota que se le antoja? ¿Sabes qué? Derrítese y gástase, sin sentir cómo ni de qué manera. Acábasele la salud, consúmesele la honra, pierde la hacienda, fallecen los hijos, mujer, deudos y amigos, en quien hacían estribos de sus pretensiones; andan metidos en profundísima melancolía, sin saber dar causa de qué la tienen. La causa es, amigo, que son azotes de Dios, con que temporalmente los castiga en la parte que más les duele, demás de lo que para después les aguarda. Y así lo permite su Divina Majestad, para consuelo de los justos, que los que disolutamente pecan haciendo públicos agravios y sinrazones, castigarlos a ojos de los hombres, para que lo alaben en su justicia y se consuelen con su misericordia, que también lo es castigar al malo...

¿Quieres tener salud, andar alegre, sin esos achaques de que te quejas, estar contento, abundar en riquezas y sin melanco-

---

[21] *baratar:* «trocar unas cosas con otras» (Covarrubias), pero también, simplemente, 'estafar'.

lías? Toma esta regla: confiésate como para morir; cumple con
la difinición de justicia, dando a cada uno lo que le toca por
suyo[22]; come de tu sudor y no del ajeno; sírvante para ello los
bienes y gajes ganados limpiamente: andarás con sabor, serás
dichoso y todo se te hará bien.

A buena fe que mi consideración me iba metiendo muy
adentro, donde quizá perdiera pie y fuera menester socorro.
Ya me engolfaba o me puse a pique para decir el porqué y
cómo se hace algo desto. Si corre por interés o si por afición o
pasión. Quiero callar, y no habrá ley contra mí: mi secreto
para mí[23], que al buen callar llaman santo[24]. Pues aún conozco
mi exceso en lo hablado, que más es dotrina de predicación
que de pícaro. Estos ladridos a mejores perros tocan: rómpan-
se las gargantas, descubran los ladrones. Mas ¡ay, si por ventura o desventura les han echado pan a la boca y callan![25]

---

[22] Cfr. Aristóteles, *Retórica*, 1366*b*9-10, o Justiniano, *Institutiones*, I, 1. Comp.
Hermosilla, *Diálogo de la vida de los pajes*, págs. 80 y 225.

[23] *mi secreto para mí:* traduce a *Isaías*, 24, 16.

[24] *al buen callar llaman santo* (o *Sancho*, pues era nombre de hombre «santo,
sano y bueno»: todo viene en Correas). Cfr. Cervantes, *Don Quijote*, VI, páginas 262-263.

[25] Es paráfrasis de *Isaías*, 56, 10-11, según señala H. S. D. Smith, «The *pícaro*», pág. 392; era habitual, por otro lado, comparar al predicador con un perro
«que ha de ladrar, y aun morder a ratos» (Terrones del Caño, *Instrucción de predi-
cadores*, cit. también por Smith, *Preaching*, pág. 112).

CAPÍTULO IV

GUZMÁN DE ALFARACHE REFIERE UN SOLILOQUIO QUE HIZO Y
PROSIGUE CONTRA LAS VANIDADES DE LA HONRA

Larga digresión he hecho y enojosa. Ya lo veo; mas no te maravilles, que la necesidad adonde acudimos era grande y, si concurren dos o más lesiones juntas en un cuerpo, es precepto acudir a lo más principal, no poniendo en olvido lo menos. Así corre en la guerra y todas las más cosas. Yo te prometo[1] que no sabré decir cuál de los dos fuese mayor, la que dejé o la que tomé, por lo que importan ambas. Mas volvamos adonde nos queda empeñada la prenda, siguiendo aquel discurso.

Llevaba yo un día, en mi capacha o esportón, del Rastro[2] un cuarto de carnero a un oficial calcetero. Halléme acaso unas coplas viejas[3], que a medio tono, como las iba leyendo, las iba cantando. Volvió mi dueño la cabeza y sonriéndose dijo:

—¡Válgate la maldición, maltrapillo! ¿Y leer sabes?

Respondíle:

—Y muy mejor escribir.

Luego me rogó que le enseñase a hacer una firma y que me lo pagaría. Preguntéle:

—Diga, señor, firma sola, ¿para qué la quiere o de qué le puede aprovechar?

Él me respondió:

---

[1] *te prometo:* te aseguro.
[2] *el Rastro* era originariamente el lugar donde se mataba el ganado y se vendían sus despojos.
[3] *unas coplas viejas:* «sin duda en un pliego suelto» (FR).

—¿Para qué? Salgo a negocios, que me da Fulano, mi señor, porque yo calzo a sus niños —y nombró el personaje—. Querría siquiera saber firmar, por no decir que no sé cuando se ofrezca.

Quedóse así este negocio, y yo haciendo un largo soliloquio que fui siguiendo buen rato en esta manera: «Aquí verás, Guzmán, lo que es honra, pues a éstos la dan. El hijo de nadie, que se levantó del polvo de la tierra, siendo vasija quebradiza, llena de agujeros, rota, sin capacidad que en ella cupiera cosa de algún momento[4], la remendó con trapos el favor, y con la soga del interés ya sacan agua con ella y parece de provecho. El otro, hijo de Pero Sastre[5], que porque su padre, como pudo y supo, mal o bien, le dejó qué gastar, y el otro que robando tuvo qué dar y con qué cohechar, ya son honrados, hablan de bóveda y se meten en corro[6]. Ya les dan lado y silla, quien antes no los estimara para acemileros.

»Mira cuántos buenos están arrinconados, cuántos hábitos de Santiago, Calatrava y Alcántara cosidos con hilo blanco[7], y otros muchos de la envejecida nobleza de Laín Calvo y Nuño Rasura[8] tropellados. Dime, ¿quién les da la honra a los unos que a los otros quita? El más o menos tener. ¡Qué buen decanon de la facultad o qué gentil rector o mase[9] escuela! ¡Qué discretamente gradúan y qué buen examen hacen!

---

[4] *de algún momento:* de alguna importancia.

[5] *Pero Sastre* era nombre folklórico: «Tocá, Pero Sastre, que la villa lo paga» (Correas); se decía cuando un don nadie se daba la gran vida con dinero ajeno. Comp., en relación con estas líneas de Alemán, otras de Torquemada: «¡Oh cuántos hay en el mundo que estando pobres no eran para ser estimados más que el más vil del mundo, y después que bien o mal se ven ricos, tienen su archiduque en el cuerpo, no solamente para querer ser bien tratados, sino para querer tratar y estimar en poco a los que por la virtud tienen mayor merecimiento que ellos» *(Coloquios satíricos,* pág. 536a; las recuerda E. Cros, *Sources,* página 56).

[6] *hablar de bóveda* o *en bóveda:* 'hablar con arrogancia'; *meterse en el corro:* «meterse en cuenta con otros» (Correas).

[7] *cosidos con hilo blanco:* quizás 'ocultos, desapercibidos' (en correlación con «arrinconados»), pero propiamente *estar cosida* una cosa *con hilo blanco* es «desdecir y no conformar con otra» *(DRAE);* esto es, 'otorgados inmerecidamente'.

[8] Los primeros jueces de Castilla. Cfr. C. Johnson, «Fuentes», págs. 366-367.

[9] *mase:* maese, maestro; la forma *decanon,* aunque no recogida por los lexicógrafos, es común a las ediciones cuidadas por Alemán.

»Dime más: ¿y a qué se obliga ese que lleva el oficio que decías primero, y esotro a quien el dinero entronizó en el sancta-sanctórum del mundo? ¿Y cómo queda el hombre discreto, noble, virtuoso, de claros principios, de juicio sosegado, cursado en materias, dueño verdadero de la cosa, que dejándole sin ella, se queda pobre, arrinconado, afligido y por ventura necesitado a hacer lo que no era suyo, por no incurrir en otra cosa peor? Mucho me pides para lo poco que sabré satisfacerte; mas diré conforme a lo que alcanzo, lo que dello entiendo. Cuanto para con Dios, son sus juicios ignotos a los hombres y a los ángeles; no me entremeto a más de lo que con entendimiento corto puedo decir, y es que Él sabe bien dar a cada uno todo aquello de que tiene necesidad para salvarse[10]. Y pues aquel oficio faltó, no convino, por lo que Él sabe o porque con él se condenará y lo quiere salvar, que lo tiene predestinado. Esto es cuanto para el que se queda sin lo que merece. Pero para el poderoso que se lo quita, que no es juez de intenciones ni de corazones, ni los puede examinar, y por lo exterior, que sólo conoce, pervierte la provisión. Si habemos de hablar en lenguaje rústico, regulándolo a el cortesano celestial, digo que a la margen de la cuenta deste poderoso saca Dios —como acá solemos para advertir algo— un *ojo*[11], y dice luego: ¿Qué le tengo de pedir? ¿Qué causa tuvo deste agravio, sabiendo que los tengo amenazados? «Jueces de la tierra, porque no juzgastes bien os tengo aparejado durísimo castigo.» «Yo residiré en la sinagoga de los dioses y los juzgaré»[12]. Lástima grande que quieran, sabiendo esta verdad, hallarse delante de aquel juez recto y verdadero, con acusación cierta que los ha de condenar, y faltos de la restitución que deben, sin la cual el pecado no puede ser perdonado, y no lo quiera[n] remediar.

---

[10] Comp. *San Antonio*, I, xiii: «por todo le debes dar gracias [al señor], creyendo y confiando que no te faltará un cabello en todo cuanto viere que tienes necesidad para salvarte» (FR).

[11] *un ojo*: se refiere a los ladillos manuscritos «a la margen» de algún texto, hábito que —por cierto— no desconocían los lectores del *Guzmán*. Cfr. la variante *ojas / ojos* en los *Sueños* de Quevedo, págs. 79 y 245. (No se trata, por tanto, de la expresión *sacar los ojos*, que «metafóricamente vale apretar a uno e instarle con molestia a que haga alguna cosa», según *Autoridades.)*

[12] La primera cita es de *Sabiduría*, 6, 2-6; la segunda, de *Salmos*, 81, 1.

»Verdad es que no faltará quien les diga: sí, señor, bien pudistes, no pecastes, bien hicistes en darlo a vuestro deudo, conocido o amigo o al criado, que están más cerca. Pues en verdad que no pudistes, porque lo quitastes de su lugar y lo pusistes en el ajeno. Vuelve sobre ti, considera, hermano mío, que es yerro, que no pudiste y porque no pudiste pecaste y porque pecaste no está bien hecho. No mires a dichos de tontos ni de congraciadores en lo que te importa tanto. Lo mejor sería que te ciñeses y vieses lo que te aprieta y lo reparases con tiempo, que hay confesores de grandes absolvederas, que son como sastres: diránte que el vestido que ellos hicieron te entalla bien; pero tú sabes mejor si te aprieta, si te aflige, si te angustia o cómo te viene. Y permite Dios que, porque no buscaste quien viviendo y gobernando te dijese verdades, al tiempo de la muerte agonizando no haya quien te las diga y te condenes. Vela con los ojos, abre los oídos y no dejes que te pongan las abejas de Satanás la miel en ellos ni hagan enjambre, que son caminos anchos de perdición.

»Pero volviendo a estos tales, cuanto a Dios, no dudo su castigo, y cuanto a los hombres, te sabré decir que abren puerta a la murmuración y a que hagan dello pública conversación, diciendo, como dije antes, los fines que creí fueran secretos, teniendo lástima de tantos méritos tan mal galardonados y de un trueco tan desproporcionado, viendo a los malos por malos medios valer más y a los buenos con su bondad excluidos y desechados. Mas yo te prometo que les tiene Dios contados los cabellos y que ni uno se les pierda[13]. Si los hombres les faltaren, consuélense, que les queda buen Dios que no les faltará.

»Así que deste modo van las cosas. Pues ni quiero mandos ni dignidades, no quiero tener honra ni verla; estate como te estás, Guzmán amigo; séanse enhorabuena ellos la conseja del pueblo, nunca se acuerden de ti. No entres donde no puedas libremente salir, no te pongas en peligro que temas, no te sobre que te quiten ni falte para que pidas, no pretendas lisonjeando ni enfrasques porque no te inquieten. Procura ser usu-

---

[13] La imagen proviene de las *Confesiones* de San Agustín.

frutuario de tu vida, que, usando bien della, salvarte puedes en tu estado[14].

»¿Quién te mete en ruidos, por lo que mañana no ha de ser ni puede durar? ¿Qué sabes o quién sabe del mayordomo del rey don Pelayo ni del camarero del conde Fernán González? Honra tuvieron y la sustentaron, y dellos ni della se tiene memoria. Pues así mañana serás olvidado. ¿Para qué es tanto ahínco, tanta sed y tantos embarazos? Uno para la comida —que aun es tanta la vanidad, que comer mucho y desperdiciado califica—, otro para el vestido y otro para la honra[15]. No, no, que no te está bien y con tales cuidados no llegarás a viejo o lo serás antes de tiempo. Deja, deja la hinchazón desos gigantes. Arrímalos por las paredes[16]. Vístete en invierno de cosa que te abrigue y el verano que te cubra, no andando deshonesto ni sobrado. Come con que vivas, que fuera de lo necesario es todo superfluo, pues no por ello el rico vive ni el pobre muere; antes es enfermedad la diversidad y abundancia en los manjares, criando viscosos humores y dellos graves accidentes y mortales apoplegías[17].

»¡Oh tú, dichoso dos, tres y cuatro veces[18], que a la mañana

[14] Comp. *San Antonio*, fol. 133v: «En todos oficios, en todos estados pueden salvarse y condenarse.» De existir un recuerdo de algún pasaje bíblico concreto, éste sería el de *I Corintios*, 7, 17-24 (cfr. R. Del Piero, «The picaresque philosophy», págs. 155-156).

[15] En ese orden trató y criticó Torquemada tales abusos: comida, vestidos, honra *(Coloquios satíricos*, iv-vi).

[16] *«arrimar* a uno es destruirle y dejarle como muerto o desmayado, pegado a la pared» (Covarrubias).

[17] «El mayor yerro que pueden hacer los hombres es comer más de aquello que puede gastar la virtud y calor natural; porque, según doctrina de todos los médicos, la indigestión y corrución de los manjares que della se sigue es origen de todas las enfermedades» (Torquemada, *Coloquios satíricos*, pág. 522a, con mención de un pasaje del *Eclesiástico*, 37, 32-33, pero cfr. también 31, 12-42). En el fondo están las opiniones y los datos de Plutarco, *Morales,* fols. 134r-143r («Diálogo... donde se dan preceptos y reglas de sanidad»). Comp. también Espinel, *Marcos de Obregón*, II, pág. 207.

[18] «Sobre el esquema de Virgilio, *Eneida*, I, 94: "O terque quaterque beati..."» (FR). Para su elogio de la «florida picardía» —como en la vida de los pordioseros de I, iii, 2-6—, Alemán se inspiró esporádicamente en el *Momo* de L. B. Alberti (trad. Almazán, II, vi-vii: cfr. E. Cros, *Sources,* págs. 47-49). El pasaje guzmanesco, por su parte, fue imitado en muchas obras posteriores: la falsa *Segunda parte* (i, 2 y ii, 3), el *Estebanillo*, el *Lazarillo* de Juan de Luna, *La vida del pícaro en tercia rima...* (cfr. E. Moreno Báez, *Lección y sentido*, pág. 144, n. 46).

te levantas a las horas que quieres, descuidado de servir ni ser
servido! Que, aunque es trabajo tener amo, es mayor tener
mozo —como luego diremos. Al mediodía la comida segura,
sin pagar cocinero ni despensero ni enviar por carbón mojado
a la tienda, y que te traigan piedras y tierra, y sabe Dios por
qué se disimula[19]; sin cuidado de la gala, sin temor de la mancha ni codicia del recamado; libre de guardar, sin recelo de
perder; no invidioso, no sospechoso, sin ocasión de mentir y
maquinar para privar. Eso[20] te importa ir solo que acompañado, apriesa que de espacio, riendo que llorando, corriendo[21]
que trepando, sin ser notado de alguno. Tuya es la mejor taberna donde gozas del mejor vino, el bodegón donde comes el
mejor bocado; tienes en la plaza el mejor asiento, en las fiestas
el mejor lugar; en el invierno al sol, en el verano a la sombra;
pones mesa, haces cama por la medida de tu gusto, como te lo
pide, sin que pagues dinero por el sitio ni alguno te lo vede,
inquiete ni contradiga[22]; remoto de pleitos, ajeno de demandas, libre de falsos testigos, sin recelo que te repartan y por temas te empadronen[23]; descuidado que te pidan, seguro que te
decreten[24]; lejos de tomar fiado ni de ser admitido por fiador,
que no es pequeña gloria; sin causa para ser ejecutado, sin trato para ejecutar; quitado de pleitos, contiendas y debates; últimamente, satisfecho que nada te oprima ni te quite el sueño
haciéndote madrugar, pensando en lo que has de remediar. No

---

[19] Comp. Alberti, *Momo:* «Este arte no tiene que recelarse de la traición del
cocinero...» (cfr. E. Cros, *Sources,* pág. 48).

[20] *eso:* lo mismo.

[21] *corriendo:* la lectura original *(comiendo),* compartida por todas las ediciones
antiguas, tiene la apariencia de ser una errata, y por ello corrijo siguiendo a los
editores modernos.

[22] Comp. Alberti, *Momo:* «Los otros no se osan sentar ni en la calle ni en la
plaça... Pero el mendigante estará tendido de largo a largo en mitad de la plaça.
Dará libremente voces y hará todo lo que se le antojara libremente» (cfr. E.
Cros, *Sources,* págs. 48-49).

[23] *repartir* «vale asimismo cargar alguna contribución o gravamen, por partes» *(Autoridades); empadronar:* «asentar a algunos en los libros de los pechos y alcabalas» (Covarrubias). En *por temas* puede entenderse «según el oficio» (JSF),
pero también pudiera querer decir «por enemistades sin fundamento» (EM).

[24] *decretar:* «en lo forense, determinar el juez las peticiones de las partes»
(Autoridades).

todos lo pueden todo ni se olvidó Dios del pobre: camino le
abrió con que viviese contento, no dándole más frío que como
tuviese la ropa, y puede como el rico pasar si se quisiere reglar.

»Mas esta vida no es para todos, y sin duda el primer inven-
tor debió ser famosísimo filósofo, porque tan felice sosiego es
de creer que tuvo principio de algún singular ingenio. Y, hablando verdad, lo que no es esto cuesta mucho trabajo y los
que así no pasan son los que lo padecen y pagan, caminando
con sobresaltos, contiendas y molestias, lisonjeando, idolatran-
do, ajustando por fuerza, encajando de maña[25], trayendo de los
cabellos lo que ni se sufre ni llega ni se compadece; y cerrando
los ojos a lo que importa ver, los tienen de lince para que el
útil no se pase, siendo cosas que les importara más estar de
todo punto ciegos, pues andan armando lazos, haciendo embelecos, desvelándose en cómo pasar adelante, poniendo trampas
en que los otros caigan, por que se queden atrás. ¡Vanidad de
vanidades y todo vanidad![26]. ¡Qué triste cosa es de sufrir tanto
número de calamidades, todas asestadas o —por menos mal
decir— hechas puntales para que la frágil y desventurada honra no se caiga, y el que la tiene más firme es el que vive con
mayor sobresalto de reparos!»

Volvía considerando sin cesar ni hartarme de decir: «¡Dichoso tú, que envuelta entre plomo y piedras, con firmes ligaduras, la sepultaste en el mar, de donde más no salga ni parezca!»

Acordábaseme lo que en las cosas domésticas costaba un
criado bellaco, sisador, mentiroso, como los de hogaño. Y si
va por el atajo, ha se de ser tonto, puerco, descuidado, flojo, perezoso, costal de malicias, embudo de chismes, lenguaz en responder, mudo en lo que importa hablar, necio y desvergonzado en gruñir. Una moza o ama que quiere servir de todo, sucia, ladrona, con un hermano, pariente o primo, para quien

---

[25] *encajar:* «metafóricamente se usa por engañar ... haciendo creer una cosa
por otra»; *de maña:* 'con astucia'.

[26] *Eclesiastés,* 1, 2. Comp. Torquemada: «¡Oh vanidad y ceguedad del mundo!,
que yo sin duda creo que esta honra es por quien dijo el Sabio: 'Vanidad de vanidades y todas las cosas son vanidad'» (*Coloquios satíricos,* pág. 536a, cit. por
E. Cros, *Sources,* pág. 55).

destaja[27] tantas noches cada semana; amiga de servir a hombre solo, de traer la mantilla en el hombro[28], que le den ración y ella se tiene cuidado de la quitación[29], cuando halla la ocasión; y ha de beber un poquito de vino, porque es enferma del estómago[30].

Si salíamos por las calles, donde quiera que ponía la mira, todo lo vía de menos quilates, falto de ley, falso, nada cabal en peso ni medida, traslado a los carniceros y a la gente de las plazas y tiendas. Demás desto, qué desesperación pone un escribano, falsario o cohechado, contra quien la verdad no vale, que solo el cañón de su pluma es más dañoso que si fuera de bronce reforzado[31]; un procurador mentiroso, un letrado revoltoso, de mala conciencia, amigo de trampear, marañar y dilatar, porque come dello; un juez testarudo, de los de 'yo me entiendo'[32], que ni se entiende ni lo entienden. Andaba pretendiendo, mansejón como toro en la vacada, y, en saliendo, pareció que le tiraron garrochas. Llevó un vestido, que para poderlo concertar y ponérselo eran menester más de mil cedulillas y albalá de guía[33] o entrarle con una cuerda, como en el Laberinto[34], y con aquella hambre nunca se pensó ver harto.

---

[27] *destajar* tiene aquí posiblemente el sentido de «extraviar, apartar o sacar alguna cosa de su curso o lugar» *(Autoridades); esto* es, 'sisar' (FR).

[28] *la mantilla en el hombro:* era seguramente frase hecha aplicada a mujeres bravas. Comp. Quevedo: «Isabel, que se las pela, / soltó la taza y el jarro, / y terciando la mantilla, / ya en el hombro y ya en el brazo...» *(Obra poética,* número 861, 29-32).

[29] *quitación:* «el salario que se da; y así decimos ración y quitación» (Covarrubias); el chiste era frecuente (SGG y FR, con ejemplos).

[30] Cfr. Lope, *La Dorotea,* págs. 193-195, con las notas.

[31] Comp. Quevedo, hablando de los escribanos: «Que echen sus cañones balas / a la bolsa del potente, / ¡Mal haya quien lo consiente!» *(Obra poética,* número 668, 62-64). Cfr. I, i, 1, n. 59.

[32] *yo me entiendo:* una de las «infernales cláusulas» de que se burló Quevedo *(La hora de todos,* pág. 69). La figura del letrado («acantón de esguízaros») lo llamó Juan Rufo, *Las seiscientas apotegmas,* pág. 29) y el procurador compartían frecuentemente los honores de las burlas más mordaces, y casi siempre junto a la crítica general de la justicia. Comp. especialmente Quevedo, *La hora de todos,* xix, págs. 104-107, y aquí mismo, I, i, 1, *ca.* n. 59, o II, ii, 2, *ca.* n. 54.

[33] *cedulillas:* 'tiras de papel' que servían aquí, obviamente, «para pegar y concertar los pedazos del vestido» (SGG); *albalá de guía:* 'mapa'. Comp. Quevedo, *Buscón,* III, ii, pág. 204.

[34] *como en el Laberinto* de Minos (cfr. Virgilio, *Eneida,* VI, 27-30).

Dé donde diere[35], no dejó raso ni velloso; en todo halló pecado: en éste, porque sí, y en aquél, porque no. ¡Quién como la leona[36] pudiera con bramidos dar vida en estos cachorrillos verdades muertas, para que alentados tuviesen remedio! Vamos por los oficios.

Considera el de un sastre, que tienen introducido tanto que se les ha de dar para el pendón[37] o la obra no se ha de hacer o la tullen por hurtarlo[38]. Un albañir, un herrero, un carpintero y otro cualquier oficial, sin que alguno se reserve. Todos roban, todos mienten[39], todos trampean; ninguno cumple con lo que debe, y es lo peor que se precian dello.

Volvamos arriba, no se nos quede arrinconado un boticario, que por no decir «no tengo» ni desacreditar su botica, te dará los jarabes trocados, los aceites falsificados[40], no le hallarás droga leal ni compuesto conforme al arte; mezclan, baptizan y ligan como les parece sustitutos de calidades y efetos diversos, pareciéndoles que va poco a decir desto a esotro, siendo al contrario de toda razón y verdad, con que matan los hombres

---

[35] *Dé donde diere:* «dicho del que se arriesga a buen o mal suceso» (Correas). Comp. II, i, 1, *ca.* n. 2, y, por ejemplo, Gracián: «Sacudía ella a ciegas, esgrimiendo su palo, dé donde diere» (*Criticón*, II, vi, pág. 146). Era «el tema de los porfiados», según Quevedo, *La hora de todos*, pág. 69.

[36] «Fue creencia antigua que los leones nacían muertos, resucitando con los bramidos del padre o de la madre» (E. S. Morby, ed., Lope, *La Dorotea*, página 312, n. 57). (FR.)

[37] *pendón:* «los pedazos de tela que quedan a los sastres de las obras que les dan a hacer» *(Autoridades);* entiéndase la frase: 'tienen establecido que se les dé una cantidad por el pendón'.

[38] Es tradicional la figura del sastre ladrón: cfr., en tiempos distintos, el *Viaje de Turquía*, pág. 144, o C. García, *La desordenada codicia de los bienes ajenos*, página 145. *Vid.* M. Chevalier, *Tipos cómicos*, págs. 96-106.

[39] «Omnis homo mendax» *(Salmos*, 115, 2, o *Romanos*, 3, 4, en FR, que cita también el *San Antonio*, II, xv). Cfr. I, iii, 7 y II, i, 3. Por otro lado, esta visión del mundo *sub specie furti* la desarrollará Carlos García en *La desordenada codicia...*, págs. 141-148 (incluyendo todos los tipos y oficios mencionados por Alemán): «Finalmente, todos hurtan, y cada oficial tiene su particular invención para ello.»

[40] «Y, si a caso se le pide algún aceite que no tiene en su botica, no repara en tomar el del candil con que se alumbra y vendello por talco o otro precioso, por no desacreditarse» (C. García, pág. 144, y cfr. Cervantes, *El licenciado Vidriera, Novelas ejemplares*, II, pág. 135). Para el tema fue de gran importancia el coloquio segundo de Torquemada *(Coloquios satíricos*, págs. 502-504).

haciendo de sus botes y redomas escopetas, y de las píldoras,
pelotas o balas de artillería[41].

Pues el señor doctor lo adoba y pensarás que es menos. Si
no le pagas, deja la cura; si le pagas, la dilata, y por ello algunas
o muchas veces mata el enfermo. Y es de considerar que, siendo las leyes hijas de la razón[42], si pides a un letrado algún parecer, lo estudia, no se resuelve sin primero mirarlo, con ser materia de hacienda; y un médico, luego que visita, sólo de tomar
el pulso conoce la enfermedad ignota y remota de su entendimiento, y aplica remedios que son más verdaderamente medios para el sepulcro[43]. ¿No fuera bien, si es verdad su regla
que «la vida es breve, el arte larga, la experiencia engañosa, el
juicio difícil»[44], irse poco a poco, hasta enterarse y ser dueños
de lo que quieren curar, estudiando lo que deban hacer para
ello? Es cuento largo tratar desto. Todo anda revuelto, todo
apriesa, todo marañado. No hallarás hombre con hombre[45]; todos
vivimos en asechanza los unos de los otros, como el gato para el
ratón o la araña para la culebra, que hallándola descuidada se
deja colgar de un hilo y, asiéndola de la cerviz, la aprieta fuertemente, no apartándose della hasta que con su ponzoña la mata[46].

---

[41] «No es infrecuente la burla de médicos y boticarios con imágenes milita-
res» (FR).

[42] Comp. II, iii, 4: «sólo della [la razón] tuvieron principio las leyes todas».

[43] Abundan las críticas a los médicos en los textos del Siglo de Oro, y a me-
nudo en los mismos términos que en Alemán: dilatan las curas por interés (cfr.
I, i, 4, n. 7), su «oficio... es matar» (*Viaje de Turquía*, pág. 146; *Marcos de Obregón*,
I, pág. 51; Quevedo...). Otros textos trae la excelente nota de D. Ynduráin al
Buscón, págs. 109-110. Cfr. también Antonio de Guevara, *Epístolas familiares*, I,
liv, págs. 356-359.

[44] Es el primero de los aforismos de Hipócrates.

[45] *«No hay hombre con hombre:* que están desbaratados y que cada uno sigue su
interés» (Correas).

[46] «El araña desama y osa tener guerra con la culebra. Y dice Plinio [*Historia
natural,* X, lxxiv, 206, y cfr. Aristóteles, *Historia de los animales,* 623 a] que le
acaesce matar de esta manera: que viéndola durmiendo debajo del árbol donde
ella se halla, se deja colgar del hilo que hace, y la muerde del celebro y afiérrase
de tal manera, que de allí no se desase hasta que la mata con su ponzoña» (Pero
Mejía, *Silva de varia lección,* III, iv: II, pág. 23). Es, en fin, el emblema que ocupa
el ángulo superior derecho del retrato de Alemán estampado en todas sus obras
y cifrado en el lema *ab insidiis non est prudentia*. E. Cros señaló y analizó debida-
mente la deuda con Mejía y las implicaciones de la idea en el *Guzmán (Sources,*
págs. 157-164). Cfr. también J. H. Silverman, «Plinio, Pedro Mejía y Mateo
Alemán», y aquí mismo, la «Dedicatoria» de esta *Primera parte* y II, i, 8, n. 6.

CAPÍTULO V

Libre me vi de todas estas cosas, a ninguna sujeto, excepto a la enfermedad, y para ella ya tenía pensado entrarme en un hospital. Gozaba la florida libertad, loada de sabios, deseada de muchos, cantada y discantada de poetas; para cuya estimación todo el oro y riquezas de la tierra es poco precio[2].

Túvela y no la supe conservar; que, como acostumbrase a llevar algunos cargos y fuese fiel y conocido, tenía cuidado de buscarme un traidor de un despensero,

idéle Dios mal galardone![3]

Hacía confianza de mí, enviábame solo, que llevase a su posada lo que compraba. Desta continuación y trato, que no debiera[4], me cobró amistad. Parecióle mejorarme sacándome de aquel oficio a sollastre o pícaro de cocina[5], que era todo a

---

[1] Sobre este capítulo y el siguiente, véase en particular el detenido análisis de H. Guerreiro, «Guzmán y el cocinero».

[2] La libertad es «tan sin precio que dice Ovidio della que no se vende bien por todo el oro del mundo» (Torquemada, *Coloquios satíricos*, pág. 488a). Cfr. Cervantes, *Don Quijote*, I, pág. 31.

[3] Verso del famoso romance del prisionero («Que por mayo era, por mayo...»).

[4] *que no debiera:* cfr. I, i, 3, n. 4.

[5] «El de *sollastre* o *pícaro de cocina* 'pinche' se tenía por uno de los más bajos y sucios oficios; los novelistas, no obstante, solían ver en él "una salvaguardia a la picardía" (Juan de Luna, *Lazarillo*, IX) y una de sus formas más características» (FR).

cuanto me pudo encaramar en grueso. Muchas veces me lo dijo y una mañana me hizo una larga arenga de promesas. Fue subiéndome a corregidor de escalón en escalón, que si aprendía bien aquel oficio, saliendo tal, entraría en la casa real y que, sirviendo tantos años, podría retirarme rico a mi casa. Mía fe[6], hinchóme la cabeza de viento, y hasta probar poco había que aventurar.

Llevóme al señor mi amo, que ya nos conocíamos. Cuando allá llegué, como si fuera la primera vez que nos viéramos, me dijo con mucho toldo[7]:

—Bien, ¿qué dice agora poca ropa?[8]. ¿A qué bueno por acá el caballero de Illescas?[9]. ¿Es menester algo? ¿Vienes a estar comigo?

Yo estuve mal considerado, que, cuando le vi comenzar con el tono tan alto, había de volverle las espaldas y dejarlo con su razón, y a la mosca, que es verano[10]. Embacéme[11], sin saber qué responder, mas como a otra cosa no iba, le dije:

—Sí, señor.

—Pues entra comigo, que si haces el deber —me dijo— no perderás en ello.

—Bien seguro estoy —le respondí— que asentando con Vuesa Merced tendré cierta la ganancia, pues no tengo de qué me resulte pérdida.

Preguntóme:

—¿Y sabes lo que has de hacer?

Volvíle a decir:

---

[6] *mía fe:* 'por mi fe'.

[7] *toldo:* engreimiento, vanidad.

[8] *poca ropa:* «modo de hablar con que se nota a alguno de pobre o mal vestido, y se extiende a notar al que le falta alguna calidad de estimación» *(Autoridades).*

[9] *el caballero de Illescas:* expresión popular que se aplicaba a quien, nacido de humilde linaje, tenía ínfulas nobiliarias; es sabido que Lope escribió una comedia con ese título.

[10] *a la mosca, que es verano:* «entre los pícaros hay un proverbio, con este diálogo: —"Mozo, ¿quieres amo?" —"A la mosca, que es verano", porque pueden dormir en el campo y mantenerse de lo que hurtaren en las huertas y viñas, si la justicia no es muy diligente en limpiar los lugares destos vagamundos» (Covarrubias, *s. v. amo).*

[11] *embazarse:* quedarse «atajado y confuso delante de otro» (Correas).

—Lo que me mandaren y supiere hacer o pudiere trabajar; que quien se pone a servir ninguna cosa debe rehusar en la necesidad, y a todas las de su obligación tiene alegremente de satisfacer, y para lo uno y otro se ha de disponer.

Él se contentó de mi plática y entendimiento. Asenté a mercedes como gavilán[12].

Anduve a los principios con gran puntualidad, y él me regalaba cuanto podía. Mas no sólo a mis amos —que era casado— procuré agradar, sirviendo de toda broza[13] en monte y villa, dentro y fuera, de mozo y moza, que sólo faltó ponerme saya y cubrir manto para acompañar a mi ama, porque las más caserías[14], barrer, fregar, poner una olla, guisarla, hacer las camas, aliñar el estrado[15] y otros menesteres, de ordinario lo hacía, que por ser solo estaba puesto a mi cargo; pero a todos los criados del amo procuraba contentar. Así acudía en un vuelo al recaudo del paje como del mayordomo; del maestresala, como del mozo de caballos. Uno me mandaba le comprase lo necesario, otro que le limpiase la ropa, aqueste que le enjabonase un cuello, aquel que le llevase la ración a su mujer y esotro a su manceba. Todo lo hacía sin rezongar ni haronear[16]. Nunca fui chismoso ni descubrí secreto, aunque no me lo encargaran, que bien se me alcanzaba lo que había licencia de hablar y cuál era necesario callar. El que sirve se debe guardar destas dos cosas o se perderá presto, siendo malquisto y odiado

---

[12] *a mercedes:* 'con la paga que el amo considerase oportuna'. El resto del pasaje es confuso; no me parece seguro que *como gavilán* tenga aquí relación con la hidalguía y generosidad que se atribuían al ave rapaz (cfr. Covarrubias, *s. v. fidalgo;* con su explicación coincide la que *Autoridades* da a la frase «franco como un gavilán»). En Correas, la frase «hidalgo como un gavilán» equivale simplemente a 'hidalgo pobre', «tan pobre que no tiene más de lo que por sus uñas y pico pudiere haber» *(Vocabulario,* pág. 591b, pero en otro lugar, pág. 765b, cita L. Combet, su editor, la explicación de P. Vallés: «dícese de la persona desagradecida a sus bienhechores» [*sic*]). Podría pensarse también en las crías del gavilán, que viven y se alimentan a expensas de sus mayores (algo parecido interpreta el lexicógrafo Sobrino [FR], pero basándose en el texto de Alemán). Cfr. *La Pícara Justina,* pág. 690, y *Don Quijote,* IV, pág. 161.

[13] *de toda broza:* que «sirve para todo» (Correas).

[14] *caserías:* labores domésticas.

[15] *estrado:* «el lugar donde las señoras se asientan sobre cojines y reciben las visitas» (Covarrubias).

[16] *haronear:* 'emperezarse', ser *harón,* 'holgazán'.

de todos. No respondía cuando me reñían, ni daba ocasión para ello. A los mandados era un pensamiento. Donde había de asistir nunca faltaba; y aunque todo me costaba trabajo, nada se perdía. Bastábame por paga la loa que tenía y lo bien que por ello me trataban de palabra, no faltando las obras a su tiempo.

Gran alivio es a quien sirve un buen tratamiento[17]: son espuelas que pican a la voluntad para ir adelante, señuelo que llama los deseos y carro en que las fuerzas caminan sin cansarse. A unos es bien y merecen servirse de gracia y a otros no por ningún dinero; y sobre todo reniego de amo que ni paga ni trata.

Entonces pude afirmar que, dejada la picardía, como reina de quien no se ha de hablar y con quien otra vida política no se puede comparar, pues a ella se rinden todas las lozanías del curioso método de bien pasar que el mundo soleniza, aquella era, aunque de algún cuidado, por estremo buena. Quiero decir para quien como yo se hubiese criado con regalo. Parecióme en cierto modo volver a mi natural, en cuanto a la bucólica[18]; porque los bocados eran de otra calidad y gusto que los del bodego[19], diferentemente guisados y sazonados. En esto me perdonen los de San Gil, Santo Domingo, Puerta del Sol, Plaza Mayor y calle de Toledo[20], aunque sus tajadas de hígado y torreznos fritos

malos eran de olvidare[21].

Por cualquiera niñería que hiciera, todos me regalaban: uno me daba una tarja[22], otro un real, otro un juboncillo, ropilla[23]

---

[17] Cfr. *infra*, n. 80.

[18] *bucólica*: 'comida', «por lo que tiene de boca» (Correas). Cfr. Cervantes, *Don Quijote*, IV, pág.169, y Lope, *La Dorotea,* pág. 344, n. 165.

[19] *bodego:* bodegón.

[20] «Calles y plazas de Madrid donde abundaban los bodegones» (FR, con bibliografía).

[21] Verso de un famoso villancico del *Romancero General:* «el amor que es firme, madre, / malo era de olvidare».

[22] *tarja:* cfr. I, i, 8, n. 15.

[23] *ropilla:* «vestidura corta con mangas y brahones, de quienes penden regu-

o sayo viejo, con que cubría mis carnes y no andaba tan mal tratado; la comida segura y cierta, que aunque de otra cosa no me sustentara, bastara de andar espumando las ollas y probando guisados; la ración siempre entera, que a ella no tocaba[24].

Esto me hizo mucho daño y el haberme enseñado a jugar en la vida pasada, porque lo que ahora me sobraba, como no tenía casas que reparar ni censos que comprar, todo lo vendía para el juego. De tal manera puedo decir que el bien me hizo mal. Que cuanto a los buenos les es de augmento, porque lo saben aprovechar, a los malos es dañoso, porque dejándolo perder se pierden más con él. Así les acontece como a los animales ponzoñosos, que sacan veneno de lo que las abejas labran miel[25]. Es el bien como el agua olorosa, que en la vasija limpia se sustenta, siendo siempre mejor, y en la mala luego se corrompe y pierde.

Yo quedé doctor consumado en el oficio y en breves días me refiné de jugador, y aun de manos[26], que fue lo peor. Terrible vicio es el juego. Y como todas las corrientes de las aguas van a parar a la mar, así no hay vicio que en el jugador no se halle. Nunca hace bien y siempre piensa mal; nunca trata verdad y siempre traza mentiras; no tiene amigos ni guarda ley a deudos; no estima su honra y pierde la de su casa; pasa triste vida y a sus padres no se la desea; jura sin necesidad y blasfema por poco interese; no teme a Dios ni estima su alma. Si el dinero pierde, pierde la vergüenza para tenerlo, aunque sea con infamia. Vive jugando y muere jugando: en lugar de cirio bendito, la baraja de naipes en la mano, como el que todo lo acaba de perder, alma, vida y caudal en un punto.

Mucho experimenté de otros. No hablo lo que me dijeron,

larmente otras mangas sueltas o perdidas, y se viste ajustadamente al medio cuerpo, sobre el jubón» *(Autoridades).*

[24] *ración* no tiene aquí otro sentido que el de 'parte de la comida que se da diariamente a los criados', sin contradicción alguna —por tanto— con el asentamiento «a mercedes».

[25] «Como en el perfecto epigrama de Calderón: "Del más hermoso clavel, / pompa del jardín ameno, / el áspid saca veneno, / la oficiosa abeja, miel"» (FR).

[26] *jugador ... de manos:* «ladrón» (Alonso). Sobre el «terrible vicio» del juego insiste con mayor vehemencia en otros lugares: cfr. I, iii, 9, y, sobre todo, II, ii, 3, con sus notas.

sino lo que mis ojos vieron. Cuando las raciones no bastaban, porque para jugar no faltase, traía por la casa los ojos como hachas encendidas, buscando de dónde mejor pudiera valerme. A las cosas de la cocina con facilidad ponía cobro[27], aprovechándome siempre de la comodidad, como de mí no pudiese haber sospecha. Muchas cosas que hurtaba las escondía en la misma pieza donde las hallaba, con intención que si en mí sospechasen, sacarlas públicamente, ganando crédito para adelante; y si la sospecha cargaba en otro, allí me lo tenía cierto y luego lo trasponía.

Una vez me aconteció un donoso lance, que como mi amo trajese a casa otros amigos cofrades de Baco, pilotos de Guadalcanal y Coca[28], y quisiese darles una merienda, todos tocaban bien la tecla[29], pero mi amo señaladamente era estremado músico de un jarro. Sacóles, entre algunas fiambreras que siempre tenía proveídas, unas hebritas de tocino como sangre de un cordero[30]. Ya de los envites hechos estaban todos a treinta con rey[31], alegres, ricos y contentos, y con la nueva ofrenda volvieron a brindarse, quedándose —y mi ama con ellos, que también lo menudeaba como el mejor danzante— que los pudieran desnudar en cueros: tales lo estaban ellos[32]. La polvareda había sido mucha. Levantáronse los humos a lo alto de la chimenea. Los unos cayendo, los otros trompezando, dando cada uno traspiés fuese como pudo, según me lo contó un vecino, y mis amos a la cama, dejándose abierta la casa, la mesa puesta y el vasillo de plata en que brindaron rodando por el suelo, y todo a beneficio de inventario.

---

[27] «*Poner una cosa en cobro:* alzarla donde no la hallen; algunas veces significa gastarla, venderla y consumirla» (Covarrubias).

[28] Lugares —de Sevilla y Segovia, respectivamente— famosos por sus vinos; comp. Cervantes, *El licenciado Vidriera, Novelas ejemplares,* II, págs. 107-108.

[29] *tocar la tecla:* 'beber', 'empinar el codo'.

[30] *como sangre de un cordero:* hay que entender —creo— que las «hebritas» en cuestión eran excelentes.

[31] *estar a treinta con rey:* 'estar borracho'; «tómase de los tudescos que vienen a la costa de la Andalucía a cargar y embarcar mosto, que con el deseo que traen beben harto, y, para tener orden, de treinta hacen un rey, el cual cuida de los otros que se emborrachan, y él no ha de beber en aquel tiempo que dura la borrachera de los otros» (Correas).

[32] Porque *cuero* se llama también al «borracho, por estar lleno de vino» como los odres (Covarrubias).

Yo acaso había quedado en la cocina del amo aderezando sartenes y asadores, juntando leña y haciendo otras cosas del oficio. Luego como acabé la tarea, fuime a la posada. Halléla desaliñada, de par en par abierta y el vasillo por estropiezo[33], casi pidiéndome que siquiera por cortesía lo alzase: bajéme por él[34], miré a todas partes si alguno me pudiera haber visto y, como no sintiese persona, volvíme a salir pasico. No había dado cuatro pasos, cuando me tocó el corazón una arma falsa[35]. Púseme a pensar si había sido ruido hechizo[36], que era bien asegurarme más y no ponerme en ocasión que por interese poco se aventurase mucho y algunos azotes a las vueltas. Volví a entrar, llamé dos o tres veces. Nadie me respondió. Fuime al aposento de mis amos. Hallélos tales, que parecía estar difuntos, y era poco menos, pues estaban sepultados en vino[37]. El resuello que daban me dejó de manera como si hubiera entrado en alguna famosa bodega.

Quisiera con algunos cordeles atarlos por los pies a los de la cama y hacerles alguna burla, pero parecióme más a cuento y mejor la del vaso de plata. Púselo a buen cobro. Habiendo asegurado el hurto, volvíme a la cocina, donde no faltó en qué ocuparme hasta la noche, que vino mi amo con un terrible dolor de costado en las sienes, y estando en el hogar sólo un tizo me quiso aporrear: que para qué gastaba tanta leña, que se quemaría la casa. No estuvo aquella noche de provecho. Suplí como pude, cubriendo su falta. Puse a punto la cena, dímosla y, habiendo cumplido a todo, nos fuimos a dormir. Hallé a mi ama de mal semblante: muy triste, los ojos bajos y llorosos, ansiada y pesarosa, sin hablar palabra, hasta que mi amo fue acostado. Preguntéle qué tenía, que tan mohína estaba. Respondióme:

---

[33] *estropiezo*: estorbo.

[34] Juega con el doble sentido de *alzar*: 'levantar' y 'robar' (cfr. I, i, 1, n. 37).

[35] *«Tocar al arma*: dar señal de que han sobrevenido enemigos. *Arma falsa*: cuando por algún designio el capitán quiere apercebir su gente, o para probar su ánimo, fidelidad y promptitud, o por otro intento» (Covarrubias).

[36] *ruido hechizo*: «cuando se finge algún ruido a fin de burlar o engañar» (Correas). Cfr. *La Pícara Justina*, págs. 632-634 *(v. gr.*: «ruidos hechizos como de trasgo»).

[37] *«sepultados en vino* es imagen corriente desde Virgilio, *Eneida*, II, 265» (FR, con otros ejemplos).

—¡Ay, Guzmanico, hijo de mi alma! Gran mal, gran desventura, amarga fui yo, desdichada la hora en que nací, en triste sino me parió mi madre.

Ya yo sabía dónde le dolía. Su botica fuera mi faltriquera y mi voluntad su médico; pero no, que todas aquellas compasiones no me la ponían, porque había oído decir que cuando más la mujer llorare, se le ha de tener lástima como a un ganso que anda en el agua descalzo por enero[38]. No me movió un cabello; mas fingiendo pesarme de su pena, la consolaba que no dijese tales palabras, rogándole me contase qué tenía, dándome parte dello, que en lo que pudiese haría por ella como por mi madre.

—¡Ay, hijo —me respondió—, que trajo tu señor en amarga hora unos amigos a merendar y entre todos me falta el vasillo de plata! ¿Qué hará tu amo cuando lo sepa? Mataráme por lo menos, hijo de mis entrañas.

«¿Qué hará por lo más?», le quise preguntar. Híceme del pesante[39], abominando la bellaquería y que no hallaba otro medio más de que se levantase por la mañana y fuésemos a comprar a los plateros otro como él, y dijese a su marido que, porque estaba viejo y abollado, lo había hecho limpiar y aderezar: que con esto escusaría el enojo. También le ofrecí que, si no tenía dineros y lo hallase fiado, tomase mis raciones para pagarlo con ellas o las pidiese adelantadas.

Agradeciómelo mucho, tanto por el consejo como por el remedio; mas hízosele inconveniente salir de casa, y sola, temiendo que su marido no la viese, porque era muy celoso. Rogóme que por un solo Dios lo fuese yo a buscar, que dineros tenía con que pagarlo. Yo no deseaba otra cosa, porque me había puesto cuidado a quién o cómo pudiera venderlo que me lo comprara, pues por mi persona era fácil de creer que lo había hurtado. Mas con esta buena salida fuime a los plateros. Dije a uno que me lo limpiase y desabollase, que estaba maltratado.

---

[38] *cuando más la mujer...*: lo registra Correas con escasas variantes. Sobre el llanto exagerado de las mujeres, comp. Salas Barbadillo, *La hija de Celestina*, pág. 149 y n. 48.

[39] *pesante:* pesaroso.

Concertélo en dos reales. Pusiéronlo cual si entonces acabaran de hacerlo. Volví a mi casa diciendo:

—Uno he hallado en la puerta de Guadalajara[40], pero tiene cincuenta y siete reales de plata, y no quieren por la hechura menos de ocho.

A ella le pareció una blanca, según deseaba salir de aquel trabajo. Contóme el dinero en tabla[41] y volvíselo a vender, como si no fuera el mismo ni se lo hubiera hurtado, con que quedó contenta y yo pagado. Mas como se vino se fue: de dos encuentros me lo llevaron[42].

Estos hurtillos de invención, de cosecha me los tenía y la ocasión me los enseñaba; mas los de permisión[43], siempre andaba con cuidado para saberlos usar bien cuando los hubiera menester. Así tenía costumbre de llegarme al tajo, donde se repartían las porciones; atentamente vía lo que pasaba y cómo en cada una iban dos onzas menos. Aprendí a jugar de dedillo, balanza y golpete[44]. Algunos le decían que pesase bien, el despensero respondía que enjugaba la carne y que, recibiéndola en un peso y en fil[45], no podía dejar de hacer un poco de refación

---

[40] *la puerta de Guadalajara*: en la calle Mayor, principal centro comercial del Madrid de entonces. Cfr. Salas Barbadillo, *La hija de Celestina*, pág. 201, y Castillo Solórzano, *Las harpías en Madrid*, pág. 83.

[41] *dinero en tabla*: «dinero de contado» *(Autoridades)*.

[42] El episodio de la venta del vasillo a su dueño, «variante del cambio de ropa y venta al dueño [cfr. II, ii, 4, n. 66], corresponde a un episodio del *Cingar*, procedente a su vez del *Convivium fabulosum* de Erasmo» (Alberto Blecua, «Mateo Alemán», pág. 57, n. 53).

[43] Hurtos *de permisión*: seguramente los ya conocidos (no improvisados como los *de invención)*, basados en el descuido de la víctima e incluidos en el repertorio habitual de los pícaros; Guzmán nos describe algunos en lo que resta de capítulo.

[44] Modos de hacer trampas al pesar los alimentos. Comp. C. García: «El droguero y otros mercaderes de balanza hurtan metiendo una plancha de plomo muy delgada debajo de la balanza donde ponen lo que se pesa, con que, faltándole muchas onzas, muestran que tiene más del peso justo. Y cuando esto no hacen, dan con el dedo pequeño de la lengüecilla de la balanza, con que le hacen caer» *(La desordenada codicia de los bienes ajenos*, pág. 145).

[45] *en fil*: 'por igual, con igualdad'; *refación*: 'restitución, devolución', pero también «la comida moderada con que se ahorran las fuerzas y espíritus» (Covarrubias); *«merma* es lo que se consume de la medida o peso». Una vez más, Alemán aprovecha al máximo la significación de las palabras al exponer las razones del despensero «sisón» (sobre cuyo alcance proverbial cfr. Quevedo, *Sueños*, páginas 78-79).

para las mermas de muchos; y en esto iba a decir la sexta parte. Despensero, cocinero, botiller, veedor[46] y los más oficiales,
todos hurtaban y decían venirles de derecho, con tanta publicidad y desvergüenza como si lo tuvieran por ejecutoria. No había mozo tan desventurado, que no ahorrase los menudillos de
las gallinas o de los capones, el jamón de tocino, el contrapeso
del carnero, las postas[47] de ternera, salsas, especias, nieve,
vino, azúcar, aceite, miel, velas, carbón y leña, sin perdonar las
alcomenías[48] ni otra cosa, desde lo más necesario hasta lo de
menos importancia que en una casa de un señor se gasta.

Luego que allí entré, no se hacía de mí mucha confianza.
Fui poco a poco ganando crédito, agradando a los unos, contentando a los otros y sirviendo a todos; porque tiene necesidad de complacer el que quiere que todos le hagan placer[49].
Ganar amigos es dar dinero a logro y sembrar en regadío. La
vida se puede aventurar para conservar un amigo y la hacienda
se ha de dar para no cobrar un enemigo, porque es una atalaya
que con cien ojos vela, como el dragón, sobre la torre de su
malicia, para juzgar desde muy lejos nuestras obras[50]. Mucho
importa no tenerlo y quien lo tuviere trátelo de manera como
si en breve hubiese de ser su amigo. ¿Quieres conocer quién
es? Mira el nombre, que es el mismo del demonio, enemigo
nuestro, y ambos son una misma cosa[51]. Siembra buenas
obras, cogerás fruto dellas[52], que el primero que hizo beneficios, forjó cadenas con que aprisionar los corazones nobles.

---

[46] *botiller:* «el que tiene a su cargo la botillería, la despensa de un señor» (Covarrubias); *veedor:* «en las cosas de los señores se llama al que asiste con el despensero a la compra de los bastimentos» *(Autoridades).*

[47] *postas:* tajadas.

[48] *alcomenías:* semillas para condimentar los alimentos, alcamonías.

[49] Correas registra como refranes varias de las sentencias de este pasaje *(tiene
necesidad ... placer, ganar amigos ... regadío* y *la vida ... enemigo).*

[50] Comp. Plutarco: «Está siempre velando y puesto en asechanzas, y mirando y aguardando tus cosas el enemigo, y buscando asa y ocasión de todas partes
para calumniar...» *(Morales,* fol. 159v*b).* Sobre la amistad, en cambio, cfr. especialmente los primeros párrafos de II, ii, 1, con sus notas (y también I, i, 4,
n. 36).

[51] *«enemigo...* absolutamente se toma por el demonio, por ser enemigo universal del linaje humano y nuestro adversario» (Covarrubias); cfr. *San Antonio,*
II, iv (FR).

[52] «Siembra obras buenas...» (Correas).

En lo que me pude adelantar no me detuvo la pereza; no di lugar que de mí se diesen quejas verdaderas ni me trajeran en revueltas. Huí de los deste trato y más de chismosos, a quien con gran propiedad llaman esponjas: aquí chupan lo que allí esprimen[53]. De los tales no se fíen, apártense dellos, aborrezcan su compañía, aunque en ella se interese, porque al cabo ha de salirse con pérdida y descalabrado. No puede una casa padecer mayor calamidad ni la república más contagiosa pestilencia, que tener hombres cizañeros y revoltosos, amigos de hablar en corrillos y hacerlos. Siempre procuré con todos tener paz, por ser hija de la humildad; y el humilde que ama la paz, ama y es amado del autor della, que es Dios. Si malas compañías no me dañaran, yo comencé bien y corría mejor; comía, bebía, holgaba, pasando alegremente mi carrera.

Muchas veces, acabada la hacienda[54], me echaba a dormir a la suavidad de la lumbre que sobraba de mediodía o de parte de noche, quedándome allí hasta por la mañana. Cuando en casa no había quehacer, dábanme los bellacos de los mozos y pajes mucho del sartenazo, culebras[55] y pesadillas; echábanme libramientos, ahogándome a humazos[56]. Tal vez hubo que con uno me desatinaron por mucho rato, que ni sabía si estaba en pie o si sentado, y, si no me tuvieran, me hiciera la cabeza pedazos contra una esquina. Y a todo esto paciencia, sin desple-

---

[53] Según Covarrubias, *s. v. esponja*, Pierio comparó en su *Historia jeroglífica* a los murmuradores (y gentes afines) con las esponjas; Alemán cita a Pierio en su *Ortografía castellana* (FR). La murmuración es un vicio condenado con insistencia en muchas obras afines al *Guzmán* (por no hablar del *San Antonio de Padua*, fol. 85): comp. sólo, por ejemplo, *Viaje de Turquía*, pág. 265; *La Pícara Justina*, pág. 111; Espinel, *Marcos de Obregón, passim;* J. de Mondragón, *Censura de la locura humana*, cap. xxi.

[54] *hacienda:* quehacer, faena.

[55] «El *sartenazo* debió de ser broma muy corriente en cocinas y tinelos» (SGG, a la luz de un pasaje afín del *Estebanillo;* el término equivalía a cualquier golpe dado con un objeto contundente); *culebra:* la paliza que se daba al novato que no se avenía con sus cofrades, martirio habitual entre reos y criados; cfr. M. Joly, *La bourle*, págs. 153-154.

[56] *libramientos:* sin duda los *de cera* (cfr. I, iii, 9, n. 6), burla que consistía en poner un cabo de cera ardiendo en los pies de quien dormía, para que despertase con el dolor de la quemadura. El *humazo* consistía en acercar a las narices de la dormida víctima un canutillo de papel encendido: «lo usan los muchachos pajes» *(Autoridades)*.

gar la boca, corrigiéndome para conservarme, que el que todo lo quiere vengar, presto quiere acabar[57]. Larga se debe dar a mucho, si no se quiere vivir poco[58]. Despreciando las injurias, queda corrido y se cansa el que las hace: que si te corrieses, quedarías cargado.

En mí hacían anatomía[59]. Otras veces para probarme hicieron cebaderos, poniéndome moneda donde forzosamente hubiese de dar con ella. Querían ver si era levantisco[60], de los que quitan y no ponen; mas, como se las entendía y les entrevaba la flor[61], decía: «No a mí que las vendo, a otro perro con ese hueso, salto en vago habéis dado[62], no os alegraréis con mis desdichas ni haréis almoneda de mis infamias.» Allí me lo dejaba estar, hasta que quien lo puso lo alzase, teniendo cuenta que otro no lo traspusiese y dijesen que yo. Otras veces lo alzaba y daba con ello en manos de mis amos, andando con gran recato en hacer mis heridas limpias, a lo salvo, como buen esgrimidor; que dar una cuchillada y recebir una estocada es dislate.

Hurtaba lo que podía, pero de modo que no se pudiera causar sospecha contra mí. Para las haciendas de mi cargo yo me lo tenía, y a mi amo descuidado de mandarlo. En habiendo en qué trabajar, no aguardaba que me lo mandasen. Era de todos mis compañeros el primero al pelar de las aves, fregar, limpiar, barrer, hacer y soplar la lumbre, sin decir al otro: «Hacedlo vos.» Porque consideraba que, no habiendo de holgar ni estar mano sobre mano, tanto me daba trabajar en esto que en esotro, y era engañar de maña con lo que era fuerza.

Siempre hacía lo que más podía y mejor sabía, guardando el decoro al oficio. Aún el ave no estaba bien acabada de pelar, cuando tomaba el almirez y molía misturas para salsas o para guisados. Traía el herraje como espadas acicaladas, las sartenes

---

[57] *el que todo... acabar:* así en Correas.
[58] «Larga se debe dar a mucho, y aun a todo, si no se quiere vivir poco» (Correas).
[59] *anotomía:* anatomía, disección.
[60] *levantisco:* cfr. I, i, 1, n. 30.
[61] *entrevar la flor:* advertir, descubrir la trampa, como *descornarla* (cfr. I, iii, 2, n. 38, y II, iii, 7, n. 31).
[62] *dar salto en vago:* «quedarse burlado de su intento» (Correas).

que se pudieran limpiar con la capa, los cazos como espejos;
guardábalo en sus cajas, colgábalo en sus clavos, donde solía
estar cada cosa, para darlo en la mano cuando fuera menester,
sin andarlo a buscar, acordándome dónde lo puse: todo tenía
su lugar diputado[63] con mucha curiosidad y concierto.

Las horas que me sobraban cuando no había quehacer, en
especial por las tardes, qué siempre tenía más lugar, los oficiales de casa me daban sus percances[64] que los llevase a vender.
Íbame con ellos a las puertas de la carnicería, donde era nuestro puesto y lo acudían a comprar los que lo habían menester.
Algunas veces lo que llevaba era bueno, otras no tal y otras
hediondo y malo; mas todo resultaba de lo que llamaban ellos
provechos[65] y derechos, que es de diez dos, harto mejor pagado que el almojarifazgo de Sevilla[66]. Lo ordinario y siempre,
nunca faltaban menudillos de aves y despojos de terneras, perdices, gallinas, que se perdían andando en el asador o perdiga-
das[67] en el hervor de la olla, conejos desollados y mechados
con sus garrochitas de tocino, ribeteados como gabán de Sayago[68], sin dejarles blanco del tamaño de una uña donde no llevasen clavada su saeta. Presas había que, habiéndose tardado
en sacarse a vender, oliscaban. Disfrazaban estas tales de manera que parecían como nuevas; cada uno, el que más podía,
mejor afeitaba su hacienda. Vendía también lenguas de vaca,
cecinas de jabalí, lomo en adobo, empanadas inglesas de venado[69], piezas de tocino con tres dedos de tabla en grueso. ¡Mi-

---

[63] *diputado*: destinado.

[64] *percances*: los beneficios ocasionales que recibían —o conseguían por malas
artes— los criados, casi siempre en especie.

[65] *provechos*: «utilidades y emolumentos que se adquieren o permiten fuera del
salario» *(Autoridades)*.

[66] El almojarifazgo de Sevilla (conocido habitualmente como almojarifazgo
mayor, por ser «el más pingüe» [*Autoridades*]) era el de mayor movimiento y el
que imponía los derechos más elevados sobre el valor del producto.

[67] *perdigar*: «poner sobre las brasas la perdiz u otra ave o vianda antes de
asarla, para que se conserve algún tiempo sin dañarse» *(Autoridades)*.

[68] *gabán*: «hábito de aldea y pastoril» (Covarrubias). El *gabán de Sayago* alude
sin duda a la particular tosquedad de los sobretodos pastoriles, casi siempre un
saco hecho con una bastísima lana, muy desigual y llena de trasquilones y ribetes: de ahí la comparación.

[69] En las *empanadas inglesas* se mezclaban el sabor de la carne (de *venado* en

rad qué derechos tan tuertos y qué provechos tan dañosos, para no sacarse cada día facultades[70], empeñarse los estados y vender los vasallos!

¡Pobres de los señores que no pueden o no saben o, por mejor decir, no quieren consumir esta langosta destruyendo tan dañosa polilla! Y desventurados de los que para ostentación quieren tirar la barra[71] con los más poderosos: el ganapán como el oficial, el oficial como el mercader, el mercader como el caballero, el caballero como el titulado, el titulado como el grande y el grande como el rey, todos para entronizarse. Pues, a fe que no es oficio holgado y que el rey no duerme ni descansa con el reposo del ganapán ni come con el descuido que el oficial, y le aflige más lo que la corona le carga que cuanto el mercader carga. Más le inquieta cómo tiene de proveer sus armadas, que al caballero el aprestar sus armas. Y no hay titulado muy empeñado, que el rey no lo esté más, ni grande tan grande que los trabajos y pesadumbres del rey no sean más grandes y graves. Él vela cuando todos duermen; por eso los egipcios para pintarlo ponían un cetro con un ojo encima[72]. Trabaja cuando todos huelgan, porque es carro y carretero; sospira y gime cuando todos ríen, y son pocos los que se duelen dél que no sea por su interese, debiendo por sí solo ser amado, temido y respetado. Pocos le tratan verdad, por no ser odiados. Pocos le desengañan; ellos saben el porqué y para qué, y sabemos todos que lo hacen por adelantarse y volar arri-

---

este caso), condimentada con variada especiería, y el sabor dulzón de la confitura con que se solía adornar la masa.

[70] *facultad:* «la cédula real que se despacha por la Cámara de Castilla para las fundaciones de mayorazgos o para imponer cargos sobre ellos o sobre los propios de las ciudades, villas o lugares» *(Autoridades).*

[71] *tirar la barra:* 'echar el resto' («haber hecho un hombre todo cuanto ha podido» [Covarrubias]), esforzarse al máximo para «adelantarse y alargarse en algo» (Correas).

[72] «Del cetro hay algunos símbolos... Un cetro sobre el cual está un ojo, significa la vigilancia que debe tener el rey y el que gobierna. Cerca de los egipcios, que en lo alto tiene una cabeza de cigüeña y en el cabo... el pie del hipopótamo, significa el rey pío y justo» (Covarrubias). Comp. L. B. Alberti, *Momo,* trad. Almazán, II, vi: «lo que los hombres llaman imperio entenderéis no ser otra cosa que una pública y intolerable servidumbre y subjeción de cosas que de razón se habían de huir y aborrecer».

ba, sea como fuere, aunque sean las alas de cera y hayan de
caer en el mar de Ícaro.

La locura y desvanecimiento de los hombres, como te decía,
los trae perdidos en vanidades; y los que más lastiman son señores y caballeros, que, gastando sin necesidad, vienen a la necesidad. Porque aun pocas expensas, muchas veces hechas,
consumen la sustancia, váseles cayendo la pluma pelo a pelo,
de donde, quedando sin cañones, los llamaron pelones o pelados[73]. Luego se recogen a las aldeas o caserías, donde dan en
criar cebones, gallinas y pollos, contando los huevos de cada
día, haciendo dellos caudal principal. Sáquese de aquí en limpio que, si el rico se quisiere gobernar, le aseguro que nunca
será pobre; y si el pobre se comidiere, que presto será rico,
acomodándose todos en todo con el tiempo. Que no siempre
le está bien al señor guardar, ni al pobre gastar. Entretenimientos han de tener; mas ténganse tales que sean para entretenerse y no para perderse. En las ocasiones ha de mostrarse
cada uno conforme a quien es, que para eso lo tiene; pero no
emparejándose todos lado a lado, pie con pie, cabeza con cabeza. Si se alargare el poderoso, deténgase el escudero; no quiera
con sus tres hacer lo que el otro con treinta. ¿No considera
que son abortos y cosas fuera de su natural, de que todos murmuran, riéndose dél, y, gastada la sustancia, se queda pobre,
arrinconado? ¿No entiende el que no puede, que hace mal en
querer gallear y estirar el pescuezo? Si es cuervo y no sabe ni
puede más de graznar, ¿para qué quiere cantar y preciarse de
voz, aunque el adulador le diga que la tiene buena? ¿No vee
que lo hace por quitarle el queso y burlarlo?[74].

Lo mismo digo a todos: que cada uno se conozca a sí mesmo[75], tiente el temple de sus aceros, no quiera gastar el hierro
con la lima de palo, y lo que él murmura del otro, cierre la

---

[73] *pluma:* 'riqueza, dinero', y de ahí *pelones* o *pelados:* 'arruinados, desplu-
mados'.

[74] Alude a la conocida fábula del cuervo y la zorra; cfr. sobre ella M. Chevalier, *Cuentos folklóricos,* núm. 8, pág. 29 (con mención de ejemplos y bibliografía).

[75] El consejo de Guzmán (en palabras de Guevara: «cada uno trabaje de conocer a sí mismo» [*Menosprecio de corte y alabanza de aldea,* pág. 148]) no es otra
cosa que el difundidísimo precepto délfico: *Nosce te ipsum.*

puerta para que el otro no lo murmure dél. A todos conviene
dormir en un pie, como la grulla[76], en las cosas de la hacienda,
procurando, ya que se gasta, que no se robe; que el dejar perder no es franqueza y con lo que hurtan veedor, cocinero y
despensero, que son los tres del mohíno[77], se pueden gratificar
seis criados. No digo más del robo destos que del desperdicio
de esotros, pues todos hurtan y todos llevan lo que pueden
cercenar de lo que tienen a cargo, uno un poco y otro otro
poco; de muchos pocos se hace un algo y de muchos algos un
algo tan mucho, que lo embebe todo.

Gran culpa desto suelen tener los amos, dando corto salario
y mal pagado, porque se sirven de necesitados y dellos hay pocos que sean fieles. Póneste a jugar en un resto lo que tienes de
renta en un año. Paga y haz merced a tus criados y serás bien y
fielmente servido: que el galardón y premio de las cosas hace
al señor ser tenido y respetado como tal y pone ánimo al pobre
criado para mejor servir. Hay señor que no dará un real al sir-
viente más importante, pareciéndole que le basta el sueldo
seco y que, en dárselo y su ración, está pagado. No, señor, no
es buena razón, que aqueso ya se lo debes, no tiene qué agra-
decerte. Con lo que no le debes lo has de obligar a más de lo
que te debe y que con más amor te sirva; que si no te alargas
de lo que prometiste, siendo señor, no será mucho que el criado se acorte y no se adelante de aquello a que se obligó.

Como sucedió a un hidalgo cobarde, que habiendo sido demasiado en confianza de su dinero con otro hidalgo de valor,
viendo que sus fuerzas y ánimo eran flacos, quiso valerse de un
mozo valiente que lo acompañaba. Aconteció que, como una
vez echase su enemigo mano[78] para él, su criado lo defendió

---

[76] Las grullas «tienen la vela y guarda de la noche recostándose todo el cuerpo sobre la una pierna; en la otra, que tienen alzada, toman en el pie una piedra
apesgada para que no las deje dormir mucho tiempo, y si se duermen y la sueltan cae la piedra y las despierta» (Plutarco, *Morales*, fol. 209 r-v). Cfr. Plinio,
Historia natural, X, xxx, o Torquemada, *Jardín de flores curiosas*, pág. 347. (Otros
ejemplos españoles en FR).

[77] *tres al mohíno:* «tres contra uno» (Correas), como cuando juegan cuatro a
los naipes y tres de ellos cargan contra el *mohíno* ('el que va perdiendo').
Cfr. Quevedo, *Buscón*, pág. 130, y aquí mismo, II, iii, 2, n. 24.

[78] *echar mano:* «desenvainar la espada» (Covarrubias).

con pérdida del contrario, que lo retiró en cuanto su señor se puso en salvo; y en esta quistión perdió el mozo el sombrero y la vaina de la espada. Esto se pasó; fuese a su posada. Mas nunca el amo le satisfizo la pérdida ni lo adelantó en alguna cosa. Y como viniese otra vez con un palo y le diese de palos el de la quistión pasada, el criado se estuvo quedo, mirando cómo lo aporreaban. El amo daba voces pidiendo socorro, a quien el mozo respondió: «Vuesa Merced cumple con pagarme cada mes mi salario y yo con acompañarle como lo prometí, y el uno ni el otro no estamos a más obligados»[79]. Así que, si quieres que salgan de su paso, aventajándose en tu servicio, de lo que pierdes tan desbaratadamente gánales las voluntades, que será ganar no te roben la hacienda, defiendan tu persona, ilustren tu fama y deseen tu vida[80].

¡Oh, cuántas veces vi llevar y llevé tortas de manjar blanco[81], lechones, pichones, palominos, quesos de cien diferencias y provincias y otras infinitas cosas a vender, que es prolijidad referirlas y faltan tiempo y memoria para contarlas! Sólo quiero decir que estas desórdenes en todos me hizo a mí como a uno dellos. Andaba entre lobos: enseñéme a dar aullidos. Yo también era razonable principiante, aunque por diferente camino. Mas entonces perdí el miedo: soltéme al agua sin calabaza, salí de vuelo. Todos jugaban y juraban, todos robaban y sisaban: hice lo que los otros. De pequeños principios resultan grandes fines.

Comencé —como dije— de poco a jugar, sisar y hurtar. Fuime alargando el paso, como los niños que se sueltan en andar,

---

[79] Es «variante de un cuento folklórico muy conocido (Aarne-Thompson, *The Types of Folktale*, núm. 1562)» (M. Chevalier, *«Guzmán de Alfarache* en 1605»*, pág. 134). Comp. Juan de Arguijo, *Cuentos*, núm. 69.

[80] Sobre el trato a los criados, punto en que insiste Guzmán en otras ocasiones, cfr. lo que dice Torquemada al principio de sus *Coloquios satíricos,* páginas 488-490, y también —recordando a San Pablo— fray Luis de Granada, *Guía de pecadores,* pág. 243. Era tema habitual en las digresiones morales de la picaresca, pues a la servidumbre están sometidos ocasionalmente sus protagonistas: cfr. Espinel, *Marcos de Obregón,* I, págs. 103-104, 275.

[81] *manjar blanco:* «por ser de leche, azúcar y pechugas de gallinas, platos españoles; antiguamente se guisaba en las casas de los príncipes o señores, agora se vende públicamente, con la tablilla a la puerta, que dice "aquí se venden tortas y manjar blanco"» (Covarrubias).

hasta que ya lo hacía de lo fino, de a ciento la onza. Y no lo tenía por malo, que aun a esto llegaba mi inocencia; antes por lícito y permitido.

Compraba algunas cosillas que me hacían falta, o lo echaba en un topa, que siempre de los juegos buscaba los más virtuosos, vueltos o carteta[82], para acabar presto y acudir a mi oficio. Acuérdome una vez que, estando porfiando una suerte con otros mancebitos de mi talle en un corral de casa, se levantó gran grita. Pareció con la vocería hundirse la casa. Mandó nuestro amo al maestresala mirase qué era aquello. Hallónos en la brega fregando el delito y, excediendo de su comisión, dionos una rociada de leña seca, sacudiéndonos el polvo del hatillo de manera que nos levantó ronchas por todo el cuerpo debajo de la camisa. Con que también perdí mi crédito ganado, trayéndome de allí adelante sobre ojos, como dicen[83], de donde comenzó mi total perdición, de la manera que sabrás adelante.

---

[82] *topa* (cfr. I, ii, 2, n. 15), *vueltos* y *carteta* eran juegos de naipes muy afines, todos de los llamados *del parar*. Tras repartir una carta a cada jugador, incluido el banquero, ganaba el tahúr cuya carta emparentaba con alguna de las que se iban sacando.

[83] *traer* a uno *sobre ojos:* 'sospechar de él', como ya quedó dicho (en I, i, 8, n. 76).

CAPÍTULO VI

GUZMÁN DE ALFARACHE PROSIGUE LO QUE LE PASÓ CON SU AMO
EL COCINERO, HASTA SALIR DESPEDIDO DÉL

Mucho se debe agradecer al que por su trabajo sabe ganar; pero mucho más debe estimarse aquel que sabe con su virtud conservar lo ganado[1]. Mucho me forzaba la voluntad en agradar, aunque más me tiraba la mala costumbre de la vida pasada. Y así lo que hacía, como cosa contrahecha, eran las obras de la mona. Que la gloria falsamente alcanzada poco permanece y presto pasa.

Fui como la mancha de aceite, que si fresca no parece, brevemente se descubre y crece. Ya no se fiaban de mí; llamábanme, uno cedacillo nuevo[2], otro la gata de Venus[3], y se engañaban, que mi natural bueno era y en el mío ni lo aprendí ni lo supe; yo lo hice malo y lo dispuse mal. Enseñáronmelo la necesidad y el vicio: allí me afiné con los otros ministros y sirvientes de casa.

Ladrones hay dichosos, que mueren de viejos; otros desdicha-

---

[1] «Cfr. Ovidio, *Ars amatoria*, II, 13: "Nec minus est virtus quam quaerere parta tui"» (FR, con otro ejemplo).

[2] *cedacillo nuevo* se decía de algo o alguien cuyas bondades y virtudes habían durado poco; *«cedacillo nuevo, tres días en estaca:* los primeros días que la mujer compra el cedacillo para colar el vino o otro licor, pónele luego colgado en un clavo o una estaquilla, pero dentro de pocos días se olvida y anda rodando por el suelo; así hacen los criados nuevos, que al principio sirven con mucha diligencia y cuidado y después se olvidan» (Covarrubias).

[3] *la gata de Venus:* «por una gata muy hermosa, que la pidió un mozo hecha doncella, y estando en el tálamo corrió tras un ratón. Denota que la natural inclinación nunca se deja» (Correas). El motivo remonta a una fábula esópica (núm. 50).

dos, que por el primer hurto los ahorcan. Lo de los otros era pecado venial y en mí mortal. Fue muy bien, pues degeneré de
quien era, haciendo lo que no debía. Perdíme con las malas
compañías, que son verdugos de la virtud, escalera de los vicios,
vino que emborracha, humo que ahoga, hechizo que enhechiza,
sol de marzo[4], áspid sordo y voz de sirena[5]. Cuando comencé a
servir, procuraba trabajar y dar gusto; después los malos amigos
me perdieron dulcemente. La ociosidad ayudó gran parte y aun
fue la causa de todos mis daños. Como al bien ocupado no hay
virtud que le falte, al ocioso no hay vicio que no le acompañe[6].

Es la ociosidad campo franco de perdición, arado con que se
siembran malos pensamientos, semilla de cizaña, escardadera
que entresaca las buenas costumbres, hoz que siega las buenas
obras, trillo que trilla las honras, carro que acarrea maldades y
silo en que se recogen todos los vicios[7].

No puse los ojos en mí, sino en los otros. Parecióme lícito lo
que ellos hacían, sin considerar que, por estar acreditados y envejecidos en hurtar, les estaba bien hacerlo, pues así habían de
medrar y para eso sirven a buenos. Quise meterme en docena[8],
haciendo como ellos, no siendo su igual, sino un pícaro desandrajado.

Pero si disculpas valen y la que diere se me admite, como tan
libremente vía que todos llevaban este paso, parecióme la tierra
de Jauja y que también había de caminar por allí, creyendo
—como dije— ser obra de virtud; aunque después me desenga-

[4] «*sol de marzo* pega como mazo» (Correas). Cfr. *Justina*, pág. 627.

[5] Sobre las malas compañías comp. Guevara, *Menosprecio de corte y alabanza de aldea*, pág. 200, M. Luján, *Segunda parte*, pág. 372b, y los *Lugares comunes* de Juan de Aranda, fol. 134. M. Cavillac, *Gueux et marchands*, pág. 91, señala la dimensión agustiniana del tema.

[6] *al bien ocupado...*, *al ocioso...*: Correas recoge ambas sentencias.

[7] «Llenas están las historias de los males que de la ociosidad se siguen» (P. Mexía, *Silva de varia lección*, I, xxxii: I, pág. 203, con mención de autoridades sagradas y profanas, y cfr. Juan de Aranda, fols. 146v-148r). Su emparejamiento con el vicio, tan frecuente, es uno de los motivos fundamentales del *Guzmán* (cfr. «Elogio de Alonso de Barros», n. 3), y también muy repetido en la literatura del Siglo de Oro; por ver ejemplos distintos, cfr. Guevara, *Menosprecio*, página 155; *El crótalon*, pág. 83, o Carlos García, *La desordenada codicia de los bienes ajenos*, pág. 100.

[8] «*meterse en docena, como jarra de cofradía*: es como 'meterse en baraja', entremeterse a ser tenido en algo con otros» (Correas).

ñaron, que pensé bien y entendí mal. Porque la gracia desta bula sólo la concedió el uso a los hermanos mayores de la cofradía de ricos y poderosos, a los privados, a los hinchados, a los arrogantes, a los aduladores, a los que tienen lágrimas de cocodrilo, a los alacranes, que no muerden con la boca y hieren con la cola[9], a los lisonjeros, que con dulces palabras acarician el cuerpo y con amargas obras destruyen el alma.

Estos tales eran a quien todo les estaba bien, y en los como yo era maldad y bellaquería. Engañéme; con mi engaño me desenvolví de manera que desde muy lejos me conocieran la enfermedad, aunque todo era niñería de poca estimación.

Suelen decir que el postrero que sabe las desgracias es el marido[10]. De todas estas travesuras, por maravilla llegaban de mil una en los oídos de mi amo, ya porque los agradaba, no querían ponerme mal y me echara de casa, o ya porque, aunque me lo reñían, viendo que todo el mundo era uno, de nada se admiraban. Mas por algunos descuidos míos y cosas que se traslucían, algo andaba ya escaldado mi amo comigo: andábame a las espuelas[11] para cogerme.

Aconteció que lo llamaron para un banquete de un príncipe estranjero nuevamente[12] venido a la Corte. Mandóme ir con él para trasponer el cebollino[13] resultas de la cocina, según el uso y costumbre. Luego que fuimos a la posada, se nos hizo el entrego. Mi amo comenzó a destrozar, dividir y romper con grandísima destreza, poniendo géneros aparte, y de cada cosa lo que le pertenecía, conforme a su arancel, porque con otros cuidados no hubiese algún descuido y se mezclasen las acciones, siendo justo dar lo de César a César[14] y aposesionarse cada cual en su hacienda.

Después, al cerrar de la noche habíame mandado traer costa-

---

[9] Cfr. Plinio, *Historia natural*, XI, xxx.

[10] «El postrero que lo sabe es el cornudo, y el primero el que se los puso» (Correas).

[11] *andábame a las espuelas:* entiéndase 'me acosaba, me acechaba'.

[12] *nuevamente:* por primera vez.

[13] *cebollino:* figuradamente, «el producto de un robo (referido sobre todo a los hurtos domésticos)» (Alonso); de ahí el juego de palabras con *trasponer* 'trasplantar' y 'ocultar, hacer desaparecer'.

[14] Cfr. San Mateo, 22, 21.

les. Comenzólos a estibar de maestro[15] y, poniéndomelos al hombro a tiempo y de manera que no pudiera ser visto, me hizo dar cuatro caminos, que ninguno me vagaba el resuello, según iba de cargado. Cada uno y todos parecían el arca de Noé, y no sé si en ella hubo de tantos individuos o Dios después los crió. Ya que tuve acabada mi faena, mandóme aderezar la lumbre, calentar agua, pelar y perdigar[16], en que ocupé gran parte de la noche.

Al bueno de mi amo no se le cocía el pan[17], andaba con sobresalto, sin sosiego, cuidadoso que su mujer estaba sola y no podría poner en orden tanta hacienda o que no sucediese algún torbellino. Y con este alboroto me dijo:

—Guzmanillo, vete a casa, pon cobro en lo que llevaste, abre los ojos y mira por todo. Di a tu señora que acá me quedo. Ten cuenta con la casa y en amaneciendo ven aquí volando.

Hícelo así, doy a mi ama el recaudo, pido garabatos[18] y sogas, púselas por unos corredores colgando al patio: allí ensarté los trofeos de la vitoria. Era gloria de ver la varia plumajería del capón, de la perdiz, de la tórtola, de la gallina, del pavo, zorzales, pichones, codornices, pollos, palomas y gansos, que, sacando por entre todo las cabezas de los conejos, parecían salir de los viveros. Colgué a otra parte perniles de tocino, piezas de ternera, venado, jabalí, carnero, lechones y cabritos. Entapizóse nuestro patio a la redonda en muy buenos clavos que puse, de manera que, mi fe te prometo, según lo que allí campeaba, me pareció haber traído de cinco partes las dos,

> y faltaban por venir
> los siete Infantes de Lara[19],

que no estaba con esto acabado. Ello quedó muy bien acomoda-

---

[15] Es decir, los amontonó y cargó con maestría.

[16] *perdigar:* cfr. la n. 67 del capítulo anterior.

[17] *no se le cocía el pan:* 'se impacientaba', 'tenía prisa'.

[18] *garabatos:* ganchos para colgar la carne.

[19] El verso se hizo proverbial para indicar que 'faltaba lo más importante'; procede del romance sobre las bodas de doña Lambra («Ya se salen de Castilla...»).

do y yo muy de veras cansado, que lo trabajé muy bien; aunque se me lució muy mal, pagándome peor.

Mi ama vivía en un aposento bajo. Dejóme como el escarabajo, el peso a las cuestas, y fuese a dormir. Debió de cenar salado, que cargó delantero[20] conforme a su costumbre antigua. Yo, acabada la tarea, hice lo mesmo, subíme a la cama. Hacía tanto calor que por buen rato me entretuve rascando y dando vuelcos, hasta que con algunas malas ganas me dejé ir a media rienda por el sueño adelante. Anduve galopeando con él y con la manta —que sábanas no se usan dar ni más que un jergón viejo a los mozos de mi tamaño en aquella tierra—, cuidadoso de madrugar como mi amo me lo había mandado.

Veis aquí, Dios enhorabuena, serían como las tres de la madrugada, entre dos luces[21], oigo andar abajo en el patio una escaramuza de gatos que hacían banquete con un pedazo de abadejo seco, traído acaso por los tejados de casa de algún vecino. Y como de suyo son de mala condición —que no sabréis cuándo están contentos, como los viejos, ni quieren aun comer callando, que de todo gruñen, o bien sea que quieran decir que sabe bien o que no está bueno de sal—, con el ruido de su pendencia me despertaron. Púseme a escuchar y dije: «Sería el diablo si la pesadumbre desta buena gente fuese sobre la capa del justo[22] y estuviesen a estas horas riñendo por la partija de mis bienes, de modo que pagasen mis huesos la carne que comiesen, metiéndome con mi amo en deuda y en pendencia.»

Yo estaba en la cama como nací del vientre de mi madre; no creí que alguien me viera; salto en un pensamiento, y como si a mi linaje todo llevaran moros y aquella diligencia valiera su rescate, doy a correr y trompicar por las escaleras abajo por allegar a tiempo y no fuese como en algunos socorros importantes acontece[23].

Mi ama, como se acostó primero, llevóme muchas ventajas y

---

[20] *cargar delantero:* «haber bebido mucho» (Covarrubias). Comp. M. Luján, *Segunda parte,* ii, 1, pág. 382a: «Mi ama era de nación tudesca, y de ordinario estaba con la carga delantera.»

[21] *entre dos luces:* al amanecer, en el crepúsculo.

[22] Cfr., por ejemplo, San Mateo, 27, 35.

[23] Como en «el socorro de Escalona: cuando llega el agua es quemada la villa toda» (Covarrubias).

De la edición de Amberes, 1681.

más el estar holgada; corría sobre cuatro dormidas, como gusano de seda, y frezaba[24] para levantarse. Oyó el mismo rebato,
debiósele de antojar que yo soñaría, y en buena razón así debiera
ello ser. Parecióle que no lo oyera. Ella, aunque se acostaba vestida, siempre andaba en cueros, y esta vez lo estaba[25], sin tener
sobre los heredados de Eva camisa ni otra cobija. Y así desnuda,
sin acordar de cubrirse, salió corriendo, desvalida[26], con un candil en la mano a reparar su hacienda. Su pensamiento y el mío
fueron uno, el alboroto igual, y la diligencia en causa propria, el
ruido de ambos poco, por venir descalzos.

Veisnos aquí en el patio juntos, ella espantada en verme y yo
asombrado de verla. Ella sospechó que yo era duende: soltó el
candil y dio un gran grito. Yo, atemorizado de la figura y con el
encandilado[27], di otro mayor, creyendo sería el alma del despensero de casa, que había fallecido dos días antes, y venía por ajustarse de cuentas con mi amo. Ella daba voces que la oyeran en
todo el barrio; yo con las mías fue poco no me oyese toda la Villa. Fuese huyendo a su aposento; yo quise hacer lo mismo al
mío. Dieron los gatos a huir; trompecé con un mansejón de casa
en el primero escalón. Asióseme a las piernas con las uñas; pensé que ya me llevaba el que a redro vaya[28], pareció que me
arrancaba el alma: doy de hocicos en la escalera; desgarréme las
espinillas y híceme las narices[29].

No podía ninguno de los dos entender o sospechar al cierto
lo que el otro fuese, como todo sucedió presto y acudimos al sonido de una misma campana, hasta que yo caído en el suelo y
escondida ella dentro de su pieza, nos conocimos por las quejas
y llantos.

---

[24] *frezar:* «el ruido que hacen los gusanos de la seda después de despiertos»
(Autoridades); de ahí que los dormilones sean comparados con los gusanos de
seda y sus «tres o cuatro dormidas» (Correas, comentando la frase «dormir
como coco de seda»).

[25] Ya sabemos que su afición al vino era «costumbre antigua»; es, por tanto,
el mismo juego de palabras anotado en I, ii, 5, n. 32.

[26] *desvalida* tiene aquí el sentido de 'presurosa, precipitada'.

[27] *encandilado:* «deslumbramiento producido por la luz del candil» (FR).

[28] *el que a redro vaya:* el demonio (por el «vade retro» de los Evangelios: San
Marcos, 8, 33).

[29] «*Hacerse las narices, las cejas, las orejas:* por desrostrarse, cayendo o topando a
oscuras contra algo» (Correas).

Con esta alteración, si el fresco de la mañana no lo hizo, a la
señora mi ama le faltó la virtud retentiva y aflojándosele los ce-
rraderos del vientre, antes de entrar en su cámara, me la dejó[30]
en portales y patio, todo lleno de huesezuelos de guindas, que
debía de comérselas enteras. Tuve que trabajar por un buen rato
en barrerlo y lavarlo, por estar a mi cargo la limpieza. Allí supe
que las inmundicias de tales acaecimientos huelen más y peor
que las naturalmente ordinarias. Quede a cargo del filósofo in-
quirir y dar la causa dello; baste que a costa de mi trabajo, en de-
trimento de mi olfato, le testifico la experiencia.

Quedó mi ama del caso corrida, y yo más, que, aunque varón,
era muchacho y en cosas tales no me había desenvuelto. Tenía
tanto empacho como una doncella, y cuando[31] fuera muy hombre, me avergonzara de su vergüenza. Pesóme muy de veras haberla visto, no quisiera tal acaecimiento por la vida; mas nunca
la pude persuadir dejase de creer malicia en mí, ni bastaron juramentos para ponerla en razón ni encaminarla a mi inocencia.

Desde aquel momento me perdió toda buena voluntad, y
supe después, de una vecina nuestra a quien ella contó el caso,
que sola su pena era, no haberse hallado desnuda, sino haberse
desañudado[32], que por lo más no se le diera un pito, que eso se
quieren las que algo están de sí confiadas.

Cuando vi que nada bastaba, luego vi mala señal y que me había de levantar algún falso testimonio para echarme de casa, poniéndome mal con su marido, como si, pobre de mí, hubiera
sido la culpa mía. Nunca más le conocí el rostro a derechas ni
atravesó palabra comigo. Venido el día claro, volví a mi atahona[33] como me fue mandado.

Fui a tener con mi amo[34]; no desplegué mi boca de lo pasado.

---

[30] La clave del zeugma dilógico está en la polisemia de *cámara*: 'aposento' y
'flujo de vientre'.

[31] *cuando:* aunque.

[32] *desañudarse:* metafóricamente 'ensuciarse, ciscarse', y aprovechando la paronomasia con *desnuda*.

[33] «Llamamos *atahona* al oficio y ocupación de pesadumbre que se repite hoy
y mañana y siempre, como hace la bestia del atahona [propiamente 'molino en
seco'], que siempre anda unos mesmos pasos y los vuelve a repetir infinitas veces» (Covarrubias).

[34] *tener:* aquí 'atener', 'despachar' (cfr. I, ii, 1, n. 24).

Preguntóme si dejaba recaudo en lo de casa; díjele que sí. Ocupóme en algunas cosas, y puedo certificar que mi amo y sus compañeros, yo y los míos, ayudantes y trabajadores, teníamos más que hacer en poner cobro a lo hurtado que sazón a los manjares. ¡Cuál andaba todo, qué sin orden, cuenta, ni concierto! ¡Qué sin duelo se pedía, qué sin dolor se daba, con qué gloria se recebía, qué poco se gastaba, cuánto se rehundía![35]. Pedían azúcar para tortas y para tortas azúcar, dos y tres veces para cada cosa.

Estos banquetes tales llamábamos jubileos, porque iba el río revuelto y sobreaguados los peces. Con esto creí que, pues era, como dicen, el pan de mi compadre y el duelo ajeno[36], que no tenía yo menos colmillos para ganar esta indulgencia[37], que también estaba mi alma en mi cuerpo, sin faltarme tilde ni hebilleta[38] de hombre, y siquiera de las migajas caídas debajo de la mesa, aun sin querer igualarme a mis iguales, fuera lícito valerme algo la franqueza, gozando del barato[39].

Yo estaba cansado de pelar aves, limpiar almendras y piñones, calentar aguas y otras cosas. Andaba con una camisilla vieja y un juboncillo roto. De lo que cupo al cuartel de mi amo[40] había una canasta de huevos; lleguéme por par dellos y echéme entre camisa y carnes unos pocos y otros en las faltriqueras de los calzones. Ved, ya que metí la mano, en lo que vine a empacharme; mas diciendo verdad, no lo hice tanto por el interese, que fue una desventurada, cuanto por decir siquiera que le di un beso a la novia y no se dijera que salí virgen o que yendo a la Corte no vi al Rey.

El traidor de mi amo sintiólo y para santificarse con mi cul-

---

[35] *rehundir:* gastar sin provecho ni necesidad, desperdiciar.

[36] «Dice un refrán: *del pan de mi compadre, buen zatico a mi ahijado,* cuando de la hacienda ajena hacemos gracia y damos liberalmente» (Covarrubias, *s. v. ahijado).* También se decía «pan ajeno, hastío quita»; «duelo ajeno, de pelo cuelgo» (Correas, con otros proverbios afines).

[37] *indulgencia* está en relación evidente con los *jubileos* del inicio del párrafo (EM).

[38] *No le falta hebilla* a una cosa cuando «está de todo punto acabada» (Covarrubias).

[39] *barato:* 'sobra, baratura'; provecho fácil de un hurto o engaño.

[40] *cuartel:* 'la cuarta parte', lo mismo que 'cuarto' (que es la lectura de la príncipe).

pa, asegurando su fidelidad con mi hurto, estando el veedor presente y otros criados graves de casa, cuando quise salir a poner en cobro la pobreza, porque no se me viera, llegóse a mí como un león y, asiéndome por los cabezones[41], me trujo a la melena[42], hollado entre los pies.

Bien podrás pensar cuál se puso la mercadería de bien acondicionada, pues me los deshizo todos a puntillones[43], corriendo las claras y yemas por las piernas abajo. «Sin duda —dije entre mí— algún planeta gallinero me persigue.» Quisiera decirle con la cólera: «¿Pues cómo, ladrón, tienes la casa entapizada de lo que hurtaste y yo llevé, y haces alharacas por seis tristes huevos que me hallaste? ¿No ves que te ofendes con lo que me ofendes?» Parecióme más acertado el callar, que el mejor remedio en las injurias es despreciarlas. Mucho la sentí, por hacérmela mi amo, que si fuera de un estraño no la estimara en tanto. Mas hube de sufrir; no hice más mudamiento ni di otra respuesta que alzar los ojos al cielo con algunas lágrimas que a ellos vinieron.

La behetría[44] del banquete se pasó y nos fuimos a casa. Díjome mi amo por el camino:

—¿Qué te digo, Guzmanillo? Advierte que lo que hoy te di me importó más de lo que piensas. Ya sé que no tuve razón: mañana te compraré unos zapatos por ello y valdrán más que los huevos.

Alegréme con la manda[45], porque los que traía estaban rotos y viejos.

Mi ama le debió de contar algunos males de mí, que desde que entramos en casa siempre mi amo me hizo un gesto de probar vinagre, sin que la ocasión llegase de comprar zapatos, que sin ellos me quedé. Como lo vía torcido, procuraba de quitarle los trompezones de delante, sirviéndole con más cuidado

---

[41] *«Asir por los cabezones:* traer por fuerza» (Correas), violenta y afrentosamente.

[42] *«Traer a la melena* es traer a sujeción» (Correas).

[43] *puntillones:* puntapiés.

[44] *behetría:* confusión, alboroto. Cfr. Cervantes, *Viaje del Parnaso*, IV, 269, pág. 664.

[45] *manda:* oferta o promesa de dar algo.

que nunca, sin hacerle falta —ni a cosa de la cocina— en un cabello.

Un día de fiesta, como era de costumbre, se hicieron unas empanadas y pasteles, de que sobró un poco de masa, y otro día lunes habían de correrse toros en la plaza. Estaba en la basura una cañilla de vaca casi entera. Yo tenía necesidad, para holgarme, de unas blanquillas, y en un pensamiento empané mi zancarrón[46], que como lo puse no diferenciaba por defuera de un muy hermoso conejo.

Fuime con él a mi puesto, con ánimo de dar alguna gatada[47]; mas como estaba de priesa, no pude aguardar merchante[48]. Llegó a comprármela un cano y honrado escudero, hícele buena comodidad; concertéla en tres reales y medio; vi el cielo abierto, por volverme presto. Mas cuanta mi priesa era mucha, su flema era grande. Púsose debajo del brazo un reportorio[49] pequeñuelo que llevaba en la mano, colgó del cinto los guantes y lienzo de narices, luego sacó una caja de antojos, y en limpiarlos y ponérselos tardó largas dos horas. Fue destilando del bolsico de un garniel[50] cuarto a cuarto y, poniéndomelos en la mano, cada medio cuarto le parecía cuartillo y le daba seis vueltas, mirándolo hacia el sol.

Apenas me vi con mi dinero, cuando mi amo estaba comigo, que con la falta que hice salió a buscarme. Asióme el brazo diciendo:

—¿Qué prendas remátais, mancebo?

El escudero estaba presente a todo esto, que no se lo quiso llevar la maldición, para descubrir mi secreto. Halléme atajado[51], que no supe ni pude darle autor, y por no tenerlo quedó como libro prohibido o mercaderías vedadas, castigándome por ello, pues me pescó las monedas, diciendo:

—Soltad, bellaco. ¿Sois vos el que me alababan? ¿La mosca

---

[46] *zancarrón:* el hueso grande y descarnado, particularmente del pie.
[47] *gatada:* trampa, engaño, robo.
[48] *merchante:* «el que compra y vende algunos géneros sin tener tienda fija» (*Autoridades*).
[49] *reportorio:* repertorio, prontuario, «libro abreviado donde sucintamente se hace mención de cosas notables» (Covarrubias).
[50] *garniel:* bolsa de cuero.
[51] *atajarse:* «cortarse y correrse, no sabiendo qué responder» (Covarrubias).

muerta, el que hacía del fiel, de quien yo fiaba mi hacienda? ¿Esto tenía en mi casa? ¿A vos daba mi pan y regalaba? No más de un pícaro. No me entréis más en casa ni paséis por mi puerta, que quien se abate a poco no perdonará lo mucho, si ocasión se le ofrece.

Y dándome un pescozón y un puntillón a un tiempo, en presencia de mi merchante —que nunca mi mala suerte lo despegó de allí con su flema—, casi me hiciera dar en tierra.

Quedé tan corrido, que no supe responderle, aunque pudiera y tuve harto paño. Mas no siéndome lícito por haber sido mi amo, bajé la cabeza y sin decir palabra me fui avergonzado, que es más gloria huir de los agravios callando, que vencerlos respondiendo.

CAPÍTULO VII

CÓMO DESPEDIDO GUZMÁN DE ALFARACHE DE SU AMO VOLVIÓ A
SER PÍCARO, Y DE UN HURTO QUE HIZO A UN ESPECIERO

En cualquier acaecimiento, más vale saber que haber[1]; porque, si la Fortuna se rebelare, nunca la ciencia desampara al hombre[2]. La hacienda se gasta, la ciencia crece, y es de mayor estimación lo poco que el sabio sabe que lo mucho que el rico tiene. No hay quien dude los excesos que a la Fortuna hace la ciencia, no obstante que ambas aguijan a un fin de adornar y levantar a los hombres[3]. Pintaron varios filósofos a la Fortuna en varios modos, por ser en todo tan varia; cada uno la dibujó según la halló para sí o la consideró en el otro. Si es buena, es madrastra de toda virtud; si mala, madre de todo vicio, y al que más favorece, para mayor trabajo lo guarda. Es de vidro, instable, sin sosiego, como figura esférica en cuerpo plano. Lo que hoy da, quita mañana. Es la resaca de la mar. Tráenos rodando y volteando, hasta dejarnos una vez en seco en los márgenes de la muerte, de donde jamás vuelve a cobrarnos, y en cuanto vivimos obligándonos, como a representantes, a estu-

---

[1] «Más vale saber que haber, para no menester» (Correas).

[2] La idea es de Catón, pero Alemán toma seguramente sus palabras de Juan de Aranda: «Aprende alguna cosa de ciencia, porque si aconteciere que la fortuna se rebelare, haciendo lo que suele, ya queda el arte, el cual no desampara jamás al hombre» *(Lugares comunes,* fol. 157r).

[3] Comp. Plutarco: «Siendo la fortuna cosa muy desemejante y diferente de la sciencia y sabiduría, obra empero muy semejantes effectos, porque ambas augmentan y adornan los hombres y los ponen en honra y gloria y riquezas y mando» *(Morales,* fol. 49r).

diar papeles y cosas nuevas que salir a representar en el tablado del mundo[4].

Cualquier vario acaecimiento la descompone y roba, y lo que deja perdido y desafuciado[5] remedia la ciencia fácilmente: ella es riquísima mina descubierta, de donde los que quieren pueden sacar grandes tesoros, como agua de un caudaloso río, sin que se agote ni acabe. Ella honra la buena fortuna y ayuda en la mala. Es plata en el pobre, oro en el rico y en el príncipe piedra preciosa[6]. En los pasos peligrosos, en los casos graves de fortuna, el sabio se tiene y pasa, y el simple en lo llano trompieza y cae. No hay trabajo tan grande en la tierra, tormenta en la mar ni temporal en el aire, que contraste a la ciencia; y así debe desear todo hombre vivir para saber y saber para bien vivir. Son sus bienes perpetuos, estables, fijos y seguros.

Preguntarásme: «¿Dónde va Guzmán tan cargado de ciencia? ¿Qué piensa hacer con ella? ¿Para qué fin la loa con tan largas arengas y engrandece con tales veras? ¿Qué nos quiere decir? ¿Adónde ha de parar?» Por mi fe, hermano mío, a dar con ella en un esportón, que fue la ciencia que estudié para ganar de comer, que es una buena parte della; pues quien ha oficio ha beneficio[7] y el que otro no sabía para pasar la vida, tanto lo estimé para mí en aquel tiempo, como en el suyo Demóstenes la elocuencia y sus astucias Ulixes.

Mi natural era bueno. Nací de nobles y honrados padres: no

---

[4] En este párrafo recoge Mateo Alemán varios lugares comunes sobre la fortuna: su problemática relación con la sabiduría, sus retratos en la antigüedad, sus veleidades y fragilidad, su engaño y farsa... Son, en esencia, las noticias que da Pero Mexía, *Silva de varia lección*, II, xxxviii (*vid.* E. Cros, *Sources*, págs. 50-51). Cfr. J. de Aranda, fols. 139-140, y aquí mismo, I, i, 7, notas 1 y 4.

[5] *desafuciado*: 'desahuciado, sin esperanza', con la ortografía común entonces: cfr. G. de Céspedes, *Varia fortuna del soldado Píndaro*, I, pág. 86.

[6] «Las letras, que en los demás son plata, en los nobles son oro, y en los señores piedras preciosas» (Gracián, *Criticón*, cit. por FR, con otro ejemplo). Juan de Aranda *(Lugares,* fol. 156r) asigna la sentencia a Pío II; pero la idea se fraguó siguiendo una gradación bíblica: *Proverbios*, 3, 14-15. El resto del párrafo recoge varios motivos conocidos del elogio de la sabiduría (comp., por ejemplo, Séneca, *De brevitate vitae*, 15, 4, Plutarco, *Morales*, fol. 126va, o Pérez de Oliva, *Diálogo de la dignidad del hombre*, págs. 108-110).

[7] «Quien tiene oficio tiene beneficio, / y es refrán cierto y muy bueno, / pues que dentro de mi seno / conozco que hace servicio» (Correas).

lo pude cubrir ni perder. Forzoso les había de parecer, sufriendo con paciencia las injurias, que en ellas se prueban los ánimos fuertes. Y como los malos con los bienes empeoran, los buenos con los males se hacen mejores, sabiendo aprovecharse dellos.

¿Quién dijera que tan buen servicio sacara tan mal galardón, por tan inopinada y liviana ocasión? Salvo si no me dices que anda tal el mundo, que por el mismo caso que uno es bueno, diestro en su oficio y en él hace como debe, por eso mismo lo descompone y arrincona para que todo se yerre, o que a los que Dios tiene predestinados tras el pecado les envía la penitencia. ¡Ojalá fuera yo tan dichoso y me lo castigaran a cuerpo presente! Mi amo ya comigo maleaba[8], que su mujer lo indignó contra mí. Cualquier cerrar de ojos bastara, y aprovechara poco aunque me desvelara mucho en quitarle las ocasiones. Ya estoy en la calle, arrojado y perseguido, sobre despedido. ¿Qué haré, dónde iré, o que será de mí? Pues a voz de ladrón salí de donde estaba, ¿quién me recebirá de buena ni de mala gana?

Acordéme en aquella sazón de mis trabajos pasados, cómo hallaron puerto en una espuerta. Buñolero solía ser, volvíme a mi menester[9]. No me pesó de haberlos tenido, pues así me socorrí dellos. Y es bien a veces tomarlos de voluntad, para que no cansen tanto los forzosos en la necesidad, y pues nunca pueden faltar, justo es enseñarse a tenerlos para mejor saber sufrirlos cuando vengan[10]. Demás que humillan a los hombres a cosas en que después hallan fruto.

No hay trabajo tan amargo que, si quieres, no saques dél un fin dulce, ni descanso tan dulce con que puedas dejar de temer un fin amargo, salvo en el de la virtud. Si como estaba tan a mi gusto acomodado antes no hubiera padecido trabajos, nunca con la bonanza de mi sollastría supiera navegar en saliendo de la cocina, como piloto de agua dulce, ni hallara tan a la mano de qué me socorrer.

¿Qué fuera entonces de mí? ¿No consideras qué turbado,

---

[8] *malear:* 'querer mal a alguien', 'hacer maldades'.
[9] Recoge el refrán Correas; era más frecuente, sin embargo, decir «Zapatero...» (EM).
[10] Insiste sobre este punto en II, iii, 8, al final.

qué afligido estaría y qué triste, quitado el oficio, sin saber de qué valerme ni rincón adonde abrigarme? Con cuanto gané, jugué y hurté, ni compré juro, censo, casa ni capa o cosa con que me cobijar. Habíase todo ido, entrada por salida, comido por servido, jugado por ganado y frutos por pensión[11].

Del mal el menos[12]: con todas estas desdichas mi caudal estaba en pie, la vergüenza perdida, que al pobre no le es de provecho tenerla[13], y cuanta menos poseyere le dolerán menos los yerros que hiciere.

Ya me sabía la tierra y había dineros para esportón; mas antes de resolverme a volverlo al hombro, visitaba las noches y a mediodía los amigos y conocidos de mi amo, si alguno por ventura quisiera recebirme: porque ya sabía un poquillo y holgara saber algo más, para con ello ganar de comer. Algunos me ayudaban, entreteniéndome con un pedazo de pan. Debieron de oír tales cosas de mí, que a poco tiempo me despedían sin querer acogerme. Donde la fuerza oprime, la ley se quiebra[14].

Con estas diligencias cumplí a lo que estaba obligado, para no poder acusarme a mí mismo que volví a lo pasado huyendo del trabajo. Y te prometo que lo amaba entonces, porque tenía de los vicios experiencia y sabía cuánto es uno más hombre que los otros cuanto era más trabajador, y por el contrario con el ocio. Mas no pude ya otra cosa. No sé qué puede ser, que deseando ser buenos nunca lo somos, y aunque por horas lo proponemos, en años nunca lo cumplimos ni en toda la vida salimos con ello. Y es porque no queremos ni nos acordamos de más de lo presente.

Comencé a llevar mis cargos. Comía lo que me era necesario, que nunca fue mi dios mi vientre y el hombre no ha de co-

---

[11] Es decir, sin quedar nada de provecho, sin ningún beneficio: *«comido por servido* es cuando se sale... con sola la costa hecha, sin ganancia, y cuando no se cobra la soldada del amo y queda consumida»* (Correas); *frutos por pensión,* «cuando del beneficio que uno tiene da los frutos al pensionario» (Covarrubias), pues *pensión* es aquí 'obligación, carga'.

[12] «"Mínima de malis" es dicho antiguo» (FR, con bibliografía).

[13] «Al pobre no le es provechosa la vergüenza» (en Juan de Aranda, *Lugares comunes,* fol. 169v); cfr. Erasmo, *Adagia,* II, vii, 2, y aquí mismo, I, ii, 1, n. 13.

[14] «Donde fuerza hay, derecho se pierde» (Correas). Cfr. *La Zucca,* pág. 129.

mer más de para vivir lo que basta, y en excediendo es brutalidad, que la bestia se harta para engordar[15]. Desta manera, comiendo con regla, ni entorpecía el ánimo ni enflaquecía el
cuerpo; no criaba malos humores, tenía salud y sobrábanme
dineros para el juego.

En el beber fui templado[16], no haciéndolo sin mucha necesidad ni demasiado, procurando ajustarme con lo necesario, así
por ser natural mío, como parecerme malo la embriaguez en
mis compañeros, que privándose del sentido y razón de hombres, andaban enfermos, roncos, enfadosos de aliento y trato,
y los ojos encarnizados, dando traspiés y reverencias, haciendo
danzas con los caxcabeles en la cabeza, echando contrapasos[17]
atrás y adelante y, sobre toda humana desventura, hecho[s]
fiesta de muchachos, risa del pueblo y escarnio de todos.

Que los pícaros lo sean, ¡andar! Son pícaros y no me maravillo, pues cualquier bajeza les entalla[18] y se hizo a su medida,
como a escoria de los hombres... ¡Pero que los que se estiman
en algo, los nobles, los poderosos, los que debían ser abstinen-
tes lo hagan! ¡Que el religioso se descomponga el grueso de un
pelo en ello! No solamente digo descomponga, pero aun llegar
a la raya de poderse notar en semejante vituperio. Digan ellos
mismos lo que sienten, cuando sienten, si no es que para llevar
el absurdo adelante se disculpan con locuras y trayendo consecuencias que, cometido un yerro, dan en docientos; mas para
sí todos entienden la verdad. Afrentosa cosa es tratar dello, infamia usarlo, bellaquería paliarlo, cosa indigna de hombres no
abominarlo.

Teníamos en la plaza junto a Santa Cruz[19] nuestra casa propria, comprada y reparada de dinero ajeno. Allí eran las juntas
y fiestas. Levantábame con el sol; acudía con diligencia por
aquellas tenderas y panaderos, entraba en la carnicería; hacía
mi agosto las mañanas para todo el día; dábanme los parro-

[15] Cfr. I, ii, 4, n. 17.

[16] Comp. Torquemada, *Coloquios satíricos,* pág. 525a.

[17] *contrapás:* «un cierto género de paseo en la danza» (Covarrubias); cfr. Cervantes, *La ilustre fregona, Novelas ejemplares,* III, pág. 78.

[18] *entallar:* venir bien, como el vestido ajustado al talle.

[19] La plazuela de Santa Cruz era lugar muy frecuentado por esportilleros,
pues en ella había mercado.

quianos que no tenían mozo que les llevase la comida; hacíalo fiel y diligentemente, sin faltarles un cabello.

Acreditéme mucho en el oficio, de manera que a mis compañeros faltaba y a mí me sobraba para un teniente[20] que siempre se me allegaba. Entonces éramos pocos y andábamos de vagar; agora son muchos y todos tienen en qué ocuparse. Y no hay estado más dilatado que el de los pícaros, porque todos dan en serlo y se precian dello. A esto llega la desventura: hacer de las infamias bizarría y honra de las bajezas y de las veras burla.

Sucedió que se dieron condutas[21] a ciertos capitanes, y luego que acontece lo tal se publica en el pueblo y en cada corrillo y casa se hace Consejo de Estado. La de los pícaros no se duerme, que también gobierna como todos, haciendo discursos, dando trazas y pareceres. No entiendas que por ser bajos en calidad han de alejarse más los suyos de la verdad o ser menos ciertos. Engáñaste de veras, que es antes al contrario, y acontece saber ellos lo esencial de las cosas, y hay razón para ello: porque en cuanto al entendimiento, algunos y muchos hay que, si lo acomodasen, lo tienen bueno. Pues como anden todo el día de una en otra parte, por diversas calles y casas, y sean tantos y anden tan divididos, oyen a muchos muchas cosas. Y aunque suelen decir que cuantas cabezas tantos pareceres[22], y si uno o un ciento disparan diciendo locuras donosas, otros discurren con prudencia. Nosotros, pues, recogido todo lo de todos, en cuanto se cenaba, referíamos lo que en la Corte pasaba. Demás que no había bodegón o taberna donde no se hubiera tratado dello y lo oyéramos, que allí también son las aulas y generales[23] de los discursos, donde se ventilan cuestiones y dudas, donde se limita el poder del turco[24], reforman los

---

[20] *teniente:* creo ajustada la interpretación de Rico: «pobrete que se le juntaba, como el teniente a su asistente, como el subordinado a su superior; cfr. II, ii, 9, n. 32.

[21] *conduta:* «la provisión despachada por el Consejo de Guerra para que el capitán conduzga y levante gente» (Covarrubias).

[22] «Terencio, *Phormio,* 454: "quot homines, tot sententiae"» (FR).

[23] *general:* aula mayor de las Universidades, así llamada porque en ella se leían las «liciones públicas» (Covarrubias).

[24] *se limita el poder del turco:* era conversación propia de gente ociosa, y por

consejos y culpan a los ministros. Ultimamente allí se sabe
todo, se trata en todo y son legisladores de todo, porque hablan todos por boca de Baco, teniendo a Ceres por ascendente,
conversando de vientre lleno y, si el mosto es nuevo, hierve la
tinaja[25].

Con lo que allí aprendíamos, venía después a tratar nuestra
junta de lo que nos parecía. Esta vez acertamos en decir que
aquestas compañías marcharían la vuelta de Italia. Fuese averando el caso, porque arbolaron las banderas por la Mancha
adentro, subiéndose desde Almodóvar y Argamasilla por los
márgenes del reino de Toledo, hasta subir a Alcalá de Henares
y Guadalajara, yéndose siempre acercando al mar Medite-
rráneo.

Parecióme buena ocasión para la ejecución de mis deseos,
que con crueles ansias me espoleaban a hacer este viaje por conocer mi sangre y saber quiénes y de qué calidad eran mis deudos. Mas estaba tan roto y despedazado, que el freno de la razón me hacía parar a la raya, pareciéndome imposible efetuar-
se; pero nunca me desvelaba en otra cosa.

En ésta iba y venía, sin poder apartarla de mí. De día cava-
ba en ello[26] y de noche lo soñaba. Y, si tiene lugar el proverbio del romano, «si quieres ser Papa estámpalo en la testa»[27],
en mí se verificó, que andando en este cuidado solícito, dándole mil trasiegos, me senté a un lado de la plaza junto a una tendera, donde solía ser mi puesto y de mi teniente, y estando con
la mano en la mejilla, determinando de pasar, aunque fuera
por mochilero si más no pudiera, y aun según estaba me sobraba, oí decir:

—¡Guzmán, Guzmanillo!

Volví el rostro a la voz y sentí que un especiero debajo de

---

tanto frecuente en reuniones de pícaros deslenguados (un ejemplo: *El donado hablador*, II, xii, cit. en JSF). Cfr. Cervantes, *Don Quijote*, II, i: IV, pág. 42; *Viaje del
Parnaso*, I, 128 y págs. 385-386, o Quevedo, *Buscón*, págs. 147-148 (todos con
más ejemplos y bibliografía).

[25] *la tinaja:* en estilo festivo, 'la cabeza'.

[26] *«Cavar* en el pensamiento alguna cosa es hacernos mucha fuerza, de manera que no lo podemos desechar, yendo y viniendo a ello» (Covarrubias).

[27] «Si quieres ser Papa, póntelo en la testa» (Correas).

los portales de junto a la carnicería me llamaba. Hízome señas con la mano que fuese allá; levantéme por ver qué me quería. Díjome:

—Abre ese esportón.

Echóme dentro cantidad de dos mil y quinientos reales en plata, y en oro, y en cuartos pocos. Preguntéle:

—¿A qué calderero llevamos este cobre?

Díjome:

—¿Cobre le parece al pícaro? ¡Alto!, aguije, que lo voy a pagar a un mercader forastero que me vendió algunas cosas para la tienda.

Esto me decía; mas yo en otro pensaba, que era cómo darle cantonada. Porque no la alegre nueva del parto deseado llegó al oído del amoroso padre, ni derrotado marinero con tormentas descubrió de improviso el puerto que buscaba, ni el rendido muro al famoso capitán que le combate le dio tal alegría ni tuvo tan suave acento, cual en mi alma sentí, oyendo aquella dulce y sonora voz de mi especiero: «Abre esa capacha.»

¡Gran palabra! Letras que de oro se me estamparon en el corazón, dejándolo colmado de alegría. Y más cuando las calificaron, poniéndome actualmente[28] en quieta y pacífica posesión de lo que creí había de ser mi remedio. Desde aquel venturoso punto comencé a dispensar[29] de la moneda, trazando mi vida. Cargué con ella, fingiendo pesar mucho... y me pesaba mucho más de que no era más.

Mi hombre comenzó de andar por delante y yo a seguirle con increíble deseo de hallar algún aprieto o concurso de gente en alguna calle o llegar en alguna casa donde hacer mi hecho. Deparóme la fortuna a la medida del deseo una como 'así me la quiero'[30], pues entrando por la puerta principal salí tres calles de allí por un postigo, y dando bordos de esquina en esquina, el paso largo y no descompuesto, para no dar nota, las fui

---

[28] *actualmente:* en el acto.

[29] *«dispensar»* en castellano se toma siempre por privilegiar o hacer gracia» (Covarrubias); es decir, Guzmán empieza a «trazar» su vida como si ya hubiese hurtado el dinero.

[30] *como así me la quiero:* 'como a pedir de boca'; «expresión jocosa que significa haber sucedido una cosa a medida del deseo y como si a su voluntad la hubiera dispuesto el que la logra» *(Autoridades).* Cfr. II, i, 8, n. 10.

trasponiendo con lindo aire hasta la puerta la Vega, donde me dejé ir descolgando hacia el río. Atravesé a la Casa del Campo, y ayudado de la noche, caminé por entre la maleza de los álamos, chopos y zarzas, una legua de allí.

En una espesura hice alto, para con maduro consejo pensar en lo porvenir cómo fuese de fruto lo pasado. Que no basta comenzar bien ni sirve demediar bien, si no se acaba bien. De poco sirven buenos principios y mejores medios, no saliendo prósperos los fines. ¿De qué provecho hubiera sido el hurto si me hallaran con él, sino perderlo y a vueltas dél quizás las orejas[31] y haber comprado un cabo de año[32], si tuviera edad?

Allí entré en acuerdo de lo que fuera bien hacer. Busqué donde el agua tenía más fondo en la mayor espesura y en ella hice un hoyo, y en las telas de mis calzones y sayo envuelta la moneda, la metí, cubriéndola muy bien de arena y piedras por defuera. Puse una señal, no porque me descuidase, que allí residí a la vista por casi quince días; pero para no turbarme después, buscándola dos pies más adelante o atrás, que fuera morirme si cuando metiera la mano dejara de asentarla encima; en especial, que algunas noches me alargaba allí a los lugares de la comarca por viandas para tres o cuatro días, volviendo luego a mi albergue, ensotándome[33] en saliendo el sol por aquel bosque del Pardo.

Desta manera me entretuve en tanto que desmentí las espías[34] y cuadrilleros que sin duda debieron de ir tras de mí. Así se perdió el rastro. Y pareciéndome que todo estaría seguro para poder mudar el rancho y marchar, hice un pequeñuelo lío de los forros viejos que del sayuelo me quedaron, donde metí envuelta la sangre de mi corazón. Quedóme sólo el viejo lienzo de los calzones, un juboncillo desarrapado y una rota camisa; pero todo limpio, que lo había por momentos[35] lavado. Quedé

[31] Al ladrón reincidente se le cortaba las orejas o se le daba un tijeretazo en ellas, como pena intermedia entre los azotes y la horca. Cfr. J. E. Gillet, *Propalladia*, III, pág. 402.

[32] *cabo de año:* «la memoria y sufragios que se hacen por el difunto, cumplido el año que murió» (Covarrubias).

[33] *ensotarse:* adentrarse en un soto.

[34] *desmentir las espías:* despistar (cfr. I, i, 8, n. 77).

[35] *por momentos:* continuamente.

puesto en blanco, muy acomodado para la danza de espadas de los hortelanos[36].

Anduve a escoger un par de garrotillos lisos. Del uno colgué a las espaldas el precioso fardo, el otro llevé por bordón en la mano. Ya cansado y harto de estar hecho conejo en aquel vivero, temeroso que una guarda o cualquiera que allí me viera residir de asiento no tomase de mí mala sospecha, comencé a caminar de noche a escuras por lugares apartados del camino real, tomando atraviesas, trochas y sendas por medio de la Sagra de Toledo, hasta llegar dos leguas dél a un soto que llaman Azuqueica, que amanecí en él una mañana.

Metíme a la sombra de unos membrillos, para pasar el día. Halléme sin pensar junto a mí un mocito de mi talle. Debía ser hijo de algún ciudadano, que con tan mala consideración como la mía se iba de con sus padres a ver mundo. Llevaba liado su hatillo, y como era caballero novel, acostumbrado a regalo, la leche en los labios, cansábase con el peso, que aun a sí mesmo se le hacía pesado llevarse. No debía de tener mucha gana de volver a los suyos ni ser hallado dellos. Caminaba como yo, de día por los jarales, de noche por los caminos, buscando madrigueras. Dígolo, porque desde que allí llegamos, hasta el anochecer, que nos apartamos, no salió de donde yo. Cuando se quiso partir, tomando a peso el fardo, lo dejó caer en el suelo, diciendo:

—¡Maldígate Dios y si no estoy por dejarte!

Ya nos habíamos de antes hablado y tratado, pidiéndonos cuenta de nuestros viajes, de dónde y quién éramos. Él me lo negó; yo no se lo confesé, que por mis mentiras conocí que me las decía: con esto nos pagamos. Lo que más pude sacarle fue descubrirme su necesidad.

Viendo, pues, la buena coyuntura y disgusto que con el cargo llevaba, y mayor con el poco peso de la bolsa, parecióme sería ropa de vestir. Preguntéle qué era lo que allí llevaba, que tanto le cansaba. Díjome:

—Unos vestidos.

---

[36] *danza de espadas:* «se usa en el reino de Toledo, y dánzanla en camisa y en greguescos de lienzo, con unos tocadores en la cabeza, y traen espadas blancas, y hacen con ellas grandes vueltas y revueltas...» (Covarrubias).

Tuve buena entrada para mis deseos, y díjele:

—Gentilhombre, daríaos yo razonable consejo, si lo quisiésedes tomar.

Él me rogó se lo diese, que siendo tal me lo agradecería mucho. Volvíle a decir:

—Pues vais cargado de lo que no os importa, deshaceos dello y acudid a lo más necesario. Ahí lleváis esa ropa o lo que es; vendedla, que menos peso y más provecho podrá haceros el dinero que sacardes della.

El mozo replicó discretamente, que son de buen ingenio los toledanos[37].

—Ese parecer bueno es y lo tomara; mas téngolo por impertinente en este tiempo, y consejo sin remedio es cuerpo sin alma. ¿Qué me importa quererlo vender, si falta quien me lo pueda comprar? A mí se me ofrece causa para no entrar en poblado a hacer trueco ni venta, ni alguno que no me conozca querrá comprarlo.

Luego le pregunté qué piezas eran las que llevaba. Respondióme:

—Unos vestidillos para remudar con éste que tengo puesto.

Pregunté le la color y si estaba muy traído. Respondió que era de mezcla[38] y razonable. No me descontentó, que luego le ofrecí pagárselo de contado si me viniese bien. El mozo se puso pensativo a mirarme, que en todo cuanto llevaba no pudieran atar una blanca de canela ni valía un comino, y trataba de ponerle su ropa en precio.

Esta imaginación fue mía, que le debió de pasar al otro y que debía de ser algún ladroncillo que lo quería burlar; porque estuvo suspenso, regateando si lo enseñaría o no, que de mi talle no se podía esperar ni sospechar cosa buena.

Esta diferencia tiene el bien al mal vestido, la buena o mala presunción de su persona, y cual te hallo tal te juzgo[39], que donde falta conocimiento el hábito califica, pero engaña de ordinario, que debajo de mala capa suele haber buen vividor[40].

[37] Cfr. M. Herrero García, *Ideas de los españoles del siglo XVII,* págs. 113-125.

[38] *de mezcla:* con mezcla de varios tejidos (cfr. I, i, 4, n. 6).

[39] «Cual te hallo, tal te cato»; «cual te veo, tal te juzgo y te creo» (Correas).

[40] La forma originaria era «... buen bebedor» (cfr., por ejemplo, Juan Ruiz,

En el punto entendí su pensamiento, como si estuviera en él, y para reducirlo a buen concepto le dije:

—Sabed, señor mancebo, que soy tan bueno y hijo de tan buenos padres como vos. Hasta agora no he querido daros cuenta de mí, mas porque perdáis el recelo, pienso dárosla. Mi tierra es Burgos, della salí, como salís, razonablemente tratado. Hice lo que os aconsejo que hagáis: vendí mis vestidos donde no los hube menester, y con la moneda que dellos hice y saqué de mi casa, los quiero comprar donde dellos tengo necesidad; y trayendo el dinero guardado y este vestido desarrapado, aseguro la vida y paso libremente; que al hombre pobre ninguno le acomete, vive seguro y lo está en despoblado, sin temor de ladrones que le dañen ni de salteadores que le asalten[41]. Si os place, vendedme lo que no habéis menester y no os parezca que no lo podré pagar, que sí puedo. Cerca estoy de Toledo, adonde es mi viaje: holgaría entrar algo bien tratado y no con tan vil hábito como llevo.

El mozo deshizo su lío, sacó dél un herreruelo[42], calzones, ropilla[43], dos camisas y unas medias de seda, como si todo se hubiera hecho para mí. Concertéme con él en cien reales. No valía más, que, aunque estaba bien tratado, el paño no era fino.

Descosí por un lado mi envoltero[44] y dél saqué los cuartos que bastaron; que no le dio poca mohína cuando reconoció la mala moneda, porque iba huyendo de carga y no podía escusarla. Mas consolóse, que era menor que la pasada y más provechosa para cualquier acontecimiento. De allí nos despedimos: él se fue con la buena ventura y yo, aunque tarde, aquella noche me entré en Toledo.

Libro de buen amor, 180c, o Timoneda, *Patrañuelo*, pág. 166), pero «por gracia dicen algunos "hay buen vividor", por la semejanza de la palabra» (Correas).

[41] «Nudum latro transmittit, etiam in obsesa via pauperi pax est» (Séneca, *Epístolas*, 15, 9 [FR]). Comp. *El crótalon*, por ejemplo, págs. 103 y 422.

[42] *herreruelo*: capa corta sin capucha.

[43] *ropilla*: cfr. I, ii, 5, n. 23.

[44] *envoltero*: así en todas las ediciones antiguas.

CAPÍTULO VIII

VISTIÉNDOSE MUY GALÁN EN TOLEDO, GUZMÁN DE ALFARACHE TRATÓ AMORES CON UNAS DAMAS. CUENTA LO QUE PASÓ CON ELLAS Y LAS BURLAS QUE LE HICIERON, Y DESPUÉS OTRA EN MALAGÓN

Suelen decir vulgarmente que aunque vistan a la mona de seda, mona se queda. Ésta es en tanto grado verdad infalible, que no padece excepción. Bien podrá uno vestirse un buen hábito, pero no por él mudar el malo que tiene; podría entretener y engañar con el vestido, mas él mismo fuera desnudo. Presto me pondré galán y en breve volveré a ganapán[1]. Que el que no sabe con sudor ganar, fácilmente se viene a perder, como verás adelante.

Lo primero que hice a la mañana fue reformarme de jubón, zapatos y sombrero. Al cuello del herreruelo le hice quitar el tafetán que tenía y echar otro de otra color. Trastejé[2] la ropilla de botones nuevos, quitéle las mangas de paño y púseselas de seda, con que a poca costa lo desconocí todo, con temor que, por mis pecados o desgracia, no cayera en algún lazo donde viniera a pagar lo de antaño y lo de hogaño, que buscando al mozuelo no me vieran sus vestidos, y achacándome haberlo muerto para robarlo, me lo pidieran por nuevo y que diera cuenta dél.

Así anduve dos días por la ciudad, procurando saber dónde o en qué lugar hubiese compañías de soldados. No supo algu-

---

[1] «Presto me pondré galán y presto volveré a ganapán» (Correas).

[2] *trastejar:* aderezar, recomponer.

no darme nueva cierta. Andábame azotando el aire[3]. Al pasar por Zocodover[4], aunque lo atravesaba pocas veces y con miedo, y si salía de la posada era mal y tarde, no durmiendo tres noches en una, por no ser espiado si fuera conocido, veo atravesar de camino en una mula un gentilhombre para la Corte, tan bien aderezado que me dejó envidioso.

Llevaba un calzón de terciopelo morado, acuchillado, largo en escaramuza[5] y aforrado en tela de plata. El jubón de tela de oro, coleto[6] de ante, con un bravato pasamano milanés[7] casi de tres dedos en ancho. El sombrero muy galán, bordado y bien aderezado de plumas, un trencillo[8] de piezas de oro esmaltadas de negro, y en cuerpo[9]: llevaba en el portamanteo[10] un capote, a lo que me pareció de raja[11] o paño morado, su pasamano de oro a la redonda, como el del coleto y calzones.

El vestido del hombre me puso codicia y, como el dinero no se ganó a cavar, hacíame cocos desde la bolsa. No me lo sufrió el corazón. «A buena fe —le dije—, si gana tenéis de danzar, yo os haga el son, y si no queréis andar de gana conmigo, yo la tengo peor de traeros a cuestas. Cumpliréos ese deseo satisfaciendo el mío bien presto, y que no tarde.»

Fuime de allí a la tienda de un mercader, saqué todo recaudo, llamé un oficial, corté un vestido. Dile tanta priesa, que ni fue, como dicen, oído ni visto, porque en tres días me envasaron en él; salvo que, por no hallar buen ante para el coleto, lo

---

[3] *azotar el aire:* hacer «cosa sin provecho ni fruto; ... trabajar en vano» (Correas).

[4] *Zocodover:* la Plaza Mayor de Toledo.

[5] «Había dos tipos de calzones: unos llegaban hasta el tobillo y otros hasta la rodilla; largos y anchos debían ser los de Guzmán, y por ello se moverían, al andar, como *en escaramuza*» (FR).

[6] *coleto:* especie de casaca de cuero, a modo de jubón o para llevar sobre él.

[7] Los tejidos milaneses —y en especial la pasamanería— tenían gran fama. Entiéndase *bravato* como 'bizarro'.

[8] *trencillo:* «trencilla. Tómase frecuentemente por el cintillo de plata u oro guarnecido de piedras o diamantes, que se suele poner en los sombreros» (*Autoridades*).

[9] *en cuerpo:* «sin capa ni otra cobertura más que el sayo» (Covarrubias)

[10] *portamanteo:* «cierto género de maleta, abierta por los dos lados, por donde se asegura y cierra con botones o cordones, y sirve para llevar ropa al que camina» (*Autoridades*).

[11] *raja:* «paño grueso antiguo y de baja estofa» (*Autoridades*).

hice de raso morado, guarnecido con trencillas de oro. Púseme de liga pajiza[12], con un rapacejo[13] y puntas de oro, a lo de Cristo me lleve[14], todo muy a la orden.

Asentábame con el rostro que no había más que pedir, y en realidad de verdad[15] tuve, cuando mozuelo, buena cara.

Viéndome tan galán soldado, di ciertas pavonadas[16] por Toledo en buena estofa y figura de hijo de algún hombre principal[17]. También recibí luego un paje bien tratado que me acompañase. Acerté con uno ladino en la tierra. Parecióme, viéndome entronizado y bien vestido, que mi padre era vivo y que yo estaba restituido al tiempo de sus prosperidades. Andaba tan contento, que quisiera de noche no desnudarme y de día no dejar calle por pasear, para que todos me vieran, pero que no me conocieran.

Amaneció el domingo. Púseme de ostentación y di de golpe con mi lozanía en la Iglesia Mayor para oír misa, aunque sospecho que más me llevó la gana de ser mirado; paseéla toda tres o cuatro veces, visité las capillas donde acudía más gente, hasta que vine a parar entre los dos coros, donde estaban muchas damas y galanes[18]. Pero yo me figuré que era el rey de los gallos[19] y el que llevaba la gala[20] y como pastor lozano hice

---

[12] *pajiza, pajada, de pajizo* o *de oro* se llamaba la liga de color amarillo (FR).

[13] *rapacejo:* fleco liso, «sin labor particular» *(Autoridades).*

[14] *a lo de Cristo me lleve:* «a lo valiente» (Correas).

[15] *en realidad de verdad* es uno de los modismos de que se burló Quevedo (cfr. *Obras festivas,* pág. 84), y no fue el único (cfr. *La Pícara Justina,* pág. 626: «en realidad de verdura»).

[16] *«dar una pavonada:* por 'salir galán a paseo'; de ahí *pavonear...:* mirar a un lado y a otro si hay qué ver» (Correas).

[17] La indumentaria de Guzmán, como la del «gentilhombre» que lo dejó «envidioso», no carecía prácticamente de ninguna de las galas que rozaban —cuando no trapasaban— el límite de lo permitido en materia de trajes. Cfr. *Novísima Recopilación,* VI, xiii, 1, y comp. el galán que abre *El día de fiesta por la mañana* de Juan de Zabaleta, págs. 99-113.

[18] «Los galanes desean los domingos / para ver a sus damas en la iglesia» (Agustín de Rojas, loa del domingo, *El viaje entretenido,* pág. 410), y entre sus dos coros (entre los de la catedral de Sevilla se había 'cursado' la madre de Guzmán: cfr. I, i, 2, n. 45) se reunían damas y galanes para mirar y ser mirados, componiéndose para la ocasión. Cfr. D. McGrady, ed. de Cristóbal de Tamariz, *Novelas en verso,* pág. 41 y n. 46, y comp. Juan de Zabaleta, *El día de fiesta por la mañana,* págs. 112 y 121.

[19] *el rey de gallos:* alude a la diversión carnavalesca de *correr gallos* (lapidándolos

plaza[21] de todo el vestido, deseando que me vieran y enseñar aun hasta las cintas, que eran del tudesco[22].

Estiréme de cuello, comencé a hinchar la barriga y atiesar las piernas. Tanto me desvanecía, que de mis visajes y meneos todos tenían que notar, burlándose de mi necedad; mas como me miraban, yo no miraba en ello ni echaba de ver mis faltas, que era de lo que los otros formaban risas. Antes me pareció que los admiraba mi curiosidad y gallardía.

De cuanto a los hombres, no se me ofrece más que decirte; pero con las damas me pasó un donoso caso, digno por cierto de los tan bobos como yo. Y fue que dos de las que allí estaban, la una dellas, natural de aquella ciudad y hermosa por todo estremo, puso los ojos en mí o, por mejor decir, en mi dinero, creyendo que los tenía quien tan bien vestido estaba. Mas por entonces no reparé en ello ni la vi, a causa que me había cebado en otra que a otro lado estaba; a la cual, como le hice algunas señas a lo niño, rióse de mí a lo taimado.

Parecióme que aquello bastaría y que ya lo tenía negociado. Fui perseverando en mi ignorancia y ella en sus astucias, hasta que saliendo de la iglesia se fue a su casa y yo en su seguimiento poco a poco. Íbale por el camino diciendo algunos disparates; tal era ella que, cual si fuera de piedra, no respondió ni hizo sentimiento, pero no por eso dejaba de cuando en cuando de volver la cabeza dándome cara, con que me abrasaba vivo.

Así llegamos a una calle, junto a la solana de San Cebrián, donde vivía, y al entrar en su casa me pareció haberme hecho una reverencia y cortesía con la cabeza, los ojos algo risueños y el rostro alegre.

Con esto la dejé y me volví a mi posada por los mismos pasos. Y a muy pocos andados, vi estar una moza reparada[23] en

---

o, más frecuentemente, decapitándolos), en la que uno de los niños, vestido llamativamente, hacía de rey. Rey de gallos fue Pablos y necesitó que sus padres le «buscasen galas»: cfr. Quevedo, *Buscón*, págs. 92-93 y n. 30, con bibliografía.

[20] *«llevar la gala:* por aventajarse en algo o ser más galán» (Correas).

[21] *hacer plaza:* «mostrar algo públicamente», pero también «descubrir las partes deshonestas» (Correas), enseñar descaradamente lo más oculto.

[22] Las *cintas* solían ser «de seda o hiladillo» (Covarrubias); las llama *del tudesco* seguramente porque «la lencería alemana fue muy apreciada, e importante el influjo de la moda tudesca» (FR, con bibliografía).

[23] *reparada:* parada.

una esquina, cubierta con el manto, que casi no se le vían los ojos, la cual me había seguido y, sacando solamente los dos deditos de la mano, me llamó con ellos y con la cabeza. Llegué a ver lo que mandaba. Hízome un largo parlamento, diciendo ser criada de cierta señora casada muy principal, a quien estaba obligado agradecer la voluntad que me tenía, tanto por esto cuanto por su calidad y buenos deudos; que gustaría le dijese dónde vivía, porque tenía cierto negocio para tratar comigo.

Ya yo no cabía de contento en el pellejo; no trocara mi buena suerte a la mejor que tuvo Alejandro Magno, pareciéndome que penaban por mí todas las damas. Así le respondí a lo grave, con agradecimientos de la merced ofrecida, que cuando se sirviese de hacérmela, sería para mí muy grande. En esta conversación poco a poco nos acercamos a mi posada; ella la reconoció, y despidiéndonos entréme a comer, que era hora.

Como yo no sabía quién fuera esta señora ni nunca me pareciese haberla visto, no me puso tanta codicia el esperarla, como la otra deseos de verla. Todo se me hacía tarde. Fuime a su calle, di más paseos y vueltas que rocín de anoria y a buen rato de la tarde salió, como a hurto, a hablarme desde una ventana. Pasamos algunas razones; últimamente me dijo que aquella noche me fuese a cenar con ella. Mandé a mi criado comprase un capón de leche[24], dos perdices, un conejo empanado, vino del Santo[25], pan el mejor que hallase, frutas y colación[26] para postre, y lo llevase.

Después de anochecido, pareciéndome hora, fui al concierto. Hízome un gran recibimiento de bueno. Ya era hora de cenar. Pedíle que mandase poner la mesa; mas ella buscando novedades y entretenimientos lo dilataba. Metióme en un labirinto, comenzándome a decir que era doncella de noble parte y que tenía un hermano travieso y mal acondicionado, el cual nunca entraba en casa más de a comer y cenar, porque lo restante, días y noches, ocupaba en jugar y pasear.

---

[24] *capón de leche:* el cebado «con salvado o harina amasada con leche» *(Autoridades).*

[25] *vino del Santo:* así se llamaba comúnmente el célebre vino de San Martín de Valdeiglesias; comp. Cervantes, *La tía fingida:* «dos docenas de tragos de vino de lo del Santo» *(Novelas ejemplares,* II, pág. 332), y cfr. Zabaleta, *El día de fiesta,* pág. 152.

[26] *colación:* confitura.

Estando en esta plática, ves aquí que llamaron con grandes golpes a la puerta.

—¡Ay Dios! —me dijo—. ¡Perdida soy!

Alborotóse mucho, con una turbación fingida de tal manera que a otro más diestro engañara con ella. Y aunque ya la señora sabía el fin y los medios como todo había de caminar, se mostró afligida de no saber qué hacerse. Y como si entonces le hubiera ocurrido aquel remedio, me mandó entrar en una tinaja sin agua, pero con alguna lama[27] de haberla tenido, y no bien limpia; estaba puesta en el portal del patio.

Hice lo que quiso, cubrióme con el tapador y, volviéndose a su estrado, entró el hermano, el cual, viendo la humareda, dijo:

—Hermana, vos tenéis algo de brava con este humo y lloverse la casa: gana tenéis que salga huyendo della[28]. ¿Qué tenemos para cenar con tanta humareda?

Entró en la cocina y, como viese nuestro aparato, salió diciendo:

—¿Qué novedad es ésta? ¿Cuál de nosotros es el que se casa esta noche? ¿De cuándo acá tenemos esto en esta casa? ¿Qué aderezo de banquete es éste o para qué convidados? ¿Esta seguridad tengo yo en vos? ¿Ésta es la honra que sustento y dais a vuestros padres y desdichado hermano? La verdad he de saber o todo ha de acabar en mal esta noche.

Ella le dio no sé qué descargos, que con el miedo y estar cubierto no pude bien oír ni entender más de que daba voces y, haciendo del enojado, la mandó asentar a la mesa; y habiendo cenado, él por su persona bajó con una vela, miró la casa y echó la aldaba en la puerta de la calle. Y entrándose los dos en unos aposentos, se quedaron dentro y yo en la tinaja[29].

A todo esto estuve muy atento y devoto, de suerte que no me quedó oración de las que sabía que no rezase, porque Dios lo cegara y no mirara donde estaba. Viéndome ya fuera de pe-

---

27 *lama:* «el cieno y lodo que hace el agua» *(Autoridades).*

28 El falso hermano recuerda un refrán: «Tres cosas echan al hombre de su casa: el *humo,* la *gotera* y mujer *brava*» (Correas). Cfr. II, iii, 3, n. 32.

29 La burla de la tinaja procede seguramente de Straparola *(Le Piacevoli Notti,* II, v, fols. 129-132 de la traducción de F. Truchado, Granada, 1585). E. Cros, *Sources,* págs. 68-77, comenta por extenso las relaciones entre ambos textos; cfr. también M. Chevalier, *«Guzmán de Alfarache* en 1605»,* pág. 141.

ligro, apartando la tapadera saqué poquito a poco la cabeza, mirando si la señora venía, si tosía o si escupía; y si el gato se meneaba o cualquier cosa, todo se me antojaba que era ella. Mas viendo que tardaba y la casa estaba muy sosegada, salí del vientre de mi tinaja, cual otro Jonás del de la ballena, no muy limpio.

Mas fue mi buena suerte que con el temor de malas cosas que suelen suceder, y más a muchachos, guardaba el buen vestido para de día, valiéndome a las noches del viejo que antes había comprado, y así no me dio cuidado ni pena. Di vueltas por la casa, lleguéme al aposento, comencé a rascar la puerta y en el suelo con el dedo, para que me oyera. Era mal sordo y no quiso oír[30].

Así se fue la noche de claro. Cuando vi que amanecía, lleno de cólera, triste, desesperado y frío, abrí la puerta de la calle y, dejándola emparejada[31], salí fuera como un loco, echando mantas y no de lana[32], haciendo cruces a las esquinas con determinación de nunca volvérselas a cruzar.

Pensando en mis desdichas, llegué al Ayuntamiento y junto a él tenían abierta la puerta de una pastelería. Hartéme de pasteles, pícaros como yo[33], por serme de mejor sabor. Con ellos pasé al estómago el coraje que me ahogaba en la garganta.

Mi posada estaba cerca. Llamé y abrióme mi criado, que me aguardaba. Desnudéme y metíme en la cama. Con el rastro del enojo no podía tener sosiego ni cuajar sueño. Ya me culpaba a mí mismo, ya a la dama, ya a mi mala fortuna. Y estando en esto, siendo de día claro, ves aquí que llaman a mi aposento. Era la moza que me había seguido el día pasado, y venía su ama con ella. Sentóse a la cabecera en una silla y la criada en el suelo, junto a la puerta.

La señora me pidió larga cuenta de mi vida, quién era y a qué venía y qué tiempo tardaría en aquella ciudad. Mas yo todo era mentira, nunca le dije verdad. Y pensándola engañar,

---

[30] Ya sabemos que «no hay peor sordo que el que no quiere oír» (Correas).

[31] *emparejada:* sin echar el cerrojo.

[32] *echar mantas:* jurar, blasfemar (cfr. II, ii, 8, n. 45).

[33] Comp. Quevedo: «al pastel llamará 'pícaro de masa'» (*La culta latiniparla,* en *Obras festivas,* pág. 143); se llamaría así a los pasteles de precio y calidad más bajos.

me cogió en la ratonera. Fuila satisfaciendo a sus palabras y perdí la cuenta en lo que más importaba, pues debiéndole decir que allí había de residir de asiento algunos meses, le dije que iba de paso.

Ella por no perder los dados y que no debía apetecer amores tan de repelón, quiso dármelo[34]. Comenzó a tender las redes en que cazarme. Así al descuido, con mucho cuidado, iba descubriendo sus galas, que eran buenas guarniciones de oro y otras cosas, que traía debajo de una saya entera de gorbarán de Italia[35]. Y sacando unos corales de la faltriquera, hizo como que jugaba con ellos y de allí a poco fingió que le faltaba un relicario que tenía engarzado en ellos.

Afligióse mucho, diciendo ser de su marido, y con esto se levantó, como que le importaba volverse luego a su casa, por si allá se hubiera quedado buscarlo con tiempo; y aunque le prometí dar otro y le dije muchas cosas y ofrecí promesas, no pude acabar[36] con ella que más esperase.

Así se fue, dándome la palabra de venir otra vez a visitarme y enviar su criada, en llegando a casa, para darme aviso si había parecido la joya. Yo quedé tristísimo que así se hubiera ido, por ser, como dije, en estremo hermosa, bizarra y discreta. Yo tenía gana de dormir, dejéme llevar del sueño; mas no pude continuarlo dos horas. Como ya tenía cuidados, levantéme a solicitarlos. En cuanto me vestí, se hizo hora de comer y, estando a la mesa, entró la criada. La cual, como diestra, me entretuvo hasta que hubiera comido y díjome que volvía si por ventura jugando su ama con el rosario, se le hubiese allí caído la pieza. Todos la buscamos, mas no pareció, porque no faltaba.

Encarecióme que no sentía tanto su valor como el ser cuya era. Figuróme el tamaño y la hechura, obligándome con buenas palabras a que le comprase otra de mi dinero, prometién-

---

[34] El zeugma contiene un juego de palabras entre las expresiones *de repelón* ('de improviso', 'fugaces') y *dar un repelón,* que aquí vale 'quitar algo', 'arrancar el *pelo'* (esto es, el dinero: cfr. I, ii, 5, n. 73).

[35] *gorbarán:* quizá se trata de *gorgorán,* «tela de seda con cordoncillo» *(Autoridades).* Cfr. Castillo Solórzano, *Las harpías en Madrid,* pág. 101.

[36] *acabar con ella:* 'conseguir de ella', 'convencerla'; cfr. Cervantes, *Don Quijote,* II, pág. 214.

dome que el día siguiente al amanecer sería comigo su señora, porque saldría en achaque de ir a cierta romería. Así me fui con ella a los plateros y le compré un librito de oro muy galano, el que la moza escogió y ya el ama le habría echado el ojo. Con él se quedaron, que nunca supe más de ama ni moza.

Ya eran las tres de la tarde, y el pan en el cuerpo no se me cocía[37], deseando saber la ocasión de la noche pasada y si había sido burla; y olvidado de la injuria, volví a mi paseo. Estaba la señora el rostro como triste y que me esperaba. Llamóme con la mano, poniendo un dedo en la boca y volviendo atrás la cara, como si hubiera alguien a quien temer, y, llegándose a la puerta, dijo que me adelantase hacia la Iglesia Mayor.

Hícelo así. Ella tomó su manto y llegamos entrambos casi a un tiempo. Atravesó por entre los dos coros y salió a la calle de la Chapinería, guiñándome de ojo que la siguiera. Fuime tras ella. Entróse en la tienda de un mercader en el Alcaná[38], y yo con ella. Diome allí satisfaciones, haciendo mil juramentos, no haber tenido culpa ni haber sido en su mano lo pasado; hinchóme la cabeza de viento, creíle sus mentiras bien compuestas; prometióme que aquella noche lo emendaría y, aunque aventurase a perder la vida, la arriscaría por mi contento. Rindióme tanto, que pudieran amasarme como cera.

Compró algunas cosas que montaron como ciento y cincuenta reales, y al tiempo de la paga dijo al mercader:

—¿Cuánto tengo de dar desta deuda cada semana?

Él respondió:

—Señora, no las doy por ese precio ni vendo fiado; si Vuesa Merced trae dineros, llevará lo que ha comprado, y si no, perdone.

Yo le dije:

—Señor, esta señora se burla, que dineros tiene con que pagarlo: yo tengo su bolsa y soy su mayordomo.

Así, sacando de la faltriquera unos escudos por hacer grandeza con ellos, también saqué mi barba de vergüenza[39] y a la dama de deuda.

---

[37] *el pan ... no se me cocía*: 'me impacientaba' (cfr. la n. 17 de I, ii, 6).

[38] *Alcaná*: la calle mercantil por excelencia de Toledo. Cfr. *Don Quijote*, I, págs. 279-281.

[39] *«sacar la barba de vergüenza*: cumplir con largueza las cosas» (Correas).

Al punto se me representó haber sido estratagema para pagarse adelantado y no quedarse burlada, como acontece con algunos; y no me pesó de lo hecho, pareciéndome que con mi buen proceder la tenía obligada y no diera mis dos empleos[40] de aquel día en las dos damas por México y el Perú. Así le pregunté si su promesa sería cierta y a qué hora. Asegurómela sin duda para las diez de la noche.

Ella se fue a su casa y yo a entretener el día, pareciéndome tener los dos lances en el puño. A la hora del concierto me puse mi vestidillo y volví a la atahona[41]. Hice la seña concertada, que fue dar unos golpes con una piedra por bajo de su ventana, mas fue como darlos en la Puente de Alcántara.

Parecióme quizá no sería hora o no podía más. Esperé otro poco y así me estuve hasta las doce de la noche, haciendo señas a tiempos; mas hablad con San Juan de los Reyes, que es de piedra[42]. Era cansar en vano y burlería[43], que el que decía ser su hermano era su galán, y se sustentaban con aquellos embelecos, estando de concierto los dos para cuanto hacían.

Eran cordobeses[44], bien tratadas las personas y, entre los más tordos nuevos que habían cazado, era un mancebico escribanito, recién casado, que, picado[45] de la señora, le había dado ciertas joyuelas y, como a mí, lo llevaba en largas, haciéndolo esperar, pechar y despechar. Mas, cuando él conoció ser bellaquería, determinó vengarse.

Aquella noche yo estaba ya cansado de aguardar, como lo has oído, y cuando me quería ir, ves aquí veo venir gran tropel de gente. Adelantéme, pareciéndome justicia, y sentí que llamaron a la misma puerta. Volví acercándome un poco, por

---

[40] «*empleo*: en su sentido, frecuente en la época, de 'devaneo amoroso, entrega de afecto'» (FR, con ejemplos).

[41] *volví a la atahona*: cfr. I, ii, 6, n. 33.

[42] *hablad... piedra*: «díjose hablando en competencia del de otro lugar, que es de madera y no tan gentil» (Correas).

[43] Sobre el término *burlería* y sus significaciones ('engaño, cuentecillo, apariencia...') cfr. M. Joly, *La bourle*, pág. 83.

[44] «Los *cordobeses* tenían fama de agudos y poco sinceros» (FR, con ejemplos paremiológicos y literarios; BB recuerda oportunamente la frase *«usar cordobesías: por usar malas tretas y falsías»*, en Correas). Cfr. I, iii, 1, n. 15, y *vid.* E. Durán Martín, «Los cordobeses en el *Guzmán de Alfarache*».

[45] *picado*: enamorado, prendado.

ver qué buscaba la turbamulta, y un corchete, diciendo quien
eran, hizo que abriesen. Cuando entraron, me llegué a la puerta, por mejor entender lo que pasaba. El alguacil miró toda la
casa y no halló cosa de lo que buscaba. Yo que quisiera decir:
«Miren las tinajas» y echar a huir; mas a la mi fe que ya el escribanito sabía si estaban empegadas[46], que cuidado tuvo en
hacerlas mirar; y como estas cosas no pueden tanto encubrirse
que si se repara en ellas no se conozcan fácilmente, no faltó
quien vio en el suelo un puño postizo, que al tiempo de esconder la ropa del hermano se quedó allí. Y como se hacía el oficio entre amigos, dijo un corchete:

—Aun este puño dueño tiene.

La dama lo quiso encubrir; pero entretanto volvieron a dar
vuelta con más cuidado. Y pareciéndole al alguacil que en un
cofre grande que allí estaba pudiera caber un hombre, lo hizo
abrir, donde hallaron al galán. Vistiéronse los dos y de conformidad los llevaron a la cárcel.

Yo quedé tan contento cuanto corrido: contento de que no
me hubiesen hallado dentro y corrido de las burlas que me habían hecho. Todo lo restante de la noche no pude reposar,
pensando en ello y en la otra señora que aguardaba, creyendo
esquitarme con ella. Figurábala entre mí mujer de otra calidad
y término. Todo aquel día la esperé, pero ni aun siquiera un
recaudo me envió ni supe dónde vivía ni quién era. Ves aquí
mis dos buenos empleos y si me hubiera sido mejor comprar
cincuenta borregos.

Estaba desesperado y, para consuelo de mis trabajos, a la
noche, cuando fui a la posada, hallé un alguacil forastero preguntando por no sé qué persona. Ya ves lo que pude sentir.
Díjele a mi criado que me esperase hasta la mañana. Salí por la
puerta del Cambrón[47], donde pensando y paseando pasé casi
hasta el día, haciendo mis discursos, qué podía querer o buscar
aquel alguacil; mas como amaneciese, parecióme hora segura

---

[46] *empegadas:* untadas con pez.
[47] «En Toledo hay una puerta que llaman *del Cambrón,* o se dijo por ser la entrada por aquella puerta agria y dificultosa; y de algunos años acá le han dado
nombre de la puerta de Santa Leocadia» (Covarrubias). Sobre ella hicieron chistes Góngora y Quevedo (FR).

para ir a casa y mudar de vestido y posada. Aseguré mi congoja, porque no era yo a quien buscaba, según me dijeron.

Salí a la plaza de Zocodover. Pregonaban dos mulas para Almagro. Más tardé en oírlo que en concertarme y salir de Toledo. Porque allí todo me parecía tener olor de esparto y suela de zapato[48]. Aquella noche tuve en Orgaz, y en Malagón la siguiente. Pero con el sobresalto, de que las noches antes no había podido reposar, llegué tan dormido que a pedazos me caía, como dicen; mas despertóme otro nuevo cuidado, y fue que, entrando en la posada, se llegó a tomar la ropa una mozuela, más que criada y menos que hija, de bonico talle, graciosa y decidora, cual para el crédito de tales casas las buscan los dueños dellas.

Habléla y respondió bien. Fuimos adelantando la conversación de suerte que concertó conmigo de hablarme cuando sus amos durmiesen. Puso la mesa; dile una pechuga de un capón; brindéla y hizo la razón[49]; quise asirla de un brazo, desvióse. Yo por llegarla y ella por huir, caí de lado en el suelo. Era la silla de costillas[50]. Cogióme en medio, de que recebí un mal golpe, y sucediera peor porque se me cayó la daga desnuda de la cinta y, dando con el pomo en el suelo, quedó arriba la punta y se hincó por un brazo de la silla, que fue milagro no matarme, y concluyendo comigo dejara pagados mis acreedores.

Volvíle a preguntar si esperaría. Díjome que si falta hubiese yo lo vería, y otras algunas chocarrerías con que se despidió de mí. Las noches antes ya te dije lo mal que se pasaron. Tal estaba, que fue imposible resistirme; pero tuve deseo de madrugar, aunque nunca durmiera. Y así, mandé a mis criados tomasen paja y cebada para el pienso de la mañana y lo metiesen en mi

---

[48] Quiere decir, tras las alusiones burlescas tradicionales, que allí todo 'olía a judío', esto es, que había muchos en la ciudad, pues el de zapatero era oficio frecuentemente desempeñado por conversos. El primer olor alude a la soga del ahorcado, como en la frase «oler la garganta a esparto».

[49] *hacer la razón:* corresponder a un brindis.

[50] *silla de costillas:* sin respaldo, con palillos laterales «a modo de costillas» (Covarrubias). Cfr. C. Pérez de Herrera, *Enigmas,* 243: «es segunda de la silla, si bien la otra es de respaldar». Recordó la escena Salas Barbadillo, *La hija de Celestina,* pág. 144: «Acompañóla hasta su posada, y ella hízole entrar; rogóle favoreciese una silla y al obedecella él y sentarse, cayósele la daga de la vaina, y si no acudiera al remedio con prontitud estuvo cerca de clavarse en ella.»

aposento. Lo cual hecho y habiéndolo puesto junto a la puerta, me la dejaron emparejada y se fueron a dormir.

Aunque me ejecutaba el sueño, la codicia me desvelaba y, no valiendo mi resistencia, me puse en manos del ejecutor, durmiendo —como dicen— a media rienda[51]. Ves aquí después de la media noche se soltó una borrica de la caballeriza, o bien si era del huésped y andaba en fiado[52] por la casa. Ella se llegó a mi aposento y, habiendo olido la cebada, metió bonico[53] la cabeza por alcanzar algún bocado, y en llegando al harnero[54], menéolo, y procurando entrar sonó la puerta. Yo, que estaba cuidadoso, poco bastaba para recordarme. Ya pensé que tenía los toros en el coso. Estaba todavía soñoliento: parecióme que no acertaba con la cama. Púseme sentado en ella y lláméla.

Como la borrica me sintió, temió y estúvose queda, salvo que metió una mano en el esportón de la paja. Yo, creyendo que fuese la señora y que tropezaba en él, salté de la cama diciendo:

—¡Entra, mi vida, daca la mano!

Alargué todo el cuerpo para que me la diese. Toquéle con la rodilla en el hocico; alzó la cabeza, dándome con ella en los míos una gran cabezada y fuese huyendo, que si allí se quedara no fuera mucho con el dolor meterle una daga en las entrañas. Salióme mucha sangre de la boca y narices y, dando al diablo al amor y sus enredos, conocí que todo me estaba bien empleado, pues como simple rapaz era fácil en creer. Atranqué mi puerta y volvíme a la cama[55].

---

[51] Comp. *supra*, I, ii, 6, *ca.* n. 20: «me dejé ir a media rienda por el sueño adelante».

[52] *en fiado:* con permiso, con el consentimiento del dueño.

[53] *bonico:* despacio y cuidadosamente.

[54] *harnero:* criba, cedazo.

[55] Mateo Luján (ii, 5) repite la escena, pero con un carnero; también la recordó Quevedo en su *Buscón*, III, v (cfr. F. Lázaro Carreter, «Originalidad del *Buscón*», en *Estilo Barroco y personalidad creadora*, Madrid, 1974², pág. 87). Sobre el tipo y burlas de la moza de venta, cfr. M. Joly, *La bourle*, págs. 409-446.

CAPÍTULO IX

Como si el amor no fuese deseo de inmortalidad causado en un ánimo ocioso, sin principio de razón, sin sujeción a ley, que se toma por voluntad, sin poderse dejar con ella, fácil de entrar al corazón y dificultoso de salir dél, así juré de no seguir su compañía[1].

Estaba dormido, no supe lo que dije. Tal era mi sueño entonces, que con todo mi dolor no había bien recordado. Con esto no pude madrugar; quedéme en la cama hasta las nueve del día. Entró a estas horas la muy tal y cual a darme satisfaciones de mesón: que sus amos la encerraron. Aunque bien creí que lo hizo de bellaca y mentía, y así la dije:

—Vuestros amores, hermana Lucía, mal enojado me hane[2], comenzaron por silla y acabaron en albarda. No me la volveréis a echar otra vez[3]; aderezadnos de almorzar, que me quiero ir.

---

[1] Comp. Juan de Aranda, *Lugares comunes,* fol. 54: «El amor es un olvido de la razón, muy cercano a locura»; «un afecto de un ánimo ocioso»; «un deseo de inmortalidad»; «por nuestra voluntad se toma, pero no se deja» (palabras e ideas de Aristóteles, Platón, San Jerónimo, Plutarco, Séneca, Ovidio...). Cfr. II, iii, 5, y el *San Antonio de Padua,* I, viii, fol. 31r.

[2] Recuerda el romance de las quejas de doña Lambra: «Los hijos de doña Sancha / mal amenazado me hane.»

[3] *albarda* se decía también, por sinécdoque, del asno, y era la clave de muchas frases proverbiales aplicadas a los tontos.

Asaron dos perdices y un torrezno, que sirvió de almuerzo y comida, por ser tarde y la jornada corta. Ya me quería partir, las mulas estaban a punto; era la mía mohína de condición y de mal proceder. Quise subir en un poyo para de allí ponerme en ella, y al pasar por detrás creo que me debía de querer decir que no lo hiciese o que me quitase de allí, y como no supo hablar mi lengua para que la entendiese, alzando las piernas y dándome dos coces, me arrojó buen rato de sí. No me hizo mal, porque me alcanzó de cerca y con los corvejones:

—Aun esto más me estaba guardado —dije algo levantada la voz—: no hay hembra que en esta posada no tenga cobrado resabio, aun hasta la mula[4].

Subí en ella, y por el camino, visto las desgracias que había tenido, les fui contando a mis criados lo de la burra. Riéronse mucho dello y más de mi mozo entendimiento en fiar de moza de venta, que no tienen más del primer tiempo[5]. Teníamos andadas dos largas leguas y el mozo de a pie quiso beber. Daca la bota, toma la bota; la bota no parece, que nos la dejamos olvidada.

—¡Aun si por el retozo —dijo el mozo— hizo la señora presa en ella, porque no la trajésemos algo de balde!

Mi paje respondió:

—Antes me parece que nos la hurtaron por sacar adelante la fama deste pueblo.

Entonces tuve deseo de saber qué origen tuvo aquella mala voz. Y como los que andan siempre trajinando de una en otra parte y oyen tratar de semejantes cosas a varias personas, me pareció que podía preguntárselo a mi hombre de a pie y le dije:

—Hermano Andrés, pues fuistes estudiante y carretero y ahora mozo de mulas, ¿no me diréis, si habéis oído, de dónde se le quedó a este pueblo la opinión que tiene y por qué se dijo:

---

[4] Era tradicional relacionar a la *moza de venta* con las caballerías; cfr. M. Joly, *La bourle*, págs. 420-421.

[5] *no tienen más del primer tiempo*: 'no han madurado, no están en sazón'. Piénsese que se decía «El higo en la higuera, la fruta en la plaza, la moza en el mesón, tres cosas son que maduran sin sazón», o «Figa verdal y moza de hostal, palpándose madura» (Correas): cfr. M. Joly, *La bourle*, págs. 410-412, y *La pícara Justina*, II, i, 3, pág. 389.

«En Malagón en cada casa hay un ladrón, y en la del alcalde hijo y padre»?[6].

El mozo respondió diciendo:

—Señor, Vuestra Merced me pregunta una cosa que muchas veces me han dicho de muchas maneras, y cada uno de la suya; pero, si he de referirlas, es el camino corto y el cuento largo y grande la gana de beber, que no puedo con la sed formar palabra. Mas vaya como pudiere y supiere, dejando aparte lo que no tiene color ni sombra de verdad, y conformándome con la opinión de algunos a quien lo oí; de cuyo parecer fío el mío por ser más llegado a la razón. Que en lo que no la tenemos natural ni por tradición de escritos, cuando tiene sepultadas las cosas el tiempo, el buen juicio es la ley con quien habemos de conformarnos. Y así, esto tiene origen, que corre de muy lejos, en esta manera: «En el año del Señor de mil y docientos y treinta y seis, reinando en Castilla y León el rey don Fernando el Santo, que ganó a Sevilla, el segundo año después de fallecido el rey don Alonso de León, su padre, un día estaba comiendo en Benavente y tuvo nueva que los cristianos habían entrado la ciudad de Córdoba y estaban apoderados de las torres y castillos del arrabal que llaman Ajarquía, con aquella puerta y muro y que, por ser los moros muchos y los cristianos pocos, estaban muy necesitados de socorro. Este mismo despacho habían enviado a don Alvar Pérez de Castro, que estaba en Martos, y a don Ordoño Álvarez, caballeros principales de Castilla, de mucho poder y fuerzas, y otras muchas personas, que les diesen su favor y ayuda. Cada uno de los que lo supieron acudió al momento, y el rey se puso luego en el camino sin dilatarlo, no obstante que le dieron la nueva en veintiocho de enero y el tiempo era muy trabajoso de nieves y fríos. Nada se lo impidió, que partió al socorro, dejando dada orden que sus vasallos partiesen en su seguimiento, porque no llegaban a

---

[6] Según Correas, «esto nace de matraca que dan los otros lugares a los de Malagón, y ayudólos el consonante, no de una historia que finge el pícaro Alfarache. La mesma dan a los de Alagón y Magallón, villas en Aragón, y a los semejantes acabados en *-ón:* Serrejón, Torrejón...». Por ello, el cuento explicativo del *Guzmán* «no parece de origen tradicional» (M. Chevalier, *«Guzmán de Alfarache* en 1605»*, pág. 140, n. 8); cfr. también M. Joly, «Aspectos del refrán», página 102.

cien caballeros los que con él salieron. Lo mismo envió a mandar a todas las ciudades, villas y lugares, enviasen su gente a esta frontera donde él iba. Cargaron mucho las aguas, crecieron arroyos y ríos, que no dejaban pasar la gente[7]. Juntáronse en Malagón cantidad de soldados de diferentes partes, tantos, que con ser entonces lugar muy poblado y de los mejores de su comarca, para cada casa hubo un soldado y en algunas a dos y tres. El alcalde hospedó al capitán de una compañía y a un hijo suyo que traía por alférez della. Los mantenimientos faltaban, el camino se trajinaba mal, padecíase necesidad y cada uno buscaba su vida robando a quien hallaba qué. Un labrador gracioso del propio lugar salió de allí camino de Toledo, y encontrándose en Orgaz con una escuadra de caballeros, le preguntaron de dónde era. Respondió que de Malagón. Volviéronle a decir: "¿Qué hay por allá de nuevo?" Y dijo: "Señores, lo que hay de nuevo en Malagón es en cada casa un ladrón, y en la del alcalde quedan hijo y padre." Este fue el origen verdadero de la falsa fama que le ponen, por no saber el fundamento della. Y es injuria notoria en nuestro tiempo, porque en todo este camino dudo se haga otro mejor hospedaje ni de gente más comedida, cada una en su trato. También podré decir que habemos visto en él hurtos calificados de mucha importancia.»

En esto íbamos tratando por alivio del camino, cuando de un caminante supe que en Almagro estaba una compañía de soldados. Certificóme dello y alegréme grandemente, que sólo eso buscaba para salir de congoja. En llegando a la villa, luego a la entrada della, vi en la calle Real en una ventana una bandera. Pasé adelante y fuime a posar a uno de los mesones de la plaza, donde cené temprano, yéndome luego a dormir para restaurar algo de tantas malas noches pasadas. El mesonero y huéspedes, viéndome llegar bien aderezado y servido, preguntaban a mis criados quién fuese, y como no sabían otra cosa más de lo que me habían oído, respondían que me llamaba don Juan de Guzmán, hijo de un caballero principal de la casa de Toral[8].

---

[7] La fuente de la cuidadosa ambientación histórica de este pasaje es la *Primera Crónica General* (JSF); cfr. la edición de don Ramón Menéndez Pidal, páginas 729-731.

[8] *casa de Toral:* «una de las dos ramas principales de los Guzmán» (FR).

A la mañana temprano mi paje me dio de vestir; compuse
mis galas y, oída una misa, fui a visitar al capitán, diciéndole
cómo venía en su busca para servirle. Recibióme con mucha
cortesía, el rostro alegre, y lo merecía muy bien el mío, el vestido y dineros que llevaba, que serían pocos más de mil reales,
porque los otros habían tomado vuelo y hicieron el del cuervo[9] en vestidos, amores y camino.

Asentóme en su escuadra y a su mesa, tratándome siempre
con mucha crianza. Y en remuneración dello lo comencé a regalar y servir, echando de la mano[10] como un príncipe, cual si
tuviera para cada martes orejas[11] o si como en cada lugar había
de hallar otro especiero, otro río y otro bosque adonde poder
ensotarme tan sin miedo. Con tanta prodigalidad lo despedía[12]
y arrojaba en dos a siete y en tres a once[13], visitaba tan a menudo las tablas[14] de la bandera, que ya, ganando pocas veces y
perdiendo muchas, me adelgazaba.

Con esto me entretuve hasta que comenzamos a marchar,
que para socorrer[15] la compañía nos metieron en la iglesia. De
allí fuimos uno a uno saliendo, y cuando a mí me llamaron y el
pagador me vio, parecíle muy mozo; no se atrevió a pasar mi
plaza, conforme a la instrucción que llevaba. Encolericéme en
gran manera; tanto me encendí, que casi me descompuse a
querer decir algunas libertades de que después me pesara, pues
con ello quedaba obligado a más de lo que era lícito.

---

[9] Pues se fueron y no volvieron, como el cuervo de Noé *(Génesis*, 8, 6-7).

[10] *echando de la mano:* gastando pródigamente, derrochando.

[11] Está claro el sentido de la frase *(no hay para cada martes oreja* u *orejas* se decía para dar «a entender que no es fácil salir de los riesgos cuando frecuentemente se repiten o buscan» [*Autoridades*]), pero no su origen. Sea «por alusión al
castigo que antiguamente había en España, cortando los martes una oreja a los
malhechores» *(ibíd.,* y cfr. I, ii, 7, n. 31), sea pensando que «en cada lugar se dirá
el día de su mercado» (Correas), lo cierto es que ambas posibilidades se fundie-
ron en una facecia de la *Floresta española,* IV, vi.

[12] La príncipe trae *despendía,* pero la lectura común de las posteriores ediciones revisadas por Alemán no es necesariamente una errata: *despedir* es también
'esparcir', y está en relación semántica con *echar* y *arrojar.*

[13] Creo que en última instancia quiere decir 'apostaba temerariamente'. En
cuanto a las cifras, el *once* —al menos— era un juego de naipes.

[14] *tablas:* las mesas donde jugaba la *bandera* (la 'tropa').

[15] *socorrer:* repartir el *socorro* (paga o anticipo) entre los soldados.

¡Oh, lo que hacen los buenos vestidos! Yo me conocí un tiempo que me mataban a coces y pescozones y dellos traía tuerta la cabeza: callaba y sufría; y ahora estimé por el cielo lo que no pesaba una paja, encendiéndome en cólera rabiosa. Entonces experimenté cómo no embriaga tanto el vino al hombre cuanto el primero movimiento de la ira, pues ciega el entendimiento sin dejarle luz de razón. Y si aquel calor no se pasase presto, no sé cuál ferocidad o brutalidad pudiera parangonizarse con la nuestra. Pasóseme aquel incendio súbito[16], y, reportado un poco, le dije:

—Señor pagador, la edad poca es; pero el ánimo mucho: el corazón manda y sabrá regir el brazo la espada, que sangre hay en él para suplir cosas muy graves.

Él me respondió con mucha cordura:

—Es así, señor soldado, y lo tal creo con más veras de lo que se me puede decir; mas la orden que traigo es ésta, y en excediendo della lo pagaré de mi bolsa.

No tuve qué responder a sus buenas palabras, aunque las colores que me sacó el enojo al rostro no se me pudieron quitar tan presto.

Al capitán pesó mucho deste agravio: recibiólo como proprio. En quitarle mi plaza creyó que luego dejara su compañía, y vuelto contra el pagador se alargó con él de manera que, a no ser tan compuesto en sufrir, se levantara entonces algún grande alboroto. Sosegóse la pendencia, y el socorro hecho, el capitán vino a visitarme a la posada diciéndome con término bizarro lo que sentía mi pesadumbre, y con palabras y promesas honrosas me dejó contento a toda satisfacción.

Tal fuerza tiene la elocuencia que, como los caballos dejan gobernarse de los buenos frenos, así a las iras de los hombres, las razones comedidas son poderosas trocar las voluntades, mudando los ánimos ya determinados, reduciéndolos fácil-

---

[16] Además del recuerdo implícito de la difundida definición de la ira como *furor brevis* (Horacio, *Epístolas,* I, ii, 62, y cfr., por ejemplo, Juan Rufo, *Las seiscientas apotegmas, ap.* 46), repite Alemán varias ideas comunes sobre tal pecado. Comp. Antonio de Guevara, *Epístolas familiares,* I, xxi; Jerónimo de Mondragón, *Censura de la locura humana,* cap. xii, M. Luján, *Segunda parte,* iii, 6, págs. 414b y 416a, y cfr. Juan de Aranda, *Lugares comunes,* fols. 12v-13v, o Plutarco, *Morales,* fols. 167r-174v.

mente. Aunque yo estuviera resuelto en dejarlo, su oración me persuadiera en quedarme.

Estuvimos en la conversación buen rato. Y, si va a decir verdades, murmuramos de la corta mano de los hombres valerosos y cuán abatida estaba la milicia, qué poco se remuneraban servicios, qué poca verdad informaban dellos algunos ministros, por sus proprios intereses, cómo se yerran las cosas porque no se camina derechamente al buen fin dellas, antes al provecho particular que a cada uno se le sigue. Y porque aquel sabe que el otro, aunque con buen celo, gobierna y guía, lo tuerce y desbarata, metiendo de traviesa sus enredos, por alcanzar a ser el solo dueño; y por el mismo caso buscará mil rodeos y arcaduces[17] y, aliándose con sus enemigos, lo es de sus amigos, porque venga a parar a su puerta la danza, puestos los ojos a su mejor fortuna. Quiere ser semejante al Altísimo y poner su silla en Aquilón y que otro no la tenga[18]. Llevan los tales la voz en el servicio de su rey, pero las obras enderezadas para sí: como el trabajador que levanta los brazos al cielo y da con el golpe del azadón en el suelo. Ordenan guerras, rompen paces, faltando a sus obligaciones, destruyendo la república, robando las haciendas y al fin infernando las almas. ¡Cuántas cosas se han errado, cuántas fuerzas[19] perdido, cuántos ejércitos desbaratado, de que culpan al que no lo merece y sólo se causa porque lo quieren ellos! Que aquel mal ha de ser su bien, y si sucediera bien resultara mal para ellos. Así va todo y así se pone de lodo[20].

—¿Quiere Vuesa Merced ver a lo que llega nuestra mala ventura, que siendo las galas, las plumas, las colores lo que alienta y pone fuerzas a un soldado para que con ánimo furioso acometa cualesquier dificultades y empresas valerosas, en viéndonos con ellas somos ultrajados en España y les parece que debemos andar como solicitadores o hechos estudiantes

---

[17] *arcaduz:* metafóricamente, «el medio por donde se consigue o se entabla algún negocio o pretensión» *(Autoridades).*

[18] Recuerda a Isaías, 14, 12-14.

[19] *fuerzas:* fortalezas.

[20] *poner de lodo* o *del lodo:* echar a perder, estropear, dañar (cfr. II, i, 2, n. 27, y J. E. Gillet, *Propalladia,* III, pág. 250).

capigorristas enlutados y con gualdrapas[21], envueltos en trapos negros?[22]. Ya estamos muy abatidos, porque los que nos han de honrar nos desfavorecen. El solo nombre de español, que otro tiempo peleaba y con la reputación temblaba dél todo el mundo, ya por nuestros pecados la tenemos casi perdida. Estamos tan falidos[23], que aun con las fuerzas no bastamos; pues los que fuimos somos y seremos. Dé Dios conocimiento destas cosas y emiende a quien las causa, yendo contra su rey, contra su ley, contra su patria y contra sí mesmos. Ahora, señor don Juan, el tiempo le doy por testigo de mi verdad y de los daños que causa la codicia en la privanza. Della nace el odio, del odio la invidia, de la invidia disensión, de la disensión mala orden. Infiera de allí adelante lo que podrá resultar. Vuesa Merced no se aflija, que ya marchamos. En Italia es otro mundo y le doy mi palabra de le hacer dar una bandera. Que, aunque es menos de lo que merece, será principio para poder ser acrecentado.

Agradecíselo mucho; despedímonos. Él quisiera irse solo; yo porfiaba en acompañarlo a su posada. No me lo consintió. Luego otro día comenzó a marchar la compañía sin parar hasta que nos acercamos a la costa —y el señor capitán a la mía, gastando largo. Estuvimos esperando que viniesen las galeras. Tardaron casi tres meses, en los cuales y en lo pasado la bolsa rendía y la renta faltaba. La continuación del juego también me dio priesa y así me descompuse, no todo en un día, sino de todo en los pasados. Yo quedé cual digan dueñas[24], pues vine a volverme al puesto con la caña[25].

---

[21] *capigorristas:* los estudiantes pobres, vestidos con capa y gorra (mientras los ricos, de quienes solían ser criados, vestían manteo y bonete); *gualdrapa:* «por extensión se llama el calandrajo que cuelga de la ropa u otra cosa, desaliñado, sucio o mal compuesto» *(Autoridades).*

[22] La indumentaria de los soldados (tema, por ejemplo, del apotegma 637 de Juan Rufo, *Las seiscientas,* pág. 222, oportunamente citado por FR) era uno de los muchos aspectos que se hacían oír en la preocupación por el «abatimiento de la milicia». Próxima a estos dos párrafos de Alemán está la voluntad reformista de su amigo Cristóbal Pérez de Herrera, *Amparo de pobres,* ix, páginas 267-301.

[23] *falidos:* 'quebrantados, desamparados, desacreditados', con la ortografía habitual en la época: cfr. Quevedo, *La hora de todos,* pág. 93, o Gonzalo de Céspedes y Meneses, *Varia fortuna del soldado Píndaro,* I, pág. 6.

[24] *cual digan dueñas* era una fórmula para ponderar una situación desastrosa («se explica que uno quedó mal», dice *Autoridades),* o el desamparo y maltrato

¡Cuánto sentí entonces mis locuras! ¡Cuánto reñí a mí mismo! ¡Qué de emiendas propuse, cuando blanca para gastar no tuve! ¡Cuántas trazas daba de conservarme, cuando no sabía en cuál árbol arrimarme! ¿Quién me enamoró sin discreción? ¿Quién me puso galán sin moderación? ¿Quién me enseñó a gastar sin prudencia? ¿De qué sirvió ser largo en el juego, franco en el alojamiento, pródigo con mi capitán? ¡Cuánto se halla trasero quien ensilla muy delantero! ¡Cuánta torpeza es seguir los deleites!

De seso salía en ver mis disparates, que habiéndome puesto en buen predicamento, no supe conservarme. Ya por mis mocedades ni era tenido ni estimado. Los amigos que con la prosperidad tuve, la mesa franca del capitán y alférez, la escuadra en que me deseaban alistar, parece que el solano entró por ello y lo abrasó, pasó como saeta, corrió como rayo en abrir y cerrar el ojo. Como iba faltando el dinero de que disponer, me comenzaron a descomponer poco a poco, pieza por pieza: quedé degradado. Fue el obispillo de San Nicolás[26], respetado el día del santo, y yo hasta no tener moneda.

Los que comigo se honraban, los que me visitaban, los que me entretenían, los que acudían a mis fiestas y banquetes, apurada la bolsa, me dieron de mano, ninguno me trataba, nadie me conversaba. Yo no sólo esto, mas ni me permitían los acompañase. Hedió el oloroso, fue mohíno el alegre, deshonró el honrador, sólo por quedar pobre. Y como si fuera delito, me entregaron al brazo seglar[27]: mi trato, mi conversación era ya con mochileros. Y en eso vine parar. Y es justa justicia que quien tal hace, que así lo pague.

---

sufrido por alguien o algo (cfr. «púsole cual digan dueñas», entre los refranes y las frases de Correas). Comp. II, i, 6, n. 8, y Cervantes, *Don Quijote*, IV, página 180.

[25] *volverse al puesto con la caña:* volver al punto de partida después de un fracaso, como cuando en el juego de cañas —origen de la expresión— el participante se reintegraba a su cuadrilla tras errar el tiro (cfr. I, i, 8, n. 40).

[26] El *obispillo de San Nicolás* era un niño que, ataviado de obispo, tenía entre otros privilegios el de asistir a la misa mayor el día del Santo (FR, con bibliografía, entre la que destaca *El carnaval* de J. Caro Baroja, págs. 297-306).

[27] *«Entregar a uno al brazo seglar* es ponerle en poder de quien lo ha de acabar y destruir» (Covarrubias); como los pobres libros de don Quijote que el cura quería entregar «al brazo seglar del Ama» (I, vi: I, págs. 213 y 219).

CAPÍTULO X

Qué agro[1] se me hizo de comenzar, qué pesado de pasar, qué triste de padecer nueva desventura. Mas ya sabía de aquel menester y en él había traído los atabales a cuestas[2]. Presto me hice al trabajo, que es gran bien saber de todo, no fiando de bienes caducos, que cargan y vacían como las azacayas[3]: tan presto como suben bajan.

Con una cosa quedé consolado, que en el tiempo de mi prosperidad gané crédito para en la adversidad. Y no lo tuve por pequeña riqueza, habiendo de quedar pobre, dejar estampado en todos que era noble, por las obras que de mí conocieron. Mi capitán me estimó en algo, reconocido de las buenas que le hice, quiso y no pudo remediarme, porque aun a sí mismo no podía. Conservóme a lo menos en aquel buen punto que de mí conoció luego que me trató, teniendo respeto a quienes debían de ser mis padres.

Necesitéme[4] a desnudarme, poniendo altiveces a una parte.

---

[1] *agro:* agrio.

[2] *haber traído los atabales* «es tener experiencia y estar curtido en malaventura. Tomóse la metáfora de las mulas en que van los atabaleros tañendo los atabales en las entradas de juegos de cañas y grados de doctores y otros paseos; las cuales, por viejas y usadas, no se espantan con éstos ni otros ruidos» (Correas, que ilustra la frase con un cuentecillo). Cfr. Torquemada, *Coloquios satíricos,* página 491b.

[3] *azacaya:* azuda, noria para sacar agua. Comp. II, iii, 1, *ca.* n. 14: «Era como la rueda de la zacaya: siempre henchía y luego vaciaba.»

[4] *necesitéme:* 'me vi obligado', 'me vi en la necesidad'.

Volví a vestirme la humildad que con las galas olvidé y con el dinero menosprecié, considerando que no me asentaban bien vanidad y necesidad. Que el poderoso se hinche, tiene de qué y con qué; mas que el necesitado se desvanezca, es camaleón, cuanto traga es aire sin sustancia[5]. Y así, aunque es aborrecible el rico vano, tanto es insufrible y escandaloso el pobre soberbio[6].

Vi que no la podía sustentar. Di en servir al capitán mi señor, de quien poco antes había sido compañero. Hícelo con el cuidado que al cocinero. Mandábame con encogimiento, considerando quien era y que mis excesos, la niñez y mal gobierno de mocedad me habían desbaratado hasta ponerme a servirle, y estaba seguro de mí no haría cosa que desdijese de persona noble por ningún interese. Teníame por fiel y por callado, tanto como sufrido; hízome tesorero de su secreto, lo cual siempre le agradecí.

Manifestóme su necesidad y lo que pretendiendo había gastado, el prolijo tiempo y excesivo trabajo con que lo había alcanzado rogando, pechando, adulando, sirviendo, acompañando, haciendo reverencias prostrada la cabeza por el suelo, el sombrero en la mano, el paso ligero, cursando[7] los patios tardes y mañanas. Contóme que, saliendo de Palacio con un privado, porque se cubrió la cabeza en cuanto se entró en su coche, le quiso con los ojos quitar la vida y se lo dio a entender dilatándole muchos días el despacho, haciéndole lastar[8] y padecer.

Líbrenos Dios, cuando se juntan poder y mala voluntad. Lastimosa cosa es que quiera un ídolo destos particular adoración, sin acordarse que es hombre representante, que sale con aquel oficio o con figura dél y que se volverá presto a entrar en el vestuario del sepulcro a ser ceniza, como hijo de la tierra. Mira, hermano, que se acaba la farsa y eres lo que yo y todos

[5] Cfr. Plinio, *Historia natural*, VIII, xxxiii.

[6] «Pobreza con soberbia es cosa afrentosa» (*La Pícara Justina*, pág. 101, ladi-). Comp. San Agustín, *apud* Juan de Aranda, *Lugares comunes*, fol. 164v: «Si :nas se sufre un rico soberbio, a un pobre soberbio ¿quién le sufrirá?»

[7] *cursando:* recorriendo.

[8] *lastar:* 'pagar una deuda' o, «en sentido moral» (*Autoridades*), 'purgar la cul- o el delito ajenos'.

somos unos[9]. Así se avientan[10] algunos como si en su vientre pudiesen sorber la mar y se divierten como si fuesen eternos y se entronizan como si la muerte no los hubiese de humillar. Bendito sea Dios que hay Dios. Bendita sea su misericordia, que previno igual día de justicia.

Mi capitán me lastimó con su pobreza, porque no sabía con qué remediarla. Y tanto cuanto un noble tiene más necesidad, tanto se compadece della más el pobre que el rico. Algunas joyas tenía para poder vender; mas honrábase con ellas, y como estaba de partida para embarcarse donde las había menester, hacíasele de mal deshacer lo mucho para remediar lo poco.

En el tiempo que tardaron las galeras, anduvimos por alojamientos[11]. Con la confesión que mi amo me hizo, lo entendí, y el fin para que me la hizo. Díjele:

—Ya, señor, tengo noticia experimentada de lo que son buena y mala suerte, prosperidad y adversidad. En mis pocos años he dado muchas vueltas. Lo que en mí fuere, tendré la lealtad que debo a mi señor y a quien soy. Vuesa Merced se descuide, que arriscaré mi vida en su servicio dando trazas para que, en tanto que mejor tiempo llegue, se pase lo presente con menos trabajo.

Así me encargué de más que mis fuerzas ni el ingenio prometían. De allí adelante hacía de oficio cosas de admiración. En cada alojamiento cogía una docena de boletas, que ninguna valía de doce reales abajo, y algunas hubo que contribuyeron cincuenta[12]. Mi entrada era franca en todas las posadas, sin estar en alguna segura de mis manos ni el agua del pozo. Jamás dejó mi señor de tener gallina, pollo, capón o palomino a co-

---

[9] El mismo Alemán comenta en otro lugar esta difundidísima idea: «Farsa es la vida del hombre, teatro es el mundo adonde representamos todos. El autor y señor della reparte los papeles acomodados a cada uno, como sabidor de las cosas todas» *(Sucesos,* pág. 417 [FR]). Cfr., además de las notas de los otros editores, E. Moreno Báez, *Lección y sentido,* pág. 139.

[10] *aventarse:* llenarse de viento, envanecerse.

[11] *«alojamiento:* la estancia que señalan a la gente de guerra... Es término usado entre soldados» (Covarrubias).

[12] Los soldados que iban de camino recibían *boletas* para alojarse en casas particulares, cuyos propietarios a menudo pagaban buenos dineros «para evitarse molestias» (FR, con ejemplos).

mida y cena, y pernil de tocino entero, cocido en vino, cada domingo.

Nunca para mí reservé cosa en los encuentros que hice; siempre le acudí con todo el pío[13]. Si en algún asalto me cautivaba el huésped, siendo poco, pasaba por niñería, y si de consideración, el castigo era cogerme mi amo en presencia del que de mí se querellaba y, haciéndome maniatar, con un zapato de suela delgada me daba mucho del zapateado; por ser hueco sonaba mucho y no me dolían. Algunas veces había padrinos y me la perdonaban; mas, cuando faltasen, el castigo no era riguroso ni levantaba roncha. Y como sabía que me daban más por cumplir que con gana, sin haberme tocado al sayo levantaba el grito que hundía la casa. Desta manera satisfacíamos él con su obligación y yo la necesidad, reparando la hambre y sustentando la honra.

Salíame por los caminos a tomar bagajes[14]; vendíales el favor, encareciendo a los dueños lo que me costaba volvérselos; pagábanlo a dinero. Los que nos daban en los lugares, rescataba los que podía, hacíalos escurridizos y decía que se huyeron. En las muestras[15] y socorros metía cuatro o seis mozos acomodados del pueblo: pasábanles las plazas. Tal vez hubo que metiendo uno en la iglesia por cima del osario cinco veces, cobró cinco socorros, y para el postrero le puse un parche sobre las narices por desconocerlo, y cada vez le trocaba el vestido, porque mi demasía no descubriera la trampa, entrevándome la flor[16]. Con estas travesuras y otros embustes le valía mi persona tanto como cuatro condutas[17]. Estimábame como a su vida; mas era gran gastador y hacíasele poco.

Llegados a Barcelona para embarcarnos, hallóse fatigado, sin moneda de rey ni traza de buscarla, ni allí podían ser las mías de provecho. Sentílo melancólico, triste, desganado; conocíle la enfermedad, como médico que otras veces lo había

---

13 *pío:* en germanía, «el producto de un robo» (Alonso).

14 *tomar bagajes:* requisar carros y caballerías para el transporte de la impedimenta (SGG, JSF).

15 *muestra:* la revista o «reseña de la gente de guerra» (Covarrubias).

16 *entrevar la flor:* advertir el engaño (cfr. I, ii, 5, n. 61).

17 *condutas:* I, ii, 7, n. 21.

curado della. Ofrecióseme de improviso su remedio. Llevaba no sé cuáles joyuelas y un agnusdei de oro muy rico[18]. Pesábale deshacerse dello y díjele:

—Señor, si de mí se puede hacer confianza, déme ese agnusdei, que le prometo volvérselo mejorado dentro de dos días.

Alegróse oyéndome, y como haciendo burla me dijo:

—¿Cuál embeleco tienes ya trazado, Guzmanillo? ¿Hay por ventura cuajadas algunas de las bellaquerías que sueles?

Y porque sabía que se podía fiar de mi habilidad su provecho y de mi secreto su honra y que su joya estaba segura, sin rogárselo muchas veces me lo dio, diciendo:

—Quiera Dios que me lo vuelvas y como lo piensas te suceda. Veslo ahí.

Tomélo, metílo en el pecho, guardado en una bolsilla bien atada y amarrada en un ojal del jubón. Fuime derecho a casa de un platero confeso, gran logrero, que allí había. Hícele larga relación de mi persona, de la manera que vine a la compañía y lo mucho que en ella en poco tiempo había gastado, reservando para mayor necesidad una joya muy rica que tenía, que, si me la pagase algo menos de su valor, se la daría; pero que se informase primero de mí, quién era y mi calidad y, en sabiéndolo, sin decir para qué lo preguntaba, teniendo bastante satisfación, se saliese a la marina[19], que allí lo esperaba solo.

El hombre, codicioso de la pieza, se informó del capitán, oficiales y soldados, hallando la relación que le parecía bastante. Contestaron todos una misma cosa: ser hijo de un caballero principal, noble y rico, que deseoso de pasar a Italia vine con dos criados, muy bien tratada mi persona y con dineros, que todo lo desperdicié como mozo, quedando perdido cual me vía. El confeso salió donde lo esperaba y me contó lo que le habían dicho. Estaba satisfecho, que seguramente podía comprar de mí cualquiera cosa. Pidióme la joya para verla, que me

[18] *agnusdei:* un pedazo de cera blanca con la imagen del Cordero o de algún santo, bendecida por el Papa y amasada «con polvillos de reliquias» *(Autoridades,* con relación muy confusa).

[19] *la marina:* la playa.

la pagaría por lo que valiese. Díjele que nos apartásemos a solas en parte secreta y allí se la enseñaría.

Fuímonos alargando un poco y, donde me pareció lugar conveniente, metí la mano en el seno y saqué el agnusdei de oro, de cuyo precio estaba yo bien informado, como del que lo había pagado. Satisfízole al platero. Crecióle la codicia de comprarlo, porque demás que estaba bien obrado tenía piedras de precio. Pedíle por él docientos escudos, y era muy poco menos lo que había costado de lance[20]. Comenzólo a deshacer, bajándolo de punto: púsole cien faltas y ofrecióme mil reales a la primera palabra. Resolvíme que habían de ser ciento y cincuenta escudos y los valía como un real: no quería bajar de allí; sirva de aviso al que vende, que nunca baje al precio en que ha de dar la cosa, sino espere a que suba el comprador a lo en que la puede llevar.

Dimos y tomamos. Mi hombre se puso en darme ciento y veinte escudos de oro en oro. Parecióme que de allí no subiría y que bastaban para lo que yo pretendía; rematéselo. Bien deseó no apartarse ni dejarme hasta tenerlo pagado y que me fuese con él. Yo le dije:

—Señor honrado, que buena sea su vida, por lo que aquí me aparté a solas fue con temor no me tomen este dinero que tengo reservado para en llegando a Italia vestirme y darme a conocer a deudos míos. Y si algún soldado me vee ir con Vuesa Merced bien ha de sospechar que no es a comprar, sino a vender algo, y, en sintiéndome algunas blancas, como soy muchacho, me las han de quitar y no me queda otro remedio. Vaya en buen hora, que aquí lo espero; vengan los escudos y llevará su joya: que le haga buen provecho como deseo.

Mi razón le cuadró. Partió como un potro de carrera hasta su casa por ellos. Yo había dado aviso a un mi compañero de quien mi amo hacía confianza, que me estuviese esperando, y en dándole una seña, llegase a mí secretamente. Púsose en acecho y, venido el platero, contóme los escudos en la palma de la mano. Tenía la joya en la bolsa, hice por quererla desatar y, como estaba tan bien añudada, no pude. Tenía mi merchante

---

[20] *de lance:* «dícese de lo que se compra barato, aprovechando una coyuntura» (*DRAE*).

colgada del cinto una caja de cuchillos. Pedíle uno. Él, sin saber para qué, me lo dio. Corté la cinta con él, dejando asido el nudo al jubón como se estaba, y dísela con el agnusdei. El hombre se admiró y dijo para qué había hecho tal. Respondíle que, como no tenía caja ni papel en que dársela envuelta, lo hice; que no importaba, que ya la bolsa era vieja y no tenía della necesidad, porque aquellos escudos habían de ir cosidos en una faja.

Él tomó su joya como se la di, metióla en el seno, despedímonos y fuese. Hice a mi compañero la seña y, en llegando, dile los escudos y aviséle que aguijase con ellos a casa y, dándoselos a mi señor, le dijese que yo iba luego.

Así me fui siguiendo a mi platero, y aunque por ir a paso largo me llevaba ventaja, corrí tras él, hasta tener buena ocasión como la esperaba. Al tiempo que emparejó con un corrillo de soldados, asgo dél con ambas manos, dando voces:

—¡Al ladrón, al ladrón, señores soldados, por amor de Dios, que me ha robado, no lo suelten, ténganlo, quítenle la joya, que me matará mi señor si voy sin ella, y me la hurtó, señores!

Conocíanme los soldados, y como me oyeron, creyeron decía verdad. Tuvieron el hombre para saber qué había sido. Y porque quien da más voces tiene más justicia y vence las más veces con ellas, yo daba tantas, que no le dejaba hablar, y si hablaba, que no le oyesen, haciéndole el juego maña[21]. Imploraba con grandes exclamaciones, las manos levantadas y juntas las rodillas en el suelo.

—¡Señores míos! ¡Que me matará el capitán, mi señor, compadézcanse de mí!

Dábales lástima mi tribulación. Preguntaron cómo había sido. No le dejé hacer baza; quise ganar por la mano, acreditando mi mentira porque no encajase su verdad. Que el oído del hombre, contrayendo matrimonio de presente con la palabra primera que le dan, tarde la repudia, con ella se queda. Son las demás concubinas, van de paso, no se asientan. Díjeles:

—Esta mañana se dejó mi señor el agnusdei a la cabecera de

---

[21] *hacer el juego maña:* 'dilatar un negocio', 'entretener al adversario' (cfr. Covarrubias, *s. v. maña*). Cfr. *Libro de buen amor*, 103b.

la cama, mandóme que lo guardase, púselo en la bolsa, metílo en el seno y, estando con este buen hombre en la marina, lo saqué y se lo enseñé. Como era platero, preguntéle lo que valía. Díjome que era de cobre dorado y las piedras vidros, que si lo quería vender. Díjele que no, que era de mi amo. Preguntóme: «¿Y él venderálo?» Respondíle: «No sé, señor; dígaselo Vuesa Merced.» Con esto me llevó en palabras, preguntándome quién era, dónde venía y dónde iba, hasta que nos vimos a solas y, sacando un cuchillo de aquella caja, me dijo que callase o que me mataría. Sacóme del seno la joya y, como no la pudo desatar, cortóme la cinta y fuese. ¡Búsquenselo, por un solo Dios!

Viendo los soldados la bolsa cortada, miraron al platero, que estaba como muerto sin saber qué decir. Sacáronle el agnusdei del seno, que lo llevaba en la bolsa, como yo se lo había dado. Echaba maldiciones y juramentos, que se lo había vendido y que por mi mano con aquel cuchillo corté la bolsa y en ella se lo di, dándome por él ciento y veinte escudos de oro. No lo creyeron, pareciéndoles que ni él comprara de mí aquella pieza, pues había de creer ser hurtada, y porque habiéndome mirado y rebuscado, no me hallaron dineros.

Con esta prueba lo maltrataron de obras y palabras, que no le valían las que decía. Quitáronselo por fuerza. Fuese a quejar a la justicia; parecí presente; referí el caso, según antes lo había dicho, sin faltar sílaba. Los testigos juraron lo que habían visto; púsose el negocio en términos, que quisieron castigarlo. Diéronle una fraterna[22] y echáronlo de allí, y a mí me mandaron que llevase a mi amo la joya. Fuime a la posada y en presencia de toda la gente se la entregué.

La traición aplace, y no el traidor que la hace[23]. Bien puede obrando mal el malo complacer a quien le ordena; pero no puede que en su pecho no le quede la maldad estampada y conocimiento de la bellaquería, para no fiarse dél en más de aquello que le puede aprovechar. Por entonces no le pesó a mi amo del hecho, mas diole cuidado. Hallábase bien con mis travesuras, temíase dellas y de mí. Con este rescoldo pasó hasta

---

[22] *fraterna*: «corrección y reprehensión áspera» *(Autoridades)*.
[23] «La traición aplace, mas no el traidor que la hace» (Correas).

Génova, donde, habiendo desembarcado y teniendo de mi servicio poca necesidad, me dio cantonada.

Son los malos como las víboras o alacranes que, en sacando la sustancia dellos, los echan en un muladar[24]; sólo se sustentan para conseguir con ellos el fin que se pretende, dejándolos después para quien son[25]. A pocos días llegados, me dijo:

—Mancebico, ya estáis en Italia; vuestro servicio me puede ser de poco fruto y vuestras ocasiones traerme mucho daño. Veis aquí para ayuda del camino; partíos luego donde quisierdes.

Diome algunas monedas de poco valor y unos reales españoles, todo miseria, con que me fui de con él.

Iba la cabeza baja, considerando por la calle la fuerza de la virtud, que a ninguno dejó sin premio ni se escapó del vicio sin castigo y vituperio. Quisiera entonces decir a mi amo lo en que por él me había puesto, las necesidades que le había socorrido, de los trabajos que le había sacado, y tan a mi costa todo; mas consideré que de lo mismo me hacía cargo, apartándome por ello de sí como a miembro cancerado. Viendo mi desgracia y creyendo hallar allí mi parentela, me di por todo poco[26]. Fuime por la ciudad tomando lengua[27], que ni entendía ni sabía, con deseo de conocer y ser conocido.

---

[24] De la misma carne de la víbora, y «con toda su ponzoña, se hace... antídoto y remedio para contra ella y contra algunas enfermedades» (Covarrubias, que cita a Andrés Laguna y su *Dioscórides*).

[25] *dejar a uno para quien es* (aunque se decía también con «otros nombres»: «... para majadero», «... para necio», «... para ruin» [Correas]): 'dejarlo por imposible'. Cfr. *Lazarillo*, III, n. 69.

[26] *me di por todo poco:* entiéndase 'lo tuve en poco', 'lo di por bien empleado',

[27] *tomar lengua:* informarse. Sobre los dos últimos capítulos (con varios recuerdos del *Lazarillo*), vid. especialmente G. Sobejano, «De la intención y valor», págs. 15-17, y M. Joly, «Guzmán y el capitán».

Libro tercero
de Guzmán de Alfarache

TRATA EN ÉL DE SU MENDIGUEZ
Y LO QUE CON ELLA LE SUCEDIÓ EN ITALIA

De la edición de Amberes, 1681.

CAPÍTULO PRIMERO

NO HALLANDO GUZMÁN DE ALFARACHE LOS PARIENTES QUE
BUSCABA EN GÉNOVA, LE HICIERON UNA BURLA Y SE FUE
HUYENDO A ROMA

Para los aduladores no hay rico necio ni pobre discreto, porque tienen antojos[1] de larga vista, con que se representan las cosa mayores de lo que son. Verdaderamente se pueden llamar polillas de la riqueza y carcomas de la verdad. Reside la adulación con el pobre, siendo su mayor enemigo; y la pobreza que no es hija del espíritu, es madre del vituperio, infamia general, disposición a todo mal, enemigo del hombre, lepra congojosa, camino del infierno, piélago donde se anega la paciencia, consumen las honras, acaban las vidas y pierden las almas.

Es el pobre moneda que no corre, conseja de horno[2], escoria del pueblo, barreduras de la plaza y asno del rico. Come más tarde, lo peor y más caro. Su real no vale medio, su sentencia es necedad, su discreción locura, su voto escarnio, su hacienda del común; ultrajado de muchos y aborrecido de todos. Si en conversación se halla, no es oído; si lo encuentran, huyen dél; si aconseja, lo murmuran; si hace milagros, que es hechicero; si virtuoso, que engaña; su pecado venial es blasfemia; su pensamiento castigan por delito, su justicia no se guar-

---

[1] *antojos:* anteojos. Era frecuente que los llevasen la adulación o la vanagloria (así en Fernán González de Eslava, *Coloquios espirituales y sacramentales* [FR]), y aún más que lo hiciesen los celos (cfr. Lope, *La Dorotea*, pág. 153 y n. 59) y el amor propio (cfr. Juan Rufo, *Las seiscientas apotegmas*, ap. 13, pág. 20).

[2] *conseja de horno:* cfr. I, i, 1, n. 48.

da, de sus agravios apelan para la otra vida[3]. Todos lo tropellan y ninguno lo favorece. Sus necesidades no hay quien las
remedie, sus trabajos quien los consuele ni su soledad quien la
acompañe. Nadie le ayuda, todos le impiden; nadie le da, todos
le quitan; a nadie debe y a todos pecha. ¡Desventurado y pobre
del pobre, que las horas del reloj le venden y compra el sol de
agosto! Y de la manera que las carnes mortecinas y desaprove-
chadas vienen a ser comidas de perros, tal, como inútil, el discreto pobre viene a morir comido de necios.

¡Cuán al revés corre un rico! ¡Qué viento en popa! ¡Con qué
tranquilo mar navega! ¡Qué bonanza de cuidados! ¡Qué descuido de necesidades ajenas! Sus alholíes[4] llenos de trigo, sus cu-
bas de vino, sus tinajas de aceite, sus escritorios y cofres de
moneda. ¡Qué guardado el verano del calor! ¡Qué empapelado[5]
el invierno por el frío! De todos es bien recebido. Sus locuras
son caballerías, sus necedades sentencias[6]. Si es malicioso, lo
llaman astuto; si pródigo, liberal; si avariento, reglado y sabio;
si murmurador, gracioso; si atrevido, desenvuelto; si desvergonzado, alegre; si mordaz, cortesano; si incorregible, burlón;
si hablador, conversable[7]; si vicioso, afable; si tirano, podero-

---

[3] Rico recuerda a este propósito el *Eclesiástico*, 13, 27 y 29, que, como otros
pasajes bíblicos, está en el fondo de la vana distinción entre pobres y ricos: «son
los filósofos, como pobres, tenidos en poco, y los poderosos de riquezas, aunque humildes y necios, muy levantados» *(Ortografía castellana*, cit. por E. Moreno
Báez, *Lección y sentido*, pág. 135). Cfr. *infra*, n. 6, y Juan de Aranda, *Lugares comunes*, fols. 163v-167v.

[4] *alholí:* granero.

[5] *empapelar:* poner burletes de papel en puertas y ventanas.

[6] La oposición entre la verdad y los falsos juicios del vulgo o de los lisonjeros, reflejada en una enumeración como la presente, es un tópico retórico fre-
cuentísimo, y casi siempre rodeando el difícil límite entre la virtud y el vicio.
Hay muchos ejemplos españoles. Uno de ellos, el de *El crótalon*, es de «movimiento análogo» al de Alemán (cfr. Bataillon, *Erasmo y España*, pág. 665 [y FR]).
Vid. los excelentes datos y comentarios de Raimundo Lida a propósito de
«La hora de todos», en *Prosas de Quevedo*, Barcelona, 1980, págs. 226-234. Comp.
también Plutarco, hablando —como el de Alfarache— de los aduladores: «en
las lisonjas se conviene mirar y considerar que la prodigalidad y desperdicia-
miento es llamada liberalidad; y el temor, seguridad y recatamiento; y la osadía,
atrevimiento y presteza; y la escasez, templanza; al que es enamorado llaman
amigable y benigno; al airado y soberbio, magnánimo y varonil; al vil y abatido,
humano» *(Morales,* fol. 148*ra*).

[7] *conversable:* «el apacible y tratable» (Covarrubias).

so; si porfiado, constante; si blasfemo, valiente, y si perezoso, maduro. Sus yerros cubre la tierra. Todos le tiemblan, que ninguno se le atreve; todos cuelgan el oído de su lengua, para satisfacer a su gusto; y palabra no pronuncia, que con solenidad no la tengan por oráculo. Con lo que quiere sale: es parte, juez y testigo. Acreditando la mentira, su poder la hace parecer verdad y, cual si lo fuese, pasan por ella. ¡Cómo lo acompañan! ¡Cómo se le llegan! ¡Cómo lo festejan! ¡Cómo lo engrandecen!

Últimamente, pobreza es la del pobre y riqueza la del rico. Y así, donde bulle buena sangre y se siente de la honra, por mayor daño estiman la necesidad que la muerte. Porque el dinero calienta la sangre y la vivifica; y así, el que no lo tiene, es un cuerpo muerto que camina entre los vivos. No se puede hacer sin él alguna cosa en oportuno tiempo, ejecutar gusto ni tener cumplido deseo.

Este camino corre el mundo. No comienza de nuevo, que de atrás le viene al garbanzo el pico[8]. No tiene medio ni remedio. Así lo hallamos, así lo dejaremos. No se espere mejor tiempo ni se piense que lo fue el pasado. Todo ha sido, es y será una misma cosa[9]. El primero padre fue alevoso; la primera madre, mentirosa; el primero hijo, ladrón y fratricida. ¿Qué hay ahora que no hubo, o qué se espera de lo por venir? Parecernos mejor lo pasado, consiste sólo que de lo presente se sienten los males y de lo ausente nos acordamos de los bienes; y, si fueron trabajos pasados, alegra el hallarse fuera dellos, como si no hubieran sido. Así los prados, que mirados de lejos es apacible su frescura, y si llegáis a ellos no hay palmo de suelo acomodado para sentaros: todos son hoyos, piedras y basura. Lo uno vemos, lo otro se nos olvida.

Muy antigua cosa es amar todos la prosperidad, seguir la riqueza, buscar la hartura, procurar las ventajas, morir por abundancias. Porque donde faltan, el padre al hijo, el hijo al padre,

---

[8] El refrán tenía más frecuentemente forma interrogativa: «¿De dónde le viene al garbanzo el pico?» (Covarrubias y Correas). Cfr. II, iii, 6, *ca.* n. 45, donde se usa con otras implicaciones.

[9] «Fácilmente se reconoce en este pasaje el eco de las primeras páginas del *Eclesiastés* (1, 9: "Quid est quod fuit? ipsum quod futurum est", etc.)» (FR). Cfr. C. Blanco Aguinaga, «Cervantes y la picaresca», pág. 320, y comp. también Horacio, *Carm.,* III, vi, 46-48.

hermano para hermano, yo a mí mismo quebranto la lealtad y
me aborrezco[10]. Así me lo enseñó el tiempo con la disciplina
de sus discursos, castigándome con infinito número de trabajos. Ya veo que si cuando a Génova llegué me considerara, no
me arriscara, y si aquella ocasión guardara para mejor fortuna,
no me perdiera en ella, como sabrás adelante.

Luego, pues, que dejé a mi amo el capitán, con todos mis
harapos y remiendos, hecho un espantajo de higuera, quise hacerme de los godos[11], emparentando con la nobleza de aquella
ciudad, publicándome por quien era; y preguntando por la de
mi padre, causó en ellos tanto enfado, que me aborrecieron de
muerte. Y es de creer que si a su salvo pudieran, me la dieran,
y aun tú hicieras lo mesmo si tal huésped te entrara por la
puerta; mas harto me la procuraron por las obras que me hicieron.

A persona no pregunté que no me socorriese con una puña-
da o bofetón. El que menos mal me hizo fue, escupiéndome a
la cara, decirme: «¡Bellaco, marrano![12]. ¿Sois vos ginovés?
¡Hijo seréis de alguna gran mala mujer, que bien se os echa de
ver!» Y como si mi padre fuera hijo de la tierra[13] o si hubiera
de docientos años atrás fallecido, no hallé rastro de amigo ni

---

[10] «El pobre non tiene parientes ni amigos /... / e por la pobreza le son enemigos / los suyos mismos por verle caído; / todos lo tienen por desconocido»
(Ruy Páez de Ribera, núm. 290 del *Cancionero de Baena*). Lo cita C. B. Johnson,
«Mateo Alemán y sus fuentes literarias», pág. 363, pero no me parece que haya
«relación directa» entre ambos textos, porque era idea muy recibida: «necessitas
plus posse quam pietas solet» (Séneca, *Troades*, 581).

[11] *hacerse de los godos:* presumir de linaje ilustre, pues «aquellos que traían origen de los godos eran muy estimados, y hasta hoy queda el proverbio» (Covarrubias). Comp. *El crótalon*, pág. 224: «hacerse de los godos y negar su propio y
verdadero linaje». El mismo valor, precisamente, tenía la frase «es de los Guzmanes» (comentada por Correas junto a «es de los godos»). *Vid.* C. Clavería,
«Reflejos del "goticismo" español en la fraseología del Siglo de Oro», en *Studia
Philologica a D. Alonso*, I, págs. 357-372.

[12] *marrano:* «el recién convertido al cristianismo» que lo ha hecho «fingida-
mente» (Covarrubias); pero era insulto —sobre todo en boca de italianos—
frecuentemente padecido por los españoles. Comp. D. de Hermosilla, *Diálogo de
la vida de los pajes*, pág. 57: «No sé qué desventura es esta de la nobleça española,
siendo tan calificada, dexarse ansí caer y tener en poco, con lo cual ha dado ocasión al inominioso nombre de marranos, que a boca llena llaman a los españoles
las otras naciones con quien tratan.»

[13] *hijo de la tierra:* «bastardo, bajo» (Correas), expósito.

pariente suyo. Ni descubrirlo pude, hasta que uno se llegó a mí con halagos de cola de serpiente. ¡Oh, hideputa, viejo maldito!, y cómo me engañó, diciendo:

—Yo, hijo, bien oí decir de vuestro padre, aquí os daré quien haga larga relación de sus parientes, y han de ser de los más nobles desta ciudad, a lo que creo. Y pues habréis ya cenado, veníos a dormir a mi casa, que no es hora de otra cosa; de mañana daremos una vuelta y os pondré, como digo, con quien los conoció y trató gran tiempo.

Con la buena presencia y gravedad que me lo dijo, su buen talle, la cabeza calva, la barba blanca, larga hasta la cinta, un báculo en la mano, me representaba un San Pablo.

Fiéme dél, seguílo a su posada, con más gana de cenar que de dormir; que aquel día comí mal, por estar enojado y ser a mi costa, que temblaba de gastar. Mas como lo que nos dan es poco, y si nos cuesta dineros, comemos poco pan y duro, y aun se nos hace mucho y blando, ya me hacía guardoso[14]. Íbame cayendo de hambre, y ¡mirá cuál era mi huésped!, pues, como el cordobés[15], me dijo que ya habría cenado. Y si no temiera perder aquella coyuntura, no fuera con él sin visitar primero una hostería; mas la esperanza del bien que me aguardaba, me hizo soltar el pájaro de la mano por el buey que iba volando[16].

Luego como entramos, un criado salió a tomar la capa. No se la dio, antes en su lengua estuvieron razonando. Enviólo fuera y quedámonos a solas paseando. Preguntóme por cosas de España, por mi madre, si le quedó hacienda, cuántos hermanos tuve y en qué barrio vivía. Fuile dando cuenta de todo con mucho juicio. En esto me entretuvo más de un hora, hasta que volvió el criado. No sé qué recaudo le trajo, que me dijo el viejo:

—Ahora bien, idos a dormir y mañana nos veremos. ¡Hola! ¡Antonio María! Llevá este hidalgo a su aposento.

---

[14] *guardoso:* ahorrativo, cuidadoso con sus posesiones.

[15] «*El convite del cordobés:* "Vuestra merced ya habrá comido, no querrá comer"*»* (Correas). Cfr. I, ii, 8, n. 44 y II, ii, 1, n. 13.

[16] Alemán refuerza el efecto del proverbio («más vale pájaro en mano que buitre volando», «... que dos volando», etc.) añadiéndole otro, pues para hablar de algo imposible se decía «eso será como ver un buey volar» (Covarrubias).

Fuime con él de una en otra pieza. La casa era grande, obrada de muchos pilares y losas de alabastro. Atravesamos a un corredor y entramos en un aposento, que estaba al cabo dél. Teníanlo bien aderezado con unas colgaduras de paños pintados de matices a manera de arambeles[17], salvo que parecían mejor. A una parte había una cama y junto a la cabecera un taburete[18]. Y como si tuviera que desnudarme, acometió el criado a quererlo hacer.

Llevaba un vestido, que aun yo no me lo acertaba a vestir sin ir tomando guía de pieza en pieza[19] y ninguna estaba cabal ni en su lugar. De tal manera, que fuera imposible dicernir o conocer cuál era la ropilla o los calzones quien los viera tendidos en el suelo. Así desaté algunos ñudos con que lo ataba por falta de cintas y lo dejé caer a los pies de la cama; y sucio como estaba, lleno de piojos, metíme entre la ropa.

Era buena, limpia y olorosa. Consideraba entre mí: «Si este buen viejo es deudo mío y me hace cortesía y no quiere descubrirse hasta mañana, buen principio muestra: haráme vestir, trataráme bien; pues estando tal me hace tan buen acogimiento, sin duda es como lo digo; desta vez yo soy de la buena ventura». Era muchacho, no ahondaba ni vía más de la superficie; que si algo supiera y experiencia tuviera, debiera considerar que a grande oferta, grande pensamiento, y a mucha cortesía, mayor cuidado. ¡Que no es de balde, misterio tiene! Si te hace caricias el que no las acostumbra hacer, o engañarte quiere o te ha menester[20].

Salió fuera el criado, dejándome una lámpara encendida. Díjele que la apagase. Respondió que no hiciera tal, porque de noche andaban en aquella tierra unos murciélagos grandes muy dañosos y sólo el remedio contra ellos era la luz, porque huían a lo escuro. Más me dijo: que era tierra de muchos duen-

---

[17] *arambeles:* colgaduras o colgajos «de paños pintados para adornar las paredes» *(Autoridades).*

[18] *taburete:* Sevilla, 1602, trae la forma *tibulete,* frente a las demás ediciones (casi lo mismo pasa con el *tabulete* de I, iii, 7); no he conseguido documentarla.

[19] Comp. I, ii, 4, n. 33.

[20] *a grande... cuidado* y *si te hace... menester:* ambas sentencias vienen en Correas (la segunda con alguna pequeña variante).

des y que eran enemigos de la luz y en los aposentos escuros algunas veces eran perjudiciales. Creílo con toda la simplicidad del mundo.

Con esto se salió. Yo luego me levanté a cerrar la puerta, no por miedo de lo que me pudieran hurtar, mas con sospecha de lo que, como muchacho, me pudiera suceder. Volvíme a la cama, dormíme presto y con mucho gusto, porque las almohadas, colchones, cobertores y sábanas me brindaban[21] y a mí no me faltaba gana.

Pasado ya lo más de la noche, declinaba la media caminando al claro día y, estando dormido como un muerto, recordóme un ruido de cuatro bultos, figuras de los demonios, con vestidos, cabelleras[22] y máscaras dello[23]. Llegáronse a mi cama y diome tanto miedo, que perdí el sentido, y sin hablar palabra me quitaron la ropa de encima. Dábame priesa haciendo cruces, rezaba oraciones, invoqué a Jesús mil veces, mas eran demonios batizados[24]; más priesa me daban.

Habían puesto sobre el colchón, debajo de la sábana, una frazada. Cada uno asió por una esquina della y me sacaron en medio de la pieza. Turbéme tanto, viendo que rezar no me aprovechaba, que ni osaba ni podía desplegar la boca. Era la pieza bien alta y acomodada. Comenzaron a levantarme en el aire, manteándome como a perro por carnestolendas[25], hasta que ellos, cansados de zarandearme, habiéndome molido, me volvieron a poner adonde me levantaron y, dejándome por muerto, me cubrieron con la ropa y se fueron por donde habían entrado, dejando la luz muerta[26].

---

[21] *me brindaban*: 'me invitaban, incitaban'.

[22] *cabelleras*: pelucas.

[23] *dello*: entiéndase 'de lo mismo'; es decir, 'máscaras de demonios'. No creo que sea una forma abreviada o trunca de la frase *dello con dello*, «cuando comparten las cosas y se toma y se deja, y se entremete bueno con malo, chico con grande, y en algo se pasa trabajo con provecho» (Correas).

[24] «¿Y éstos han de ser diablos bautizados? —¡Gentil novedad!» (Cervantes, *La cueva de Salamanca, Entremeses*, pág. 196 [FR]).

[25] «Y allí, puesto Sancho en la mitad de la manta, comenzaron a levantarle en alto y a holgarse con él, como con perro por carnestolendas» (Cervantes, *Don Quijote*, I, xvii: II, pág. 22). La costumbre originó varias frases proverbiales: cfr. la n. 3 del capítulo siguiente.

[26] Este episodio tiene algún punto en común con la burla que una adúltera

Yo quedé tan descoyuntado, tan si saber de mí que, siendo de día, ni sabía si estaba en cielo, si en tierra. Dios, que fue servido de guardarme, supo para qué. Serían como las ocho del día; quíseme levantar, porque me pareció que bien pudiera. Halléme de mal olor, el cuerpo pegajoso y embarrado. Acordóseme de la mujer de mi amo el cocinero y, como en las turbaciones nunca falta un desconcierto, mucho me afligí. Mas ya no podía ser el cuervo más negro que las alas[27]: estreguéme todo el cuerpo con lo que limpio quedó de las sábanas y añudéme mi hatillo.

En cuanto me tardé en esto, estuve considerando qué pudiera ser lo pasado, y a no levantarme descoyuntado, creyera haber sido sueño. Miré a todas partes; no hallaba por dónde hubiesen entrado. Por la puerta no pudieron, que la cerré con mis manos y cerrada la hallé. Imaginaba si fueron trasgos, como la noche antes me dijo el mozo; no me pareció que lo serían, porque hubiera hecho mal de no avisarme que había trasgos de luz[28].

Andando en esto, alcé las colgaduras, para ver si detrás dellas hubiera portillo alguno. Hallé abierta una ventana que salía al corredor. Luego dije: «¡Ciertos son los toros![29]. Por aquí me vino el daño.» Y aunque las costillas parece que me sonaban en el cuerpo como la bolsa de trebejos de ajedrez, disimulé cuanto pude por lo de la caca, hasta verme fuera de allí.

Cubrí muy bien la cama, de manera que no se viera en entrando mi flaqueza y por ella me dieran otro nuevo castigo. El criado que allí me trajo, vino casi a las nueve a decirme que su señor me esperaba en la iglesia, que fuese allá. Y porque allí no

---

infirge a su marido en una *novella* de bandello (II, xx), pero también hay notables diferencias, señaladas por E. Cros, *Sources,* págs. 79-80.

[27] *«No puede ser el cuervo más negro que las alas:* refrán que se dice cuando, ya sucedido un daño, se considera no puede venir otro mucho mayor» *(Autoridades).* Cfr. J. E. Gillet, *Propalladia,* pág. 726.

[28] Porque los *trasgos* ('duendes domésticos', pero también, nótese, 'mozos enredadores') actuaban en la oscuridad, y Guzmán insiste un par de veces (*ca.* notas 20 y 26) en que el aposento estuvo iluminado durante su mantenimiento.

[29] *¡ciertos son los toros!:* «cuando la cosa de que dudamos da indicios de ser cierta, como cuando los toros están ya encerrados en el toril de la plaza» (Covarrubias).

se quedara el mozo, para ganarle ventaja, roguéle me llevara
hasta la puerta, que no sabría salir. Llevóme a la calle y volvióse. Cuando en ella me vi, como si en los pies me nacieran alas
y el cuerpo estuviera sano, tomé las de Villadiego. Afufélas[30],
que una posta no me alcanzara.

Más se huye que se corre[31]. Mucho esfuerzo pone el miedo;
yo me traspuse como el pensamiento. Compré vianda y, para
ganar tiempo, iba comiendo y andando. Así no paré hasta salir
de la ciudad, que en una taberna bebí un poco de vino, con
que me reformé para poder caminar la vuelta de Roma, donde
hice mi viaje, yendo pensando en todo él con qué pesada burla
quisieron desterrarme, porque no los deshonrara mi pobreza.
Mas no me la quedaron a deber, como lo verás en la segunda
parte[32].

---

[30] *tomar las de Villadiego:* 'huir precipitadamente', como es bien sabido (aunque el bordoncillo no dejó de causar problemas de interpretación: cfr. Cervantes, *Don Quijote,* I, xxi: II, págs. 133-134); «*afufarlas* es huir» (Correas).

[31] Así en Correas.

[32] En II, ii, 8.

CAPÍTULO II

Tal salí de Génova, que si la mujer de Lot hiciera lo que yo, no se volviera piedra[2]: nunca volví atrás la cabeza. Iba la cólera en su punto, que cuando hierve, por maravilla se sienten aun las heridas mortales; después, cuanto más el hombre se reporta, tanto más reconoce su daño.

Yo escapé de la de Roncesvalles; como perro con vejiga[3], no había ligadura fiel en toda mi humana fábrica. Mas no lo sentí mucho hasta que reposé, llegando a una villeta diez millas de allí, que aporté[4] sin saber dónde iba, desbaratado, desnudo, sin blanca y aporreado. ¡Oh, necesidad! ¡Cuánto acobardas los ánimos, cómo desmayas los cuerpos! Y aunque es verdad que sutilizas el ingenio, destruyes las potencias, menguando los sentidos de manera que vienen a perderse con la paciencia.

Dos maneras hay de necesidad: una desvergonzada que se

---

[1] Para la significación y fuentes del tema de la mendicidad en el *Guzmán de Alfarache* (y concretamente en este capítulo y el que le sigue), cfr. en particular E. Cros, *Protée* págs. 412-416, y *Sources,* págs. 80-83 (con detenido análisis de algunos pasajes y motivos coincidentes con el *Liber vagatorum* y su género); M. Cavillac, *Gueux et marchands,* págs. 207-231 y 353-394 (y, por supuesto, su edición del *Amparo de pobres* de Pérez de Herrera).

[2] Cfr. *Génesis,* 19, 26.

[3] *«Como perro con vejiga, maza o calabaza:* son con ella maltratados en los antruejos ['por carnestolendas']» (Correas). Cfr. la n. 25 del capítulo anterior.

[4] *aportar:* «tomar puerto» y «llegar a parte no pensada» (Covarrubias).

convida, viniendo sin ser llamada; otra que, siendo convidada, viene llamada y rogada. La que se convida, líbrenos Dios della: esa es de quien trato. Huésped forzoso en casa pobre, que con aquella efe trae mil efes en su compañía. Es fuste en quien se arman todos los males, fabricadora de todas traiciones, fuerte de sufrir y de ser corregida, farol a quien siguen todos los engaños, fiesta de muchachos, folla[5] de necios, farsa ridiculosa, fúnebre tragedia de honras y virtudes. Es fiera, fea, fantástica, furiosa, fastidiosa, floja, fácil, flaca, falsa, que sólo le falta ser Francisca[6]. Por maravilla da fruto que infamia no sea.

La otra, que convidamos, es muy señora, liberal, rica, franca, poderosa, afable, conversable, graciosa y agradable. Déjanos la casa llena, hácenos la costa, es firme defensa, torre inexpugnable, riqueza verdadera, bien sin mal, descanso perpetuo, casa de Dios y camino del cielo. Es necesidad que se necesita y no necesitada, levanta los ánimos, da fuerza en los cuerpos, esclarece las famas, alegra los corazones, engrandece los hechos inmortalizando los nombres.

Cante sus alabanzas el valeroso Cortés, verdadero esposo suyo. Tiene las piernas y pies de diamante, el cuerpo de zafiro y el rostro de carbunclo. Resplandece, alegra y vivifica. La otra su vecina parece a la tendera sucia: toda es montón de trapos de hospital, asquerosa, no hay a quien bien parezca, todos la aborrecen y tienen razón.

Miren, pues, qué tal soy yo, que de mí se enamoró. Amancebóse comigo a pan y cuchillo, estando en pecado mortal, obligándome a sustentarla. Para ello me hizo estudiar el arte bribiática[7]; llevóme por esos caminos, hoy en un lugar, mañana en otro, pidiendo limosna en todos. Justo es dar a cada uno

---

[5] *folla:* reunión tumultuosa, confusión.

[6] «Solía aludirse a "las cuatro efes" de Francisca (en general "flaca", "fea", "fría" y "floja"), corrientemente punto de partida —como en este caso— para nuevas acrobacias de aliteración, muy gratas en lo antiguo» (FR, con bibliografía y ejemplos; cfr. también JSF).

[7] *arte bribiática:* el arte de los holgazanes y de los pícaros profesionales que vivían de la mendiguez; *bribión:* «el hombre perdido que no quiere trabajar, sino andarse de lugar en lugar y de casa en casa a la gallofa y a la sopa» (Covarrubias). Cfr. Quevedo, *La hora de todos,* pág. 113. El modismo *a pan y cuchillo* valía 'extrema y viciosa familiaridad' (cfr. *Las Pícara Justina,* pág. 487).

lo suyo, y te confieso que hay en Italia mucha caridad y tanta, que me puso golosina el oficio nuevo para no dejarlo.

En pocos días me hallé caudaloso[8], de manera que desde Génova, de donde salí, hasta Roma, donde paré, hice todo el viaje sin gastar cuatrín[9]. La moneda toda guardaba, la vianda siempre me sobraba. Era novato y echaba muchas veces a los perros lo que después, vendido, me valía muchos dineros. Quisiera luego en llegando vestirme y tornar sobre mí[10].

Parecióme mal consejo. Volví diciendo: «¿Hermano Guzmán, ha de ser ésta otra como la de Toledo? Y si estando vestido no hallas amo, ¿de qué has de comer? Estáte quedo, que si bien vestido pides limosna, no te la darán. Guarda lo que tienes, no seas vano.» Asentóseme. Dile otro ñudo a las monedas: «Aquí habéis de estaros quedas, que no sé cuándo os habré menester.»

Comencé con mis trapos viejos, inútiles para papel de estraza, los harapos colgando, que parecían pizuelos de frisas[11], a pedir limosna, acudiendo al mediodía donde hubiese sopa, y tal vez[12] hubo que la cobré de cuatro partes. Visitaba las casas de los cardenales, embajadores, príncipes, obispos y otros potentados, no dejando alguna que no corriese.

Guiábame otro mozuelo de la tierra, diestro en ella, de quien comencé a tomar liciones. Éste me enseñó a los principios cómo había de pedir a los unos y a los otros; que no a todos ha de ser con un tono ni con una arenga. Los hombres no quieren plagas, sino una demanda llana, por amor de Dios; las mujeres tienen devoción a la Virgen María, a Nuestra Señora del Rosario. Y así: «¡Dios encamine sus cosas en su santo servicio y las libre de pecado mortal, de falso testimonio, de poder de traidores y de malas lenguas!» Esto les arranca el dinero de cuajo, bien pronunciado y con vehemencia de palabras recitado. Enseñóme cómo había de compadecer a los ricos, lastimar a los comunes y obligar a los devotos. Dime tan buena maña, que ganaba largo de comer en breve tiempo.

---

    [8] *caudaloso:* rico, con caudal.
    [9] *cuatrín:* moneda de escaso valor.
    [10] *tornar sobre sí:* recapacitar y volver a la costumbre o situación antiguas.
    [11] *pizuelo:* especie de fleco, pezuelo; *frisa:* tela de lana burda, con pelo.
    [12] *tal vez:* una vez.

Conocía desde el Papa hasta el que estaba sin capa[13]. Todas las calles corría; y para no enfadarlos pidiendo a menudo, repartía la ciudad en cuarteles y las iglesias por fiestas, sin perder punto. Lo que más llegaba eran pedazos de pan. Éste lo vendía y sacaba dél muy buen dinero. Comprábanme parte dello personas pobres que no mendigaban, pero tenían la bola en el emboque[14]. Vendíalo también a trabajadores y hombres que criaban cebones y gallinas. Mas quien mejor lo pagaba eran turroneros, para el alajur o alfajor[15], que llaman en Castilla. Recogía, demás desto, algunas viejas alhajas[16], que como era muchacho y desnudo, compadecidos de mí, me lo daban. Después di en acompañarme con otros ancianos en la facultad, que tenían primores en ella, para saber gobernarme. Íbame con ellos a limosnas conocidas, que algunos por su devoción repartían por las mañanas en casas particulares. Yendo una vez a recebirla en la del embajador de Francia, sentí otros pobres tras de mí, que decían:

—Este rapaz español que agora pide en Roma, nuevo es en ella, sabe poquito y nos destruye, por lo que he visto, que habiendo una vez comido, en las más partes que llega, si le dan vianda no la recibe. Destrúyenos el arte, dando muestras que los pobres andamos muy sobrados; a nosotros hace mal y a sí proprio no sabe aprovecharse.

Otro que con ellos venía, les dijo:

—Pues dejádmelo y callad, que yo lo diciplinaré cómo se entienda y no se deje tan fácil entender.

Llamóme pasico y apartóme a solas. Era diestrísimo en

---

[13] *desde el Papa hasta el que estaba sin capa:* la frase, que no viene en Correas, tuvo sin duda alcance proverbial. Comp.: «A todos avisa, con todos habla de suerte que así grandes como pequeños, ricos y pobres, doctos y ignorantes, señores y los que no lo son, viejos y mozos, y en conclusión desde el Papa hasta el que no tiene capa...» *(La Zucca del Doni,* trad. cast., pág. 5).

[14] *tener la bola en el emboque:* 'estar a punto de cometer una acción', como lo está de pasar por el aro la bola en el juego de la argolla. Guzmán quiere decirnos que sus clientes no eran mendigos pero estaban a pique de serlo. Comp. *La Pícara Justina:* «El emboque de la aplicación me perdona, pues ves que le dejo por estar la bola tan junto a barras, que entre buenos jugadores pasó por hecha» (II, 3.ª, iv, 1.ª, pág. 596).

[15] *alfajor:* cfr. I, i, 6, n. 1.

[16] *alhaja:* cfr. I, i, 2, n. 20.

todo. Lo primero que hizo, como si fuera protopobre, examinó mi vida, sabiendo de dónde era, cómo me llamaba, cuándo y a qué había venido. Díjome las obligaciones que los pobres tienen a guardarse el decoro, darse avisos, ayudarse, aunarse como hermanos de mesta[17], advirtiéndome de secretos curiosos y primores que no sabía; porque en realidad de verdad, lo que primero aprendí de aquel muchacho y otros pobretes de menor cuantía todas eran raterías respeto de las grandiosas que allí supe.

Diome ciertos avisos, que en cuanto viva no me serán olvidados. Entre los cuales fue uno, con que soltaba tres o cuatro pliegues al estómago, sin que me parase perjuicio, por mucho que comiese. Enseñóme a trocar a trascantón[18], con que hacía dos efectos: lastimaba, creyendo que estaba enfermo, y que, aunque envasase dos ollas de caldo, quedara lugar para más y así se publicase la hambre y miseria de los pobres.

Supe cuántos bocados y cómo los había de dar en el pan que me daban, cómo lo había de besar y guardar, qué gestos había de hacer, los puntos[19] que había de subir la voz, las horas a que a cada parte había de acudir, en qué casas había de entrar hasta la cama y en cuáles no pasar de la puerta, a quién había de importunar y a quién pedir sola una vez. Refirióme por escrito las *Ordenanzas mendicativas,* advirtiéndome dellas para evitar escándalo y que estuviese instruto[20]. Decían así:

ORDENANZAS MENDICATIVAS[21]

«Por cuanto las naciones todas tienen su método de pedir y por él son diferenciadas y conocidas[22], como son los alemanes cantando en tropa, los franceses rezando, los flamencos reve-

---

[17] *mesta:* hermandad de ganaderos.

[18] *trocar a trascantón:* «entiéndase 'vomitar apenas vuelta la esquina'» (FR); quizá 'a voluntad, en cualquier momento, en cada esquina'. *Trascantón* es también «el esportillero o mozo de trabajo que se pone detrás de alguna esquina o cantón para estar pronto a servir a quien le llama» *(Autoridades),* pero no me parece que este sentido sirva para explicar la frase.

[19] *puntos:* tonos.

[20] *instruto:* instructo, instruido.

[21] Los estatutos burlescos —que ya andan implícitos en el *Guzmán* antes y

renciando, los gitanos importunando, los portugueses llorando, los toscanos con arengas, los castellanos con fieros haciéndose malquistos, respondones y malsufridos[23]; a éstos mandamos que se reporten y no blasfemen y a los más que guarden la orden.

»Ítem mandamos que ningún mendigo, llagado ni estropeado, de cualquiera destas naciones, se junte con los de otra, ni alguno de todos haga pacto ni alianza con ciegos rezadores, saltaembanco[24], músico ni poeta ni con cautivos libertados, aunque Nuestra Señora los haya sacado de poder de turcos[25], ni con soldados viejos que escapan rotos del presidio, ni con marineros que se perdieron con tormenta; que, aunque todos convienen en la mendiguez, la bribia[26] y labia son diferentes. Y les mandamos a cada uno dellos que guarde sus Ordenanzas.

---

después de estas ordenanzas— tuvieron gran fortuna en la literatura del siglo XVII, y a ella contribuyeron singularmente la obra de Alemán, en especial el *Arancel de necedades* (II, iii, 1) y las *Premáticas y aranceles generales*. Cfr. E. S. Morby, ed., Lope, *La Dorotea*, págs. 161-162, n. 80, con algunos ejemplos. Los estatutos de las cofradías de mendigos o pícaros no eran precisamente los más raros (FR cita en su muy buena nota varios ejemplos o alusiones: Luis Zapata, Cervantes, Lope, Carlos García...). Cfr. E. Cros, *Sources*, págs. 80-83 y 117-119 (con pasajes afines del *Liber vagatorum*).

[22] «Excusarse han los franceses y alemanes que pasan por estos reinos cantando en cuadrillas, sacándonos el dinero, pues nos le llevan todas las gentes deste jaez y hábito» (Cristóbal Pérez de Herrera, *Amparo de pobres*, pág. 46, con la nota de su editor). Comp. Quevedo: «Porque ya piden cantando / las niñas, como alemanes» *(Obra poética*, núm. 646, 53-54), o los falsos peregrinos de *La Pícara Justina*, que «cantaban a bulto como borgoñones pordioseros» (I, ii, 1). Eran modos de pedir atribuidos a los extranjeros en general: cfr. Cervantes, *Don Quijote*, VII, pág. 204. Por lo demás, los rasgos tópicos de cada nación o raza se aplican a sus mendigos.

[23] Comp. *La Pícara Justina:* «El pobre sobre todas haciendas tiene juros; y aun el español tiene votos, porque siempre el pobre español pide jurando y votando» (Intr., 2, pág. 101). Sobre la soberbia de los españoles cfr. M. Herrero, *Ideas de los españoles*, págs. 78-81.

[24] *saltaembanco:* «el chocarrero o charlatán que en las plazas se sube en los bancos y de allí hace sus pláticas para vender las medicinas y drogas que trae» (Covarrubias, *s. v. banca*). Es italianismo.

[25] «Los hampones a menudo se fingían cautivos que andaban pidiendo limosna para rescatarse» (FR).

[26] *bribia* era, además de «holgazanería y mendicidad» en general (cfr. *supra*, n. 7), la «arenga que se hace para pedir ... dinero alegando necesidad y miseria» (Alonso).

»Ítem, que los pobres de cada nación, especialmente en sus tierras, tengan tabernas y bodegones conocidos, donde presidan de ordinario tres o cuatro de los más ancianos, con sus báculos en las manos. Los cuales diputamos para que allí dentro traten de todas las cosas y casos que sucedieren, den sus pareceres y jueguen al rentoy[27], puedan contar y cuenten hazañas ajenas y suyas y de sus antepasados y las guerras en que no sirvieron, con que puedan entretenerse.

»Que todo mendigo traiga en las manos garrote o palo, y los que pudieren, herrados, para las cosas y casos que se les ofrezcan; pena de su daño.

»Que ninguno pueda traer ni traiga pieza nueva ni demediada[28], sino rota y remendada, por el mal ejemplo que daría con ella; salvo si se la dieron de limosna, que para solo el día que la recibiere le damos licencia, con que se deshaga luego della.

»Que en los puestos y asientos guarden todos la antigüedad de posesión y no de personas y que el uno al otro no lo usurpe ni defraude.

»Que puedan dos enfermos o lisiados andar juntos y llamarse hermanos, con que pidan arremuda[29] y entonando la voz alta: el uno comience de donde el otro dejare, yendo parejos y guardando cada uno su acera de calle; y no encontrándose con las arengas, cante cada uno su plaga diferente y partan la ganancia; pena de nuestra merced.

»Que ningún mendigo pueda traer armas ofensivas ni de-

---

[27] *rentoy:* «juego de naipes que se juega de compañeros entre dos, cuatro, seis y a veces entre ocho personas. Se dan tres cartas a cada uno y después se descubre la inmediata, la cual queda por muestra, y según el palo sale, son los triunfos aquella mano. La malilla es el dos de todos los palos, y esta es la que gana a todas las demás cartas; sólo cuando es convenio de los que juegan, que ponen por superior a el cuatro, a el cual llaman el borrego, y la malilla se queda en segundo lugar, después el rey, caballo, sota, as, y así van siguiendo el siete y las demás hasta el tres, que es la más inferior. Se juegan bazas como al hombre, y se envida como al truque, haciéndose señas los compañeros» *(Autoridades).* Cfr. J.-P. Etienvre, en el *Boletín de la Real Academia de Buenas Letras de Barcelona,* XXXVIII (1979-1982), págs. 225-269.

[28] *demediada:* usada.

[29] *arremuda:* 'alternativamente'. Mantengo la ortografía compartida por las ediciones antiguas, frente a las modernas *(a remuda).*

fensivas de cuchillo arriba, ni traiga guantes, pantuflos, antojos ni calzas atacadas[30]; pena de las temporalidades[31].

»Que puedan traer un trapo sucio atado a la cabeza, tijeras, cuchillo, alesna[32], hilo, dedal, aguja, hortera[33], calabaza, esportillo, zurrón y talega; como no sean costal, espuerta grande, alforjas ni cosa semejante, salvo si no llevare dos muletas y la pierna mechada.

»Que traigan bolsa, bolsico y retretes[34] y cojan la limosna en el sombrero. Y mandamos que no puedan hacer ni hagan landre[35] en capa, capote ni sayo; pena que, siéndoles atisbada, la pierdan por necios.

»Que ninguno descorne levas[36] ni las divulgue ni brame[37] al que no fuere del arte, profeso en ella; y el que nueva flor entrevare[38], la manifieste a la pobreza, para que se entienda y sepa, siendo los bienes tales comunes, no habiendo entre los naturales estanco[39]. Mas por vía de buena gobernación, damos al autor privilegio que lo imprima por un año y goce de su trabajo, sin que alguno sin su orden lo use ni trate[40]; pena de nuestra indignación.

»Que los unos manifiesten a los otros las casas de limosna,

---

[30] *calzas atacadas:* sujetas a la cintura o al jubón con agujetas; eran prenda lujosa. Cfr. Pérez de Herrera, *Enigmas*, núm. 111.

[31] *pena de las temporalidades:* 'con la privación de bienes y provechos' (la *temporalidad* es «el fruto que cogen los eclesiásticos de sus beneficios o prebendas» [*Autoridades*]), y atendiendo sin duda a la doble significación del último sustantivo, visible en la frase *echar las temporalidades:* «extrañar de los Reinos, privando al reo eclesiástico o privilegiado de todos los honores y bienes que gozaba», y, «metafóricamente, ... decirle a alguna persona, clara y abiertamente, cuantas faltas y defectos tiene, para humillarle y abatirle» *(Autoridades, s. v. echar)*.

[32] *alezna:* lesna.

[33] *hortera:* escudilla de madera.

[34] *retrete:* por analogía, 'bolsillo oculto'.

[35] *landre:* en germanía, «bulto o escondrijo de dinero cosido a la ropa» (Alonso); cfr. II, iii, 8, *ca.* n. 44: «Busqué hilo, dedal y aguja, hice una landre, donde, cosiéndolo muy bien, lo traía puesto [el "dinerillo"].»

[36] *descornar levas:* descubrir tretas, delatar astucias.

[37] *bramar:* declarar, contar, avisar.

[38] *entrevar:* aquí 'inventar, concebir', siempre en germanía; *flor:* trampa, astucia (cfr. I, ii, 5, n. 61).

[39] *estanco:* monopolio (cfr. I, i, 3, n. 35).

[40] «Adviértase la parodia del privilegio real para la impresión de libros» (FR).

en especial de juego y partes donde galanes hablaren con sus damas, porque allí está cierta y pocas veces falta.

»Que ninguno críe perro de caza, galgo ni podenco, ni en su casa pueda tener más de un gozquejo, para el cual damos licencia, y que lo traiga consigo atado con un cordel o cadenilla del cinto.

»Que el que trajere perro, haciéndolo bailar y saltar por el aro, no se le consienta tener ni tenga puesto ni demanda en puerta de iglesia, estación o jubileo[41], salvo que pida de pasada por la calle; pena de contumaz y rebelde.

»Que ningún mendigo llegue al tajón a comprar pescado ni carne, salvo con extrema necesidad y licencia de médico, ni cante, taña, baile ni dance, por el escándalo que en lo uno y en lo otro daría lo contrario haciendo.

»Damos licencia y permitimos que traigan alquilados niños hasta cantidad de cuatro, examinando las edades, y puedan los dos haber nacido de un vientre juntos, con tal que el mayor no pase de cinco años. Y que, si fuere mujer, traiga el uno criando a los pechos, y, si hombre, en los brazos, y los otros de la mano y no de otra manera.

»Mandamos que los que tuvieren hijos, los hagan ventores, perchando[42] con ellos las iglesias y siempre al ojo, los cuales pidan para sus padres, que están enfermos en una cama: esto se entienda hasta tener seis años y, si fueren de más, los dejen volar, que salgan ventureros, buscando la vida y acudan a casa con la pobreza a las horas ordinarias.

»Que ningún mendigo consienta ni deje servir a sus hijos ni que aprendan oficio ni les den amos, que ganando poco trabajan mucho y vuelven pasos atrás de lo que deben a buenos y a sus antepasados.

»Que el invierno a las siete ni el verano a las cinco de la mañana ninguno esté en la cama ni en su posada; sino que al sol

---

[41] *estación:* cada una de las siete iglesias de Roma cuya visita por los peregrinos era recompensada con indulgencias; *jubileo:* «cada una de las cuatro basílicas donde en los años jubilares se conseguía indulgencia plenaria rezando por las intenciones del Papa» (FR).

[42] *ventor:* 'perro de caza' y, de ahí, en germanía, «el que sirve de cebo para atraer más limosna moviendo a compasión» (Alonso); *perchar:* 'cazar pájaros con lazo', y de ahí 'mendigar con cebo o reclamo'.

salir o antes media hora vayan al trabajo y otra media en antes que anochezca se recoja y encierre en todo tiempo, salvo en los casos reservados que de Nós tienen licencia.

»Permitímosles que puedan desayunarse las mañanas echando tajada[43], habiendo aquel día ganado para ello y no antes, porque se pierde tiempo y gasta dinero, disminuyendo el caudal principal; con tal que el olor de boca se repare y no se vaya por las calles y casas jugando de punta de ajo, tajo de puerro, estocada de jarro[44]; pena de ser tenidos por inhábiles e incapaces.

»Que ninguno se atreva a hacer embelecos, levante alhaja ni ayude a mudar ni trastejar[45] ni desnude niño, acometa ni haga semejante vileza; pena que será excluido de nuestra Hermandad y Cofradía y relajado al brazo seglar.

»Que pasados tres años, después de doce cumplidos en edad, habiéndolos cursado legal y dignamente en el arte, se conozca y entienda haber cumplido la tal persona con el Estatuto; no obstante que hasta aquí eran necesarios otros dos de jábega[46], y sea tenida por profesa, haya y goce las libertades y exempciones por Nós concedidas, con que de allí adelante no pueda dejar ni deje nuestro servicio y obediencia, guardando nuestras ordenanzas y so las penas dellas.»

---

[43] *echar tajada:* 'comer y beber en abundancia, darse un banquete' (en concreto era la última cena de los condenados: cfr. Alonso y EM).

[44] *jugar de punta, tajo, estocada:* términos de la esgrima, aplicados frecuentemente a la bebida (SGG, con ejemplos) y, en general, al mal aliento.

[45] *mudar y trastejar* eran, en germanía, sinónimos de 'robar'.

[46] *jábega:* «junta de pícaros o rufianes» (Alonso), y aunque propiamente es una 'red para pescar', la relación está en que los pícaros frecuentaban las almadrabas. Cfr. Cervantes, *La ilustre fregona, Novelas ejemplares,* III, pág. 47.

CAPÍTULO III

Demás destas *Ordenanzas,* tenían y guardaban otras muchas,
no dignas deste lugar, las cuales legislaron los más famosos
poltrones[1] de la Italia, cada uno en su tiempo las que le parecieron convenientes: que pudiera decir ser otra *Nueva Recopilación*[2] de las de Castilla. Ilustrábalas entonces un Alberto, por
nombre proprio, y por el malo, Micer Morcón[3].

Teníamoslo en Roma por generalísimo nuestro. Merecía
por su talle, trato y loables costumbres la corona del Imperio,
porque ninguno le llegó de sus antecesores. Pudiera ser príncipe de Poltronia y archibribón del cristianismo. Comíase dos
mondongos enteros de carnero con sus morcillas, pies y manos, una manzana de vaca, diez libras de pan, sin zarandajas de
principio y postre, bebiendo con ello dos azumbres de vino.
Y con juntar él solo más limosna que seis pobres ordinarios de
los que más llegaban, jamás le sobró ni vendió comida que le
diesen, ni moneda recibió que no la bebiese. Y andaba tan alcanzado[4], que nos era forzoso, como a vasallos de bien y mal
pasar, socorrerlo con lo que podíamos. Nunca lo vimos abrochado ni cubierto de la cinta[5] para arriba, ni puesto ceñidor ni

---

[1] *poltrón:* holgazán, haragán.

[2] *Nueva Recopilación:* la ordenada por Felipe II y publicada en 1567.

[3] *morcón:* «en estilo familiar, la persona gruesa, pequeña y desaliñada» *(Autoridades)*, aunque propiamente era una morcilla hecha con tripa muy gruesa.
Cfr. *Estebanillo,* I, págs. 86 y 258.

[4] *alcanzado:* necesitado.

[5] *cinta:* cintura.

mediacalza[6]. Traía descubierta la cabeza, la barba rapada, reluciendo el pellejo, como si se lo lardaran[7] con tocino.

Éste ordenó que todo pobre trajese consigo escudilla de palo y calabaza de vino, donde no se le viese. Que ninguno tuviese cántaro con agua ni jarro en que beberla, y el que la bebiese fuera en un caldero, barreño, tinajón o cosa semejante, donde metiese la cabeza como bestia y no de otra manera. Que quien con la ensalada no brindase, no lo pudiese hacer en toda aquella comida o cena y quedase con sed. Que ninguno comprase ni comiese confites, conservas ni cosas dulces. Que las comidas todas tuviesen sal o pimienta o se la echasen antes de comerlas. Que durmiesen vestidos en el suelo, sin almohada y de espaldas. Que hecha la costa del día, ninguno trabajase ni pidiese.

Comía echado, y el invierno y verano dormía sin cobija. Los diez meses del año no salía de tabernas y bodegones.

Teníamos, como digo, nuestras leyes. Sabíalas yo de memoria, pero no guardaba más de las pertenecientes a buen gobierno, y las tales como si de su observancia pendiera mi remedio. Toda mi felicidad era que mi actos acreditaran mi profesión y verme consumado en ella. Porque las cosas, una vez principiadas, ni se han de olvidar ni dejar hasta ser acabadas, que es nota de poca prudencia muchos actos comenzados y acabado ninguno. Nada puse por obra que soltase de las manos antes de verle el fin. Mas, como estaba verde y la edad no madura ni sazonada, faltábame la prática, hallábame más atajado cada día en casos que se ofrecían y en muchos erraba.

Una fiesta de los primeros días de septiembre, como a la una de la tarde, salí por la ciudad con un calor tan grande, que no lo puedo encarecer, creyendo que quien me oyera pedir a tal hora, pensara obligarme gran hambre y me favorecieran con algo. Quise ver lo que a tales horas podía sacar, sólo por curiosidad.

Anduve algunas calles y casas. De ninguna saqué más de malas palabras, enviándome con mal. Así llegué a una donde toqué con el palo a la puerta. No me respondieron. Batí segun-

---

[6] *mediacalza*: media que llegaba sólo hasta la rodilla.

[7] *lardar*: untar, pringar.

da y tercera vez: tampoco. Vuelvo a llamar algo recio, por ser la casa grande.

Un bellacón mozo de cocina, que debía de estar fregando, púsose a una ventana y echóme por cima un gran pailón[8] de agua hirviendo y, cuando la tuve a cuestas, dice muy de espacio:

—¡Agua va! ¡Guardaos debajo!

Comencé a gritar, dando voces que me habían muerto. Verdad es que me escaldaron, mas no tanto como lo acriminaba. Con aquello hice gente. Cada uno decía lo que le parecía; unos que fue mal hecho, otros que yo tenía la culpa, que si no tenía gana de dormir, que dejara los otros dormidos. Algunos me consolaron, y entre los más piadosos junté alguna moneda, con que me fui a enjugar y reposar.

Iba entre mí diciendo: «¿Quién me hizo tan curioso, sacando el río de su madre? ¿Cuándo podré reportarme? ¿Cuándo escarmentaré? ¿Cuándo me contentaré con lo necesario, sin querer saber más de lo que me conviene? ¿Cuál demonio me engañó y sacó del ordinario curso, haciendo más que los otros?»

Llegaba cerca de mi casa, y junto a ella vivía un viejo de casi setenta años de pobre, porque nació de padres del oficio y se lo dejaron por herencia, con que pasó su vida. Era natural cordobés: dígolo para que sepáis que era tinto en lana[9]. Trájolo su madre al pecho a Roma el año del Jubileo[10]. Cuando me vio pasar de aquella manera, hecho un estropajo, mojado, sucio, lleno de grasa, berzas y garbanzos, me preguntó el suceso. Yo se lo conté y él no podía tener la risa, y dijo:

—Tú, Guzmanejo, bien me temo no seas otro Benitillo: como te hierve la sangre, antes quieres ser maestro que discípulo[11]. ¿No vees que haces mal en exceder de la costumbre? Pues

---

[8] *pailón:* vasija grande de metal.

[9] *«Es tinto en lana y del Potro de Córdoba:* para decir que uno es fino bellaco» (Correas).

[10] *el año del Jubileo:* «Ha de referirse al Jubileo de 1500 ..., lo que conviene bastante bien a las precisiones cronológicas antes hechas (cfr. I, ii, 1, n. [19])» (FR), pero puede ser sólo una fórmula para ponderar, sin voluntad de exactitud cronológica, la ancianidad del pobre. La frase *por jubilado, v. gr.,* equivalía a 'muy de tarde en tarde'; cfr. J. E. Gillet, *Propalladia,* III, pág. 655.

[11] «Mi hijo Benitillo, antes maestro que discípulo» (Correas), o «...disciplillo»,

por ser de mi país y muchacho, te quiero dotrinar en lo que debes hacer. Siéntate y considera que no se ha de pedir por la siesta el verano, y menos en las casas de hombres nobles que en las de los oficiales: es hora desacomodada, reposan todos o quieren reposar, dales pesadumbre que nadie los despierte y se enfadan mucho con importunidades. En llamando a una puerta dos veces, o no están en casa o no lo quieren estar, pues no responden. Pasa de largo y no te detengas, que perdiendo tiempo no se gana dinero. No abras puerta cerrada: pide sin abrirla ni entrar dentro, que acontece abriendo, descuidados de lo que sucede, salir un perro que se lleva media nalga en un bocado; y no sé cómo nos conocen, que aun dellos estamos odiados. Y si perro faltare, no faltará un mozo desesperado, diciendo lo que no quieras oír, si acaso con eso poco se contenta. Cuando pidas, no te rías ni mudes tono; procura hacer la voz de enfermo, aunque puedas vender salud, llevando el rostro parejo con los ojos, la boca justa y la cabeza baja. Friégate las mañanas el rostro con un paño, antes liento[12] que mojado, porque no salgas limpio ni sucio; y en los vestidos echa remiendos, aunque sea sobre sano, y de color diferente, que importa mucho ver a un pobre más remendado que limpio, pero no asqueroso. Aconteceráte algunas veces llegar a pedir limosna y el hombre quitarse un guante y echar mano a la faltriquera, que te alegrarás pensando que es para darte limosna, y verásle sacar un lienzo de narices con que se las limpia. No por eso te ensañes ni lo gruñas, que por ventura estará otro a su lado que te la quiera dar y, viéndote soberbio, te la quite. Donde fueres bien recebido, acude cada día, que augmentando la devoción, crece tu caudal. Y no te apartes de su puerta sin rezar por sus difuntos y rogar a Dios que le encamine sus cosas en bien. Responde con humildad a las malas palabras y con blandas a las ásperas, que eres español y por nuestra soberbia siendo malquistos, en toda parte somos aborrecidos[13], y quien

---

en la versión extensamente comentada por Juan de Mal Lara *(Philosophía vulgar,* III, págs. 180-182, con un cuentecillo que cita SGG).

[12] *liento:* húmedo.

[13] Comp.: «Entre todas las naciones del mundo somos los españoles los más mal quistos de todos, y con grandísima razón, por la soberbia» *(Viaje de Tur-*

ha de sacar dinero de ajena bolsa, más conviene rogar que reñir, orar que renegar, y la becerra mansa mama de madre ajena y de la suya[14]. Donde no te dieren limosna, responde con devoción: «¡Loado sea Dios! Él se lo dé a vuestras mercedes con mucha salud, paz y contento desta casa, para que lo den a los pobres.» Esta treta me valió muchos dineros, porque respondiéndoles con tal blandura y las manos puestas[15], levantándolas con los ojos al cielo, me volvían a llamar y daban lo que tenían.

Demás desto, enseñóme a fingir lepra, hacer llagas, hinchar una pierna, tullir un brazo, teñir el color del rostro, alterar todo el cuerpo y otros primores curiosos del arte, a fin que no se nos dijese que, pues teníamos fuerzas y salud, que trabajásemos[16]. Hízome muchas amistades. Tenía secretos curiosos de naturaleza con que se valía. Nada escondió de mí, porque le parecía capaz y entonces comenzaba; y como ya él estaba el pie puesto en el estribo[17] para la sepultura, quiso dejar capellán que rogase a Dios por él. Así fue, que luego se murió.

Juntábamonos algunos a referir con cuáles exclamaciones nos hallábamos mejor. Estudiábamoslas de noche, inventábamos modos de bendiciones. Pobre había que sólo vivía de hacerlas y nos las vendía, como farsas. Todo era menester para mover los ánimos y volverlos compasivos.

Los días de fiesta madrugábamos a los perdones, previniendo buen lugar en las iglesias: que no alcanzaba poco quien co-

---

quía, pág. 140); lo mismo dice Marcos de Obregón al pasar —precisamente— por Italia: «Que por la misma razón que pensamos ser señores del mundo, somos aborrecidos de todos» (II, pág. 131). Cfr. la n. 22 del capítulo anterior, y II, ii, 3, n. 34.

[14] «Becerrilla mansa, a su madre y a la ajena mama» (Correas, con otros refranes afines).

[15] *poner las manos:* juntarlas para orar o pedir misericordia. Cfr. *Buscón*, página 84, y *La Pícara Justina*, pág. 493.

[16] Muchos textos de la época aluden, con seria preocupación, a las llagas y enfermedades fingidas por los falsos mendigos (FR, EM). Cfr. *Viaje de Turquía*, pág. 102, y, sobre todo, Cristóbal Pérez de Herrera, *Amparo de pobres*, págs. 26.

[17] *puesto ya el pie en el estribo*. A la proverbialización de la frase contribuyeron las populares coplas que comienzan «Puesto ya el pie en el estribo, / con las ansias de la muerte...», mencionadas por Cervantes como «en su tiempo celebradas» (cfr. *Persiles y Sigismunda*, págs. 44-45 y n. 9).

gía la pila del agua bendita o la capilla de la estación. Salíamos
a temporadas a correr la tierra, sin dejar aldea ni alcaría[18] de la
comarca que no anduviésemos, de donde veníamos bien pro-
veídos, porque nos daban tocino, queso, pan, huevos en abundancia, ropa de vestir, doliéndose mucho de nosotros.

Pedíamos un traguito de vino por amor de Dios, que teníamos gran dolor de estómago[19]. Dondequiera nos decían si teníamos en qué nos lo diesen. Llevábamos un jarrillo, como
para beber, de algo menos de medio azumbre: siempre nos lo
henchían. Luego en apartándonos de la puerta, lo vaciábamos
en una bota, que no se nos caía colgando atrás del cinto, en
que cabían cuatro azumbres. Y acontecía henchirla en una calle, que nos era forzoso ir a casa y echarlo en una tinajuela para
volver por más.

De ordinario andábamos calzados, descalzos, y cubiertas las
cabezas, yendo descubiertos. Porque los zapatos eran unas
chancletas muy viejas y muy rotas y el sombrero de lo mesmo.
Pocas veces llevábamos camisa, porque, pidiendo a una puerta
con la humildad acostumbrada nuestra limosna, si decían:
«¡Perdonad, hermano! ¡Dios os ayude! ¡Otro día daremos!»,
volvíamos a pedir «¡Unos zapatillos viejos o sombrero viejo
para este pobre que anda descalzo y descubierto al sol y al
agua! ¡Bendito sea el Señor, que libró a vuestras mercedes de
tanto afán y trabajo como padecemos! ¡Que Él se lo multipli-
que y libre sus cosas de poder de traidores, dándoles la salud
para el alma y al cuerpo, que es la verdadera riqueza!»

Si también decían: «En verdad, hermano, que no hay qué
daros, no lo hay ahora», aún quedaba otro replicato, pidiendo
«¡Una camisilla vieja, rota, desechada, para cubrir las carnes y
curar las llagas deste sin ventura pobre, que en el cielo la hallen y los cubra Dios de su misericordia! ¡Por el buen Jesús se
lo pido, que no lo puedo ganar ni trabajar, me veo y me deseo!
¡Bendita sea la limpieza de Nuestra Señora la Virgen María!»
Con esto o con esotro, de acero eran las entrañas y el corazón
de jaspe que no se ablandaban.

Escapábanse pocas casas de donde no saliese prenda. Y cual-

---

[18] *alcaría:* alquería, casa o reunión de casas alejadas del pueblo.
[19] Cfr. I, ii, 4, n. 30.

quier par de zapatos no podían ser tan malos, tan desechado el sombrero, ni la camisa que se nos daba tan vieja, que no valiera más de medio real. Para nosotros era mucho, y a quien lo daba no era de provecho ni lo estimaba. Era una mina en el cerro de Potosí.

Teníamos merchantes para cada cosa, que nos ponían la moneda sobre tabla, sahumada[20] y lavada con agua de ángeles[21]. Llevábamos de camino unos asnillos en que caminábamos a ratos en tiempo lluvioso, para poder pasar los arroyos. Y si atisbábamos persona que representase autoridad, comenzábamos a plaguearle[22] de muchos pasos atrás, para que tuviera lugar de venir sacando la limosna; porque, si aguardábamos a pedir al emparejar, muchos dejaban de darla por no detenerse, y nos quedábamos sin ella. Desotro modo se erraban pocos lances.

Otras veces que había ocasión y tiempo, en divisando tropa de gente nos apercebíamos a cojear, variando visajes, cargándonos a cuestas los unos a los otros, torciendo la boca, volteando los párpados de los ojos para arriba, haciéndonos mudos, cojos, ciegos, valiéndonos de muletas, siendo sueltos más que gamos, metíamos las piernas en vendos que colgaban del cuello, o los brazos en orillos[23]. De manera que con esto y buena labia, ¡que Dios les diese buen viaje y llevase con bien a ojos de quien bien querían!, siempre valía dinero. Y éste llamábamos *venturilla,* por ser en despoblado y por suceder veces muy bien y en otras no llegar más de lo que tasadamente nos era necesario para el camino.

Teníamos por excelencia bueno sobre todo que no se hacía fiesta de que no gozásemos, teniendo buen lugar, ni aun banquete donde no tuviésemos parte. Olíamoslo a diez barrios.

---

[20] *sobre tabla:* 'al contado' (cfr. I, ii, 5, n. 41); *sahumada:* 'perfumada', 'mejorada', «hoy diríamos 'monda y lironda'» (SGG). Cfr. Cervantes, *Don Quijote,* I, página 158: «un real sobre otro, y aun sahumados», o F. Bernardo de Quirós, *Obras,* págs. 232-233: «El dinero o el vestido / me ha de dar aquí sahumado.»

[21] *agua de ángeles:* «de extremado olor, distilada de muchas flores diferentes y drogas aromáticas» (Covarrubias). Cfr. *La vida cotidiana,* pág. 71.

[22] *plaguear:* cantar y lamentar las propias miserias y enfermedades.

[23] *vendo* y *orillo* vienen a ser lo mismo: «el extremo del paño que se hace de lana basta y grosera» (Covarrubias).

No teníamos casa y todas eran nuestras: que o portal de cardenal, embajador o señor no podía faltar. Y corriendo todo turbio, de los pórticos de las iglesias nadie nos podía echar[24]. Y no teniendo propiedad, lo poseíamos todo. También había quien tenía torreoncillos viejos, edificios arruinados, aposentillos de poca sustancia, donde nos recogíamos. Que ni todos andábamos ventureros ni todos teníamos pucheros. Mas yo, que era muchacho, donde me hallaba la noche me entregaba al siguiente día. Y así, aunque los llevaba malos, la juventud resistía, teniéndolos por muy buenos.

---

[24] Comp. L. B. Alberti, *Momo*, II, vii: «Los teatros, las iglesias y todos los oficios públicos son de los mendigantes» (cfr. E. Cros, *Sources*, pág. 49).

CAPÍTULO IV

GUZMÁN DE ALFARACHE CUENTA LO QUE LE SUCEDIÓ CON UN
CABALLERO Y LAS LIBERTADES DE LOS POBRES

Una verdadera señal de nuestra predestinación es la compasión del prójimo. Porque tener dolor del mal ajeno como si fuese proprio, es acto de caridad que cubre los pecados, y en ella siempre habita Dios. Todas las cosas con ella viven y sin ella mueren. Que ni el don de profecía ni conocimiento de misterios ni ciencia de Dios ni toda la fe, faltando caridad, es nada[1]. El amar a mi prójimo como me amo a mí, es entre todos el mayor sacrificio, por ser hecho en el templo de Dios vivo[2]. Y sin duda es de gran merecimiento recebir uno tanto pesar de que su hermano se pierda, como placer de que el mismo se salve.

Es la caridad fin de los preceptos[3]. El que fuere caritativo, el Señor será con él misericordioso en el día de su justicia. Y como, sin Dios, nada merezcamos por nosotros y ella sea don del cielo, es necesario pedir con lágrimas que se nos conceda y hacer obras con que alcanzarla, humedeciendo la sequedad hecha en el alma y durezas del corazón. Que no será desechado el humilde y contrito; antes le acudirá Dios con su gracia, haciéndole señaladas mercedes. Y aunque la riqueza, por ser vecina de la soberbia, es ocasión a los vicios, desflaqueciendo las virtudes, a su dueño peligrosa, señor tirano y esclavo

---

[1] Cfr. *I Corintios*, 13, 2.
[2] Cfr. San Marcos, 12, 33.
[3] Cfr. *I Timoteo*, 1, 5: «Finis autem praecepti est charitas».

traidor, es de la condición del azúcar, que, siendo sabrosa, con las cosas calientes calienta y refresca con las frías. Es al rico instrumento para comprar la bienaventuranza por medios de la caridad. Y aquél será caritativo y verdaderamente rico, que haciendo rico al pobre se hiciere pobre a sí, porque con ello queda hecho dicípulo de Cristo[4].

Yo estaba un día en el zaguán de la casa de un cardenal, envuelto y revuelto en una gran capa parda, tan llena de remiendos, unos cosidos en otros, que tenía por donde menos tres telas, sin que se pudiera conocer de qué color había sido la primera; tenía un canto[5] como una tabla, para el tiempo harto mejor que la mejor frazada, porque abrigaba mucho y no la pasaran el aire, agua ni frío ni, estoy por decir, un dardo.

Entrólo a visitar un caballero. Parecía principal en su persona y acompañamiento. El cual, como me vio de aquella manera, creyó debiera estar malo de ciciones[6], y fue que, habiéndome quedado allí la noche antes, como era invierno y aventaba fresco, estábame quedo hasta que entrara bien el día. Paróse a mirarme y llamóme. Saqué la cabeza y con el susto de ver aquel pesonaje junto a mí, no sabiendo qué pudiera ser, mudé la color. Parecióle que temblaba y díjome:

—Cúbrete, hijo, estáte quedo.

Y sacó de las faltriqueras lo que llevaba, que sería cantidad hasta trece reales y medio, y diómelos; tomélos y quedé fuera de mí, tanto de la limosna, como ver cuál iba levantando los ojos.

Creo por sin duda debía decir: «¡Bendígante, Señor, los ángeles y tus cortesanos del cielo, todos los espíritus te alaben,

    [4] Comp. *San Antonio*, II, v: el dinero no «puede dar nobleza ni virtud... Pues ¿de qué manera puede aprovechar? En una de dos maneras, y ambas extremas: o de mucho bien, o de mucho mal. En el virtuoso de mucho bien, porque con ellos puede comprar el cielo, que también el cielo se compra y se vende, aunque por diferente camino del con que acá se compran las honras y dignidades» (fol. 95v, y cfr. 154v). Es la caridad virtud tan importante en el *Guzmán de Alfarache*, que mereció la primera digresión de «Mateo Luján» *(Segunda parte*, página 364), con recuerdo de los mismos lugares bíblicos (fundamentalmente paulinos, *I Corintios*, 13, pero cfr. también *I Juan*, 4, 7-21, etc.). *Vid.* el inicio del capítulo 6 de este libro, con sus notas, y E. Cros, *Protée*, págs. 403-419.
    [5] *canto*: aquí 'grosor'.
    [6] *ciciones*: fiebres, calenturas (cfr. I, ii, 3, n. 2).

pues los hombres no saben y son rudos! Que no siendo yo de mejor metal y no sé si de mejor sangre que aquél, yo dormí en cama y él en el suelo, yo voy vestido y él queda desnudo, yo rico y él necesitado: yo sano y él enfermo, yo admitido y él despreciado. Pudiendo haberle dado lo que a mí me diste, mudando las plazas, fuiste, Señor, servido de lo contrario. Tú sabes por qué y para qué. ¡Sálvame, Señor, por tu sangre!, que esa será mi verdadera riqueza, tenerte a Ti, y sin Ti no tengo nada.»

Digo yo que aquel sabía verdaderamente granjear los talentos, que no considerando a quién lo daba, sino por quién lo daba, viéndome y viéndose, me dio lo que llevaba con mano franca y ánimo de compasión. Estos tales ganaban por su caridad el cielo por nuestra mano y nosotros lo perdíamos por la dellos, pues con la golosina del recebir, pidiendo sin tener necesidad, lo quitábamos al que la tenía, usurpando nuestro vicio el oficio ajeno.

Andábamos comidos, bebidos, lomienhiestos[7]. Teníamos una vida, que los verdaderamente senadores —y aun comedores—, nosotros éramos: que aunque no tan respetados, la pasábamos más reposada, mejor y de menos pesadumbre y dos libertades aventajadas más que todos ellos ni que algún otro romano, por calificado que fuese. La una era la libertad en pedir sin perder, que a ningún honrado le está bien. Porque la miseria no tiene otra mayor que hallarse un hombre tal obligado alguna vez a ello, para socorrer lo que le hace menester, aunque sea su proprio hermano; porque compra muy caro el que recibe y más caro vende quien lo da al que lo agradece. Y si en esto del pedir he de decir mi parecer, es lo peor que tiene la vida del pobre, siéndole forzoso, porque, aunque se lo dan, le cuesta mucho pedirlo.

Mas te diré cuál sea la causa que el pedir escuece y duele tanto. Como el hombre sea perfecto animal racional, criado para eternidad, semejante a Dios, como Él dice, que cuando lo quiso hacer, asistiendo a ello la Santísima Trinidad, dijo: «Hagámosle a nuestra imagen y semejanza»[8]. También te pudiera decir cómo se ha de entender esto; mas no es éste su lugar. Quedó el hombre hecho, saliendo con aquel natural todos inclinados a querernos endiosar, avecindándonos cuanto más podemos, y siempre andamos con esta sed secos y con esta hambre flacos.

Vemos que Dios crió todas las cosas. Nosotros queremos lo mesmo. Y ya que no podemos, como su Divina Majestad, de nada, hacémoslo de algo, como alcanza nuestro poder, procurando conservar los individuos de las especies: en el campo los animales, los peces en el agua, las plantas en la tierra y así en su natural cada cosa de las del mundo. Miró las obras hechas de sus manos, pareciéronle muy bien, como manos benditas y poderosas. Alegróse de verlas, que estaban a su gusto[9].

Eso pasa hoy al pie de la letra. Queremos hacer o contrahacer. ¡Cuán bien me parece el ave que en mi casa crío, el cordero que nace en mi cortijo, el árbol que planto en mi huerto, la flor que en mi jardín sale! Cómo me huelgo de verla en tal manera, que aquello que no crié, hice o planté, aunque sea muy bueno, lo arrancaré, destruiré y desharé, sin que me dé pesadumbre, y lo que es obra de mis manos, hijo de mi industria, fruto de mi trabajo, aunque no sea tal, como hechura mía, me parece y la quiero bien.

Del árbol de mi vecino y del conocido, no sólo quitaré la flor y fruto, mas no le dejaré hoja ni rama y, si se me antojare, cortaréle el tronco. Del mío me llega al alma si hallo una hormiga que le dañe o pájaro que le pique, porque es mío. Y en resolución todos aman sus obras[10]. Así, en quererlas bien me parezco al que me crió y dél lo heredé yo.

En todos los más actos es lo mismo. Es muy proprio en Dios el dar y muy improprio el pedir, cuando no es para nosotros mismos; que lo que nos pide, no lo quiere para sí ni le hace necesidad al que es el remedio de toda necesidad y hartura de toda hambre. Mucho tiene y puede dar, y nada le puede faltar. Todo lo comunica y reparte, cual tú pudieras dejar sacar

⁹ *Ibíd.*, 1, 31.
¹⁰ Se trasluce el adagio: «Omnes sui sunt amantes», comentado por Erasmo, *Adagia,* 1, ii, 15 (FR).

agua de la mar y con mayor largueza, lo que va de tu miseria a su misericordia.

Queremos también parecerle en esto. A su semejanza me hizo, a él he de semejar, como a la estampa lo estampado. ¡Qué locos, qué perdidos, qué deseosos y desvanecidos andamos todos por dar! El avariento, el guardoso, el rico, el logrero, el pobre, todos guardan para dar; sino que los más entienden menos, como he dicho antes de ahora, que lo dan después de muertos.

Si preguntases a éstos que llegan el dinero y lo entierran en vida para qué lo guardan, responderían los unos que para sus herederos, otros que para sus almas, otros que para tener qué dejar y todos desengañados de que consigo no lo han de llevar. Pues vees cómo lo quieren dar, sino que es fuera de tiempo, como un aborto que no tiene perfección. Mas al fin ése es nuestro fin y deseo.

¡Cuán endiosado se halla un hombre, cuando con ánimo generoso tiene qué dar y lo da! ¡Qué dulce le queda la mano, el rostro alegre, descansado el corazón, contenta el alma! Quítansele las canas, refréscasele la sangre, la vida se le alarga y tanto —mucho sin comparación— más cuanto sabe que tiene para ello, sin temor que le hará falta.

De donde, queriendo hacer lo que hizo el que como a sí nos hizo, gustamos tanto en dar y sentimos el pedir, y aquellos con quien la divina mano fue tan franca, que habiéndolos hecho —y de ánimo noble, que es otro don particular—, se hallan oprimidos, faltos de bienes, querrían padecer antes cualquier miseria, que pedir a otro que se la socorra.

Destos es de quien se debe tener lástima y estos son a los que a manos llenas habría todo el mundo de favorecer y en esto se conoce quién les hace amistad y se la muestra. Que viendo al necesitado, lo socorren sin que lo pida; que si aguardan a ese punto, ni le da ni le presta: deuda es que le paga, con logro le vende y con ventajas. Ese es el amigo que socorre a su amigo, y ese llamo socorro con el que corro[11]. Yo he de darlo, que no han de pedirlo; con él he de correr, que no esperar ni andar.

---

[11] *Ese es el amigo...*: registrado por Correas.

Si me detuve y no te satisfice, perdona mi ignorancia, recibiendo mi voluntad. Así que la libertad en pedir sólo al pobre le es dada. Y en esto nos igualamos con los reyes y es particular privilegio poderlo hacer y no ser bajeza, como lo fuera en los más. Pero hay una diferencia: que los reyes piden al común para el bien común, por la necesidad que padecen, y los pobres para sí solos, por la mala costumbre que tienen[12].

La otra libertad es de los cinco sentidos. ¿Quién hay hoy en el mundo, que más licenciosa ni francamente goce dellos que un pobre, con mayor seguridad ni gusto? Y pues he dicho gusto, comenzaré por él, pues no hay olla que no espumemos, manjar de que no probemos ni banquete de donde no nos quepa parte. ¿Dónde llegó el pobre, que si hoy en una casa le niegan, mañana no le den? Todas las anda, en todas pide, de todas gusta y podrá decir muy bien en cuál se sazona mejor.

El oír, ¿quién oye más que el pobre? Que como desinteresados en todo género de cosa, nadie se recela que los oiga. En las calles, en las casas, en las iglesias, en todo lugar se trata cualquier negocio sin recelarse dellos, aunque sea caso importante. Pues de noche, durmiendo en plazas y calles, ¿qué música se dio que no la oyésemos? ¿Qué requiebro hubo que no lo supiésemos? Nada nos fue secreto y de lo público mil veces lo sabíamos mejor que todos, porque oíamos tratar dello en más partes que todos.

Pues el ver, ¡cuán francamente lo podíamos ejercitar sin ser notados ni haber quien lo pidiese ni impidiese! Cuántas veces me acusé que, pidiendo en las iglesias, estaba mirando y alegrándome. Quiero decir, para mejor aclararme, codiciando mujeres de rostros angélicos, cuyos amantes no se atrevieran ni osaran mirar, por ser notados, y a nosotros nos era permitido.

El oler, ¿quién pudo más que nosotros, pues nos llaman oledores de casas ajenas? Demás que si el olor es mejor cuanto

---

[12] Comp. L. B. Alberti, *Momo*: los mendigos «se salen con lo que quieren sin castigo, que parece que son ciertas condiciones y señales de ser casi reyes... Y no pueden dar ventaja a los reyes en saber mejor gozar las riquezas» (cfr. E. Cros, *Sources*, pág. 49). De esa obra tomó Alemán otras ideas para su estupenda descripción de la libertad de los pobres.

nos es más provechoso, nuestro ámbar y almizque[13], mejor
que todos y más verdadero, era un ajo —que no faltaba de ordinario—, preservativo de contagiosa corrupción. Y si otro
oler queríamos, nos íbamos a una esquina de las calles donde
se venden estas cosas y allí estábamos al olor de los coletos y
guantes aderezados, hasta que los polvillos nos entraban por
los ojos y narices[14].

El tacto querrás decir que nos faltaba, que jamás pudo llegar
a nuestras manos cosa buena[15]. Pues desengañaos, ignorantes:
que es diferente la pobreza de la hermosura. Los pobres tocan
y gozan cosas tan buenas como los ricos, y no todos alcanzan
este misterio. Pobre hay, que con su mendiguez y pobreza sustenta mujer que el muy rico deseara mucho gozar, y quiere más
a un pobre que le dé y no le falte, que a un rico que la infame.
Y ¡cuántas veces algunas damas me daban de su mano la limosna! No sé lo que los otros hacían; mas yo con mi mocedad
trataba della con las mías y en modo de reconocimiento devoto no la soltaba sin habérsela besado.

Mas esto es gran miseria y bobería: que sobre todas las cosas, gusto, vista, olfato, oído y tacto, el principal y verdadero
de todos los cinco sentidos juntos era el de aquellas rubias caras de los encendidos doblones, aquella hermosura de pataco-
nes[16], realeza de Castilla, que ocultamente teníamos y con secreto gozábamos en abundancia. Que tenerlos para pagarlos o
emplearlos no es gozarlos. Gozarlos es tenerlos de sobra, sin
haberlos menester más de para confortación de los sentidos.
Aunque otros dicen que el dinero nunca se goza hasta que se
gasta[17].

Traíamoslos cosidos en unas almillas[18] de remiendos, en lugar de jubones, pegados a las carnes. No había remiendo, por

---

[13] *almizque:* almizcle.

[14] «Los guantes solían aderezarse con ámbar, achiote o polvillos» (FR, con
varios ejemplos).

[15] En la ambivalencia de *tacto* insistirá después: cfr. el último párrafo de este
capítulo y la nota 17 del siguiente.

[16] *patacón:* en Castilla, «gran real», moneda de plata de una onza.

[17] «El dinero en la bolsa, hasta que se gasta no se goza» (Correas).

[18] *almilla:* «una especie de jubón con mangas, ajustado al cuerpo. Es traje interior» *(Autoridades).*

sucio y vil que fuera, que no valiera para un vestido nuevo razonable. Todos manábamos oro, porque, comiendo de gracia, la moneda que se ganaba no se gastaba. Y ese te hizo rico, que te hizo el pico: grano a grano hinche la gallina el papo[19]. Llegábamos a tener caudal con que algún honrado levantara los pies del suelo y no pisara lodos.

Descansa un poco en esta venta, que en la jornada del capítulo siguiente oirás lo que aconteció en Florencia con un pobre que allí falleció, contemporáneo mío, en quien conocerás el tacto nuestro si es como quiera bueno.

---

[19] *ese te hizo rico...* y *grano a grano...*: ambos en Correas.

CAPÍTULO V

GUZMÁN DE ALFARACHE CUENTA LO QUE ACONTECIÓ EN SU
TIEMPO CON UN MENDIGO QUE FALLECIÓ EN FLORENCIA

Cosa muy ordinaria es a todo pobre ser tracista[1], desvelándose noches y días, buscando medio para su remedio y salir de laceria[2]. En todas partes acontece. Y aunque dicen que en materia de crueldad Italia lleva la gala[3] y en ella más los de la comarca de Génova, no creo que va en la tierra, sino en la necesidad y codicia. Diciéndose destos que lo tienen todo, sus mismos naturales ciudadanos vinieron a llamarlos moros blancos[4]. Ellos, para vengarse y echarles las cabras[5], dicen que quien descubre la alcabala, ése la paga; que no se dijo por ellos ni se ha de entender sino por los tratantes de Génova, que traen las conciencias en faltriqueras descosidas, de donde se les pierde y ninguno la tiene.

Uno dijo que no, que de más atrás corría. Y era que, cuando los ginoveses ponen sus hijos a la escuela, llevan consigo las

---

[1] En efecto, «El hombre pobre todo es trazas» (Correas). Sobre *traza* y *tracista,* cfr. M. Joly, *La bourle,* pág. 281.

[2] *laceria:* miseria.

[3] *llevar la gala:* aventajarse en algo (cfr. I, ii, 8, n. 20).

[4] *«Ginoveses son moros blancos:* dicen que los ginoveses metieron la conciencia en la faltriquera, y las mujeres la vergüenza, que estaba rota y perdióse» (Correas); es lo mismo que dice Guzmán al final de este párrafo. Cfr. I, i, 1, n. 31.

[5] *echar las cabras:* 'dar la culpa a otro, descargándose de la propia'. Se decía originariamente cuando, al jugar y perder a los naipes un grupo de tahúres, uno de los perdidosos cargaba con las deudas de los demás (cfr. en SGG, FR y EM esa y otras explicaciones de los lexicógrafos).

conciencias, juegan con ellas, hacen travesuras: unos las olvidan, otros perdidas allí se las dejan. Cuando barren la escuela y las hallan, danlas al maestro. El cual con mucho cuidado las guarda en un arca, porque otra vez no se les pierdan. Quien la tiene después menester, si se acuerda dónde la puso, acude a buscarla. Como el maestro guardó tantas y las puso juntas, no sabe cuál es de cada uno. Dale primera que halla y vase con ella, creyendo llevar la suya y lleva la del amigo, la del conocido o deudo. Dello resulta que, no trayendo ninguno la propria, miran y guardan las ajenas. Y de aquí quedó el mal nombre.

¡Ah, ah, España, amada patria, custodia verdadera de la fe! ¡Téngate Dios de su mano, y como hay en ti mucho desto, también tienes maestros que truecan las conciencias y hombres que las traen trocadas! Cuántos, olvidados de sí, se desvelan en lo que no les toca; la conciencia del otro reprehenden, solicitan y censuran.

Hermano, vuelve sobre ti, deshaz el trueco. No espulgues la mota en el ojo ajeno: quita la viga del tuyo[6]. Mira que vas engañado. Eso que piensas que descarga tu conciencia, es burla, y tú te burlas de ti. No disimules tu logro, diciendo: «Fulano es mayor logrero.» No hurtes y te consueles o disculpes con que el otro es mayor ladrón. Deja la conciencia ajena, mira la tuya. Esto te importa a ti. Aparte cada uno de sí lo que no es suyo y los ojos del pecado ajeno, pues ni la idolatría de Salomón ni el sacrilegio de Judas desculpan el tuyo: a cada uno darán su castigo merecido.

Como te inclinas a lo dañoso y malo, ¿por qué no imitas al bueno y virtuoso, que ayuna, confiesa, comulga, hace penitencia, actos de santidad y buena vida? ¿Es, por ventura, más hombre que tú? Dejas, como el enfermo, lo que te ha de sanar y comes lo que te ha de dañar. Pues yo te prometo que importará para tu salvación acordarte de ti y olvidarte de mí.

Donde hay muchas escuelas de niños y maestros que guardan conciencias —aunque, como digo, ninguna ciudad, villa ni lugar se escapa en todo el mundo— es en Sevilla, de los que se embarcan para pasar la mar, que los más dellos, como si fuera

---

[6] Cfr. San Lucas, 6, 41.

de tanto peso y balume[7] que se hubiera de hundir el navío con
ellas, así las dejan en sus casas o a sus huéspedes, que las guarden hasta la vuelta. Y si después las cobran, que para mí es
cosa dificultosa, por ser tierra larga, donde no se tiene tanta
cuenta con las cosas, bien; y si no, tampoco se les da por ellas
mucho; y si allá se quedan, menos[8].

Por esto en aquella ciudad anda la conciencia sobrada de los
que se la dejaron y no volvieron por ella. No quiero pasearme
por las Gradas o Lonja ni entrar en la plaza de San Francisco[9]
ni anegarme en el río. Déjese a una banda todo género de trato
y contrato, que sería, si comenzase, no salir dello. Apuntado se
quede, y como si lo dijera, piensen que lo digo, que quizá lo
diré algún día.

Hubo un hombre, natural de un lugar cerca de Génova,
gran persona de invenciones y de sutil ingenio. Llamábase
Pantalón Castelleto, pobre mendigo, que como fuese casado en
Florencia y le naciese un hijo, desde que la madre lo parió anduvo el padre maquinando cómo dejarle de comer, sin obligar-
le a servir ni a tomar oficio. Allá dicen vulgarmente: «¡Dichoso el hijo que tiene a su padre en el infierno!»[10]. Aunque yo lo
llamo desdichado, pues no es posible lograr lo que dejó ni llegar a tercero poseedor.

Éste me parece que por dejar el suyo bien parado y reparado, se puso a peligro. Y aunque por ser casado —que es particular granjería y largo de contar casar pobres con pobres y
ser todos de un oficio—, tenían razonablemente lo que les era
menester y qué poder dejar a su heredero para un moderado
trato: no se quiso fiar de la fortuna.

Púsosele en la imaginación la crueldad más atroz que se
puede pensar. Estropeólo, como lo hacen muchos de todas las
naciones en aquellas partes, que de tiernos los tuercen y quiebran, como si fueran de cera, volviéndolos a entallar de nuevo,

---

[7]   *balume:* balumba (cfr. I, i, 1, n. 19).

[8]   «Los indianos tenían fama de miserables» (E. S. Morby, ed., Lope, *La Dorotea*, pág. 76, n. 38). Cfr. M. Herrero García, *Ideas...*, pág. 312-317.

[9]   La principal de Sevilla, muy frecuentada por mercaderes.

[10]   Porque su avaricia le ha llevado allí tras dejar una buena fortuna a sus des-
cendientes. Correas recoge el dicho y añade: «el italiano».

según su antojo, formando varias monstruosidades dellos, para dar más lástima. En cuanto son pequeños, ganan de comer para su vejez y después con aquella lesión les dejan buen patrimonio[11].

Mas éste quiso aventajarse con géneros nuevos de tormentos, martirizando al pobre y tierno infante. No se los dio todos de una vez; que, como crecía, se los daba, como camisas o baños, uno seco y otro puesto, hasta venirlo a dejar entallado, según te lo pinto.

Cuanto a lo primero, no le tocó ni pudo en lo que recibió de sola naturaleza. Tenía, con toda su desdicha, buen entendimiento, era decidor y gracioso. En lo que le dio, que fue la carne, comenzando por la cabeza, se la torció y traíala casi atrás, caído el rostro sobre el hombro derecho. Lo alto y bajo de los párpados de los ojos eran una carne. La frente y cejas quemadas, con mil arrugas.

Era corcovado, hecho su cuerpo un ovillo, sin hechura ni talle de cosa humana. Las piernas vueltas por cima de los hombros, desencasadas[12] y secas. Tenía sanos los brazos y la lengua. Andaba como en jaula, metido en un arquetoncillo, encima de un borrico y con sus manos lo regía; salvo que para subir o bajar buscaba quien lo hiciese, y no faltaba.

Era, como digo, gracioso, decía muchas y muy buenas cosas. Con esto andaba tan roto, tan despedazado, tan miserable, que toda Florencia se dolía dél y así por su pobreza como por sus gracias le daban mucha limosna.

Desta manera vivió setenta y dos años, poco más, al cabo de los cuales le dio una grave dolencia, de que claramente conoció que se moría. Viéndose en este punto y en el de salvarse

---

[11] Comp. *San Antonio:* «¿Qué no hace hacer la pobreza, qué no intenta y efetúa? Pues a los tiernos niños, los crueles padres, quitándoles los ojos, descoyuntándoles los pies y manos para después dejarles oficio con aquel maleficio, que compadecidos dellos les den limosna de que se sustenten y vivan» (III, xii, fol. 274r). Eran usos atroces condenados unánimemente por todos los moralistas del siglo. Cfr. sólo C. Pérez de Herrera: «algunos, y muchos, ... a sus hijos e hijas en naciendo los tuercen los pies o manos; y aun se dice que les ciegan algunas veces para que, quedando de aquella suerte, usen el oficio que ellos han tenido y les ayuden a juntar dinero» *(Amparo de pobres,* pág. 27, con ejemplos escalofriantes). Cfr. I, iii, 2, n. 1, y I, iii, 3, n. 16.

[12] *desencasadas:* desencajadas, dislocadas.

o condenarse, como era discreto, revolvió sobre sí, pareciéndole no ser tiempo de burlas ni de confesiones para cumplir con la parroquia. Era la postrera y quiso que fuese la valedera. Pidió por un confesor conocido suyo, de muchas letras y gran opinión en vida, costumbres y doctrina. Con él trató sus pecados, comunicando sus cosas de manera que ordenó hacer su testamento con las más breves y compendiosas palabras que se puede imaginar. Porque hecha la cabeza[13], por ser oficio del notario, él en lo que le tocaba dijo así:

«Mando a Dios mi alma, que la crió, y mi cuerpo a la tierra, el cual entierren en mi parroquia.

»Ítem mando que mi asno se venda y con el precio dél se cumpla mi entierro, y el albarda se le dé al Gran Duque, mi señor, a quien le pertenece y es por derecho suya, al cual nombro por mi albacea y della le hago universal heredero.»

Con esto cerró su testamento, debajo de cuya disposición falleció. Como todos lo tenían por decidor, creyeron que se habían emparejado muerte y vida, todo gracias, como suele acontecer a los necios. Mas cuando el Gran Duque supo lo testado, que luego se lo dijeron, como conoció al testador y lo tenía por discreto, coligió no vacar[14] la cláusula de misterio. Mandó que le llevaran a palacio su herencia, y teniéndola presente, la fueron descosiendo pieza por pieza y sacaron della de diferentes monedas y apartados en que estaban, todas en oro, cantidad que montaba de los nuestros castellanos tres mil y seiscientos escudos de a cuatrocientos maravedís cada uno.

Al pobre le aconsejaron y le pareció que aquello no era suyo ni se podía restituir de otra manera que dejándolo al señor natural, a cuyo cargo estaban todos los pobres, con que descargaba su conciencia. El Gran Duque, como príncipe tan poderoso y señor generoso, mandó que de todo ello se le hiciesen algunas memorias perpetuas, que le ordenó por su alma, como buen cabezalero[15] y mejor caballero[16].

---

[13] *la cabeza:* el encabezamiento formulario del testamento.

[14] *vacar:* invalidar, suspender.

[15] *cabezalero:* albacea.

[16] Tirso —pensando sin duda en Alemán— recordó «la ventura de aquel Duque de Florencia a quien el pobre mendigón mandó en su testamento la al-

¿Qué dirás agora del tacto deste pobre? No es el tuyo tal ni con gran parte, aunque goces de otra Venus[17].

Destas dos ventajas éramos dueños, que ninguno era tan franco en ellas, sin otras muchas que pudiera referir. Cuando me pongo a considerar los tiempos que gocé y por mí pasaron, no porque se me antoje ni tenga olvidados los trabajos, para que los que agora padezco en esta galera me parezcan mayores o no tales; mas no hay duda que sus memorias estimo en mucho. ¡Aquel tener siempre la mesa puesta, la cama hecha, la posada sin embarazo, el zurrón bastecido, la hacienda presente, el caudal en pie sin miedo de ladrones ni temor de lluvias, sin cuidado de abril ni recelo de mayo, que son la polilla de los labradores[18], no desvelado en trajes ni costumbres, sin prevención de lisonjas, sin composición de mentiras para valer y medrar! ¿Qué sustentaré, para que me estimen? ¿Cómo visitaré, para que no me olviden? ¿Cómo acompañaré para dejar obligados? ¿Qué achaque buscaré, para hablarles, porque me vean? ¿Cómo madrugaré, para que me tengan por solícito y más cuanto es el tiempo más riguroso? ¿Cómo trataré de linajes, para encajar la limpieza del mío? ¿Cómo descubriré al otro su falta, para que quien oyere que la murmuro piense que yo no la tengo? ¿Cómo tendré conversación, para hacer ostentación? ¿Por dónde rodearé, para encajar mi dicho? ¿A qué corrillos iré, que yo sea el gallo y en saliendo dellos no me murmuren, como hice de los otros?

¡Oh, esto de los corrillos y murmuraciones, y cómo es larga historia! ¡Quién tuviera lugar de significar lo mal que parece en un hidalgo ser sastre de tan mala ropa! Que no hay religioso a quien no corten loba[19] con falda ni mujer honrada queda

---

barda de su jumento, y halló entre sus pajas cinco mil ducados» *(Cigarrales de Toledo*, cit. por FR; aportó el dato E. Moreno Báez, *Lección y sentido*, pág. 177). No he sabido averiguar dónde lo leyó Alemán; cfr. también la duda de M. Chevalier, *«Guzmán de Alfarache* en 1605», pág. 141.

[17] *tacto* vale primero 'tiento, discreción, tino', y luego —en la carnalidad de «otra Venus»—, simplemente, 'tocamiento'.

[18] También se dice en el *Momo* que el arte de la mendicidad «no tiene que recelarse... de la injuria de los temporales» (cfr. E. Cros, *Sources*, pág. 48).

[19] *loba:* vestidura talar propia de eclesiásticos y estudiantes. Cfr. Cervantes, *Don Quijote*, II, pág. 68.

sin saya entera[20]. Visten al santo y al pecador al talle largo[21].

Quédese aquí, porque si vivimos allá llegaremos. A cuán derecha regla, recorrido nivel y medido compás[22] ha de ajustarse aquel desventurado pretendiente que por el mundo ha de navegar, esperando fortuna de mano ajena. Si ha de ser buena, ¡qué tarde llega! Si mala, ¡qué presto ejecuta! Por más que se ajuste, ha de pecar de falso y falto. Si no es bienquisto, todo se le nota; si habla, aunque bien, le llaman hablador; si poco, que es corto; si de cosas altas y delicadas, temerario, que se mete en honduras que no entiende; si de no tales, abatido; si se humilla, es infame; si se levanta, soberbio; si acomete, desbaratado y loco; si se reporta, cobarde; si mira, embelesado; si se compone, hipócrita; si se ríe, inconstante; si se mesura, saturnino[23]; si afable, tenido en poco; si grave, aborrecido; si justo, cruel; si misericordioso, buey manso[24].

De toda esta desventura tienen los pobres carta de guía[25], siendo señores de sí mismos, francos de pecho ni derrama[26], lejos de emuladores. Gozan su vida sin almotacén[27] que se la denuncie, sastre que se la corte ni perro que se la muerda.

Tal era la mía, si el tiempo y la fortuna —consumidores de las cosas, que no consienten permanecer en un estado alguna— no me derribaran del mío, declarando por el color de mi rostro y libres miembros estar de salud rico, no llagado ni pobre, según lo publicaban mis lamentaciones.

Porque, como una vez me sentase a pedir limosna en la ciudad de Gaeta en la puerta de una iglesia, donde por curiosidad quise ir a ver si su caridad y limosna igualaba con la de Roma, descubrí mi cabeza, como recién llegado y no prevenido de lo

---

[20] *saya entera:* de falda larga.

[21] En este parrafito juega el pícaro con los términos *cortar, ropa, vestir...,* que en sentido figurado pertenecen todos al ámbito de la murmuración (como en las frases *cortar de vestir, de tijera...:* cfr. I, i, 1, n. 7).

[22] «Sin duda se recuerda aquí la locución *por compás y por nivel* 'con igualdad, por medida justa'» (FR). Sobre la inminente pareja *falso/falto,* comp. *Criticón,* I, pág. 82.

[23] *saturnino:* taciturno, melancólico (pues se creía que ese carácter era debido a la influencia de Saturno).

[24] Cfr. I, iii, 1, n. 6.

[25] *carta de guía:* salvoconducto.

[26] *derrama:* impuesto, contribución.

[27] *almotacén:* el encargado de comprobar si los pesos y medidas aran cabales.

necesario. Para luego y presto valíme de tiña, que sabía contra-hacer por excelencia. Entrando el gobernador, pasó por mí los ojos, diome limosna, fueme razonable algunos días. Y como la codicia rompe el saco, parecióme un día de fiesta sacar nueva invención. Hice mis preparamentos, aderecé una pierna que valía una viña. Fuime a la iglesia con ella, comencé a entonar la voz, alzando de punto la plaga, como el que bien lo sabía. Quísolo mi desgracia o mi poco saber, que siempre de la igno-rancia y necedad proceden los acaecimientos[28].

No tenía yo para qué buscar pan de trastrigo ni andar hecho truecaborricas en pueblo corto[29]. Pasara con mi tiña, que me daba de comer y estaba recebida, sin andarme buscando más retartalillas[30] ni ensayando invenciones.

Vino el gobernador aquel día en aquella iglesia para oír misa y, como me reconoció, hízome levantar, diciendo:

—Vente comigo, daréte una camisa que te pongas.

Creílo, fuime con él a su posada. Si supiera lo que me que-ría, no sé si me alcanzara con una culebrina[31] ni me asiera en sus manos, por buena maña que se diera.

Cuando allá estuve, miróme al rostro, y dijo:

—Con esos colores y frescura de cuerpo, que estás gordo, recio y tieso, ¿cómo tienes así esa pierna? No acuden bien lo uno a lo otro.

Respondíle turbado:

—No sé, señor, Dios ha sido servido dello.

Luego conocí mi mal y atisbaba la salida, para si pudiera to-mar la puerta. No pude, que estaba cerrada. Mandó llamar un

---

[28] «De la ignorancia y necedad procedieron los acaecimientos» (Aristóteles, en Juan de Aranda, *Lugares comunes,* fol. 50r).

[29] *buscar pan de trastrigo:* complicar las cosas, pretendiendo imposibles, pues «el trigo es el mejor grano y pan más subido, y es imposible hallarle mejor» (Co-rreas); *truecaborricas:* seguramente hay que entenderlo como 'demasiado inestable e inquieto' (sólo Covarrubias recoge y explica la expresión *«trueca burras:* el que anda siempre comprando y vendiendo bestias»). Con un par de citas se entiende lo del *pueblo corto:* «Dios nos libre de pleitear en pueblos chicos...» (*La Pícara Jus-tina,* III, i, pág. 631, y cfr. 688-689), pues «en estos lugares cortos de todo se trata y todo se murmura *(Don Quijote,* I, xii: I, pág. 341).

[30] *retartalilla:* charlatanería.

[31] *culebrina:* «pieza de artillería, que aunque tira menor bala que otras, la arro-ja a gran distancia» *(Autoridades).*

cirujano que me examinase. Vino y miróme de espacio. A los principios turbélo, que no sabía qué fuese; mas luego se desengañó y le dijo:

—Señor, este mozo no tiene más en su pierna que yo en los ojos. Y para que se vea claramente, lo mostraré.

Comenzó a desenfardelarme y, desenvolviendo adobos y trapos, me dejó la pierna tan sana, como era verdad que lo estaba.

Quedó el gobernador admirado en verme de aquella manera y más de mi habilidad. Yo pasmé, sin saber qué decir ni hacer. Y si la edad no me valiera, otro que Dios no me librara de un ejemplar castigo. Mas el ser muchacho me reservó de mayor pena, y en lugar de camisa que me prometió, mandó que el verdugo en su presencia me diese un jubón[32] para debajo de la rota que yo llevaba y que saliese de la ciudad luego al momento. Mas, aunque no me lo mandaran, en cuidado lo tenía, que allí no quedara si señor della me hicieran.

Fuime temeroso, temblando y encogido, volviendo de cuando en cuando atrás la cabeza, sospechoso si pareciéndoles no llevar bastante recaudo, quisieran darme otra vuelta. Con esto me fui a la tierra del Papa, acordándome de mi Roma y echándole a millares las bendiciones, que nunca reparaban en menudencias ni se ponían a espulgar colores: cada uno busque su vida como mejor pudiere. Al fin tierra larga, donde hay qué mariscar[33] y por dónde navegar; y no por estrechos, siempre por la canal, donde a pocos bordos, con poca tormenta darás en bajíos, quedando roto y desbaratado.

[32] El *jubón* da azotes comentado en I, i, 5, n. 31.
[33] *mariscar*: hurtar (cfr. I, ii, 3, n. 12).

CAPÍTULO VI

VUELTO A ROMA GUZMÁN DE ALFARACHE, UN CARDENAL, COM-
PADECIDO DÉL, MANDÓ QUE FUESE CURADO EN SU CASA Y
CAMA [1]

Bien es verdad natural en los de poca edad tener corta vista en las cosas delicadas que requieren gravedad y peso, no por defecto del entendimiento, sino por falta de prudencia, la cual pide experiencia y la experiencia tiempo. Como la fruta verde mal sazonada no tiene sabor perfecto, antes acedo y desabrido, así no le ha llegado al mozo su maduro. Fáltale el sabor, la especulación de las cosas y conocimiento verdadero dellas. Y no es maravilla que yerre: antes lo sería si acertase. Con todo esto el buen natural de ordinario siempre tiene más capacidad para las consideraciones.

Conocí del mío, que muchas veces me levantó el espíritu más de lo que pedían mis años, poniéndome, como el águila sus pollos, los ojos clavados en el sol de la verdad[2]; conside-

---

[1] Sobre la actividad de Guzmán como paje (fuentes, contactos literarios, interpretaciones...), cfr. especialmente E. Cros, *Protée*, págs. 341-347, y *Sources*, págs. 81-83, donde se recuerdan obras como el *Diálogo de los pajes* de Hermosilla. Las relaciones del pícaro con el cardenal y la visión que de éste nos ofrece Alemán han merecido últimamente matizaciones muy profundas que muestran la ironía del autor en el retrato de los rasgos morales del religioso, sobre el fondo de «una implícita censura del mal ejemplo dado por Roma en su descuido e incomprensión del problema del pauperismo» (F. Márquez Villanueva, «Guzmán y el cardenal», pág. 329, y cfr. M. Cavillac, *Gueux et marchands*, páginas 370-390, y G. Sobejano, «De la intención y valor del *Guzmán*», pág. 18, donde apunta algunas coincidencias con el tratado II del *Lazarillo:* el clérigo de Maqueda).

[2] «Por singularidad del águila se tenía la de poder mirar al sol sin cegar —y

419

rando que todas mis trazas y modos de engañar era engañarme
a mí mesmo, robando al verdaderamente necesitado y pobre,
lisiado, impedido del trabajo, a quien aquella limosna pertenecía, y que el pobre nunca engaña ni puede, aunque su fin es
ése; porque quien da no mira al que lo da y el que pide es el reclamo que llama las aves y él se está en su percha seguro.

El mendigo con el reclamo de sus lamentaciones recibe la limosna, que convierte en útil suyo, metiendo a Dios en su voz,
con que lo hace deudor, obligándole a la paga. Por una parte
me alegraba cuando me lo daban, por otra temblaba entre mí
cuando me tomaba la cuenta de mi vida. Porque, sabiendo
cierto ser aquél camino de mi condenación, estaba obligado a
la restitución, como hizo el florentín[3]. Mas cuando algunas veces vía que algunos hombres poderosos y ricos con curiosidad
se ponían a hacer especulación para dar una desventurada moneda que es una blanca, no lo podía sufrir: gastábaseme la paciencia, y aún hoy se me refresca con ira, embistiéndoseme un
furor de rabia en contra dellos, que no sé cómo lo diga.

Rico amigo, ¿no estás harto, cansado y ensordecido de oír
las veces que te han dicho que lo que hicieres por cualquier pobre, que lo pide por Dios, lo haces por el mismo Dios y Él
mismo te queda obligado a la paga, haciendo deuda ajena suya
propria?[4].

Somos los pobres como el cero de guarismo, que por sí no
vale nada y hace valer a la letra que se le allega, y tanto más
cuantos más ceros tuviere delante. Si quieres valer diez, pon
un pobre par de ti, y cuantos más pobres remediares y más limosna hicieres, son ceros que te darán para con Dios mayor
merecimiento. ¿Qué te pones a considerar si gano, si no gano,
si me dan, si no me dan? Dame tú lo que te pido, si lo tienes y
puedes, que, cuando no por Dios que te lo manda, por naturaleza me lo debes. Y no entiendas que lo que tienes y vales es

recurrir a tal prueba para distinguir a sus crías» (FR, con abundantes ejemplos).
Era creencia divulgadísima (Aristóteles, Plinio, San Isidoro...) y llegó a muchos
textos españoles del Siglo de Oro, de ámbitos muy distintos: *vid.* Juan de Aranda, *Lugares comunes*, fol. 198r; Juan Rufo, *Las seiscientas, ap.* 656, pág. 227; Covarrubias, *s. v.; La Pícara Justina*, I, iii, 2.º, págs. 213-214, o Hernando de Soto,
Emblemas moralizadas, fols. 77r-79r.
   [3] Se refiere al mendigo contrahecho del capítulo anterior.
   [4] Cfr., por ejemplo, San Mateo, 25, 40.

por mejor lana, sino por mejor cardada, y el que a ti te lo dio y a mí me lo quitó, pudiera descruzar las manos y dar su bendición al que fuera su voluntad y la mereciera.

No seas especulador ni hagas eleciones. Que si bien lo miras no son sino avaricia y escusas para no darla; yo lo sé, alarga el ánimo. Para ello y que veas el efecto de la limosna, oye lo que cuenta Sofronio, a quien cita Canisio[5], varón docto. Teniendo una mujer viuda una sola hija muy hermosa doncella, el emperador Zenón se enamoró della y por fuerza, contra toda su voluntad, la estupró, gozándola con tiranía. La madre, viéndose afligida por ello y ultrajada, teniendo gran devoción a una imagen de Nuestra Señora, cada vez que a ella se encomendaba decía: «Virgen María, venganza y castigo te pido desta fuerza y afrenta que Zenón, tirano emperador, nos hace.» Dice que oyó una voz que le dijo: «Ya estuvieras vengada, si las limosnas del emperador no nos hubieran atado las manos.»

Desata las tuyas en favorecer los mendigos, que es tu interese y te va más a ti en darlo que a ellos en recebirlo. No hizo Dios tanto al rico para el pobre como al pobre para el rico[6]. No te atengas con decir quién lo merece mejor. No hay más de un Dios, por Ése te lo piden, a Él se lo das, todo es uno, y tú no puedes entender la necesidad ajena cómo aprieta ni es posible conocerla por lo exterior que juzgas, pareciéndote uno estar sano y no ser justo darle limosna. No busques escapatorias para descabullirte; déjalo a su dueño. No es a tu cargo el examen; jueces hay a quien toca. Si no, míralo por mí, si hubo descuido en castigarme: lo mismo harán los demás.

No te pongas, ¡oh, tú, de malas entrañas!, en acecho, que ya te veo. Digo que la caridad y limosna su orden tiene. No digo que no la ordenes, sino que la hagas, que la des y no la espul-

---

[5] Del *Opus cathechisticum* de Pedro Canisio, jesuita alemán del siglo XVI, se toma —efectivamente— el apotegma (FR, con el pasaje en cuestión: col. 1330 de la edición de París, 1585). Cfr. M. Cavillac, *Gueux et marchands*, páginas 100-101.

[6] Pues «los pobres se hicieron para el provecho de los ricos» (San Juan Crisóstomo, en J. de Aranda, *Lugares comunes*, fol. 163v). Cfr. la carta de Alemán a su amigo Pérez de Herrera: «Dios hizo al rico rico para pensionero del pobre y al pobre pobre para enriquecer de gloria al rico; más nos dan que les damos» *(apud* E. Cros, *Protée*, pág. 438).

gues si tiene, si no tiene, si dijo, si hizo, si puede, si no puede. Si te la pide, ya se la debes[7]. Caro le cuesta, como he dicho; y tu oficio sólo es dar. El corregidor y el regidor, el prelado y su vicario abran los ojos y sepan cuál no es pobre, para que sea castigado. Ése es oficio, ésa es dignidad, cruz y trabajo. No los hicieron cabezas para comer el mejor bocado, sino para que tengan mayor cuidado; no para reír con truhanes, sino para gemir las desventuras del pueblo; no para dormir y roncar, sino para velar y suspirar, teniendo como el dragón continuamente clara la vista del espíritu[8].

Así que a ti te toca solamente el dar de la limosna. Y no pienses que cumples dando lo que no te hace provecho y lo tienes a un rincón para echarlo al muladar. Que, como si el pobre lo fuese, das en él con ello, no tanto por dárselo como por sacarlo de tu casa: que así fue el sacrificio de Caín. Lo que ofrecieres, lo mejor ha de ser, como lo hizo el justo Abel[9], con deseo y voluntad que fuera mucho mejor y que haga mucho provecho. No como de por fuerza, ni con trompetas[10]; antes con pura caridad, para que saques della el fruto que se promete, aceptándote el sacrificio.

Alejado voy de Roma, para donde caminaba. Cuando allá llegué, me reventaron las lágrimas de gozo. Quisiera fueran los brazos capaces de abrazar aquellas santas murallas. El primer paso que dentro puse fue con la boca, besando aquel santo suelo. Y como la tierra que el hombre sabe, esa es su madre[11], yo sabía bien la ciudad, era conocido en ella; comencé como antes a buscar mi vida. Vida la llamaba, siendo mi muerte. Y aquél me parecía mi centro.

¡Cuán casados estamos con las pasiones nuestras y cómo lo que aquello no es nos parece estraño, siendo lo verdadero y

---

[7] Cfr. —aparte la bibliografía citada en otros lugares— E. Cros, *Protée*, página 221, y *Mateo Alemán*, págs. 125-126.

[8] «Díjose *dragón* en latín *draco, -nis*, del nombre griego *dracon, a verbo dercein 'videre'*: porque según escriben los naturales es de perfectísima vista» (Covarrubias), y emblema habitual de la vigilancia o —en el otro extremo— de la asechanza del enemigo (cfr. I, ii, 5, *ca.* n. 50).

[9] Cfr. *Génesis*, 4.

[10] Cfr. San Mateo, 6, 2.

[11] *la tierra... madre*, en Correas.

cierto! Así me pareció la suma felicidad, juzgando a desventura lo demás. Y aunque todo lo miraba, inclinábame a lo peor y eso tenía por mejor[12].

Levantéme una mañana, según tenía costumbre, y mi pierna que se pudiera enseñar a vista de oficiales[13]; púseme con ella pidiendo a la puerta de un cardenal, y, como él saliese para el palacio sacro, reparóse a oírme: que pedía la voz levantada, el tono extravagante y no de los ocho del canto llano[14], diciendo:

—¡Dame, noble cristiano, amigo de Jesucristo! ¡Ten misericordia deste pecador afligido y llagado, impedido de sus miembros! ¡Mira mis tristes años! ¡Amancíllate deste pecador! ¡Oh, Reverendísimo Padre, Monseñor Ilustrísimo! ¡Duélase Vuestra Señoría Ilustrísima deste mísero mozo, que me veo y me deseo! ¡Loada sea la pasión de nuestro maestro y redemptor Jesucristo!

Monseñor, después de haberme oído atentamente, apiadóse en extremo de mí. No le parecí hombre: representósele el mismo Dios. Luego mandó a sus criados que en brazos me metiesen en casa y que, desnudándome aquellas viejas y rotas vestiduras, me echasen en su propria cama y en otro aposento junto a éste le pusiesen la suya. Hízose así en un momento.

¡Oh bondad grande de Dios! ¡Larguez de su condición hidalga! Desnudáronme para vestirme, quitáronme de pedir para darme y que pudiera dar. Nunca Dios quita, que no sea para hacer mayores mercedes. Dios te pide: darte quiere. Pónese cansado a medio día en la fuente, pídete un jarro de agua de que beben las bestias: agua viva te quiere dar por ella, con que lo goces entre los ángeles[15]. Este santo varón lo hizo a su imi-

---

[12] «Recuerda, si bien jugando con ella, la conocida sentencia de Ovidio, *Metamorfosis*, VII, 20-21: "Video meliora proboque, / Deteriora seuor"» (FR), también recordada a través de Petrarca, por los poetas castellanos del XVI, Garcilaso al frente.

[13] Entiéndase que 'podría pasar el examen del más experto'.

[14] Nos dice que sus quejidos tenían dos características: nula armonía (su *tono* 'desarreglado' no era uno de los *ocho* que tiene el *canto llano*, uniforme en la medida de sus notas) y garrulería, pues la frase *llevar el canto llano* se aplicaba a alguien parco en palabras (cfr. Covarrubias). Ya en otras ocasiones ha descrito las lamentaciones de los pordioseros en términos musicales (cfr. I, iii, 2, *ca.* n. 29).

[15] Cfr. San Juan, 4 (Jesús y la samaritana).

De la edición de Amberes, 1681.

tación. Y luego mandó venir dos expertos cirujanos y, ofreciéndoles buen premio, les encargó mi cura, procurando mi sanidad. Y con esto, dejándome en las manos de los dos verdugos[16] y en poder de mis enemigos, fuese su viaje.

Aunque el fingir de llagas hacíamos de muchas maneras, las que tenía entonces era con cierta yerba que las hacía de tan mal parecer, que a quien las viera parecieran incurables y necesitadas de grande remedio, teniéndolas por cosa cancerada. Pero si solos tres días dejara la continuación de aqueste embeleco, la propria naturaleza pusiera las carnes con la perfección y sanidad que antes tenían.

A los dos cirujanos les pareció de la primera vista cosa de mucho momento. Quitáronse las capas; pidieron un brasero de lumbre, manteca de vacas, huevos y otras cosas, que, cuando todo estuvo a punto, me desfajaron muy de propósito. Preguntáronme cuánto tiempo había que padecía de aquel mal, si me acordaba de qué hubiese procedido, si bebía vino, qué cosas comía y otras preguntas como ésta, que los en el arte peritos acostumbran hacer en semejantes actos.

A todo enmudecí quedando como un muerto, que no estaba en mí ni lo estuve en mucho rato, viendo tanto preparamento para cortar y cauterizar; y, cuando desto escapase, mi maldad había de quedar manifiesta. Lo en Gaeta padecido se me antojaban flores[17]: aquí fue el temer a monseñor, cuán bravo castigo me había de mandar hacer por la burla recebida.

No sabía cómo remediarme, qué hacerme ni de quién valerme, porque en toda la letanía ni en *Flos Sanctorum* no hallaba santo defensor de bellacos, que quisiera disculparme. Habíanme mirado y dado cien vueltas. Dije: «Perdido voy; aún vida tengo, si pellejo me dejan esta vez. Dos horas son de trabajo, si ya no me sepultan en el Tíber. Pasarélas como pudiere, y si me cortan la pierna quedaré con mejor achaque y cierta la ganancia, si no es que me muero. Mas cuando tan mal suceda, ten-

---

[16] Era tradicional la identificación del médico con el verdugo, pues «su oficio es matar» *(Viaje de Turquía*, pág. 146). Cfr. Quevedo, *La hora de todos,* página 72, y I, ii, 4, n. 43.

[17] *se me antojaban flores:* 'me parecía nada, futilidad' (comp. *«irse todo en flores:* no haber cosa de sustancia» [Covarrubias]).

drélo hecho para adelante y no será menester otra vez. ¿Que puedo más, desdichado de mí? Nacido soy; paciencia y barajar, que ya está hecho.»

En esto vacilaba, cuando de la codicia y avaricia de los cirujanos hallé abierta la puerta de mi remedio. El uno dellos —más experimentado— vino a conocer aquello ser fingido y que por las señales procedía de los efectos de la misma yerba que yo usaba. Callólo para sí, diciendo al compañero:

—Cancerada está esta carne. Será necesario, para que el daño se ataje y nazca otra nueva, quitar hasta la viva y quedará como conviene.

El otro dijo:

—Tiempo largo es menester para esta cura: ocasión hay para sacar el vientre de mal año[18].

El que sabía más tomó al otro por la mano y sacólo allá fuera en la antesaleta. Yo, que los vi salir, salté de la cama tras ellos a escuchar, y oí que le dijo así:

—Señor doctor, no creo que Vuestra Merced tiene advertida esta enfermedad, y no me maravillo, por curarse pocas a ella semejantes y así pocos las conocen. Pues quiero que sepa que tengo descubierto un gran secreto.

—¿Qué, por mi vida? —le dijo el otro.

—Yo diré a Vuestra Merced —le respondió—. Este es un grandísimo poltrón, las llagas que tiene son fingidas. ¿Qué haremos? Si lo dejamos, el bien se nos va de las manos, con la honra y el provecho; si lo queremos curar no tenemos de qué y reíráse de nuestra ignorancia. Y si de una ni otra manera se puede salir bien dello, será lo mejor decir al cardenal el caso como pasa.

El otro dijo:

—No señor, por agora no conviene. Menos mal es que para con éste, que es un pícaro, quedemos con poca opinión, que dejar de gozar tan fina ocasión. No nos demos por entendidos; antes lo iremos curando con medicamentos que entretengan; y si fuere necesario, aplicándole corrosivos que le coman de la carne sana, en que nos ocupemos algunos días.

El otro dijo:

---

[18] *sacar el vientre de mal año:* darse un hartazgo.

—No señor, que para eso mejor sería desde luego comenzar con el fuego, cauterizando lo inficionado.

En cuál de los dos remedios habían de comenzar y cómo se había de partir la ganancia estuvieron discordes, a punto de manifestarme a monseñor, porque el que conoció el mal quería más parte. Viendo, pues, en lo que reparaban y ser de poco momento, que de buen partido lo diera yo de mi desventurada pobreza, en trueco de no quedar perdido, así como estaba desnudo salí a ellos y, prostrado ante sus pies, les dije:

—Señores, en vuestras manos y lengua está mi vida o muerte, mi remedio y mi perdición. De mi mal no se os puede seguir bien y de mi bien está cierto el provecho y la reputación. Ya os es notorio la necesidad de los pobres y la dureza de los corazones de los ricos, que para poderlos mover a que nos den una flaca limosna es necesario llagar nuestras carnes con todo género de martirios, padeciendo trabajos y dolores. Y aun éstas ni otras mayores lástimas nos valen. Gran desventura es tener necesidad de padecer lo que padecemos, para un miserable sustento que dello sacamos. Doleos de mí por un solo Dios, que sois hombres, que corréis por la plaza del mundo y sois de carne como yo, y el que me necesitó pudiera necesitaros. No permitáis que sea descubierto. Haced vuestra voluntad, que en lo que tocare a serviros y ayudaros no faltaré punto, de manera que salgáis desta cura muy aventajados. Fiaos de mí, que, cuando no estuviera de por medio algún otro seguro, que el temor de mi pena me hiciera tener secreto. En lo de la ganancia no se repare: mejor es acetarla que perderla. Juguemos tres al mohíno[19], que más vale algo que nada.

Estas plegarias y prerrogativas fueron bastantes a que tuviesen por acertado mi consejo, y más cuando vieron que salí al camino. Gustaron tanto dello, que a hombros quisieran volverme a la cama de contento. Ellos y yo lo recebimos, por lo que a cada uno le importaba.

Tanto se tardaron en estos conciertos y debates, que apenas estaba vuelto a cubrir con la ropa y monseñor entraba por la puerta. Uno de los dos cirujanos le dijo:

—Crea Vuestra Señoría Ilustrísima que la enfermedad deste

---

[19] *tres al mohíno:* 'tres contra uno' (cfr. I, ii, 5, n. 77).

mozuelo es grave y necesariamente se le han de hacer grandes beneficios, porque tiene la carne cancerada en muchas partes y el daño tan arraigado que los medicamentos es imposible obrar sin largo transcurso de tiempo; mas estoy confiado y sin alguna duda certifico que ha de quedar sano y bueno, mediante la voluntad de Dios.

El otro dijo:

—Si este mozuelo no cayera en las piadosas manos de Vuestra Señoría Ilustrísima, dentro de pocos días acabara de corromperse y muriera; mas atajarásele su daño de modo que dentro en seis meses y aun antes le quedarán sus carnes tan limpias como las mías.

El buen cardenal, a quien sólo caridad movía, les dijo:

—En seis o en diez, cúrese como se ha de curar, que yo mandaré proveer lo necesario.

Con esto los dejó y se entró en el otro aposento. Esto me alentó y, como si de otra parte me trajeran el corazón y me lo pusieran en el cuerpo, así entonces lo sentí, que aún hasta en este punto no estaba fiado de aquellos traidores. Temía no dieran alguna vuelta, dejándome perdido; mas ya con lo que allí trataron en mi presencia quedé alegre y consolado.

Pero la costumbre del jurar, jugar y bribar son duras de desechar[20]. No pudo dejar de darme gran pesadumbre verme impedido, encerrado, inhábil de gozar lo mucho y bueno que tenía pidiendo; mas pasábase menos mal, por el curioso tratamiento, comida y cama que tenía, que era según podía desearse: como un príncipe servido, como la persona de monseñor curado, y así lo mandó a los de su casa. Demás que por su propria persona venía todos los días a visitarme, y algunos tardaba[21] comigo, hablando de cosas que gustaba oírme.

Con esto sané de la enfermedad y, cuando pareció a los cirujanos tiempo, se despidieron, siendo de su poco trabajo mucho y bien pagados, y a mí me mandaron hacer de vestir y pasar al cuartel de los pajes, para que, como uno dellos, de allí adelante sirviese a su señoría ilustrísima.

---

[20] Así viene —poco más o menos, y al lado de otras versiones— en Correas.
[21] *tardaba:* se entretenía.

CAPÍTULO VII

CÓMO GUZMÁN DE ALFARACHE SIRVIÓ DE PAJE A MONSEÑOR
ILUSTRÍSIMO CARDENAL Y LO QUE LE SUCEDIÓ

De todas las cosas criadas ninguna podrá decir haber pasado
sin su imperio. A todos les llegó su día y tuvieron vez[1]. Mas
como el tiempo todo lo trueca, las unas pasan y otras han corrido. De la poesía ya es notorio cuánto fue celebrada. Diga de
la oración la antigua Roma, la veneración que dio a sus oradores, y hoy nuestra España a las sagradas letras, de tantos tiempos atrás bien recebidas, y en el punto en que están ambos derechos. Los vestidos y trajes de España no se escapan, que, in-
ventando cada día novedades, todos ahílan[2] tras ellas como cabras. Ninguno queda que no los estrene; y aquello no parece
bien, que hoy el uso no admite, no obstante que se usó y tuvo
por bueno; llegando la ignorancia del vulgacho a querer todos
emparejarse, vistiendo a una medida, el alto como el bajo de
cuerpo, el gordo como el flaco, el defectuoso como el sano,
haciendo sus talles de feas monstruosidades, por seguir igualmente al uso y querer con un jarabe o purga curar todas las enfermedades[3].

---

[1] Glosa una idea que está ya en el *Eclesiastés,* 3, 1: «Omnia tempus habent»
(cfr. también II, ii, 7, n. 77).

[2] *ahílan:* «andan en hilera, como las cabras por las veredas del monte» (JSF).

[3] Comp. Torquemada: «Ni yo... hallé en los vestidos el mundo como agora
le vemos, ni fue siempre lo que agora parece; antes hace en esto tantas mudanzas, y más en nuestros tiempos, que ya es confusión pensar en ello... Y lo peor
es, que cuando un hombre piensa que está vestido para diez años, no es pasado
uno cuando viene otro uso nuevo que luego le pone en cuidado... de manera
que los usos e invenciones nuevas de cada día desasosiegan las gentes y acaban

También los vocablos y frasis de hablar corrompió el uso, y los que algún tiempo eran limados y castos, hoy tenemos por bárbaros[4]. Las comidas también tienen su cuándo, que no nos sabe bien en el invierno lo que por el verano apetecemos, ni en otoño lo que en el estío, y al contrario.

Los edificios y máquinas de guerra se inovan cada día. Las cosas manuales van rodando: las sillas, los bufetes, escritorios, mesas, bancos, taburetes, candiles, candeleros, los juegos y danzas. Que aun hasta en lo que es música y en los cantares hallamos esto mismo, pues las seguidillas arrinconaron a la zarabanda[5] y otros vendrán que las destruyan y caigan.

¿Quién vio los machuelos un tiempo, que tanto terciopelo arrastraron en gualdrapas y ser incapaces hoy de toda cortesía, que ni cosa de seda ni dorada se les puede poner?[6]. Testigos somos todos cuando el hermano sardesco[7] era el regalo de las damas, en que iban a sus estaciones y visitas; agora es todo sillas, las que antes eran albardas[8]. Digan las mismas damas cuán esencial cosa sea y lo que importa tener perritos falderillos[9], monas y papagayos, para entretener el tiempo que en los

---

las haciendas... Y de lo que a mí me toma gana de reír es de ver que los oficiales y los hombres comunes andan tan aderezados y puestos en orden que no se diferencian en el hábito de los caballeros y poderosos» *(Coloquios satíricos,* páginas 528a y 529b). Cfr. también Mateo Luján, *Segunda parte,* i, 5, pág. 373a.

[4] La idea —tan importante para el autor de una *Ortografía castellana* afín a estos párrafos en más de una línea— parte de Horacio, *Arte poética,* 70-72.

[5] *zarabanda:* baile «alegre y lascivo, porque se hace con meneos del cuerpo descompuestos» (Covarrubias); de hecho, la seguidilla no consiguió «arrinconarla» como dice el pícaro, y sobrevivió hasta mediado el siglo XVII (FR, con bibliografía).

[6] En 1578, ordena una pragmática «que en ningún tiempo del año se pueda andar en mulas ni machos con gualdrapas..., excepto a personas de hábito eclesiástico, doctores, maestros y licenciados» *(Novísima Recopilación,* VI, xv, 2).

[7] *sardesco:* asno pequeño (cfr. I, i, 2, n. 26).

[8] Comp. el lamento de doña Rodríguez en el *Quijote:* «¡Válame Dios, y con qué autoridad llevaba a mi señora a las ancas de una poderosa mula...! Que entonces no se usaban coches ni sillas» (VII, pág. 81). Ambos textos se refieren, naturalmente, a las *sillas de manos,* cuyo uso también quiso limitar la legislación de en torno a 1600.

[9] Ya hay una temprana burla de la costumbre de tener falderos en una graciosa consolación de Antonio de Guevara, *Epístolas familiares,* II, xxxviii, páginas 405-411.

pasados gastaban con la rueca y con las almohadillas[10]. Mas fueron desgraciados y pasaron. Corrieron, como todo.

A la Verdad aconteció lo mismo[11]. También tuvo su cuando, de tal manera, que antiguamente se usaba más que agora y tanto, que vinieron a decir haber sido sobre todas las virtudes respetada, y aquel que decía mentira más o menos de importancia, era conforme a ella castigado hasta darle pena de muerte, siendo públicamente apedreado. Mas como lo bueno cansa y lo malo nunca se daña[12], no pudo entre los malos ley tan santa conservarse. Sucedió que, viniendo una gran pestilencia, todos aquellos a quien tocaba, si escapaban con la vida, quedaban con lesión de las personas. Y como la generación fuese pasando, alcanzándose unos a otros, los que sanos nacían vituperaban a los lisiados diciéndoles las faltas y defectos de que notablemente les pesaba ser denostados. De donde poco a poco vino la Verdad a no querer ser oída, y de no quererla oír llegaron a no quererla decir, que de un escalón se sube a dos y de dos hasta el más alto; de una centella se abrasa una ciudad[13]. Al fin fuéronsele atreviendo, hasta venir a romper el estatuto, siendo condenada en perpetuo destierro y a que en su silla fuese recebida la Mentira.

Salió la Verdad a cumplir el tenor de la sentencia. Iba sola, pobre, y —cual suele acontecer a los caídos, que tanto uno vale cuanto lo que tiene y puede valen[14], y en las adversidades los que se llaman amigos declaradamente se descubren por enemigos[15]— a pocas jornadas, estando en un repecho, vio pa-

---

[10]   «*almohadillas* sobre que las mujeres cosen y labran» (Covarrubias).

[11]   Hizo honor a su nombre «El Acertador» del *Criticón* (III, iii, pág. 89), cuando, a propósito de esta alegoría (citada por extenso y elogiada también en la *Agudeza*, xxviii), aludió a su autor como «un amigo de Luciano», pues en la corriente lucianesca de la prosa humanística hay que buscar las sugestiones que obraron en Alemán (y no en otras partes: cfr. E. Cros, *Protée*, pág. 240, y *Sources*, pág. 163). Comp. la alegoría narrada en *El crótalon*, págs. 405-411 (y cfr. también lo dicho en I, i, 7, n. 15).

[12]   *lo bueno cansa y lo malo nunca se daña*: lo recoge Correas, advirtiendo que «trocado es más seguro».

[13]   Cfr. I, i, 7, n. 23.

[14]   *tanto... valen*, en Correas.

[15]   «En las adversidades, muchos que se llaman amigos declaradamente se descubren por enemigos» (Correas).

recer por cima de un collado mucha gente y, cuanto más se acercaba, mayor grandeza descubría. En medio de un escuadrón, cercado de un ejército, iban reyes, príncipes, gobernadores, sacerdotes de aquella gentilidad, hombres de gobierno y poderosos, cada uno conforme a su calidad más o menos llegado cerca de un carro triunfal, que llevaban en medio con gran majestad, el cual era fabricado con admirable artificio y extrema curiosidad.

En él venía un trono hecho, que se remataba con una silla de marfil, ébano y oro, con muchas piedras de precio engastadas. En ella iba una mujer sentada, coronada de reina, el rostro hermosísimo; pero cuanto más de cerca perdía de su hermosura, hasta quedar en extremo fea. Su cuerpo, estando sentada, parecía muy gallardo; mas puesta en pie o andando, descubría muchos defectos. Iba vestida de tornasoles riquísimos a la vista y de colores varios; mas tan sutiles y de poca sustancia, que el aire los maltrataba y con poco se rompían.

Detúvose la Verdad en tanto que pasaba este escuadrón, admirada de ver su grandeza, y cuando el carro llegó, que la Mentira reconoció a la Verdad, mandó que parasen. Hízola llegar cerca de sí. Preguntóle de dónde venía, dónde y a qué iba. Y la Verdad la dijo en todo. A la Mentira le pareció convenir a su grandeza llevarla consigo, que tanto es uno más poderoso cuanto a mayores contrarios vence y tanto en más tenido cuantas más fuerzas resistiere.

Mandóla volver. No pudo librarse; hubo de caminar con ella; pero quedóse atrás de toda la turba, por ser aquél su proprio lugar conocido. Quien buscare a la Verdad, no la hallará con la Mentira ni sus ministros; a la postre de todo está y allí se manifiesta.

La primera jornada que hicieron, fue a una ciudad en donde salió a recebirlos el Favor, un príncipe muy poderoso. Convidóla con el hospedaje de su casa. Aceptó la Mentira la voluntad, mas fuese al mesón del Ingenio, casa rica, donde le aderezaron la comida y sestearon.

Luego, queriendo pasar adelante, llegó el mayordomo, Ostentación, con su gran personaje, la barba larga, el rostro grave, el andar compuesto y la habla reposada. Preguntóle al huésped lo que debía. Hicieron la cuenta y el mayordomo, sin reparar en alguna cosa, dijo que bien estaba. Luego la Mentira llamó a la Ostentación, diciendo: «Pagadle a ese buen hombre de la moneda que le distes a guardar cuando aquí entrastes.»

El huésped quedó como tonto, qué moneda fuese aquélla que decían. Túvolo a los principios por donaire; mas, como instasen en ello y viese que lo afirmaban tanta gente de buen talle, lamentábase diciendo nunca tal habérsele dado. Presentó la Mentira por testigos al Ocio su tesorero, a la Adulación su maestresala, al Vicio su camarero, a la Asechanza su dueña de honor y a otros sirvientes suyos. Y para más convencerlo, mandó comparecer ante sí al Interés, hijo del huésped, y a la Codicia, su mujer. Todos los cuales contestes[16] afirmaron ser así. Viéndose apretado el Ingenio, con exclamaciones rompía los aires, pidiendo a los cielos manifestase la Verdad[17]; pues no sólo le negaban lo que le debían, pero le pedían lo que no debía.

Viéndolo la Verdad tan apretado, como tan amiga que siempre deseó ser suya, le dijo: «Ingenio, amigo, razón tenéis; pero no puede aprovecharos, que es la Mentira quien os niega la deuda y no hay aquí más de a mí de vuestra parte y en lo que puedo valeros es en sólo declararme, como lo hago.» Quedó la Mentira tan corrida de aqueste atrevimiento, que mandó a los ministros pagasen al Ingenio de la hacienda de la Verdad.

Y así se hizo y pasaron adelante, haciendo por los caminos, ventas y posadas lo que tiene de costumbre semejante género de gente, sin dejar alguna que no robasen. Que un malo suele ser verdugo de otro, y siempre un ladrón, un blasfemo, un rufián y un desalmado acaba en las manos de otro su igual: son peces que se comen grandes a chicos[18].

Llegaron más adelante a un lugar donde la Murmuración era señora y gran amiga de la Mentira. Salióla a recebir, llevando delante de sí los poderosos de su tierra y privados de su casa, entre los cuales iban la Soberbia, Traición, Engaño,

---

[16] *conteste:* el que con su declaración confirma la de otros testigos.

[17] *manifestase la Verdad:* 'declararse la Verdad' (con mayúscula en la edición sevillana: cfr. las variantes), lectura que prefiero —por la insistencia del pasaje en otros términos judiciales— a la de la príncipe: «pidiendo a los cielos manifestasen la verdad».

[18] Es refrán conocido.

Gula, Ingratitud, Malicia, Odio, Pereza, Pertinacia, Venganza, Invidia, Injuria, Necedad, Vanagloria, Locura, Voluntad, sin otros muchos familiares.

Convidóla con su posada, la cual aceptó la Mentira, con una condición, que sólo se le diese el casco de la casa[19], porque ella quería hacer la costa. La Murmuración quisiera mostrarle allí su poder y regalarla; mas como debía dar gusto a la Mentira, recibió la merced que le hacía, sin replicarle más en ello y así se fueron juntos a palacio. El veedor Solicitud y el despensero Inconstancia proveyeron la comida. Y a la fama vinieron de la comarca con suma de bastimentos. Todo se recebía, sin reparar en precios. Y en habiendo comido, queriendo ya partirse, los dueños pidieron su dinero de lo que habían vendido. El tesorero dijo que nada les debía y el despensero que lo había pagado.

Levantóse gran alboroto. Salió la Mentira, diciendo: «Amigos, ¿que pedís? Locos estáis o no os entiendo: ya os han pagado cuanto aquí trajistes, que yo lo vi, y os dieron el dinero en presencia de la Verdad. Ella lo diga, si basta por testigo.» Fueron a la Verdad que lo dijese. Hízose dormida; recordáronla con voces, mas ella, considerando lo pasado, dudaba en lo que había de hacer. Acordó fingirse muda, escarmentada de hablar, por no pagar ajena costa y de sus enemigos, y con aquella costumbre se ha quedado.

Ya la Verdad es muda, por lo que le costó el no serlo: ese que la trata, paga. Mas a mi parecer, pinto en la imaginación que la Verdad y la Mentira son como la cuerda y la clavija de cualquier instrumento. La cuerda tiene lindo sonido, suave y dulce; la clavija gruñe, rechina y con dificultad voltea. La cuerda va dando de sí, alargándose, hasta que la ponen en su punto; la clavija va dando tornos, quedando apretada, señalada y gastada de la cuerda. Pues así pasa: la Verdad es la clavija y la Mentira la cuerda. Bien puede la Mentira, yéndose estirando, apretar a la Verdad y señalarla, haciéndola gruñir y que ande desabrida; pero al fin va dando tornos y estirando, aunque con trabajo y, quedando sana, la Mentira quiebra[20].

---

[19] *casco de la casa*: sin muebles ni alhajas.
[20] «La verdad adelgaza, mas no quiebra su hilaza» (Correas).

Si mi trato fuera verdad, aunque pasara por tantos tormentos, afrentas y pesadumbres, no pudieran al cabo dejar de tener buen puerto. Era mentira, embuste y bellaquería: luego faltó y quebró. No pudo resistir la torcedura: siempre rodando de daño en daño, de mal en peor, que un abismo llama otro[21].

Ya soy paje[22]. ¡Quiera Dios que no vengamos a peor! No es posible lo que está violentado dejar de bajar o subir a su centro, que siempre apetece. Sacáronme de mis glorias, bajándome a servir. Presto verás lo poco que asisto en ello. Que tanto caminar apriesa, el cansancio llegará presto. Venir tan de vuelo de uno en otro extremo no puede ser con firmeza: es dificultosísimo de conservarse. Si el árbol no echa raíces, no lleva fruto, presto se seca. No las pude echar en el oficio nuevo, aunque perseveré algunos años, ni vine a frutificar. Fue mucho salto a paje, de pícaro —aunque son en cierta manera correlativos y convertibles, que sólo el hábito los diferencia: por fuerza me había de lastimar.

Bien al revés me aconteció que a los otros, pues dicen que las honras, cuanto más crecen, más hambre ponen[23]. A mí me daban hastío las que había profesado. Esas lo eran para mí: cada uno en lo que se cría...[24]. Bueno sería sacar el pece del agua y criar los pavos en ella, hacer volar al buey y el águila que are, sustentar al caballo con arena, cebar con paja al halcón y quitar al hombre el risible[25]. Yo estaba enseñado a las ollas de Egipto; mi centro era el bodegón, la taberna el punto de mi círculo, el vicio mi fin, a quien caminaba. En aquello tenía gusto, aquello era mi salud y todo lo a esto contrario lo era mío.

El que como yo estaba hecho a qué quieres boca, cuerpo qué te falta[26], los ojos hinchados de dormir, las manos como seda

---

[21] «Abissus abissum invocat» (*Salmos*, 41, 8).

[22] *Ya soy paje:* cfr. sobre ellos Cervantes, *Viaje del Parnaso*, VIII, 438, páginas 903-906.

[23] Así en Correas, junto a otras variantes: «... meten» y «... se apetecen».

[24] «Cada uno en lo que se cría, y en la buena crianza la hidalguía» (Correas).

[25] Pues «no hay hombre en el mundo que no se ría y pueda reír, y solo el hombre propiamente se ríe» (*El crótalon*, págs. 110-111), y ese rasgo le hace distinto de los animales, según una idea que remonta a Aristóteles. Sobre las ollas de Egipto, cfr. I, i, 7, n. 21.

[26] *a qué quieres boca:* hoy diríamos 'a pedir de boca' («regalar a uno *a qué quieres*

de holgar, el pellejo liso y tieso de mucho comer, que me sona-ba el vientre como un pandero, las nalgas con callos de estar sentado, mascando siempre a dos carrillos como la mona, de qué manera pudiera sufrir una limitada ración y estar un día de guarda y a la noche la hacha en la mano, en un pie como gru-lla[27], arrimado a la pared hasta casi amanecer, a veces sin ce-nar y aun las más era más a lo cierto, helado de frío, esperando que salga o entre la visita, hecho resaca de las escaleras o fue-lles de herrero, bajando y subiendo, acompañar, seguir la ca-rroza a horas y deshoras, poniéndonos el invierno de lodo y el verano de polvo, sirviendo a la mesa, el vientre ahilado con deseos, comiendo con los ojos y deseando en el alma lo que allí se ponía, llevar el recaudo, volver con otro, gastando zapatos, y de mes a mes que nos los daban, los quince días andábamos descalzos.

En esto se pasa desde primero de enero hasta fin de diciem-bre de cada un año. Preguntando al cabo dello «¿Qué tenéis horro[28], qué se ha ganado?», la respuesta está en la mano: «Se-ñor, sirvo a mercedes[29], he comido y bebido, en invierno frío, en verano caliente, poco, malo y tarde. Traigo este vestido que me dieron y no tanto con que me cubriese, cuanto para con que sirviese; no para que me abrigase, sino con que los honra-se. Hiciéronlo a su gusto y a mi costa; diéronme por mis dine-ros las colores de su antojo. Lo que habemos medrado en abundancia ha sido resfriados, que no hay hombre que pueda alzar un plato; granos y comezón con que nos entretenemos, y otras cosas de frutillas tales o peores. Cuando el viento corre fresco y alcanzamos valor de diez o doce cuartos, todo en grueso, ha sido de otros tantos pellizcos o bocados de cera que quitamos a la hacha y los vendemos a un zapatero de viejo. El que puede acaudalar un cabo, ya ése tiene patrimonio, hace grandezas, compra pasteles y otras chucherías; mas acaso si en

---

boca es darle todo lo que quiere y cuanto pidiere...» [Covarrubias]); cfr. *Don Qui-jote*, V, pág. 146. También *«cuerpo, ¿qué te falta?* dícese al que tiene todo regalo sin cuidado» (Correas). Aparte esto, comp. el retrato de la vida de los pajes en el *Diálogo* de Hermosilla (anotó la similitud E. Cros, *Protée*, págs. 343-344).

[27] *como grulla:* cfr. I, ii, 5, n. 76.

[28] *horro:* el que anda libre tras haber sido esclavo.

[29] *a mercedes:* sin sueldo establecido (cfr. I, ii, 5, n. 12).

ello lo hallan, en azotes lo paga, que es un juicio»[30]. Sólo esto se permitía hurtar, digo se hurtaba, menos mal, que si se nos permitiera, cabo a cabo me diera tal maña, que pusiera tienda de cerería; mas, cuando esquilmaba de la mía o traspalaba de las de mis compañeros, aquello era todo.

Eran ellos tan rateruelos, que nunca les vi meter mano en otra cosa, dejado a parte de comida, que las tales consúmense y nunca se venden. Y aun en esto hacían mil burradas; que como uno levantase un panal de la mesa, envolvióle de presto en un lienzo y metiólo en la faltriquera. Como servía los manjares y no pudiese tan presto darle puerto de salvación o el cobro que deseaba y con el calor se fuese la miel derritiendo, iba corriendo por las medias calzas abajo a mucha priesa. Monseñor lo miraba desde la mesa, y con gana de reír que tuvo, mandóle que se estirase arriba las calzas. El paje lo hizo. Como pasó las manos por cima de la miel, pegósele y quedó corrido, de lo que allí se rieron; mas a fe que le amargó, porque, sin gustar de la miel, con una correa le hicieron que diese la cera[31]. No fuera yo, que a fe que nunca tal me sucediera. Sabía muy bien cualquier bellaquería y no estaba olvidado de mis mañas. Porque no se me secase la vaina, me ocupaba siempre en menudencias, haciendo cuidadosos a mis compañeros. El diablo trajo a palacio necios y lerdos, que se dejan caído cada pedazo por su parte; gente enfadosa de tratar, pesada de sufrir y molesta de conversar. El hombre ha de parecer al buen caballo o galgo: en la ocasión ha de señalar su carrera y fuera della se ha de mostrar compuesto y quieto.

Paje había, y digo que los más y me alargo más, que todos eran unos leños, lerdos, poco bulliciosos, así delante como detrás de su señor. Tan tardos en los mandados, como en levan-

[30] *es un juicio:* «por admiración. Dícese encareciendo por comparación del Juicio Final» (Correas).

[31] Se trata de un cuentecillo tradicional, recogido también por Hermosilla, *Diálogo de los pajes,* pág. 18: «¿Nunca oysteis, señor, contar de un page, que sacando de la mesa de su amo una tortilla de huevos con su miel y todo, por no tener a mano donde escondella, se la puso sobre la caveça y la gorra encima, y le corría la miel por la cara abajo...?» Cfr. E. Cros, *Protée,* págs. 344-345, y M. Chevalier, «*Guzmán de Alfarache* en 1605», pág. 131. La frase *dar la cera,* al final de la anécdota, vale 'ciscarse de miedo' (cfr. también F. Márquez Villanueva, «Guzmán y el cardenal», pág. 331 y n. 9).

tarse de la cama. Flojos, haraganes, descuidados, que por ser tales holgaba de hacerles tiros[32], acomodándolos de medias, ligas, cuellos, sombreros, lienzos, cintas, puños, zapatos y lo más que podía, de que poblaba el jergón de la cama de mi compañero, porque no lo hallasen en la mía. En los aires[33] lo trocaba por otro y, aunque fuera por hierro viejo, no había de quedar en mi poder. Tuviera cada uno buena cuenta con su hatillo, que si un punto se descuidaba, ojos que lo vieron ir, nunca lo vieran volver[34].

De aquestas travesuras hacía muchas y todas eran obras de mozo liviano. Di en una cosa después, que jamás me había pasado por el pensamiento, y fue en goloso. No sé si lo hizo el comer por tasa y que levantó el deseo el apetito; o que debía estar en muda, porque dicen que en ciertas edades truecan los hombres de costumbres.

Íbame tras la golosina, como ciego en el rezado[35]. Las que mis ojos columbraban, en el erario no estaban seguras. Mis manos eran águilas; y como el ciervo con el resuello saca las culebras de las entrañas de la tierra[36], así yo, poniendo los ojos en las cosas de comer, se me rendían viniéndoseme a la boca.

Tenía monseñor un arcón grande, que usan en Italia, de pino blanco[37]. Aun en España he visto muchos dellos, que

---

[32] «*hacer tiro:* por hacer engaño» (Correas; cfr. «Al vulgo», n. 3); *acomodándolos:* acopiándolos, proveyéndolos.

[33] *En los aires:* al punto, de inmediato.

[34] «Fórmula proverbial (de tradición juglaresca), particularmente repetida según su adaptación en el romance que empieza *Oh Belerma, Oh Belerma:* "Ojos que nos vieron ir no nos verán más en Francia"» (FR).

[35] *como ciego en el rezado:* entiéndase en última instancia 'como el ciego que abusa interesadamente de su oficio pensando en el beneficio'. No creo, sin embargo, que esta explicación dé cuenta de todas las implicaciones de la frase: Guzmán está hablando en concreto de la *golosina* y de su caída en la gula. Recuérdese, además, el chiste de Quevedo: «Al nudo ciego llamará nudo rezante», que apuntala la primera interpretación y no deja lugar —espero— a otras posibles significaciones muy desencaminadas: por ejemplo, durante el rezado —naturalmente *a cierra ojos*—, el ciego tenía la oportunidad de saciar su apetito sin que lo viesen.

[36] El ciervo «con el flato saca la víbora de su caverna y la despedaza» (Covarrubias). Cfr. Plinio, *Historia natural*, VIII, xxxii, 116.

[37] Se ha destacado la ascendencia del *Lazarillo* sobre este episodio del arca: cfr. G. Sobejano, «De la intención y valor», pág. 18 (o D. Oberstar, «El arca...», cuyas conclusiones no veo con claridad).

suelen traer de allá con mercaderías, especialmente con vidros o barros. Este estaba en la recámara para su regalo, con muchos géneros de conservas azucaradas, digo secas. Allí estaba la pera bergamota[38] de Aranjuez, la ciruela ginovisca, melón de Granada, cidra sevillana, naranja y toronja de Plasencia, limón de Murcia, pepino de Valencia, tallos de las Islas[39], berenjena de Toledo, orejones de Aragón, patata de Málaga. Tenía camuesa, zanahoria, calabaza, confituras de mil maneras y otro infinito número de diferencias, que me traían el espíritu inquieto y el alma desasosegada.

Siempre que había de hacer colación o comer alguna destas cosas, dábame la llave, que la sacase en su presencia, sin fiarla nunca de mí a solas. Desta desconfianza nació ira; de la ira, deseo de venganza. Con él me puse a soñar, estando despierto: «¡Válgame Dios! ¿Cómo le daríamos a este arcón garrote[40]?» Ya dije que era grande, a mi parecer de dos varas y media, una de alto y otra en ancho, blanco más que un papel, la veta menuda como hilos de cambray[41], bien labrado, pulido, cerrado con cantoneras y su chapa en medio.

Si sabes qué es hurtar o lo has oído decir, cómo será bueno vaciarlo sin falsar llave, abrir ceradura, quitar gozne ni quebrar tabla, espera, diréte qué hacía... Cuando me cabía la guarda y había en casa visita o cualquier otra ocupación que parecía forzosa o prometía seguridad, tenía mi herramienta prevenida. Alzaba un poquito el un canto de la tapa, cuanto podía meter una cuña de madera y, alzaprimando un poco más, metía un palo rollizo torneado, como cabo de martillo. Este iba poco a poco cazando con él, dando vueltas hacia la chapa y, cuanto más a ella lo llegaba, tanto la dejaba del canto más levantada. De manera que, como era mozuelo y tenía delgado el brazo, sacaba lo que se me antojaba, de que poblaba las faltriqueras.

---

[38] *bergamota:* «un género de peras estimadas en mucho por ser de tanta suavidad y jugo. Al principio solamente se las había en los jardines y huertas de Su Majestad; ya las han plantado en muchas partes. Dijéronse así por haberlas traído de Bérgamo, ciudad de Italia» (Covarrubias).

[39] *de las islas* de la Tercera, en las Azores. Cfr. I, iii, 8, *ca.* n. 19, y C. de Tamariz, *Novelas en verso,* 507d y pág. 409.

[40] *dar... garrote:* forzar una cerradura.

[41] *cambray:* «tela de lienzo muy delgada y fina» *(Autoridades).*

Más hacía, cuando alguna vez no alcanzaba lo que estaba un poco lejos, contra la contumacia y rebeldía de las tales cosas: ponía en un palillo o cabo de caña dos alfileres, uno de punta y otro hecho garabato, con que lo hacía venir a obediencia. Así era señor de cuanto dentro estaba, sin tener llave para ello. Dime tan buena maña que, aunque había mucho, ya se vía la falta, y conocióse claro por una zamboa[42] castellana que, como fuese muy grande y estuviese toda dorada, me incliné a ella. Era un ascua de oro a la vista y después me supo, que hasta hoy la traigo en la boca: nunca mejor cosa ni su semejante vi en mi vida.

Como era pieza conocida y faltase de allí, comenzó la sospecha general. Mas nunca se entendió que se hubiera sacado menos que con llave contrahecha. Y desto pesara mucho a monseñor, tener en su casa quien se atreviera a falsarle cerraduras y más las de dentro de su retrete. Llamó a sus criados principales, para que la verdad se supiera. Quiso mi buena suerte que ya estaba toda digerida, sin memoria della en mi poder. Era el mayordomo un capellán melancólico, de mala digestión[43]; dijo que llamasen a todos los criados para que, encerrados en una pieza, se hiciera en ellos cala y cata y en sus aposentos, porque obra semejante no era de hombre de razón, sino atrevimiento de criado mozo.

A todos nos enjaularon; mas no fue de sustancia, que nos hallaron cabales de la marca y a ninguno falso. Esta se pasó, mas el cuidado no, que a buena fe que andaba el amo deseoso de saber la verdad. Yo con el alboroto dejé pasar algunos días, hasta que se olvidase y hubiese otro asno verde[44], sin osar poner las manos ni aun la vista en el arcón. Mas la corcova que el árbol pequeño hiciere, en cuanto fuere mayor, se le hará peor[45]: las malas mañas que aprendí, me quedaron indelebles. Así pudiera sustentarme sin ello, como sin resollar; y más

---

[42] *zamboa:* «toronja» (Covarrubias), «especie de membrillo injerto, más blando, suave y jugoso» *(Autoridades).*

[43] *de mala digestión:* «persona de poco sufrimiento» (Correas), mal acondicionada.

[44] *otro asno verde:* 'otro imposible, otra ganga' (FR). Cfr. II, i, 2, n. 31.

[45] «La corcova que el árbol nuevo...», en Correas (terminando como Alemán).

aquellas niñerías, que ya les había tomado el tiento y me sabían bien. No pude tenerme en la silla, sin volver a caer y a visitarle de nuevo. Volvíme a la querencia.

Un día que mi amo jugaba, parecióme lance forzoso asistir allí con otros cardenales, aunque le pesara. Estaba el arcón en un retretillo como alcoba, mas adentro de la cámara en que dormía y, teniendo mi brazo arremangado dentro dél, acertó a darle a monseñor gana de orinar. Levantóse a su aposento y, no viendo algún paje, tomó el orinal, que estaba a la cabecera y, estando orinando, sentílo y albórotéme. Quise con el sobresalto sacar el brazo de presto, cayóse el garrotejo rollizo en el suelo y quedéme asido dentro, el brazo entre la tapa y el canto de las maderas: quedé como gorrión en la loseta, bien apretado.

Al ruido del golpe, monseñor preguntó:

—¿Quién está ahí?

No pude no responderle ni apartarme de como estaba. Entró dentro y hallóme de rodillas, castrando la colmena. Preguntóme qué hacía. Hube de confesar.

Diole tanta gana de reír en verme de aquella manera, que llamó a los que con él jugaban, para que me vieran. Riéronse todos y rogaron por mí, que aquella se me perdonase, por ser la primera y golosina de muchacho. Monseñor porfiaba que no y que había de ser azotado. Sobre cuántos azotes me habían de dar, hubo nueva chacota, que así los iban recateando, como si fuera hechura de algún pontifical. Quedaron de concierto fuesen una docena. Remitieron la paga al dómine Nicolao, que servía de secretario. Era mi mortal enemigo. Diómelos con tales ganas, en su aposento, que en quince días no pude estar sentado.

Pero no le sucedió dello como pensaba, que me lo pagó muy presto y aun con setenas[46]. Y fue que, como los mosquitos lo persiguiesen, y hubiese muchos en toda Roma, y en casa buena cantidad, le dije:

—Yo, señor, daré un remedio de que usábamos en España para destruir esta mala canalla.

---

[46] *pagar con las setenas* o *por las setenas*: «que se pagará muy pagado» (Correas, con alusión a la «pena setena» de Virgilio, *Eneida*, VI, 20-21), 'pagar con creces'.

El me lo agradeció, y con ruegos me importunó se lo diese. Díjele que mandase traer un manojo de perejil y, mojado en buen vinagre, lo pusiese a la cabecera de la cama, que todos acudirían al olor y, en sentándose en él, irían cayendo muertos. Creyóme y hízolo luego. Cuando se fue a la cama, cargó tanto número dellos y diéronle tan mala vida, que le sacaban los ojos a tenazadas y le comían las narices. Dábase mil bofetadas para matarlos y, creyendo que morirían, pasó hasta por la mañana.

La noche siguiente, como el remedio hubiese atraído, no sólo los de casa, mas aun de todo el barrio, labraron de manera que le disfiguraron el rostro y todo lo más que pudieron alcanzar de su cuerpo, con tal exceso, que fue necesario dejar el aposento y salirse dél huyendo.

El secretario me quiso matar, y viéndolo monseñor de aquella manera, que parecía leproso, y que yo de miedo no parecía, se descompuso riendo de la burla que le hice y, mandándome llamar, me preguntó que por qué había hecho aquella travesura. Respondíle:

—Vuestra Señoría Ilustrísima me mandó dar una docena cabal de azotes por lo de las conservas, y se acuerda bien cuánto se recatearon uno a uno; demás desto, no habían de ser azotes de muerte, sino de los que pudieran llevar mis años. El dómine Nicolao me dio más de veinte por su cuenta, siendo los postreros los más crueles. Y así vengué mis ronchas con las suyas.

Pasóse en gracia y, porque de mi atrevimiento pasado quedé azotado y desterrado del servicio de la cámara, serví este tiempo al camarero.

CAPÍTULO VIII

CÓMO GUZMÁN DE ALFARACHE VENGÓ UNA BURLA QUE EL SE-
CRETARIO HIZO AL CAMARERO A QUIEN SERVÍA, Y EL ARDID QUE
TUVO PARA HURTAR UN BARRIL DE CONSERVA

Era hombre donoso, sin punta de malicia, todo del buen
tiempo[1], hecho a la buena fe, sin mal engaño, salvo que era un
poco importuno y más de un poco imaginativo[2]. Tenía unas
parientas pobres y cada día les enviaba su ración y algunas veces comía o cenaba con ellas, como lo hizo la noche antes que
sucediese lo que oiréis adelante, y de achaque de un jarro de
agua y unas tajarinas[3] (que es un manjar de masa cortada y co-
cida en graso de ave, con queso y pimienta), no vino bien dispuesto, fuese a la cama derecho y metióse dentro desnudo[4].
Pues como faltase a la cena de monseñor y preguntase por él,
dijéronle lo que pasaba. Enviólo a visitar y respondió no sentirse bueno, mas que confiaba en Dios lo estaría por la mañana, con la merced que su señoría ilustrísima le hacía enviando
a saber de su salud.

Esto se quedó así por entonces, y a la mañana yo era ido a
casa de las parientas con la comida, y un compañero mío quedó limpiando los vestidos, para que su señor se levantara. El y
el secretario se burlaban mucho y de las burlas, por ser sin per-

---

[1] *del buen tiempo:* bonachón (ejemplos en SGG).
[2] *imaginativo:* aprensivo.
[3] *tajarinas:* tallarines.
[4] *desnudo* «en camisa» (cfr. Cervantes, *Don Quijote,* II, pág. 368 y n.). No hay
ninguna contradicción, por tanto, con la frase posterior «Y así saltó en camisa
de la cama».

juicio, gustaba monseñor. Levantóse el secretario y fuese adonde mi compañero estaba y preguntóle:

—¿Cómo está vuestro amo?

Él respondió que reposaba, porque la noche antes no lo había hecho ni podido dormir. Volvióle a decir:

—Pues, en tanto que no se viste, idos con este mi criado, ayudaréisle a traer cierto recaudo. Y ha de ser presto, que yo quedaré aquí entretanto.

El mozo fue donde le mandaron, y el secretario, con el achaque de la cena fuera de casa y haber faltado a la mesa, tenía trazada una donosa burla y prevenido un mozuelo, que vestido en hábito de dama cortesana, se metiese tras de su cama. Pues como estuviese durmiendo y la entrada franca, para mayor seguridad entró el secretario primero sin ser sentido. El mozuelo se escondió, como estaba industriado, y estúvose quedo. Volvió el secretario a salir y fuese donde monseñor se paseaba rezando, el cual preguntó luego por el camarero. Respondióle:

—Señor, agora supe dél y me dijo su criado no haber estado esta noche bueno. Y no me maravillo, que antes de recogerme anoche lo visité y no me habló de buena gracia; no sé lo que se tiene.

Monseñor, que era la misma caridad, al momento lo fue a visitar. Y estando sentado a su cabecera, salió el mozuelo por la cortina trasera de la cama y dijo:

—¡Ay, amarga de mí! Voyme, señor, que es tarde, por amor de mi marido.

Y así salió por medio de todos los criados del cardenal, que con él habían allí venido. Monseñor se admiró, que lo tenía por un santo, y el camarero, asombrado, creyó ser visión. Comenzó a dar gritos:

—¡Jesús, Jesús! ¡El demonio, el demonio!

Y así saltó en camisa de la cama, huyendo por toda la pieza. El secretario y algunos que lo sabían, se estuvieron riendo, y en ello conoció monseñor que había sido burla. Dijéronle la verdad.

El camarero no sosegaba ni sabía por dónde huir. Y aunque todos procuraban reportarlo, no volvió tan presto en sí; antes quedó asombrado y corrido de la burla, por haber sido en presencia de monseñor. Disimuló cuanto pudo, como cortesano, y el cardenal se fue santiguando y riendo del entretenimiento donoso. Ya cuando yo vine, todo era pasado; mas tanto lo sentí, como si dado me hubieran otros tantos azotes. Diera el camarero por vengarse un ojo de la cara. Como me vio triste y él también lo estaba, me dijo:

—¿Qué te parece, Guzmanillo, de lo que han hecho comigo estos bellacos?

Respondíle:

—Bueno ha sido; mas creo que si a mí me la hicieran, que no le diera Su Santidad la penitencia ni en mi testamento aguardara a dejarle la manda; que antes dello cobrara la deuda y no mal.

Todos me tenían por travieso y tracista. No fue necesario muchas palabras, qua ya me sacaba los bofes[5] porque le dijese algo. Recelábame de darle consejo, por no ser lícito a un paje vengar las injurias de un ministro grave contra otro su igual. Ande cada oveja con su pareja, que no son buenas burlas con los mayores. Una bastó para mi satisfación y en causa propria, que fue con disculpa. ¿Quién o para qué me embarcaba en cosas de que no podía escapar menos que con buenos azotes o las orejas cuatro dedos más largas y sin pelo ni cañón[6] en la cabeza? Por eso callaba y estábame quedo.

Mas yo, que de mío era bullicioso, siendo tantas veces importunado, haciéndome grandes ofrecimientos y promesas y entender que monseñor había de saber ser obra de mis manos, en defensa de quien por entonces era mi amo, determiné hacerme dueño dello; y así dejé pasar algunos días, esperando que hiciese más calor. Cuando me pareció tiempo y que el ordinario[7] de España quería partir, el secretario trabajaba con gran priesa. Compré un poco de resina, encienso y almáciga[8]; molílo y cernílo todo junto, dejándolo hecho sutil harina.

---

[5] *echar los bofes por una cosa* es «desearla con ansia y pretenderla con gran solicitud y desvelo» *(Autoridades);* así, Guzmán se refiere a los *bofes* ('pulmones', 'resuello') del camarero, y el pronombre *me* tiene un matiz puramente afectivo, a no ser que la frase pueda significar también 'exigir o pedir algo a otro con vehemencia'.

[6] *cañón:* «el principio del pelo de la cabeza o de la barba» *(Autoridades).*

[7] *ordinario:* «el correo que viene todas las semanas» *(Autoridades).*

[8] *almáciga:* «especie de goma o lágrima que se cría en el lentisco» (Covarrubias).

Estaba el mozo del secretario aquella mañana envuelto[9] con los vestidos, limpiándolos depriesa. Fuime derecho a él, diciendo:

—Hola, hermano Jacobo, hágote saber que tengo en el asador un muy gentil torrezno. Pan hay: si tienes vino, serás mi compañero; y si no, perdona, que quiero buscar camarada.

Él dijo:

—No, pesia tal[10], que yo lo daré: quédate aquí, que luego soy con él y contigo.

Entretanto que fue por él a la despensa, saqué mi papel de polvos y, volviendo las calzas, rociélas con un poco de vino que llevaba en un pomillo de vidro y polvoreélas muy bien, tornándolas a poner como el mozo las dejó. Él volvió bien presto con el jarro proveído y, antes que hablase palabra, su amo lo estaba llamando, que se quería vestir. Dejóme el vino en poder y entróse allá dentro. Metiéronse en papeles, que hasta mediodía no pudo volver a salir.

Era el secretario muy velloso. Comenzaron los polvos a disponerse y hacer su efecto. Era por los caniculares y con la fuerza del calor obraron de manera que desde la cintura hasta la planta del pie se hizo un pegote tan recio y fortalecido, que le daba mal rato, arrancándosele un ojo con cada pelo.

Como así se vio, comenzó a llamar su gente, para saber aquello qué fuese. Ninguno lo supo decir ni darle razón hasta que el camarero entró y le dijo:

—Señor, esto ha sido burlar al burlador y dar al maestro cuchillada[11]: si buena me la hizo, buena me la paga.

Ella fue tal, pues con unas tijeras iban cortando pelo a pelo entre dos criados y fue necesario descoser las calzas para poderlas quitar. La burla se solenizó más que la primera, porque escoció más. Desta vez quedé confirmado por quien era: todos huían de mis burlas como del pecado.

Los dos meses del destierro se pasaron. Después volví a mi oficio, con la misma poca vergüenza que primero. Ya tendrás

---

[9] *envuelto:* ocupado, enfrascado.

[10] *pesia tal:* ante la vacilación de las ediciones antiguas (pesie tal *B;* pese tal *C),* edito, con la príncipe, la forma más frecuente de la interjección.

[11] *al maestro cuchillada:* se decía «por metáfora de la esgrima» (Correas).

noticia de la fábula, cuando apartaron compañía la Vergüenza, el Aire y el Agua, que, preguntándose dónde volverían a verse, dijo el Aire que en la altura de los montes, y el Agua en las entrañas de la tierra, y la Vergüenza que, una vez perdida, imposible sería hallarla. Yo la perdí, sin ella me quedé y sin esperanza de volver a ella. Ni me estaba a cuento, porque a quien le falta la villa es suya[12].

¿A quién lo pasado no pusiera escarmiento, para no volver más a caso semejante? Contaréte de la emienda lo que me aconteció. Ya tenía las tripas dulces y tan hechas a ello, que aquellos días que faltó fue quitar al enfermo el agua o al borracho el vino. Dejárame caer de lo alto de San Ángel[13], para hurtarlas del suelo. Y es así que quien teme la muerte no goza la vida. Si el miedo me acobardara, sin gozar de más dulce me quedara.

Hice mi cuenta: «Cuando en otra me hallen ¿qué me pueden hacer? ¿Qué mal me puede venir?» Siempre vi pintar al miedo flaco, despeluznado, amarillo, triste, desnudo y encogido. Es el miedo acto servil, muy proprio en esclavos, nada emprende, de nada sale bien; como el perro medroso, que es más cierto en ladrar que a morder. Es el miedo verdugo del alma y es necedad temer lo que evitar no se puede[14]. Érame imposible por mi condición abstenerme. «Venga lo que viniere, que a los osados favorece la fortuna[15]. Con mi persona lo he de pagar y no con bienes muebles ni raíces, pues Dios no ha sido servido de darme tierra propria de que haga un bodoque[16], ni semovientes que comigo no anden»[17].

---

12 «Quien vergüenza no tiene, toda la villa es suya» (Covarrubias). «Bien dicen que quien no tiene vergüenza, todo el mundo es suyo» *(Viaje de Turquía,* pág. 215).

13 *San Ángel:* la fortaleza de Santángelo, en Roma.

14 Recuerda varios lugares comunes: por ejemplo, «Qui metuens vivet, liber mihi non erit umquam» (Horacio, *Epístolas,* I, xvi, 66). Cfr. también Juan de Aranda, fols. 22v-23r: «El perro temeroso con más vehemencia ladra que muerde» (Cicerón), «Cosa necia es temer lo que no se puede evitar» (Publilio Siro), etc.

15 «Es el viejo proverbio *audentes fortuna iubat»* (FR, que cita varios ejemplos latinos). Cfr. Cristóbal Pérez de Herrera, *Enigmas,* núm. 305.

16 *bodoque:* pelotilla de barro que se usaba como munición.

17 Quiere decir que sólo tenía lo puesto, que su hacienda se reducía a lo que

Era monseñor aficionado a unos pipotillos[18] de conservas almibaradas, que suelen traerse de Canaria o de las islas de la Tercera[19] y, en estando vacíos, echábanlos a mal. Yo acaudalé uno de media arroba, que me servía de baúl y en él tenía guardados naipes, dados, ligas, puños, lienzos de narices y otras cosas de paje pobre[20].

Mandó un día, estando comiendo, a su mayordomo que comprase a un mercader tres o cuatro quintales dellos, que habían llegado frescos. Yo lo estaba oyendo y pensando en el mismo tiempo cómo valerme de un barril. Alzóse la mesa, recogiéronse todos a comer. Entretanto me fui a mi aposento y en abrir y cerrar el ojo recogí dentro del que tenía cuantos trapos viejos y tierra hallé a la mano hasta henchirlo. Púsele su fondo, apretéle los arcos, como si naturalmente lo hubieran traído con raíces de escorzonera; dejélo estar, poniéndome a la mira de lo que sucediera.

Ves aquí sobretarde[21] veo traer dos acémilas cargadas de conservas, que descargaron en el recibimiento. Mandónos el mayordomo a los pajes las llevásemos al aposento de monseñor. Vile a la dama el copete[22]. «No os pasaréis —le dije— sin que os asga del cabello.» Carguéme de uno, como todos los demás, y, quedándome de los postreros, al pasar por delante de mi aposento, métolo dentro y saco el otro, el cual me llevé a la recámara y así hice mis tres caminos, dando de todos buena cuenta.

Cuando subí el postrero, púseme muy mesurado en la sala; Monseñor me dijo:

—¿Qué te parece desta fruta, Guzmanillo? ¡Aquí no se puede meter el brazo! ¡Poco valen las cuñas!

Respondíle al punto:

—Monseñor ilustrísimo, donde no valen cuñas, aprovechan

---

llevaba a cuestas; *bienes semovientes (i. e.* 'que por sí mismo se mueven') eran particularmente las propiedades de ganado.

[18] *pipotillos:* toneles pequeños.

[19] Cfr. la nota 39 del capítulo anterior.

[20] Sobre el ajuar del «paje pobre», cfr. Hermosilla, *Diálogo de los pajes,* págs. 11-28, y *supra,* I, iii, 6, notas 1 y 22.

[21] *sobretarde:* poco antes de anochecer.

[22] *la dama:* la Ocasión; cfr. I, i, 8, n. 18.

uñas[23] y, si no cupiere el brazo, valdríame la mano y eso me bastara.

Replicóme:

—¿Cómo entrarán las uñas ni la mano, de la manera que están?

—Esa es la ciencia —le respondí—, que estando de otra fácil de ser abiertos, ni grado ni gracias. En las dificultades han de conocerse los ingenios y en las cosas grandiosas de importancia se muestran[24]; que no hincando en la pared un clavo ni en calzarse los zapatos, cosas agibles[25], de suyo ya hechas.

—Ahora, pues —dijo—, si en estos ocho días fuere tu habilidad tanta que me hurtes algo dellos, te daré lo que hurtares y otro tanto; pero, si no lo haces, te has de obligar a una pena.

—Monseñor ilustrísimo —le dije—, ocho días de plazo es vida de un hombre, negocio largo y que podría ser, cuando allá llegásemos, o el concierto se hubiese resfriado o la memoria perdido. Yo acepto la merced que se me ofrece, y, si mañana a estas horas no estuviere negociado, dejo la pena en el arbitrio del secretario, porque estoy cierto de lo que desea vengar el enojo pasado, que todavía sabe a la pez y no se la cubre pelo.

Rióse monseñor y los que con él estaban, y así quedamos de concierto para el siguiente día. Mas, como ya estaba el negocio seguro, pudiera desde luego salir de la obligación, y dejélo hasta su tiempo.

Estaba otro día la mesa puesta y monseñor sentado a ella, comiendo los principios que yo serví primero, y mirándome a la cara con alguna risa, me dijo:

—Guzmanillo, poco te queda de aquí a la tarde, llegándosete va el plazo. ¿Qué dieras ahora por verte libre? Ya el dómine Nicolao tiene puesto a punto el recaudo y me parece que traza cómo vengarse de ti, y tú de satisfacerte dél. De mi consejo sería se hubiese bien contigo, no tanto por ti, como por sí.

Yo le respondí:

—Monseñor ilustrísimo, seguro estoy de la pena de sus ma-

---

[23] Lo registra Correas, advirtiendo que también se dice «al contrario».

[24] «Cfr. Horacio, *Sátiras*, II, viii, 73-74: "Ingenium res / adversae nudare solent..."» (FR).

[25] *agibles:* factibles, hacederas.

nos y no lo están las conservas de las mías, y si se pudiera jugar a siete y llevar[26], y tuviera que perder más de la pobreza de mi persona, desta vez determinara jugarlo, por tener mi suerte cierta.

Así pasó la comida hasta el servir los postres, que tomando del aparador una media fuente, la llené del barril, y con ella me fui a la mesa y la puse en ella. Cuando monseñor la vio, admiróse, porque él mismo, en su aposento, guardó los barriles y allí los tenía, que a nadie los fió, por el apuesta, y se guardó la llave. Llamó al camarero y mandóle entrar dentro, que los contase y viese si estaba alguno abierto o mal acondicionado.

Entró y hallólos como se pusieron. Salió diciendo que estaban enteros y cabales, sanos y sin sospecha de faltar en alguno de todos ellos un cabello.

—¡Ah, ah, ah! —dijo monseñor—. ¡No te han de valer bellaquerías! ¡Desta vez pagar tienes! Querías decir que lo sacaste de los barriles y lo tendrás pagado con tus dineros. Dómine Nicolao —dijo al secretario—, yo os entrego a Guzmanillo, que hagáis dél a vuestra posta, pues ha perdido en la apuesta[27].

El secretario respondió:

—Monseñor ilustrísimo, Vuestra Ilustrísima Señoría haga en él cual castigo le pareciere, que yo par dél ni de su sombra quiero llegarme ni me atrevo, que lo tengo por tal, que buscará sabandijas que me coman. Si a mi castigo dejan su pena, yo lo absuelvo y lo quiero por amigo.

—No he tenido culpa hasta ahora —respondí—, para que me den absolución. Donde no hay materia, no tienen que buscar forma[28]. Yo tengo ganado lo que prometí, y cuando no fuere verdad y se viere palpablemente, castíguenme como quisieren. ¿De qué sirven las palabras, donde hay obras? Digo que esta conserva es de la que ayer se trajo, y no sólo ésta, pero un barril entero está en mi aposento.

---

[26] *siete y llevar*: «en el juego de la banca se llama la tercera suerte, en que se va a ganar siete tantos» *(Autoridades)*; «por extensión, cualquier tipo de juego en que se concede una ventaja a uno de los que participan en él o a un tipo de acción realizada por alguno de los participantes» (Alonso).

[27] *a vuestra posta*: 'según vuestra voluntad', 'a vuestro gusto', aprovechando la paronomasia con *apuesta*.

[28] Cfr. I, i, 2, n. 17.

Santiguábase monseñor, maravillado cómo pudiera ser. En cuanto acabó de comer y alzaron la mesa, no hacía otra cosa que santiguarse con toda la mano. Deseoso de certificarse dello, se levantó y fue a mirarlo por sus ojos. Había puesto ciertas señales. Hallólas fieles, el número cabal, consigo la llave: no sabía cómo fuese.

Creyó con más veras que compré el barril y díjome:

—Guzmanillo, ¿no sabes que metiste aquí tantos? Pues cuéntalos.

Yo los conté y le dije:

—Monseñor ilustrísimo, cabales están; pero de lo contado come el lobo[29]. Ya veo que están buenos; mas no todos, y para que así se vea, tráigase uno que tengo en mi aposento, y abran aquel que allí está y hallaránlo trocado.

Abriéronlo, conociendo mi verdad y sutileza, porque la tierra y trapos viejos lo manifestaron. Quedaron admirados de pensar cómo pudiera haber sido. Todos me lo preguntaron, mas a ninguno lo dije.

Luego supliqué se cumpliese comigo lo prometido. Así se hizo. Mandáronme dar otro y tuve dos. Pero, para que conociesen de mi ánimo ser noble, tal como me lo entregaron, lo di a los pajes, mis compañeros, que lo partiesen entre sí.

Y aunque monseñor quedó escandalizado de la sutileza del hurto, admiróse más de mi liberalidad y túvolo en mucho. Temíase de mis mañas y, sin duda, entonces me echara de su casa, si no fuera tan santo varón.

Hizo una consideración: «Si a éste desamparo, algún gran mal podrá sucederle por sus malas costumbres. Las cosas que en mi casa hace, son travesuras de niñez y de lo que no me pone en falta. Menor daño es que a mí se atreva en poco, que con la necesidad a otros en mucho.» Con esto hizo, para mejor disimularlo, del vicio gracia. Y es gran prudencia, cuando el daño puede remediarse, que se remedie, y cuando no, que se disimule[30]. Hízose risa dello, contándolo a cuantos príncipes y señores lo visitaban, en las conversaciones que se ofrecían.

---

[29] *de lo contado come el lobo:* así en Correas, aunque también eran frecuentes otras versiones como «de lo *hurtado* come el lobo» (en Covarrubias). Era ya un adagio latino: «Non curat numerum lupus», comentado por Erasmo (EM).

[30] Comp. I, i, 4, y n. 2.

CAPÍTULO IX

DE OTRO HURTO DE CONSERVAS QUE HIZO GUZMÁN DE ALFARA-
CHE A MONSEÑOR Y CÓMO POR EL JUEGO ÉL MISMO SE FUE DE SU
CASA

La ordenación de la caridad, aunque antes quedó apuntado, digo que comienza de Dios, a quien se siguen los padres y a ellos los hijos, después a los criados —y, si son buenos, deben ser más amados que los malos hijos. Mas como no los tenía monseñor, amaba tiernamente a los que le servían, poniendo, después de Dios y su figura, que es el pobre, todo su amor en ellos. Era generalmente caritativo, por ser la caridad el primer fruto del Espíritu Santo y fuego suyo, primero bien de todos los bienes, primer principio del fin dichoso. Tiene inclusas en sí la Fe y Esparanza[1]. Es camino del cielo, ligaduras que atan a Dios con el hombre, obradora de milagros, azote de la soberbia y fuente de sabiduría.

Deseaba tanto mi remedio como si dél resultara el suyo. Obligábame con amor, por no asombrarme con temor. Y para probar si pudiera reducirme a cosas de virtud me regalaba de la mesa, quitándome las ocasiones y deseo, de su plato; de sus niñerías, cuando las comía, partía comigo, diciendo:

—Guzmanillo, esto te doy por treguas, en señal de paz; mira que, como el dómine Nicolao, contigo no quiero penden-

---

[1] Cfr. *I Corintios,* 13, 13: «Nunc autem manent, fides, spes, charitas: tria haec; maior autem horum est charitas». Comp., por ejemplo, H. del Pulgar, *Letras,* págs. 65, 68, 75 ó 111-112, y cfr. aquí mismo, I, iii, 4, ns. 1-4.

cia, conténtate con este bocado y con que te reconozca vasalla-
je dándote parias.

Decíalo sonriéndose con alegre rostro, sin reparar que estu-
vieran en su mesa cualesquier señores. Era humanísimo[2] caballero, trataba y estimaba sus criados, favorecíalos, amábalos,
haciendo por ellos lo posible, con que todos lo amaban con el
alma y servían con fidelidad; que sin duda al amo que honra el
criado le sirve, y si bien paga, bien le pagan; pero, si es humano, lo adoran. Y al contrario, al señor soberbio, mal pagador,
de poco agradecimiento, ni le dicen verdad ni le hacen amistad, no le sirven con temor ni regalan con amor; es aborrecido, odiado, vituperado, pregonado en plazas, calles y tribunales, desacreditado con todos y defendido de ninguno. Si supiesen los señores cuánto les importan honrados y buenos criados, la comida se quitarían para dársela, por ser ellos la verdadera riqueza. Y es imposible que sea el criado diligente con el
señor que no lo amare[3].

Trajéronle a monseñor de Génova unas cajas de conservas,
muy grandes, muy doradas, labradas por encima: lo que se podía desear. Eran frescas, acabadas de hacer y en el camino habían tomado alguna humedad. Cuando se las pusieron delante,
holgóse de verlas y más por haberlas hecho y enviado una señora deuda suya, de quien solía ser ordinariamente regalado.
Yo no estaba en casa y, en tanto que volvía, entraron en
acuerdo qué se haría dellas o dónde se podrían enjugar, que tuviesen salvoconduto de mi persona. Porque, como se hubiesen
de poner al sol, corrieran peligro aun dentro de la urna con las
cenizas de Julio César. Cada uno dio su parecer, y ninguno
bueno. Monseñor acordó en una cosa y dijo:

—No hay para qué buscar dónde guardarlas. Dándoselas
que las guarde, tendrán seguridad, y no de otra manera.

Cuadró a todos la razón y luego como vine me dijo:

—Guzmanillo, ¿qué habemos de hacer destas conservas que
vienen húmedas, para que no se acaben de perder?

---

[2] *humano:* benigno, de buena condición («Boscán traduce y explica la *umanità*
de que trata Castiglione como "llaneza y buena condición"» [FR]).

[3] Comp. Torquemada, *Coloquios satíricos,* págs. 488-489, o fray Luis de Granada, *Guía de pecadores,* pág. 243 (recordando a San Pablo, por ejemplo, *Efesios,*
6, 5-9).

Yo dije:

—Lo más cierto me parece, monseñor ilustrísimo, comerlas luego.

—¿Y atreviéraste a comerlas todas? —me preguntó.

Respondíle:

—No son muchas, a mi parecer, si el tiempo fuese mucho, mas no soy tan comedor, que para luego me atreviera solo con tanta y tan honrada gente.

—Pues yo quiero que las guardes y tengas cuenta con sacarlas al sol cada día, que aquí no hay lance[4]. Por cuenta se te han de entregar y las tienes de volver. Descubiertas van y llenas. Asegurado estoy del daño que les puede venir.

—Yo no lo estoy —le respondí— de mí mesmo ni del que les podría hacer, que soy hijo de Eva y, metido en un paraíso de conservas, podríame tentar la serpiente de la carne.

Volvió a decir:

—Pues mira cómo ha de ser, que me las tienes de dar como te las doy, tan enteras y cabales, o mira por ti lo que te va en ello.

Volvíle a decir:

—No viene el pleito sobre ese artículo, que hasta volverlas como están, sin que se les conozca falta ni daño, cosa es fácil; otra es en la que reparo.

—¿En qué reparas? —me volvió a preguntar.

Díjele:

—Que me pongo a gran peligro, porque conozco de mi habilidad y flaqueza que, cumpliendo con lo que se me manda, forzoso he de gustar mucha parte dello.

Monseñor, admirándose, dijo:

—Ahora, pues, en esto quiero ver lo que sabes. Doyte licencia que comas, hasta que te hartes una vez, con tal condición, que me las vuelvas a entregar sin que se les conozca falta, y si se le conociere me lo has de pagar.

Acceptélo. Fuéronme todas entregadas. Otro día saquélas al sol en unos corredores y entre todas había una de azahar y limón, que a la vista se venía. Lleguéme bonico[5] con un cuchi-

---

[4] *no hay lance:* 'no hay ocasión ni oportunidad'. En seguida se recuerda el «paraíso panal» del *Lazarillo,* II.

[5] *bonico:* recatadamente (cfr. I, ii, 8, n. 53).

llo pequeño, quitéle las tachuelas del suelo y, dejándola trastornada sobre la tapa, con el mismo cuchillo le saqué casi la mitad por abajo, volviéndola a clavar como primero, poniendo en lugar de conserva otro tanto de papel de estraza, cortado a la medida y tan justo, que no había más que ver.

Estando monseñor aquella noche haciendo colación, tríjele a la mesa cuatro cajas de aquellas y preguntéle si había hecho buena guarda. Respondióme:

—Si así están las demás, yo me contento.

Fuíselas trayendo todas y holgóse de verlas, porque estaban algo más enjutas y cabales. Luego volví con un plato, y en él todo mi hurto, que, en realidad de verdad, aun dello no probé cantidad de una nuez: aquello hice solamente para la ostentación del ingenio.

Cuando lo vio, me preguntó:

—¿Qué es esto?

Yo le respondí:

—Parto con Vuestra Señoría Ilustrísima de mi hurto.

Él me dijo:

—Yo mandé que te hartases, mas no que hurtases. Perdido has esta vez.

Repliquéle:

—Yo no me he hartardo ni lo he probado. No pienso perder por ese camino, que eso es de lo que me he de hartar y todo el hurto entero, como se podrá bien ver. Y si del haber usado virtud ha de resultarme daño, no sé por dónde camine que acierte, pues me tienen tomadas las veredas. No se me da nada del castigo ni de haber perdido, porque creí haber ganado; mas otra vez no perderé.

—Ahora no quiero dejarte quejoso —me respondió—. Sin razón te culpo. Mas ¿de cuál de todas estas, deseo saber, lo sacaste?

Alargué la mano diciendo:

—Desta es la falta —y enseñéle cómo y por dónde.

Holgóse de la gran sutileza, mas no quisiera que tuviera tanta, porque se temían mucho no la emplease en mal algún tiempo. Mandóme alzar la caja y que me la llevase.

Destas cosas pasaban por mí muchas. Gustaba dellas y de mí, como de un juglar. Porque, si algún paje se dormía, bien pudieran otro día comprarle zapatos y medias, que libramientos de cera eran sus despertadores[6]. Nuestro ejercicio era cada día dos horas a la mañana y dos a la tarde oír a un preceptor que nos enseñaba, de quien aprendí, el tiempo que allí estudié, razonablemente la lengua latina, un poco de griego y algo de hebreo. Lo más, después de servir a nuestro amo, que era harto poco, leíamos libros, contábamos novelas, jugábamos juegos. Si salíamos de casa, era sólo a engañar buñoleros, que con los pasteleros buen crédito teníamos ganado.

De noche dábamos lejías[7] a las damas cortesanas, y a las puertas cantaletas[8]. En esto pasé hasta que me apuntó la barba. Y aunque te parecerá vida de entretenimiento, era entretenerme en un palo, con una argolla al pescuezo, puesto a la vergüenza. Todo me hedía[9], nada me asentaba. Día y noche sospiraba por mis pasados deleites.

Cuando me vi mancebo, que pudiera bien ceñir espada, holgara de algún acrecentamiento de donde pudiera cobrar esperanzas para valer adelante. Y estoy cierto que, si mis obras lo merecieran, no me faltara; mas, en lugar de cobrar juicio y hacer cosas virtuosas para ganar la voluntad, obligando con ellas, di en jugar aun hasta mis vestidos. Y como era un poco libre, también lo andaba en el juego.

Siempre procuré aprovecharme de todas cuantas trampas y cautelas pude, en especial jugando a la primera[10]. ¡Cuántas veces, yendo en dos, tomé tres cartas y, teniendo cinco, envidé con las tres mejores! ¡Cuántas veces tomé la carta postrera y, poniéndola debajo, veía si era buena o no, y muy de espacio

    [6] Era la burla llamada *candelilla*: «suelen los pajes quemarse unos a otros los zapatos, cuando se duermen esperando a sus amos en las visitas» (Covarrubias). Cfr. I, ii, 5, n. 56, y M. Chevalier, «*Guzmán de Alfarache* en 1605», páginas 135-136, y comp. M. Luján, *Segunda parte,* pág. 371a: «pónenme un libramiento en el pie. Hizo la cerilla su discurso; y en llegando al zapato y carne, despierto dando gritos...».

    [7] *lejía*: «agua sucia o cocimiento caliente de la ceniza» (FR, que cita a Lope, *El villano en su rincón*, vs. 1445-1448); era costumbre de pajes echar un caldero de lejía sobre las cantoneras.

    [8] *cantaleta*: matraca. Cfr. M. Joly, *La bourle*, pág. 145.

    [9] *heder*: figuradamente, 'cansar, enfadar' (cfr. Covarrubias: «*ya hiede*: ya enfada», y *DRAE*).

    [10] *primera*: juego de naipes (cfr. I, i, 2, n. 39).

brujuleaba[11] la otra ya vista y hacía partidos[12], que era robar en poblado! ¡Cuántas veces tenía un diácono[13] a mi lado, que se hacía dormido y me daba las cartas por debajo! ¡Cuántas veces andaba un adalid[14] por cima, que me daba el punto de los otros, para saber el que tenían y a qué iban y por señas tan sutiles me lo decía, que era imposible poder entenderse! ¡Cuántas pandillas hice[15], dando al contrario cincuenta y dos y, quedándome con un as, hice cincuenta y cinco, o con un cinco, que hice cincuenta y cuatro, y mejoré mi punto o gané por la mano! Pues ya cuando jugábamos dos a uno y nos dábamos las cartas, tomar naipe desechado, poniéndolo encima, jugar con guión, hacer trascartones, poner el naipe de mayor[16] o señalarlo, habiéndome hecho de concierto con el coimero[17] o con el que los vende.

¡Oh, qué hice de ruindades y fullerías! Ninguna hubo que no entendiera y supiera: todas las obraba. Porque la ceguera del juego es tal, que tienen los cautelosos en él mucho campo. Y si lícito fuese —digo lícito, que como en la república se permiten casas de pecados, por escusar otros mayores—, había de haber en cada pueblo principal maestros destas bellaquerías, donde los inclinados al juego las entendiesen y no los engañasen. Porque nuestra sensualidad se deja vencer fácilmente del vicio

---

[11] *brujulear:* «en el juego de naipes, descubrir poco a poco las cartas para conocer por las rayas o pintas de qué palo son» *(Autoridades).*

[12] *hacer partidos:* 'concertarse con otros tahúres', y de ahí que deba entenderse *en poblado* como 'en grupo, en multitud'.

[13] *diácono:* segundo, asistente.

[14] *adalid:* «el que, de acuerdo con un fullero, se coloca detrás de los jugadores mirando las cartas por encima del hombro y se comunica por señas y gestos. Se dice así porque "sirve de guía", que es el sentido literal de *adalid*» (Alonso). Sobre ellos y sus mañas cfr. Torquemada, *Coloquios satíricos,* pág. 494-495, y también aquí, II, ii, 3, *ca.* n. 57.

[15] *pandilla:* «fullería que consiste en preparar las cartas de modo que varias queden juntas después de barajar» (Alonso).

[16] *guión:* naipe doblado; *trascartón:* «lance del juego de naipes en que se queda detrás la carta con que se gana y la que hace perder se anticipa a ella» *(Autoridades); naipe de mayor:* el que, preparado de industria, era más largo o más ancho que los otros. Cfr. Torquemada, *Coloquios,* pág. 496a; Luque Faxardo, *Fiel desengaño contra la ociosidad y los juegos,* I, pág. 226, y II, pág. 25, y también Alonso, *s. vv.*

[17] *coimero:* garitero, tablajero (FR, con ejemplos y precisiones etimológicas).

y hace vil costumbre lo que se inventó por lícito ejercicio[18].
Con razón se dirá vil costumbre, cuando descompuestamente
lo siguieren, sacándolo de su curso. El juego fue inventado
para recreación del ánimo, dándole alivio del cansancio y cuidados de la vida, y lo que desta raya pasa es maldad, infamia y hurto; pues pocas veces se hace que no se le junten estos atributos...

Voy hablando de los que se llaman jugadores, que lo traen
por oficio y tienen por costumbre; no obstante que deseo más
que se aparten dél aquellos que son más nobles, considerando
los daños que dello se les sigue, viendo que el malo se iguala
con el bueno y que, si él gana y el otro pierde, se obliga a sufrir muchos atrevimientos y descomposturas, palabras y meneos, que la ganancia sola pudiera sufrirlo y no un hombre de
honor. Y otras cosas que no me atrevo a decir, tales de calidad, que no sólo por ellas y las dichas habían de aborrecer el
juego, pero las casas donde se juega.

Mas, ya que nuestro apetito es tan desenfrenado, no sería
malo, sino importante, que sepa el mancebo las leyes, los partidos, las tretas, los engaños que en él hay. Y si rehundieren, re-
húnda[19] el resto en botas, calzas, puños, cuello, cinto, en el pecho, en las mangas, donde pueda, para que no pierda su dinero
como bestia, que demás de ganárselo, burlan dél.

Una cosa procuré: nunca sentarme a jugar con poco ni de
poco, ni con persona que no aventurase a ganar mucho, jugando mi real a tres y sin dar mohína ni tomarla[20]. Yo me entretenía ya de manera que hacía muchas faltas, y no es posible
que pueda el jugador cumplir con sus obligaciones, y menos el
que sirve. Yo no sé cuál señor quiere dar pan a criado jugador.
Porque si tiene a su cargo hacienda de que puede aprovecharse
y pierde, ha de jugar por cuenta del amo, en ventura si podrá
esquitarse; pero si vuelve a perder y no tiene de qué pagar, ha
de hacer otro mayor daño, cuando aquél quisiere remediar, si

---

[18] Comp., por ejemplo, Séneca, *Epístolas,* 39, 6: «Desinit esse remedio locus,
ubi quae fuerant vitia, mores sunt» (y Juan de Aranda, *Lugares comunes,* fol. 34v).

[19] *rehundir* tiene primero el valor de 'cundir' y luego el de 'sumergir en lo
más hondo, esconder': uno más de los característicos calambures del *Guzmán.*

[20] *mohína:* en el juego, el enfado y desesperación del que pierde. En cuanto a
las serias observaciones que siguen, comp. I, ii, 5, *ca.* n. 26, o Torquemada, *Coloquios,* págs. 493-494, y cfr. E. Cros, *Sources,* págs. 93-94.

no tiene a cargo hacienda. No es posible asistir a las horas que debe servir ni lo han de hallar cuando fuere menester, como a mí me aconteció.

Sentíalo monseñor en el alma. Nada pudo aprovechar comigo —amonestaciones, persuasiones, palabras ni promesas—, para quitarme de malas costumbres. Y estando una vez con los más criados de casa, en mi ausencia les dijo lo bien que me quería y deseo que de mi bien tenía, y, pues comigo no bastaban buenos medios, se usase una estratagema: que, echándome unos días de casa, podría ser que viendo mis faltas amansaría, conociendo mi miseria; pero que no se me quitase la ración, porque no hiciese cosa torpe ni mal hecha. ¡Oh virtud singular de príncipe, digna de alabanza eterna y a quien deben imitar los que quieren ser bien servidos! Que si los criados no son cual yo era, es imposible no dar mil vidas por sólo un pequeño gusto de los tales amos.

Prevínome la necesidad forzosa de la comida. ¡Líbreos Dios todopoderoso de tal necesidad! Todas las otras, trabajo se padece con ellas; pero el comer y no tener de qué, llegar la hora y estar en ayunas, pasar hasta la noche y no haberlo hallado, no aseguro la primera capa que se encontrare por la mitad de lo que vale.

Hízose así y en tiempo harto trabajoso, porque como un día y una noche hubiese estado jugando y perdido cuanto dinero tenía, y del vestido me quedase sólo un juboncillo y zaragüelles[21] de lienzo blanco, viéndome así, metíme en mi aposento, sin osar salir dél. Y aunque me quise fingir enfermo[22], no pude, porque monseñor era tan puntual en la salud y cosas necesarias de sus criados, que al momento me hiciera visitar de los médicos, y también porque de boca en boca luego se supo en toda la casa mi daño.

Como le falté a la mesa tantos días, preguntaba siempre por mí. Pesábale que se dijesen chismes y de que unos fiscaleasen a otros; y así le decían: «Por ahí anda.» Creció su sospecha no

---

[21] *zaragüelles:* calzones anchos y con fuelles.

[22] Los pajes «hartas veces nos estamos en la cama fingiendo enfermedad, y el mayor dolor que tenemos es de calzas y zapatos» (Hermosilla, *Diálogo de los pajes,* pág. 21); cfr. E. Cros, *Protée,* págs. 346-347.

me hubiera sucedido alguna desgracia y, apretando mucho por saber de mí, fue necesario satisfacerlo, diciéndole la verdad. Pesóle tanto de mi mala inclinación, viendo cuán disolutamente sin temor ni vergüenza procedía, que mandó me hiciesen un vestido y con él me echasen de casa en la forma que lo había mandado antes.

Vistióme el mayordomo y despidióme. Corríme tanto dello, que como si fuera deuda que se me debiera tenerme monseñor consigo, haciendo fieros me salí sin querer nunca más volver a su casa, no obstante que me lo rogaron muchas veces de su parte con recaudos y promesas, diciéndome el fin con que se había hecho y sólo haber sido pensando reformarme. Significáronme lo que me quería y en mi ausencia decía de mí. Nada pudo ser parte que volviese[23]; siempre tuve mis trece, que parecía vengarme con aquello. Estendíme como ruin, quedéme para ruin[24], pues fui ingrato a las mercedes y beneficios de Dios, que por las manos de aquel santo varón de mi amo me hacía. Justa sentencia suya es que a quien las buenas obras no aprovechan y las tiernas palabras no mueven, las malas le domen con duro y riguroso castigo[25]. Fuera de juicio salgo del poco mío que tuve, dándoseme por todo nada, como si nada me faltara. ¡Cuánto menosprecié lo mucho que por mí se hizo, tan sin qué, por qué ni para qué, pues ni en mi capacidad cabía ni a mi servicio se debía ni por gratitud lo merecía! ¡Qué mal supe conservar aquel bien presente ni merecer el que con aumento esperaba y sin duda recibiera! ¡Qué desconocido[26] anduve al regalo con que fui curado! ¡Qué olvidado de la solicitud con que fui administrado! ¡Qué ingrato a la caridad con que fui servido! ¡Qué descuidado del cuidado con que fui doctrinado! ¡Qué soberbio a la mansedumbre con que fui amonestado! ¡Qué pertinaz a las dulces palabras con que fui persuadido! ¡Qué sordo a las graves razones amorosas con que fui re-

---

[23] *nada pudo ser parte que volviese:* 'nada pudo ayudar o contribuir a que volviese'.

[24] Cfr. I, ii, 10, n. 25.

[25] «La idea se encuentra repetidas veces en las Sagradas Escrituras (basta recordar la parábola de las bodas reales, *Mateo,* 22, 1-14), pero Alemán no cita a la letra» (FR).

[26] *desconocido:* desagradecido.

prehendido! ¡Qué áspero a la paciencia con que fui sufrido! ¡Qué incorregible al favor con que fui defendido! ¡Qué rebelde a los medios que para mi remedio se buscaron! ¡Qué incapaz del buen término con que fui tratado y qué sin enmienda de los descuidos que me disimularon!

Si cualquiera de los dos que me tuvieron por hijo fuera vivo, ni ambos juntos que volvieran a su prosperidad, hicieran tanto ni con tanto amor, sufriéndome por solo él tantas y tan perjudiciales travesuras, que así tan desenvueltamente las usaba, no como en casa de mi señor ni de mi padre, sino cual en la mía. Con menos respeto trataba en su presencia que si fuera igual mío, y él con entrañas de Dios me lo sufría. Estoy cierto que quien me engendró me hubiera aborrecido y dejado de la mano, cansado de mis cosas. Monseñor no se cansó, no se indignó ni airó contra mí.

¡Oh, condición real, heredada del Padre verdadero, hacer bien y más bien a los tales como yo! Esperándome un día, una semana, un mes, un año y muchos años, no faltando con sus misericordias en todos ellos, para que no haya escusa y que, atajados con vergüenza, pronunciemos contra nosotros la sentencia que nuestros delitos merecieren.

En todo seguí mi gusto, a todo hice oídos de mercader[27]. Apelé para mi carne, que —pronta para mis vicios— en seguirla me desvanecí. Tuve para ejecutarlos fuerzas, para buscarlos habilidad, para perseverar en ellos constancia y para no dejarlos firmeza. Tanto en ellos era natural, como estraño en las virtudes. Querer culpar a la naturaleza, no tendré razón, pues no menos tuve habilidad para lo bueno, que inclinación para lo malo. Mía fue la culpa, que nunca ella hizo cosa fuera de razón; siempre fue maestra de verdad y de vergüenza, nunca faltó en lo necesario. Mas, como se corrompe por el pecado y los míos fueron tantos, yo produje la causa de su efeto, siendo verdugo de mí mismo.

---

[27] *hacer orejas* (más frecuentemente que *oídos*) *de mercader*: «hacerse sordo y no se dar por entendido, como que no oye» (Correas). Cfr. II, i, 1, n. 32, y Cervantes, *Don Quijote*, VII, pág. 86 («hace orejas de mercader y apenas quiere oírme»), o Gracián, *Criticón*, III, pág. 314.

CAPÍTULO X

DESPEDIDO GUZMÁN DE ALFARACHE DE LA CASA DEL CARDE-
NAL, ASENTÓ CON EL EMBAJADOR DE FRANCIA, DONDE HIZO AL-
GUNAS BURLAS. REFIERE UNA HISTORIA QUE OYÓ A UN GENTIL-
HOMBRE NAPOLITANO, CON QUE DA FIN A LA PRIMERA PARTE
DE SU VIDA

No me puedo quejar de haberme monseñor despedido de su
casa, si, como dije y fue verdad, tanta instancia hizo por volverme a ella; mas, como hervía la sangre, considerélo bien mal
—quiero decir hice bien mal de no considerar mi mal, bien.

Andábame vagando a la flor del berro[1] por las calles de
Roma, y como tenía de la prosperidad algunos amigos de mi
profesión, viéndome desacomodado me convidaban, aunque
me costaba muy caro: que la comida en compañía del malo,
dando el alimento al cuerpo, destruye con malos humores el
alma. Y no tanto me hartaban aquellos bocados, como me des-
truían sus malos consejos y costumbres, de que sólo me ha
quedado el arrepentimiento, porque lo vine a conocer cuando
ya me hallé con el agua a la boca.

Éntranse los vicios callando, son lima sorda, no se sienten
hasta tener al hombre perdido. Son tan fáciles de recebir cuanto dificultosos de dejar. Y los amigos tales son fuelles: encien-

---

[1] *«Andarse a la flor del berro* es darse al vicio y a la ociosidad, entremetiéndose
en una parte y en otra, como hace el ganado cuando está bien pacido y harto,
que llegando al berro corta dél tan solamente la florecita» (Covarrubias). Cfr. el
comentario y los ejemplos de J. E. Gillet, *Propalladia*, III, pág. 351, y, además,
Estebanillo, I, pág. 63, y Gracián, *Criticón*, I, pág. 163.

den la llama que comienza a arder y con una centella levantan gran hoguera.

Bien pudiera yo cobrar mi ración, habiéndome dicho el mayordomo de mi amo que fuese o enviase por ella cada día: mas dejélo de obstinado y quería más la hambre con los malos, que hartura de los buenos. Bien presto me dieron el pago los que me aconsejaron que la perdiese y por cuya confianza yo lo hice. Cansáronse de dármelo muy presto. No sólo no me lo dieron; mas, por no dármelo, me aborrecieron. Esto de huéspedes tiene misterio: siempre hallé en el que convida boca de miel y manos de hiel[2]. Con franqueza prometen, con avaricia dan, con alegría convidan y con tristeza comen.

Los huéspedes han de ser a deseo, ricos y de pasaje; han de pisar poco la casa, calentar poco la silla y asistir poco a la mesa, para no dar hastío. No te fíes, creyendo ser hospedado liberal y francamente, como suenan las palabras; que para mí es regla cierta de hospederías haberse de recebir de un pariente una semana, del mejor hermano un mes, de un amigo fino un año y de un mal padre toda la vida.

Sólo el padre no se cansa, que todos los más de poco se empalagan y enfadan. Lo que más tardares, has de ser odiado y enojoso y te querrían echar en el pan zarazas[3]. Dame[4], pues, por ventura, si te convida un casado y la mujer es angosta de pechos, la hacienda suya, y un poco brava, o si es madre o hermana, finalmente mujer, que las más de suyo son avarientas, ¡cómo lo lloran, cómo lo sienten, cómo lo maldicen y aun a sí mesmas con ello! El día que en tu casa pudieres comer con piedras duras, no quieras en la ajena pavos blandos.

Mis amigos, hartos de mí, no fue necesario que yo avergonzado los dejase, pues ellos me desecharon yéndose acortando en el dar, hasta sin rebozo venirlo a negar. Fueme forzoso buscar un árbol donde arrimarme, que me hiciese sombra con la

---

[2] *boca de miel y manos de hiel:* «ansí hay algunos falsos» (Correas).

[3] *zaraza:* masa de pan con veneno, cristales o agujas para matar perros y otros animales.

[4] *dar* tiene aquí el sentido de 'conceder, suponer, imaginar' (FR). No hay motivo, por tanto, para cambiar una lectura que hace sentido y en la que coinciden las ediciones cuidadas por Alemán.

comida[5]. Vime tan apretado que, cual el hijo pródigo, quisiera volver a ser uno de los mercenarios de la casa de monseñor[6]. Fue mi desgracia tanta, que ya era fallecido. Ya yo estaba rendido y me quería sujetar con muy determinada voluntad en la emienda; mas acudí tarde. Que quien cuando puede no quiere, bien es que cuando quiera no pueda[7] y pierda por el mal querer el bien poder.

No distó mi buena de mi mala fortuna espacio de dos meses. Y, si los asistiera sin la mudanza que hice, cuando mal y peor librara, me quedara como a el que menos de sus criados, con una honrada ración para toda mi vida y en ventura de alguna mejoría; mas, pues así fue, sea Dios loado. No podré decir que mi corta estrella lo causó, sino que mi larga desvergüenza lo perdió. Las estrellas no fuerzan, aunque inclinan[8]. Algunos ignorantes dicen: «¡Ah señor!, al fin había de ser y lo que ha de ser conviene que sea.» Hermano mío, mal sientes de la verdad, que ni ha de ser ni conviene ser: tú lo haces que sea y que convenga. Libre albedrío te dieron con que te gobernases. La estrella no te fuerza ni todo el cielo junto con cuantas tiene te puede forzar; tú te fuerzas a dejar lo bueno y te esfuerzas en lo malo, siguiendo tus deshonestidades, de donde resultan tus calamidades.

Entré a servir al embajador de Francia, con quien monseñor, que está en gloria, tuvo estrechas amistades, y en su tiempo gustaba de mis niñerías. Mucho deseaba servirse de mí, mas no se atrevió a recebirme por el amistad que estaba de por medio. En resolución allá me fui. Hacíame buen tratamiento, pero con diferente fin; que monseñor guiaba las cosas al aprovechamiento de mi persona y el embajador al gusto de la suya, porque lo recebía de donaires que le decía, cuentos que le contaba y a veces de recaudos que le llevaba de algunas damas a quien servía[9].

---

[5] Recuerda el refrán «al que a buen árbol se arrima, buena sombra le cobija».

[6] Cfr. San Lucas, 15, 17.

[7] «El que puede y no quiere, cuando él querrá no podrá» (Correas).

[8] «Los cuerpos celestiales influyen inclinaciones malas y buenas, pero no forzosas» (Torquemada, *Jardín de flores curiosas*, págs. 363-364). Cfr. Calderón, *La vida es sueño*, 787-791 (FR); E. Moreno Báez, *Lección y sentido*, págs. 149-151, y la bibliografía citada en I, i, 7, n. 4.

[9] *«servía*: se refiere, por supuesto, a un servicio amoroso» (FR).

No me señaló plaza ni oficio: generalmente[10] le servía y generalmente me pagaba. Porque o él me lo daba o en su presencia yo me lo tomaba en buen donaire. Y hablando claro, yo era su gracioso, aunque otros me llamaban truhán chocarrero[11]. Cuando teníamos convidados, que nunca faltaban, a los de cumplimiento servíamos con gran puntualidad, desvelando los ojos en los suyos; mas a otros importunos, necios, enfadosos, que sin ser llamados venían, a los tales hacíamos mil burlas. A unos dejándolos sin beber, que parecía que los criábamos como melones de secano; a otros dándoles a beber poco y con tazas penadas[12], a otros muy aguado, a otros caliente. Los manjares que gustaban, alzábamos el plato, servíamosles con salado, acedo y mal sazonado. Buscábamos invención para que les hiciese mal provecho, por aventarlos de casa.

Una vez aconteció que, como un inglés hubiese dicho ser pariente del embajador y tuviese costumbre de venírsenos a casa cada día, mi amo se enfadaba, porque, demás de no ser su deudo, no tenía calidades ni sangre noble y, sobre todo, era en su conversación impertinente y cansado. Hay hombres que aporrean un alma con sólo mirarlos, y otros que se meten en ella, dejándose querer, sin ser en las manos del uno ni en el poder del otro el odio ni el amor. Pero éste parecía todo de plomo, mazo sordo.

Una noche al principio de cena comenzó a desvanecerse con mil mentiras, de que el embajador se enfadó mucho y, no pudiéndolo sufrir, me dijo en español, que el otro no entendía:

—Mucho me cansa este loco.

No lo dijo a tonto ni sordo; luego lo tomé a destajo. Fuile sirviendo con picantes, que llamaban a gran priesa. Era el vino suavísimo, la copa grande; iba menudeando. De polvillo en polvillo se levantó una polvoreda de la maldición. Cuando lo vi rendido y a treinta con rey[13], quitéme una liga y púsele una

---

[10] *generalmente:* en todo.

[11] *truhán chocarrero:* que tiene «por offiçio lisonjear para sacar el preçio miserables» *(El crótalon,* pág. 418, y cfr. II, i, 2). *Vid.* el excelente estudio que del *homo facetus* hace M. Joly, *La bourle,* págs. 283-317.

[12] *taza penada:* con la boca estrecha y el borde vuelto hacia fuera, para «beber poco». Cfr. Cervantes, *Don Quijote,* VI, págs. 63-64.

[13] *a treinta con rey:* 'bebidos' (cfr. I, ii, 5, n. 31).

De la edición de Amberes, 1681.

lazada floja en la garganta del pie, atando el cabo con el de la silla; y, levantados los manteles, cuando se quiso ir a su posada, no tan presto se alzó del asiento como estaba en el suelo, hechas las muelas[14] y los dientes y aun deshechas las narices: de manera, que vuelto en sí otro día y viendo su mal recaudo, de corrido no volvió más a casa.

Bien me fue con éste, porque sucedió como deseaba; mas no todos los lances salen ciertos. Algunos hay que pican y se llevan el cebo, dejando burlado el pescador y el anzuelo vacío, como me aconteció con un soldado español, de más de la marca[15]. ¡Oh hideputa traidor y qué madrigado[16] y redomado era! Oye lo que con él nos pasó. Entrósenos en casa a mediodía, cuando el embajador quería comer y, llegándose a él, dijo ser un soldado natural de Córdoba, caballero principal della y que tenía necesidad, y así le suplicaba se la favoreciese haciéndole merced. El embajador sacó un bolsico donde tenía unos escudos y sin abrirlo se lo dio, por parecerle que sería lo que significaba. No contento con esto, deteníase contándole quién era y las ocasiones en que se había hallado, de lance en lance. Como el embajador se fue a sentar a la mesa, él hizo lo mesmo. Llegando una silla, se puso a un lado. Yo iba por la vianda y veo que otros dos gerifaltes[17] como él entraban por el corredor y, como lo vieron comiendo, dijo el uno al otro:

—¡Voto a tal! que parece que el pecado nos ata los pies, que siempre este chocarrero nos gana por la mano.

Como los oí, lleguéme a ellos y díjeles:

—¿Vuestras mercedes conocen aquel caballero?

El uno me respondió:

—Conocemos a aquel bodegonero. Su padre no se hartó de calzarme borceguíes en Córdoba, donde tiene su ejecutoria en el techo de la Iglesia Mayor[18]. Esta es la desventura nuestra, que si pasamos veinte caballeros a Italia, vienen cien infames

---

[14] *hechas las muelas:* cfr. I, ii, 6, n. 29. Sobre el episodio, *vid.* M. Chevalier, «*Guzmán de Alfarache* en 1605», pág. 136.

[15] *de más de la marca:* que sobrepasa lo justo y razonable.

[16] *madrigado:* astuto (cfr. I, i, 8, n. 44).

[17] *gerifalte:* en germanía, 'ladrón'.

[18] De los techos de iglesias y conventos colgaban los sambenitos de las familias penitenciadas por la Inquisición (FR).

cual éste a quererse igualar, haciéndose de los godos[19]. Como entienden que no los conocen, piensan que en engomándose el bigote y arrojando cuatro plumas han alcanzado la nobleza y valentía, siendo unos infames gallinas, pues no pelean plumas ni bigotes[20], sino corazones y hombres. ¡Vámonos, que yo le haré al marica que desocupe nuestros cuarteles y busque rancho!

Fuéronse y quedé considerando cuáles eran todos tres y cómo se honraban. Con los dos me indigné, pareciéndome fanfarrones y por su mal término en hablar infamando a el que se deseaba honrar sin ajena costa ni perjuicio, y con el huésped cobré gran ira, por su demasiado atrevimiento. Debiérase contentar con lo que le habían dado, sin ser desvergonzado, poniéndose a la tabla[21] con semejante desenvoltura.

Diome deseo de burlarlo y aprovechóme poco, pues pensando ir por lana volví tresquilado[22], no saliendo con mi intento. Pidióme de beber; hice que no lo entendía. Señalóme con la mano; acerquéme junto a él. Volvió tercera vez con una seña; volví los ojos a otra parte, mesurando el rostro. Y viendo que o lo hacía de tonto o de bellaco[23], no me lo volvió a pedir; antes dijo al embajador:

—No le parezca a Vuestra Señoría ser atrevimiento el haberme sentado a su tabla sin ser convidado, por las muchas escusas que tengo para ello. Lo primero, la calidad de mi persona y noble linaje merece toda merced y cortesía. Lo segundo, ser soldado me hace digno de cualquier tabla de príncipe, por haberlo conquistado mis obras y profesión. Lo último, que se junta con lo dicho mi mucha necesidad a quien todo es común. La mesa de Vuestra Señoría se pone para remediar a semejantes, con que no es necesario esperar a ser convidados los que fueren soldados de mis prendas. Suplico a Vuestra Señoría se

---

[19] *haciéndose de los godos:* fingiendo ser de linaje ilustre (cfr. I, iii, 1, n. 11).

[20] El sombrero emplumado *(pluma* valía también, simplemente, 'presunción') y los grandes bigotes caracterizaban a los soldados valentones.

[21] *tabla:* mesa («italianismo que da color local a la escena» [FR]).

[22] Recuerda un refrán bien conocido de todos.

[23] *de tonto o de bellaco:* sobre ésta y otras parejas afines, cfr. M. Joly, *La bourle,* págs. 124-126.

sirva mandar que se me dé la bebida, que como soy español, no me han entendido, aunque la he pedido.

Mi amo nos mandó darle de beber y así no pudo escusarse; pero jurésela que me lo había de pagar. Trájele la bebida en un vaso muy pequeño y penado, y el vino muy aguado, de manera que lo dejé casi con la misma sed. Mas, como a los españoles poco les basta para entretener y sufrir mucho trabajo, con aquella gota pasó como pudo hasta el fin de la comida, habiéndonos todos los pajes conjurado de no mirarle a la cara en cuanto comiese, porque no volviese con señas a pedirlo y nos obligase a darlo. Mas él supo mucho, que, cuando satisfizo el estómago de viandas y servían los postres, volvió a decir:

—Con licencia de Vuestra Señoría voy a beber.

Y levantándose de la silla fuese al aparador y en el vaso mayor que halló, echó vino y agua, lo que le pareció. Y satisfecha la sed, quitándose la gorra y haciendo una reverencia, salió de la sala y se fue sin hablar otra palabra.

Quedó el embajador tan risueño de mis trazas y admirado de la resolución del hombre, que me dijo:

—Guzmanillo, este soldado se parece a ti y a tu tierra, donde todo se lleva con fieros y poca vergüenza[24].

En libertades de españoles estábamos tratando sobre mesa, cuando entró por la puerta un gentilhombre napolitano, diciendo:

—Vengo a contar a Vuestra Señoría el caso más atroz y de admiración que se ha visto en nuestros tiempos, que hoy ha sucedido en Roma.

El embajador pidió se lo contase. Yo por oírlo entretuve la comida, lleguéle una silla, y en sentándose dijo así:

«—En esta ciudad residió un caballero mancebo, de edad hasta veinte y un años, de noble sangre y no mucha hacienda. Tenía buen parecer, era virtuoso, hábil, diestro y de gran valor por su persona. Enamoróse de una doncella dentro de Roma y de edad tendría diez y siete años, en estremo hermosa y honesta; ambos iguales en estado y más en voluntad, pues si uno amaba, el otro ardía. Él se llamaba Dorido y ella Clorinia.

---

[24] Los españoles «tenemos fieros muchos» y somos «fantásticos» ('pretenciosos, fanfarrones'), según el autor del *Viaje de Turquía,* págs. 140 (con otras coincidencias interesantes) y 179. Cfr. I, iii, 2, n. 23.

»Sus padres la criaban tan recogida, que no le permitían trato ni conversación de que pudiera resultarle daño, ni asomar a ventana, sino acaso y muy pocas veces. Porque el exceso de su hermosura era causa para ser de todos los nobles mancebos cudiciada. Sus padres y un hermano que tenía estaban muy celosos, por lo cual no podían los dos amantes tratarse como quisieran. Es verdad que a Clorinia, como bien enamorada, nada se le ponía por delante para mostrarse a Dorido todas las veces que por la calle pasaba. Porque tenía pared en medio de su ventana otra de una amiga suya, que con más libertad, por ser casada, siempre podía residir a ella. Y como le hubiese dado cuenta de sus amores, cuando pasaba Dorido le daba cierta seña, con que luego salía por verlo y así recibía de su amante lo que con esta avaricia podía.

»Esto estuvo así por algún tiempo, que otra cosa no había más que mirarse de pasada. Pero Dorido, impaciente, cudicioso de mejorarse en los favores, buscó modo cómo con más comodidad gozar de la dulce vista, ya que otro no le era permitido; y fue hacer amistad muy estrecha con el hermano, que se llamaba Valerio. Diose tal maña, que no podía Valerio vivir sin Dorido, lo cual fue causa que muchas veces lo llevase a su casa, haciéndole señor della, donde a su placer contemplaba la hermosura de su dama. Iban con estos cebos tomando los amores fuerzas, declarándose más las voluntades con los ojos.

»Clorinia, como menos fuerte y por ventura más encendida, se descubrió a una criada suya, llamada Scintila, la cual, deseosa de servir a su ama, fue a buscar a Dorido y le dijo:

»—Ya, Dorido, no es tiempo que os escuséis de mí, pues no me es nuevo los amores que pasan entre vos y mi señora; y para que veáis que no os engaño, sabed que ella mesma me los ha revelado, pidiéndome ayuda en que os declare su pecho y lo que os ama: y así me dio esta cinta verde, señal de esperanza, para que por su gusto la pongáis en el brazo[25]. Bien creo estaréis cierto que viene de su mano, pues muchas veces se la conocistes revuelta en sus cabellos; de manera que de hoy en adelante podréis fiaros de mí, que tanta gana tengo de serviros.

---

[25] La cinta de los cabellos era la prenda amorosa por excelencia.

»Oyendo aquesto Dorido, quedó espantado y mal contento, como aquel que siempre se había recelado della, no teniéndola por capaz de negocio de tanta confianza, temiendo no fuesen descubiertos sus amores. Mas, visto que no había otro remedio, habiéndolo hecho Clorinia, disimuló su poca satisfacción y lo mejor que pudo le agradeció la buena voluntad y obras.

»Pasados algunos días y creciendo el deseo en Dorido de hablar a boca a su señora y no hallando medios para ello, amor, que todo lo puede y vence acometiendo imposibles[26], le abrió camino, mostrándole modo de poder conseguir lo que tanto deseaba. Estaba pegado a la pared de la casa de Clorinia, que respondía por la calle pública, un pedazo de pared antigua, medio derribada, de altura que casi llegaba a una ventana de la casa, y un poco más bajo della estaba un agujero, tapado con una piedra movediza, que se quitaba y ponía.

»Éste solía servir algunas veces a Clorinia de celogía[27], mirando por él —sin ser vista— los que pasaban por la calle. Era bien conocido de Dorido, por las veces que en él había visto a su señora. Parecióle oportunidad favorable a su deseo. Comunicólo a Scintila y, rogándole que le favoreciese, le dijo:

»—Ya, Scintila, que quiso mi dicha que a nuestros amores os haya hallado dispuesta en mi gusto, no dejaré de ponerme en vuestras manos, con seguridad que pondréis en todo el cuidado que la voluntad de servir a vuestra señora y hacerme merced os obligan. Sabed que, desde que a Clorinia di el alma, haciéndola dueño verdadero della y de mi vida, no tengo alcanzada otra cosa más de haberme respondido con la voluntad, significada por los ojos, por habernos faltado mejor comodidad. Cuanto más me ha sido defendido[28], más ha crecido el deseo: que siempre la privación engendra el apetito. Hame venido ahora un pensamiento cómo con vuestra ayuda pueda quedar honestamente satisfecho mi deseo. Ya sabéis el agujero que está debajo de la ventana. Ése será el lugar y vos el instrumento de mi buena dicha. Diréis a Clorinia, suplicándole por mí, corresponda en mi ruego y, cuando lo rehusase, podréis

---

[26] «Omnia vincit amor» (Virgilio, *Egloga X,* 69).
[27] *celogía:* celosía.
[28] *defendido:* impedido.

guiarle la voluntad, si acaso no se atreviere, para que aquesta noche, pues la obscuridad nos ayuda, que ya, después de su gente sosegada, se sirva de hablarme por él, que otra cosa no le pido ni pretendo.

»A Scintila pareció cosa fácil y sin riesgo. Diole buena esperanza, prometióle su solicitud hasta ponerlo en efecto. Así lo cumplió y señaló la hora en que pudiera ir, advirtiéndole de cierta señal que haría de la ventana.

»Dorido, venida la noche, disfrazado el vestido, fuese al determinado lugar, donde estuvo esperando. Llegada la ocasión, cuando todos los de casa estaban sosegados, Scintila se fue a la ventana y la abrió con achaque de verter un poco de agua. Lo cual, visto por Dorido, que ya estaba encima de la pared, y habiendo conocido a Scintila, dijo:

»—Aquí estoy.

»Ella le dijo que esperase, y cerrando la ventana se entró dentro. Dorido quedó saltándole el corazón en el pecho, que parecía querer salir de allí, reventando con el deseo encendido en fuego de amor, temeroso de vario suceso que le impidiese aquella gloria, cuidadoso de pensar qué palabras le poder decir. A todo acudía con el pensamiento, y con los ojos a mirar por el agujero lo que la mal encajada piedra permitía. Ya veía cómo Clorinia hablaba con Scintila, ya con sus padres, ya cómo se levantaba de adonde estaba y pasaba en otra parte, hasta que, sus padres acostados, la vio venir al puesto y llegar tan turbada de vergüenza, que intentaba volverse; mas, como la esforzase Scintila, llegóse.

»Luego que se vieron juntos, tanto se turbó Dorido [que], aunque estaba prevenido de lo que pensaba decirle, quedó mudo, y ella no menos temblando, sin tener en tal coyuntura quien al uno ni al otro diese aliento para pronunciar palabra. Mal o bien, poco a poco, cuando hubieron cobrado calor las lenguas heladas, formaron de ambas partes algunas con que se saludaron.

»Dorido le pidió la mano y ella se la dio de buena gana. No pudo más que besársela, trayéndola por todo su rostro, sin alejarla punto de su boca. Después él alargó la suya, alcanzando a tentar el rostro de su dama, sin poderse gozar otra cosa, ni el lugar era más dispuesto[29]. En esto se entretuvieron un gran rato. En cuanto las manos hablaban, ellos callaban, que lo uno impedía lo otro.

»Y como Scintila les daba priesa, por el temor de no ser descubiertos, Dorido, con muchos encarecimientos, pidió a Clorinia que la noche siguiente, a la misma hora y él en el mismo lugar, pudiese gozar de aquel regalo. Ella se lo prometió y así se despidieron, cada uno lleno de contento y él mucho más, que no le cabía en todo el cuerpo; y con el deseo que pasasen presto aquella noche y el siguiente día, se fue a su casa, donde si sentado no podía reposar, en levantándose buscaba en qué acostarse, y como allí no sosegaba, con inquietud y deseo paseábase. No hallaba descanso en cosa alguna.

»Desta manera padeció hasta la siguiente noche y punto señalado, que con ampolletas[30] estaba midiendo, haciéndosele todo perezoso. Fuese a su puesto, esperando que le diesen la seña. Metióse en el hueco de una puerta antigua, que estaba en el paredón muy cerca de la ventana, y, estando para subir al agujero, vio que pasaron dos galanes de dos damas de la misma calle, los cuales anduvieron por ella dando vueltas, esperando que se desocupase, por gozar de otra semejante ocasión.

»Eran grandes amigos de Dorido y sabían que andaba enamorado de Clorinia. Conociéronse bien los unos a los otros; mas, como en sus amores andaba tan recatado, no quería descubrirse, por la sospecha que pudiera dar de lo que no había. Y así, en cuanto aquellos por allí estuvieron paseando, no se atrevió a subir en el paredón, por no ser visto. Que, aunque la noche fuera más obscura, se dejara muy bien reconocer el bulto por los que allí andaban, aunque por los que pasaran de largo no se advirtiera tanto. Y así, porque no lo conociesen, yéndose de allí se puso más lejos, esperando que se fueran o entretuviesen en sus paradas para volver a la suya. Mas, como vio que tardaban y llegarse la hora, parecióle, si su dama venía y allí no lo hallaba, que, ignorando la causa, se lo tuviera por descuido y poco amor. Esto llegó con la cólera en tal desespe-

---

[29] *dispuesto*: apropiado.
[30] *ampolleta*: reloj de arena o agua.

ración, que estuvo determinado de acometerles, dándoles caza si no le aguardaran, y si se defendieran matarlos.

»Pudiéralo bien hacer, así por su mucho esfuerzo como que iba bien apercebido. Demás que la ira en que ardía le ayudara, que semejante coraje acrecienta las fuerzas; y más, que los cogiera descuidados. Pero considerando, no el peligro, sino el estado de sus negocios, por no perderlos estuvo sosegado, mordiéndose los labios, torciéndose las manos, mirando al cielo, dando pisadas en la tierra como un loco.

»Viendo, pues, que el tiempo era pasado, se fue tan disgustado, cuanto alegre la noche pasada. Luego el siguiente día estos dos hombres fueron en busca de Dorido y le dijeron:

»—Ya, señor, sabéis que somos vuestros amigos y como tales no es justo entre nosotros haya cosa oculta. Lo mismo es justo, si lo sois nuestro, se haga de vuestra parte, diciéndonos la verdad que se os preguntare y fuere lícito. Ayer, a cuatro horas andadas después de anochecido, paseando por nuestra calle, que así la podemos llamar, pues en ella tenemos cada cual de nosotros el alma, buscando nuestra ventura, vimos un hombre que nos anduvo acechando, siguiéndonos los pasos, sin perdernos de vista un solo credo. Tuvimos deseo de reconocer quién fuera y lo dejamos de hacer por no causar algún escándalo. No pudimos aún sospechar quién fuese, hasta después estar certificados, por lo que sucedió, ser vos. Y fue que, habiéndonos parado cerca de la ventana de vuestra dama, la sentimos abrir y ponerse a ella Scintila, que viendo los bultos y no conociendo, dijo: "Dorido, ¿por qué no subís?" Cuando aquello le oímos, con una impertinente curiosidad, fiados de vuestra amistad, le respondí: "¿Por dónde?" A esta palabra, sin replicar otra alguna, cerrando la ventana se entró dentro. De donde sospechamos debíades haber hecho algún concierto, y por no impedirlo nos fuimos de allí luego y en vuestra busca, mas no parecistes. Y así no podimos deciros hasta ahora lo pasado; mas porque deseamos serviros y que, conservando nuestra amistad, nuestras pretensas[31] vayan adelante, cada uno con la suya, sin que podamos impedirnos, partamos la noche. Nosotros tomaremos de la media hasta el día, dejando la pri-

---

[31] *pretensas*: pretensiones.

ma[32]; y si lo queréis al trocado sea como gustáredes, que a
nosotros todos nos viene a ser una cuenta.

»Dorido quisiera disimular con ellos, mas hallándose atajado
con razones, no pudo y así escogió la prima que le ofrecieron y
con esta llaneza prosiguió la noche tercera su visita, bien falto
de esperanza de hacerla y que ella allí volviese, por el suceso
pasado.

»Mas, como Clorinia amaba, nada se le ponía por delante,
que con mucho cuidado solicitaba si volvería su galán, por alegrarse con su vista y saber qué impedimento le hubiera hecho
faltar la noche pasada. En tanto que sus padres estaban cenan-
do, levantándose de la mesa, fue al agujero. Podíalo hacer con
seguridad, porque la chimenea, junto a la cual cenaban, estaba
a la una parte de la sala, que era grande; y la ventana del agujero a la otra, cerca del rincón della, y en medio había ciertos
embarazos que impedían la vista de la una parte a la otra.

»Sus padres estaban de manera que fácilmente pudiera llegar
y hablar bajo, sin ser sentida de alguno. Verdad es que estaba
sobre aviso de lo que pudiera suceder, para quitarse presto.
Ella llegó a tan buen tiempo, que ya Dorido la estaba esperando, porque desde la calle le pareció sentir pasos en la sala. Fue
cierta señal para él que serían de su dama; subió presto a verlo,
y, como era la segunda vez que se vían, ya no tuvieron el empacho que primero.

»Habláronse con más osadía lo que les dio lugar el tiempo,
que fue aquella noche breve y como hurtado. Despidiéronse
con grandes ternezas, dejando concertado que, en cuanto la
luna les diese lugar con la menguante, gozasen ellos de su creciente, hasta que otro mejor medio se hallase.

»En este tiempo un mancebo, muy gran amigo de Dorido,
que llamaban Oracio, se enamoró de Clorinia. Servíala, no embargante[33] que entendía ser prenda de su amigo; pero juntamente sabía que no trataba de casarse con ella y él sí. Confián-
dose de su grande amistad, en la justa petición y causa honesta,

---

[32] *prima:* la primera parte de la noche, «desde las ocho a las once» *(Autori-*
dades).
[33] *no embargante:* no obstante.

le pidió muy encarecidamente desistiese de los amores de Clorinia y le diese lugar, pues el fin de ambos era tan diferente.

»Valieron mucho con Dorido las afectuosas palabras y ruego lícito de Oracio, y así le respondió ser muy contento, prometiéndole, si su señora dello gustase, desembarazaría el puesto, dejándole desocupada la plaza, sin contradición alguna, y viviese seguro que no le sería competidor, para lo cual haría dos cosas. La una desengañar a Clorinia, diciéndole cómo por cierto voto él no podía ser casado con ella, y la otra, que para poderla olvidar procuraría amar en otra parte; pero que por la grande amistad que con Valerio tenía, no podía dejar de visitarla, y dello podría resultarle algún provecho y de ninguna manera daño, pues entendía favorecerlo en las ocasiones que se ofreciesen.

»Quedó con esto Oracio contento, satisfecho y muy agradecido a Dorido, no considerando que, habiéndolo dejado a la elección de Clorinia, hasta saber su voluntad había poco negociado. Y el haber hecho Dorido la oferta, fue confiado que hablar a Clorinia en ello[34] fuera sacarle el corazón.

»Con estas varias confianzas Oracio pidió a Dorido hablase por él, y así se lo prometió, por conservar su amistad, no dando nota ni escándalo en sus amores. Como lo ofreció, lo hizo, que viéndose con su dama, le relató una grande arenga de todo lo pasado, diciéndole que, si su voluntad era amar a Oracio, que nunca Dios permitiera que él impidiera su honrado intento; mas a lo menos, cuando no lo quisiese, tenía obligación de agradecerle la voluntad, no mostrándosele áspera y, si pasase por la calle, no huirle, que le hiciese rostro alegre, aunque fuese fingido.

»A esto respondió Clorinia con enojo, diciendo que no le mandase tal ni hablase más en ello, porque cuando por este fin él la dejase, antes gustaría de ser aborrecida que ofenderle y ofenderse, poniendo su amor en otra parte. Que él había sido el primero y sería el último en su vida, la cual desde luego le sacrificaba, para que, no siendo caso de mandarle que lo olvidase, dispusiese de todo lo restante a su voluntad.

»No dejaba Dorido de recebir contento por ser el verdadero

---

[34] *hablar ... en ello:* 'hablar de ello'.

crisol donde se afinaban sus amores y la seguridad con que lo amaban, y así no se lo volvió a tratar; antes prosiguió sus visitas de día y noche, habiendo primero desengañado a Oracio de lo pasado.

»Él no lo quiso creer. Entristecióse grandemente de oírlo y, con todo esto, no dejaba de servirla; mas nunca la halló dispuesta en hacerle algún favor, antes áspera y rigurosa. De donde resultó que, viéndose desdeñado y a Dorido preferido, el furor irritó la paciencia, encendiéndose de tal manera en una ira infernal, que el amor que le tenía trocó en aborrecimiento. Y así como por lo pasado siempre deseó servirla, de allí adelante se desvelaba buscando su daño, poniendo en ello todo su estudio y diligencia, de tal manera que, como hubiese algunas veces acechado a Dorido y supiera la hora, lugar y modo como subía por el paredón y se hablaban, una noche se anticipó a la venida del verdadero amante y, fingiendo ser él, subió al puesto y hizo un pequeño ruido con la piedra que estaba en el agujero, según lo había visto hacer algunas veces.

»Pues como Clorinia sintió la seña y sin considerar el tiempo, que era muy anticipado, acudió al reclamo; luego quitando la piedra, recibió con dulces palabras al fingido amador, que callado estaba, lo cual incitó más a Oracio en su traición y, metiendo la mano por el agujero, asió de la de Clorinia y se la sacó afuera fingiendo querérsela besar. Así se la tuvo apretada con la suya izquierda y, con la derecha, sacando un afilado cuchillo que llevaba, sin mucha dificultad y con suma impiedad, se la cortó y llevó consigo, dejando la triste doncella en el suelo amortecida; porque el dolor, que se había de desfogar con voces y quejas, refrenólo, haciendo fuerzas a la flaqueza femenil, encerróse en el corazón y, ofendiendo los espíritus vitales, quedó casi muerta.

»Allí acabara sin duda, si brevemente no acudieran. Que como la hallasen menos[35] y llamándola no respondiese a sus padres, alborotados dello salieron a buscarla y la hallaron desangrándose en el suelo junto del agujero, que quedó abierto.

---

[35] *hallar menos:* 'echar de menos' (era la forma tradicional en la lengua clásica).

Y en verlo ensangrentado, dio indicios de la causa de su muerte, que tal se juzgaba, pues en ella no había señal de vida.

»Viendo los afligidos padres el cruel espectáculo triste y el tronco del brazo sin su mano, no pudiendo refrenar el dolor, cayeron como muertos, juntos a la sin ventura hija, no menos desalentados que ella estaba; mas, volviendo luego en sí, con las mayores lástimas que nunca se oyeron, comenzaron a lamentar su mucha desventura y lastimoso caso. Pero en medio del excesivo dolor, consideraron, ya que la vida de la hija se perdía, que también perdían la honra y no ser lícito aventurarlo todo junto.

»Parecióles ocultar el suceso, refrenando los suspiros y gemidos. Así sosegaron la casa y, llevando a Clorinia a la cama, con los muchos beneficios que le hicieron la volvieron algo en sí. La cual, viéndose en medio de sus padres llorosos y de aquella manera, le fue otro tanto dolor y, acrecentado de la vergüenza, de nuevo se amorteció.

»Visto por ellos, creció su dolor de manera que se les arrancaban las almas y, con las palabras más tiernas que podían, regaladamente procuraban consolarla, diciéndole dulces amores, como padres que tanto la querían, para curarle con ellas la herida del ánimo, que era la que más ella sentía.

»Con esto la afligida Clorinia se alentó algún tanto y llorando su mal, que hasta entonces no había podido, movía las piedras a sentimiento. Luego con gran secreto trataron de curarla. Valerio, su hermano, fue a llamar un cirujano amigo suyo, de quien podía secretamente fiarse.

»La noche hacía muy oscura. Llevaba una lanterna, con la cual al atravesar una calle reconoció a Dorido, que muy descuidado venía para verse con su dama, ignorante de todo lo pasado. Comenzólo a llamar con voz dolorosa y triste y, como volviese, le dijo:

»—¡Ay amigo verdadero! ¿Dónde vais? ¿Vais por ventura a llorar con nosotros nuestras desgracias y el trágico dolor que nos acaba las vidas? ¿Habéis visto o sentido desventura como la nuestra y de la desdichada Clorinia? ¡Ay! que a vos, que sois amigo verdadero, no se podrá encubrir lo que a todo el mundo habemos de negar, porque sé que habemos de tener en vos compañero a nuestro duelo y que, como nosotros mismos, haréis diligencia en la venganza, procurando saber quién sea el cruel homicida de mi hermana.

»Dorido quedó sin sentido de oír esas palabras y fue maravilla poderse tener en pie, según le hirieron en el corazón; pero, cobrándose algo con el deseo de entender el caso, procurando esforzarse, con voz turbada preguntó lo que había sido. Valerio le dijo por orden lo pasado y cómo iba a llamar un cirujano. Rogóle se fuese con él, pues corría peligro con la tardanza la vida de Clorinia[36].

»Dorido lo acompañó; y aunque le hacía más menester ser consolado que dar consuelo, todavía lo menos mal que pudo, dijo así:

»—Valerio, hermano, es tanto lo que siento vuestras lástimas y de la desdichada Clorinia, que no menos que a vos me pueden dar el pésame de su desdicha. De tal manera lo siento, que estoy seguro y cierto que no me hacéis ventaja; empero, viendo cuán poco el dolor aprovecha ni el llanto importa, no acudo a más que aconsejaros en lo que se debe hacer. Y os digo que se busque al traidor que tal maldad ha hecho, para que en él se ejecute la mayor venganza que nunca se hizo. Yo me encargo dello, que para esta diligencia bien creo seré bastante a salir con ella, descubriendo rastros por donde lo halle. Vos id por el cirujano, que no es bien, donde a tanto se ha de acudir, que todos asistamos a una cosa, siendo la de mi cargo tan forzosa. Cada uno haga la suya. Idos con Dios, que no me basta la paciencia en detenerme punto.

»Con esto se apartaron. A Dorido se le asentó en el ánimo que otro que Oracio no pudo haber sido autor de tal maldad, por muchas razones que concurrieron, que cada cual era manifiesto indicio dello. Y así determinó hacer en él un castigo igual a lo que su justo enojo le pedía. Con esta determinación se fue a su casa y, entrando en su asposento, soltó las riendas al llanto, lamentando el áspero desastre.

»—¡Clorinia —le decía— de mis ojos!, bien veo el mal que

---

[36] Las ediciones revisadas por Alemán comparten una errata en esta frase: «corría peligro la tardanza con la vida de Clorinia», seguramente reflejo de algún cambio de orden previo en el manuscrito. Enmiendo con una alteración mínima (según se hizo ya, por cierto, en la problemática edición de Madrid, 1601).

por mí te ha venido. Yo fui la causa dello. Engañóte el traidor Oracio. Pensaste que era tu querido Dorido. ¡Ay desdichada señora de mi vida! Yo te traje a este paso tan amargo, yo te he muerto, pues te inquieté de tu reposo, yo te saqué de tu recogimiento. ¡Ay maldito agujero! ¡Ay malditos ojos que te vieron! ¡Ay maldita lengua con que pedí me hablases, amada Clorinia! ¡Clorinia, vida mía, ya no vida, sino muerte, pues con la tuya vendrá la mía! ¡Yo te hice este mal! Mas ¡viva yo hasta que te vengue y vive tú hasta que sepas la venganza en el traidor, que será tan ejemplar como es justo, para que quede por memoria en siglos venideros! Yo prometo sacrificar a tus cenizas la impía sangre del traidor Oracio. Por una mano que te quitó, dará dos suyas. Una cortó inocente; dos le cortaré sacrílegas. Dete tanta vida el cielo que lo alcance y deje gozar el galardón que por ello te debo. Y tú, dulce Clorinia, perdona la culpa que tengo, que si fuese tu gusto mi muerte, con mis manos te lo hubiera dado.

»Con estas y otras lastimosas palabras lloraba el caso, digno de eternas lágrimas. Y bien el dolor le acabara, según le apretaba; mas íbase sustentando con el deseo de venganza y así entre muerte y vida pasó aquella noche. Luego el siguiente día los fue a visitar.

»Los padres y hermano de nuevo renovaron las lágrimas, abrazando los unos a los otros. Y el padre dijo:

»—¿Qué desdicha tan grande, hijo Dorido, ha sido la nuestra? ¿Qué rigor de cielos contra mí se conjuraron? ¿Qué furia infernal intentó semejante delito? ¿Qué os parece de nuestra desgracia? ¿Cómo sentís nuestra honra? ¿Qué capa cubrirá mancha tan fea, y qué venganza podrá mitigar dolor semejante? Decidnos, ¿qué consuelo será el nuestro? ¿Cómo podremos vivir sin la que nos daba vida?

»Dorido, no pudiendo resistir las lágrimas, consolando los afligidos padres y hermano, dijo:

»—No es tiempo, señores, de gastarlo lamentando; antes debemos ocuparlo en lo que más a todos nos es importante. Y aunque para lo que quiero proponer fuera necesario no ser yo mismo, la ocasión y secreto me obligan que lo haga. Bien conocéis y habéis visto la general desdicha sucedida, tan vuestra como mía y más mía que vuestra, por sentir vuestro dolor

juntamente con el mío. Y veo cortado el hilo de mi vida, que
sólo espero la muerte, tan amarga cuanto creí me fuera dichosa si la acabara primero que Clorinia. Ya sabéis quién soy y sé
yo vuestro mucho valor y calidad. Que, cuando al mío no so-
brepujara, lo hiciera la singular amistad que me habéis tenido,
poniéndome en obligación eterna. Este caso es proprio mío y
para que así lo entienda el mundo, lo que después por otro tercero había de suplicaros, quiero pediros de merced me deis a
mi Clorinia por esposa; y con esto haréis dos cosas: rescatáis
vuestras honras y ejecutáis con mano propria la venganza. Si el
cielo me fuere tan favorable que le conceda vida, comigo quedará, no como merece su calidad, mas como se debe a mi deseo de servirla; y, si otra cosa sucediere, bien es se sepa que
hizo su esposo lo que estuvo obligado, y no Dorido, amigo de
sus padres. Concededme este bien, por lo bien que a todos podría resultar dello.

»A los padres y hermano pareció justa y honrada petición.
Agradeciéronselo mucho; mas, porque quien más en ello había
de ser parte era Clorinia, quisieron tomar su parecer. La
cual, cuando se lo dijeron, le salieron las lágrimas de gozo y
dijo:

»—Con sola ésta espero tener vida y, si más caro me costa-
ra, la compraba barato. Confío en Dios de vivir alegre y morir consolada, y así suplico se haga como mi esposo Dorido
lo pide.

»Luego lo llamaron y, viéndose juntos, en mucho rato no
pudieron hablarse, con lo que las almas de los dos sentían.
Y así se juraron, quedando concertado el matrimonio y hechas en
él con todo secreto las diligencias que convino, entretanto que
pudieran ser desposados.

»En esto pasaron tres días y del contento parecía tener Clorinia alguna mejoría; mas era fingida, porque con la mucha
sangre que le había salido, poco a poco se acababa. Viendo
Dorido ser imposible escapar su esposa con la vida, porque
muriese de todo punto alegre y satisfecha, si tal puede haber
en la muerte, al cuarto día, pareciéndole tiempo conveniente a
lo que tenía trazado, para el quinto convidó a Oracio, como
hacía otras veces. El cual, confiado en el secreto con que cometió el delito y que ni en la ciudad ni vecindad se hablaba ni

entendía palabra, paseábase muy seguro, como si tal no hubiera hecho, y así no se recelaba.

»Dorido, para más desvelarlo, fingió no saber alguna cosa. Mostróle el rostro alegre, la boca risueña, que, asegurado también con esto, aceptó el convite. Había hecho Dorido conficionar un vino que daba profundo sueño siendo bebido, el cual secretamente mandó que le sirviesen a la mesa. Hízose así y, habiendo comido, con el postrer bocado se quedó en la silla como un muerto. Luego Dorido, atándole los pies y brazos fuertemente a los de la misma silla, cerradas todas las puertas de la casa y ellos dos en ella solos, le dio a oler una poma[37], con que luego recordó del sueño en que estaba sepultado y, viéndose de tal modo, sin ser señor de poderse menear, conoció ser castigo de su culpa.

»Dorido le cortó ambas manos y en el canto de la silla le dio garrote, con que lo dejó ahogado. Y esta madrugada lo trajo antes de amanecer delante de sí en la silla de un caballo y, poniendo un palo en el agujero donde cometió el delito, lo dejó ahorcado dél y con una cinta las dos manos atadas al cuello y por dogal un soneto.

»Con esto se ausentó de Roma, pareciéndole que, sin su Clorinia, patria ni vida pudieran consolarlo. Hoy, que amaneció este espectáculo, ha fallecido Clorinia y en este punto acaba de espirar»[38].

---

[37] *poma:* pomo, pequeño recipiente con esencias aromáticas.

[38] La narración de *Dorido y Clorinia* tiene, seguramente, un modelo italiano —eso me parece que delatan algunos rasgos de la narración o el curioso y vacilante soneto final. D. P. Rotunda («The *Guzmán de Alfarache* and Italian Novellistica», pág. 130) sugirió que su fuente era una *novella* de Bandello (II, xxvii), pero las coincidencias no son suficientes para pensar que la novelita del *Guzmán* procede directamente de la italiana (cfr. E. Cros, *Sources,* págs. 21-23). Por su parte, D. McGrady («Dorido y Clorinia», y *Mateo Alemán,* págs. 157-160) cree que «is a work of originality», conseguida merced a la combinación de temas y motivos de distinta procedencia: la literatura cortés (el secreto amoroso, el *bell accueil* que Dorido solicita de Clorinia para Oracio...), la mitología clásica (Píramo y Tisbe) y —claro— la *novella* italiana (la venganza, la amputación...). También podrían señalarse recuerdos ocasionales de *La Celestina* (por ejemplo la impaciencia del enamorado y el llanto del padre por la muerte de su hija), compartiendo un fin trágico que resulta inevitable por el propósito nada matrimonial del enamorado. Cfr. otros datos e interpretaciones en Á. San Miguel, *Estructura y sentido,* págs. 252-259, o B. Brancaforte, *¿Conversión...?,* págs. 36-39.

Al embajador causó gran lástima y admiración el caso. Era hora de ir a palacio y despidiéronse. Yo di mil gracias a Dios, que no me hizo enamorado; pero si no jugué los dados, hice otros peores baratos[39], como verás en la segunda parte de mi vida, para donde, si la primera te dio gusto, te convido.

El soneto que pusieron a Oracio, traducido en el vulgar nuestro dice así:

SONETO

Yo fui el acelerado a quien el celo,
Viéndome de otro amante preferido,
Imitando su voz, seña y vestido,
Ciego[40] con el enojo de un martelo[41];

A los hombres cruel, traidor al cielo,
A Clorinia inocente, aleve he sido:
Causóse de mi amor y de su olvido
Memoria eterna y lágrimas al suelo.

Una mano y la vida al ángel bello,
Por venganza, quité con inclemencia:
Desdeñóme y amaba otro mi amigo.

Ése me puso aquí las mías al cuello,
Fue parte, juez, testigo; y su sentencia,
Según mi culpa, aun es poco castigo.

---

[39] «Si no jugué a los dados, hice otros malos baratos», en Correas.

[40] *ciego:* «se esperaría "cegó"» (FR).

[41] *martelo:* 'celos', y también 'unión y correspondencia amorosa entre dos personas', amartelamiento (cfr. J. E. Gillet, *Propalladia*, III, pág. 281). Puede que sea torpeza mía, pero no acabo de ver el juego de palabras con «el diminutivo italiano de Marte» (según quiso SGG y aceptan los demás editores): la mayúscula de la *princeps* no se mantiene en las otras ediciones revisadas por el autor; de existir un calambur, sin embargo, su efecto tampoco me parece muy claro (a no ser que Alemán quiera cifrar en una palabra a un hombre a la vez «temible y enamorado» [EM]).

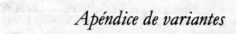

Apéndice de variantes

ADVERTENCIA

Las páginas siguientes recogen las variantes de las tres ediciones de la *Primera parte de Guzmán de Alfarache* revisadas por Mateo Alemán: Madrid, 1599; Madrid, 1600, y Sevilla, 1602 (aquí, respectivamente, *A, B* y *C*). He incluido las disensiones ortográficas más significativas y las erratas más aparentes, y aunque no faltan correcciones ni gazapos de los impresores, la inmensa mayoría son variaciones de autor cuyo análisis desvela la obsesión estilística del novelista y la interesante historia textual de su obra. Se incluyen también algunas lecturas de *M* (la edición 'pirata' aparecida en Madrid, 1601) por las razones expuestas en la introducción (págs. 71-72 y n. 16). Las cifras remiten a la página y la línea en que se halla o comienza la variante.

TASA

103.13 le pudiese *A*: se pudiese *err. BC*

A DON FRANCISCO DE ROJAS

106.14 perjudiciales *AB*: perjudicales *err.C*
107.18 acostumbrada *A*: acobrada *err. BC*

AL VULGO

108.5 cierto *AB* : ciertos *err.C*
109.7 sujete *A* : sujeté [sujetè] *BC*

DEL MISMO AL DISCRETO LECTOR

110.4 después de recordados *BC* : después recordados *A*
110.15 haciendo algún *BC* : haciendo en algo algún *A*
112.7 entretengan. *BC:* entretengan. Vale amice. *A*

DECLARACIÓN PARA EL ENTENDIMIENTO DESTE LIBRO

113.6 quitar ... quedará bien claro *BC* : obviar ... quedarán absuel-
      tas *A*
114.1 este libro en tres *BC* : en tres este libro *A*
114.4 no quieren ver *BC* : no quieren verse *A*
114.9 escribiere *BC* : se escribiere *A*
114.10 Dios mediante *BC* : Deo volente *A*

487

ELOGIO DE ALONSO DE BARROS

115.16 el autor *AB* : el amor *err. C*
116.16 ha atendido *AB* : han rendido *err. C*
117.27 justa o legítima *BC* : justa y legítima *A*
117.32 y si esto *BC* : y si este *A*

AD GUZMANUM DE ALFARACHE

119.1   de Alfarache *BC* : Alfarachie *A*
119.3   Spinellus *Ab* : *om. C*
119.15 leuamen *A* : lauamen *err. BC*
119.16 Guzmán *AB* : *om. C*

GUZMÁN DE ALFARACHE A SU VIDA

Epígrafe Por el licenciado Arias *add. B*
120.15 doy al mundo *BC* : al mundo doy *A*

TABLA

de qué nación y tratos en que se ocupaba *add. BC*

I, i, 1

125.8   me pudiera entrar acusando [curando *err. B*] cualquier termi-
        nista *BC* : me entrara cualquier terminista acusando *A*
126.6   baza : uaça *A* uaza *B* uasa *C*
126.20 según de ordinario *BC* : como de ordinario *A*
126.21 solemne *add. BC*
127.1   no salvando *BC* : y no salva *A*
127.2   Y siempre vemos vituperado *MC* : Antes es siempre vitupera-
        do *A* Siempre vemos vituperado *B*
127.6   tan manifiesto ... notoria cortesía *C* : tan notorio ... manifiesta
        cortesía *A* tan manifiesto ... manifiesta cortesía *B*
127.32 en las partes y según que convenía *BC* : según y en el lugar
        que convenía *A*
128.7   muchas arboledas *C* : cantidad de arboledas *AB*
128.13 una rica sortija al ingenioso pintor *ABC* : al ingenioso pintor
        una rica sortija *M*

129.11 a otro *AB* : a otros *C*
130.5   juntas muchas *C* : muchas juntas *AB*
130.11 Mas no vale a eso, sino a tomar *BC* : Mas no vale a eso, sino
        tomar *A*
131.15 yo no las vi *BC* : no las vi *A*
132.2   si viese a un religioso entrar *BC* : si veo que un religioso en-
        tra *A*
133.10 quedar de allí en adelante rico *BC*: de allí en adelante quedar
        rico *A*
134.4   en España especialmente *BC* : especialmente en España *A*
134.7   por qué consistorio ... va determinado *BC* : por qué claustro
        ... va votado *A*
134.23 mi padre estrenara *ABC* : estrenara mi padre *M*
134.25 va *corr. Holle* : van *ABC*
134.29 el padre alcalde y compadre *ABC* : tener el padre alcalde y
        por compadre *M*
135.22 que han reformado sus vidas *BC* : que han salido dél, refor-
        mando sus vidas *A*
135.23 Al amancebado le consumieron *MC* : A el amancebado con-
        sumieron *AB*
135.24 sanguisuela *C* : sanguijuela *AB*
135.25 les va chupando *MC* : chupa *AB*
136.2   Al famoso ladrón ... Al temerario murmurador ... Al desatina-
        do blasfemo ... que siempre *BC* : A el ladrón... A el mur-
        murador ... A el blasfemo ... siempre *A*
136.16 y aun a la amiga *MC* : y aun la amiga *A*
136.23 se convierte en sangre y carne *MC* : en *om. AB*
137.17 tan malo, descompuesto ni desvergonzado *BC* : tan malo y
        descompuesto o desvergonzado *A*
138.30 en voz de concejo [consejo *C*] *BC* : en voz de su concejo *A*
140.1   leyes del encaje *C*: leyes de encaje *AB*
140.8   si estaba mi padre sano *C* : si mi padre no estaba sano *AB*
140.12 el tiempo *BC* : en el tiempo *A*
140.24 tan solamente *BC* : sólo *A*
141.20 una cruz *MC* : una cruz † *AB*
142.12 En todos *BC* : De todos *A*
142.16 la cruz en el vientre *BC* : la † sobre el vientre *A*
142.23 en otras semejantes *BC* : en otras o semejantes *A*

I, i, 2

EPÍGRAFE Guzmán ... Principio del conocimiento *C* : En que Guzmán
        ... y principio de conocimiento *AB*

144.5 todo cercado *BC*: cercado *A*

144.7 A lo que se supo *BC* : A lo que allí se supo *A*

145.7 que por ellas mejorarse *BC*: que por mejorarse *A*

145.11 limpieza que no ensucien, maldad con que no salgan *BC* : limpieza que no ensucien ni maldad con que no salgan *A*

145.11 Esta *BC* : A esta *A*

145.16 manifestó siempre *C* : siempre manifestó *AB*

147.11 y disposición *add. BC*

148.30 ha dejado *AB* : han dejado *C*

149.14 luego sacó de un cobre sábanas limpias y delgadas *BC* : sacó de un cofre limpias y delgadas sábanas *A*

150.9 la dueña *AB* : las dueñas *C*

150.14 lo que en ellas pasaron *ABC* : [l]os nuevos amantes *add. M*

150.27 niña *ABC* : niña mía *M*

152.26 mi madre *ABC* : mi señora madre *M*

154.12 vida. Y al tiempo *BC*: vida, al tiempo *A*

157.14 que hacían de los dos *BC* : que de los dos hacían *A*

157.17 serlo *C* : ser *AB*

157.24 a quien escribe *C* : al que escribe *AB*

157.27 por la soltera *BC* : en la soltera *A*

158.7 del qué dirán, la común opinión *A* : del qué dirán, común opinión *BC*

158.16 banquetas, que las tales *C* : banquetes; las tales *AB*

158.22 por otra *C* : por otras *AB*

159.21 teníanla los años *BC* : teníala la edad *A*

159.27 se acabó ... Mal dije se acabó *BC* : se acabó ... Mal dije se me acabó *A*

161.1 eran como quiera *AB* : era como quiera *C*

I, i, 3

163.9 pude bien decir *C* : bien pude decir *AB*

164.7 Hice allí *C* : Allí hice *AB*

165.7 pasando, pues, por la taberna *C* : y pasando por la taberna *AB*

165.11 emborrachóse, quedándose dormido *C* : emborrachóse y quedóse dormido *AB*

165.13 en el suelo tendido *C* : tendido en el suelo *AB*

166.5 de jarabes *BC* : de *om. A*

166.11 tal se arrojaba *C* : así se arrojaba *AB*

166.23 La diferencia que hay de unos a otros es que *C* : Hay diferencia de unos a otros, que *AB*

167.5 el cuerpo *ABC* : todo el cuerpo *M*

167.8 eterna muerte que con breve vida engaña *C* : muerte eterna que engaña con breve vida *AB*

168.11 emplasto *C*: emplastro *AB*

168.22 con la hambre y cansancio *C*: con la hambre y el cansancio *AB*

169.15 y si fuera razonable y hubiera de hartar a mis ojos, no hiciera mi agosto con una entera de tres libras *BC* : y si fuera razonable, no hiciera mi agosto con una entera de tres libras, si hubiera de hartar a mis ojos *A*

170.1 antes a sí mismos *C* : sino a sí mismos *AB*

170.3 Desta manera pasó *C* : Así pasó *AB*

170.13 maza [maça] *C* : masa *AB*

170.16 por ser todo suyo *C* : porque todo es suyo *AB*

171.11 tengo de tratar *C* : he de tratar *AB*

171.20 padece mucha esterilidad *C* : padece esterilidad *AB*

171.26 por todo *C* : en todo *AB*

172.30 Así proseguí mi camino, y no *C* : Y así proseguí mi camino, no *AB*

173.3 que cuanto más ... me representaba ... se me alteraba *C* : y cuanto más ... se me representaban ... más se me alteraba *A* y cuanto más ... se me representaban ... se me alteraba *B*

173.16 se despeñan los mozos *MC*: los mozos se despeñan *AB*

I, i, 4

EPÍGRAFE Guzmán *C* : En que Guzmán *AB*

175.9 a condolerse *C* : a dolerse *AB*

175.10 lo que me había pasado en la venta *C* : lo que en la venta me había pasado *AB*

175.20 Y si allí *BC*: Si allí *A*

176.8 que, abierta la boca *BC* : abierta la boca *A*

176.30 a tal tiempo *add. BC*

177.1 me pareció aquello *BC* : aquello me pareció *A*

177.4 piedra que, arrojada en agua clara, hace *C*: piedra arrojada en agua clara, que hace *AB*

177.6 ocasión *C* : coyuntura *AB*

177.8 la del deseado médico al enfermo *ABC* : la del deseado médico al afligido enfermo *M*

177.14 a uno *BC* : a un médico *A*

177.18 lo viniese a visitar *BC* : viniese *A*

177.18 en casa *ABC : om. M*

177.26 a fe de quien soy *BC* : a fe de caballero *A*

177.29 hidalgo y noble *C* : hidalgo, noble *AB*
178.15 salir de la boca juntas y presto *C* : salir juntas y presto de la
          boca *AB*
179.15 aunque muerta *ABC*: estando muerta *M*
179.18 no lo entendió *AB* : no lo entendí *err. C*
179.29 ni recatea en lo que le fían *BC* : ni en lo que le fían recatea *A*.
180.4   metieron en una servilleta de la mesa lo restante *C* : metieron
          lo restante en una servilleta de la mesa *AB*
180.14 quien tal hace, que tal pague *BC* : tal se paga a quien en-
          gaña *A*
180.15 hundidos *ABC* : humidos *err. M*
180.25 mi dicho y haberme *C* : mi dicho, haberme *AB*
180.27 viéndome con tanta cólera *add. BC*
181.9   buenos amigos *C* : ciertos amigos *AB*
181.22 ya es poca sustancia ... demás que no se [le *err. B*] expenden ...
          antes con otros tales *BC* : es poca sustancia ... y no se ex-
          penden ... sino con otros tales *A*
181.34 Y si me maldice *BC* : Si me maldice *A*
182.22 sabroso, regalado y dulce *C*: sabroso y dulce *AB*
182.27 vencerlo y matarlo *BC*: matallo y vencello *A*
182.30 Si al tiempo que pasase aquél *C* : Si cuando el enemigo pa-
          sase *AB*
183.33 queriéndolo ellos vengar *BC*: queriendo ellos vengallo *A*
184.10 Olvidad las iras y nunca os anochezca *BC* : Que olvidemos las
          iras y nunca nos anochezca *A*
184.26 Demás que no por esto habéis de entender que quien os inju-
          ria se sale con ello *ABC* : Demás de entender que quien os
          injuria no se sale con ello *M*
184.27 no lo venguéis *BC*: no os venguéis *A*
184.31 se hará juntamente al señor della *BC* : al señor della se hará
          juntamente *A*
186.2   el que dices que te ofende *BC*: el que te ofende *A*
187.6   Oh *C*: Ah *AB*
187.6   lo que de aquel buen hombre oí *BC* : lo que a aquel buen
          hombre oí *A*

I, i, 5

Lo que *C* : De lo que *AB*
188.16 juntos en un establo, en un pesebre, y a un pasto *C* : juntos a
          un establo, a un pesebre, en un prado *AB*
189.11 dar venganza de sí *BC* : dar venganza *A*

190.1 Era el hombre *BC*: El hombre era *A*
190.1 alegre, decidor *C*: alegre y decidor *AB*
190.3 no le conocía *BC* : no lo conocía *A*
190.8 tras la mala comida *BC* : tras mala comida *A*
190.15 que ya he hecho *C* : que he hecho *AB*
190.18 Y si tal *BC* : Si tal *A*
190.19 es este su lugar *BC* : este es su lugar *A*
190.22 Respondió *C* : Respondiole *AB*
191.13 de cualquier hombre *BC* : de todo hombre *A*
191.19 recelaba de dar *C* : recelaba dar *AB*
191.30 hijosdalgo *C* : hidalgos *AB*
191.31 mascan : mazcan *ABC*
192.2 que haya en Madrid servido *C* : que en Madrid haya servido *AB*
192.6 tal engaño *C* : el engaño *AB*
192.21 No me pesaba mucho *C* : No me pesaba *AB*
193.13 guzquejos : gusquejos *ABC*
194.15 vive hoy en el mundo *BC* : vive en el mundo *A*
194.21 que trae vestido debajo de la camisa, con cien botones abrochado *C* : que trae debajo de la camisa, abrochado con cien botones *A* : que trae debajo de la camisa, con cien botones abrochado *B*
194.27 Lo peor es *BC* : Y lo peor es *A*

I, i, 6

EPÍGRAFE Guzmán *C* : En que Guzmán *AB*
196.9 sarampión *A* : serampión *BC*
196.14 y sin sentir *BC* : sin sentir *A*
197.13 y habiendo necesidad *C* : y de mucha necesidad *A*
197.21 no me lo quería repartir *ABC* : no me la quería repartir *M*
198.5 la hubiesen escondido *BC* : la tuviesen escondida *A*
198.15 de la frente *AB* : de la fuente *err. C*
198.33 hubiérala de echar *BC* : la había de echar *A*
198.22 tan fuertes brazos y robustos *ABC* : tan fuertes y robustos brazos *M*
199.23 Olvidóse el azotarme *AB* : Olvidóse de azotarme *err. C*
199.24 viéndome un simple *C* : siendo un simple *AB*
200.12 de aquese *C* : de ese *AB*
200.28 confeso *C* : confieso *AB*
201.2 Pues que no dándole tormento ni amenazándole con él *C* : Que sin dalle tormento ni amenazándole con él *AB*: Que sin darle tormento ni amenazarle con él *M*

201.28 que cuando *BC* : y cuando *A*
201.29 no se puede menos esperar *C* : no se puede esperar menos *AB*

I, i, 7

EPÍGRAFE Creyendo *C* : Cómo creyendo *AB*
202.16 en ello *BC* : en ella *A*
203.4 el aire no sube *MC* : no sube el aire *AB*
203.6 no dejándolos *BC* : sin dejallos *A*
203.6 que ni el abatido *MC* : que el abatido *AB*
203.15 toca la de su padre *BC* : toca de su padre *AM*
204.2 Cuál estrella infelice *BC*: Cuál infelice estrella *A*
204.3 puse fuera della el pie *C*: puse el pie fuera della *AB*
204.6 sin dejarme *MC* : sin dejar *AB*
204.13 alzándose *BC* : pues se alzaron *A*
204.15 sacrificios ... regocijos *C* : sacrificio ... regocijo *AB*
204.19 de los hombres ... adoraban *BC* : del hombre ... adoraba *A*
205.8 casi su igual *BC* : casi igual suya *A*
205.31 y si se lo quitas *BC* : si se lo quitas *A*
206.4 della pende todo *C* : todo pende della *A*
206.4 Si se supieran conservar ... cosa fuera repugnante *BC* : Si supieran conservarse ... cosa repugnante fuera *A*
206.10 Descontento *BC*: Discontento *A*
206.21 criminar *MC* : acriminar *AB*
206.22 enemistad vieja que con los hombres tenía *BC* : enemistad vieja con los hombres *A*
206.27 que pudieran en algún tiempo *BC* : que en algún tiempo pudieran *A*
207.6 viven *C* : vive *AB*
207.13 deleites, alegrías y todo *C* : deleites y alegrías y todo *AB*
208.24 es el «no pensé» de casta de tontos y proprio *BC*: el «no pensé» es de casta de tontos, proprio *A*
209.3 descanso *BC* : mi descanso *A*
209.10 antes que les digan *C (fe de erratas)* : antes que digan *AB*
209.18 no dijeren ... iránla *C* : no dijere ... irála *AB*
209.26 bajada la cara *C* : baja la cara *AB*
210.1 cada uno más emboscado *ABC* : y cada uno iba más emboscado *M*
210.11 Decían ... que ahorcaros tenemos aquí *BC* : Decíanme ... que ahorcaros tenemos *A*
210.19 más al doble y recio *BC* : más recio y más al doble *A*

210.22 son mayores los de sus enemigos *BC* : los de sus enemigos son mayores *A*
210.23 que por su ocasión *BC* : porque por su ocasión *A*
210.24 por lo que cambiaba *BC* : porque cambiase *A*
210.25 pedíanle que descubriese *BC* : porque descubriese *A*
210.27 que, como yo, estaba inocente *BC*: estaba como yo inocente *A*
210.28 de la raya pasaron *BC* : pasaron de la raya *A*
210.34 quizá que lo traían *BC* : y quizá lo traían *A*
211.5 como todas tienen *C* : como tienen *AB*
211.17 no sabes que digo verdades *C* : no sabes tú que digo verdad *A* : no sabes tú que digo verdades *BM*
211.21 lo que sentí *BC* : lo que allí sentí *A*
212.1 benditos *ABC* : *om. M*
213.8 su rezado *ABC* : *om. M*

I, i, 8

EPÍGRAFE Guzmán *C* : En que Guzmán *AB*
214.23 por dentro della *C* : por ella *AB*
215.35 adonde muchos *BC* : donde muchos *A*
216.13 llegadas *BC* : cercanas *A*
216.23 que la tenía *BC* : que le tenía *A*
217.5 habiéndote *BC* : habiendo *A*
217.11 sobre Granada *BC* : sobre la ciudad de Granada *A*
218.6 desde su niñez se amaban *ABC* : se amaban desde su niñez *M*
218.12 lo dilataron *BC* : lo dilataron entonces *A*
219.27 la gente que huyendo del ejército desamparaban la milicia *C* : la gente que del ejército huía, desamparando la milicia *AB*
220.7 insistía *A* : asistía *err. BC*
220.21 que llevo *ABC* : que della llevo *M*
221.2 ocupaba todo el tiempo *C* : todo el tiempo se ocupaba *AB*
221.18 por suerte llegó *BC* : llegó por suerte *A*
222.14 nublado *C* : ñublado *AB*
222.18 arrayanes *AB* : arraihanes *C*
224.3 por una escalera de caracol *C*: por un caracol *AB*
225.19 habían abierto senda para cualquier mala solpecha *C* : para cualquier mala sospecha habían abierto senda *AB*
226.15 el descargo *BC* : su descargo *A*
226.24 que recibo de sus Altezas *BC* : que de sus Altezas recibo *A*
226.25 en mi favor acrecientas *BC* : acrecientas en mi favor *A*

226.30 con él te quiero pagar y dejar deudor *BC* : con él quiero pa-
       garte y dejarte deudor *A*
226.36 después de haberse tratado *BC* : habiéndote tratado *A*
227.25 Dios fue servido *BC* : fue Dios servido *A*
227.28 y entretengo *BC* : entreteniendo *A*
228.29 los demás opositores *MC* : los más opositores *AB*
229.3 echaba redes con rodeos *C* : echaba sus redes, cercando con
       rodeos *AB*
229.32 Ya cuando tuvo *C* : Y cuando ya tuvo *AB*
230.6 la volveré a hablar y a tratar dello *BC* : volveré a hablalla para
       tratalle dello *A*
230.15 no se le pudo *C* : se le pudo *A* no le pudo *B*
230.22 Con este recelo *BC* : Por este recelo *A*
230.24 Mucho los temía y algo los creía, como perfecto amador *BC* :
       No los creía, pero temíalos, que era perfecto amador *A*
230.32 esposo a quien obedezco *C* : esposo que obedezco *AB*
231.24 si se descuidara un poco más *BC* : si un poco más se descui-
       dara *A*
231.27 habiendo ya cobrado mejoría *BC* : teniendo cobrada me-
       joría *A*
231.34 no sólo no será *C* : no sólo dejará de ser *AB*
232.10 amo *AB* : amor *err.* *C*
232.23 lo despidió *AB* : y lo despidió *err.* *C*
232.25 que aun despedirse *C* : aun despedirse *AB*
232.27 tenía dueño el alma *C* : el alma tenía dueño *AB*
232.33 quien se viere afligido *C* : el que se viere afligido *AB*
233.1 sin gusto y desabrida *C* : sin gusto, desabrida *AB*
233.14 por entonces *add. BC*
233.29 Y si antes *BC* : Si antes *A*
236.10 se corrían los toros *BC* : los toros se corrían *A*
236.23 della *BC* : de toda ella *A*
237.10 y cual si fuera de piedra, sin más menearse, lo dejó allí muerto
       BC : dejándolo allí muerto, como si fuera de piedra, sin que
       más se menease *A*
237.12 y se salió de la plaza *BC* : saliéndose de la plaza *A*
237.21 se admira, el otro *ABC* : *om. M*
237.26 se recogió *ABC* : luego *add. M*
237.28 espada *ABC* : y daga *add. M*
238.17 en ellos *ABC* : en ellas *M*
238.18 cada una *AB* : cada uno *C*
238.19 solamente sus pretales *BC* : solos sus petrales *A*
239.4 las ocho *BC* : todas las ocho *A*
239.4 Las libreas *BC* : Sus libreas *A*

239.12 de la manera que se acostumbra en otras partes dárselos [a
 dárselos *B*] *BC* : como en otras partes acostumbran a dárselos *A*
239.15 tienen por su ordinario ejercicio *BC* : es ordinario ejercicio en
 ellos *A*
239.18 mudados los caballos *C* : los caballos mudados *AB*
239.18 y cañas *BC* : con cañas *A*
239.25 parecía danza muy concertada *BC* : parecía una muy concertada danza *A*
239.33 como rabioso *C* : como un rabioso *AB*
240.1 el toro lo siguió *BC* : el toro tras él *A*
240.12 De su esposa *C* : Su esposa *A*
240.28 se acababan las fiestas *BC* : las fiestas se acababan *A*
240.38 su corazón *add. BC*
240.39 de los ojos *BC* : de sus ojos *A*
241.1 deja el pesar *BC* : el pesar deja *A*
241.8 El cartel se publicó *BC* : Publicóse el cartel *A*
241.9 las calles *BC* : todas las calles *A*
241.10 en parte *BC* : en la parte *A*
241.13 la vi en mis tiempos *BC* : aún en mis tiempos la he visto *A*
241.26 se recelaba *BC* : recelaba *A*
241.26 y no de hacer *BC* : más que de hacer *A*
241.28 para lo que quiero, diré *C* : para decir lo que quiero, diré *AB*
242.6 con la codicia *C* : con cudicia [codicia *B*] *AB*
242.7 quisieres *BC* : quisiéredes *A*
242.8 en breve tiempo y de manera *C* : y en breve tiempo, de manera *AB*
242.8 de fruto *BC* : de mucho fruto *A*
242.10 alguna noticia *BC* : mucha noticia *A*
242.14 lo que no piensa cumplir *BC* : lo que no ha de cumplir *A*
242.15 achaques busca *C* : busca achaques *AB*
242.19 me podré ocupar en salir desta deuda libre *BC* : me ocuparé
 en hacerlo, saliendo libre desta deuda *A*
242.24 en la silla tan firme *BC* : tan firme en la silla *A*
243.9 que tuyas he tenido *BC* : que he tenido tuyas *A*
243.10 decir, has tenido *C* : decir, que me has tenido *AB*
243.20 con cuanto de mi hacienda *BC* : en cuanto con mi hacienda *A*
243.24 así has apretado *C* : así me has apretado *AB*
243.29 Es mi nombre *BC* : Mi nombre es *A*
244.1 Y si lo causó *BC* : Si lo causó *A*
244.9 causando *AC* : cavando *B* trabando *M*
244.9 entre nosotros *BC* : en nosotros *A*
244.14 los olvidara *C* : lo olvidara *AB*

244.30 Y salió cierta *BC* : Salió cierta *A*
245.8 las calidades *BC* : la calidad *A*
245.9 y estaba ... empeñada *C* : y que estaba ... empeñado *AB*
245.11 en que fuese *BC* : en que me fuese *A*
245.22 todo lo vencí *BC* : todo lo vence *A*
245.23 y acerté *BC* : y acerté en ello *A*
245.26 mi luna *BC* : mi luna llena *A*
245.28 Si se admiró de verme *BC* : Admiróse de verme *A*
246.18 con lo que valgo *BC* : y lo que valgo *A*
246.19 Si pudiera comprarlo, diera en su cambio la sangre de mis ve-
        nas *BC* : Si pudiera comprarlo con mi sangre, diera la de
        mis venas en su cambio *A*
246.22 acabándolo de oír *C* : acabándole de oír *AB*
246.35 era secretamente malquisto *BC* : estaba secretamente mal
        quisto *A*
246.37 estaba muy cierto el descomponerlo *BC* : era muy cierto habe-
        llo de deslustrar *A*
247.1 armarse *AB* : armarle *C*
247.2 por ella paseando *BC* : paseando por ella *A*
247.14 luego, dejándola en él, se salió della Ozmín *C* : luego, dejándo-
        la en él, se salió de la plaza Ozmín *AB* y dejándolas en él,
        Ozmín se salió della *M*
247.18 tañendo *add. BC*
248.12 conocer *BC* : ver el rostro *A*
248.29 que les dijo *C* : que, murmurando dello, les dijo *AB*
250.11 así *add. BC*
251.2 de político natural *BC* : de buen natural *A*
251.5 rinde *BC* : rinden *err. A*
251.11 palabras *BC* : razones *A*
252.9 para despedirse *C* : de despedirse *AB*
253.26 se convidan ellos mismos y se hacen amigos los enemigos *BC* :
        ellos mismos se convidan y los enemigos se hacen ami-
        gos *A*
254.27 A él *C* : Y a él *AB*
256.8 será *C* : ha de ser *AB*
256.11 hará su posible *BC* : hará por su persona su posible *A*
256.16 tanto más cuanto más *BC* : tanto más la sentía cuanto más *A*
257.18 ciudad *ABC* : con afición *add. M*
257.18 apasionados *BC* : aficionados *A*
258.8 habían *A* : había *err. BC*
258.8 temían *BC* : tenían *err. A*
258.17 que moría *BC* : ver que moría *A*
258.20 con él un poco *BC* : un poco con él *A*

258.29 Salióles don Luis *BC* : Y don Luis les salió *A*
259.1 regocijo *BC* : alegría *A*
259.1 hacer fiestas públicas [públicas *err.*] *C* : hacerlas públicas *AB*
259.3 la instrución *C*: su instrucción *A* : instrucción *B*
259.24 la divina voluntad *C* : la voluntad de Dios *AB*
260.9 La mesa *C* : De la mesa *AB*
260.13 que vos me convidastes con ella *BC* : que con ella me convidastes *A*

I, ii, 1

EPÍGRAFE Saliendo G. de A. de Cazalla *C* : Cómo G. de A., saliendo de Cazalla *AB*
263.8 había de comer y comía *C* : había dinero y comía *A* : había y comía *B*
264.3 cuántos disparates espolea *C* : a cuántos disparates espolea *AB*
264.12 darás la razón *C* : darás razón *AB*
264.22 bien consentido y mal dotrinado *BC* : bien consentido, mal dotrinado *A*
264.23 el primero *BC* : y el primero *A*
265.12 unas coplas *BC* : un soneto *A*
266.2 concedieron *BC* : concediera *A*
266.6 fuera *BC* : era *A*
266.19 Entre mí dije *C* : Dije entre mí *AB*
268.6 o mejor dijera bestias *add. BC*
269.25 fuime poco a poco mi camino *BC* : fuime mi camino poco a poco *A*
270.10 huyendo de casa de su padre o de su amo *BC* : huyendo de su amo o de casa de su padre *A*
270.14 mandar *BC* : mandar, y más a un ventero *A*
271.1 el escudillar *AB* : el escudilla *err. C*
271.5 y aun para ella tenía por coadjutores las gallinas y lechones de casa, si acaso faltaba el borrico, y otras veces entraban todos a la parte, porque no se repara entre buenos en poquedades *add. BC*
271.14 Las cabalgaduras ... La cuenta de la mesa *BC* : La cuenta de las cabalgaduras ... La de la mesa *A*
272.20 culpáramos *BC* [*B en la fe*] : culparemos *A*

I, ii, 2

EPÍGRAFE Dejando al ventero G. de A. *C* : Cómo G. de A., dejando al
           ventero *AB*
274.5   Porque, al fin, era mozo de ventero, que es peor que de ciego
        add. BC
274.6   Estaba en camino *BC* : Era camino *A*
274.12 dejada [dejado *err. BC*] mi venta, me fui visitando las de ade-
        lante *BC* : dejado mi ventero, me fui visitando los de ade-
        lante *A*
275.9   bien a la ligera *add. BC*
275.10 sucio, roto y viejo *BC* : roto, sucio y viejo *A*
275.11 procuré buscar a quien servir, acreditándome con buenas pa-
        labras ... de mis obras malas *BC* : procuré acreditarme con
        palabras y buscar a quien servir... de mis obras *A*
275.13 dentro de casa *BC* : dentro de su casa *A*
275.31 ayudábales *BC* : ayudaba *A*
275.32 estaciones *BC* : romerías *A*
276.7   jugar la taba, el palmo y al hoyuelo *C* : jugar a la taba, al pal-
        mo y al hoyuelo *AB*
276.8   aprendí el quince *C* : supe el quince *AB*
276.12 íbaseme sotilizando el ingenio por horas *BC* : íbaseme por ho-
        ras sutilizando el ingenio *A*
277.14 que como cosa *BC* : porque como cosa *A*
277.16 porque son dificultosos todos los principios *BC* : y todos los
        principios son dificultosos *A*
278.1   tener oficio *C* : tenía oficio *AB*
278.2   holgada ocupación *C* : ocupación holgada *AB*
278.12 ha de estar sujeta mi honra *BC* : mi honra ha de estar sujeta *A*
278.19 es el centro della *BC* : es centro della *A*
279.4   caminar, ella *AC* : caminar a ella *BM*
279.15 de gordos revientan, y se te caen los pobres muertos *C* : re-
        vientan de gordos, y los pobres se te caen muertos *A* : re-
        vientan de gordos, y se te caen los pobres muertos *B*
279.18 más propriamente se llama *BC* : más es su proprio nombre *A*

I, ii, 3

EPÍGRAFE Guzmán *C* : En que Guzmán *AB*
281.9   calenturas o ciciones *BC* : calenturas, ciciones *A*
282.11 forzosa *add. BC*
282.15 heciste algún escrutinio, si te hallaras [hallavas *err. B*] capaz
        BC : has hecho escrutinio, si te hallas capaz *A*

282.26 aun en bonanza *add. BC*
283.2   nunca viste *BC* : nunca has visto *A*
283.16 que debiendo *BC* : porque debiendo *A*
284.12 oí misa mayor *BC* : oí la misa mayor *A*
285.20 en hombre y en oficio *C* : en hombre y oficio *AB*
285.24 ni saltees *ABC* : *om. M*
286.17 las vean y ... las imiten *ABC* : la vean y ... la imiten *M*
287.10 si sabes *ABC* : sin saber *M*
287.12 violentada tras de sí *AB* : violenta detrás de sí *err. C*
287.15 ni se precian dello *BC* : ni dello se precian *A*

I, ii, 4

Epígrafe Guzmán *C* : En que Guzmán *AB*
289.9   dejé *A* : dije *err. BC*
289.17 ¿Y leer sabes? *BC* : ¿Y sabes leer? *A*
290.21 decanon *ABC* : decano *M*
291.2   sanctasanctórum *A* : Santa Santorum [Santurum *B*] *BC*
291.5   dejándole *BC* : dejándola *A*
291.20 regulándolo a el cortesano celestial *MC* : regulando el cortesa-
        no celestial *AB*
291.30 quieran *M*: quiera *ABC*
292.2   conocido o amigo *BC* : conocido, amigo *A*
292.22 creí *BC* : creyó *A*
292.32 no puedas *C* : no puedes *AB*
294.1   descuidado *BC* : sin cuidado *A*
294.10 corriendo : comiendo *ABC*
294.15 pones mesa *AB* : pones mesas *C*
294.23 ni te quite *BC* : ni quite *A*
295.1   pobre : camino *BC* : pobre, que camino *A*
295.5   es de creer que tuvo *BC* : sin duda tuvo *A*
295.6   hablando verdad *BC* : en realidad de verdad *A*
295.12 lince, para que el útil no se pase, siendo cosas que les importa-
        ra más estar de todo punto ciegos, pues andan armando
        BC : lince, para lo que se habían de cerrar y que el útil no
        se pase. Armando *A*
295.16 vanidad de vanidades *BC*: vanidad de vanidad *A*
295.18 mal decir *A* : maldecir *BC*
296.2   hombro, que *C* : hombro, y que *AB*
296.6   Si salíamos *AB* : Si salimos *C*
296.20 Laberinto *BC* : Labirinto *A*
297.6   Considera *A* : Considerá [Consideràà] *BC*
298.10 y aplica *BC* : luego aplica *A*

I, ii, 5

300.3   de escalón en escalón *ABC* : de uno en otro escalón *M*
300.14 cuando le vi *BC* : cuando lo vi *A*
300.19 entra *A* : entrá [entrà] *BC*
301-14 estaba puesto a mi cargo *BC* : estaba todo a mi cargo *A*
301-17 me mandaba *C* : me daba *AB*
301.23 y cuál era necesario callar *BC* : y qué era necesario callar *A*
302.7   un buen tratamiento *BC* : el buen tratamiento *A*
302.25 olvidare *AB* : olvidar *C*
304.24 fuese *BC* : se fue *A*
305.10 asegurarme más *C* : asegurarme mejor *AB*
305.10 por interese poco *ABC* : por poco interese *M*
305.24 suplí como pude *C* : como pude suplí *AB*
306.7   tener lástima *C* : tener la [tenerla *err. B*] lástima *AB*
306.14 vasillo *C* : vaso *AB*
307.8   hubiera hurtado *ABC* : hubiera yo hurtado *M*
307.16 dos onzas menos *C* : dos onzas de menos *AB*
307.16 aprendí a jugar *MC* : aprendí jugar *AB*
308.22 Mira *BC* : Mírale *A*
310.4   el que las hace *C* : el que te las hace *AB*
310.14 no lo traspusiese *A* : no la traspusiese *BC*
311.16 andando *ABC* : *om. M*
312.2   y vender los vasallos! Pobres de los señores *ABC* : *om. M*
313.1   sean las alas *AB* : sean alas *err. C*
314.15 que el galardón y premio de las cosas hace al señor ser tenido
        y respetado como tal y pone ánimo al pobre criado para
        mejor servir *add. BC*
315.7   aporreaban *AC* : aporreaba *BM*
315.12 pierdes *ABC* : desperdicias *M*

I, ii, 6

Epígrafe Guzmán *C* : En que Guzmán *AB*
317.5   aquel que sabe *BC* : el que sabe *A*
317.15 Enseñáronmelo *BC* : Enseñómelo *A*
318.22 la que diere *BC* : la que diere en esto *A*
319.4   a los aduladores, a los que tienen *BC* : a los regaladores, que
        tienen *A*
319.14 ya porque *BC* : o ya porque *A*
319.18 algo andaba ya escaldado mi amo comigo *BC* : se escaldó mi
        amo algo comigo *A*

319.23 fuimos a la posada *BC* : en la posada entramos *A*

320.21 conejos, parecían *BC* : conejos, que parecían *A*

320.23 Entapizóse nuestro patio a la redonda *BC* : Entapizóse el pa-
        tio todo a la redonda *A*

320.25 mi fe te prometo *BC* : mi fee os prometo *A*

321.2 pagándome peor *C* : pagándome lo peor *AB*

321.4 el peso a las cuestas *BC* : la carga a cuestas *A*

321.18 ni quieren *BC* : ni saben *A*

321.19 que sabe bien *BC* : que les sabe bien *A*

321.24 pagasen mis huesos la carne que comiesen *BC* : comiéndose la
        carne, la pagasen mis huesos *A*

321.27 si a mi linaje todo llevaran moros *BC* : si llevaran mi linaje
        todo los moros *A*

323.6 y así desnuda, sin acordar de cubrirse, salió corriendo, desvali-
        da *BC* : así desnuda, y sin acordarse de vestidos, salió co-
        rriendo y desvalida *A*

323.8 Su pensamiento y el mío *BC* : Los pensamientos suyo y
        mío *A*

323.9 y la diligencia *BC* : la diligencia *A*

323.14 creyendo sería *BC* : creyendo fuese *A*

323.19 con un mansejón *BC* : con uno mansejón *A*

323.27 ascondida ella *BC* : ella ascondida *A*

324.13 como una doncella *BC* : como si fuera doncella *A*

324.20 que sola su pena era *BC* : que lo más de su pena era *A* que ha-
        bía sido sola su pena *M*

324.26 la culpa mía *C* : mía *om. AB*

325.11 sobreaguados los peces *BC*: los peces sobreaguados *A*

325.20 cuartel *BC* : cuarto *A*

325.21 por par dellos *C* : por par *AB*

327.10 dar alguna gatada *BC* : dar gatada a un forastero *A* : dar con
        él alguna gatada *M*

327.17 sacó una caja de antojos *BC* : sacó de una caja unos antojos *A*

327.23 la falta que hice *BC* : la falta que le hice *A*

328.7 en presencia *C* : y en presencia *AB*

I, ii, 7

329.9 no obstante que ambas aguijan a un fin de adornar y levantar
        a los hombres *add. BC*

329.14 lo guarda *MC* : le guarda *AB*

329.16 mañana *BC* : mañana, no sabe asegurarse *A*

331.28 temer *ABC* : tener *M*

331.32 hallara *BC* : hallaba [hallaua] *err. A*
332.1 qué afligido estaría y qué triste *BC* : qué afligido, qué triste me
 hallaba *A*
332.2 valerme [volerme, *err. C*] *BC* : socorrerme *A*
332.19 para no acusarme a mí mismo *BC* : para que yo mismo no pudiera acusarme *A*
333.11 y los ojos *BC* : y los ojos *A*
333.14 risa *C* : riza *AB*
333.24 lo que sienten *ABC* : lo que dello sienten *M*
333.24 con locuras *ABC* : con otras locuras *M*
334.2 fiel y diligentemente *BC* : fielmente y diligentemente *A*
334.2 un cabello *BC* : cosa *A*
334.9 y honra de las bajezas, y de las veras burla *BC* : y de las bajezas honra *A*
334.12 acontece lo tal *BC* : lo tal acontece *A*
334.18 y hay razón para ello *BC* : por la razón que hay para ello *A*
334.29 se ventilan *BC* : se eventilan *A*
335.8 compañías *BC* : compañías que habían salido *A*
335.8 Fuese averando el caso *BC* : Fuese más averando *A*
335.24 a un lado *BC* : en medio *A*
335.25 donde solía *BC* : que allí solía *A*
335.27 mochillero *C* : mochilero *AB*
337.16 Puse *ABC* : Púsele *M*
338.2 hortelanos *C* : hortolanos *AB*
339.1 buena entrada para mis deseos *BC* : buena entrada por allí
 para mis deseos *A*
339.25 canela *BC* : azafrán *A*
340.22 y dél saqué *BC* : sacando dél *A*

I, ii, 8

Epígrafe Vistiéndose muy galán en Toledo G. de A. ... y después
 otra en Malagón *C* : Cómo G. de A., vistiéndose muy galán en Toledo ... y después en Malagón *AB*
341.17 de seda *C* : de buen tafetán *AB*
342.8 aforrado *BC* : forrado *AM*
343.2 liga pajiza *C* : liga pajada *AB*
344.14 que los tenía *BC* : que lo tenía *A*
344.18 aquello bastaría y que ya lo tenía *BC* : aquello bastaba y que ya
 estaba *A*
344.30 vi estar *BC* : vi que estaba *A*
345.15 entréme *BC* : me entré *A*

345.29 labirinto *AC* : laberinto *BM*
346.18 ¿Cuál de nosotros es el que se casa? *BC* : ¿Cuál de nosotros se casa? *A*
348.15 se hubiera *C* : se le hubiera *AB*
348.21 Yo tenía ... mas no pude *BC* : Mas como tenía ... no pude *A*
350.10 atahona *MC* : tahona *AB*
350.17 se sustentaban con aquellos embelecos *BC* : con aquellos embelecos se sustentaban el uno y el otro *A*
351.5 mas a la mi fe ... y como *C* : a la mi fe ... mas como *AB*
351.21 aguardaba *BC* : esperaba *A*
351.30 hasta la mañana ... pasé casi hasta el día *BC* : hasta por la mañana ... pasé hasta por la mañana *A*
351.32 qué podía querer *BC* : en qué podría querer *A*
352.7 de que las noches *BC* : como las noches *A*
352.8 me caía, como dicen ... se llegó ... bonico *ABC* : me caía de sueño ... llegó ... bonito *M*
352.27 pero tuve deseo *BC* : pero con deseo *A*

I, ii, 9

EPÍGRAFE Llegando a Almagro G. de A. *C* : Cómo G. de A. llegando a Almagro *AB*
355.21 no la trajésemos *BC* : no le trajésemos *A*
356.7 y grande la gana de beber *BC* : y la gana de beber mucha *A*
358.7 camino *BC* : caminos *A*
358.13 despedía *BC* : despendía *A*
358.21 encolericéme *BC* : encoloricéme *A*
359.6 pues ciega *C* : pues le ciega *AB*
359.31 poderosas trocar *BC* : poderosas a trocar *A*
360.26 de lodo *BC* : del lodo *A*
361.4 peleaba *Am* : pelaba *BC*
361.6 fuerzas [fuer-ças] *AM* : fuecas [fue-cas] *BC*
362.11 por mis mocedades *BC* : por vanas mocedades *A*

I, ii, 10

EPÍGRAFE Lo que *C* : De lo que *AB*
364.9 no la podía *BC* : no lo podía *A*
364.28 un ídolo destos *BC* : un ídolo destos tales *A*
365.5 igual día *A* : igualdía *err. BC*
365.23 ni el ingenio *BC* : ni ingenio *A*

366.16 a tomar bagajes *BC* : tomaba bagajes *A*
366.23 sobre las narices *BC* : en las narices *A*
367.15 bien atada y amarrada *ABC* : bien amarrada *M*
367.26 le parecía *C* : le pareció *AB*
367.28 vine *BC* : vino *err. A*
367.32 estaba *BC* : y estaba *A*
368.16 Mi hombre se puso *BC* : Púsose mi hombre *A*
368.18 para lo que yo pretendía *BC* : para mí *A*
368.36 añudada *BC* : anudada *A*
369.31 baza : baça *A* : baza *B* : vasa *C*
371.4 en un muladar *BC* : en el muladar *A*
AL FINAL Fin del segundo libro *A*

I, iii, 1

EPÍGRAFE No hallando ... le hicieron una burla y se fue huyendo a
  Roma *C* : Cómo no hallando ... se fue a Roma, y la burla
  que antes de partirse le hicieron *AB*
375.15 y asno *AC* : asno *BM*
376.1 apelan *MC* : apela *AB*
376.1 tropellan *C* : atropellan *AB*
376.16 necedades *AB* : necesidades *err. C*
377.7 pasan por ella *C* : pasa por ella *AB*
379.18 huésped, pues, como el cordobés *ABC* : huésped como cordobés *M*
379.19 temiera *BC* : fuera temiendo *A*
379.32 Hola, Antonio *ABC* : Hola, oyes Antoño *M*
379.33 Llevá [Llevà] *BC* : Lleva *A*
380.6 pared *BC* : parte *A*
380.6 taburete *AB* : tibulete *C*
380.11 quien los viera *BC* : si los viera *A*
382.24 caca *AB* : caça *err. C*
383.5 una posta no me alcanzara *BC* : no me alcanzara una posta *A*

I, iii, 2

EPÍGRAFE Saliendo *C* : Cómo saliendo *AB*
385.4 efe *C* : fuerza *AB*
385.19 verdadero esposo suyo *BC* : su verdadero esposo *A*
385.21 carbunclo *BC* : carbunco *A*
385.26 a pan y cuchillo *AC* : a pan y a cuchillo *BM*

386.13 Dile *BC* : Diles *A*
386.21 no dejando *BC* : sin dejar *A*
387.26 cómo se entienda : có-se mo entienda *err.A*
388.15 quedara [quedàra *B*] *BC* : quedará [quedàrà] *A*
388.24 y que estuviese *AC* : que *om. BM*
388.24 Decían así *BC* : que decían así *A*
388.28 cantando [catando *err. B*] en tropa *BC* : cantando y en tro-
        pa *A*
389.9 saltaembanco [saltaenbanco] *A* : salta en banco *BC*
390.9 o palo *ABC* : *om. M*
390.14 dieron *BC* : dieren *A*
391.1 antojos *Ab* : antojo *err. C*
391.5 costal, espuerta grande, alforjas *BC* : alforjas, costal, espuerta
        grande *A*
391.6 salvo si no llevare dos muletas y la pierna mechada *add. BC*
391.20 de limosna *BC* : de la limosna *A*

I, iii, 3

395.17 sabíalas yo de memoria *BC* : sabíalas de memoria *A*
396.22 padres *ABC* : pobres *err. M*
398.2 de madre ajena y de la suya *BC* : de su madre y de la ajena *A*
398.15 le parecía *C* : le parecí *AB*
399.15 andábamos *A* : andamos *BC*
400.2 ni la camisa que se nos daba tan vieja que no valiera más *ABC* :
        ni la camisa tan vieja que no valiera lo que se nos daba
        más *M*
400.12 aguardábamos ... dejaban ... nos quedábamos ... se erraban
        ABC : aguardáramos ... dejaran ... nos quedáramos en
        blanco ... errábamos *M*
400.19 para arriba *om. M*
400.20 siendo sueltos *ABC* : estando sueltos *M*
401.1 todas eran nuestras *ABC* : eran todas nuestras *M*
401.8 me entregaba *ABC* : me dejaba entregar *M*

I, iii, 4

Epígrafe Guzmán *C* : En que Guzmán *AB*
402.17 sin Dios merezcamos por nosotros *BC* : por nosotros nada
        merezcamos *A*
402.21 el humilde *BC* : el humillado *A*

403.7 un día *ABC* : echado *add. M*
403.12 pasaran *C* : pasara *AB*
404.4 yo sano y él enfermo *BC* : yo sano, él enfermo *A*
404.36 te pudiera decir cómo *ABC* : te pudiera yo decir agora como *M*
405.17 verla *BC* : verlo *A*
406.6 el avariento *BC* : al avariento *A*
406.17 Cuán endiosado *BC* : Qué Dios *A*
406.18 el rostro alegre, descansado *C* : alegre el rostro, qué descansado *AB*
407.36 que no esperar ni andar [dar *err. M*] *BC* : que esperar ni andar *A*
407.4 poderlo hacer *ABC* : pedir *M*
407.15 mejor *ABC* : la vianda *add. M*
407.32 El oler, ¿quién pudo más que nosotros, pues *C* : Oler, ¿quién más pudo oler que nosotros, que *AB*
408.14 que le de *ABC* : que le peche *M*
408.18 sin habérsela besado *C* : hasta habérsela besado *AB*

I, iii, 5

EPÍGRAFE Guzmán *C* : En que Guzmán *AB*
411.4 la tiene después menester *C* : después la ha menester *AB*
412.29 imaginación *AB* : maginación *C*
413.3 patrimonio *BC* : patrimonio con que pasan su carrera *A*
413.8 según te lo pinto *BC* : como te lo pinto *A*
413.10 de sola naturaleza *BC* : de naturaleza *A*
414.3 valedera *Ab* : valedora *err. C*
414.10 que la crió *MC* : que crió *AB*
417.8 Quísolo mi desgracia *BC* : Mi desgracia lo quiso *A*
417.22 lo uno a lo otro *ABC* : esto con esotro *M*
418.6 a desenfardelarme, y desenvolviendo *BC* : y a desenfardelarme, desenvolviendo *A*

I, iii, 6

EPÍGRAFE Vuelto a Roma *C* : Cómo vuelto a Roma *AB*
421.3 mereciera *C* : mereciere *AB*
421.23 conocerla por lo exterior : conocerla: lo exterior *AB* : conocerla, y por lo exterior *C*
421.27 harán los demás *BC* : hacer a los demás *A*

422.9   como el dragón *BC* : como al dragón *A*
422.28 y aquél *C* : aquél *AB*
423.15 Loada *AB* : Loado *err. C*
423.18 representósele el mismo Dios *ABC* : representéle al mismo
       Dios *M*
425.4   y en poder *C* : en poder *AB*
425.18 ésta *ABC* : éstas *M*
425.28 Habíanme *ABC* : Habiéndome *M*
425.29 aún vida tengo *C* : aún de vida soy *AB*
426.8   diciendo *MC* : diciéndolo *AB*
426.19 por curarse *C* : por se curar *AB*
427.20 y sois de carne *BC* : y de carne *A*

I, iii, 7

429.5   les llegó *BC* : le llegó *A*
429.14 el uso no admite *C* : no admite el uso *AB*
429.18 por seguir igualmente al uso y querer *BC* : por querer igual-
       mente seguir tras el uso y querer *A*
430.8   taburetes *AB* : tabuletes *C*
430.18 lo que importa tener ... para entretener el tiempo *BC* : lo
       que importa en nuestros tiempos tener ... para pasar el tiem-
       po *A*
431.2   desgraciados *C* : desgraciadas *AB*
431.25 declaradamente se descubren *BC* : se declaran *A*
432.5   poderosos *BC* : poderosos de aquellas provincias *A*
432.10 engastadas. En ella iba una mujer *C* : engastadas en ella: y una
       mujer *AB*
432.14 puesta *BC* : puesto *A*
433.14 manifestase la Verdad [verdad *B*] *BC* : manifestasen la ver-
       dad *A*
434.11 bastimentos *A* : bastimento *BC*
434.28 sonido *ABC* : blando *add. M*
434.32 la clavija y la mentira *ABC* : la *om. M*
435.4   de daño en daño *ABC* : de daño en más daño *M*
435.6   peor *ABC* : menos *M*
435.30 seda *AB* : senda [sēda] *err. C*
436.1   el pellejo liso y tieso de mucho comer *ABC : om. M*
436.8   salga o entre *BC* : o *om. A*
436.10 de lodo *BC* : del lodo *A*
436.11 el vientre ahilado con deseos, comiendo *BC* : ahilado el vien-
       tre con el goloso deseo, envidiando *A*

442.6   dellos *BC* : dellos aquella noche *A*
442.11   de manera *BC* : de tal manera *A*

I, iii, 8

444.9   y el secretario *C* : ya el secretario *AB*
445.17   contra *add. BC*
446.8   pesia tal *A* : pesie tal *B* : pese tal *MC*
446.19   hacer su efecto *BC* : hacer labor *A*
449.25   otro día *add.C*
450.5   tomando del aparador una media fuente *BC* : me fui al apara-
         dor y tomando una mediofuente *A*
451.3   deseoso *C* : y deseoso *AB*

I, iii, 9

452.8   no los tenía monseñor *BC* : monseñor no los tenía *A*
453.31   tendrán seguridad, y no de otra manera *BC* : será lo más se-
         guro *A*
454.6   a mi parecer *add. BC*
454.37   Lleguéme ... quitéle *BC* : Llégome ... y quítole *A*
455.10   Fuíselas *BC* : Fuéselas *A*
455.36   en mal algún tiempo *BC* : mal en algún tiempo *A*
456.5   de hebreo *BC* : del hebrero *A*
456.12   aunque *BC* : con que *A*
456.27   veía *BC* : vía *A*
457.6   me lo decía *BC* : me lo decían *A*
458.1   hace *BC* : hacer *A*
458.2   Con razón *ABC* : Contra razón *err. M*
458.9   por oficio *BC* : per oficio *err. A*
458.18   desenfrenado *ABC* : desfrenado *M*
458.30   si tiene a su cargo hacienda de que puede aprovecharse *C* : si
         tiene hacienda a su cargo *A* : si tiene hacienda a su cargo,
         hacienda de que puede aprovecharse *B*
458.31   si podrá esquitarse, pero si vuelve a perder y no tiene de qué
         pagar, ha de hacer otro mayor daño, cuando aquél quisiere
         remediar, si no tiene a cargo hacienda *BC* : si también pier-
         de y después no tiene de qué ni con qué pagar si no tiene
         hacienda *A*
459.10   amansaría, conociendo mi miseria *BC* : conociendo mi mise-
         ria amansaría *A*

459.12 porque *BC* : porque con la necesidad de la comida *A*
459.17 forzosa *add. BC*
459.17 Líbreos Dios todopoderoso *BC* : Dios todopoderoso os libre *A*
459.25 zaragüelles *BC* : zaragüeles *A*
460.9 haciendo fieros *BC* : que haciendo fieros *A*
460.16 para ruin *ABC* : por ruin *M*
460.19 y las tiernas palabras no mueven *BC* : ni las tiernas palabras mueven *A*
460.20 del poco mío *AB* : de poco mío *err. C*
460.25 presente *add BC*
461.26 Tanto en ellos era natural *BC* : En ellos era tan natural *A*

I, iii, 10

EPÍGRAFE Despedido *C* : Cómo despedido *AB*
462.12 de la prosperidad *BC* : de mi prosperidad *A*
463.21 odiado y enojoso *BC* : odioso y enojoso *A*
464.6 cuando quiera no pueda *C* : cuando quiere no pueda *AB*
464.17 que sea y que convenga *BC* : ser y convenir *A*
464.25 deseaba servirse de mí, mas no se atrevió *C* : se deseaban servir de mí; no se atrevió *AB*
464.29 al gusto *ABC* : sólo al gusto *M*
465.19 Hay hombres *C* : Hombres hay *AB*
465.31 polvareda *AB* : polvoreda *C*
469.4 Trájele [trújele *AB*] la bebida *ABC*: Trújesela empero *M*
469.4 en un vaso *BC* : en vaso *A*
470.1 la criaban *ABC* : la criaron *M*
472.7 pudiera *ABC* : podía *M*
472.22 veía *BC* : vía *A*
472.28 Dorido, [que] aunque estaba : Dorido, que aun estaba *AB* : Dorido, aunque estaba *MC*
472.31 ni al otro *add. BC*
473.1 se entretuvieron *MC* : entetuvieron *AB*
473.26 por allí estuvieron *ABC* : estuvieron por allí *M*
474.14 Lo mismo *BC* : y lo mismo *A*
474.16 la verdad que se os preguntare *ABC* : la verdad de lo que se os preguntare *M*
474.22 de hacer *ABC* : *om. M*
475.10 impedimento *AB* : impedimento *C*
475.14 parte *A* : puerta *err. BC*
475.22 subió presto *BC* : y subió depresto *A*

475.23   tuvieron *ABC* : tenían *M*
475.28   la menguante *BC* : su menguante *A*
478.13   a la cama *C* : *om. AB*
479.3   esas palabras *C* : estas palabras *AB*
479.8   corría peligro con la tardanza la vida : corría peligro la tardan-
               za con la vida *ABC*
479.14   me pueden dar *BC* : pueden darme *A*
479.18   que aconsejaros *BC* : que a aconsejaros *A*
479.19   al traidor *BC* : el traidor *A*
479.26   en detenerme *BC* : a detenerme *A*
479.28   haber sido autor *ABC* : ser autor *A*
479.32   entrando *BC* : entrado *A*
480.13   Dete tanta vida el cielo *BC* : Dete el cielo tanta vida *A*
480.18   lloraba *BC* : lamentaba *A*
480.29   mancha tan fea *BC* : tan fea mancha *A*
481.9   rescatáis *BC* : resgatáis *A*
481.13   servirla *AB* : servirle *C*
481.13   bien es se sepa *BC* : bien es que se sepa *A*
481.17   hermano *AB* : hermanos *err.C*
481.39   la ciudad *ABC* : *om. M*
482.5   aceptó *BC* : acetó *A*
482.9   Luego Dorido *BC* : Y luego Dorido *A*
483.12   martelo *BC* : Martelo *A*